我本倾城
上

望晨莫及 著

重庆出版集团 重庆出版社

图书在版编目（CIP）数据

我本倾城 / 望晨莫及著. —重庆：重庆出版社,2015.1
ISBN 978-7-229-07664-1

Ⅰ.①我… Ⅱ.①望… Ⅲ.①长篇小说-中国-当代
Ⅳ.①I247.5

中国版本图书馆CIP数据核字(2014)第118723号

我本倾城
WO BEN QINGCHENG

望晨莫及 著

出 版 人：罗小卫
责任编辑：罗玉平 马春起
责任校对：杨 婧
装帧设计：嫁衣工舍

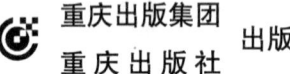重庆出版集团
重庆出版社 出版

重庆长江二路205号 邮政编码：400016 http://www.cqph.com
自贡兴华印务有限公司印刷
重庆出版集团图书发行有限公司发行
E-MAIL:fxchu@cqph.com 邮购电话：023-68809452
重庆出版社天猫旗舰店
cqcbs.tmall.com

全国新华书店经销
开本：710mm×1000mm 1/16 印张：41 字数：865千
2015年1月第1版 2015年1月第1版第1次印刷
ISBN 978-7-229-07664-1
定价：56.80元

如有印装质量问题，请向本集团图书发行公司调换：023-68706683

版权所有 侵权必究

目　录

第一章　进门便休...1
第二章　误惹妖孽...16
第三章　陪嫁公子府...27
第四章　公子九无擎...41
第五章　遇上故交...61
第六章　贵人争婚...73
第七章　公子之恨...102
第八章　祈福奇遇...114
第九章　静馆情生...130
第十章　明争暗斗...149
第十一章　公子之痛...170
第十二章　燕熙已死...183
第十三章　天盘之乱...191
第十四章　义结金兰...217
第十五章　案中奇案...231
第十六章　联手奇案...248
第十七章　剥离真相...267
第十八章　储位之争...288

第一章　进门便休

一

西秦建元十年元月十八，鎤京发生了一件大事：全城百姓倾城而出，大街小巷，人头攒动，皆围观于市，看一场皇族婚礼，也许，还是一场轰动天下的闹剧——秦帝膝下最具才华的晋王殿下拓跋弘，婚娶镇南王府甥小姐慕倾城。

这原是佳话，可偏偏他们是两个极端：

一个是才冠京华、谋略盖世的俊公子，名满天下；一个是自幼容貌尽毁、闭锁于户的私生小姐，落魄失宠于王府。

论门第，这婚事，镇南王府高攀；论相貌，慕小姐无才无貌，实在配不上具有天下三公子之称的拓跋弘，最最重要的是，她是见不得人的私生女。

四殿下极度不满这婚事，但是，这婚事是十几年前由太皇太后临终时亲口指下的，退婚不成，殿下只能借着替皇太妃守孝之名，一拖再拖，一晃便是四年，无端端就把一个妙龄少女熬成了"老姑娘"。

如今孝期已满，不久之前皇上已下旨令他们完婚。

可谁都知道，这婚事成不了：人家四殿下有心仪的姑娘，正妃之位怎么可能留给一个无才无德的女子？

已有小道消息传出，说今日晋王会让慕家这位小姐，原轿来原轿回。

如今，这满大街的人，赶着集地聚在一起，一是想看看慕家九小姐，到底丑成了什么样；二是所有人都在好奇：四殿下会如何把这个想飞上枝头做凤凰的女子，扫地下堂。

没有迎亲队伍，气势巍然的晋王府，不仅没有张灯结彩，正门还紧闭，甲革披身的侍卫们，手执金戈，护在高高的朱门高阶之前，云集的百姓三五成群，围站在王府绯墙边的树荫后，等待这一场即将上演的好戏。

按着嫁娶之礼，新郎倌应射轿立威，扶新人下轿，可今日的新娘子，自不会有这样的待遇。

喜庆的花轿落地后，跟在花轿旁脸上露着难堪之色的媒婆干笑着去扶新娘子下轿，周遭围观的人群中立即发出啧啧之声。

有人在嘲笑："天下怎就有这等不知羞耻的女子，晋王殿下都不要她了，她居然还能厚着脸皮自己送上门！"

也有人在叹："好一个可怜的女子……人家轻你贱你，你就该自重，如此自找罪受，何苦！"

絮絮叨叨的话，就像一根根锋利的针，毫不留情地漫天而起。

这话，云姑听在耳里，心痛如绞，黯然地看着盖头下的小姐，只希望晋王别那么绝情，真让小姐成为笑柄。

下轿时，她忍不住附到小姐耳边，悲凉地低劝："小姐，晋王失礼，不如我们……"

葱白的小手轻轻地拍了拍云姑的手背，似在告诉她：没关系，一切有我！

云姑恍惚了一下，有点奇怪，胆小的小姐今天有点反常。

二

其实坐在花轿里的人，并不是慕倾城，她姓金，单名一个"凌"字，乃是慕倾城的好姐妹，这是一个富有传奇色彩的女子，她的现身，即将在西秦国境内掀起一场场难以预测的风暴。

缓缓走下花轿，金凌将纤秀的背脊骨挺得笔直，一个红盖头掩去了她的音容笑貌，没有人看到，她的唇角，含着几分淡淡的嘲弄。

"真是给脸不要脸，前儿个不是跟你说了吗？别自取其辱地送亲上门，趁早退了这婚事。四哥的王妃，可不是你能当得起的，你偏不听，偏要来自寻死路，好，这是你自找的……来人，将他们乱棒打出王府街！往死里打，天塌下来，本王顶着！"

拓跋桓，秦帝六子，今年十四，是西秦王朝出了名的二世祖，但听得他话音一落，便有无数侍卫执兵器，以迅雷不及掩耳之势冲出，嚣张地踢翻陪嫁之物，强行要将送嫁之人驱逐。

这一闹，引来一片躁动惊叫，旁观之人皆慌忙躲避。

只有那一团火红的身影，如磐石般屹立中央，浑然不动。

云姑扶着她，气得浑身发颤，恨恨地盯着高阶之上穿着锦袍的俊美少年，直叫：

"这门亲事是太后娘娘定的，也是贵妃娘娘亲口答应的，你们怎么可以这样……实在是欺人太甚……"

"打的就是你们这种贪慕虚荣的贱奴！"

伴着一声呵斥，那人飞身一脚，将地上的一件陪嫁器什腾空踢过来。

云姑一骇，忙给小姐挡下，"砰"一下砸到头，顿时血流如注！

"还不走！不走，打得你们满地找牙！"

云姑听着，悲怆直呼："小姐……我们，避避吧……"

"别怕，天子脚下，他若仗势欺压，国法不容情！"

金凌开口说话，声音若空谷的百灵，清脆灵透，声线不高不低，却能稳稳地传进每个人的耳朵。

拓跋桓微一怔，这声音和那天听到的有点两样！

云姑也一呆。

隔着那红红的头盖，循声觅人，金凌面向拓跋桓，声音再度扬起：

"六殿下，今日我慕倾城奉旨来嫁，你却肆意闹事，阻挠完婚，众目睽睽之下，殴人坏物，殿下，天理昭昭，国之法纪何在？"

虽身处窘境，却流露出淡定从容。

拓跋桓脸上顿时一辣，怎么也没想到那个怯懦的丫头竟然敢在大庭广众之下，拉出已故的太皇太后来压他，如此理直气壮，一句话，竟把他逼得全没了底气。他不由得一恼，黑着脸凌空就打了一鞭过来。

云姑扑救："别打我家小姐！"

原以为会被打一个皮开肉绽，不想，那一鞭没有落到她们身上。

她哪能知道，这一鞭并不是六皇子打偏，而是金凌弹了一双冰魄寒珠使的怪！

那冰魄寒珠经内力一推，瞬间便会化作水，作案之后，任谁都不知道是谁在暗内使坏。

拓跋桓呢，虎口生痛，却不知这是怎么一桩事，呆了一呆，才喝叫：

"慕倾城，凭你这副阿堵之貌，如何配得上我四哥！做我四嫂！休想！"

金凌"嗤"地一笑：

"纵是阿堵之貌，也是太后赐婚。六殿下，倾城若进晋王府大门，那便是殿下的嫂子，殿下出言不逊，悖逆伦常，便是对晋王的大不敬；倾城若被退婚，那还请皇上赐下悔婚圣旨才行。我虽是臣子之女，却也出身名门，今日大喜，殿下守在王府门口，见面就打，皇上不闻不问，听之任之，只会寒透天下臣子之心。再有，六殿下要明白一件事，婚是太后所赐，您这鞭子落下，打的可是你皇祖母的颜面，而毁的则是西秦皇族的尊严，千百双眼睛为证，众口悠悠难堵！殿下下手之前，还请三思！"

开口便是一番惊人之辞。

"你……"

拓跋桓再度语塞。

金凌乘胜追击，玉掌一拍，脆生生一句：

"碧柔，拿上来！"

"是！"

一个极俏丽的少女应声走近，恭敬地奉上一个锦匣。

金凌打开锦匣，取出里面的明黄物，双手一展，扬声一喝：

"太皇太后懿旨在此，晋王殿下，还不快快出府迎亲！抗旨不遵，自毁礼制，这样不孝的罪名，您当真能担得起么？"

云姑张了张嘴，错愕地看着小姐，说话掷地有声，完全不同以往。

前天，六殿下曾带人恐吓她自行退婚以保全晋王的名声，若敢送嫁，就让她吃不了兜着走。

为此，昨儿个小姐还偷偷跑去祭坟，一整天没回，直到入夜时分她去找的时候，才发现小姐撞晕在墓碑前，竟是想一死了事。

当时,她抱着小姐大哭了一场,奇怪的是今朝她怎么就像换了一个人一样?

高高的晋王府台阶前,毓王和梁王本都在边上,一个个含笑看戏,在听得这一番话后,全都敛起笑,露出了讶异之色。

四周围观之人,也都发出了倒吸冷气之声,窃窃之语不绝于耳。

"你……你竟敢……竟敢……"

拓跋桓结巴不成言,一句话未说完整,就被叫断:

"六殿下,倾城只是在为自己抱打不平,并无其他意思。西秦国向来尊师重道,以孝为本,晋王殿下若不亲自来迎接,那就是藐视我手上这张懿旨,这样的人,将来如何配做东宫之主?"

这申斥,绝妙。

西秦国尚未立太子,朝堂之上已分成两派,各拥其主,晋王立太子的呼声甚高。今日这番事,若是慕倾城不闹,也就罢,如此声势浩大地一搅和,敌对势力借机参上一本,对于晋王是大大不利的。

守在门口的晋王侍卫也是神色大变,立即闪进府去禀告。

拓跋桓气得鼓着嘴,恨不能将其鞭个稀巴烂。

毓王和梁王则深思而笑,对慕倾城有了几分新的认识。

不一会儿,府门洞开,家奴开道,一俊逸男子负手缓缓而出,二十来岁的样子,穿着一袭雨过天青色锦袍,袖襟之上以银线绣着云涛,高高浪卷的波涛之间,镶着银白珠片,阳光一照,闪闪银光,熠熠生辉,耀得让人睁不开眼。

其人,五官如精工细刻,线条刚硬,棱角奇俊,眉利如剑,眸深似潭,尊贵之中透着常年磨砺在军中才有的威仪。衣袂飘飘,又平添了几分儒士的雅气。

来的正是晋王拓跋弘。

一刹那间,所有人皆将目光落到这位人人敬崇的殿下身上。

晋王拓跋弘,在西秦国,那是一个传奇。

此子出生于军帐之中,出生之时,正是西秦战乱迭生之际,其父拓跋跃平乱,十月时间难克敌营,那日降世,拓跋跃忽得奇士,大败敌军。回营之时,属下回禀,拓跋跃大喜,即刻赐名:弘,封其为王。

拓跋弘十月能语,三岁能诗,五岁可赋,十岁能谋,十二为帅,擅笼人心,善谋天下,且惜民如子,既得百姓爱戴,又得秦帝喜爱,更是无数闺中女子所暗慕的对象。

去岁太子生病而折,所有人皆认定晋王将会是太子之位的不二人选,就等一个合适的机会上位。

这样一个神话般的人物,会在大婚之日做出如此欺人之事,自然是有所倚恃的!

三

负手站在高高的台阶之上,拓跋弘面无表情地盯着台阶之下盖着喜帕,手执懿旨的新人。

他没想到这个女人心思如此之深,胆敢和他叫板,胆儿真是大。

拓跋弘睇视着，审视罢，道：

"慕倾城，本王再给你一次机会，原轿回去，日后，本王自会登门向镇南王赔礼，若执意入门，撕破脸皮，你绝无半分便宜可以得了去！"

声音低而沉，冷冷生威，自有皇家之威慑。

晋王有意退婚，这事，人所皆知，众人好奇的是这个慕二小姐，会不会知难而退，就此识趣收场。

"晋王殿下……"

金凌心头冷笑，轻唤一声，咬字清润，徐徐如清风拂面：

"晋王若想退婚，禀明圣上，上门赔礼道歉，这事倒也不难办。朗朗乾坤，天地何其大，我慕倾城虽是陋鄙之人，却也不是非嫁你不可，退婚另嫁兴许还能得一个绝世夫婿。可惜殿下毫无诚意，到如今佳期当日，你不挂灯结彩，不相迎，恶言恶行，还想让我原轿而回，将我逼入人言笑柄，如此羞辱折人，谁咽得下这口气？

"殿下，我若真听话回去，那就是承认自己不是人。我若不是人，太后娘娘却在十二年前给我赐了这门婚事，那就只能说明太后娘娘也不是人，殿下，于暗中损辱太后娘娘不是人，那可是天地不容的忤逆大罪。我慕倾城不像殿下这般是帝王贵胄，怎担得起这样的罪名，因此，想我原轿而归，那是万万不成的！"

这番冷嘲热讽的话招来一阵哗然。

谁说慕家小姐生性软弱了？

分明就是一个声色俱厉的狠角色。

围观之人皆惊错。

拓跋弘也错愕。

"大胆，好一个慕倾城，堂堂晋王府前，怎容你撒泼寻衅，肆意辱人……我四哥说上门赔礼道歉，那是客气话，你还当真了么？居然还敢口出狂言？你这等刁民毒妇，怎配做帝家妇……你若不乖乖离去，小心小爷的长鞭不认人！"

拓跋桓气极，龇牙咧嘴地一挥手中长鞭，长长鞭梢，擦着一身喜服的金凌身侧扫落，鞭风令喜帕上的长长金色流苏狂舞而动。

这举动吓坏了云姑，想拖小姐避让。

金凌不动，淡淡接话：

"六殿下，您是不是非得把皇家的风骨在百姓面前折毁殆尽才甘心？纵然理亏词穷，也请您注意自己的风度，即便想要杀人灭口，也要挑一个合适的机会。否则损的还是您皇家的颜面！"

"你……"

拓跋桓狂怒，长鞭扬起。

"够了！六弟，此事，你不要再管！"

拓跋弘呵斥。

"可是……"

"退下！"

没待他说完，又是一斥。

拓跋桓只得撇撇嘴收鞭。

拓跋弘这才把目光重新锁定她：自始至终，亭亭玉立，一身傲然，这或者是一个身怀智慧的女子，但绝不是他想要的妻子，既然如此执迷不悟，也罢！

"好极，这是你自找的！"

他下巴一扬，目光如冰，下令：

"来人，开门，迎新王妃入府！"

拓跋桓愕然，跺脚直叫："什么？怎么可能白白便宜了她？"

一声冷笑，拓跋弘转身，抖下满身寒意，让所有人都明白慕大小姐已经彻底惹火了这位尊贵的殿下。

云姑看得明白，惊颤，低问：

"小姐，真的要进去……"

"为什么不进去？今天，他爱怎么玩，本小姐就奉陪到底。走！"

竟是一副要与对方斗到底的样子。

云姑有点傻眼，忙相扶。

无数道目光落在这个高挑的新人身上，姿态娉婷，一袭火焰色的嫁衣，款款往台阶上迈去。

边上，拓跋桓啐了一口，嫌恶地直叫："从没有见过如此死皮赖脸的女人，想做王妃是不是想疯头了……丑婆娘，以后有你好受的！"

就这时，一阵大风吹来，好像故意与新人作对一般，呼地一下，覆在凤冠上的喜帕就像长了腿一般飞了起来，随后，无声落地。

惊叫声，顿时此起彼伏。

"天呐，当真奇丑无比！"

"哎呀，果然是丑八怪。"

"长成这副尊容，如何配做晋王妃？"

的确很丑。

一张瓜子脸，眉如柳，弯弯细细；眸如星，灿烂夺目；唇彤红，不点而朱，只是那本该属于少女特有的粉嫩腮帮子，落到眼里，却是观者皆惧：左右两张脸孔，布满疮癣，如五彩的蛇鳞，层层起皮。

喜帕落地，乃不吉之兆。

这是有人在故意为之，想出新娘子的丑！

出乎人意料的是，新娘子很淡定，凤衣迤逦拖地，神情淡静，徐步上阶，浑身散着别样的光华之气，缓缓扫视之下，无人再敢惊哗。

连故意把喜帕打下的拓跋桓也愣住了。

这张脸，他见过的，就前天时候，他将人掳出王府，想胁迫其自动放弃赐婚，警告她成亲当日不许上轿来嫁。几句呵斥，就把她吓得魂飞魄散，今天却大不一样。

门口处，一双锦衣侍卫以剑拦住了金凌，是晋王的近卫安青和安南。

安青冷冷斥道："晋王妃不守妇道，王爷有令，今以七出之条将你休弃出府，永世再不得踏进王府半步！"

按着几百年的传统礼制，新人一旦入府，即便不曾行礼，也算是夫家之人：生为夫家人，死为夫家魂，若不守妇德，夫家自可离弃！

金凌眯眼看着大步往正厅迈进的男子，如此急匆匆，原来是要去写休书！

此事，在金凌意料之中，以晋王之威名，从不受人胁迫，迫之，宁可玉石俱碎，这是他的本性。

幸好她是有备而来的。

"不守妇道？"

金凌咬着这四字，遂冷笑：

"欲加之罪，何患无辞——堂堂晋王府竟如此仗势欺人，可笑可笑！"

安青顿时脸一沉。

"本王行得正，坐得稳，从不诬陷于人！识趣的就回去反省，若是在人前张扬了丑事，你还有何颜面立足于世！"

拓跋弘先一步呵斥，大步而来，眼里看到的这张脸不堪入目，他拓跋弘活了这么多年，莺莺燕燕，环肥燕瘦，见得多了，身边侍候的女子，一个个皆有沉鱼落雁之貌，就是没见过某个女人长成这样。

丑也罢了，还学人爱慕虚荣，真是无可救药！

"拿了休书，马上滚！"

休书往金凌脸面上掷了过来。

满是凌花墨香的白玉纸，晃晃悠悠在面前摇曳飘落，金凌素手一托，将其扶在手心，龙飞凤舞的字迹苍劲有力，显示了某人满腹报国霸气，"休书"两字写得分外刺眼。

金凌瞄了一眼，不惊不乱："恕我愚笨，真不知道自己何时不守妇道！王爷休妻休得如此冠冕堂皇，倒令我好奇之极，且说来听听如何？即便要死，也得死个明明白白，即便被休，也得被休得服服帖帖，您说是吗？"

拓跋桓护兄情切，再度冲过来，叫骂：

"慕倾城，你还真不怕丢人现眼？"

金凌挑眉："不做亏心事，不怕鬼敲门！不曾作恶理亏，何怕丢人现眼！"

"果然是不见棺材不落泪——元月十五那日，你借着看花灯私会野男人，在天龙寺内，与人卿卿我我，时有当时的小沙弥作证，这件事，你怎么赖也赖不掉！"

果然是因为这件事！

金凌在心头轻一叹，原来还是自己害了倾城。

"哪有此事！"

"呸，事到如此，你还死不承认……是不是非得对质分明你才死心？"

"嗯,为表清白,对质是必须的!"

金凌认真地点下头。

拓跋弘惊讶之极:她竟要对质?

拓跋桓也蒙了,一顿,才道:

"好,那就对质。来人,去请休一小师傅!"

"等等!休一小师傅只是一个毛孩子罢了,作不了证。"

"你这是怕了!"

"身正不怕影子斜,这世上,还没什么事真正能让我慕倾城惧怕!"

金凌哼一声,温温的目光顿时敛尽,浑身上下透出迫人的寒气:

"一个毛孩子能做什么证?要作证,就让名震天下的'青城'公子来作……碧柔,先前我让你去天龙寺请'青城'公子过来,可曾请来?"

"禀小姐,公子已到,就在府外的马车里休息!"

"好,马上请公子过来为倾城作证!"

"是!"

俏婢领命而去。

人群再度骚动,只因为她请来的人,非比寻常。

公子"青城",三年前声名鹊起,来历成谜,一身才气,直逼名声赫赫的龙苍三公子,一身武艺,出神入化,曾折服龙山三煞被其所用,而且侠名远播——行踪若那云中龙,见首不见尾。

这个慕倾城居然能请动了青城公子管这闲事?

拓跋弘惊疑。

金凌一边折着休书,一边道:

"十五那天,我的确去过天龙寺,也的确去见过一个故人,只是并不像殿下以为的那样,是个野男人,而是一素爱女扮男装的小女子。她是青城公子的红颜知己名子漪,即将嫁公子为妻。与倾城有结拜之谊。今番她来得镔京落宿于天龙寺,相约见面,姐妹之间,举止亲昵,试问有何不可?那个小沙弥不知个中底细,殿下又没有细察分明,荒谬定论,难道也可成为休妻之理?"

满口嘲弄讥讽之色,言辞句句不饶人。

拓跋弘不觉大皱其眉,观其神色,似乎果真如此,而这件事,他的确没有深入去查明。之前,他从不认为这件婚事会闹到这个田地。

拓跋桓则张大了嘴,脸上尽是半信半疑,他似想辩解什么,却因为将来作证的是青城公子,忽然就觉得一切驳辞,都有点不可取信于人。

毓王和梁王呢,缓缓站到晋王身后,两人纷纷显出深思之色。

金凌淡淡一笑继而又道:

"诸位若见到青城公子还有什么异疑,不妨再请天龙寺的明觉大师过来一问其中究竟。公子与大师乃是忘年之交。出家人不打诳语,明觉大师佛法精深,心怀慈悲,德高望重,为天下所敬仰,他的佐证,加上青城公子的现身陈述,足可证明一切!"

话落，再起千层浪！

一个"青城"公子已有千金分量，再加一个隐居于天龙寺内不问世事的世外高人，呀，这个慕倾城，寂寂无名的，怎就和这些来历不凡的人连在了一起？

云姑也讶异。

这真是她家那个事事无争的小姐吗？

她心怀着被休的心态而来，却把对方步步棋路吃得死死的，堵得他们无言以对。

四

再说王府外，重重围观的人流中，一辆马车缓缓走来，驾车的是一俊气青年，淡淡地吆喝着"让开"，气势不凡。

车后所跟从的两个高大男子，骑在高头大马上，皆威武。

众人纷纷让道，但闻暗香浮动，也不知车上坐着何方神圣。

有听到府内对话的人，在那里惊喜地欢叫："今儿个真是大开眼界了，居然能瞧见传闻中的青城公子！"

人群里，再度升起一阵鼎沸的惊奇之声。

说书人口传：公子青，神秘莫测，江湖奇谈，闻者而叹，有生之年能见青城之面，那无疑是莫大的荣幸。

马车行到晋王府门前，青年跳下马车，垂立，恭敬相请："公子，晋王府到了！"

"嗯！"

车内传出一个清越微冷的声音，露着不快：

"漪儿，我不下去了！你带上三煞过去看看，这位晋王殿下到底怎么回事？堂不拜就不拜，我家妹子不见得就非要嫁他，但毁人名节的事，做得实在欺人太甚。休一小师傅，你跟着一起去，祸是你惹出来的，得由你去澄清事实！"

"天，慕倾城竟然是青城公子的义妹？"

有人惊呼。

车帘被青年扶起，一白衣少年缓缓走出车门，眉目精致，雪肤玉脂，霞染双腮，丝发高束，风骨不凡。

粗一看，似一翩翩少年，细一瞧，分明就是一个男装的女红颜。

其后，则是一素袍小沙弥，脸色骇然，战战兢兢，垂目跟上。

俏婢领头在前，三个相貌堂堂的青年相携护着少年在后。

王府内，七八双眸子盯着走进来的白衣少年，俊秀风雅之姿，露着飘逸，算不上倾城国色，却有别样的流光溢彩煞人眼。

拓跋弘不认得这个女子，但是认得女子身后的三个随从，当真就是为青城卖命的龙山三煞。

"青子漪见过几位王爷。"

白衣少年走近慕倾城，两人目光一聚，对视而笑，自是熟悉无疑，而开出口来的娇柔，也足以说明来人是个女子。

拓跋弘的眉峰又深锁了几分。

不待他说话，青子漪转身将小沙弥推到风口浪尖之上：

"这位小师傅认人不清，错将子漪当男子，那日在寺内，我与妹妹在园嬉闹，被他瞧见，以讹传讹，竟让晋王爷误以为那是一场可笑的私会，真是可笑！"

拓跋弘不语，词穷。

至于拓跋桓，在看到小沙弥羞窘的神色后，情知事情有误，缩在其后，似斗败的公鸡。

青子漪温目一冷睇：

"殿下，我家公子与慕小姐同名，去年路过无心庵巧识，公子怜其无父无母，无人疼惜，便许我与她结为异姓姐妹。今番会来鐐京，一是因为与明觉大师有约，二则是因为听说妹妹佳期在即，公子深知妹妹孤苦无依，备不出像样的嫁妆，故而在各地收罗了一些奇珍异宝送来京城，但为妹妹出嫁备上一点薄礼，却没想到妹妹境遇竟如此可怜，入门就被休。殿下，您身在尊位，万人敬崇，怎就如此为难一个无辜可怜的小女子？"

声音是温润的，指责是深刻的。

拓跋弘剑眉皱紧，答不上话来。

"青城兄弟呢？"

一年前，他与青城公子在东荻国有过一面之缘，曾以剑法相会于漆黑夜色中，那人剑法了得，胸罗万贯，堪称当世俊杰，他曾想拉拢，只是一别后再无缘一见，为此，他深引以为憾。

"公子便在外头。他不愿进来。本来，他以为殿下是值得一交的朋友，此来，还想拜会王爷，如今看来，也不过如此。公子说了，殿下既已给了妹妹休书，贵府这道大门，他这辈子再不会跨进来！"

拓跋弘脸色顿时一白。

这话说得轻，分量却是极重。

晋王爱才，曾一度想尽法子想笼络这位公子，可惜人家不买账。几番相邀，皆被婉拒。不想这番休妻，却把这尊佛给得罪了，拓跋弘不觉怒瞪了那个小沙弥一眼。

休一吓得连忙跪下，哭丧着脸道："王爷恕罪，这事，休一真不知道，子漪姑娘和青城公子是住持的贵客，姑娘女扮男装，扮得让人看不出半分端倪，休一以为……休一以为……"

传递了不实消息的拓跋桓一听这话，心里那份怒气，就如火上浇油，过来一把抓起地上的小沙弥，直叫：

"见鬼的，你到底长不长脑子？这种事也能弄错？奶奶的，真是要被你害死了！"

劈头就是一番打。

"打什么打？真是好笑，真相一明，居然把所有错责全部推到别人身上。"

金凌见状，厉叱一声，顿令拓跋桓面红耳赤。

毓王和梁王听到这里，想到外头那满地的奇珍异宝，皆在心头轻叹。

什么叫做阴差阳错，这就是。

青城公子啊，多少人眼巴巴地想结交他，都被他弃如敝屣，现在备了嫁妆送妹妹来嫁，这天大的好事落在晋王身上,晋王都浑然不知。

毓王笑着打起圆场:"哟,大水冲了龙王庙。青城公子早些来知会一声,哪有这么多的意外发生!"

梁王应和:"就是就是。四弟啊,这婚是太后赐的,无论如何也不能亏待了慕小姐,既然全是误会,休书自然得收回,让人把喜堂布起来,我等出去请青城公子进府,一起观礼才是正事!"

金凌立刻冷笑叫断:

"布什么喜堂,观什么礼?好马不吃回头草,开弓没有回头箭。我慕倾城,没脸没皮,皮囊之下只怀一身铮铮傲骨。如今休书已下,破境难圆。王妃之位再尊贵,我慕倾城也不稀罕!"

这话,说得不留半分颜面。

拓跋弘抿嘴,生怒。

他倒愿意收回休书的,男人三妻四妾寻常事,勉为其难地娶下,若能得到青城,不亏。不想这女人居然如此张狂。

既然如此,那就一拍两散,拓跋弘一拂袖,侧身而立:

"对错与否,不再追究,今日休书一出,你我再无瓜葛!你且走吧!"

不想眼前之人唇线一勾,淡笑下又口出惊人语:

"休书断义,倒是无所谓,不过殿下,既然恩断义绝,那么离府之前,请把当年文定之礼悉数归还……千年血灵芝,凤弦凌霄琴,鸳鸯琉璃佩,皆是我母亲当年留下的信物,请悉数还来,至于贵妃娘娘赐下的紫璃凰玉,我也已带来,你我两人就此换回定情信物,从此相见是路人。碧柔,将东西奉上!"

"是!"

俏婢手捧锦匣从容而来:"奉小姐之命,完璧归晋。我家小姐说了,这千年血灵芝,早让贵妃服下,小姐心仁,殿下不必相还,但需请殿下赐下千年雪莲和灵海神龟脂以作抵偿,至于凤弦凌霄琴,鸳鸯琉璃佩,请殿下在三天内归还。上千张眼睛目睹今日一切,殿下若失信一小小女子,如何能取信于天下万民,担得匡扶社稷之大任!"

一主一仆,语气皆傲然不逊。

拓跋弘算是全明白了:这女子今日所作所为,皆为了那文定之物。

算来是他理亏,是该归还,只是这两件东西,他已送人,对方这是有意为难他。

"小小贱奴好生放肆,殿下面前,岂容你大呼小叫!"

侍卫安青高声一斥,来为主子解围。

金凌马上俏眉一横,喝回去:

"闭嘴,哪来的疯狗在这里汪汪直叫?你家主子理亏了就是理亏了,再怎么乱咬乱叫,都没法堂堂正正起来。碧柔,把东西扔过去!"

"是!"俏婢应声,将手中玉匣往前一抛:"匣中之物,乃是皇家至宝,这就还了予你们。若摔于地上坏了,那便是你们晋王府护卫不周,可别再不分青红皂白诬陷我家小姐,担一个冤枉虚名，平添你们晋王府邸一场笑话！"

安青一惊，看到凌空抛来之物，连忙纵身将几欲落地的玉匣接到手上。

"安青，退下！"

拓跋弘见安青又想护主出头，忙喝令。

"主子，这些人分明是拐着弯地出晋王府的丑！"

安青何曾受过这种气，气得脸色铁青。

金凌冷笑，立刻接道："什么叫拐着弯地出你们晋王府的丑？分明是你晋王府没把别人家的姑娘当人看……若想人敬你，必先你敬人。即便想欲盖弥彰，也该使一些高明的手法——晋王殿下，管好你这些得力的手下，别随便放出来平添荒唐。"

闻言，拓跋弘面色一沉：

"慕倾城，就算本王有负于你，你也不必咄咄逼人！"

"这样就觉得咄咄逼人？那王爷有没有想过之前，你们又是如何逼迫于我的？"

这一斥，又令拓跋弘哑口无言。

"己所不欲，勿施于人！王爷读书万卷，这点道理总是懂的不是！

"记住了，三天时间，请王爷到时把原物奉还，若过了期限，失信不还，三日之后便是祈福大会，我慕倾城定当拦御驾，鸣不冤，一纸御状送至圣上跟前，我们可仔仔细细辩一辩个中的是与非！

"当然，尔等若是想官官相护，借着这三天时间，肆意给我安几个罪名，刻意扭曲事实，也许是能维护你们皇家的名誉。但是，我得提醒你们一句，人在做，天在看。王府之外，多少双百姓的眼睛在看着你们，王府之内更有不少看戏的他国贵客在洗耳恭听，如果你们不怕失了身份，尽惹天下人笑话，就放马过来，本姑娘没有颜面很多年，不怕陪着你们一起丢脸。"

趁这当口，她一股脑儿将这些人全拉上垫底，反正门外有一个他们都想结交的青城公子，料他们不可能耍无赖。

另外，她早就吃准他拿不出这两个物件——

拿别人家的珍宝做顺水人情？

呵，很好，这番，一定拿他往死里整。

堂堂晋王，如此羞辱一个女子，致令人家撞墙寻死，简直禽兽不如。

泼妇骂街，从来最没有涵养，而她这番骂，损得没一个脏字，着实令晋王哑巴吃黄连，有苦说不出。

"慕小姐放心，既已休离，文定之物是该归回，只是这三天时间，是不是……太少了一些……"

梁王眼见收不了场，插了一句，想要她多宽限几天。

"三天时间绰绰有余。梁王殿下，这事不必讨价还价！"

说话间，但见慕倾城素手一扬，摘下凤冠，纤指一动，层层解下盘扣，就在千百张眼睛的注视下，宽衣解带。

所有人都露出了不可思议的神色。

这个女人疯了！

就当每个人都把小心肝提到嗓子眼的时候，一袭雪白绣兰的素裙映入所有人眼底！

"晋王殿下，这一身凤冠霞帔是宫里赐下的，如今既已休离，我就一并奉还！爱怎么处理，随便！"

说话间，她恭敬地将换下的嫁衣送到晋王面前，见他面色铁青地没接收，便不客气地撂到了他手臂上，身后，她的奴婢，则很快自花轿里弄出一件霞色斗篷，给她体贴地系了上去，然后，她素手拢了拢斗篷篷襟，忽明眸一动，盈盈一笑：

"碧柔，回府！王府门坎高上天，咱们高攀不上，走人吧，免得人家再放狗咬人，他们乐意丢脸，我还想要撑撑脸面！"

不轻不重，又损了一句。

旁观者皆惊奇：慕倾城以丑出名，相传乃是一个无才无貌之人，但如今，他们惊讶地发现，这女子，虽容貌奇丑，却生着一身不驯之傲骨，以及一副伶牙俐齿，得理而不饶人，比起那些娇弱怯懦的寻常小姐更有骨气，能叫人为之眼前一亮。

一阵拍手声响起，有人喝彩起来："好极好极，慕小姐这话说得漂亮，话说晋王府的确很不要脸，本公子向来看不惯他们那欺善怕恶的嘴脸……拓跋弘就是欠骂！"

放肆的语气，引起了金凌的注意，回头时，出乎意外地看到一双亮灿灿的眸子正对自己饶有兴趣地笑，这个人已经在暗中留意她很久了。

五

今日，晋王府有很多贵客，这些人一个个来自五湖四海，聚集在这镔京，一是为了看晋王的热闹，二是为了参加二十年一度的祈福大会。

面前之人是其中之一，年纪二十来岁，长身玉立，如笔直之松竹，玉带束腰，风度翩翩，面如玉，浓眉利如剑，鼻梁俊挺，薄唇朱丹，五官棱角分明，整个人气质高贵，微笑时，从里到外，透着一股子迷人的魅力。

若说拓跋弘俊得极为稳重，那么面前这厮则俊得极为飘逸。

他姓龙，单奕，龙苍三公子之一，乃是来历极为神秘的龙域圣山上的少主，金凌与他不识，只见过画像。

听说这个人最爱凑热闹，哪里有趣事，他便往哪里凑，天生爱笑，是一只出了名的笑面虎。他生性狂傲，性格古怪，相传有严重洁癖，年过二十，却从不近女色。有人说，他眼界高，一般人入不了他的眼，凭着尊贵的出身，什么人都敢得罪，比如，他就敢骂晋王府很不要脸；又有人说，他生性豁达，只要对他口味，草根也能被他引为知己。

"是呀，拿着未过门妻子的文定信物赠与自己心仪的红粉知己，也只有晋王爷能做出这种事。这位公子一看便知是少年英雄，所谓英雄，有所为，有所不为，既然公子如此认同倾城，不知可否替倾城做一个证人？"

金凌心思一转，想把这位大名鼎鼎的好事之徒一并拉下水。

"做证？这事倒是有趣，说来听听！"

龙奕一派饶有兴趣的模样。

拓跋弘的脸色则往下一沉，面色极度不悦地冲龙奕横去一眼，可人家视而不见。

这两位都是牛叉级人物，都尊贵而不可一世，相对而言，龙奕比这位晋王殿下更放任不羁，更张狂。表面上他们一团和气，暗地里则谁都没把谁放在眼里。

金凌就看中了这一点，才敢大胆地要求起来：

"三天之内，晋王若拿不出文定之物，还请公子帮忙替倾城来讨个公道。公子大义凛然，想必一定能成全弱女子这一请求的吧！"

得罪晋王府可不是一件有趣的事，但是，这龙少主从来不管这些的。

"这事，太简单。慕小姐且放心，三天后，晋王若食言，本公子陪着你一起大闹祈福会，让天下人都知道咱晋王爷有多小人多龌龊多卑鄙加无耻！"

龙奕大笑，末了，拍拍胸脯，一副义盖云天的样子。

"那就先谢过！嗯，天也不早了，倾城就此拜别……告辞！三天后再见！"

金凌马上欠一礼，打算离开。

"哎，先别忙着告辞，本公子见你就觉得特别有意思，想和你交个朋友你看如何？能把晋王不放在眼里的女子，属凤毛麟角，姑娘脾性甚对我胃口，别人把你当草来碾，在我龙奕这边，一定引为上宾。要不，嫁我也可以。我龙奕绝不嫌你丑，说不定还能医好你这张脸。从此夫唱妇随，联手把拓跋弘气死了，那绝对是人生一件乐事……"

龙奕拦了去路，也不知从哪里变出一把扇子，很潇洒地扇了几下，双眼发亮，眼睛里写满了"兴趣"两字，最后一句，更是语不惊人死不休，说得还特别的响亮，生怕别人听不到似的。

话落，果然就引来一片哗然：慕倾城进门被休，已成奇谈；拒绝再嫁，索要文定信物，更是奇上加奇；这一会儿，居然还跑出一方少主当众向一个弃妇求亲！这事一变再变，实在震惊天下。

金凌也差点跌倒，她知道此人不好招惹，只没想到这位龙少主办起事来，比她更能"惊天动地"。

拓跋弘的脸色一下难看到了极点：

"龙奕，你这是故意来闹事的，是不是？"

"我呸，你哪只狗眼看到本少主在闹事？本少主对慕小姐只是一见倾心好不好！既然你已经给了休书，自后婚娶互不相干，我想娶慕小姐，能碍你屁事？"

龙奕说话，放肆之极，完全不给面子。

拓跋桓听罢，顿时勃然大怒，跳过来叫道：

"好你个慕倾城，怪不得你敢来出我皇兄的丑，原来暗地里，你早就和龙家这口私生孽种勾搭上了。哼，私生的配私生的，倒也过得去，只可惜这厮不仅有龙阳之好，家里还另配了两只母老虎，你别以为有了他做靠山，就能有好日子过，迟早，你要被他们玩死……"

这话可不得了，一下子得罪了两个人。

金凌不等他说完，赫然回头，厉声喝断：

"拓跋桓，说话前把嘴巴给我好好擦干净了。什么叫我出你皇兄的丑？这丑可是我逼着你们出的？分明就是你们自己在丢人现眼，怨得了别人什么？还有，什么又叫勾搭？我与这位公子素昧平生，仅仅说了一句话，就被你扣上这样一个大帽子，不要以为自己出身皇家，就可以什么都能为所欲为，今日你若不给我道歉，现下本小姐就去告御状，这当中的是非黑白，本小姐若不在帝驾面前断一个清楚明白，本小姐就不姓慕……"

龙奕呢，俊脸一板，紧接着叫喝道：

"道歉有个鸟用？拓跋桓，你奶奶的竟敢辱我有龙阳之好，公然折辱我名誉，我若不替世伯好好教训你这败家子，我龙奕就跟你姓……"

但见人影一飘，他身若魅影，出其不意地揪住了拓跋桓的衣襟，啪啪啪掴起耳光，打得拓跋桓哀哀嚎叫。

他的皇兄连忙上去营救，替他讨饶。

世人皆知龙大少主不近女色，外头便传他龙阳，此人生平最恨别人道他是龙阳，这拓跋桓敢如此当众折辱他，讨打是必然。

府内一阵乱，金凌见拓跋桓哭爹喊妈地在那边道歉，那气就回了下去，便趁所有人的注意力落在龙奕身上时，带着碧柔转身离开。王府外，她从容地安排陪护送嫁之人回去，自己则在子漪姑娘的邀请下，带着奴婢坐进了青城公子的马车。

车帘才落下……

"慕倾城，把本少主带上，咱可以好好研究一下提亲一事……"

打完拓跋桓的龙奕突然追了出来，身形一飘，才到低垂的帘子前，就被一股强大的劲道将他往外推了出来，两个人高马大的侍从挡到了他面前，有礼地拱手一揖：

"龙少主，我家公子爱清静，请止步。别扰了我家公子姑娘和慕小姐叙旧……"

说话间，马车绝尘而去，慕倾城根本没理他。

龙奕眨了好一会儿，觉得不可思议，自己才帮了她呢，那丫头居然吭都不吭一声，跑了？

"啧啧啧，这是什么浑话，我堂堂龙家少主，难道连和你们的公子爷结交的资格都没有么？"

他没生气。

"这个得问过我家公子。"

大煞接话道。

龙奕又一愣，他生性狂妄，不想这燕青城比他还要张狂，根本不存结交他的心思："有意思，这青城难道是生了三头六臂，居然连我都不放在眼里？今日我还就非得他一认了……"

人影一动，绕开二煞的拦截，急追而去。

晋王府外，曲终，人散，天色暗，一辆马车跟着离开，里面载着两个贵人，当今圣上的义子：九无擎和十无殇。

等走远，有说话声传出来。

"慕倾城怎会有如此心机？"

十无殇怪问。

"听说前天她被六殿下带人逼了一顿，昨儿时候曾经去她母亲坟前自寻短见，还把头撞破

了!莫不成,这一撞,撞坏脑子了?要不然怎么会性情大变?"

九无擎不说话,静静思量。

一个人的性情不可能忽然改变。

他认得慕倾城已经足足有十二年,这丫头是怎样一个人物,就属他最清楚。

大闹晋王府的人,根本就不是慕倾城。

那么,她会是谁?

第二章　误惹妖孽

一

车内,空间宽敞,车壁雕着梅花,摆榻。

软榻上,倚坐一玄衣男子,俊面,利眉,冷目,微笑,正擦着一把明晃晃的弯刀。

这人并不是"青城"公子,他叫逐子,是公子的近身护卫,真正的"青城公子",其实不是男人,而是女子,姓金名凌,正是大闹晋王府的冒牌新娘子。

"奇怪,这龙少主怎突然冒出来要娶慕小姐?"

子漪稀奇地嘀咕起来。

"甭理他,那人玩心特重……好了,终于不必装模作样了——唉,今天这出戏,玩得还真累!"

行走了一段路后,金凌摸摸脸上的那可怕的模样,懒懒的靠着子漪,满面笑容,此刻,她并没有把龙奕当回事。

"演戏真不是人干的事!一整天,累个半死!不过,还算痛快——看到那个混蛋吃瘪的样子,今天的演出算是值了!"

这才是她的本性,没了刚才在王府那种凌人的气势,身上所展现的是一种很阳光的俏皮,很灿烂的率真,很迷眼的慵懒。

逐子、碧柔和子漪互相对视着,嘴角不自觉地上扬。

谁会知道江湖人口相传的神秘公子,会是一个妙龄女子。

"小姐躺下,我给你按几下,松松筋骨!"

"嗯!"

金凌扑到了榻上,一双素手扶上了她的肩,熟练地揉捏起来,她喜欢子漪的按摩技术,小手柔弱无骨，捏起来却是相当的有劲，这丫头，为了她，专门向医者学了这门手艺，很心细，但女孩子总得要嫁人的，她迟早得回家，她们迟早会分道扬镳，于是，感慨了一句：

"子漪的手，真是巧，也不知将来谁有那个福气娶到你！"

"我才不嫁呢，这辈子，子漪就认定小姐了！"

子漪连忙表明心迹。

碧柔应和："我也是。"

金凌闭着眼笑："是姑娘总得嫁，等着，小姐我一定替你们寻个好婆家……"

子漪忙叫："别别别，小姐还是想想，该怎么把自己给嫁了吧！"

一提到嫁人，那些遥远的就像梦境般的记忆在脑海浮现起来。

"我倒是想嫁，可惜啊，可惜时候未到……"

似感慨，又似怅惘！

她心里一直住着一个人，一个似梨花般纯净的男子，只是那个人……弄丢了，她怎么找也找不到。

"小姐这是已经有心上人了？"

碧柔好奇地问。

她只笑不答，闭眼！

她们只好不问。

子漪直瞄那张丑得让人直想吐的脸蛋，心想，要是刚才在外头，那些人知道这丑陋的面具底下，藏着的是一张绝色的脸孔，不知道会引来怎样一场轩然大波？

私下里的时候，她常与碧柔议论，凭着小姐的才华，这世间男子谁堪匹配？

小姐已经二十一岁，凭着这个年纪，已是老姑娘，早该嫁人生子，但是，小姐并不急。

是眼界太高，还是心有所属？

她们猜不到！

金凌不说话，弯眉弯唇一笑，脸上泛起一层柔软的光，美得让人心头生暖。

逐子看着，唇角不觉泛开一朵笑：她笑起来的声音很好听，脆生生的，就像沙漠里的驼铃声，给人以无限的生机——但凡去过沙漠的人都知道，骆驼，那是沙漠之舟，驼铃声，是沙漠里最好听的声音，那是生的希望。

而她，就是逐子灰暗人生里的那串美丽的驼铃声。

逐子原是杀手，三年前，任务失败，他遭到追杀逃进沙漠，落得一个遍体鳞伤外加剧毒攻心的下场。

垂死之际，一个美丽少女，扬着璀璨的笑，从天而降。

她赶着骆驼队，一步一步地走进他绝望的视线，素手一扶，将他从鬼门关救了回来。

三年前的春天，是她在死亡大沙漠里救起了他，不仅治了他的伤，解了他的毒，更重要的是她还热心地给他"改头换面"。

认识她以前，他以杀人为业，认识她以后，他可以光明正大地在太阳底下呼吸，不必再受组织控制。

从那时起，他孤僻的眼里只有这个时而威厉、时而俏皮、时而懒散、时而迷糊的主子。

她是一个了不得的小女子：懂权者，擅兵法，长于医术，不仅懂武功，还有识人之慧目。

她爱做点小买卖，常常一身青袍，四处闲游，抠门地与人讨价还价。

她生着与常人不一样的思想，什么事都敢做，什么事都敢试，什么酒馆茶肆，什么赌坊青楼，任何地方都爱逛，任何热闹都爱凑，但凡干了什么"大事"，就留下"青城"之名。

其实，她不叫"青城"，而叫金凌。

第一次听到这个名字时，逐子觉得这个名字真的配极了她。

金凌，精灵，古灵精怪，精致灵秀。

而她的容颜，就像她的化名一样：倾城无双。

笑起来时，就像当头那一轮耀眼的太阳；顽劣起来时，就像一个还没有长大的孩子；精明的时候呢，叫人胆战心惊；平常时，笑眯眯看似无害，实则是一不折不扣的祸害。

他是第一个跟了她的人。

当时，她救他，他说要报恩，她说不用，举手之劳，不足挂齿。

后来，他不告而别，他找去，她嫌他烦，一意要赶他。

若不是后来，他帮忙救了碧柔和子漪，她根本就懒得收他在身边。

这个女孩子，功夫和他不相上下，头脑比他聪明，的确不会把别人放在眼里，但是那个时候，碧柔和子漪举目无亲，又柔弱无依，极需要人照顾，她一个人分身无术，只能勉为其难地将他留用，并且还在镱京买下宅子，如此才算有了一个落脚的地方。

可她依旧爱四处闲游，表面上看似贪财，吝啬得一毛不拔；可事实上呢，金银珠宝，稀世古玩，她全不放在眼里，一掷万金，赈济灾民，她眼都不眨一下。

她到底是一个怎样的来历？

以她非凡的学识，尊贵的气度，以及满腹智谋，应出自名门，但是，放眼龙苍四国的名门望族，一家一家逐一琢磨，竟发现，谁都不配成为她的出处。

而她也从来不回家，终年流浪于江湖之中，似乎漫无目的，但好像又不是这样的。

以他猜想，她一定是在寻找什么，也许是物，也许是人，那必是她心头最珍视的……

二

龙奕今年二十有三，有两个如花似玉的未婚妻，在龙氏有着尊贵的身份，坐享齐人之福，那原是一桩惬意的事，可他不喜欢——都是一些矫柔造作的女子，除知道哪件衣服漂亮、哪个发型好看外，就只爱争风吃醋，面对他时温柔贤惠，背着他时心狠手辣，这种人，他哪能消受得起。

所以，他一直躲着不婚，也不回去，终日游荡在江湖之中，做着逍遥客。

今日，他是初见慕倾城，一下子就被吸引住了——多聪明的一个女子，一路路布局，把晋王玩得团团转，虽说长相丑了一些，没关系，只要他愿意，总能寻到法子治好她的。重点在于这丫头合他口味，得了她，应该可以帮他解决很多麻烦事。为此，他是一路尾随，而此，惊讶地发现慕倾城竟会一身绝妙的轻功——青城公子的马车一路往城外而来，中途有一道人影自马车上一闪而出，他看得分明，是慕倾城，而后，他跟着来到这样一处不起眼的小院落。

此刻，夕阳残照，光华渐敛，天空是青蟹色的，一层朦胧的灰纱将整个大地笼罩，龙奕坐在墙头上看，星星点点的灯烛已经亮起来，夜幕已悄悄拉起帷幕，头顶有万千星星在闪烁，就像无数小眼睛在对他挤眉弄眼。

奇怪啊，慕倾城有家不回，没事跑这里来做什么？

活了这么多年，龙奕这是第一次发现自己对一个女人入了迷，于是一个倒挂金钩，屏息挂在屋檐下，用手指在窗纸捅了一个洞，眯眼想看看里面到底有什么新鲜的事。

这一看，差点从上面掉下来。

屋内，无他，一床一桌一镜一凳，陈设简单。

慕倾城散着一头丝缎一样的长发，正坐在梳妆台前。

台上放着木盆，一盏油灯，盆很深很深，放满了水。

水盆边上放着一些瓶瓶罐罐，她手脚极熟练地拎起几个瓶，拔塞，往水里倒入粉末，搅拌后，她深吸一口气，按住耳朵，钻进水里，水哗哗地四溢，她的头全没在水下。

她这是在自虐么？

因为入门被休，觉得没脸活在这世上了？

怎么可能！

一刻钟后，他终于按捺不住，破窗而入，一掌横扫，抓住她的后背，将其从水里拎出来，但听"砰"的一下，木盆掉地，水"哗"地全泼到了地上。

"喂，这会憋死人的！"

"呀……"

金凌深吸一口气，一双手胡乱地抹了一把水，吸纳时，一缕清冽体香冲进她鼻腔，有双手稳稳地将她的腰肢托住，等睁眼看清那人脸孔，她吓了老大一跳：

"怎么是你？"

龙奕露齿一笑，没意识到自己的手已扶上那人的腰，甚至忘了自己根本就不能"碰"女人：

"对，好巧，居然在这里遇上！我们好有缘……"

巧个屁。

"你跟踪我！"

这句话，完全是肯定的，而她竟没发现，这令她心头一怒，想将他推开。抬眼间看到这人的眼珠子不由自主地瞪圆起来。

"咦，你……你脸上那些玩意儿是贴上去的！"

龙奕张大嘴，吐出来的这句话，也是肯定式的：那张丑得惊天地泣鬼神的脸孔上，一层薄薄的疤膜脱落了下来，有半截已滑落，露出了一寸白玉似的粉嫩，他忙伸手一探一撕，整张疤膜完全被剥落，一张白净无瑕的脸孔映进他眼底。

"你，你竟然是个大美人？"

他再度惊叹。

好一个倾国倾城的女子！

眉，细细长长，英气飒飒；眸，黑白分明，熠熠生辉；鼻，小巧秀挺，但鼻心是皱起的，隐含不快之色；唇，亮盈盈，红嫩嫩，线条抿紧，贝齿直咬，分明想将他撕成粉碎；脸呢，已不再是那脸，晶莹剔透，就像上等的白玉，透着几丝天然的红，水灵灵，吹弹可破。

玲珑秀致的五官，完美地点缀在一张绝美的脸孔上，每个位置分布得恰到好处，满脸的水珠，带来了一种别样的美感。

"你的脸……根本就没事……没一点点疤，没一点点癣。"

平生见过美人无数，独独今儿这位最最美得惊心动魄。

"关你何事？哪凉快哪待着去！滚开！"

世人常说美丽是一种祸害，所以九岁以后，她师学母亲，掩起了自己的美丽，女扮男装。

来到龙苍之后，男装更是成了她畅行天南地北的护身符。

逐子他们倒是见她穿女装的样子，但那些人是她可以信赖的人。她从没有想过会在一个陌生男人跟前现出自己美丽的容妆。

"我有疤如何，没癣又怎样？要你多管闲事！松手！"

这个混蛋的出现，无疑在今天完美落幕的戏码上捅了几个再也无法弥补的窟窿。

她火冒三丈，想跟这个混蛋拉开距离，奈何这人抱得紧，她根本就动不了——长这么大，还没被人这么抱住，可恶。

"听到没有，松手！"

"凭什么，你说让我松，我就得松！我还没看够呢……啧啧啧，瞧瞧啊，我捡到什么宝贝了！这一次，那拓跋弘可亏大了。"

龙奕眉开眼笑起来，这么漂亮，娶过来多有面子。

金凌瞪目，才不管他的身份有多尊贵呢：

"你再不放手，可别怪我不客气！"

两根素指，快如疾飞地戳向了那一双熠熠生辉的琥珀眸。

"呀，你……好毒……戳瞎我的眼睛你又没好处！"

他眼疾手快地夹住，大掌将她的小拳头包住，大小合适，他不觉嘿嘿一笑。

一招失策，还受制于他，金凌脸色一沉，另一手再度偷袭双目。

没用，人家早看透她心思，先一步擒住她的手腕，不过，她也早有算计，抬膝左脚一挑，直往他胯下踢去，右手肘同一时间击向他的下巴。

龙奕没想到她反应这么灵敏，慌忙松开一手，躲闪，另一手依旧牢牢擒拿着她的手腕，生怕她就此逃了去，眼底的诡异则越发浓烈。

金凌冷哼一声，随手放出十枚梨花针，但见得一阵白灿灿的亮光疾飞而去，眼见就会钻进那人的五脏六腑，一旦钉上，死或是死不了，但足可以将他恶整一番。

可人家到底是名满天下的公子奕，怎么可能会被这些小伎俩所制服？

"呀"了一声，放手，一个漂亮的凌空翻，轻易躲了开去。

梨花针尽数没入土墙。

"啧，你这是想杀人灭口么？虽说功夫挺俊，但未见得能奈何得了我吧！其实现在你应该考虑的是怎么封我的嘴，而不是对我发狠，我这个人，一向是吃软不吃硬的！"

一个跟斗，他翻身盘坐到小榻上，一身青色的下等婢女服丢在那里，很粗劣，与她身上穿的上等锦缎截然不同。

　　他顺手拿来一闻，上面泛着淡淡的梅香，和她身上的一个味儿。

　　"放下！"金凌收住脚，瞪着，"再敢闻一下，我就削了你的鼻子！"

　　从小到大，她就有一个怪癖，属于她的东西，别人谁都不许碰。

　　可这样的威胁，对龙大少主不管用。

　　龙奕"扑哧"笑了出来：她这话换他说比较像样。

　　"成啊，你要是有本事削，那就过来削！"

　　他笑得玩世不恭："这衣服好香！慕倾城果然是个倾城美人坯子，人美，味儿也香，闻一闻就能酥倒男人一身钢筋铁骨——哎呀呀，拓跋弘有眼不识金香玉，把这么一个绝色佳人扫地出门，将来一定会悔青肠子！"

　　金凌听着只想吐。

　　"龙奕，怎么说你也是一方少主，言辞下流，行为下作，龙域的颜面都被你丢尽了……还我！"

　　她纵身跳去，将衣服抓到手上想夺回来。

　　"不还！"

　　龙奕笑着抢，逗上瘾了。

　　青衣在两人手上拧扭作一团，两股蛮劲儿在衣裳上不相让地较量，龙奕只觉有股巧劲儿直逼自己，并且堪堪与他打成平手，可见武学修为非比寻常，于是眼底那份惊奇欣赏之色越发浓烈。

　　"呀，我明白了，你不是慕倾城！"

　　前前后后那般一琢磨，龙奕心头蓦地有了一个结论："要不然，至于这么凶神恶煞地想灭了我么？"

　　金凌心头一紧，劲儿一松，那衣裳滋溜溜就从手上滑了过去。

　　"啧，真，真够香！"

　　这瘟子，故意使坏，对着青衣，那是闻了又闻，一身的邪里歪气，敢情儿不把她气死，他就觉得特别没意思。

　　她瞪着，一双漂亮的水眸恼得快喷出火，浑身上下迸射着一种异样的美丽。

　　这份美，惊艳了龙奕，触动了他某些被封住的记忆，心脏急跳了一拍，于是，他不再逗她：

　　"想要衣服是不是？好啊！告诉我你叫什么名字，衣裳就还你！"

　　这个人已经认定她不是慕倾城了，这可不是一件有趣的事。

　　金凌一惊，深吸一口气，马上否认：

　　"笑话，我若不是慕倾城，那谁是慕倾城？"

　　"啧，你若是慕倾城，就该回镇南王府待着去。没事跑这个破地方来做什么……"

　　一张俊得人神共愤的脸孔阴魂不散地再度凑到她跟前，饶有兴趣的眼神是一个劲儿地往她身上直瞄，一段咄咄逼人的质问。

"你若是慕倾城,这张脸,该如何解释?明明生着沉鱼落雁之姿,却以一副丑得不能再丑的脸孔现身王府?"

"你若是慕倾城,怎么就有那个胆量,敢玩弄西秦国的拓跋弘?"

龙奕挑着俊眉,头头是道地分析着:

"想今日,事到最后,明明拓跋弘已经露出想妥协之意,你若真是慕倾城,早就软下性子依从人家,当场尽释前嫌,而后拜天地入洞房,此时此刻,你该出现在晋王府临时布置的喜房内,而你的那个夫君,这个时候,会宴请青城公子入席。

"纳娶一个丑妻,虽然有损他晋王的颜面,但因此而得到一个人才,拓跋弘一定愿意做这个买卖。你却一口反对,收了那份休书和耻辱,却以另一种方式去折辱你的那位良人。

"三天之内让拓跋弘把凤弦凌霄琴和鸳鸯琉璃佩自他心仪女子手上讨回,而且要千里送归,这事,难如登天!

"你要是真的慕倾城,常年深居于深府闺阁,又如何知道那两件信物并不在镐京?又如何肯为难你自小慕恋着的如意郎君?

"从这种种迹象可以看出,你,根本不可能是慕倾城!

"在晋王府的时候,我就纳闷,今天的慕倾城怎如此狡诈?刚开始,我还真以为传言有误,现在才知道,原来却是有人演了一出李代桃僵的戏法,在故意寻拓跋弘的麻烦。

"嗯,依照这个情况看来,你和慕倾城是好朋友,应该是慕倾城出了什么事……所以你恼上了拓跋弘,才有了今天这么一出精彩好戏……

"哎呀呀,我说小姑娘,你到底是何方神圣,竟敢如此不要命地戏弄皇家?要是这事传扬出去……嘿嘿嘿……只怕这下场……"

好一番假设,好一番推理,最后两声"嘿嘿"之声,露出了威胁之意,显得狡诈至极。

金凌听得有点心惊肉跳,脸上则不动于色:

"龙公子,我觉得你该改行去当说书的……这么能编,口才又好,不当说书先生真是浪费!"

"客气客气!"龙奕笑应,"我也是这么想的,以后要是没钱花了,一定去改行当说书先生!"

此刻她的镇定自若和之前的暴跳如雷,形成一种强烈的反差。

这应是一个见过世面的女子,擅于随机应变:能设局把晋王整得这么惨,其心思绝对是深不可测的。

"别卖关子了,快告诉我,你到底叫什么?"

他真的很好奇,从不曾有如此渴望认识一个女人的心情过。

"抱歉,本姑娘行不改姓,坐不改名,姓慕名倾城!"

她就满口咬定自己是慕倾城不松口,看你能拿我怎么样!

"哎呀,你就别装了,你压根儿就不是!"

"我是!"

"你不是!"

"我是！"

"我说你不是你就不是！"

"我说是就是。喂，你烦不烦啊！啰里啰嗦的！"

她凶巴巴起来。

外头天色渐渐暗下来，她若不早早易容离开，很容易被关在城门外回不去东方府，现下，她实在没空跟他瞎折腾。偏偏这小子根本不想就此罢手。

金凌上去一把拽住他往窗那边推：

"出去，听到没有！打哪来就回哪去！龙奕龙公子，就算我麻烦你了，拜托你了成不成，我还有事，忙得不可开交。没空陪你绕嘴。像您这样的贵人，现在应该去锦香阁那种香软醉人的地方玩，手上抱两个美人，吃吃酒，听听曲，那才是你们这些公子哥儿应该做的正经事，没事别在我这个破地方瞎鬼混，我这庙小，供不起像您这样的大佛……出去出去出去！从此以后，少在本姑娘面前出现。"

可人家杵在窗台前，就像一座山，哪肯走。

"到底走不走？还有，把衣裳还我！"

金凌瞪着，探过身去拎住衣裳半个袖子，想把它夺回来。

龙奕哪肯如她所愿，心怀好胜之心，不自觉就加大了劲道，却忘了那衣裳又粗又劣，怎经得起两道强力的冲击，就听得"嘶"的一声，好好一件青衣，顿时被撕成两半，两个人被强大的冲劲反弹，向后连退三步。

看着手上半只袖子，金凌再也淡定不了，终于发飙了。

"姓龙的，你敢毁我衣裳？"

一张俏脸黑沉沉的。

"限你立马在我眼前消失，要不然，别怪我不客气，你滚不滚？"

居然叫他滚？

他真想翻白眼，好歹他是名满天下的公子爷，她怎么就不懂奉迎拍马一些，而且，他还刚刚撞破了她的"阴谋"，按道理说，她应该对他客气一点才对，为什么还敢对他大呼小叫？

"一个女孩子家，怎么就这么粗鲁？会嫁不出去的知不知道……真的会嫁不出去的！"他好心地提醒，"男人都喜欢女人温柔体贴，这么凶神恶煞，谁见了谁怕。"

金凌的脸，越来越阴沉，素手一扬，一大把梨花外加冰魄寒珠弹了出去。

"呀！你你……你真毒！我是好心……真的的。哇！这什么暗器？"

一片冰光寒气迎面打来，那凌厉的气势真想要他的命，他脚下一软，心头一惊，背上一颤，情知再不能逗她，慌忙翻出破窗，这才生生逃过了一劫。

不过那女人还不肯罢休，跟过来，又撒出一把梨花针。

龙奕才回神，耳边又闻到一阵破空之声，直觉那亮闪闪的梨花针铺面盖地地往他屁股后面迎过来，他"呀"了一声，老天爷，他可不想被打成马蜂窝，没多想，噌地一下就蹿上墙头，一瞬间内消失得无影无踪。

龙奕，龙苍第一公子爷，神秘莫测的龙域少主，平生第一次被一个"无名小卒"打得落花流水……

窗前，金凌眼见得这人望风而逃，微一愣，然后扑哧一笑，银铃似的笑声在微暗的夜色里随风送开。

这个龙奕，还真是有意思。

其实，她知道，并不是自己有多厉害，此人十三岁出道扬名立万，后被人封为龙苍第一公子，与西秦拓跋弘，东荻凤烈齐名，其功夫其手段，冠绝龙苍，怎么可能打不过她？

从头到尾，他对她没有半分恶意，有的只是逗弄。

至于原因，可能是因为从没遇上一个女孩子可以能和他打架的，又对他毫不在乎，一时觉得新鲜，想结交！

其实结交这种权贵，对于自己来说，百利而无一害，只是这个公子哥儿瞅她的眼神有点异样，直觉告诉她，不可以理会，要不然会平添是非。

此番龙苍行，她志在寻人，不想以女子身份多惹事端。

作为公子"青城"，这三年来，她很努力地将"青城"之名发扬发光，为的是：希望他可以闻名而来，如果他还活着的话！

作为姑娘家的"金凌"，她尽量不去招惹男子。

因为她生得实在太美，很容易惹来男人窥觎的目光。

有道是明枪易躲，暗箭难防，出门在外，小心谨慎，那是很必要的。

故，明哲保身，是她一贯的原则，这番，若不是因为"慕倾城"是她的结义妹妹，她自不会来蹚这浑水。

她与慕倾城结识于十二年前。

那年，她中了一种致命的奇毒，性命垂危，姑父韩继和姨娘玲珑带着她和燕熙一起穿过万里黄沙，来到这个遥远的龙苍大陆求丹问药。父亲派了上千精锐之兵护他们远行。待他们穿越死亡沙漠来到龙苍，随行侍卫已死了一半，等他们求得灵药回去的时候，身边护从已不足百人。这当中还把玲珑姨娘和燕熙哥哥遗落在了这片苍茫的大地上。

慕倾城就是当年求药途中结识的一个小女孩，其母亲东方滟曾救下了被乱军追逐的他们。

初识时，那孩子被火焚坏了脸，为谢救命之恩，精通医术的玲珑姨娘替慕倾城医好了脸孔。因为姨娘不知道慕倾城本来生的什么模样，又见倾城和她感情甚好，便给了倾城一张神似金凌的脸孔，两人就此义结金兰。

后来一场大祸，他们离散，各奔东西。她在姑父的保护下回去了万里之外的家。姨娘和燕熙哥哥生死未卜，流落在异乡。她又哭又闹求父亲派人来找。父亲派出无数精卒。可是，想要穿越无垠的沙漠，到另一个辽阔的大陆去寻找两个可能死于战乱的人，那无疑等同在大海里捞针。

这样一找，足足找了九年，这当中，只找回过一块燕熙随身佩戴的神玉之外，再没有别的消息传来。

九年后，她学成出师，父亲原想给她另择夫君，可是她心里只念想着当年用性命护她的小燕熙，便不顾一切来到了这里，以"青城"之名，奔行于龙苍的地南天北。他若活着，应该还记得的，一定还记得，她是他的燕氏"倾城"。

说起为什么要以"青城"为名,那是有原因的。

十二年前,金凌让医好脸孔的慕倾城,穿得和她一模一样,一起站到燕熙跟前,让他猜谁是谁。

一袭白衣的燕熙斜眼睨她们,没多辨认,便把顽劣的她揪了出来。

金凌很纳闷,明明两个人一个模样,他怎么就轻易将她识认出来。

燕熙轻笑直敲她脑袋:"笨,慕家倾城,娴静纤纤,就像空谷之幽兰,燕氏'倾城',傲骨灵秀,就像寒冬之腊梅,一文一'武',气质神韵不同,我与你自小一起长大,若连这点也分不出来,我还算是你的未婚夫君吗?"

那一年,她九年,他十二岁,他已经将她视为自己的"女人",喜欢在她身上冠上"燕氏"之姓。

失散的这九年,父亲曾在她身边安排了好些个万里挑一的世家公子,栽培他们做她的左膀右臂,自然,也是别有意图的,可她心里再也容不下别人,这才千里迢迢来到了龙苍,一心一意只为寻找她的青梅竹马。

在龙苍,她以燕为姓,以"青城"为名,凭仗"青城十三剑"名动四国,只为了把他引出来。

"青城十三剑"由"燕氏十三剑"演化而来,脱掉燕氏剑法那种力拔山兮的霸气,独辟蹊径,变得犀利飘逸,适合女子习练。这是燕伯伯开创并传授于她的独门剑法。燕熙若还活着,若听闻"青城"之名,以及青城十三剑,就会知道是她来了。

可是,三年了,燕熙一直没有出现。

但她并不气馁,一直锲而不舍地寻找着。

这番,她以神玉为饵,终于发现了新线索。这段日子她隐遁于镔京城,便是为了他。

三

有一件事,世人皆不知,龙大公子之所以不近女色,并不是因为有龙阳之好,而是因为他对女人过敏,这过敏疹症,已伴他足足十二年。只要他碰了女人的身子,就会发出一身红疹,此病久治不愈。今日,他惊讶地发现,慕倾城竟成了那个例外!

老天垂怜,这绝对是老天垂怜。

他对这丫头的兴趣越发地浓厚。此人功夫极好,自恃也极高。原以为由他亲自守着的人,量她无论如何也逃不出他的五指山,结果却大意失荆州:人家从农舍中出来,身形一翻一跃,一眨眼就消失得无影无踪。

龙奕看得目瞪口呆,差点掉下树去。

哎呀呀,这小妞是存心跟他杠上了!

但,想在他眼皮底下闹失踪记,哪有这么容易!

龙奕缓缓浮出一抹深深的笑容,觉得有趣死了:这么多年以来,当真从未有过一个女孩子能在一天时间内,将他的好奇心挑到极限。

嗯,他喜欢这样的挑衅,喜欢慢慢地挖她的底。

他咧笑着蹲在树上,悠闲地吹响了一个嘹亮而绵长的口哨。

半响，夜空中飞蹿来一只金色的小东西，呜呜呜直叫，似猫又非猫，似虎又非虎，在远远地回应着口哨，向声音发出的地方，一路欢跑。那身形快得缭眼，但见它猛地向高高的梧桐树上一跳，滋溜一下就钻进了龙奕怀里。

这是一只长着漂亮小犄角的小灵虎，很小，就像一只可爱的猫，全身金黄色。

"小怪，帮我找个人——一个女人！"

龙奕将它抱在手上，眯眯笑。

小怪走后，他又吹响了口哨，把自己两个马不停蹄抹黑晋王的手下赤影和玄影给招了来，笑眯眯地吩咐了一句：

"三天之内给我准备出一个像样的大婚来，一切按国礼来办，越隆重越好。"

嗯，他打算娶了她！

四

与此同时，皇城晋王府。

高高的阁台上，一道俊拔的身影傲然屹立，台前，两挂六角宫灯在冷风中随风轻摇，拓跋弘思绪翻飞，傍晚时分的一幕幕在眼前一遍遍地反复上演。

忽一道飞快的身影自阶下飞奔而来："主子，慕倾城没回镇南王府，跟着青城公子去了天龙寺。"

"哦？那镇南王府那边有什么反应？"

"镇南王府大门紧闭。无人理会慕倾城的行踪！"

也是，慕倾城是私生女，在镇南王府不得宠，今日在晋王府如此一番大闹，识趣的都知道那女子已生生得罪晋王，而今，镇南王又不在镒京，王府里的女人们自不敢过问这件事，故而才会大门紧闭。

拓跋弘目光一动，看到安青眼里似还有话，便问："还有何事？"

"禀王爷，属下刚刚探听得知，慕倾城入门便休的消息已经四下传开。有人洋洋洒洒写了一篇王爷恶意休妻稿，在皇城四处传发，如今整个镒京都已知道晋王府发生了什么事。"

外界的评论，对晋王来说是相当不利的：藐视懿旨，恶意休妻，殴人毁物，折损皇家礼制……

这一个个罪名，无疑在晋王的贤名之上泼上了一层洗刷不掉的污点，如果，三天之内不归回当年的文定信物，就得另加一条污名：仗势强占。

这么多年宦海沉浮，拓跋弘博了一个"贤"名，却在今朝坏了七八，事情的发展完全脱离了他的掌握。

原以为那个女人是很容易摆平的，谁能想到会闹出这样一番事端。

拓跋弘将拳头握得咯咯作响，这个女人太奇怪，前后简直判若两人！

"有没有查明昨儿个她一天的行踪？"

"有！昨儿一整天，她去了镇南王府的宗祠。三更时分，服侍她的云姑找去后才将人接了回来！据说慕倾城曾撞墙欲寻死。"

拓跋弘记起来了，那个女人额头上好像真有撞伤的瘀青。

这能说明什么？

"主子，文定信物，还，还是不还？才三天时间！"

安青犹豫了一下，还是问了。不管还是不还，今日之事，对于王爷来说，都是一种折辱！

"不还！"

想要看他笑话，她还嫩了一些！

"这世上，有句话叫：浪子回头，金不换。知错而改，莫善大焉！她给本王出难题，那本王就把难题重新踢回去，让她自己去收拾残局！"

安青一愣，未解深意。

五

与此同时。皇宫。

有人跪在御案前回禀。

"说！"

"回皇上，昨日慕倾城时三刻去的宗祠，晚上酉时被人接回小院。今日巳时上妆，未时送嫁，申时抵达晋王府。晋王闭门拒娶。慕倾城用太皇太后懿旨逼婚。晋王大怒，开门迎亲，以七出之条，未曾拜堂当场休妻。慕倾城请出青城公子及天龙寺明觉大师作证，以示清白。当场梁王和毓王劝和，慕倾城不肯和，接下休书，索要信物，理直气壮，并口出狂言，不归信物，便告御状。后随青城公子扬长而去。"

正在批奏折的秦帝不觉抬起了头："胆子倒是很大。嗯，晋王府有什么动静？"

"晋王按兵不动！"

按兵不动，就意味着已有所行动。

没一会儿，宫外内侍送回一本急奏，秦帝打开一看，却是晋王的折子，嘴角不觉浮出一抹淡笑。

晋王一番罪已书罢，俯首叩悔：再请恩旨完婚，择定佳期，大礼迎娶慕倾城。

第三章　陪嫁公子府

一

金凌另外有一个卑微的身份：凌小金——两个月前，她演了一出戏，结识东方家的十三小姐东方若歆，从而成为了她身边的侍女，以期达到自己某个目的。

这天，当她回到东方府，才踏进东方若歆的园门，十三小姐的怒叫声就响了起来。

"我不嫁。这么多的姐姐妹妹，为什么偏偏选我顶这个缺去嫁那个魔鬼？整个西秦国的人都知道，九爷和十爷，是吃人不吐骨头的魔鬼，谁沾上他们，谁就倒八辈子霉。我不要进公子府，我不想活活被他们弄死！"

尖利而惶恐的反抗声，令金凌顿下了步子。

"不嫁也得嫁！这是老太爷决定的事，谁都没法违抗！你若敢不嫁，就等着给你娘以及你那个残废无能的弟弟收尸吧，东方府不养没用的废物。"

话音刚落，一阵悲恨的哭声传了出来，很快被呼呼刮着的北风所吞没。

西秦位处极西的冰寒之地，天气远比九华的沧国来得寒冷，初来西秦的时候，金凌并不习惯这里的气候，所幸，她的适应能力一直很强，渐渐就习以为常，不管是气候，还是风俗。

金凌没进去，掩到了角落里。

他们的对话，她听得清清楚楚，并不觉得意外，这正是她一直在等候的契机。

虽然一切依旧照着她原来的猜想那样发展着，可，一旦事到临头，难免还是有点心疼东方若歆，眼前不自觉地就浮现了十三小姐坚毅不屈的小脸——那样一个有点离经叛道的小女孩，一旦进得公子府，下场会不会和其他女人一样的可怜？

事实上，但凡是身为女人，在西秦国内，又有几个能真正享了尊荣？

比如慕倾城，又比如即将嫁给恶魔的东方若歆。

女人，在西秦国，就等于是牲口，生养的工具，是维持家族利益的棋子，只能逆来顺受，不能反抗，但是，她打心眼里认定：东方若歆应该可以创造一个奇迹。

很快，七老爷甩门离开后，躲在阴暗中的金凌闪了进去。

二

房内，东方若歆哭得凄惨，一张小脸早被泪水淹没，一抬头，看到失踪了一天一夜的小金子终于现身，哭声越发地厉害，忙扑过去，直叫：

"小金子，你总算回来了，被你的乌鸦嘴给说中了，家里人当真要拿我替若绮的缺去嫁给十无殇，这可如何是好？快点给我出出主意吧！我不要嫁十无殇，绝不要！我……我要逃婚！"

东方若歆，在东方家排名十三，是一个没有什么地位的庶出小姐，生得秀美，心地善良，还读过几年书。在大秦国，女子一般不读书，即便读，从小被灌输的也都是一些夫为妻纲的传统礼法，东方若歆的母亲不是秦人，乃是万里之外的九华人，思想与秦人不一样，调教出来的女儿自和寻常千金小姐有些不同。

东方若歆明媚，开朗，生性不驯，不轻易向恶势力服输，喜欢路见不平，拔刀相助，两个月前，她在奴隶市场救下小金子，起初，她只是出于好心，收留了人家，后来，渐渐发现她救的这个人乃是非常之能人：她晓天下大事，懂四国文章，识人心而知世情百态，非等闲之辈。

小金子曾向她坦言："我和你之所以能在茫茫人海中遇上，绝非偶然，是我刻意想接近你，但，你且放心，我并无恶意，至于原因，有二，其一，你有大难，不久的将来，你会嫁进公子府，有我在，或者可以帮到你；其二，现在暂且不说，时候到了我再与你说。"

当初，她不信，但心里总归有些惴惴不安的，因为小金子说的事，都很灵验，直到一个月前八姐被选中后，她才松了一口气，暗自庆幸小金子的预言终于破灭，为此，她甚为欣喜。不想时到如今，事情竟起了翻天覆地的变化，就这几天，八姐生起了怪病，一直卧榻，最后居然还当真要拿她去替这个缺。

不行，她绝不要嫁给十无殇，公子府那几位，那可都是不折不扣的魔鬼，这几年，他们纳了多少女人进去，不是死了，就是疯了，哪一个得了好下场？

"别急别急，来来来，到这边坐坐，先缓缓气再来听听我心里是怎么想的。"

金凌拉她坐好，给她泡了一杯茶，拍拍她的肩膀，安抚着，等她情绪平静些了，才道："若若，说实话，在我看来，这其实是一件好事！"

人前，她称东方若歆为小姐，人后，她叫东方若歆若若。

东方若歆立即用一种看怪物一般的眼神瞪起她："公子府里那两位，是专门吃人的魔鬼。魔鬼吃人，兴许还会吐骨头，这两位，吃人不吐骨头。我若嫁过去，肯定是死路一条！你居然说这是好事？"

世人看公子府，素来如此。

金凌不见怪，只抿嘴一笑，指指她的明眸，意味深长地道：

"看人，不光要用眼睛看，更重要的是……"她又指指她的心，"要用心看。"

东方若歆一怔："要用心看？"

"是！若若，传言未见得就是真相。别被表面现象吓到了。你且想一想，公子府的那些公子，曾是皇上开疆拓土的利器，若没有一点才能，如何能成为帝主驾前的心腹？"

的确，只是现如今，公子们的丰功伟绩，已经被他们的恶名所掩盖，现下，提到九无擎和十无殇，人们想到更多的是他们的嗜血如命，他们的辣手摧花，而忘了他们的骁勇善战，曾为大秦的一统立下过赫赫战功。

"这样的铁血男儿，他若不中意你，你的确只是草芥，死不足惜，他若中意你，那么，我就得道一声恭喜，因为你得到的将是一个打着灯笼都找不到的如意郎君。"

东方若歆秀眉紧紧蹙起："等一下，依你的意思，这是在劝我嫁进去，而不是想法子躲开这门婚事？不行，我绝不能进去，那种人，怎么可能成为我的良人？"

"你这是坚持不入公子府了是不是？"

"不管他优不优秀，出不出色，一提公子府，我就害怕，我不嫁。舒儿就是一个血淋淋的见证！"

她口气坚定。

金凌知道她对公子府很反感，那舒儿是她表妹，去岁入公子府，待到过年，就疯了。

"嗯，那好，那你先设想一下，你能不能，有没有这个机会逃掉这门婚事？"

这是一个很现实的问题。

"我……"

东方若歆清楚自己的现状，所以才会在听说自己被选中之后，急得手足无措。

"就算你逃过了这一次，还有下一次。若若，你应该知道，在东方府内，小姐们的婚事是由不得自己做主的，今日你若不进公子府，他日还是要入别家。就我的眼光来看，纵观整个秦国，好男儿固然有，但，能被称之为俊杰的人，不多！公子府的那几位，名声是臭，但绝对都是人物。重点在于，你跟那十无殇，也许会成佳偶！这是我大力支持你进公子府的主因所在！"

听着听着，东方若歆愣住了，奇怪，小金子这一断言从何而来的呀？

"为什么这么说？"

金凌神秘一笑："你之所以会被选中入公子府，是别有原因的。"

"什么原因？"

金凌示意房内的侍婢小玉往外守着，翘起三根手指，说："原因有三，其一，因为你个性，足可投十公子所好，可令其着迷；其二，因为你聪明伶俐，好帮你爹办事；其三，你爱你母亲和弟弟，会为了他们不顾一切，这么说，你明白了？"

东方若歆的反应是：一脸茫然："不明白，我怎么就能投十公子所好？令他着迷了？"

"呃，这事，很难解释。嗯，这么说吧，那十公子可能对你有意思。"

"这怎么可能？"

东方若歆顿时瞪大眼。

金凌笑：

"对，听上去，确有些不太可能，但是，从某些事件上可以看出这样一种痕迹。

"比如说，两个月前，你在校场肆意大笑，正巧被十公子瞧见，那家伙盯着你走神了好一会儿。这是我亲眼瞧见的事。

"还有就是这两个月来，小姐曾和十公子多次有邂逅，也绝非偶然，是七老爷预谋的，而每一次见面，那个从不会正眼瞧人的十公子都会在暗处偷窥你，然后，这些事，全落到了你老爹眼里。

"再然后呢，东方府正好在这个时候需要有人进公子府打探一些事，所以公子府选姬的时候，东方府总共选送了两位小姐。结果，十无殇勾的是你姐的名头，把你踢了出来，表面上看，他是看不上你，实际呢，他应该是在偷偷保护你，不想你去蹚了这蹚浑水。

"以我看来，如果是你姐进公子府，只会有一个下场：死，铁定肯定完成不了你爹交代下去的任务。所以，你姐就突然病了，才出现了这样一个你必须进公子府的现状。

"七老爷这是在打赌，赌十无殇会对你心软，赌你能得到十无殇的信任，只有得到了他们的信任，你才能有机会拿到兵符。"

说出最后两字时，金凌看到东方若歆瞪直了眼，完全惊呆，半天后，才压低声音叫了起来："你，你竟知道我爹要我去偷兵符？"

金凌又笑笑：

"之前仅仅是瞎猜。我听说不久之前军营弄丢了一件重要的东西，好像是半块兵符，平将军会被满门抄斩，就是因为此！而今，那块兵符极有可能在公子府。可惜一直查探不到。七老爷这两个月来一直在暗中观察十无殇对你的态度，他这么安排，还能为了什么，自然是想用你探他的底细。"

"这真是我最最害怕的事，女人扯上这种事，通常会死得很快。那老不死的说，要是半年之内偷不出来，就拿我娘和弟弟问罪。在这种情况下，我进了公子府，不管得不得宠，偷不偷，都得完蛋。你说，我该怎么办？"

东方若歆扒了扒头发，头疼得要死。

"问题是，你若不进，坏了那群老不死的大计，你和你娘以及弟弟，就等着遭罪。"

"那我该怎么办？"

她站了起来，来回地踱步。

"若若，如果你信得过我，那就答应下来，我会陪你进去。我们一起赌一局。赌赢了，十无殇将是这辈子最可靠的依靠，要是输了也不怕，到时，我带你离开。你娘和弟弟的事也包在我身上！你看如何？"

金凌站定在她面前，鼓动着。

东方若歆复杂地看着她，忽然之间，明白了一件事："你是为了进公子府才接近我的是不是？"

"是！"

金凌很坦荡地承认："如果你真不想进，也行，到时，我可以替代你进。我懂易容术。可以扮成你的样子。但是，这样一来，你就会失去一个真正认得十无殇的机会。请在脑海里构想一下，如果，他真是你命中的男人，这一逃，你失去的是什么？"

十无殇的俊容浮现在了东方若歆的眼前，她对他并无好感，只有害怕和恐惧，但是，她却迟疑了，小金子这么勇敢，她有什么道理推脱这样一个命运？

易容术再厉害，难免会露出破绽，她不能置小金子于危境。

人生在世，总在博弈，若不搏而弃，那是弱者，这是金凌曾跟她说过的话，她觉得有道理，世间事，只有尝试才有机会。

于是她一咬，点下了头：

"好，那我们就去赌一局！"

这一赌，她们的命运，发生了翻天覆地的变化。

三

翌日。

金凌的眼皮一直在跳，总觉得好像有事要发生，等到在后花园再看到龙奕那邪笑不已的脸孔出现在眼前后，金凌终于知道自己提心吊胆的根源在哪里了。

"你怎么在这？"

她呆了一会，捏眉心问。

"我怎么就不能来这里？不是跟你说了么，你是无论如何都甩不掉我的！"

龙奕眉开眼笑，瞅着眼前这小妞，奴婢装扮，丫环辫，小黑脸，满面雀斑，跟昨儿简直是判若两人。不对，那双眼睛依旧闪闪动人，呃，正确来说，那是掩藏不了的急怒。

昨儿个，小怪回去后，把这个女人和十三小姐的对话，一五一十复述了一遍，他盘坐在床上，一手酒壶，一手鸡腿，听着有滋有味，心头大叹：这小女子真悍，居然敢到公子府去玩！

那地方，但凡是女人，都怕，没料到还有例外的。

问题是这个小姐为什么要处心积虑地进公子府？

"跟我过来。"她揪住他的衣袖，将这个穿着东方府小厮衣裳的可恶男人拖进花园深处的树林里，然后，将人猛地一推，抱胸瞪着："你死缠烂打地跟着我到底想干吗？"

"不想干什么！"

龙奕气定神闲地站稳，背手绕着她直转，语气懒懒："只是好心过来告诉你一件事，我没打算拆穿你的底细。"

他有这么好心吗？

下一句，他语气果然就来了一个大转折："嗯，只要你满足我的好奇心，我保证不拆穿！"

龙少主的好奇心还真是不能招惹的。

金凌忍了忍，才冷静地提醒：

"咱俩不熟，井水何必非要来犯河水？"

"只要多多相处，不用多久就能很熟。"他自动忽略后面那半句。

"我没空！"

"我有空！"

龙奕眯眯笑："首先我们应该自报家门，你已经知道我是谁，我还不知道你叫什么？哎，千万别再跟我说你是那个慕什么……我听到了，他们都叫你凌小金，但是我得问问明白，凌小金到底是化名还是真名？"

金凌越听眉头蹙得越紧，没好气地来回踱了几步后，盯着他："我叫什么名字不重要，重要的是你想做什么？"

这个家伙太厉害，她清楚自己不能再在他跟前假扮慕倾城，干脆默认。

龙奕则能从这句话里体味出这样一个意思：这个女子戒心很深，深到根本就不想被别人探知她一点点底细。

于是，他委屈地撇起嘴："干吗这么不耐烦，我就是想和你交个朋友而已。为了表示我的诚心，我想我应该告诉你一件事：慕倾城那个前夫婿，也就是昨儿个被你耍得团团转的混小子，今儿个请了圣旨，去镇南王府追悔赔罪，打算再娶慕倾城，皇帝老儿已下口谕，只要镇南王同意，择日完婚……如果你不想再和那混蛋搅一块儿去，跟我混，应该是一个相当不错的选择！"

这消息，的确有价值。

金凌不自觉地眯了一下眼：好一个拓跋弘，居然想反将她一军。此举对于他而言，有三个好处：一、可不必归回信物，二、借机笼络青城，三、挽回自己的声誉。

如果依着倾城的心意，她自是想嫁给晋王为妻的，那丫头啊，自小就喜欢那个无情无义的男人，多年前为救他不惜赔上自己的容貌，可惜最后，却被那个男人逼得差点一命呜呼。虽说只要找到那些药，她自是可以把那个小妮子治好。问题是，治好后，慕倾城一旦醒过来，一个被休离的女人，如何去过下半辈子呢？这往后的日子还得过下去不是！

"怎么样？我够讲义气的吧！有没有那个资格跟你交个朋友？正确地说，我是真心想娶你……这件事，绝对双赢，我跟你说……我有这样一个计划……我娶你，你嫁我，慕倾城就可以完全摆脱拓跋弘了，然后……你这是做什么，你这是什么？"

一阵梨花针外加冰魄寒弹爆射了过来，密集得让龙奕仓皇而逃——呃，是他让她的，绝对是，真要是真刀真枪地打，她一定讨不了好果子吃的。相公让娘子，那是应该的。

他是这么自我安慰的。

金凌是怎么想的？

哼，谁敢揩油，她就让谁吃不了兜着走，这人居然怀着想娶她的念头而来，那她就不会对他客气半分——趁早撕破脸，绝了他的念头，否则后患无穷。

四

西秦国的京城名为镔京，十二年前，整个王朝还是四分五裂的，多年后，被如今坐于龙椅上的帝王拓跋跃以铁一般的手腕镇压一统，而公子府里的公子，便是他战无不胜、攻无不克的法宝。

拓跋跃手下原本领养的十三太保，皆是义子，住于公子府，曾经，他们全是他攻城拔寨的先锋上将，经过几年的火拼杀戮，死的死，废的废，散的散，如今就只剩下三位：七无欢，九无擎，十无殇。

金凌并不清楚他们的底细，但他们如雷贯耳的名号，却是知道甚久，之前，没留心于他们，是因为从不曾想过他们会和自己有什么牵扯，但是，两个月前，她以珮为饵，却钓出了公子府这样一条大鱼。

那珮，名为玲珑珮，是她的未婚夫燕熙仿着古书上的玲珑桦，雕琢出来的。

这两块玉可合可分，合则成一个圆，分则是一对佩。

制成后，燕熙自己佩了玲珮，另一块珑珮，则送与她作了的"定情信物"——呃，好吧，那时太小，不能算是定情，只能说是"玩具"。

十二年前，随着燕熙哥哥失踪，玲珮也跟着销声匿迹。

三年前，佩戴在燕熙身上的这块珮饰流回九华沧国，几经转辗到了她手上。

金凌正是因为得了这块玉佩，才不听任何人劝告，万里迢迢来到了龙苍。

她一直将燕熙的玲珮和自己的珑珮贴身存放，从不舍得再将它流落到江湖之上。

可是这三年来，她在龙苍找得有些泄气，于是她想赌一把，便将那块玲珮经某个商人之手投放到了市场上，她则在暗处跟踪，经过好几番周折，最终，它被人高价买了去，买主是公子七无欢。

于是七无欢就成了她锁定的目标。

但是，想要接近这三位爷，谈何容易，朝堂之上，三位公子直接听命于秦帝，不属任何派系。他们三位平时也不太与人交往，整个公子府戒备森严，没人能随便出入，但凡夜闯府邸的人，活着进死着出。想要进去一探究竟，只有等机会。

秦帝为了笼络这三位，每隔一年，就会赐下一些貌美如花的床姬，固若金汤的公子府，也只有在这种时候，才被允许进几张陌生的脸孔。

江湖之上，是这么传说公子府的……

无欢公子，冷若冰霜，清高孤傲，传说，此人聪若天人，最是菩萨心肠，许多利于百姓的国策便是他向皇上进言立下的，甚至还提出了废除奴隶制，力学东方大国的开明制度。

无擎公子，鬼面狰容，杀人如魔，传说，此人谈笑间便可制敌于千里之外，夺人城池，伏尸遍地，神鬼不觉。以前，他是战神，现在，人尽皆知：他是一个嗜饮处子之血的魔头。

无殇公子，面似桃花，偏又爱辣手摧花，传说，对于女人，他宠时若宝，弃之如草。怜时夜夜寻欢，恨时赐送销魂楼，赏给自己的死士随意亵玩。谁要是怀上他的孩子，谁就会死于非命。

秦帝有七子，长子拓跋康，空有雄心壮志，却无真才实学，绝非储君之才，好在去年死了，如此才空出了太子宝座。

二皇子，拓跋瑧，封为梁王，二十七岁，自幼就爱附庸风雅。庶妃雅夫人所出，无派系之分。

三皇子，拓跋轩，封为毓王，二十六岁，庶妃所出，以东方家为靠山，与拓跋弘交好。

四皇子，拓跋弘，封为晋王，二十六岁，贵妃所出，乃是文武全才，朝中顶梁之柱。

五皇子，拓跋弦，封为常王，二十一岁，贤妃所出，精文擅武，后台强，一心志在储君之位。

六皇子，拓跋桓，封为怀王，十四岁，庶妃所出，嚣张跋扈，与拓跋弘交好。

七皇子，拓跋曦，还没有受封，十二岁，据说此子天生聪慧，深受秦帝喜欢，若非年纪太小，其母妃又因得罪皇上而被禁于冷宫，也许这番的储君之位会落到他手上。此子和九无擎关系最好！

但他最最倚重的还是公子府的几位。

在鐭京，公子出行，闲人皆得避让。他们倒不会胡乱地仗势欺人，四处行凶招怨，相反，公子府一向律法严谨，曾经有过一段相当长的日子甚至颇得百姓喜欢，深得民心。

很多年前，秦国诸侯称霸，战火纷飞，当时还是顺王爷的拓跋跃，领兵平乱，公子府所带领的那支军队，最讲军纪，所到之处，绝不会出现烧杀抢掠的事。

五年前，西秦完全一统，公子府上缴兵权，只挂了个闲职。

也正是五年前开始，秦帝突然关心起义子们的私生活，曾赐过婚，他们不要，以多年的战功为自己讨了一个赏：妻子，他们想自己挑。

秦帝准了，每年海选美人入府，赐下恩典：若有中意的可提升为正妻，然后正式完婚。

第一批进公子府的小姐们，个个去得欢天喜地，却不想在半年后，死了个精光。

此后陆续有小姐们进府，基本是都会在一年内死光，原本与公子们交好的臣子们，一个个开始疏远，公子府便成了人人惧怕的魔窟。

但，自打玉佩被人买进公子府，金凌就开始琢磨其中的问题，最后得出一个结论，有人在蓄意损毁公子府的名声。

至于原因，这一次进去，她一定要查个清楚明白。

五

元月二十，金凌随着东方若歆踏进了公子府的朱雀大门，同时进去的另有九顶花轿。

这番进去，她们全没有一个正式的名分，仅仅只是皇帝赐予公子的"性玩具"，有个猥琐的名字叫：床姬。

按着公子府的规距，只有得了公子的怜惜及欢心，才能有一个侍妾的名分。当然，要真是公子有心，扶某人做夫人，那也是有可能的，只不过这种几率，微乎其微。

这几年真正可以在公子府占有一席立足之地的床姬，只有两位，皆是九无擎的女人，十无殇沾过的女人最多，但是，没一个能活着留下来，七无欢也没立名分的侍姬。

公子府原是顺王爷拓跋跃的别馆，位处城北的繁华闹市，占地极广，颇具历史，原先府里只有五个园子，分别入住了五位公子。后来，顺王爷收容了越来越多身有一技之长的孤儿，公子府内的园子就一建再建，前后一共建了十三个。

只是到如今，这些园子，只有两处是有活人住的，其余地方的主子，大多已经成白骨葬于城外的公子陵。

现下，公子府内，女子比男人多得多，便是在十月十八的时候，皇上就曾赐下过一些个佳人。

那个时候，无欢公子还在，每位公子各得四位佳人，总共进了十二位，只不过短短隔了几个月，已死了两个，疯了两个，傻了一个，还有几个保着清白之身，战战兢兢地活着一口气。

所有人都知道，在公子府死一两个女人，或是疯一两个女人，是稀松平常的小事。

之所以会疯会死，都是有原因的，比如说太过娇弱，承受不起公子爷们的承恩，或是胆儿太小了，一吓就吓死了，或是稍稍用了一点她们的血，就一命呜呼了，又或是怀了孩子，一不小心从楼梯上摔下来，没了气了，主因还不是姑娘们自己不争气，会死会疯怪得了谁？

宫里的御医常常往公子府尽心竭力地给床姬们用药调养，皆保不了她们的命，所以，皇帝已经见怪不怪，干脆死了一批，疯了一批，便再补上一批，选的而且还是大家闺秀，一个个心惊胆战地进去，一个个又糊里糊涂地死去。

至于皇帝为什么要这样做，外人不得而知。

依着金凌的猜测，死掉的女人，多半是秦帝和几位公子暗战之下的牺牲品。

至于依据，她凭的是女人的直觉，以及自小养成的政治嗅觉。

那几位公子表面上或许是秦帝的棋子，曾经也一定效忠于他，至于如今，只怕这三位公子已另藏了祸心。

金凌听说了，当今皇上如今抱恙。

是真抱恙，还是假抱恙，她无从考证，但如今西秦国王储之位未定，这场争储大战最终谁输谁赢姑且不论，其结果却已肯定：西秦国会变天！

六

十顶花轿落地，十个花枝招展的姑娘自披彩挂花的花轿里翩然而出，初见对方的彼此，一个个神色繁复——花样的年龄，花一样娇嫩的容貌，一旦踏足这虎狼之地，谁能猜得到对方会有怎样一个结局？

没有名分，自无须拜堂。

一行红艳艳的女子，鱼贯而入一暖阁。

这地方名为戒阁，入府的姑娘，都会在这里受训听教。娶她们的男人会象征性地出来露个脸，瞟一眼刚进府的床姬。若是有人顺公子心意的，也许当夜就会被挑去留宿，若是没中意的，就会被打发到红妆阁里住着。

府里的姑姑一番说教，那真是比裹脚布还要长，又酸又臭，那一条条所谓的"清规戒律"，听得凌金直想打哈欠。

侍立在边上熬了不知多久，正百般无聊，就听得外头传来一记吆喝声：

"十公子到！"

金凌精神一抖，霍然抬头，但见一道矫健的身影跨了进来，行如风地自跟前掠过，稳稳地坐到了铺着白虎皮的上座。

对于这个十无殇，她见过几次面，那时远远地观望，便知他是个人物，台面上的嬉笑怒骂，很多时候，是一种伪装。

今天，她是第一次近距离打量这个年轻俊美的男子：锦袍银腰，俊面如玉，眼若桃花，眉毛狭长，薄唇朱丹微一勾，便是一朵骗死人不偿命的迷人笑容。

那模样儿，分明是个多情多义的公子哥儿，可谁能知道这个男人，竟生着蛇蝎心肠。

金凌斜眼睨着，偷偷往外探看，并不见九无擎过来，常年侍候在他身边的侍卫也不曾露面，听说九无擎不太爱和女人打交道。

管事看到主子来了，立即领着姑娘们行礼，十无殇随意地一扬手，双手叉腰发了话：

"绮姑姑，其他什么家规戒条都不重要，重要的是她们到底清不清白？上一回出的笑话，可别再折腾一回！"

嗓音不高不低，温温懒懒的。

名唤绮姑姑的是一个中年女子，穿着打扮皆很金贵，显然在府里有着极高的地位。

她听得主子的话，额头就直冒汗，忙恭声道："奴婢明白。奴婢会逐一再验一遍身的。绝不敢再出纰漏。"

"逐一？太麻烦了！"

"那爷想怎样？"

十无殇低头玩着手上的玉鼻壶，一副思量状，而后长指一点：

"令她们把衣服脱了，爷要当庭验身。谁要是敢在爷眼皮底下玩猫腻，爷就让谁吃不了兜着走！公子府不会养不干不净的女人。谁敢冒充处子进府，下场就会和书台大人家一样。"

他笑得极为温和，只是吐出来的话，却冰冷透骨，房内生着的暖炉压不住这股寒意，姑娘们感觉到了那一阵阵寒得能让人痉挛的阴森之气。

书台大人李迦，正三品，上一回因为送了一个残花败柳入府，结果死了女儿不止，还赔上了自己的仕途。

这件事曾闹得沸沸扬扬，整个镰京谁人不知？

传说这件事，另有蹊跷，那个名叫李静的姑娘进府的时候，身子是完璧的，但是侍寝当夜，公子府内曾出现大乱，那李静姑娘当天夜里就被活活打死。其父不服，闯进公子府，欲讨回公道，进去半天出来后什么也不说，摘了乌纱，上表告老回乡，后，不知所终。

"十爷，这里有五位是九爷的。"

绮姑姑并不觉意外，十爷做什么事都很放浪，独独只尊敬九公子，便小声提醒了一句。

"九哥的不就等于我的吗？九哥最近不想有女人侍候，不会来了，他吩咐下来，今儿的女人由我处置……我说脱，就马上脱！不脱的马上扔出府去！"

姑娘们不觉都生了骇怕之色，一旦扔出府去，回去"娘家"肯定会挨打受骂，她们彼此瞄了一下，看到的都是对方惨无人色的脸孔。

"脱！"

十无殇的笑容让人胆战心惊。

"是！"

姑娘们应声。

一件件红胜火焰的嫁衣迤逦落地，一双双雪白粉嫩的柔荑娇怯怯地裸露了出来，玲珑玉峰隐约裹在抹胸锦兜里呼之欲出，优美的线条毕露无遗。

独东方若歆咬着唇没有解束腰，眼里几乎要喷出火，这人，怎这么无耻，此时此刻，她非常怀疑，这种人，和金凌嘴里的俊杰能搭上什么边，根本就是一卑鄙无耻的禽兽。

这一举动，立刻引来了十无殇的注意，那双桃花眼放出利剑似的目光，无视周围的活色生香，生生凝到了东方若歆身上。

金凌一直在细细地观察，从这个男人投来的眼神里捕捉到了几丝异动。

刹那的凝睇，露出几丝惊讶。

那种失态，只是瞬间，电石火光之间，早已恢复自如。

"十爷……抹胸也要脱吗？您瞧，妾身们都点着守宫砂的……"

有人怯生生问了一句。

绮姑姑瞟了一眼，下站的床姬，皓臂之上果然都点着宫砂，可这又能说明什么？上回进来的那位手上也带着宫砂，还不是破鞋一只，便转头问："十爷想怎么验？是叫稳婆来当着您的面验，还是一个个送去温柔阁，由您亲自验？"

这底下大有名堂，让稳婆来，只是单纯的验身，送去温柔阁，就等于召寝。完璧的进去，出来以后一定不会再是姑娘身，谁都知道十爷生性风流，一夜御数美，这种香艳事，不是没有过的。

十无殇一扯嘴角，没理会绮姑姑，一拍桌案站了起来，目光一煞不煞地盯着某处，走了过去。

绮姑姑一时猜不透这个主子想做什么，闭了嘴，只能静观其变，眼光一瞄到最后一排还穿得整整齐齐的床姬时，背上直发凉，忙跟了过去，冷声而斥：

"姑娘为什么不脱，聋了不成？"

东方若歆纹丝不动，下一刻，高大的影子罩住了她的秀脸，一脸的似笑非笑，迸射着骇人的气息，她看着心里很紧张，可就是不愿屈服。

"如果你想被扔出去，就不该踏进我们公子府这道门。既然进来了，就该遵守府里的规矩。"

十无殇直勾勾地看着满眼皆是薄怒的东方若歆,声音里听不出半分波动。

"规矩?什么规矩?"

东方若歆挑着下巴,整个人就像一头正在挑衅的小狮子。

如此挑衅,边上的其他床姬,不由得倒吸了一口冷气,纷纷躲开——据说惹到十公子,没有一个人会有好下场,不管是男人还是女人。相对而来,倒是九无擎比较好说话。

十无殇并没发怒,扬唇勾了勾:

"规矩第一条:惟主子之命是从;规矩第二条:必须牢牢遵守第一条规矩。你说你凭什么忤逆本公子的命令?还是,你的身子有问题,不敢脱?"

能不能掴他一巴掌?

这种男人,下流到了极点。

东方若歆咬着唇不说话,一双手牢牢地按着自己的衣裳,却压不住心头的气儿:

"我的身子没有问题。有问题的是你。拿别人的尊严任意践踏。十无殇,你,龌龊!"

"啪",一记巴掌落下。

"大胆,谁借你的胆子,敢顶十爷的嘴!跪下!"

是绮姑姑动的手。

娇嫩的脸孔上立即横起手指印,东方若歆捂着脸怒目而瞪。

金凌一直在注意十无殇,但见这个男人将那双桃花眼微微眯了一下,似有不悦,但什么也没有说。

她适时地冲过去,拦到东方若歆跟前,叫起来:

"绮姑姑,十爷都不曾发话,您凭什么打人?说来说去,我家小姐是皇上赐下的,不管合不合十爷的心意,算起来总归是十爷的人,您只是管事的姑姑,怎么就有了打人的权利?"

十无殇的目光"唰"地一下落到了金凌身上。

声音不太好听,微微带着几丝暗哑,听上去有种憨憨的味儿。吃了变声丸后,她的声音就变成这样子了。

"你谁?报上名来!"

十无殇上下一瞟,喝令。

这种眼神很怪,甚至还怀了几丝敌意,只是他很快收了起来。

金凌感觉,他好像认得她,不,也不算认得,也许是在暗中留意过她,这种问她的口气,很像在查她的底——先前时,逐子曾跟她说过,有股来头不小的神秘力量在查"小金子"的底,难道是他?

"回十公子话,我是小姐身边的女奴,所有人都叫我傻妞!"

"傻妞?"

十无殇玩味地嚼着字儿。

麻子脸,黑皮肤,现在的金凌看上去和这名字相当般配。

绮姑姑沉下脸,手一扬,喝叫:"放肆,一个下九等的女奴,谁借你胆,敢跳到主子跟前大呼小叫？"

没打着，金凌机灵地抱头一缩，躲开，在二人快擦身碰撞时，自袖间放出一枚细冰珠，那只原本想欺负人的手掌，唰地一下不听使唤地打向十无殇，眼见要劈上十无殇的门面，但见这位剑眉一挑，绮姑姑啪地被甩出去，几步跟跄才稳住身子，忙惊慌地下跪："奴婢该死，奴婢该死！"

金凌回头看到她这奴才腔，眨着眼说了一句风凉话：

"姑姑，和气生财，何必动不动就打人，心态很重要，一个女人，如果老是生气，很容易老的。"

其实不该多嘴的，但是，她前后思量着还是说了。因为，想试探。

东方若歆看着想笑，却又笑不出来：十无殇正用一种很危险的眼神盯着金凌。

下一刻，果然出事！

"来人，将这个目无主上的女奴拖下去杖毙扔出府去！"

桃花眼收起笑意，浑身散发出一股肃杀之气。

话音刚落下，几个身形魁梧的侍卫冲进来便要拿人，真要将小金子打死。偏偏这小金子眨着眼，一副没有回过神来的样子，全没了平常的伶牙俐齿。

"不要……不要杖毙傻妞……十公子，您要是真想杖毙她，那就先杖毙我！"

东方若歆第一时间冲出去，吓得连忙将金凌护到了身后，紧张地跪倒于地："十公子，傻妞只是一个没见过世面的奴婢，性子直，她出身贫贱，见不得我挨打才冲过来的，她说话是没有规距，但心眼不坏，求公子饶她一回，回头我一定好好教训她。"

十无殇眯着那个看上去不知是吓傻还是故作镇定的傻妞，深深一睇，在侍卫要拉开东方若歆这一刻，扬起手，示意他们退了下去。

"这个女奴就值得你以命相救？"

东方若歆甚是紧张地扬起头：

"十公子，您这么说可就不对了，奴才也是人！在你眼里傻妞的命，也许不如蝼蚁，但是，对于我来说，她是我最最要好的朋友。人与人之间，并不仅仅是主与仆的关系。夫妻之间更是，从来就该两情相悦，互相尊重，而不是被如此羞辱。您让姑娘们在人前赤裸裸地宽衣解带，这是一种污辱。"

哈，这话，说得真是漂亮！

金凌在心里直乐呵：孺子可教，把她曾经说过的话，融会贯通后全扔了出去。

偷偷对着十无殇瞄了又瞄，他嘴角勾了一下，眼神一亮一闪又一暗，反应极为复杂，很难猜想他在想什么，重点是，他没有怪责若歆出言不逊。

这是好现象。

金凌心眼一转，很适时地插进一句应和：

"就是，西秦国想要强盛繁荣，就该废了奴隶制。这不是公子府几位爷一直劝谏皇上施行的一项仁政么？言论可以自由，民愤不可权压，施以仁政，得以民心，才能改善官与民之间的矛盾。十公子，我家小姐说了，男子大丈夫，应该以天下百姓安乐为己任，汲汲于个人尊荣及享受，那不是英雄本色，也非君子所为。"

东方若歆一听，真的很想揪住小金子的耳朵打一顿：别把你说过的话全套到我身上来啊！

"大胆女奴，竟然口出狂言，辱骂十公子，藐视朝廷，私下议论朝政，还敢妖言惑众，来人！"

这样的调调，绮姑姑是见识过的，很多年前，曾有一位性情刚烈的女子如此呵斥过当今圣上。

当时，她站在边上听得心惊胆战，满头大汗，心想这女人必死无疑，不想那位爷非但不曾怪责，还曾给予了前所未有的盛宠，可是那女人完全不领情，几次想逃出宫去，最后落得那样一个可悲可叹的下场。

"绮姑姑，先别忙着处置她。"

十无殇摆摆手，目光深深地盯着这对语出惊人的主仆。

"这些话，谁教你们的？"

他走过来，绕她转了一圈。

东方若歆一愣，手心冒汗。

金凌心头却微微一笑，这句话可说明一件事：他对东方若歆很了解，并且认定她没有那样的见识。

"回十公子话，傻妞是听小姐说的，小姐是听我家夫人说的。"

金凌马上代为回答，这一答，答得滴水不漏。

"你家夫人好像不是西秦人？"

十无殇若有所思的目光又落到金凌身上。

"是！我家夫人来自东方大国沧国，那边的风俗与我们这里不一样。"

这话令十无殇脸上的危险气息渐渐散尽：

"哦，怪不得性子这么乖戾没家教。算了，纵然你们有再多的棱角，总会有被磨平的一天，爷我最近闲着没事，逗着你们两个不怕死的丫头片子玩玩也好！来人，将她们带下去，留着慢慢玩吧。至于其他床姬……"

他侧身，睨着四周那片香艳，随手一点，一边往外走，一边道：

"就这两个，送去温柔阁。其他人按老规矩验身。"

"是！"

十无殇离开，他终究没有责罚她们，哪怕，他知道她是他的死对头送来的。

金凌知道：刚才，这个男人的确有杀她的念头，至于原因，目前她尚弄不清楚，但是，从若歆这么一跪一求他就立即改变主意这件事来看，若歆在他心里，的确有着不同寻常的分量。

这天晚上，东方若歆和金凌入住进了公子府红妆阁。

一夜无事。

七

元月二十一，西秦皇宫，御书房。

顺公公恭声回禀着公子府的一举一动:

"十公子召幸了两位床姬,按着他的惯例,床姬皆被折腾得很惨,估计没个十天半个月应该是下不得床了。九公子则压根儿看都不看那些个女人,待在自己的红楼上一如平常,看样子,不到万不得已,他根本就不会碰女人……那个人还和当初那么固执,至于七爷,下面的人回话,暂查不到他的下落!会不会已经死在外头了?两个月不吃药,只怕已凶多吉少……"

"你以为无擎的医术是吃素的?若没有十足的把握,他怎会拿无欢的性命来开玩笑?"

皇上听罢,冷笑一个,这些个义子全在他眼皮底下长大的,他清楚他们想做什么,错就错在当初不够狠,以为他们还年幼,可堪栽培,折损了可惜,毕竟当年,这三个孩子并没有参加谋反。所以就饶过了他们。如今他才知道什么叫养虎为患。

"继续找,一定要找到他,一定把那两块兵符找到。"

"是!"

顺公公应了一声,思量了一会儿,小心翼翼地问:

"要是真查出三位公子在外招兵买马意图不轨,皇上要怎样处置他们?七皇子尚年幼,少不了九爷扶持。"

话到此处时,他犹豫了一下,思量再三,才又低声往下说:"而且,凭着九爷现在那个身子状况,只怕是活不了几年的,怎么可能窥觎上位?传言会不会有误?"

顺公公明知这些话已经逾越本分,但还是忍不住问了,要知道皇上对于九爷的赏识,那绝对不亚于任何亲王,如果九爷不生异心,他的尊荣没有人可以撼动。毕竟他的身份在所有公子当中,是最特殊的。

皇帝并不怪他多嘴,但也不答,心里却知道,无擎这小子也许无意帝位,但绝对有心弄权。那个骄傲不羁且聪明绝世的孩子,已被他用强权以及无心丹压制了足足十年,他无时无刻不在想脱离他的钳制,带他母亲回去九华沧国。但是,他不会让他如愿。

皇帝走到窗口,望着外头明净的蓝天,心思决绝,不可妥协:

无擎,如果有一天,朕死了,你的母亲只能入我西秦的皇陵,朕不会让你带她回去,绝不!

第四章　公子九无擎

一

公子府。

十无殇吹着口哨走进沧浪阁，扬手让待在边上的侍卫退下。

珠帘一动，闪了进去，叫了一声："九哥，好高的兴致，偷闲画画呢？"

"嗯！"

一个低磁凉凉的声音应声响起，如老僧入定般恬淡冷静。

十无殇轻轻一笑，看到侍在门口的侍女，挥了挥手："苓儿，你下去吧！不必在这里侍候，我跟九哥说会儿话！"

"是！"

叫苓儿的女子柔声地答着话，一袭云青色的衣裳，一头如墨的丝发，身形婷婷，自珠帘后转出来，侍立到楼下。

她叫苓儿，不是秦人，而是九华沧国人，那一年，她被人掳劫到此，幸得遇九公子，才不至于沦入风尘。

如今，名义上，她是他的女人，奇怪的是，九无擎给了她尊贵的地位，却从不会碰她。哪怕在他极需要女人的时候，也绝不染指于她。

苓儿第一次看到公子那张脸时，背脊骨是一层层地泛凉，差点就晕过去，因此而令九公子拂袖而去；那脸，当真狰狞若厉鬼。

后来隐约地听说，公子年少的时候，美若温玉，十三岁时，一场大火毁了他的脸，皇上费了九牛二虎之力才保全了他一命，只是暂时保命，据说九公子的身子骨已落下严重的后遗症，活不久了。

也是自那以后，九公子性情大变，好静，不喜热闹，寡言少话，外人很难知道他的真正心思，暴戾起来，则嗜血如狂。

楼上，珠帘下，九无擎在作画，脸上戴着银色的狼形面具——私下里时，九无擎常说：这张脸，他自己看着都觉得要做噩梦，何况是别人——他非常嫌恶这张脸，故整个红楼找不出一块镜子。

十无殇坐到边上看：画上的美人儿极美，与苓儿极为的神似，唯一败笔的地方就是那双眼睛：灵气逼人，透着一股子让人眼前为之一亮的狡黠之气。

苓儿很文静，没有这样灵活动人的美眸。

世人都知九公子面目可憎，手腕铁血，杀人不眨眼，却很少有人知道他琴棋书画无所不精。

七哥无欢常说："秦国金殿上的朝臣，阴谋狡诈、投机取巧者，一抓一大把，温润谦雅、为国为民者，那是凤毛麟角。这当中没几个怀着真才实学，要论才，九哥那是文武全才。可惜公子府担的是一个十恶不赦的坏名声，没人知道九哥其实是一个雅士。"

自从苓儿跟了九哥以后，九哥变得爱作画，也令他们看到了九公子冷漠无情以外的另一面：清淡似风。

奇怪的是，他画的女子，皆长着这样一双眼睛：古灵精怪，充满智慧。明明画得像苓儿，可一旦配上这双眸，味道就全变了。

有时候，十无殇会想，是不是九哥心里藏着一个人？

表面上，他画的是芩儿，实际上呢，他追忆的是另外一个人？

看着这双眼睛，十无殇不由自主就想起了那个慕倾城，那天在马车上，只是惊鸿一瞥，但瞥到的那双眼，扑闪扑闪，比画上的更亮，就像刚刚用雨水洗刷过一般，既耀眼又深邃。

"进来的那些个女人，有问题吗？"

九无擎的嗓音是冰冷的，听在耳里，让人感觉是嗖嗖地发凉，就像现在窗外的风，吹进来，冷得叫人哆嗦。

在人前，九哥很少说话，他的嗓音太冰冷，他的面具让他没有表情，于是说的话，会让人害怕，如果是训话，只一句，就能把人训得冷汗直淌。

此时，他在画画，用手上的细毫仔细地描着腮红，修长的手指很温柔地勾勒着，手笔极尽温柔，就好像他并不是在画画，而是在给意中人上妆。

"嗯，昨儿个我弄了两个进温柔阁，跟她们套了大半天话，比起以前送来的清秀很多，家世应该是清白的。若说有问题，东方府那位嫌疑最大，只是……"

一顿，十无殇皱起眉："说来奇怪，那天我明明勾的是东方若绮，他们送来的居然是东方若歆！后来我去宫里查了一下，才知道原来是东方若绮病了，临时改的。"一顿，又疑惑地补了一句："也不知真病还是假病……"

九无擎听罢，手中的笔一顿，还抬头看了他一眼。

这一眼，果然瞧到了他脸上怪怪的神色。

"九哥！"

十无殇扒了扒头发："我感觉有点不对劲，有人在拿她做文章。我在想，怎样将她弄出去，但是，进都进来了，出去对于她来说，不太好！"

一阵沉默，彼此无话。

他们太清楚自己的处境，也太清楚将女人赶出去的后果。作为一个被遗弃的女人来说，这辈子算是彻底毁了。

"有什么可为难的，若是想要，就留下。"

九无擎继续作画。

"她可能不怀好意！她身边有个女奴，是个乞儿，我查过，身份很可疑，很不简单，似乎还会功夫，已在东方若歆处待了两个月。那丫头对这个女奴不生半分戒心，为了她还跪下来求我……"

他想杀那傻妞，是怕她生着害人之心。

一个连公子府都查不出来历的人，留下来必是个祸害。

"那就留下她们，好好查查，多留心，翻不了天的。你且不要自乱阵脚！"

"嗯，我明白了！"

他轻轻一叹，眼前浮现着东方若歆气鼓鼓的脸孔，再回想自己这些年混混沌沌的日子，紧接着苦笑一个，极无奈地道："九哥，你说，我们这种可笑的日子，要熬到什么时候才算是个头？"

在刀尖上寻欢作乐，只能用一个字来形容：累！

又是一阵静默，许久，才得来九哥的回应：

"再忍忍吧！皇上大行之前，若不处置掉我们，他怎敢放心走？这个日子不远了！"

最后一勾，画毕搁笔，九无擎扶着书案坐到自己的靠椅上。

"哦，九哥就这么确定皇上大行的日子不远了吗？"

"不能很确定，但，快了！"

御医手上可用的千年灵芝已经所剩无多，一旦停药，身体必败，到时，大罗神仙也救不了。现下他们唯一要做的是为保全自己的身家性命赌一把。

筹谋多年，成败在此一举。

九无擎就这样靠着，用生满老茧的手掌抚上有点发麻的膝盖，冷清的目光穿过开着的窗户。大寒天的，他喜欢开窗，哪怕冷风会刺痛关节，如此做，只为了让自己时时刻刻痛着，警戒着。

两人又闲聊了一会儿，西阁急匆匆跑进来，与两位公子见过礼后，神色怪怪地回禀道：

"爷，有件事，很奇怪……"

"何事？"

"外头已经传开了，说什么天下第一公子看上了被休弃的慕倾城，龙奕的手下正四处置办各种婚聘物件。"

这件事，真的很稀奇。

但是，九无擎的反应也很稀奇，绕开这事，另外问了一个问题："可查到公子青带着慕小姐去了哪？"

思路跳得很快，西阁愣了一下，才道：

"前天晚上他们去了天龙寺以南一处别院。昨儿个，有一男两女换了一辆马车进城，中午入湖仙楼后没有再出来，属下等人进去找，才发现人跟丢了。请爷责罚！"

"太过轻敌。该罚。自领三十杖！"

赏罚分明，这是九哥的原则。

"是！"

"三天期限将至，她自会回镇南王府去。你们派人盯着镇南王府即好，有什么动静回来禀告！"

"是！"

十无殇一直在听，没有插话，等人走了，脸上露着几丝疑惑之色："九哥，怎么突然对慕倾城感兴趣了？嗯，也不是突然，九哥好像一直在暗中关注这个人？"

"以后告诉你！"

现在，他不想说。

十无殇也不再问。

这时，芩儿出现在门口，欠身回禀道："顺公公来了！要见两位爷，正在外头候着！"

九无擎手上已换了一支狼毫，正在空白的地方题字，听得这话，手一顿，重新沾了沾墨水，将画上人的脸一股脑儿抹黑了。

来人败了九哥的雅兴，十无殇也跟着皱眉。

"让他进来！"

九无擎随手将桌案上的画，捏成一团扔到了废纸篓里，回头冰冷吩咐了一句。

苓儿轻应一声退下。

不一会儿，一身青色宦官服的顺公公笑容可掬地进来，打躬作揖："两位公子都在呀！咱家奉皇上之命，前来送药。"

说着，自一内侍手上捧过一只镶银嵌玉的锦盒，亲自奉上。

这锦盒里放的是：续命之药。

十无殇立刻接过，见上面的封蜡好好的不曾动过，他还是剥开了蜡，揭开来看，验明无误后，才堆起笑："有劳有劳！顺公公，请坐！"

顺公公连忙推托摇头："坐就不坐了，咱家还有事。皇上有话传下来……"

"公公请讲！"

"是这样的，皇上命两位公子五天后到猎场处置前些日子意图谋反的平家军叛首。至于今日，皇上命咱家过来是为了那个床姬，平姓余孽，一个不可留，故请九公子将平蕙交与咱家送去充当军妓，以避瓜田李下之嫌。"

最后几个字咬得别有意韵，眼珠不断地转动着，似乎想在九无擎脸上寻找到可疑的蛛丝马迹。

皇上这是杀鸡给猴看。

十无殇瞟了一眼静如石雕的九哥：平蕙属他名下，给不给，他得说话。

"阿罗，去把人带过来给顺公公拿去复命！"

九无擎很平静地吩咐了一句。

"是！"

侍卫之首东罗应声："公公，请！"

面对九无擎的淡漠神情，顺公公早已习惯，笑着又打了几句官腔，随即离开。

房内一阵沉默，无人说话，气氛有点凝重。隔了好一会儿，忽一阵窸窸窣窣的声音响起，九无擎扶着桌子站了起来。

他想出去。

九无擎的双腿有病，不能长时间站立，也不能奔走如风，很多时候要靠轮椅过日子。

苓儿想过去侍候，十无殇也站了起来欲扶，却遭到了九无擎冷淡的拒绝：

"不必！我想静静，谁都别跟着我。"

门开，他扶着雕着莲叶的扶手慢慢地往下走去，一步一步，走得极慢，极艰难。

苓儿和十无殇小心翼翼地跟在身后，生怕他跌倒。

只短短一段楼梯，任何人都可以做到的事，对于九无擎来说，却是一件麻烦事。

楼口处，南城早已准备好精钢制成的轮椅候着，九无擎虚脱地坐上去，闭眼，由着他们在膝盖上覆上厚厚的裘毯。

南城想给主子推车子。

九无擎挥了挥手，南城退下，侍到苓儿姑娘身侧，眼睁睁看着自己的主子双手不住地抚着自己的腿，最后紧紧地抓着那给他取暖的裘毯，每根修长的手指，捏得骨节泛白。

没有人知道，此时此刻他是怎样一种心情，戴着面具的他，表情永远冰冷、不可捉摸。

精钢车轮碾着石子路往前而去，苓儿站在高阶上目送。

九无擎只二十四岁，年少有为，意气风发，谁家少年不爱俊爽，何况，西秦的儿郎一个个皆爱策马如狂，而这位爷，不仅容颜尽毁，还不善于行，衣食住行皆得由人侍候，难怪有时候性情会那么乖戾凶狠。

苓儿见过他性情大变的模样，可怕极了，满嘴鲜血，双眼发出幽绿的光，眼神是那么那么的复杂：是隐忍的，更是痛恨的，透露着深深的绝望。

有时候，她很想靠近，可他总是用冷漠拒她于千里之外，又每每在背后护她周全。

九无擎身上透着太多古怪，而她太笨，研究不透这是怎样一个人。

二

进公子府的第二天，金凌第一次在花园见到了传说中冷血无情的九无擎。

公子府的花园很大，里面种满了四季常开的月红蝶，这花，属西秦特有，每月开一次，形似梅花，连味道也很像。

早晨进到这里的时候，金凌还以为自己回到了沧国的梅林，一片红艳，漂亮得就像天上的红霞，一望无垠。

花树林里，有一条曲曲绕绕的小径，很平整，光滑如镜，全不似其他地方用的是防滑的材质。

起初时候，她没弄明白这其中的道理，等见到九无擎的时候，她才明白，原来是为了方便他的轮椅在道路上滚动。

金凌听说过，这个男子，脸孔是丑的，心是黑的，至于腿，那是残的，总的来说，这根本就不是一个正常人，出入时都是乘马车，没人能看到他不戴面具的模样——见过他真面目的，不是死了，就是疯了！

道听途说，多半不能全信，九无擎也许是有腿疾，但走几步、站一会儿并没有问题，当然，杀起人来更是干净利索。

见到他的那一刻，他站在花树下，背向着她，身姿俊拔，如墨的发丝在风中舞动，衣袂飘飘，风过，落英缤纷，如此景致，如诗、如画。

而画中之人，穿的是一件墨色的锦袍，单看那料子，定是衣锦阁里出来的。那衣锦阁在整个龙苍大陆都有分店，织造的全是上等的缎子，有些衣料极为的稀罕。据说老板是九华沧国人，阁中有很多绣娘制衣师傅皆是从九华带来的，万里奔波来到这里，同时带来了先进的织造技术。

衣锦阁的衣裳有着九华的风骨。

金凌从小喜欢墨色的衣袍，因为父亲喜欢，更因为母亲最酷爱这颜色。

不知怎么的，此时此刻看到一个穿着家乡气息袍子的男子，心下竟倍觉得亲切。

究其原因，或是因为那高大俊秀的身影，和父亲很像，都满带落寞和沧桑的气息——父亲也爱临立栏杆，在寂寂无言中想念自己早逝的发妻，眼前的他，是不是也在借花思人？

等看到淹没在九秋香丛下的那把精钢轮椅时，金凌才知道这人是九无擎，才生起的亲切便在诧异中化作几丝异样的好奇。

正当她静立睇望之时，红妆阁那处响起了女子惊恐的尖叫，平静被打破。

金凌向西边的园径上望去，一片碧青的矮灌木丛外，九曲十八弯的廊道上，一个床姬装扮的少女惊慌失措地往花园冲进来。

她跑得极快，身后紧追不舍的是公子府的侍卫，一边跑一边叫："平蕙姑娘，再跑休怪我等下手无情！"

"我不信！我不信！我要见公子，我要见九公子。"

终于少女看到了九无擎，飞步冲过去，砰的一下跪倒，急急地抓住了那镶着银丝边的袍子，秀气的脸上全是惊骇之色，但看向九无擎的眼神却充满了希冀："公子救我，公子救我！"

看样子，他们的关系匪浅，这个平蕙并不怕九无擎，而且还希望他救自己。

九无擎缓缓转过头，睨着地上的女子，银色狼形面具，遮住了那张被烧毁的脸。

他是高深莫测的，那双冰冷透骨的眸子，宛似用千年的玄冰制成的，即便站在这暖暖的春日里，也能令人觉得，脚底有寒气在止不住地往上冒。

几个侍卫已经走近，一个宦官模样的公公带着一群宫里的禁军侍卫围了过来。

"爷，平蕙姑娘不肯跟顺公公走。"

一个青衣侍卫上去禀报。

金凌认得这人，好像叫东罗，她做"青城"的时候，曾见过他杀人，功夫堪称一流，至于那个宦官，是秦帝身边的亲信顺公公。

平蕙呜呜在流泪，仰望着，声音战栗："爷，妾婢进了公子府，便是公子的人，公子若不要妾婢，可以痛快地给妾婢一剑，只求公子别把妾婢交出去。充为军妓，妾婢还不如死了！"

顺公公马上嗤之一笑：

"姑娘，不管是谁的人，谋反，那是死罪，求谁都没用！"

下一刻，东罗一纵上前想将平蕙拎开，平蕙不肯，挥舞着手想抓住自己唯一的希望，呜呜而哭，凄厉地唤着："公子，公子……求您，求您！"

九无擎连眼都没有眨一下，缓缓跨步离开，待坐上不远处的轮椅，才冰冷地吐出一句："你还年轻，好死，不如赖活。"

而后，决然地转过车轮，沿着光洁的小径，慢慢地滚着轮子，离去。

别人当他可以救命的天神，他呢，冷冷一句，便把人踹进了十八层地狱。

"不！我不会跟他们走的！"

平蕙爆叫一声，眼见两个孔武有力的内侍要上来拿她，她急急转身，自头上拔下一支发簪不逃反而逼了过去，突然偷袭，三招之内，干脆利落地拿住一个内侍，高声而叫：

"九无擎，我不做军妓，我不做。你不救，要么就杀了我，要么就放了我，我平蕙不会任人糟践。"

这少女，极刚烈，可身为逆臣之后，谁敢救？

"好，我成全你！"

冷冽的声音，伴着一道寒光乍现，几乎没有看到他回头，身后，少女娇美的脖颈间便已多了一枚暗镖，正中咽喉，但听得"砰"的一声，前一刻还活蹦乱跳的女子，这一刻，已倾倒于地，眼里满带凄惨的笑意，眼角犹挂着泪滴，一瞬间气绝而亡。

"拖出去，扔到乱葬岗喂狗！"

车轮没有停顿地远去，阴沉沉的声音，令所有人大气都不敢喘一下。

三

金凌第二次见到九无擎，在当天夜里。

近子夜时分，她避开了府中的护卫巡逻，似春燕，几个踮脚，翻上了听风楼的阳台。

听风楼上灯火通明，据说七公子最讨厌晚上，每天天一黑就掌灯，就连睡觉的时候，也不会熄灯。如今，七公子失踪不见，府里依旧维持着他在时的习惯。

阳台前门并没有上闩，她小心地推门而入，房内一阵暖气卸去她满身的寒意。

这是一处休息用的厅室，竹帘藤架，有青青斐竹栽于碧玉长坛。隔着屏风，是矮榻，榻身以紫檀木制成，榻上青色的被子叠得方方正正。榻边小几置着几本书，小几对面的书柜上，三三两两置着一些卷宗，零散地摆着一些精致的摆饰，简简单单地衬着房内的高雅之韵。

翻起竹帘，她往旁边相连的书房而去。

烛火摇曳，一幅巨大的字映入眼帘，雪白的绢纸上落着一个大大的"忍"字，一笔一画画，飘逸若仙。

看到这个字，她不由得深深倒吸了一口气，眼睛也跟着瞪得大大的。她飞快地冲过去，但看到"忍"字下面，还有一行小字：

"志忍私，然后能公，行忍情，然后能修，知而好问，然后能才。"

字迹峻拔，如行云流水，飘逸中，又蕴着磅礴的霸气。

金凌惊叹的并不是这一手漂亮的书法，而是这一句话。

短短二十二个字，写的虽是西秦文字，可是，能写出这句话的人，除了熙哥哥，不可能再有别人。

这是燕熙的座右铭，出自《荀子儒效》，意思是说，抑制私欲然后才能秉公，注意克制情绪，才能修成优秀的品质，聪明并善于请教别人，然后才能成国之栋梁。此书九华无，乃异世中华之千古名句。

燕熙非常喜欢这句话，也一直秉承着这样一种作风，欲做一个顶天立地的大丈夫。

鼻子酸酸的，就好像有小虫子爬了进去，有点发痒，想哭，想落泪，想在第一时间，找到他，好证实七无欢便是被她弄丢了的十二年的小燕熙。

正自狼狈失魂，楼下传来了一阵车轮的辗压声，冷寂的夜，被那低沉的声音打破，是九无擎来了。

金凌心头一惊，忙抹掉几乎要落下来的眼泪，想从原路退回。等到了阳台，才发现九无擎的侍卫全在楼下，她只好重新折回，想寻一处地方躲起来。

"你们不必跟上来，我自己上去，在下面侍着吧！"

那冰冷似从坟墓里穿透而来的声音幽幽而起。

九无擎到底是怎样一个人？

这是金凌心头极为好奇的一个疑问，他真的就如同外头所传闻的那样冷酷无情吗？

如果说眼见为实，他的确做得很绝情：手一扬，一镖毙命，手段极高，具备一流杀手的资质。

但，杀人从来不是一件好玩的事，人之初，性本善，每个人都有其纯净善良的一面。

金凌一直想：是怎样的境遇令他杀个人，连眼都不眨一下，就好像捏死一只蚂蚁——正常的人，不可能做到完全无动于衷。

珠帘外已传来轻轻又沉沉的脚步声，金凌眼珠子左右上下来回直瞟，几步轻跳，翻身上了楼梯对面的假阁，上头置着一些旧箱子，可容她躲进去。

楼梯上，身着墨色锦袍的九无擎一双手攀扶着雕叶镂花的扶手，走一步，停一步，慢慢地往上爬啊爬，就像一只不会妥协的小蜗牛，认真而执着。

金凌透过缝隙，纳闷地看着，他为什么不让自己的侍卫抬他上楼，却要这么费劲地自己走？这个人到底想借此做什么？

老半天工夫，他上了二楼，踏上最后一阶时，差点趄倒，他双手一把抓住扶手，一运真气，翻了一个漂亮的跟斗后，稳稳坐到早早摆在边上的轮椅上。

精钢打制的车轮碾过木制地板，在原地来了一个一百八十度的转弯，冰冷的面具底下，那双深不见底的眼珠子，闪过一抹嗜血的凶狠，长指一动，凌空一掌，劈向左手边的房门。

这一系列动作，使人眼花缭乱。

房门开直，轮椅扶手上便有无数道银光射出，直往里横扫而去，紧接着听到他冰冷地喝了一声："谁？出来！"

"爷，怎么了？"

东罗和南城，听得主子在冷喝，飞奔上楼。

九无擎弹去衣袍上沾上的轻尘："让人好好守着这座楼，我倒要看看中了柳叶断肠镖后，他能躲在里头熬上多久！嗯，还有阁楼上这位，敢胆夜闯公子府，就得付出代价！"

金凌脑袋瓜激灵了一下，居然不止她一个不速之客，而他一上楼，就把他们全都发觉，这人，真是太厉害了。

就在这时，房里忽然爆出一声厉呵：

"九无擎，你杀人如麻，荼毒生灵，拿命来！"

寒光现，一道身影飞了出来，一跃而上的东罗长剑出鞘，一记劈天斩地，气势凌人地与对方的大刀相撞，顿有火星四溅。

来的是一个人高马大的大汉。

此人既然敢夜袭九无擎，自是有些本事的，而她现在这个情况，绝对不可以被人识破身份，心思一转，主意定下，指间捏上冰魄寒珠，目标：烛台。

嗖嗖嗖，珠子破空射去，十来盏烛台，应声而灭，整个听风楼，一下子，陷入漆黑一片。

"好俊的手法！"

黑暗里传来九无擎不轻不重的赞语，声音依旧冰冷彻骨。

金凌不应答，正想不着痕迹地自他身边闪过去，那个无耻的声音如影随形，冷飕飕地再度响了起来：

"想跑？既然进来了，你认为还能随随便便走出去吗？"

轮椅碾地，发出尖锐的声响，下一秒，已拦到了金凌跟前，手掌急翻，一手小擒拿已迎面击上，那速度，那身手，极快。

金凌心头一惊，弯腰躲过："这天底下，还没有我走不出去的地方。九无擎，姑奶奶想要走出公子府，那是小菜一碟。"

她压着声音，故意运气将自己的本就"难听"的嗓音压得很苍老，就像老嬷嬷。

"那本公子倒要看看你怎么活着走出去！"

楼下有侍卫提着风灯上来，借着那跃跃而动的光线，金凌看到有无数亮铮铮的飞镖，自九无擎的手上暴射而来。

她"呀"了一声，连忙躲闪，嘴里怒叫："吸血鬼，有种单打独斗，居然使暗器，算什么英雄好汉？你丢不丢人啊？"

"本公子从不自诩是英雄好汉。"

九无擎坐在轮椅上，看着那些原该钻进刺客五脏六腑的飞镖，叮叮当当落了一地。

此人身上穿着刀枪不入的宝物，这倒不足为奇，叫他惊奇的是她躲避暗器时所使用的身法。

龙苍煎熬一十二年，他已学会宠辱不惊，看淡生死，收敛情绪，如今，任何事都已撼动不了他冷漠冰封的心，但，今夜因为这样一个身法，却惊怔得瞪直了眼，扶住轮椅车轮的劲掌，猛地狠狠抓住，青筋顿暴，呼吸急促。

这身法，似曾相识，小时候，他看"爹爹"练过，要得就像在云上飞，故被命名为青云纵。

他曾练过几年，后来脚残了，就荒废了，也没想过已将其另传于人。因为那是"爹爹"的不传绝学。除了他俩，还有一人也会，而且还是他亲手教会的。

她有一个好听的名字，叫：金凌，是一个很可爱的小精怪。

自六岁起，这个小精怪便融进了他的生命。

她是他母亲的心肝宝贝，更是他必须以生命来保护的人儿："爹爹"临终，将这颗美丽的掌上明珠托付给了他，成了他的未婚妻。

那一年，她六岁，他九岁，他们在病榻前定下了终身大事，没过多久，她失去了母亲，而他痛失了"父亲"。

对，是父亲，金凌的母亲秦紫珞，很多年前喜欢女扮男装，是九华洲人人敬仰的奇公子，名：君墨问，曾与他母虚凤假凤，被他喊了三年"爹爹"。

那个时候，他从父姓，取名：君熙，后来认祖归宗，改名：燕熙。

不错，他是人人谈而色变的九无擎，更是已经死了十二年的公子"熙"。

四

高手过招，不可走神，两军对垒，不可轻敌，今夜，他犯了一个致命的错误。

只一个恍惚，无数纷扰，九无擎只觉颈上一凉，已受制于人。

"不要伤害我家公子！"

奔上来的南城失声惊叫。

剑是短剑，锋利无比，几根垂下的发丝，一碰即断，这样罕见的冶造技术，西秦绝对没有。

九无擎在心里下了这样一个定论。

这几天，他在揣测一种可能：慕倾城等于金凌，金凌等于青城公子。如果这个假设成立，就可以很好地解释慕倾城这几天行踪成谜一事，问题是她怎就跑来了公子府？

"九公子的双手沾满了无辜之人的鲜血，的确不是什么英雄好汉！有道是血债血偿，现在我要是在你的脖子上划上那么一刀，相信那些冤死在你手上的亡灵，一定会一个个拍手称快！"

能这么容易拿下九无擎，金凌也惊怪，刚才这个男人奇怪地走了一下神。

九无擎说不出话，因为他闻到了一股淡淡的梅香。

他喜欢梅。梅花盛开的时候，他是梅林常客，带上聒噪的小骗子，入梅林，弹琴，读书，闻香，赏人……是何等的惬意。

而今，那些已成为遥远的记忆，稚子轻快的欢声笑语是他唯一的记忆。

这些年，忘不能忘，想不敢想，最是痛断肝肠。

此刻，侍卫们用风灯已将楼层照亮，他逼自己不思不想，低头睇了一眼挟持他的那双手，肌肤并不白嫩，很黑。也许是他多想了。

他开始盘算如何脱身：如果，对方是来报仇的，他早已没命。如今，她只是挟持他，而没有一剑立即割破他的咽喉，这表明她与他无仇。既然不是来寻仇的，那又是为了什么夜闯公子府？

思量罢，他淡定地接过话：

"你想怎样？要我命吗？我若死了，你自然也不可能有好下场！黄泉路上有人陪，这番买卖不算亏！"

历代的枭雄都爱豪赌，他们敢拿性命做赌注，或博青史留名，或就遗臭万年。

金凌斜视："你不怕死？"

"为什么怕？"九无擎淡淡道，"每个人都会死，只在时间的早晚，生和死，有时死比生容易，死是解脱，而生，那是无止境的折磨。其实该怕的是你。"

前一话，冷静而富有禅意，若非历经沧桑，如何会有这样的顿悟？后一句，则很有挑衅意味。

"凭什么你就认为我该怕？"

金凌稀奇地反问。

"我若死，你必死！我若不死，你还能逃得到哪里！"

语气，是何等的肯定，何等的自信。

金凌皱了一下秀眉：

"我知道公子擎权势通天，智谋双全，但是，你纵然再厉害，也不可能将世间的事完全掌握在自己手上，任凭你随心所欲。所以，麻烦阁下说话的时候，别那么自信。就比如现在，是我捏着你的命。"

说话间，她故意将剑锋逼上他的肌肤，只轻轻一碰，肌肤便被割破了一道狭长的刀口，不深，却有钝钝的疼传上来。

九无擎闭上了嘴：短剑太锋利，这女子的功夫如何，他也没底，在这种情况下，他不想拿自己的性命开玩笑。

金凌感觉到他的身子微微一僵，不觉一冷笑："原来你也有怕的时候……凭着你这些年造下的孽，早该下地狱。"

很多人都这样指责他，他也习惯了这样的谩骂，只是今日，自她嘴里听到这种话，他却觉得不自在，大概是刚刚在潜意识内，将她认作了"小凌子"。

他还记得儿时，凌子最爱缠他，说他身上清清凉凉，很香，很好闻，可现在呢，又脏又臭，早已洗不干净。

他努力告诉自己刺客不可能是小凌子，也不想她是，目光渐渐冰冷，心再度冰封。诚如她所说，他的确造了不少孽，可自古以来，弱肉强食，适者生存，这是生存的自然法则！

不想多废话，他冷冷道："想送我下地狱之前，还是先关心关心自己的后路，夜闯公子府，通常情况下，只有死路一条。你想好怎么死了么？是五马分尸，还是剁成肉饼喂狗？"

"姑奶奶我是不会死的，这不，姑奶奶手上不是还有你这么一张王牌吗？有你在手上，姑奶奶我就不信走不出你们公子府！"

金凌一点也不急。

"拿住我也没用！公子府从来没有刺客活着离开的记录！"

"怎么，你打算跟我同归于尽？"

生死都掐在别人手上了，还这么强硬？

九无擎平静地垂着眼，不答反问："本公子最讨厌什么，尊驾在进府之前可曾打听全了？"

少顷，却没有等她回答，便自己道出了答案："本公子最讨厌受人威胁。如果你想取我性命，尽管取，想离开，不可能。南城，听着，此人今天断不能放她离开！"

边上，南城蒙了。

金凌也跟着傻眼，活了这么多年，第一次遇上这么不怕死的主儿：宁为玉碎，不为瓦全。

"你……你果然有病，而且病得已不轻！九无擎，你是脑子打坏了，还是吃药吃坏了？用你这么金贵的一条命，换我一命，你不觉赚到天上去了吗？还要在这里装什么硬骨头？快点，让他们退下！你想死，本姑奶奶可不想死。"

真是可悲，沉不住气的反成了她。

九无擎暗自研究，这人的声音是苍老的，语调，却透着不属这种苍老的浮躁。

那是一种属于少年人才有的浮躁。

一个人的言谈，可以泄露一个人的本性，很多时候，本性无法伪装。环境能改变一个人的本性，残酷的环境里挣扎着活下来的人，必是凶狠无畏的，顺境中走过来的人，必然会存着几分天真与善良的，以及对生命的珍惜，也容易冲动，容易浮躁。

他无法猜出眼前之人到底是谁。

但有一点，他可以肯定：此人不是政敌所派的刺客，也不是江湖杀手，年纪很轻，心态健康。

刚刚，他否定了自己的假设，现在这个假设又重新在心里建起来，因为他想到了那块玉佩——玲珑玉珮。

两月前，属于他的那块又重新回到了他手上。

是不是有人在拿玉佩钓大鱼？

是不是钓鱼的那人，就是他那个远在故乡的小小未婚妻？

眼前的人，是她吗？

冰冻的心，似被人狠狠抽了几鞭子，好像有什么在一瞬间内破冰了，那颗没感觉的心，莫名生疼。

疼得让人想哭，又让人想笑！

有好多年了，他不记得笑是什么滋味，可这一刻，他居然有点想笑，因为眼前这个人，而联想到很多与凶狠无关的过去——纯真烂漫的童年时代，他也曾任性，也曾浮躁，也曾干净得一如剔透的水晶，现在呢，脏了，脏到都不敢问她：你到底是谁？

终究没能笑成，挟持她的女子，已懒得和他多费唇舌，手指一亮，快如闪电，点制他的穴位——这种打穴手法，在龙苍大地上少有人会。

这下可以确定，她果然不是龙苍人。

双腿不便，双手被点，此刻的他完全成了一个废人。即便做了砧板上的肉，他依旧还想笑。

也许是因为，这刻，他真的把她当做了"她"。

他扯了扯嘴角，却发现自己根本不会笑。

微暖的心，又渐渐冰冻，渐渐沉淀，也渐渐地冷静！

车轮逆向一转，滑向阳台，她深信，他的贴身侍卫不可能不顾他的性命。

阳台上的门，不知什么时候被风吹开了，一阵阵冷风直往里面钻，院子里站着不少公子府的侍卫，一个个举着火把，执着刀剑将整座听风楼团团围住。

用剑柄挑起九无擎的下巴，他的眼，深得像无底的黑渊，能把人的魂魄整个儿吸进去。

"九无擎，叫他们全都撤下去，马上。"

她喝令。

九无擎的心脏，急跳起来，因为借着月光，他终于看清了那双眸子，很漂亮，就像一双稀世的黑曜石，不掺半分杂质。和他画的眼睛不太一样，少了几分稚气和狡黠，多了几分冷静和从容，亮得让人心颤。

似曾相识的眼睛。

晋王府门前，他见过——她当真就是那个冒牌的慕倾城。

"九无擎，你听到没有？"

金凌又重复了一遍。这人瞅她，愣是不肯开口说话。

在她以为他还想跟她玉石俱焚时，他突然改变主意："北翎，带他们退下，不必在这里侍候！"

楼下带头的是青衣男子，迟疑了一下，手一扬，底下的人，一瞬间内消失不见。

"说吧，你想怎样？"

他叹了一声。

"我要一匹马。"

今儿个动静闹得太大，得出去溜达一圈引开他们的注意力再回来。

"你确定你只要一匹吗？不管你同伙了？"

他指的是里面那正在和东罗打斗的另一个刺客。

"我跟那位不熟！"

"好，我让人备马！"

不一会儿，一匹通体乌黑的千里马被牵到了楼下，凄冷的夜色里，马嘶嘶地叫着，时不时踢着蹄子。

夜风很冷，一阵阵吹过来，吹进了九无擎遥远的记忆里，忽然就想起了一些有趣的旧事：有个小女孩在眉飞色舞地行着"军礼"："报告姨娘，姑丈，马匹已选好，银子已备齐，我们可以去闯江湖了。"

于是那一年，他们一起来了龙苍，只是这江湖不好闯，而且太大、太乱，他们走散了，差点死在别人手上。后来，她回去了，而他被困于别人的手掌上，生不得，死不得，就这样，一熬就是十二年……

"要不要再给你备点银子？"

他突然冒出这么一句："闯荡江湖，若不多备点银子，日后你怎么躲开我们公子府的追杀！"

南城错愕得差点跌倒，今天的公子，说的话，不但多，而且奇怪，让人摸不着头脑。

"你当我是打家劫舍的？"

"难道不是？"

有点遗憾，她没什么反应，不过也难怪，现在这种情况，她怎么可能有那种联想？

"你不要我的命，也不要我的钱，那我就不明白，除此之外，公子府里还能有什么东西这么稀罕，值得你拿小命当赌注。唔？"

肩膀上平白无故吃了一掌，打得他心肝直颤。这种习惯性的打人手法，和小时候小凌子撒娇的掌法如出一辙，唯一不同的是，现下她的掌法不再绵软无力，沉沉击上胸口，击得他心脏紧缩。

"闭嘴，这事，不劳你操心！现在给我站起来！"

说话间，她已用手上利器，斩断了栏杆，手法干净利索：她想跳下去，坐到马上，离开。

"我腿脚不便！"

他静静地陈述这样一个事实。

"别找借口。站起来，姑奶奶我会带你一起跳下去。放心，摔不死你。不过，先说好了，别使心计，刀剑无眼，你的脸已经烧没了，千万别在脖子上抹一道疤了，这道疤下去，你这辈子就没机会再看东边的太阳。我不想要你这瘸子的命，你也别来害我。"

南城又狠狠抽了一下嘴角，这人竟敢骂公子是瘸子？

他敢打赌，今天，就算她真能逃出去，将来也绝没有好日子过。

他家爷却一点也不生气，还很好心地问了一句：

"你确定你能扶得住我吗？"

"你怎么那么多废话！"

"我从不说废话，只想提醒你，我是个没用的瘸子，你带着我是个累赘，不划算的。其实，你轻功不错，在我身上捅几刀，然后跑路，这样逃脱的机会比较大。"

南城嘴角猛抽，原来他家公子很会说冷笑话。

金凌惊愕，满脸顿起黑线，这人还真能替她着想。

"少废话！一起跳！"

一把扣住他的手腕，二话没说，就把男人拎空，带着他跳了出去。

这一幕，看傻楼下掩在暗处的北翎。

呀，这女人，不得了，力气老大，就凭这一手功夫，实在让人眼前一亮。

两人一起落到马背上，九无擎在前，金凌在后。

一阵男人味，很清凛，直冲进鼻子里来，她的手臂因为要拉住缰绳，而不得不以一个暧昧的姿态，将面前的男人抱住。

十二年来，她倒是常和男人打交道，独独不曾亲近过任何人，这会儿，和这样一个陌生男人"抱"一处，她直觉浑身上下全在冒鸡皮疙瘩。

"九无擎，立即传令开府门！"

身前的男人忽然奇怪地哼笑了一声：

"别白费心机了，你是跑不掉的。"

一字一顿，淡定之极，自信之极，令金凌浑身发凉。同时，手指上，忽然传来一阵阵麻麻痒痒，握在手上的短剑，无法自控地滑下去，落到地上，发出"当啷"一声脆响。

她一呆，不由倒吸一口寒气，惊呼出声："九无擎，你下毒……"

"到现在才发现，是不是有些太后知后觉了？"

九无擎也没有回头，依旧是一副风吹不动的平静神色，只是，语气带了几丝惋惜：

"早跟你说了，不要拿住我，你逃脱的几率比较大，你偏不信。来人，拿下！"

"是！"

几道人影窜了过来，高举火把，把各个出口围住，想要瓮中捉鳖。

想要挟持他一起安然脱身已是不可以，金凌自是又惊又怒："想捉我，没这么容易！"

一个鹞子翻身，人如腾空之飞燕，闪了出去，双足在夜空里左右互踮了几下，就在侍卫们冲过来拿人之时，自他们的头顶上飞了过去。

"好轻功。"北翎不由赞了一句。

府里的侍卫皆是千里挑一的精锐,一个个反应灵敏,见刺客要飞墙而逃,纷纷阻挠。有几个擅轻功的,俱腾空跃起,拦了她的去路,逼得她不得不着地。不过金凌也着实了得,被迫着地后,又几个翻身,换个方向,再度冲了出去。

同一时间,南城跳下了楼台,他原想去把主子扶下马,待走近,才看到马背上的人已经惊呆。

他从没见过主子有过如此失态的神色:"爷……您怎么了?"

九无擎充耳不闻,冰冷的眼,放着异样灼热的光,盯着前方被侍卫困住的黑衣女子。

"管她什么轻功,先把她射下来再说。"

侍卫西阁哼一声,自背上拔了箭,拉好马步,正要射箭……

"不准射,要活口!"

一声厉叱又急又响。

西阁愣住,回头,他们的公子,坐在高高的马匹上,夜风吹得他头发乱飞,墨袍急卷,他昂着头,胸膛不断地起伏,似乎压着一股波漾起伏的激动,面具下的黑瞳,不再冷漠,眼神无比复杂。

"要活口,不许伤她一根毫发!"

九无擎用强调的口吻重申了一遍。

南城和西阁又一愣。

九无擎不多作解释,整个人沉浸在震惊当中:这一次,他看得清清楚楚,这个女子使的的的确确就是青云纵。

当真是小凌子来了!

再说另一边,金凌被如此围困,很快败下阵来,眼见就要沦陷,一声嘹亮的长啸声,从高高的白桦树中间响起。

一直守着九无擎的南城,脸色为之一变:

"龙域的人怎么掺和进来了?"

话音落下没一会儿,他们便看到好几道人影飞快蹿进了公子府,极有目标地打入了战圈,助金凌成功脱困。

五

太渴望尽快知道七无欢的下落,过于轻敌,这是导致金凌最终落荒而逃的关键。

中的毒,不至于致命,但会令她失去战斗力,她该回去找点药来吃,但是,整个公子府已经被惊动,她回不去红妆阁。

此刻,她蜷缩在厨房外的大水缸内,头上,顶着木头盖,缸内还有用剩的水,没膝,冰凉的水浸透了她的鞋子,她的衣衫,同时,无情地吸走了她身上的体温。

缸外一阵凌乱的脚步声,很快过去,金凌舒了一口气,正在琢磨要如何才能回去,正在纳闷是谁帮了她的忙,盖,突然被掀开,她心头一沉,还未回过神为自己哀悼,也不曾看清来人，但觉穴道一麻，人，立即陷入黑暗。

同一时间，公子府大战正酣，来的全是绝顶高手，乒乒乓乓打了一通后，他们掳住了红妆阁一对主仆，对方放出话来："谁要是敢穷追猛打，我等立马把她们给灭了。"

九无擎亲临红妆阁，远远地看到了那个穿着单衣的小女子，被人挟持在刀刃之下，满头秀发蓬乱，脸色骇白，冻得瑟瑟发颤。

他们劫持的是：东方若歆。

所有人都以为九公子不可能顾全那女人的性命，出乎人意料的是：九公子冷冷地下了一道命令：

"放人！"

紧接着，这一行黑衣人，迅速离去，喧闹的府邸这才安静下来，九无擎回了院子，没进房，坐在外头，看着夜色越来越深重，心里疑惑重重：

龙奕为何会来闹事？

小凌子又怎么会和龙域的人混到了一处？

东方若歆和金凌，又有什么关联？

他想不出其中的关联。

东罗、南城、西阁都侍在边上，他们时不时瞄看他们的公子爷，坐在轮椅上，就像石雕一般，一层孤独的屏障将他笼在一个外人无法闯进的世界，只有鼻息间吐出的白气，在证明他是一个活生生的人。

他们的爷，永远波澜不惊。

公子无擎，冰冷无情，他的面具是冰冷的，眼神是冰冷的，声音是冰冷的，便是每次下的命令，也是冰冷的，一声令下，伏尸遍地。

传说中的他，十二岁成为秦帝的义子，然后，一步步，从无名小卒走到后来人人敬畏的九公子，被帝王倚为左膀右臂，成了令人闻风丧胆的夺命修罗。

他是一个智谋双全的男人，他们跟随他那年，他十五岁，那时，他已是军帐中一个突然崛起的传奇。

因为毁容，他没有表情，因为有病，他从不与人交心。

他们以为，没人能乱了他的心！

但今日，他们看到：公子，乱了。

九无擎无视他们的注目，低着头，沉寂如冰的眼神凝睇着手中的短剑，不厌其烦地捏在手心里把玩。

这时，北翎自外头跑了过来，刚才，就他追了出去，北翎的轻功好，被九无擎派去探明他们落脚在哪里。

"怎么样？"

东罗低问。

"进了城南一处别院。我已让人盯在那里。"

北翎拧起浓眉，纳闷道："公子府和龙域素无过节，龙奕怎么会来找麻烦？爷，要不要属下带人过去把人要回来？"

他想说的是：公子怎么会因为他们抓了那个东方若歆而放他们离开。东方府和公子府历来不合，这个女人进来，摆明了不会有好事，今夜这种情况，如果趁机把那个祸害给连根拔掉，岂不是一劳永逸吗？

侍卫皆不知其中道理，不约而同将目光落到了公子身上。

朦胧的月光披在男子墨色衣袍上，九无擎依旧一动不动。

公子从不曾如此狼狈地受制于人，他们四人，谁都无法猜透现下爷心里怀的是什么情绪。他就像是一个石头人，除了冰冷，还是冰冷，似乎谁也无法焐热那颗用冰做的心。

对了，有件事，很古怪，公子爷很少和女人说话，但是，今天晚上，他破例和一个女刺客说了很多话。

"不必。"

一阵冷风吹过，冰冷的声音忽然响起，夜风让他沉淀，澎湃的潮汐也渐渐退去：

"她中了我身上的毒。需要龙须草。迟早会来找我。至于龙奕，此人玩心很大，也许只是来凑热闹的。"

说到这里，他抬头看向他们，用严肃的眼神强调了一句：

"你们听着，若再遇上，谁也不许伤她。要活的。至于东方若歆，既然进了公子府，就是公子府的人，与东方府再无瓜葛。她的命，属于子鹏！"

侍卫面面相觑，不解。

就这时，十无殇一身藏青色的锦袍，脖子上系一件玄色滚白貂毛的裘氅，急匆匆往这里赶了过来。

侍卫行礼，十无殇摆手。

"九哥怎么在外头吹风，天这么冷！"

解了身上的裘氅，十无殇披到九无擎的膝盖上，一边推他回房，让人泡上热茶，坐定后，才问：

"听说这里出了事，刺客抓到没？"

"抓了一个，其他人全放跑了！"

九无擎说。

十无殇愣住，很意外：

"抓的是什么人？放的又是什么人？为什么要放？"

"抓的是平将军府的人，人家是来替平薏姑娘报仇的，至于跑掉的，是龙奕的人……关键那位，来历还不能确定！"

九无擎将手中的短剑放到桌案上，伸手摘下狼形面具，喝茶，面具下，一张薄薄的面皮掩去了他脸上的丑陋，映入眼的是一张普普通通的脸孔，四四方方、浓眉、冷眸、薄唇。

十无殇知道，九哥的志向：做一个寻常老百姓，身强体健，闲居隐世，所以，他给自己做了这么一张不起眼的面皮，只为了吃饭喝水的时候，不至于吓到身边的人。而在人前，他的狼形面具，从不离身。

"龙奕？此人从不和我们有交往，为什么要来找我们的麻烦？"

"这事，我已让人去查！"

九无擎再度把玩起手上的短剑。

十无殇一早就瞄到了这把古朴的短剑。九哥酷爱兵器，可他从不曾在九哥的兵器库里瞧见过这柄剑。

"咦，这剑哪来的？怎么没见过？"

他凑过去要到手上"铿"地拔出来，不由惊叹出声："好剑！"

寒光凛凛，剑锋森森，绝对是剑中极品，十无殇扬剑轻轻一斩，桌角立即没了影。

"刺客落下的！"

九无擎随意一抓，接过那掉落的桌角，但看到切割面，平整如镜："这种冶造本领，只有万里之外的沧国才有！"

沧国远在万里之外，中间隔着一个死亡大沙漠，那边有一个地广物博的神州，世人称其为九华洲。

几百年前，九华洲上大乱，后有大帝一统，战败的一支军队，走投无路，听说沙漠的尽头另有国域，于是，他们跨越万里，来到西部。而后，几万人的虎狼之师，鸠占鹊巢，强占了这个生产力极度落伍的国家，按着这里的传统风俗，建立了一个奴隶制国家——西秦。

比起西秦，九华的沧国，那是泱泱大国，美丽而富庶，其版图远远大于西秦。

四五十年前开始，西秦一些奴隶，不堪受欺，横穿沙漠想另寻一个活路，便来到了沧国，而随身所带的一些"不值钱"的石头，成了他们的"救命稻草"。

这些逃出来的奴隶，有一些是被迫为奴的，在西秦国也堪为俊杰，更多的则奴性不改，来到异国后，遇上当地一些"有头有脸"的人物后，奉以手中之石，另投新主。

这些石头，是原石，可提取上等彩玉。

于是，一些急功近利的沧国商贩，为了这种从天而降的丰厚利益，一个个在"奴隶"的引陪下，不惜一切地往西秦寻宝。因此死在沙漠的不计其数，就此发达的也不在少数，两国民间便渐渐有了一些往来——沧国一些先进的技术，也在那些年里，慢慢地流到了西秦，西秦国在短短几十年里，迅速繁荣起来。

尤其这几年，两国之间，人口的流动，越发的频繁，西秦国内，流入了不少来自沧国的商人，有些沧人，甚至还入仕到了朝堂之上。

当今皇上，就曾亲入沧国，一度游学在沧国，学习异国文化，而后以其满腹的智谋，将散沙似的西秦一统。

也因此而彻底改写了他九无擎的人生轨迹。

"这是来自沧国的东西？这么说，来人是侯老贼派来的？"

那家伙，常与皇帝进言，咒他们是毒瘤，必须除之而后快。

十无殇往剑锋上吹气，猜测着。

"不是侯璬的人！"

九无擎仰起的脸孔，一双深不见底的眼瞳，在明烛底下闪着幽亮的光："凭侯璬的才干，放在沧国，不成气候，他的手下，哪拿得出这种绝世好剑。能佩带这种剑的人，不是出自皇宫，就是来自王府。如果来的是侯璈的人，今儿个，我只怕早死了八百回。"

十无殇有点讶异，这么多年，九哥极少和沧国人有交集，尤其这形似软禁的五年，更是如此。原以为他是厌恶沧人的，但是，听这口气，他好像很了解沧国。

关于九华沧国，十无殇所知甚少，只听说那是一个很强大的国家，远远比他们龙苍任何一个国家强大。

关于九哥的一切，他更是一无所知，他只知道九哥是当今皇上最最看重的一个义子，五年前，也正是因为九哥力保，他与七哥才可以从那场叛乱中活下来。

"呀，原来这就是传说中可切金断玉的寒鲛剑？"

剑归鞘后，十无殇发现了鞘身上刻着的那三个字，他跟沧国商人有一些交往，认得上面的字，不觉失声而叫。沧国善铸剑，其中一位名叫百里奚的铸剑师就以铸剑为乐，这寒鲛剑就是其中最著名的一把。后来却在一次品剑大会上集体失窃，此案曾惊动九华大帝。

破案之后，百里奚将他的剑悉数上献，从此为九华大帝效命，听其调遣，被封为铸剑大臣，专为军队造兵器。

"对，这是寒鲛剑。"九无擎点头，"能得此剑者，身份必定尊贵。"

"那就奇怪了，沧国远在万里之外，来人若是很有身份，他们为什么不好好在自己的国度安享尊贵，而要冒着穿越死亡沙漠的危险，跑到西秦来，而且，还要夜闯我们公子府？"

他低头嗅，闻到了一丝异香，不由露出惊讶之色："剑主人是个女的？"

公子府从来是女人们害怕的地方，居然有人敢夜闯。

"嗯！"

"但这龙奕是怎么回事？怎么会和这个女子搅到了一起？"

九无擎不语，把寒鲛剑要过来，细细地抚摸着那三个字：慕倾城的身份应该已经被龙奕拆穿，且被龙奕看中，要不然龙奕怎会突然插手到公子府。至于真正的慕倾城，十有八九是出了什么事。

他的心，莫名就乱了，因为，她从来不在他的计划之内。

一别一十二年，刚刚开始，他还满怀希望，以为总有机会能和母亲一起回九华。那里才是他的家，有慈爱威严的父亲，有活泼可爱的妹妹，有尊贵不凡的义父，有精灵似的未婚妻，有他的锦绣前程。

可残酷的现实将他的希望彻底粉碎。

时间的车轮一辗，就辗转过了足足十二年，儿时的记忆也已被辗模糊，他不再奢望回去娶妻生子，不想，他的未婚妻突然就出现了，这完全脱离了他的掌控。

"九哥？你在想什么？怎心事重重的？"

十无殇发现九哥有点失魂落魄。这样的表情，他曾在七哥脸上捕捉到过，那时候，七哥喜欢上了一个姑娘。难道九哥也有意中人？

"没什么。"

九无擎回过神，忽然记起什么，目光一正："子鹏，有件事要跟你说一下。东方若歆被龙奕带走了！"

十无殇脸色陡然一变："什么？"

"奶奶的，我去找他要人！"

十无殇转头就要走。

"不准去！这件事，交给我来处置，明天我以公子府名义去跟他交涉，你不许擅自行动。"

匆匆要人，就是向所有人宣告，十公子在意那个女人，这会害死她，而以公子府名义出去要人，是为了颜面，无关喜欢或不喜欢。

"可是……"

"没可是，龙奕拿住她，必有索求，绝不会伤害她的。"

只是他能知道东方若歆会有这样的妙用，就不是一件简单的事了。

九无擎眯起冷淡的眸子，将冷利的眼神眯得极度危险，还有就是小凌子怎会不远万里地赶来龙苍？

一种不好的预感跳上心头：有人想借金凌制造事端。

十二年前，有只可怕的黑手将他们引到了龙苍，十二年后，是不是又是那黑手将金凌带来了这里？

第五章　遇上故交

一

清晨，半启的东窗吹进一阵阵的冷风，几缕明灿灿的阳光自夹缝里射进来，正好落在了床上，绡帐半垂，暗香幽幽。

带着宿睡的迷糊睁开眼皮，阳光有点刺眼，金凌眯了很久才适应这光线，瞪着这陌生的床顶，想了好一会儿，她才记起昨儿个晚上的事：她着了道，躲在水缸里，然后被人点倒了。

会是谁点倒了她？

九无擎么？

她已经落到他手上了么？

想到这里，她心陡然一沉，想坐起来，却发现手完全麻软，但脚倒依旧可以动，心又一紧。她的身子，百毒不侵，如果中的是一般的毒，不出半日，毒性自去，很显然，昨儿个她中的毒,很不寻常。

那该死的九无擎,还真是让人防不胜防。

耳边忽有一阵暖暖的气息吹拂过来,撩动她敏感的触觉,她赫然转头,在看到眼前这一幕后,傻眼!

床边上居然睡着一个男子……

一头黑发如墨,铺在锦被上,侧睡,半张脸藏在她臂弯里,半张脸浸润在朝霞间,眉,锋利,鼻,俊挺,面颊,成蜜色,唇色嫣红,便若冬日怒绽之红梅,那优美的唇线微扬,看上去睡得极香。

时有风吹过,几缕散落的发,轻轻地拂动着他的脸颊,逗弄着那极为出色完美的脸孔。

不是九无擎,竟是龙奕拿住了她!

紧绷的心弦一松,紧跟着,神思恍惚起来,她记得了什么?

是的,对了,很多年以前,在她很小的时候,她常常和燕熙同榻而眠。

她的燕熙生着俊美的相貌,脸蛋就似上等的美玉,白里透红,眼睛微眯的时候,既危险又优美,就像一只准备出击的金色猎豹。

每天晚上,他喜欢倚在床上看书,而她喜欢趴在他身边,名义上是看书,实际上是借机看他那张漂亮的脸。

那时候,身边的人都说她是个小美人,可她觉得燕熙哥哥比她还要漂亮,那时而温柔、时而严厉的酷酷模样,令她十分着迷。

曾经嬉笑欢闹的情景犹在跟前,一眨眼,十二年匆匆就过去了,属于她的青葱岁月里,再也找不到他们的足迹,属于他们的记忆就此断层,这真是一种难以言喻的遗憾。

这是她第一次近距离地研究一个陌生男子,金凌的脑海里想到的依旧是燕熙,无法想象,长大后的燕熙会生着怎样一个模样,会不会也像他这样好看?

"龙奕,怎么又是你?"

最近,这家伙怎么老是阴魂不散出现在她的周围。

想到那天,他说要娶她,今天又这么无耻地和她同睡一床,她就极度不高兴——这个人救她,绝对居心不良。

沉睡中的男子倏地睁开眼,抖落那几丝慵懒,爆射璨亮的精光,与朝霞互相辉映,浑身上下散发出戒备之色,等看清谁在睇视他后,才又伸了一个懒腰,一边打着哈欠,一边不满地抱怨起来:

"大清早的,乱叫什么,扰人清梦?还有,麻烦你注意一下说话的语气:若不是我及时出手,你早被那九无擎抓去了,现在这会儿,不是被用刑,就是被人给灭了,哪还有这种机会躺在这里享清福?居然还是满口嫌弃的调调。为了救你,我昨儿个可是忙了半宿,好不容易才睡着,就把我吵醒了,你别那么没良心成不成?哎呀呀,我可是困死了,睡觉睡觉,不许吵。"

说着说着,他又往枕头上倒了下去,贴着她睡,闭上了眼。最近几天,他睡眠严重不足,很渴睡。

金凌的脸孔顿时烧起来,除却小时候,她长到这么大,还从没有和别的男人如此亲近过,她不由得急叫起来：

"等一下，等一下，龙奕，你救我，我感激你，但你别在这里睡，男女有别啊！"

属于他独有的气息扑面而来，令她觉得好生别扭，却被打断。

"没关系，你迟早会嫁给我。不是有句话是这么说的，救命之恩，当以身相许。就算你不准备以身相许，昨儿一夜，你总归是睡在了我房里，名义上，你就是我的人了，所以，嫁给我是你唯一的选择。夫妻之间，没男女有别一说。"

再度睁开眼，他没了睡意，露出了嬉皮笑脸的神情：之前嫌他嫌得那么厉害，现在你没法折腾了吧。他笑嘻嘻地捏了捏她的脸蛋，淡淡的紫芜草的清冽气息冲进鼻腔。

金凌从没被人轻薄过，原本怀有的一点感激之情，一下烟消云散，她从来就是有恩报恩，有仇报仇的。敢吃她豆腐，再大的情面，她都不卖。

金凌被惹毛了，一双脚灵活地一勾一挑一踹，一脚出去，十分力道，使的是正宗的金刚腿，狠狠撞在那人的肚腹上。

龙奕根本就没留心，以为她已动弹不得，加上突来的劲道，让人防不胜防，等到他闷哼一声觉察不对劲时，已连人带被飞了出去，扑通倒地，摔了一个大跟斗，绯红的锦被把杏衣男子卷在了里面，把一张好端端的八仙桌给压了个粉碎。

由于双手没有力道，她使了一个凌空翻，盘坐而起，没看地上那个在被子里挣扎的男子，却被自己身上的衣服给吓住——身上穿的已经不是昨儿晚上的夜行衣，而是一件绣着莲花的粉色单衣，她顿时急恼地瞪圆了眼。

"咳！咳！咳！当真好心没好报，臭丫头，你想谋杀亲夫啊！"

胡乱地把锦被扯开，龙奕还没有抱怨完，就被喝断：

"谁让你给我换的衣裳……"

这人真是无耻，竟敢碰她冰清玉洁之身，若刚刚只是小怒，那此刻，就是勃然大怒，当下，她不管三七二十一，跳下床，就冲了过去，一记无影腿毫无预兆地踢了过去。

"呀！你发什么疯？我是你恩人，不是仇人，喂，打住！打住！"

金凌哪肯停下来，劲风所到，既疾又快，乱影横飞，难辨虚实。

好厉害的腿上功夫，龙奕惊骇之极，连忙躲闪，杏袍翻飞，嘴上直叫："喂喂喂，你再撒泼，我真不客气了！你想打，等你身上毒清了再打，我不乘人之危，这个时候动真气，对身体不好。"

真要命，这臭丫头，身手着实不赖，看来不显出真功夫把人拿下，根本没办法把她制得服服帖帖，正想着要如何拿下这个嚣张的女人，门"吱扭"一下开了，走进一个漂亮的少妇，紫裙雪袄，双心妇髻，斜插珠花，柳眉明眸，俏鼻粉腮，不曾着了浓妆，清清淡淡，很是秀致优雅，看到里面的情状时，不由得惊叫起来：

"呀呀呀，你们这是唱的哪一出啊？怎么尽在这里给我败家？"

声音儿尖尖脆脆，有点耳熟。

金凌收回横扫出去的一腿，看向突然冒出来的女子。

那女子也抬了头瞅她，一脸的心疼和嗔怪。

"咦，凤萧姐姐，怎么是你？这里……是回春堂？"

金凌脱口而叫，原以为这里是龙奕的地盘，结果不是。

那女子一怔，抬头，露出惊奇之色，上下打量起来："怎么？你认得我？"

"自然认得，十二年前，我曾来过回春堂的。我是琬儿啊！凤萧姐姐可还记得？十二年前，有一天，有个满身长满红疱的小鬼急匆匆跑这里来找你，叫什么来着？对了，那臭小子叫虎头，哈，我一直觉得他叫狼头比较好，整个就是一只小色狼……凤萧姐姐，我就是那个整治了小色狼的小琬儿呀！"

这句话，不仅令那女子瞪直了眼，也令龙奕惊大了嘴，下巴差点脱落。

"你，你是琬儿？琬儿不是已经死了么？"

"没死没死，我还活着呢！"

金凌笑弯了眉，看着女子走近打量，目光闪闪，放出灿灿的光华。

眼前这女子，姓凤，名萧，以前是回春堂掌柜的掌上明珠，如今则是老板，人称药娘子程三娘，因为她嫁的男人姓程。

十二年前，金凌和家人来龙苍大陆时，西秦国也在打仗，所谓的诸侯争霸，烽火连天，形容的便是当时那样一个情形。

在那种时局中寻丹问药，是一件举步维艰的事，失散也是常有的事。

有一天，她和姑姑他们又被乱军冲散，她怎么找也找不到侍卫们，便跟着难民一路往鎞京而来。半路，她遇上一个少年，就是那只小色狼。

那是一个很不正经的男孩子，嘻嘻哈哈，说话随性，很阔气很有钱的样子，不知道什么来历，反正很好玩，会吹牛，也很会打架，和熙哥哥有得一拼。

小小的她，为了不至于饿肚子，就拼命地缠上了他，扮可爱，扮无辜，骗吃骗喝骗同情。

会记得他，是因为这个少年长得很像燕熙，若非她知道燕熙是燕伯伯的独子，她真的很怀疑这是玲珑姨娘一不小心遗落在外的孩子。

虎头和燕熙，长得极为神似，一样的俊美无俦，一样的风骨绝代。

不同的是，燕熙是爹娘一手调教出来，自小一身正气，赏罚分明，天生的尊贵，养成了他威慑不凡的气度。

至于虎头，满身吊儿郎当，邪里邪气，什么"坏心眼"的事都能干得出来，什么馊主意都能想得出来，放任无忌。

这俩人，性格一正一邪。

燕熙心怀天下，凡事以大局为重，虎头放荡不羁，凡事任凭心头喜好。

燕熙会教她训她，会宠她，虎头会骂她唬她，玩的时候，不忘带上她一起"闯祸"。比如：一起去逛青楼。

她很不喜欢看他顶着一张"燕熙"的脸孔，在外头招蜂引蝶，肆意破坏"燕熙"哥哥在她心目中的良好形象——于是就在他身上下了一味"闻香疹"，只要一碰女儿香，就会生红疹。

发疹那天，他的侍卫将他送去了回春堂，可惜凤家的医术治不了他。

后来，当他知道是她害他发的红疹，恼得恨不能把她劈成两半。

可她倔着脾气把自己藏起来，愣是也受了三天三夜的折磨。

三天后，痒疹消退，他挟着十万分怒气跑来找她算账，却看到有大批训练有素的不明人马欲将她擒拿。他自认倒霉，收起满肚恼火，带着她东躲西藏大逃亡，忘了责备她，也不曾弃她不顾，而是选择了与她生死与共。

在失去家人保护的那些日子里，是这个萍水相逢的少年，守护了她的平安，代替了燕熙，担负着照看她的责任。

在外躲避神秘势力追堵时，她肩骨上曾受过严重刀伤，是他给她上的药；她伤口感染发高烧，是他彻夜守着；她口渴，是他半夜敲开冰河，给她取水；她肚子饿，也是他去打山鸡给他熬汤……

他说捡到她，是他这辈子最倒霉的事，他说，等她养好伤，他们就此各奔东西，从此再不管她死活。凶巴巴的样子很可怕，事实上呢，他心地挺善良。

结果，她的伤没有好，燕熙就带着随身侍卫找来了。

她终于不必再去缠虎头，欢天喜地地腻在燕熙怀里又哭又笑又亲又闹又叫的，而他，满身脏兮兮，一脸灰不溜秋地站在边上，瞪他们，就好像才用顺手的玩具被人突然抢了去。

她想把虎头介绍给燕熙哥哥认识，虎头悻悻地一甩头，一去不回，就好像自己是他挥之不去的噩梦，能避多远就避多远。

当时，她真的很受伤，自己如此人见人爱，这人怎么就如此讨厌她？

那日一别，他们就再没有见面。

后来，她和燕熙哥哥及一干随侍高手中了埋伏，落入了某个神秘人的手上。

后来，玲珑姨娘带了一帮素昧平生的西秦高手来救他们出去。

后来，不知何故，玲珑姨娘趁夜叫醒她与燕熙开始大逃亡。

后来，江河之上，急风怒浪里，他们的船，起火，沉江……

那是一个很可怕的记忆，燕熙带着她在汹涌的江水里挣扎，北风呼啸的夜色里，他们在死亡线上徘徊，一阵高过一阵的冰冷浪花将他们吞没，嘴里倒灌着冰冷的江水，鼻子里呼吸不到足够的空气。

在姑丈撑着小舟找到他们的时候，她已没有力气撑下去，小小的身子止不住往下沉，是燕熙拼尽一切，将她顶出江面，自己却因为精疲力竭，被冷不丁打过来的浪花卷走。

后来，任凭她如何哭闹，姑丈愣是不肯再在这样一个他们的权势无法施展的异域里冒险下去。在她身体内的毒有所清除以后，只留少部分人继续寻找燕熙和玲珑姨娘，自己则毅然带着百余精锐部属回去九华。

龙苍近一年的漂泊生涯，成了她记忆里永远挥之不去的痛。

这一年，她失去了把自己当亲生女儿来疼惜的玲珑姨娘。

这一年，朝夕相处近六年的青梅竹马被她遗落在了异国他乡。

回国以后，父亲曾派出无数人马，辗转万里，不死心地寻找。

没有音讯，他们犹如沉入大海的沙砾，消失得无影无踪。

父亲为了安抚她，故意编了一个善意的谎言："燕熙被世外高人救走了，十二年后，他就会回来娶我家小凌子。小凌子要做的是：学做一个出色的继承人，成为小熙眼里的骄傲。"

八年时间，她磨砺自己成材，然后，重新踏上这片土地，只为了寻找燕熙。

这三年，她曾多次路过回春堂而不入，自是有原因的，只是今日，她着实没想到会被龙奕带到这里。意外邂逅故人，着实令她惊喜万分。

为了证明自己就是琬儿，之后，金凌一五一十将过去发生的一幕幕说了出来。

凤萧听着，不自觉地看向龙奕，嘴角抽了又抽，因为龙奕就是琬儿嘴里的那个虎头。

那一年，虎头还不叫龙奕，年仅十岁，个子长得比一般孩子高出不少，脸蛋儿俊秀飒爽，一身锦袍，风度非凡，年纪虽小，却爱生抛勾魂眼，总爱招惹小姑娘们一个个为他神魂颠倒。身边带着俩侍卫，在鐍京城内玩，同时，一个小姑娘寸步不离地黏着她。

有一天，他听说飘香阁有绝色花魁开苞，乐滋滋地跑去瞎起哄，居然还真把当红的花魁给标了下来，玩性大起的他，对着那个花魁是好一番细细捉弄，一个劲儿地在人家姑娘身上"揩油"。

这么一揩油，好，出事，没一会工夫，他浑身就起了疹子，一颗颗就绿豆一般在嫩嫩的皮肤上横起来，越是抓越是痒，越是痒生得越多。

他因此而来了回春堂。

虽然隔了那么多年，但是程三娘对于当年那些事，记得非常清楚。尤其是那个小姑娘，七八岁，长得极水灵，小仙女似的，小嘴巴甜得堪比蜜汁，给她留下了非常深刻的印象。

人家的身份很奇怪，既不是奴，也不是婢，更不是虎头的什么亲戚，据说是和亲人走散了，那小姑娘直说这虎头长得像她哥哥，就认定了他，虎头往哪里走，她就跟到哪里。

虎头生了浑身红疹以后，最开心的是这个琬儿姑娘，还在边上一个劲儿地幸灾乐祸：

"叫你不听话，叫你还敢往青楼这种地方去瞎转悠，好啊好啊，老天有眼，就让你从此再也碰不得女人！"

后来一查，结果出人意料，下手的居然是琬儿姑娘，还狠下心不给治。

也从那时起，虎头再不能随随便便去调戏姑娘。

之后，虎头跑了，琬儿死了，虎头伤心了一阵子后，也跟着失了踪。

再次见到他的时候是四年后，他再度来鐍京，摇身一变，改名换姓，俨然成了龙域的少主。

龙奕之所以会去找她，一是因为他们算是有点旧交情的，二是为了他身上那个病症，据说琬儿姑娘死得突然，没有给他解毒就香消玉殒，苦了这位少主枉自年少风流，就此落得一个做苦行僧的下场。

程三娘研究龙奕身上这个病症已经很多年了，始终找不到医治的法门，龙奕呢，也已经看开，已经习惯，因此而养成了一种可怕的洁癖。

昨儿夜里，龙奕抱着这姑娘找上她，她惊讶之时，曾问："你这过敏症，怎么好全的呢？"

龙奕说："没好，独独对这丫头，我不过敏。"

当时，她纳闷至极，现在恍然大悟——在这世上，恐怕也只有琬儿的肤质，不会令他过敏。

怪不得龙奕瞅着这姑娘时，会眉开眼笑的，原来他相中的这丫头是琬儿，咦！不对，这个龙奕好像并不知道她是琬儿啊！

瞧那表情，就知道，他也一直被蒙在鼓里。

她心里一乐，想到以前这小姑娘把虎头整得那个惨，如今轮到她落到虎头手上，还能有好果子吃吗？

二

"你，你竟然是那个臭丫头？"

龙奕彻彻底底震惊了。

至今，他还记得那个姑娘，不仅因为她害他从此不能"风流"，更因为她曾是他一段不可磨灭的记忆。

初逢，她是一个小乞儿，声音却极甜美，爱缠他，曾因为讥笑他的名字，还有过这样一段对话：

"什么？你叫虎头？虎头虎脑那个虎头？"

"嗯哼！"

"哈哈哈！"

"笑什么？有什么好笑？"

"难道不好笑吗？好土。你家老爹真没文化，居然给你取了这么一个土鳖名，白白糟蹋了这张漂亮的脸孔。"

"敢笑我名字土？你讨打是不是？"

"啧啧啧，男生打女生？丢不丢人啊？喂，你摆什么臭脸。喂，别跑啊你！这么经不起别人批评，我娘教过我的，谦受益，满招损，对你提意见，那是本姑娘看得起你。哎呀，你别突然跑着跑着，就蹦出来吓人，吓死了我，你赔不起！"

有个身着锦衣的俊美少年，去而折回，自紫芜草丛内探出头来，一边白眼，一边跳脚：

"虎乃是山中之王，虎头，那可是老虎里面的首领，这么威武强大，哪里土了？不识货的蠢丫头，我可是贵族。"

一个衣裳邋遢的小丫头，在清澈的小河边，放肆地哈哈大笑，做着鬼脸，晃着脑袋，满头乱糟糟的头发在风里飘扬，直叫：

"哪有这么多乱七八糟的歪理？还是改改吧。我给你改，单名一个'奕'字如何？'奕'有光明美好之意，你长得这么好看，很配这个名字啊！"

"闭嘴，一个小乞儿，怎配给我取名？"

"你肤浅了吧，没眼光了吧，只会以貌取人。实话告诉你吧，我家很有钱的，我读过很多书，不过我现在跟家人走散了，是勉为其难才跟着你混的！你知不知道何为贵族？我跟你说，作为一个贵族，首先得有一个好名字，你那名字，真是土。喂，不许丢下我！"

后来还是没改名，那丫头呢，则化身成为牛皮糖黏上了他。

最后缠烦了，他只能答应带她一起上路。

当她洗去一身泥尘，穿上男孩子的衣裳，风度翩然地出现在他面前时，他惊艳地瞪直了眼，他还没见过这么漂亮的小姑娘：

那眼，琉璃珠，那脸儿，嫩得吹弹可破，那小嘴，红得就似带露的红牡丹。那小身板很瘦，据说是生病了，却特别爱搞怪，特别爱黏人，特别爱笑……

后来，他们闹了别扭。

后来，她受伤了，伤得很重，他很用心地照顾她。

后来，她的熙哥哥出现了，长得果然跟他很像，那丫头钻在人家怀里，开心得直叫，他看着心里很不是滋味，跑了个没影。

后来，他暗中跟着，看着他们被一股神秘势力抓了去。

后来，他瞧见了那个少年的母亲，一个既冷艳又温柔的女子，带着一帮功夫诡异莫测的高手救走了这一对"兄妹"。

后来，他看到那个冷艳的女子带着他们离开那一座神秘的山庄。

后来，他们上了一艘红船，扬帆离开，而他，则躲在暗处目送他们消失在视线里，连一句道别的话都没有勇气跑上去说，就这样心痛地看着他们将他已引为习惯的一个小负担剥离了他的生命。

后来，他一不小心听到有人要烧他们的船，要让他们死无葬身之地。他急得火急火燎，却没办法在一个狂风怒号的夜晚雇船去追。几天后，他在大江下游找到了那只被烧毁的船。

后来，他再没有找到她，只在岸边看到了她穿过的一只绣鞋。他以为她死了，就这样，说消失就消失了，那一个月的欢笑，成了记忆里一抹难以拔除的疼痛！

几年后，他改名换姓重出江湖，第一件就是带人灭了煞龙盟——火烧红船，就是那些人干的腌臜事。

他为她伤心难受了那么多年，可她居然没死？

"等等，不对呀，我是亲眼瞧见你的船着的火，我还在江里打捞了三天，你怎么会活过来的呢？"

他跳了过去，将她从头到脚瞅了一遍，话说她现在易着容，无论如何是看不出当年那模样的。

闻言，金凌顿时瞪大了眼："你这话是什么意思，难道你是……虎头？"

最后两字带上了怪音。

"哟哟，你这对活宝，还真能闹腾，十二年前闹得厉害，十二年后遇上了，互不相识又闹上了？"

凤萧笑着指指屋里那一片狼藉，直摇头，不是冤家不聚头，这话，一点也没错。

金凌傻愣住，世上居然有这么巧的事，十二年前，她缠着他不放，十二年后，是他缠着她。前前后后这么一想，实在有趣——嗯，只能说，她与他，真的挺有缘，不觉扑哧地笑出来：

"还真有意思。我一直在想，这次出来，不知道有没有缘分再遇上你，就是没想到你居然这么有名堂——龙域少主？真是了不起啊！这么有身份，当年可没听说你这么有来头。"

还真是不打不闹就不相识了，闹了半天，竟是故人。

龙奕沉默了半天，一时难从这样一个变化中回过神，当年沉船的一幕，深深地烙在他的记忆里，为此，他曾伤心难受过好一段日子，结果呢，她活得好好的。

"别跟我攀交情，既然你没死，这些年你跑哪去了？"

他咬牙瞪她。

"当然是回家了！"

"回家？"

他咬着这两字，神情郁闷死，他以为她尸沉江底，结果，她却回了家，白白害他伤心欲绝了那么久。

"对啊！"

他气翻了："对你的头，回家为什么不回来跟我道个别？"

"我又不知道你家住哪儿，怎么找你？"事实上，当时她历经大变，根本就不记得要找他。

"我……我真是被你害死了。在我身上下了毒，然后跑一个没踪没影，你还真对得起我啊，枉费我当年剖心挖肺地保护你，死丫头，这事没完。对，绝对没完，你得对你曾经做过的事负责，必须赔偿我，加上这一次，我把你救了，这前前后后这么加加减减，我也不多要，就把你赔给我，这账，我们就两清。"

这人还真是无赖。

金凌眨眨眼，想到龙大少主，这些年不近女色，皆是拜她所赐就想笑。不行，不能笑，她忍着，扮无辜：

"怎么就两清了？救人不图报，才是大丈夫。至于十二年前，我给你下药的事，那会儿你已经说了不追究，你这么尊贵的身份，哪能出尔反尔的，别丢你一邦之主的脸面了。"

"救人不图报，我还救你做啥？至于我说不追究的事，当时你说的是要给我解药的，结果，你一去不回，害惨了我，这事，绝不能就这么算了。这一次，你别想再跑，我要定你了！"

话音刚落，一个有力的拥抱，将她箍住，那么突然，那么让人防不胜防，满怀的紫芜草的清香扑鼻而来！

每个人身上都有一种体香，比如母亲爱极了莲花，入浴必以莲香下水；燕熙哥哥身上也有一股好闻的薄荷香；而这个叫龙奕的男子，他的身上也有一种闻上去很舒服的气息，那是紫芜草的清气。

从不曾被人如此抱过，十二年前，她爱腻他，是想知道抱他的感觉和抱燕熙哥哥有什么不太一样。可这并不代表她就乐意现在被他抱，何况他还说了这样的话。

金凌有点尴尬，很想把人踹飞，而且，他抱得也太紧了一些。

"喂喂喂，你要勒死我啊！放手啊，快放手，再不放手，我可踹了！"

金凌不许任何人碰自己的身子，即便这人和自己关系不浅。原则性错误绝不可以纵容。

她又急又羞又火大,膝盖狠狠地往他肚腹上一顶,顶下去时使足了劲儿往他脚上踩下去——学过功夫的人,最懂得如何用自己的巧劲将对手扳倒。

"呀!死丫头,你你你你到底有没有良心?又搞偷袭,又踩我一脚。"

脚板上一阵阵麻辣辣的疼传上来,这丫头,下手可不轻,龙奕哇哇直叫地松开手。

金凌趁机从他手掌下逃开,身子极灵巧地一闪,躲到一脸错愕的程三娘身后,啐了一口:

"都已经提醒过你了,别乱抱!敢非礼我,你找死!"

"什么别乱抱?只许你抱别人,不许别人抱你?天下哪有这种道理,哎,你别不承认,十二年前,是谁没完没了地跟着我,连睡觉也要爬到我床上!对哦,当年,我们就已经睡过了。看来我们姻缘天注定呢!"

金凌的脸孔刷地一下烧起来,直瞪眼:

"那些陈年烂谷子的事,你还好意思提啊!"

"当然得提!"

"那是小时候。"

她强调。

"我才不管,那时我就相中你了!"

他对着她深深一笑:"臭丫头,你毁了我一辈子,拿你抵债,那是便宜你了!命中注定你得赔我!"

四目对视,他是如此的坚信,她转着眼珠子,更多的是不以为然,原想跟他说:没有所谓的命中注定,我这个人,你要不起。话都要冲出口了,生生被她咽下。

男人是经不起挑衅的,这话不知是谁说的,却极有道理。

她不想去惹毛他,一心只记得自己是燕熙的未婚妻——她为他而来,其他男人再如何优秀,那也不是燕熙。

于是,她疏淡地一笑,不想多辩。

他呢,俊眉一挑,转头对一直笑看他们的凤萧道:

"三娘,麻烦你给她梳妆打扮一下,等解了她身上的毒,回头我就押着这丫头,去找她爹娘提亲。不把她弄到手上好好欺负一番,我这辈子就跟她姓。"

"好!"

凤萧笑着点头,答应归答应:只是说到娶,一个堂堂龙域的少主,其身份便如一国之储君,真可以随随便便娶一个平民百姓吗?龙奕在龙域是有未婚妻的,身份是龙域的公主,那是作为少主无法推卸的责任。

既然他有他必须要娶的女子,婉儿又生着一种独占的心理,肯定不愿与人共侍一夫,想修成正果可是一件难事。

金凌呢,嘴角直抽,无语地看向朱红梁顶,心里嘀咕着:你就瞎折腾吧!找我父母?一个魂归了十几年,一个远在天边,你能找得着算你本事!

龙奕哪知道她在想什么,转身离去,没见到她在背后冲他做了一个鬼脸。

她的心情变好了,只因为心头终于有了一个可以思念的轮廓——龙奕和燕熙长得神似,这是不是意味着长大后的熙哥哥也长着这样一张脸孔，嗯，肯定还要俊美，她的夫婿，是最最温雅的男子，哪像这个家伙，油腔滑调，没半刻是正经的。

思念，是一种深入骨髓的滋味，想念了这么多年而不得见，生，不见其人；死，不见其尸；梦，不得怀抱；想，模糊了容貌。那是何等的痛，今日始知龙奕便是虎头，那份深藏的思念，因为这样一个清楚可见的活人，而越发地泛滥成灾。

忽然间，她想极了熙哥哥。同时，想到了一个问题：七无欢真的是熙哥哥吗？

如果七无欢就是熙哥哥，他就应该长得和龙奕神似，如果这个等式成立，为什么这么多年来江湖上没有传出这样的奇谈？

三

故人重逢，是一件极开心的事，金凌很喜欢凤萧，不仅仅因为她生得美，更因为她有一手人口皆赞的医术，十二年前，曾解她毒发之苦。是一个急人所急的善良女子，极有主见，据说当年可称得上是鐻京城的第一大美人。及笄后，求亲的人是络绎不绝。可凤萧说，荣华富贵并非她想要，侯门士族她并不贪恋，她只想求一个知心人。

金凌记得，十二年前，见得凤萧姐姐的时候，她身边有一个风度翩翩的少年，俊逸，高大，笑起来很帅气，就是心思很深。面对凤萧的时候，会温和；独处时，那一双眼，既忧郁又深绵，就像一个无底洞，似藏着满满不为外人所知的故事，心事重重。

那个人名叫程嚣，当年，她还吃过他们的喜酒，可惜成亲没几个月，他就死了，同时死掉的还有凤老先生。这些年，回春堂全凭凤萧一双柔弱的双臂支撑着，并且撑出了一片别样的天地。

回春堂之所以有名，据说是因为十二年前，凤萧进宫救下了某位难产的贵人——七皇子拓跋曦就诞生在凤萧手上。

皇帝为了表示嘉奖，本想给她指一门好亲事，凤萧拒绝指婚，只请了一道圣旨，想在这鐻京城内安安分分地行医，只想享得那份平静的福气。

于是，她便这样在皇恩眷顾之下，得了这十来年的平静，在这样一座冷清的医堂里，静静地蹉跎着自己花样的年华。

这女子，深爱着她早亡的夫君，守着这样一份痴情！

然而，金凌却知道她会如此不受权贵人士干扰，除了皇恩浩荡，更有一股神秘的力量守护着她。

这是逐子说的，十二年前，他十九岁，是个年轻杀手，曾混迹在鐻京城。他说那个程嚣，他认得，但是，他见到过的程嚣，一手功夫高深莫测，而且来头不小，后来死得也极为蹊跷，好像能和皇族扯上一些微妙的关系。

他说，他曾见过那个程嚣半夜三更和人碰头，弹指之间，便能取人性命，后来无缘无故就死了，很奇怪——而此后多年，一直有一拨来历不明的势力护在凤萧的周围，他曾因为好奇，查过，没有结果，最后不了了之。

"你和龙少主，还真不是冤家不聚头呢！谁惹了他，谁倒霉，他可是谁的面子都不卖的，独独倒是在你身上吃了瘪，我终于知道什么叫住一物降一物！"

互叙别来之情后，凤萧感叹了一句。

金凌知道凤萧是误会了，却也没有多解释，而直奔重点，提到身上的毒，她倒是有一些灵丹妙药随身备着的，可惜昨夜没带在身上，现在想回公子府是不可能了，再者，她也没办法确定自己的那些药管不管用，只好向她求助起来。

凤萧眼神立即变了一变，而后问："你怎么惹到九无擎了？那人满身是毒，谁若碰了他的肌肤，谁就会被毒到。你中的便是那毒。这毒，不重，我倒是可以解，就是缺了一味九须参。那参，百年才成形一个，本来就少，近几年，全被九无擎收购了去，市面上已不见其影子！没有九须参，制出来的解毒汤，只治标，不能治根，毒素会积在体内。要不这样吧！我和九公子有点交情……"

"万万不能，这等于就是告诉他，我在这里！"

金凌连忙叫断，惊讶自己竟是这样中的毒，着实有些匪夷所思。

"九公子性情虽然古怪，你若不去得罪他，其实是很好说话的，琬儿，你怎么就……"

凤萧有点疑惑。

"这事，凤姐姐别管。除此之外，难道就再无他法了么？"

"倒还有一法……"

"什么法子，快说！"

凤萧稍稍推开窗，引她过去看，窗外的亭子，灿烂的阳光普照大地，亭外假山上，一身杏衣的龙奕安静地坐在那里，也不知在想着什么。

"你可以求一下龙奕，传说，龙域有一灵兽，其血，可解百毒！"

"你说的是那只犀角圣虎吧！好像是有那么回事，我也听说过。"

龙苍的民间有这样一个传说，说是这里的每个国家都有一只灵兽镇守疆土，龙域就世代养着一只长角的金毛虎，疾行如飞，其血能解百毒，是龙域祥瑞的象征。据说这犀角圣虎，长于深山丛林，只有每一任的族长才有那个能力召唤它出来。

能召唤，只能说他有能力担当一位族长，能使唤圣虎听命于他，才是稀罕事——龙域地面上，至今只出现过两个人，可以令圣虎温驯听命，那就是几百年前开创龙域的第一代先人，以及如今这位并非出身龙域龙族的少年：龙奕。

对的，龙奕并非龙域嫡血传人，但他天生就有异能，能使唤圣虎为他卖命，域主这才收他做了义子，并传下话来，将来会把他膝下的两个宝贝女儿许给他做妻子，将龙域的江山传与他。

另外，灵兽之血可解百毒，可续人性命，这是不假，但每番取血，灵兽都会九死一生，且取过一次血后，十年之内再不能用兽血。

"凤姐姐，我不想承他人情，你还是先给我用寻常的解毒汤，治了标后，我会另寻法子去治根。"

凤萧转头瞅了瞅她，低笑："奇了怪了，他与你这么有缘，你却是为何要这么与他撇清关系？像他这样的男子，可遇而不可求的。"

金凌微一笑："他再好也没用，凤姐姐，若这世上有一个男人比程嚣姐夫更好，你会考虑改嫁吗？"

凤萧摇头："不会！但我的情形和你不同。"

"一样的，我有未婚夫。今生非他不嫁。"她低低地说，眼神清澈而坚定，"我和龙奕，只是朋友。既无可能，我哪能再去得他恩惠！"

凤萧有点惊讶，而后点头："也对。嗯，寻常的解毒汤，我早让人备好，你等着，我让人端来！"

"多谢姐姐！"

凤萧马上令人端来解毒汤，金凌服用后，不到一刻钟的时间，双手就有了知觉，而后，她趁着凤萧去厨房备宴时，没惊动任何人，跑了，今天她还有其他事要去办，不能把时间耗在这里。

第六章　贵人争婚

一

每隔十二年，是西秦国最隆重的节日：祈福大会，这日子一般定在元月二十二至二十八日，据说由来已久。

相传，近千年前，西秦国原是一统天下的，有一年，镔京城内忽从天上掉下一方闪光的巨大罗盘，罗盘之上锁着四只灵兽，每只灵兽身上，带着一枚闪闪发亮的奇玉，分别刻有青龙、白虎、玄武、朱雀的字样。

当时，西秦国内有四个了不起的人物，他们凭一己之能，分别降得一只灵兽，而后分庭抗礼，龙苍大乱，西秦国分疆裂土，成为四个国家：东有西秦，世代养"青龙"，南有南云国，世代养"朱雀"，西有龙域，世代养"白虎"，北有东荻，世代养"玄武"。

当然，这只是传说，传说每一国都养着法力无边的灵兽，用以镇守自己的国家，事实上呢，这仅仅是神话故事，龙苍大地上先祖们只是借这样一个传说为自己的分裂疆土造势。不过，那块从天而降的罗盘上带下了四块会发光的奇石倒是真有其事。

至于所谓的圣物归盘以祈天佑，根据金凌对龙苍各国典籍的翻阅所知，几百年前，是一个布衣神相搞出来的。

那一年，龙苍大地上战火连天，田地颗粒无收，天灾不断，百姓互食，千里荒败，便有那样一个神相放出话来，直道：天降圣物，原可福佑天下，却被权位之人占为私有，祸害天下。若要天下太平，就得让圣物归盘而祭。

诸国君主为定民心，便达成了这样一个默契：在西秦国京都内建一福宫圣庙，各国每隔一段时间便送圣物入秦，祭天祀地，以佑国运，以安民心。

这十二年一祭祀的传统，就这样被传承了下来。

大会设在西秦鲸京城南的福街，那条福街，有一座祈福用的福宫，福宫建着整个鲸京城最高的望阁，最大的祭祀圣台，最大的客宴殿宇，几百年来，每任帝王都在城南大兴土木，兴祭祀之礼，所以，这条福街是越建越大，越建越繁华。

每年的祈福大会有七天。头六天，是接迎天下四面八方的贵客前来祈福，最后一天，国君亲临，将圣盘供于佛前，散落在各国的圣物皆在这一日齐聚西秦，四件圣物归盘而祭，龙苍诸国则风调雨顺，否则便是灾祸连天。

十二年难得一次盛会，很多人都喜欢在福会头朝去福寺祭拜，金凌没去，自回春堂后门出来，直接回去了青馆。那是她作为“青城”公子在鲸京内买下的宅院。

进得门去，逐子看到她归来，以一种疑惑的神色看她：

“昨天晚上，公子府发生什么事了？龙奕怎么跑去公子府把东方若歆给掳了？据说你也在被掳之列，主子，你在玩什么？”

金凌微微一愣，这件事，她还不知道，看来，她想回去公子府，回头还得劳驾龙奕把她们一并送回去，她不觉捏了一下眉心，有点无奈。

“这事，暂且不管，走，先送我回府再说！”

“等一下，还有一件事，我得说一下。”逐子报禀道，“前天，云姑曾私下去过晋王府见过拓跋弘。所以今天，晋王去镇南王府应该另有目的。”

二

公子府。红楼。

昨宵未曾入眠，天亮时，自己穿了衣裳，洗了一把脸，传膳。

每天，九无擎习惯了四周的冷静，也习惯了自己打理，从不假借别人之手。

等到南城把早膳端上来，对着桌上的清粥小菜，他只吃了几口，不想吃，心口隐隐发痛，可能是思虑太重，失了胃口，脑海里反反复复浮现着小时候金凌的模样，原本很模糊的记忆，因为昨夜，再度清楚起来，儿时的一幕幕挥之不去，揪疼着他异常冷漠的心。

“爷，您吃这么少怎么成？”

看到桌上几乎没动的饭菜，刚从外头来的北翎忍不住轻轻劝了一声：“您真得多吃一些！”

“嗯，待会儿再吃些，现在不饿！”

他的胃，吃过太多药，有些是灵丹九妙药，有些是毒药，蚀性十足，早把他的肠胃搞垮，真的很难多吃东西，所以，他才这般消瘦，比他们清瘦多了，全不像一个二十四岁的成年男子，一身的弱不禁风，看得让人心疼。

九无擎有时候会想，要是十二岁那年，他听母亲的话，独自逃出去，跟着沧商的脚步回去九华，会不会他的命运就会有所改变？

可他终究放不下母亲，终究还是走进了别人的圈套。十三岁，当噩运一次次将他吞没以后，他明白，他的善良和好运都已经用完，能做的只有凭自己的本事，踩在别人的尸体上活着。

九无擎放下瓷碗，本能地拿起面具，将那张不属于自己的脸遮起来——套着层层面具活着，他已不再是原来的自己。十二年时间，他早在阴谋和血腥的洗礼中，失去了最初的干净。

他转过了轮椅，淡淡地问："查到了吗？"

声音是冰冷的！

这样的声音不像是燕熙的：温润如玉的燕熙，吐出来的话，即便苛利，也是温暖的。"爹爹"教过他，守成之主，要以胸襟服人，杀一儆百，有必要，以杀戮治天下，挑起的只会是无休止的战乱。他说古有秦始皇，以铁骑征天下，却无法以酷吏严刑守天下，这便是攻和守的区别。

他一直记得。只是，那时，在九华，有人撑着一片明媚的天空，他一直活在权力的顶层，不必攻，只需守，养成的性子太过仁慈。当有一天，他从云端坠落到地狱，他才明白，想要守，就必须先学会攻，只有把权力捏在手心，你才能获得"守"的资本。

在龙苍这些年，他学会了攻，学会了凶狠，学会了用别人的尸骨奠定自己的成功，同时，也学会了忍辱偷生，学会了冰冷，哪怕面对的是自己的亲信，是可以生死相托的兄弟，他也不知道要如何去柔软，如何去表达那份关切。

"只查到了龙奕的下落。"

那人不在城南的别馆，那处地儿，只是掩人耳目的。昨夜他得报后，就抽出了好些人手去查他们的行踪。为此，侍卫很不明白：在这样一个形势极为微妙的时候，公子为何要将他们从筹谋多年的大事里调出来去执行这样一件事。

可他们还是无条件地执行下去了。

"龙奕在回春堂，不过现在正往东城去。至于床姬和那女刺客的下落，还没查到。"

回春堂在城西，而镇南王府在城东，如此看来，她应该不在他手上。嗯，三日之期已到。能找到她的地方，也只有那个地方了。

九无擎想了一下，转而看东罗："镇南王府那边，慕倾城回来了吗？"

一直以来，东罗负责派亲信监视镇南王府那边的一举一动，自三天前发生晋王府的事后，他加强了那边的监视力度。

"刚刚到！"

他平静地点了一下头，似乎一切全在他意料之中，没一点稀奇。

这样的公子，才是他们所熟悉的，冷静而自制，能把什么事都拿捏在手上。只是，他们不懂公子要查的这两处地方，中间有什么不一样的关联。

"既然慕倾城回了王府，那青城公子呢？有没有去？"

其实他知道这一问问得有些多余。

"未见青城公子现身，依旧是那位子漪姑娘相陪在慕倾城身侧！"

"晋王去么？"

"已经去了，看样子好像真对这桩婚事上了心。"

九无擎目光冷冷地一动。

北翎和东罗明白，这婚事，公子爷誓必不会让他们成的，慕倾城也注定不能嫁拓跋弘。即便没有当日晋王退婚，公子也已想好法子令她成亲当日遭休弃。

也许这么做，对于一个女子来说，很残忍，但是，成大事不拘小节。公子爷和拓跋弘，表面上关系并不紧张，可私底下，已经闹到不是你死便是我亡的地步。公子和镇南王有着非一般的交情，他不能允许晋王娶了慕倾城白白糟蹋。婚事若成，慕倾城便会成为挟制镇南王的软肋，这是公子爷万万不想看到的事。

"东罗，推我去镇南王府。今天那边会有好戏，我们去看戏！"

东罗和北翎都怀疑听错了。

他们的爷，很少会到人多的地方，镇南王府那边，更是多年没有踏足。

还有就是，每年的今天，公子爷都会被召进宫去，今年也不会例外，公子爷选在今天到镇南王府串门子，必定会很快传进宫去，在这样一个关键性的时候，走这么一遭，动作是不是太大？

"爷！"

"无碍！备上药材去吧！我就是要让拓跋弘心里不舒服！皇上若是问起来，我可以把事情全推到龙奕身上！"

龙奕掳走公子府床姬一事，已经传开，自是他故意放出消息去的，为的就是今日这趟走得光明正大。

车轮辘辘往外而去，又是一个好天气，天空，是明蓝明蓝的，太阳，是金灿灿的，云朵，是软绵绵的，就像好吃好看的棉花糖——小凌子最喜欢吃了，那是"爹爹"家乡的零食，软软的，甜甜的。

九无擎靠在椅背上，任由东罗推着，冰冷的心，有什么暖暖的东西在流动。

思念一直在心底，被封存，藏在很深的地方，一旦跑出来，如何再能将它深藏！

他想见她！

哪怕只是远远一眼！

只想确定，她真的是心头的那份想念。

轮椅还未出园，十无殇匆匆跑了来，近身时，衣角翻飞，行了一礼，低声禀了一句："九哥，我有事要说！"

九无擎瞟了一眼，示意东罗和北翎去守着园门，红楼内，除了无欢和无殇及东南西北侍卫可以自由出入，其他人皆不得进来半步，哪怕是苓儿！

一颗腊丸递到了九无擎跟前，他接过，十无殇立即去取来一个盛着水的银盆，蹲下身子侍候着，九无擎捏着那腊丸往水里一辗，自里面抽出一张薄若蝉翼的密笺，上面写着只有他能读懂的文字，没一会儿工夫，密笺在手上消融为一片不成形的碎纸屑。

这腊丸中的东西，沾着一种特殊的粉末，遇气而燃，遇水而化。

"七哥怎么说？"

这些字，十无殇并不认得。

九无擎淡淡地吁了一口气："无欢已经和徐庶他们联系上了，他的身体状况，没出现问题，可见我研究出来的药，虽不能治根，但还是能抗衡他体内的毒血攻心！现在，就等祈福大会一锤定音。五年了，拓跋弘出的风头已经够久了。"

因为"拓跋弘"三字，他的眼神，倏地变得森冷森冷。

这个人，一直就是他的眼中钉肉中刺。

若不是他，他何来这五年的幽禁生涯。

若不是他，母亲何至于长眠不醒。

若不是他，五年前，他该带着母亲回去九华。

全是因为这个拓跋弘，他和母亲又平白受了这五年的罪。

有些事，九无擎至今仍旧想不透，五年前，拓跋弘为什么要对他斩尽杀绝，他与他原是无仇的，可他却用一种神不知鬼不觉的手段，将他们害得生不如死。

这样一种仇恨，意味着他必须先下手为强，将这个晋王打击得再也爬不起来，才有他九无擎的活路。

他不想死，熬了这么多年，要死早死了，即便要死，他也要死在九华的土地上。

祈福大会，是他等了十二年才出现的一个契机，只要事情办成，有生之年，他还能有机会回去九华，带上一份厚礼，回家。

三

镇南王东方轲是西秦王朝唯一一个受封的异姓王，曾是秦帝拓跋跃跟前最骁勇的武将，为君王出生入死，战功卓著，名震三军，功在社稷。只是伴君如伴虎，十六年风水轮流转，谁都有不如意的时候，一旦皇帝瞧你不顺眼，你的日子就别想痛快。

东方轲，年方四十有九，生得相貌堂堂，方脸高额，全无武将的粗鲁，留着一把黑须，穿着藏青锦袍，正坐在正厅内陪客。

厅内有四位贵客，都大有来头，入座在首座的是三天前休了东方轲外甥女如今又来提亲的晋王拓跋弘，一身玄黑的蟒袍，玉冠束发，英姿焕发，那可是人中龙凤，举手投足，散发着的皆是帝王家的尊贵之气，沉静从容。

东方轲睨了一眼，想到三天前，这位晋王如此地让镇南王府难堪，心里难免会来气，可作为臣子，即便有再多的不悦，他也只能把气往肚子里咽。

说起来，东方轲和拓跋弘渊源非同一般。

东方轲和慧贵妃，也就是拓跋弘的母亲是表兄妹，自幼情谊深厚，后因为拓跋弘被抱去做质子，而生了隔阂。

事情是这样的，二十五年前，拓跋弘生出来没几个月时，朝中政变，顺王奉命平乱，一叛臣拿住了顺王的宠姬九夫人之子以要挟，顺王为保住九夫人的孩子，便令东方轲抱着拓跋弘去交换九夫人的孩子，同时被抱去做交易的还有顺王妃所诞两个嫡子。那叛臣以三位小公子之命求自己一城之安全以及百年之太平。

等再见到拓跋弘时，已时隔十来年，皇上凭着自己的铁骑将对手逼入绝境，终于也迎回了陷于敌营长达十二年之久的两位皇子——对，是皇子，那时顺王已顺应天命取帝位而代之，原本送去做人质的嫡长子已病死。

再次见面，第一眼，东方轲就觉得拓跋弘这个孩子怀着一种深藏于心的仇视，当年贵妃娘娘领着他毕恭毕敬来见他的时候，他身上很明显地迸出着浓浓的敌意。当时，他就想，也许是因为十二年质子生涯养成了这种戒备的心理，也没有见怪。

后来的那些年里，东方轲很少见到他，但每回见面，拓跋弘都会有礼地唤他为：轲叔，渐渐地，他也就忽略了其他。

直到五年前，公子府诸公子举兵而反，拓跋弘奉皇令平乱，他巧设离间计，令诸公子不攻自破，而后，活捉九公子，生擒九夫人，立下天大的功勋。但是，就是押送回京途中，拓跋弘却三番四次欲加害九夫人和九公子，幸好东方轲发现得早，施以援手，誓死力保，坏了他的计划。从此，拓跋弘便将他深深记恨上。

那一年开始，拓跋弘在帝王跟前初露锋芒，开始得重用，而他东方轲却因为暗助九夫人离宫，自此帝前失宠。对他大失所望的皇帝，甚至于还纵容晋王一次次地拖延与倾城的婚事，直到这一次，故意放任晋王胡闹，而冷眼旁观。

本来，他对于拓跋弘，还颇有欣赏，心里一直歉然，自己的外甥女容貌尽毁，嫁给他，着实委屈了他，等到五年前，当他发现拓跋弘有心帝位，并且想置九公子于死地后，他对他，便再无半分好感。

这番，拓跋弘休掉倾城，算是彻底剪断了晋王府和镇南王府的关系，于他而言，倒是彻底解脱了，偏生这人又不知怀了什么心，又请了圣旨，诚心来赔不是。帝王家的人，他一个做臣子的自不好去得罪，不管怎么样，他总归是倾城的夫君。

东方轲知道，倾城那孩子喜欢晋王，被人家休了，在人家门口闹了那么一出，无非是想让晋王另眼相见。

如今既然人家再度上门来提亲，只要给足了脸面，他总归是想成全倾城那份心思的。倾城那孩子，自小没爹，后来又没了母亲，而他又常年不在家，从没有好好照看她，当真是怪可怜的。

只是，他有些闹不明白，另外这两位怎么也来凑热闹？

东方轲活了大半辈子，还从没有遇到过这样的事——他家倾城，什么时候和这两个大角色扯上关系了？

一位是天下闻名的第一公子龙域少主龙奕，身着淡色的杏黄锦罗袍，坐在晋王的对面。

此刻，人家笑眯眯地正在喝茶，时不时还和坐在他右下手的少年闲扯几句，虽然此人生性任性不羁，长年流连在江湖之上，可他身上绝没有一般的江湖气息，浑身上下流露的尽是作为一方少主那难以掩盖的大气。

人人都道这位公子爷亲切随和，最没有架子，是天下三公子内最最和善的一位，那是他们没有见识过他开杀戒浴人血的模样。

东方轲听说了,外头现如今传得甚为厉害,皆说这位爷在四处搜集奇珍异宝,说是要用来大聘,后来又传出他要娶的正是他们镇南王府这位被休弃下堂的外甥女。

得知这些传闻的时候,东方轲可是惊得合不拢嘴。今儿个看到这位爷上得门来,只是喝茶聊天,再没有说起别的什么事,他心下纳闷得紧:不晓得人家心里打的是什么算盘,又不好明问,只能陪在那里说话。

至于另一位贵宾,来头也是大得不得了,南云国太子:墨景天,今年一十五,年纪虽小,但是长得俊挺高大,个子不输于晋王和龙奕,凤目剑眉,稍嫌瘦的瓜子脸,脸孔如玉,唇红齿白,气度优雅,一袭白袍,腰佩着雪中玉,一身行头,不会很招摇,只恰到好处地彰显了他的身份。

这位贵公子,那可是储君,如今的南云国可不同八年前,国力鼎盛,国民上下一心,整个南云国欣欣向荣,八年的整顿变法,南云国国风开化,国力大增,强大到令其他三国不可小觑。而这位殿下呢,那是如今云帝膝下唯一的皇嗣。

令东方轲惊讶的,便是这位一人之下万人之上的皇子,今天来王府却是为了提亲——好吧,他不是为他自己求,而是为他那位义兄,多年前被云帝立为燕王后来失踪不见的义兄来求。

三个当今世上来头响当当的少年公子聚集于终年无客的镇南王府,为的是三天前被休下堂的丑女子,这样的事情,天地间闻所未闻。

女子婚事,原就该是顺应父母之命,媒妁之言,可倾城无父也无母,他这个舅舅本来可为其做主,按着倾城素来的心思,应接受晋王的道歉,再行大婚,但是,那位带着"倾城"出去散心的青城公子却让人递来话:这婚事,别人不能做主,三天之后,交由倾城自己定夺。

后来,东方轲听说龙少主有意倾城,南云国又派出太子来求亲,这样一来,这门婚事,他的确是做不了主,只能等倾城回来。

四

金凌挽着子漪进王府时,就看到那个素来爱欺负倾城的管家迎了过来:

"表小姐,您可回来了,晋王殿下已经等候多时,老爷请您……"

这老东西,此时此刻挂着一抹谄媚的笑,还真能见风使舵。以前,倾城可没少在他手上遭过罪,现在倒是晓得来巴结了,哼!

金凌没等他说完,就冰冷地打断:"那就请晋王把东西留下就好。舅舅若是乐意,便家常便饭招待一下,若是不乐意,就送客。我是不愿再见这负心薄义之人了。"

管家惊了一下,这表小姐,以前温温驯驯,一身无害,如今竟让他觉得心惊胆战,对方可是晋王,她怎敢……

"小姐……这这这……不大妥当吧!厅上还有别的贵客……"

"贵客不贵客,与我何干?若来的是男客,自是由舅舅亲自打点招呼,如果是女客,舅母自会好生款待,吕管家,你跑到这里来,跟我这么一个不入流的小姐禀这些事做什么?倾城只是一个没亲没眷、没朋没友的蹭饭客罢了！"

吕管家一听这话，额头汗直滴，这句"蹭饭客"，好像他曾在私下说过，没想竟叫她记上心了。

"小姐，那几位贵客，你一定得去拜见一下的，要不然……"

若真这么去回了，他不被骂个狗血淋头才怪。

"闭嘴！按本小姐说的去回话，有什么事，请舅舅来找我！"

金凌头也不回地径直往自己的园子而去，留下管家在那里一筹莫展，好一会儿才往正厅那边跑去。

一进厅，厅上的说话声骤然而止，吕管家感觉一双双比剑还利的眼睛全落到了他身上。

东方轲放下手中的茶盏，往外张望："倾城回来了？"

"回老爷的话，小姐回来了！"

"人呢？"

吕管家擦擦额头的汗，哈腰回禀道："表小姐不肯过来，还说……还说……请晋王把东西留下就好，至于要不要招待中膳，请老爷自己看着办。"

话音落下，就听得空气里爆出"扑哧"一笑，有人朗朗地接上了话：

"瞅瞅，瞅瞅，慕小姐情操多高！正所谓好马不吃回头草，这就是一种让人敬重的态度。如此女子，可比那些死皮赖脸的什么王爷可强百倍千倍。我说，像你这样一会儿悔婚休妻，一会儿又来请罪再娶，如此反复无常，你不觉得丢脸，我都觉得替你脸红。现在慕小姐已经表态了，依本少主看来，你还是趁早打道回府，面壁思过一百年，比较显得有诚意！"

还能有谁，自然是那个说话百无禁忌的龙奕，这世上，敢拿拓跋弘来调侃的人，没几个。

但拓跋弘没有恼羞成怒，好像一切都在他意料之中，起身有礼地冲东方轲欠了欠身："轲叔，我能去和倾城谈谈吗？"

东方轲微微一愣，这个称呼，拓跋弘小时候叫过，后来封了王，起了一些冲突，就再没有叫过他。

"有些事，我必须当面和她说个明白！"

拓跋弘认真地说，眼神无比地真挚。这样的眼神，并不像是在做戏，也不似在敷衍，会让人相信他当真是思悔来重新结这门亲的，甚至可以让人忽视他乐意结这门亲背后所隐藏的政治目的。

东方轲沉默了一下，现在的他不是很了解自己外甥女的想法，若是贸然放他进去，止不住又会生出什么事来。关于在晋王府发生的事以及之前受要挟不许嫁去晋王府这些事，他有听云姑说起过，在他眼里，倾城一直是一个乖巧而隐忍的丫头，他不明白，这孩子怎么会在那天做出了这样的反击。

"轲叔，结是我打死的，理应由我去解开。"

拓跋弘又补充了一句。

东方轲想了想，叹道："也罢，那就由老臣陪王爷进去！"

拓跋弘点点头："那就有劳轲叔了！"

五

金凌才跨进倾阁，云姑便迎了上来，目光深深地在她身上流连了一番后，低低道了一句："小姐，云姑有话要与您说！"

言罢，她去关上了门，折回来后"扑通"一下跪倒在冰冷的青石地面上，深深叩了一个头，抬头时轻轻道：

"姑娘，云姑知道您不是我家小姐！"

金凌才解了披风坐下，听得这话，眼底浮现讶异之色，倒是守在边上的碧柔和青子漪不自觉地变了脸色。

"碧柔，到外头守着去。没我的吩咐，不许任何人进来！"

"是！"

碧柔立即匆匆走出房去。

云姑是慕倾城的身边人，服侍了慕倾城这么多年，金凌一早就知道，自己瞒不过她，既然拆穿了，哪还会再刻意地隐瞒下去，只是没料到这么快就被发觉。

"云姑好眼力！"

她眯眼赞了一声。

说话的声音，几乎和倾城的嗓音丝毫不差。

云姑惊叹这姑娘本事了得，差点就把她这个侍候小姐多年的贴身侍婢给瞒了过去，低声道：

"并非云姑眼力好，而是我家小姐文质纤纤，断不会有姑娘这份心思。我家小姐一心恋慕着晋王，依着她的性情，又如何可能让晋王受这等晦气？再加上，那天我给姑娘上妆，发现姑娘的眼睛在阳光底下，能透出一些浅紫色的光，虽然很淡，可终究是不一样的！"

金凌的眼睛在阳光下可以折射出紫光，那主要是得了其母亲的遗传，这些细微的异样，若不是身边人，自不能观察入微。

"云姑心细如尘。就不知道云姑接下来想做什么？"

缓缓站起来，一双素手扶上姑姑的肩，将跪在地上的人儿扶起。

云姑常年居于人下，主子不受宠，连带着做奴才就没有好日子，今日，这个陌生姑娘却让她感受到了关切。

她心存感激，反过身捂住了那只素手，殷殷道："云姑想知道姑娘为什么要冒充我家小姐，我家小姐现在在哪里？可安好！"

她没有问：你把我家小姐怎么样了？多年的生活经历告诉她这个冒名顶替的姑娘没有害人之心，相反，她怀的是满心侠气，一切作为，只为了替她家小姐出气。事实上，她的确给小姐长了脸。

"还没有死，但和死差不多。那天晚上，倾城妹妹自寻短见。若不是我心血来潮想见她，现在的她早成一缕芳魂。"

金凌实话实说，云姑顿时变了脸色，她见状忙微笑地安抚道：

"没事。我自会想法子医好她！只要找全药材便可续命，即便是她的容貌我也可以替她恢复，姑姑不必担心！"

前一刻，心肝被提在嗓子眼，后一刻，终得慢慢舒展，云姑想到小姐从小清苦，如今竟遇上这么一个姑娘如此帮她，当真是老天垂怜。

"既是如此，还请姑娘成全我家小姐！"

云姑再度行一个大礼，恭恭敬敬，五体投地。

"成全？"

这一次，金凌不再去扶，而是很有力地咬着这两个字，心下隐约明白这位姑姑想做什么。

她微微有点不高兴，敛笑："姑姑的意思是想我答应今日晋王的上门提亲？给你家小姐得回这个机会？她若醒了，便把身份换回来？成全她对晋王的那份心思？"

"姑娘果然是一个心思剔透的聪明人。"

云姑直起身，眼里全是惊赞，可看到的是这个假小姐一脸难以苟同的神色，忙解释道：

"云姑知道姑娘瞧不上晋王盛气凌人的样子，进门而休，对于小姐而言，是毕生难以抹去的羞辱，但是，云姑却是最最知道我家小姐心思的人，多少年了，她的心，一直长在晋王身上，她若真的身死了，云姑倒也死了这份念头，但姑娘既然说我家小姐还能救回来，那您说，她若活过来了，身上却被人贴了下堂妇的这三字，而且从此与晋王成陌路，如此情况下她活着还能开心么？"

金凌哪能认同她的这个说辞：

"云姑这话不对！"

"怎么不对法？"

"这世上，一个女人未见得非得嫁给一个男人，与其在一棵树上吊死，倒不如砍了这棵树，走出去另外寻一棵称心如意的来乘凉。人的见识，不该局限于方寸之地。云姑，我知道您是真心为你家小姐设想的，我也是，我会好好地替倾城妹妹筹划好以后的一切。即便要嫁，像晋王这样的男人，不值妹妹托付终身，他配不上，妹妹值得更好的男人去呵护！"

金凌瞧不起拓跋弘，不管外头如何将他传得天花乱坠，一个男人，如此恩将仇报，要来何用？

云姑呆了一下，被这个姑娘身上所散发的傲气所震撼：这姑娘，必出身非凡之家，否则怎会把人人仰望的晋王数落得没半分是处。

"可是，姑娘，我家小姐喜欢了这么多年，她不可能像您这样豁达，说放下便放下，如果她真能放得下，她便不会自寻死路，就是因为她太过在意晋王殿下，她才会选择一死了之。"

一语中要害，沉沉的叹息终令金凌沉默了下来。

云姑见她无言对辩，继续道：

"再说，晋王之所以会这么待小姐，也是有原因的。他根本就不知道当年救他的是谁。前夜云姑曾去见他，说了说当年那些事。姑娘，晋王已经诚心悔过，可如今小姐不在，我不能贸然告诉他，有人在冒充小姐，这事若揭穿，会害了姑娘，故我瞒着，只求姑娘行行好，就顶着我家小姐的名头，将这件事就此消停了吧！给晋王一个台阶下，也给我家小姐谋一份福祉。每个女人，最大的幸福就是得到一个真心待自己的夫婿，云姑求求您，您这么爱护我家小姐，定是想她下半辈子快活的是不是？若是错过了这个机会，我家小姐只怕再没有机会走到晋王身边去了。求姑娘成全！"

说完，又是重重一叩首。

金凌依旧不说话，垂着眼，思绪翻飞。

青子漪坐在边上瞄了又瞄，也低低说了一句："这件事，当真得慎重，我知道依着小姐的性子，是断不会和那晋王妥协的。但是，这婚事，毕竟不是小姐嫁人，小姐当真不能贸然说推就推了，得顾虑一下倾城的意愿。"

金凌还是不说话，一时之间，难下定论。

她知道，慕倾城过得很不如意，她的舅舅常年不在家，王府里妻妾又多，她总受到排挤。

两年前初会，她就曾问她要不要离开这里，她摇头，温温婉婉地回答：不管如何，这里始终是她的家。何况舅舅对她不错。她唯一的希望就是哪天能把脸治好，可以风风光光地嫁给拓跋弘。

慕倾城喜欢拓跋弘，她的脸就是为了拓跋弘而毁掉的，那一年，她十三岁——她的母亲，之所以会死，全是因为治她的毒。

女儿家的痴执无法用理性来衡量，就如同自己可以为了一个儿时的梦，而穿越大沙漠，来到这里一样。每个人心头都有她的坚持。

可在她看来，那拓跋弘真不是东西，根本就配不上慕倾城。

就这时，外头响起了碧柔的声音，远远地传来："奴婢拜见老爷！"

"你是？"

"回老爷话，我是青城公子身边的奴婢，奉公子之命前来服侍小姐！"

"哦，倾城呢？"

"小姐正在歇息。老爷，小姐说了不想见任何人，不过老爷若是想见，可以进去，至于其他贵客，闺阁之地，还请止步！"

即便是婢女，也有一身铮铮傲气，阁楼内，云姑轻轻一叹，看向犹在沉思的女子，心下有点急，低声叫起来："姑娘，晋王殿下来了，您能不能别把人赶走？"

一个人，能如此真心待另一个人，那是一种福气。

金凌想到了自己的玲珑姨娘，她便是母亲身边最最贴心的人。母亲过世后，姨娘为了照看她，而迟迟不肯与燕伯伯成礼，以至于后来造成了那么大的遗憾。

"这事，我有分寸了，姑姑起来吧，我一定会尽量保全倾城的那份心。但是，怎么做，你没有插手的权力。你只要记住一点，我的出发点，全是为倾城好！"

云姑有点似懂非懂，问："那这桩婚事，姑娘答应，还是不答应？"

回答她的只有一记盈盈淡笑。

六

镔京城有三大家族，其中东方家是大族，族人大都在朝中为官，在西秦有着根深蒂固的地位。

镇南王东方轲，亦文亦武，原本是东方家族的一份子，其人性情刚烈，少年时，因母亲被府中嫡夫人所害，一怒之下，带着妹妹离开了家族，而后，得幸遇顺王拓跋跃提携，在打江山时立下不少战功，新王登基，东方轲受封为异姓王。

那些年，东方轲在外替主子打天下，其妹妹东方雪因战乱流落民间，后遇人不淑，未婚生女，孩子的父亲一去不回。

那时，东方轲已被封为王，东方雪带着孩子来认亲，无疑给镇南王府抹了一层黑。

东方轲并没有嫌弃妹妹，依旧把妹妹安置在府里好生照看，只是他常年在外打仗，府中的妻妾又皆来自高门望族，对这个小姑多有排挤。尤其是当东方轲失势后，越发地肆无忌惮。那些所谓的嫂嫂，常常趁着镇南王不在府里的时候，百般刁难东方雪和她的女儿慕倾城。

在金凌眼里，东方轲此人虽也妻妾成群，但是，比起东方府那些钻营权势的角色来说，他还算是条汉子。

"丫头！"

东方轲走了进来，面带微笑，刚毅的脸孔，很努力地放柔着线条，这个人常年不在家，对家里的妻女并不关心，好像也很少去碰女人，但对于这个外甥女仍有着一份真心的关切。

金凌有时候在想，一个男人真能做到不近女色，要么这个男人身上有病，就比如龙奕，要么就是这个男人心里有人，比如她的父亲金晟。

东方轲待慕倾城还算不错，之所以没有及时回来送嫁，全因当今皇上从中作梗，是那位至尊至贵的皇帝在拿东方轲撒气儿，至于原因，却是金凌纳闷的。

"拜见舅父！"

金凌行了一礼。

东方轲上下打量着自己这个外甥女，一如平常的温驯，除了那眼珠子太过亮彩外，并没有什么不同。

"嗯，来，陪舅舅坐坐。"

"是！碧柔，给舅父泡一杯新茶过来！舅父，倾城这几天在沂云山上游玩，买了一些上等的沂茶，舅父来得正是时候，先尝一尝。"

东方轲一听沂云山，微微顿了一下："沂云山？嗯，那是一处好地方，舅舅很久没往那边走走，心情不好的时候去那里住上几天是很好。"

这话似有感而发，好像那地方，寄托着他的什么情思一般，刚性的脸上有类似痛楚的神色一闪而过，而后又恢复自若，对着碧柔送上的茶吹了吹，没有喝，又放下，柔声道："现下心情是不是好一些了？"

金凌瞟着，这是一种很真挚的神情，让人感觉暖暖，有种父亲的感觉，她的父亲也是如此的慈爱。

她忽然有所了悟，怪不得那天慕倾城会左右为难：嫁，必会被休，至令全府蒙羞，不嫁，落一个藐视皇家的罪名，一样会连累她的舅父，如此她才想到要自寻短见。

"多谢舅父，倾城无事，倾城的事，令舅父操心了，倾城不孝！"

"那就好！那就好！"

他沉吟着，久久才长叹一声：

"舅父知道，这一次是你受委屈了。原本休了便休了。外人若嫌你生得不好，舅父只要活着一天，自会养着你一天，若哪天去了，也必为你安顿好以后的日子。可如今晋王又上门，按着舅父的脾性，这种亲事不攀也罢，可以前，你曾告诉舅父，你欣赏晋王的才华，只要他不嫌弃，哪怕是为奴为婢，你也乐意，现在他转而又说想来娶你，舅父想知道你是怎么打算的？"

"不知舅父对这件事是什么看法？舅舅也希望我能与他破镜重圆？"

"这件事，舅舅不表态，由你自己做主。"

这态度很纵容，令她颇感意外。

他看到了，微一笑："若对晋王感到失望，你还可以作另外的选择。龙少主和南云国的太子，他们都来了，好像都有意思，你的脸，其实还能治，恢复了容貌，以你的才情姿色足可配他们，嫁出西秦倒是一件好事，少了我一件心事。可舅父知道你心头放不下晋王。"

"舅父怎知我的脸还能治？"

这件事，倒是令金凌甚为惊讶。

"嗯，这事，说来话长，以后再与你说。现在，你好好考虑眼前这件事，无论你做怎样的决定，舅父都会支持你！"

金凌见他掐断话题，也便没有再追问，不过，心下已明白这个东方轲必瞒着慕倾城一些事。

"是，倾城知道了！"

她点点头，难得在西秦国还有这样一个开明的人物，起身又行了一礼：

"多谢舅父宽宏大量。既然舅父允许倾城自行决定，那一切事宜就由倾城全权打算。舅父，烦你去把晋王请上楼来，倾城想与他单独谈谈，不管事情怎样，总该有一个交代不是！"

东方轲深一睇，被外甥女身上那种冷静而淡定的神韵所惊到，温驯之下，似乎有什么不太一样了。

"嗯，好好好！"

东方轲站起，笑捋短须，走了两步，又投去一记深眸，金凌只回以淡淡一笑，转身上楼。

七

倾阁楼内，一阵悠扬的琴音响起来，一勾一挑，如涧水潺潺，又如玉珠落盘。

拓跋弘在琴声中缓缓走进房内，驻足阁楼中央，环视楼中朴素的陈设。

琴音弹得从容而淡泊，心头的躁动，因为这样一种宁静的琴韵而渐渐趋于平静，扶起珠帘，云纱窗前，一个少女坐在琴台前拨着弦，十指纤纤，转动着漂亮的手势。

一曲终了，他修养极好地站在那里静静等着。

这人是高高在上的晋王，何曾如此屈尊降贵地来迁就过人？

但同时，他也是一个做大事的人，为了自己的利得，什么事都可以忍，什么事都可以包容。

金凌用一曲琴曲相试，看到了他的耐心深沉的一面。

这曲子，她弹得并不好，当中故意走了几次调，在她故意出错的同时，也在暗中观察这个男人：此人曾几次稍稍皱眉，可见他是熟懂音律的，倾城也擅音律，这一点上他们俩倒是情趣很相投。

琴音绕梁不散，只有那男人目光深深地审视。

"好听吗？"

她问。

拓跋弘挑眉："要我说实话吗？"

"忠言逆耳利于行，良药苦口利于病。自古以来，实话最能伤人，但是，实话才是人与人之间的相处之道。"

"那我便实话实说。你故意弹错了三次音调，而且，弹的时候，并没有用心于琴弦，指下有所保留！"

倒是相当的一针见血。

金凌淡淡一笑："很诚恳！殿下要是在三天前也有这么一份诚恳，倾城便不必得了那份羞辱，晋王府内，必然琴瑟和弦，世人嘴里流传的也将是一段千古佳话。可惜……"

拓跋弘眼神里飘过几丝愧疚，走近几步后，才轻声道：

"我……我并不知道八年前是你给我吸的毒，一直以来，我以为是荻国长平公主救的我！"

八年前，拓跋弘十八岁，每年一度的秋围，他都极努力地想在父皇跟前表现自己。那一年，他表现出色，狩了不少猎物，得到了父皇的赏识。父皇终于给了他一份有实权的职务，虽不能和当时才只有十六岁的九无擎相提并论，但已经算是迈进了一大步。

晚上，他到山坡前赏夜色，和诸兄弟在高谈阔论，吃酒尽兴，夜深后，其他弟兄都回帐歇下，只有他和六弟一起躺在草地上畅谈，后来，他沉沉醉了过去，六弟则在边上数星星。

再后来，他醒了，周围很多人，自己已经在营帐内，父皇也在，他不知道发生了什么，怀疑地问怎么回事。

父皇说："你被山上的七寸青给咬了，幸好荻国长平公主经过，给你吸毒，吃了她的灵药，才保下性命，否则，你早神不知鬼不觉下了阴曹地府。"

第二天，父皇让他去公主的营帐内相谢，他见到了那位远道而来的贵客，乃是一个美丽大方的小公主，十来岁的样子，温温婉婉，笑起来，整个人朦朦胧胧会发光，露着几丝俏皮，整个人既高贵又大气，全不像太后给自己配的那个小姑娘那般腼腆怕生，那脾性，像极了他做人质时遇到的某个小丫头，让人看着，满心生怜。

那个时候，他已经有未婚妻：慕倾城，一个出身很不雅的女子，因为当初她的母亲献上灵药救了他的"母妃"，太后娘娘为了表示嘉许，也是为了拉拢镇南王东方轲，便给他指下了这门婚事。

拓跋弘见过慕倾城，也曾试探过她，那姑娘见到他就面红耳赤，结巴不成语。听说是颇有才气的，但那也是别人这么说的。眼见为实，他看到的是一个平庸女子。

拓跋弘是何等的自负，关于自己的亲事，他原有自己的打算，却因为慕倾城而破灭，心头的不快，难以尽诉。

　　起初，他因为母妃的缘故和镇南王走得颇近，后来发现镇南王和九夫人以及九无擎有着非比寻常的情谊，此人之心铁打不动地向着他们，可以为了保护他们而和他翻脸，这样的人，绝不能重用。于是，他渐渐便和镇南王府疏远起来。

　　至于那门婚事，因为是太后赐下的，谁都不好忤逆。

　　他曾多次向父皇表明自己想与镇南王府撇清这层关系，父皇不曾答应，而他实在不想娶那一个既没有才华又不讨自己喜欢的女人为妻，便借故一年一年拖着。

　　又过了几年，他受皇命去荻国贺太子大婚之喜，在喜宴上遇上了长平公主，两个人相谈甚欢，虽说不上一见倾心，可对于那样一个妙龄少女，他多少怀着一些好感。后来，曾在私下多次邀见游玩，彼此谈笑风生，很是融洽。

　　长平公主多才多艺，最喜弹琴，听闻他手上有一把凤弦凌霄琴，便想鉴赏鉴赏。拓跋弘从来不是小气之人，当夜放信鸽令府中家奴送琴。两天后，凌霄琴就入了荻国公主府，长平公主抚罢爱不释手，拓跋弘也没有多想，就送予了她——虽知这琴是镇南王府给的文定信物，但，既然已给了他拓跋弘，他自想送谁便送谁，并没有细想其中的利害，更何况长平公主乃是自己的救命恩人，以琴相赠，也没什么大不了的。

　　琴有"情"之意，故赠琴，便别有意韵，晋王拓跋弘爱慕长平公主的流言蜚语，就这么漫天传开。

　　拓跋弘听到后，只是淡淡一笑，也不多辩。他以为，若能娶长平，那于自己是百利而无一害。

　　可他从来不知道，慕倾城是因为为了给他吸毒而变成了那样一副狰狞的模样，若不是昨日云姑过来把话说透，又请来了清楚个中始末的六弟作证，也许他还会一直蒙在鼓里。

　　昨日，六弟歉然地对他说："确实是慕倾城给四哥吸的毒。这事，是我亲眼看到的，可是我讨厌那个慕倾城，她生性胆小，一点也配不上四哥，所以……"

　　所以，当所有人都认为这事是长平公主做的以后，他就懒得再出面澄清，毕竟八年前，他才六岁。

　　往事扰扰，真相总是让人惊奇。

　　这些事，金凌都知道，倾城曾满含委屈地和她说过。

　　可是，她从不认为一个有志于帝位的男人，会因为这些小恩小惠而对一个已经被他看扁的女人另眼相看。倾城太无争，喜欢安静，这就注定她会被遗忘。

　　"晋王殿下，这是在想报恩吗？"

　　淡淡地反问。

　　拓跋弘脸上微微有点不自在，没有接话，脑海里想起的是一个小女孩曾对他说过的话："救命之恩无以为报，他日你若有难，我必为你两肋插刀。"

　　那是一个笑起来比太阳还甜美的丫头片子，小小年纪，爱女扮男装，很调皮，爱捣蛋，笑起来，露着洁白的皓齿，十二年前在蓬城一见，他替她挡了一剑，她用性命偿还，替他喝了那杯毒酒，保了他一条性命。

她有句口头禅:"你敬我一尺,我还你一丈。你欺我一分,我必睚眦必报。"

那是一个爱憎分明、性格刚烈的小丫头,十三岁那年,在乱军之中遇上,之后,他又亲眼看着她死在跟前,这是生平第一次痛裂了他冷漠的心肠。

后来,他被父皇救回成了尊贵无比的皇子,他曾带人四处疯狂地寻找。无论他怎么找,都找不到她的尸骨。

可她说过的话,他一直记得,十二年的质子生涯,拓跋弘受尽白眼和讥笑,这个名叫"小凌子"的小女孩,是唯一一个给了他几丝温暖的人,不怀算计,没有心机,因为他对她好,她就可以为他拼命,这种美好,令他记到现在。

而她说过的话,也成了他的座右铭。

所以,自打知道是慕倾城救的他,而他却错待她这么多年,某些难以言表的亏欠之意,便情不自禁地从心底里直冒出来。

拓跋弘从来是一个敢做敢当的人,内疚之情,自知道真相起开始折磨着他。

这种滋味并不好受。

慕倾城说得很对,今日,他之所以会早早地出现在这里,一大半原因是为了报恩!

金凌从他歉然的神情中读懂了他的意思,眼神顿时生冷:"不知殿下想怎么报恩,又想如何补偿?是不是想用晋王妃这样一个头衔来回报倾城当年的救命之恩?"

拓跋弘是何等的聪明,早听出了她话里的嫌弃之色:这个女人真的对晋王妃这个头衔不感兴趣。

"哼,这种报恩方式,真是让人不敢恭维。不过,殿下的如意算盘打得倒是很绝妙……我得拍手为你喝彩……用一个王妃的头衔来锁一个女人的一生,用一个女人的痴心去笼络人才,用一场皇室的婚礼来挽回自己的受损的名誉……一举数得,果然妙不可言……

"也是,殿下是做大事的人,做什么事,总免不得顾上自己的利益所得。娶,只是一种策略。至于娶了以后,谁还会管新娘子的死活。作为晋王殿下你来说,拜了天地,入了王府,就算是一种补偿,然后,你可以将这个看不入人眼的发妻掷于空闺不理会,然后,那个可怜的女人,只能可怜兮兮地看着你,为了锦绣前程再去娶一个个对你的仕途有用并且美貌的女子来巩固你的地位……哦,对了,有件事,忘了告诉你,倾城身上有毒,且中毒极深,深到有可能无法生养。当然,凭着倾城这副容貌,如此陋鄙,如此可怖,只怕一入晋王府,就会被打入冷闺。

"在这样一种情况下,请问殿下,你所谓的补偿于倾城而言到底有什么意义?晋王殿下所能给予的只是一种可笑的羞辱罢了!你当我慕倾城是什么来了?跳板?垫脚石?明知结果不可能如意,试问我为什么还要自取其辱,来接受你所谓的补偿,然后,将自己的尊严放到你脚下,任由你践踏?

"对不起,这样的补偿,倾城没兴趣,倾城宁可孤苦终老,也不愿软禁在王府内做一个任人操纵的傀儡……"

语锋犀利,用词决绝,将他的意图,他的目的,赤裸裸地剖析在眼前,一个男人丑陋的嘴脸,就这样无情地被揭露了出来。

拓跋弘脸上一阵青一阵白，一句话也接不上。

的确，她说的丝毫不差，他是怀着亏欠之心，今番来，是多带了几分诚挚之情，可是，更多的理由就如她所说，全是为了维护自己，娶她，损失的只是一个妃位，一举数得，他何乐而不为？男子汉大丈夫，能屈能伸，三妻四妾更是名正言顺的事，如此这般的息事宁人后，自己喜欢的人，他还能想法子去争取的，说到底，他并没有什么损失。

可没想到的是：这个女人，竟能把他的心思看得如此透彻。

云姑在边上一直侍着，眼见没说上几句两人就闹成了僵局，心里急得不得了，却又不好直接开口插下话去，脑筋一转，她急匆匆到偏厅沏了一壶茶水，送了进去：

"晋王殿下，您请坐，这是上好的雨前云茶，刚刚沏好，先用茶吧……小姐心头带着气，您别跟她一般见识……"

这么一打岔，气氛稍有缓和。

"嗯，她恼也是在理的，算来是本王做了错事在先，再趁这个当口重新提亲，的确容易让人想歪。"

拓跋弘坐到了边上的扶手椅上，眼神却在云姑和慕倾城两人身上流转。

金凌自是明白云姑打圆场为的是什么，瞟了一眼那盏茶，没有再以利词相逼，空气里传来晋王轻呷清茶的声音，很从容，这人就算是理亏，也能令自己处于不惊不扰的状态，可见城府极深。

许久后，金凌忽悠然一叹，吐出一句："殿下，倾城自幼仰慕你，你可知？"

"咳咳咳……"

这话令喝茶之人不自觉地呛到了茶水。

前一会儿言辞激烈，后一会儿突然表白，拓跋弘还真是难以跟上她的思绪。

不是第一次听到有女子向自己倾吐爱慕之情，却是第一次听到这种很公式化的说辞，没有羞涩，嘴里说喜欢，目光却澄澈得翻不起半分涟漪，就好像这话完全不是她说的，而是在替别人陈述某个事实罢了。

"弘以前不知，现在知晓了！"

她能表达得这么平静，他自能应答得相对淡然，活了二十几年，生平第一回发现和一个女人交谈有点意思。

"殿下不知，那是殿下从未曾把倾城看在眼里，但于倾城而言，在太后将倾城指为你元妻之后，你在倾城眼里便是天神。殿下不光是国之栋梁，更是天下少见的奇男子，文才武功，样样让天下人惊传，人品高洁更为谋士们所推崇。"

拓跋弘很惊讶她会给自己如此大的褒赞，正当微喜，却又听得她的语锋忽然急转而下，眼神也变得不屑：

"可你却在倾城的婚事上如此的不负责任，实在令人大失所望！"

"殿下，何为责任？您可清楚这两字的分量，一个昂扬七尺的伟丈夫，若对一个女子都负不起他最起码的责任，又如何担负天下人的责任？如何去保家卫国？又如何为西秦王朝创造新的辉煌？"

她将"责任"两个咬得如雷般响亮，几个反问又急又快，挟着万马奔腾之势，狠狠击在拓跋弘心窝上。

紧跟着，她语气又一缓，垂下长长的睫毛，淡言道：

"是，倾城自知论才，不及你万分之一；论貌，那简直是无盐转世；论权势，你是天，我是地。你看不中我，成啊，到皇上那里请旨退婚，倾城受点委屈，这事也就过去了。可是你一年一年地拖着，给了倾城一个幻想，却在大婚前狠狠击下一拳，这算什么？

"挟势欺人，这可是明主所为？始乱终弃，那可是大丈夫本色？试问这样一个你，我慕倾城何苦还要委屈自己，去成全你？身为人上之主，若不严以律己，若不能克己奉公，何为天下百姓之表率？"

从来没有人把拓跋弘骂得这么惨过。

原本微笑的脸孔，变成了吃瘪之色。

这些年，他功绩卓著，收失地，赈灾民，修国制，被人夸赞倒时常有，遭人恶骂，这可是头一回，而且，还被人骂得狗血淋头。他想辩驳什么，张开口，却发现自己竟没有立场为自己的行为做任何掩饰。

这个曾经被自己鄙视到尘埃里的女子，缓缓站起，傲然而视的眼神，是何等的凛凛不可犯，此时此刻，他有的是止不住的心虚，就好像眼前斥责他的不是一个弱不禁风的闺阁女子，而是一个充满智慧的长者。

这些年，他见识过无数或美丽或聪慧的女子，就是没有一个可以带给她如此强大的震撼。即便心里是恼羞的，却依旧忍不住用一种欣赏的眼光去审视；又或者是因为，他素来爱才，常常鼓励食客们直言不讳。

不知是谁说的：人以铜为镜，可以正衣冠，以古为镜，可以鉴兴替，以人为镜，可以知得失。

哦，对了，这是九无擎在谏言时曾说过的话，两人虽是死对头，但是，这话，他觉得极好，便引以为戒。然而权位之上，很多人为了保住自己的地位，做得更多的是迎合，或是含蓄而谏。像这样赤裸裸把他训得一文不值的，她是第一个。

他会觉得被叱得脸面无光，却没有因此勃然而怒，大概是因为爱才之心在作祟，或者是，他在这个女子身上看到了某些故人的影子。

他久久地找不到自己的声音。

"晋王，你还有话可辩说吗？倾城有没有说错半句话，若有，请指正；若没有，就得道歉。虽然，你的所作所为，光凭你的一个道歉，完全弥补不了什么。"

说话间，她的眼神闪闪发光，语气不卑不亢，气度傲然不群，这样的她，是他不曾见识过的，是她以前藏得太深了吗？

没有毁容前的她，总是柔质彬彬，安静得就像是一幅很不起眼的画，挂在满室墨香的书房内，只觉得它与整个书房很不合调，看在眼里，让人不舒服——那个女孩子从不曾给过他如此强烈的震撼，像极了"小凌子"训人时的样子。

"倾城！"

认得这么多年，这是他第一次叫她名字，忽然发现这名字，其实很好听。

他站了起来，缓缓走到琴台前：

"可否再给我一次机会重新认得你？"

金凌挑眉看着。

"知错而改，善莫大焉。弘在这里诚心向你赔罪，先前不识，有所错待，是弘错了。"

表情诚恳，语气真挚，凭着金凌多年的阅人经验，如果他不是很会演戏，那就说明这人不算坏到无可救药。

但她要的不仅仅是他的认错赔罪，她要的是将他逼入绝境，于是，淡一笑，接道："是不是有些迟了，道歉是必须的，给你机会再重新开始却没了必要，殿下休书一封，你我恩断义绝，从此各自婚嫁，已再无关系。"

狠绝的话，并没有说完，云姑再度蹿了出来，脸色苍白，扑通一下跪倒在地，极度紧张地劝道：

"小姐，有道是浪子回头金不换，殿下既已赔罪，您就成全了殿下这份心思吧……古来女子从一而终，小姐不可为了一时意气，而自毁前程啊，求小姐三思！"

舒展的眉不觉拧在了一起，唉，这个姑姑真爱打岔！

拓跋弘则疑惑了：这主仆俩人，一唱一和，一个白脸，一个黑脸的，是不是在玩欲擒故纵的戏码？

一时之间，他也拿捏不定，心思转了几个弯后，他又追加了一句道歉之辞：

"倾城，弘以往有所错待，他朝必全心相待，更会派人去寻遍天下神医，为你医脸上之毒。"

哼，男人总归还是视觉动物。

她听着心里很不舒服，冷哼了一句，本想再损，却看到云姑在使眼色，她只得生生咽下那些还没有脱口的冷嘲热讽，转口道："机会可以给人，但你必须答应倾城几个条件！"

这令拓跋心头警钟大闹："什么条件？"

"发一个誓，在鎵京城的城头，向所有臣民宣告：你拓跋弘，一生一世只娶我慕倾城一人，晋王子嗣所出，必为慕倾城所生，慕倾城此生若不能生养，晋王终身不能另纳姬妾，若违此誓，西秦王朝必为他国所覆，永生永世成为他国之奴！"

这誓，毒得厉害！

铿锵落地后，令跪在地上的云姑完全僵住。

先不说晋王是何等的尊贵，单是一个寻常男子，也做不到她嘴里所说的：一生一世只娶一人，生无所出，还不许纳妾？

何况晋王还极有可能会成为国之储君，将来极有可能成为一国之君王。

试问一个帝王怎么可能没有三宫六院？

"小姐……这怎么可能？"

嘴巴就像被黏住了一般，困难得挤不出字来。

那双明灿灿可夺人魂魄的灵眸，晶光一动，无视云姑难看的脸色，直视着那个脸色一层层被抽去的男子——那种震惊，那种难以置信，那种感觉被愚弄的愤怒在他脸上如浮光掠影般闪过，在云姑的质疑声还未说完的时候就被低沉的声音打断：

"倾城，你这是故意在为难我？故意报复我是不是？"

"怎么？你觉得这是为难吗？"

金凌轻轻一笑，眼里的流光就像天上的朝霞铺展开来：

"你会说没有一个男人可以做到这一点是不是？如果做不到，就别打倾城的主意！晋王殿下，一个女子并不是非得嫁人才能活下去，你认定这是在为难，那是因为你不曾动情，如果你没有放下心思喜欢一个女人，你就会认为这是刁难。可事实上，不是。"

她把最后两字咬得分外响亮，紧接着又道：

"一生一世一双人，那仅仅是夫妻之间最起码的尊重。晋王殿下如果真想有所补偿，就给倾城这样一份倾城之爱，否则，就请带着你的诚意回去做你威风凛凛的亲王，不必再来镇南王府惺惺作态。"

"你……你竟敢说本王在惺惺作态？"

手袖中，拓跋弘将自己的指骨捏得咯咯作响，心头压着的那份气在一个劲儿往上冒，他是王爷，除了在皇帝跟前受过气，何曾在其他人跟前，如此被奚落。这样的挑衅，这样的不留情面，脾性再好，也会被激怒，终于破口怒吼了一句：

"我看你分明就在无理取闹！"

"好，那你就当倾城在无理取闹好了。殿下有殿下的苦处，倾城也有倾城的原则，嫁入晋王府，与人共侍一夫，和满府女子争风吃醋，倾城做不到。殿下若是答应不下，那这桩婚事，从此休要再提起。"

"你……"

面对她干脆利落的否决，拓跋弘气结于心，厚实的胸脯剧烈地上下起伏。

"啪啪啪！"

一阵不识趣的掌声在这个时候响起来，紧闭的窗台被人推开，露出了龙奕那张俊美的笑容，另有一个风神玉立的漂亮少年斜倚在窗台，正似笑非笑地冲着里面的人拍着那双净白的手。

"骂得好！"

龙奕哈哈笑着，乐不可支，一手支着窗台，轻轻一跃就跳了进来，一双闪闪夺目的虎眸，落在金凌身上，心里则在不停地嚼着她刚刚说过的话。真正的慕倾城，自不会提这样苛刻的要求，会提这样要求的人，在这世上，只有琬儿——这个丫头在用她的眼光考验晋王，她这是想给慕倾城调教一个好夫君！

"景天总算是见识了何为铮铮奇女子！"

墨景天呵呵一笑后，以一个漂亮的身姿跃了进来。

阁楼内那剑拔弩张的气氛，因为他们二人突然冒出来，而消散了下去。

金凌抽了抽嘴角，瞟了一眼这两个爱偷听墙脚的家伙：龙奕会跑来镇南王府，她不意外，令她意外的是：南云国太子昨儿个递了国书，有意结两国秦晋之好，但为南云国的燕王求一淑女为妻，求的正是慕倾城。这事，回府前逐子提了提，令她稀奇到现在。

南云国这地儿，金凌去过，那边的风俗比起西秦较为先进，那边的国君，以仁治天下，以法治得人心，风气甚为清明，却不晓得他们怎么想到要求让倾城去和亲？

她转了一个身，一身浅湖色的罗裙，在众人眼里划出一段优美的旋弧，绕着两个不请自来的贵客转了半圈，不留情面地落下奚落之辞：

"两位公子，若是吃饱了撑着没事做呢，可以去吃吃花酒，做这种爬窗的事，实在有损两位尊贵的形象！"

"不不不，吃花酒，哪及在这里看戏来得有趣，这种戏码，千年难得听一回，怎么可以错过。形象值几个钱？本公子就爱做没形象的事。"

两人脸皮一向很厚，嘻嘻哈哈，没一点正经，完全不以此为丑。

墨景天微一笑："非常人行非常事，慕小姐这番话，实在叫景天大开眼界了。"

"墨景天？"

金凌盯着瞅："南云国太子爷怎有空跑我镇南王府来串门子？"

"景天乃是慕名而来！"

年轻的俊脸露着得体的笑，优雅的举止，彰显着其人良好的教养，肤白如玉，不像龙奕和拓跋弘那般皮厚肉粗。

问题是谁会慕名一个以丑出名的女子，身为太子之尊，亲自来提亲，这实在是匪夷所思。

这间阁楼上的花厅，并不大，多了两个男子，显得有点拥挤。

这时，楼梯上，又咚咚走上人来，拍开珠帘，来的是镇南王东方轲，他探着头，冲龙奕和墨景天瞅了一眼，不觉苦笑地对"倾城"道："两位公子既然都进来了，还不快让人泡茶。"

刚才，他想拦，没拦住。

碧柔正要去沏茶，金凌叫住："泡什么茶，倾阁内，不会招待不速之客！"

东方轲一阵尴尬，皱眉，纳闷，这孩子怎么说话越来越放肆，以前那温驯可人的脾性，去哪了？

龙奕向来很自来熟，摆摆手，随意地坐到了花桌前："不用招呼上茶，自己人，这么见外做什么！"

金凌横去一眼。

墨景天抿嘴而笑，并没因被冷淡而不愉快，这人正以一种有趣的眼色打量着拓跋弘：

"茶倒是不必了，景天不渴，现在，景天好奇的是晋王殿下要如何回答慕小姐？嗯，要是晋王殿下觉得这誓没法发，或是自认没办法做到慕小姐的要求的话，这机会算是白给了。慕小姐，要是晋王不想要这个机会，请留给我南云国燕王，我义兄性情温和，我南云国民风淳良，可许小姐这个心愿，一生一世一双，独你唯一，至死不渝。"

龙奕差点跌倒，突然发现墨景天比他还能拆晋王的台，于是眼神左右一瞟，但见晋王沉起了脸孔，臭丫头微微一皱眉，东方轲有点傻眼，跪在地上的云姑愣着，守在金凌身侧一直不出声的青子漪则是满脸惊奇，侍婢碧柔"喔"圆了小嘴。

"小鬼头，你们南云国的那个什么什么燕王，连求个亲，也要由别人代劳，终日藏头缩尾,是不是太小家子气了?"

他笑眯眯地损着。

这墨景天年纪很轻,龙奕叫他小鬼头叫得极为顺口,墨景天呢,脾气很温和,并不和他斤斤计较,温温一笑,答:

"我家义兄性情中人,好隐世山林,不问世事,神仙一般的人物,谁嫁他,便是谁一辈子的福气。"

"喂喂,别在那里吹,耳听为虚,眼见为实好不好。"

龙奕一边琢磨南云国提亲的目的所在,一边把注意力落到了拓跋弘身上,他没想到婉儿居然还愿意给机会。嗯,貌似地上这个跪着的云姑在其中起了很大的作用。

"喂,拖吧,机会难得,错过就没有了哦!条件苛刻,答不答应,听凭选择,或是做不到,便把信物奉还。快,下决定吧!你办不了的事,别人可排着队等着抢。"

正常的逻辑下,为一个女人许下这样的誓言,立誓的人不是疯子,就是傻子。

拓跋弘既不是疯子,也不是傻子,而是一个聪明人:慕倾城无才无貌,待他不仅不温柔,而且相当不友善。

面对这样的刁难,他大可满口拒绝。

但,他却犹豫了。

慕倾城就像一个谜,浑身上下透着难言的神秘,挑衅的言辞,令他愤怒,同时又激起了他征服的欲望。

这种奇怪的念头,在他心头挣扎。

他清楚地知道,拒绝的结果,失去的会是什么。

如此前后细思量,他并没有马上给出答案。

"容弘想想,明天晚上再回复你,可行?"

慕倾城这个人身上有太多不合常情的地方,这意味着什么,他需要好好再琢磨琢磨。

金凌转了一下灵活的眼珠子,看到云姑眼巴巴地在瞅着自己,生怕她再说出什么让晋王为难的话来,便点下了头去:

"行!"

倘若他当真马上给出答案的话,反而不像晋王的脾性。拓跋弘是一个慎之又慎的男人。

"那,弘就此告辞!"

他再度深瞄了一眼,这个自小就认得的小女子,骨子里何时生出了这么一身傲气?

"不送!"

金凌待他快走出门去的时候,又丢下一句:"若做不到,明日请把信物归还!"

离去的身影一顿,没再吱话,消失在楼梯口。

楼道上传来极有节奏的脚步声,小楼内,则是一片安静。

"你们也走吧!我累了。墨太子,龙少主,请吧!云姑送客!"

婷婷袅袅地转过纤秀的身影,站在窗前,一番唇枪舌剑已经宣告结束,其结果是,她顾着倾城的面子,放了拓跋弘一马,这实在大违她的行事作风,可她不得不考虑倾城的心情。

龙奕哪肯就这么被人打发掉，立即扯开无耻的笑，贼溜溜地盯着她："本少主肚子饿了，打算留下吃饭！镇南王，烦你把好酒好菜端上来。小鬼，要不你也留下，人多热闹。"

这口中气，俨然把自己当成了这里的主人。

年轻的云太子笑得斯文，正想答应，楼梯上忽有人噔噔噔跑了上来，是吕总管急匆匆地冲了上来，老脸极为激动地直叫：

"老……老爷……九公子和十公子来了，在府门口……正往这里走来。"

东方轲一下子没有回过神来，呆呆地反问过去："九公子怎么会来？"

九无擎很少到臣僚的府上走动，尤其这五年，他除了进宫，几乎足不出户。

这事，金凌是知道的，她奇怪的是东方轲的表情：回过神后，他兴冲冲地就跑了出去，满带欣喜，有些反常。

八

拓跋弘想着心事走出镇南王府，等骑上马，才看到十无殇扶着九无擎从马车里走了下来，之后，坐上轮椅，十无殇推着，往里面而去。

拓跋弘立马勒着缰绳，猜不透他到底所为何事。

自十二年前初见开始，拓跋弘就将九无擎引为劲敌，起初的原因是，他得尽了父皇的宠爱。

他一直不明白，父皇为什么宠他如己出，甚至一度，将天下兵马的大印奉到他手上。

有一点，他得承认，此人，天赋的确了得：他曾经在短短三年时间，替父皇建起了一支强大的军队，整个公子府十三太保所属兵马，攻无不克，战无不胜，曾令分裂疆土的诸侯闻风丧胆。

拓跋弘记得，此人和他同一年入西秦，所不同的是，自己是以嫡子的身份认祖归宗，而他呢，是以帝王义子的身份进了公子府。

公子府养的皆是出类拔萃的"利器"，每个太保，无论是才学还是身手，皆为万里挑一的顶尖人物，进去公子府，想要被府中其他太保所认可，必然得具备非常之本事。

这个叫无擎的少年，仅仅花了一年时间，便令誓死效忠于父皇的五位太保接纳了他，两年后令所有太保刮目相看，三年后，十三太保以他马首是瞻，十五岁的他，俨然就是公子府的当家人。

只是那几年，连年征战，十三太保折损了好几员猛将。

九无擎十六岁时，大公子和二公子皆阵亡，父皇毫不犹豫地将兵符交到了九无擎手上，其他比他年长的太保，无人不服。

而后三年，十三太保奉命南征北战，天下之大定，公子府居功至伟。

等到论功行赏时，父皇欲收回兵权，这九无擎倒是乖乖上缴了兵符，但是，其他几个公子，或是有了贪婪之心，或是生了离意，终于爆发了一场大乱。

诸位公子起而造反，九无擎借乱出逃，繁华的鏒京城卷进了一场突来的腥风血雨，最后，平定这场大乱的人，正是他拓跋弘。

九无擎掌兵符时，拓跋弘并不受重用。公子府举兵而乱后，拓跋弘强势登场。

最后，九无擎还是拓跋弘亲自捉拿回来的，他原想将人灭口以绝后患，是镇南王东方轲拼命力保，才让他有机会活着被带回到了父皇跟前。

一番严密追查证明九无擎并没有参加叛乱。

那一年，拓跋弘监斩，将公子府内三公子、六公子、八公子、十一公子全部斩首于菜市，独独留下了七公子、九公子和十公子三条性命。

对于这件事，拓跋弘曾在暗处细细研究，九无擎虽然没有叛乱，但是，他知情不报，还趁乱从宫里秘密带走了一个女人。

这个女人，叫什么，什么来历，没人知道，所有人都叫她九夫人，是父皇身边最最得宠的女人，进宫已有些年头，并没有受封为妃，无名无分，却为父皇生下了第七子：拓跋曦——一个被父皇带在身边亲自教养的皇子。

公子府生乱后，这位九夫人突然受封为贵妃，一个月后，宫中传出，九贵妃自残，幽禁未央宫。

据拓跋弘知道，九夫人和九无擎关系极为微妙，九无擎之所以可以逃脱死罪，应该是九贵妃在后宫吹了枕边风。

公子府经此一乱，父皇虽时不时和七公子和九公子商议国事，却不许他们再上朝，也不再给实权，更限制了他们的自由：擅离皇城者，就地正法。

这是一种变相的软禁。

为避嫌，九无擎从此再不和朝中大臣有所往来，今日，他怎么会突然拜访镇南王府？

九

东方轲跑出来相迎，站在亭前，盯着那轮椅缓缓逼近，暖暖的阳光照着银色面具，泛出的是一道清冷的光，待到跟前，他站起，极恭敬地行了一礼：

"轲伯伯，多年不见了，近来身体可还好？"

冰森森的声调里，流溢出隐隐约约的不知名状的情绪。

东方轲疾步上去，一把将人熊抱，声音喑哑地直道："好，轲伯伯没有什么不好。无擎，你呢，你还好吗？这些年你受委屈了。"

九无擎伸手拍了拍东方轲的背：

"无擎一切如意！"

东方轲用大手掌碰了碰那张冰冷的面具，心疼道："被关公子府这么多年，如何能如意得了？如何能？"

阁楼上，金凌看得很是诧异：他们很熟？

她注意到了，东方轲用了一个"关"字，君臣之间的问题果然很大。

"怪事！"她回头瞄了一眼，龙奕眼里露着疑惑，"这家伙怎么来了？"

他感觉到金凌在瞅他，收回了视线，他并没有忘记今天他来的目的，这个可恶的小女人，一早醒来就搞失踪，若不是时候不太适宜，他早把她拎回去了。

"臭丫头，我们的账以后慢慢再算。现在，我们先猜猜，他此来为何？"

基于十二年前的情分，他决定暂时放下个人恩怨，和她联手一致对外。

"肯定没什么好事，人家是狐狸祖宗！"

金凌低哼一声。

坏话是说不得的，才这么说了一句，正在和东方轲叙旧的九无擎，忽抬头，冲他们瞟来了一眼。黑黢黢深不见底的眼珠子，镶在那片银色的面具下，几缕精光就如流星般闪过，从她脸上，慢慢地移到了龙奕身上，不曾移开。

东方轲顺着他的视线看到窗前以一种极为亲密的姿态站在一起的二人，怔了怔，介绍起来："无擎，这是倾城，以前你见过的，那位是龙少主。"

"嗯，我正想见倾丫头还有龙少主，有几句话想与他们说说！"

"好，那到里面坐吧！"

二人一先一后进了倾阁。

楼上，龙奕眨着含笑的眸，抱胸：

"传说中的九无擎，足智多谋，心细如尘，但凡过了他眼的，什么都瞒不过他。喂，做好心理准备，可能你要倒霉了。"

他用胳膊肘碰了碰她，意思是说，这人是冲你而来的，你已经露馅了！

没一会儿，东方轲再度走了进来，脸上难得地荡开着一朵大大的笑容："倾城，九公子来了，下去见见吧！"

"不见！又没交情又不熟。"金凌满口拒绝。

东方轲有点纳闷这孩子怎如此反感无擎，疑惑地看了一眼，才道：

"虽说平常不怎么走动，但说到底，无擎终归救过你一命。若不是他，你的小命早没了，还有，九公子这番送来好些稀罕药材，说是可以治你的脸，走，去见见！"

九无擎小的时候救过慕倾城？还能治她的脸？

"好！"

她突然又改口答应，往楼下而去。

东方轲一怔，马上跟上，走了一步，才又回头笑着对房内的另外两个大人物抱拳道："两位公子，不如一起到下面去喝口茶！"

龙奕扬眉应了一声"那是自然"，跟了那道倩影而去。

楼下，已上茶，飘有茶香，九无擎静静地坐着，一边的案台上放着一些礼物，都是用朱红的锦缎包着，高高一大摞。

一道纤秀的身影晃进了他的视线，身材高挑而纤细，戴着面纱，湖蓝色的裙，就像春波荡漾的清澈湖水，印着满天的蓝，在眼前晃啊晃，一圈一圈的涟漪，煞是迷人。

明灿灿的眼眸直逼而来，一如昨晚，不，昨晚的月色不够亮，不足以折射那抹让人感觉惊心动魄的流光，今日，他终于看清了这双独一无二的眸子。

如此熠熠生辉的漂亮眼睛，除了那个自幼不按常规教养出来的孩子，还能有谁配得上？

"无擎，倾城来了！倾城，还不快拜见九公子。"

东方轲热络地给他们引见，将不太情愿走近的慕倾城一步步推到了九无擎跟前，一边笑着自圆其说：

"这孩子还是和小时候一样，害臊怕生。"

龙奕听了嘴角直抽，实在没办法把她和"害臊怕生"四字联系在一起。

九无擎缓缓站起来，目光沉寂。

也不见他是如何出手的，但觉一阵风过，眨眼之间，那掩着金凌脸孔的绡纱无端端应风飘下，众人眼里立即映进一张可怖的脸孔。

金凌满身戒备地退后一步，极度不快地叫：

"九公子，你这是什么意思？"

九无擎不语，用深不见底的目光，端详那张层层生癣的脸，这张脸，扮得和慕倾城丝毫不差，源于绝顶高超的易容术。

"无擎，你在看什么？怎么了？"

东方轲被他这举动弄得有点摸不着头脑。

九无擎收回了视线，眼都不眨一下，声音极为冰冷地答道："没什么！只是想看看倾城的脸烂得怎么样了？当年毒去不尽，才令脸上的癣年年复发。还好，情况不算太严重，可以治！"

原来他也知道倾城的脸是因毒所致。

"倾城，这些年，我虽没有过来看你，但，答应雪姑姑的事我还记得，这里有些药，你拿着用。我找了很多年才找齐这些药材，拿下去熬着吃，先把身子里的毒去掉，以后，再治脸，假以时日，必能还你容颜。嗯，把手伸过来。我来给你确诊一下。"

九无擎懂医，他竟要给她看脉，这一看脉，势必露馅。

金凌正想将手藏到身后去，也不见他如何出的手，那略嫌瘦削的手指，就如灵蛇般缠了上来。她只觉手腕上微微一凉，命门早已被他扣住，她想抗拒，指间力道一紧，这人似乎早就知道她的意图，根本不让她有逃脱的机会。

"我倒不曾知道原来九公子擅医！"

青子漪淡淡一笑，闪了过来，执起金凌的手，往身边拖了过去，九无擎只能放手，瞟着这个冒出来的少女。

"九公子若真有这本事，府上怎么三天两头会有人横着被抬出来。我听我家公子说过，九公子心狠手辣，和晋王殿下，更是关系不太融洽，你这个时候跑来这里，自称懂医，要给我家倾城看病，这居心真是很让人费解！"

子漪冷冷挑拨了一句。

九公子沉默了一下，重新审视着金凌："其中道理，以后，你会明白。你若不想让我看诊就算了！无擎之所作所为，皆为了履行当年承诺。"

这话不痛不痒，四两拨千斤，便把子漪的质问避了开去。

金凌纳闷，如果他真是这么念旧的人，这些年，他怎会对慕倾城这个可怜的女子不闻不问？任由她苦了这么多年？

这人今日上门送药，分明是别有意图的！

九无擎不再和她说话，收回了眼神，落到了倚在门口的龙奕身上，那个男子，堆着满面明亮的笑容，掩去了他咄咄探索的眼神：

"想不到，杀人如麻的九公子，也有关心人的时候，真是奇事！"

九无擎冷淡一扫，狼形面具寒气逼人，没有理会话里的讽嘲，只淡淡地吐出一句：

"龙少主也在，那便好，无擎不才，有事想讨教：想公子府素来与你无仇无怨，昨夜里你却让人夜探公子府，又平白无故掳走我府上床姬，到底意图何在？"

"啧，你还真别跟我提这事！一提我就来气！"

龙奕无耻地哼了一声，又白了一记眼：

"前番时候，九公子可是诚心邀请我去公子府玩的，那时我没空就没有上门拜访。这几天在玉锦楼听说七公子的字，那是人间墨宝，我一时心痒，就遣了个小奴上门想借来看看，不想你九公子这么抠门，愣是不肯给，还想抓我的小奴，在她身上下毒也就罢了，居然外加群起而攻，这也太欺负人了。"

金凌听着嘴角直抽，把她当小奴使唤了，这人，好会占她便宜。

"龙少主，不管你有多么理直气壮的理由，夜闯公子府，屈尊降贵，自比梁上君子，便是你失礼在先。无擎不想追究什么，只站在一个理字上，请你速速把东方若歆交回公子府。否则……"

九无擎眯眼顿了一下。

"否则什么？是你邀我上门的，又没规定非得白天去，本少主就爱晚上出动做夜猫子，你管得着么？这是个人喜好问题，你公子府不问原由就伤我小奴，同样理亏，既然你也理亏，本少主怎能容你上门来要挟我？我告诉你，你越是要挟我，我还越是和你杠上了！对，我和你杠上了，就不交还，你能奈我何？"

龙奕扬着下巴，抱胸斜视，同样傲然张狂。

"或许公子府是拿你无可奈何，但是东方若歆是东方府的小姐，公子府的床姬，龙少主扣留下她，这就是在挑拨生事，难不成少主此番来鎵京不是来祈福，而是来乱我西秦朝纲的？有件事，龙少主应该先弄明白了，少主虽不理龙域国事，但终归是一方少主，若因这么一件小小的事而令两国结怨，少主必会被老域主所舍弃，更会因此而失尽民心！虽说少主不好权势，那也是因为你还拥有着，有朝一日失去所有，龙少主将以何为依傍，继续肆意江湖，笑傲不羁，又如可行自己称心如意之事？故无擎以为，这件事最好是大事化小，小事化了，如此才是明智之举。"

聪明人办事，便是能一箭数雕。

龙奕不得不敛笑。

此人并没有强势地索要，但每句话，都有其特定的意思。

指名道姓地要人，只是向所有人宣告，他来此主要的目的是为了东方若歆，来送药是其次，医慕倾城的脸孔，只是略表旧年情谊。

之所以会在意东方若歆被人掳走，却是因为，人家是东方府送来的，公子府和东方府素有猜忌，九公子如此维护一床姬，主要是为了家国安宁，龙奕拒绝，一旦另生什么风波，那么理亏的便是龙奕，因此而起国怨的话，他便是众矢之的的祸根，到那时，也许会直接威胁到他在龙域的地位，毕竟他在那边的势力并非固若金汤。

表面上，是这些个意思。

实际上呢，所有废话都在替他真正的目的打掩护：

他这次，绝对是专程为慕倾城而来。

九无擎已经看穿慕倾城是个冒牌的，他来，只是想确定这件事。

"就这几天内，请少主把人交还回来。无擎不想把事闹大！"

表明了态度，他坐上轮椅冲东方轲看去："轲伯伯，无擎答应过皇上，不来这里扰您清净的，今日为了昨夜府中大闹而来叨扰，心头无限惶恐。现下该办的事无擎已办妥，就此拜别！十弟，我们回府！"

行一礼后，这二人往外而去。

"无擎，既然都来了，不如去我那里说会话吧！"

东方轲并不清楚，九无擎和龙奕之间发生了什么，拧眉听罢，追了出来。

九无擎摇着头："人言可畏！"

这话令东方轲心痛而无奈，只好亲自送出去，然后看着九无擎在十无殇搀扶下钻进马车，两个侍卫驾车离开。

王府大门口，东方轲一直站在风中目送，无数旧事在心头汹涌，满是沧桑的眼底，露着几丝凄然——这样出色的一个孩子，却遭了这样的罪，果然是天妒英才。

"九无擎来做什么？"

一匹骏马自拐弯处飞奔过来，拓跋弘去而折回，沉沉发问。

东方轲忙迎上去：

"殿下还没走？"

"嗯！"

"九爷来找龙少主！昨夜里，龙奕上公子府闹，把十爷的新姬掳了去。九爷找他不到，听说来了这里，这才往这里走了一趟。"

拓跋弘和无擎素来不合，那是公开的秘密。皇上曾警告过无擎，不许他与镇南王府再有任何接触，故这五年，无擎再没有来见过他一回。东方轲不是傻子，感觉得出今日无擎到访别有所图，并非像他所说单纯为了找龙奕要人这么简单，但是这却是一个很好推脱责任的借口。

拓跋弘哪能信——他出府，那人便进府，还故意让他瞧见？

那人，素来居心叵测，他这到底想做什么？

十

倾阁。

龙奕的注意力全放在了那些礼品上，老大不客气地上去剥了包在外头的油纸，一只只翻开来看，里面放的全是药材，而且皆是平常想买都买不到的好货，有些甚至于连回春堂都没有。

"云姑,恭送墨太子,至于这位龙少主,本姑娘还有一笔账要跟他算,先留下他!"

逐客之意很明显,墨景天轻轻一笑,点点头:"既然慕小姐有事,那景天告辞!明天中午,姑娘若乐意,请到玉锦楼见个面!这是小小见面礼,不成敬意。"

他自怀中取出一个小小的明黄锦盒,放到桌案上,年轻的脸孔暖若煦阳,步履从容地离去。

屋内,龙奕睨着那个锦盒,伸手才碰到盒盖,手背马上被人狠狠抽了一下:"龙少主,这里不是你家,麻烦尊驾,别动不动就拆主人家的东西。"

锦盒一滑,被她捞了过去,掀开一看,她的脸色微微一变,立即"啪"地合上了盖。

"什么东西?"

"不关你的事!"

金凌挥开那只想要抢的大手,将锦盒藏进了衣兜,脚下连退三步。

龙奕抓了一个空,纳闷那个墨景天到底给她什么,遂露齿一笑,转而问:

"非得跟我这么见外吗?都不跟我打一声打呼就跑了!"

这令他有些小受伤。

如果,他是燕熙哥哥,她自不会和他见外,会很高兴终于找到了他,会把正在做的事,一五一十告诉他。

可他不是。不打招呼,自然是不想被缠。

金凌"咕咚咕咚"喝了几口,放下杯子后说:

"龙奕,我跟你并不熟,连带着十二年前,也就认得了那么一个月罢了。你不知道我的底,我也不知道你的底,十二年来,我们各有各的生活,如此意外的相遇,也只是一种意外。今番能遇上你,我很高兴,但高兴归高兴,有些事,我们还是做到互不干涉比较好。至于你说我害了你十二年,我可以向你道歉,当年我在你身上下的药,等我稍有空闲,便将解药制出来给你,以后,你可以像正常人一样去娶妻生子,在此,我为小时候一时的贪玩,虔诚地向你道歉,并且由衷地谢谢你昨儿晚上为我解围。"

恭恭敬敬鞠了一个躬,认认真真地道歉道谢,态度是疏离的,自是有意和这个人划开界限。

金凌不喜欢有人干涉她的计划。

一抹玩世不恭的笑容,慢慢爬上了龙奕俊美的脸孔:

"我突然发现,你和拓跋弘好像很像——不管是道歉和道谢,都很没诚意!"

一拍袍上的灰尘,他坐到桌案边的圆凳上,故意四下打量着这间看上去极为普通的阁楼。

"你若觉得没诚意,等一切尘埃落定,我设宴款待你,以表诚意如何?接下去这段时间,我有很重要的事要办。我与你,各有各的情非得已,各有各的前事如梦,我们萍水相逢,不必追根溯源,也不需交心交底。你帮我忙,我记下,我在忙什么,你不必过问——相识是缘,再遇是分,他朝事成,江河之上,与君举杯一饮,那便是人生畅快事。关乎其他,我们闭嘴只字不提,好不好?"

秋目盈盈,语出也将他拒到了千里之外。

龙奕叹息:"我能说不好吗?"

"你最好能说好!答应了才能做朋友,不答应,朋友都没得做。"

"嗯,好吧!"

龙奕勉为其难地应道。

"好,既然是朋友,你就不要为难东方若歆,过几天,我还得回公子府。到时,由你负责将我和东方若歆一起送回。"

哈,这小妮子,一边和他划清界限,一边还想指使他办事,也太能打算了吧!

他斜眼睨着,眼珠子一转,点头如捣蒜:

"当然可以!不过有条件!至于什么条件,我还没想到,等想到了我会提出来,喂,别一副想吃我的样子,亲兄弟明算账,朋友归朋友,帮忙归帮忙,利益归利益,没有好处的事,我是不会干的……为了你,我已经惹了一身羊膻味,你没看到九无擎那嚣张的模样,放心,我不会提过分的条件的,到时你可以看着办,如何?"

"好吧!"

答应得有点不痛快。

若不是若歆还在他手上,金凌真想打爆他的头。

屈于淫威,她唯有答应,却不想这一答应,又惹来一件麻烦事。

第七章　公子之恨

一

皇宫。

落日斜辉,点点金霞映在径道上,十无殇推着九无擎慢慢走进了永寿宫大门。

这里是七皇子拓跋曦的寝宫。

七皇子和九哥关系真的很好,七皇子自小到大的琴棋书画全是九哥教的。

有时候,十无殇会想,皇上用无心丹控制九哥,九哥嘴上不说,心里却是恨的。

既是恨的,又为何对七皇子那么关心入骨?

曾经,他以为,九哥是想利用七皇子,后来,他发现自己想错了,九哥对于七皇子的好,全发自内心。

"九哥!"

拓跋曦自书房内奔出来，年轻的稚脸上，流露着欣喜，亲切地叫了一声。

九无擎站了起来，看着他跑近，这个已经及肩高的孩子，面如玉，发似墨，锦衣玉带，神采飞扬，眉眼间是自信，是与生俱来的尊贵，风度翩然，再过几年，势必会出落成一个出类拔萃的俊杰少年。

"九哥最近怎么都不到宫里来？"

拓跋曦张开手臂抱了抱九无擎，然后扶住他，明澈的眼眸，在他俊挺的身姿上直打转。

"嗯，最近，人有点不舒服！养了近半个月。"

九无擎找了个理由回答，声音冰凉中带了几丝柔和，他深睇着这个孩子，摸摸他饱满的额头："听说这半个月，你打跑了三个武师。"

拓跋曦笑得有点不好意思，又似乎有点小得意："九哥怎么知道？"

"皇上说的！"

皇上若不说，宫里的事，即便他是知道的，也要装作不知道。

"哦！我故意的，我想九哥。"

不得皇帝召见，九无擎不得进宫，不得皇帝令谕，七皇子也不能随意离宫，更不能随便进公子府——所以，拓跋曦才想了这个法子。

"待会儿，九哥陪你练剑，看你最近武艺有没有长进！"

他再度抚了抚那张脸——十二岁的小脸，充满朝气，就像初升之朝阳，多漂亮，多灿烂，他十二岁的时候，也曾这么漂亮，后来，全毁了。

"皇上呢？"

"正在书房看我刚刚写的《亲民论》，父皇说我写得不错。九哥，父皇咳得厉害，可有什么药治一下？"

单薄的身子扶着九无擎一步步往里面而去，十无殇没有跟过去。皇上没有召见他。但是，七皇子向九哥讨药，即便九哥能治，也断然不会给的。

他站在原地送他们消失在重重楼阁间，一个背影高大而瘦削，一个背影还很孩子气，一个扶着仰望，一个默默睇着，将一份宠爱，藏匿在心，今日，他们还能相亲相爱，他朝，会不会反目成仇？

二

书房外，一身明黄龙袍的西秦帝王拓跋跃，站在高高的台阶下，衣角翻飞，正瞅着他们有说有笑地走近。

正确地说，只有七皇子一个在说在笑，无擎偶尔才会对上几句，偶尔摸摸他的头发，以示嘉许。

九无擎上得台阶，单膝跪地行了一个臣子大礼："无擎叩见皇上！"

皇帝无喜也无悲，只淡淡点点头，领头折向东门："不必多礼。时候差不多，跟朕过去！"

他们去的地方是冷宫：未央宫，里面住着一个西秦王朝内最得宠的女人：七皇子的母亲九贵妃。

未央宫，原该是皇后住的地方，自四年半前起，这里便有重兵把守，谁都不能随意出入，除了皇帝，宫里的女子也已经足足有四年不曾踏出宫门半步。

九无擎深吸一口气，走进了这座让人觉得耻辱的华丽牢笼。

这是一座死气沉沉的宫殿，即便再如何奢华美好，再如何锦衣玉食，不如意，便半分不能强求。

宫殿里，服侍的宫婢一大片，全是皇帝亲自选下的心腹，见得帝王来，一个个俯地而叩。

皇帝一扬手，所有人退下。

明亮殿宇内，珠帘低垂，雪白绡幔重重下，凤榻之上睡着一个女子，这一睡，已足足四年。

皇帝亲手扶起层层垂下的云纱帐，以银钩高高挂起，坐到了凤榻上，九无擎和拓跋曦在三步之远的地方恭身而立。

"曦儿，今天，是你母亲生辰，过来叩个头。"

"是！"

拓跋曦俯地叩首。

"无擎，你也叩个头！"

"是！"

九无擎跪地，深深一叩。

皇帝看着他们齐齐拜叩完，微带复杂的目光在二人身上来回巡视，半晌后，低声而唤：

"曦儿，你过来，"

拓跋曦应声过去，九无擎依旧跪在地上，耳边回响着他们父子的对话。

"你的母亲，也许再不能醒过来。"

"不会，母亲一定能醒过来的！"

"为父倒也希望，可曦儿，为父已老，身子已大不如以前。若有朝一日，为父走了，你母亲一个人留在这里太寂寞，到时，一定要以皇后之礼与父皇合葬。"

"父皇，好好的为什么要叮嘱这事？"

拓跋曦微微错愕。

皇帝不多作解释，而是缓缓回头，狠狠盯住了跪在地上的义子：狼面，墨袍，一身恭敬。他的这份敬，敬的只是床上之人，有朝一日，他若不在了，只怕这个人能把他的西秦皇朝闹一个天翻地覆。

"无擎你说，朕该不该赐九贵妃皇后封号？有没有那个资格与九贵妃合葬？嗯？"

拓跋曦露出了疑惑之色，忍不住问："父皇为什么要如此质问九哥？"

皇帝不答，目光灼灼迫人："回答朕！"

声音洪亮，震耳欲聋，透着为君为帝者的霸气，若是一般臣子，早已吓破了胆，不晓得自己何时又得罪了圣颜。

拓跋曦忧心地看着缓缓直起身来的九哥，弄不明白这两个于他而言至亲的人，又在暗中较着什么劲儿。

他知道九哥一身傲骨不驯，而父皇一心想驯服他，有时宠信，有时威慑，有时逼迫，有时又安抚，那种态度，复杂至极。

"皇上，这里是西秦皇朝，您是一国之君，您说您有资格，那您便有资格，无擎作为臣子，哪敢有异议！"

答得很是驯服，又分明是在用一种别人听不懂的隐语在暗暗地讥讽。

拓跋曦听不出话外之音，皇帝却是听得懂的，脸色渐渐沉下去。

"曦儿，朕现在给你一个旨意：若有朝一日，朕去了，你母亲以皇后之号合葬于朕的身侧，无须再治。这辈子，你母亲只会是我拓跋家族的人。你，记明白了没有？"

隐约的愤怒夹杂在话语当中，拓跋曦年轻的稚脸上露着几丝不解，不懂这愤怒从何而来，懵懵懂懂间只点了点头，应道："孩儿谨记父皇之命！"

"嗯，这才是父皇的好孩儿！"

皇帝露出了欣慰之色，阴霾的脸孔泛出淡淡的笑，拍了拍儿子尚不算宽阔的肩膀，站起来后，在看向一身冷漠的九无擎时，眼神渐渐又凝为深沉：

"曦儿，坐在这里多陪陪你母亲，我与无擎出去走走！"

"是！"

皇帝负手而出。

九无擎起身，冲着满目绛色的凤榻睇了一眼，拓跋曦站在那里，正好遮住了九贵妃，他什么也没有看到。

三

宫门外，夕阳已剩残光。

长长的回廊上，皇帝走在前，九无擎走在后。

他们是君与臣，他们是父与"子"，他们同时又有着不共戴天的仇。

皇帝不说话，九无擎也紧紧闭着嘴。

不一会儿，他们进了一座朱色阁台，名唤：凤仪阁，阁楼不高，四周空阔，放眼而望，却可把整个未央宫的初春暮景尽收眼底。

"你怎么看晋王悔婚一事？"

忽然，皇帝淡淡地问。

九无擎想了一想，道："这是皇族家事，无擎是外人，没有资格说话。"

"哼，你倒是越来越会推搪！"

皇帝轻轻咳了几下，停下来深睇审视。

"无擎只是实话实说！"

"好一个实话实说。朕看你是越来越能藏话，除了曦儿，还有谁能让你开口多说半句！可你若真的不想管皇族之事，今儿个怎么就去了镇南王府。别告诉朕，你去那里纯粹是为了见龙奕，这样的借口，用在朕身上没用！"

拓跋跃从来不是好糊弄的。

"那皇上以为无擎还能有什么作为？如今的无擎横竖便是您养在牢笼拔了牙的猎狗，除了等吃，就是等睡，皇上若真认为无擎居心不良，无擎无话可说！"

说得极为平静，平静得完全不像他的性格。

如果多年以前，皇帝还能琢磨透他的心思，那么现在的九无擎则已经深沉得让人摸不到底。他就像一条蛰伏的金尾蛇，一旦春暖花开，一旦时机成熟，必会绝地反击，而现在，他却不能杀他。

"你在怨朕罢你的权，还是怪朕杀了你的兄弟？"

五年前，数个被斩首的太保，有两个与他可算是生死之交，当年，他为救他们曾跪地相求，皇帝没有赦免。

"无擎没有这个意思！"

"没有吗？五年前和五年后，朕可觉得你就像换了一个人一般。嗯，朕可是很久很久没有听你畅所欲言了。"

"无擎还是无擎。五年前无擎是您攻城拔寨的臣子，这五年，无擎只是闲人，不理事不管事，无擎自乐得清闲！"

"可朕并不想养个闲人在身边。朕有些事，想听听你的意见，你且坐下。"

皇帝坐上临窗铺着虎皮的龙椅，示意九无擎坐到他下手。

"储君之位不可空悬太久，朕打算立储，以无擎之见，你说朕该立谁？"

这种关乎国家社稷的大事，皇帝在嘴上淡淡地道来，就好像他真是他的心腹。

他略作思量，才道："不管立谁，义父只要安顿好七殿下日后的出路就好！"

"如果朕立晋王为太子呢？"

"很好！"

他答俩字，言简意赅。

"是吗？"

皇帝挑眉："怎个好法？"

九无擎淡淡抬头投去一眼，冰冷的声音缓缓吐出：

"天佑西秦，必国运昌盛，但凡君王，谁不想看到这样的盛世，不过……"

他忽顿住，没有说下去。

"不过什么！"

"义父恕罪，无擎才敢说！"

"哼，你何曾怕朕追究过？有什么但说无妨！"

"好，那无擎直言不讳。义父若立晋王为储君，那么，等义父百年之后，无擎会在第一时间安排好人替七殿下收尸，至于九贵妃，就等着被挫骨扬灰，至于无擎，原活不了几年，到时会有怎样一个死法，已无关紧要，但是，死少数人而保全天下不乱，可算是一个明智的选择。"

很平静的一句话，从容不迫地预示了将来的前景，似乎是在称赞，实则却在讥讽。

皇帝好像没有听出这话下的冷嘲，淡淡道："你也认为这是最好的选择？"

"站在君王的角度，是！"

"若站在父亲的角度呢？"

九无擎闭上了嘴，目光冷冷，就如刚刚磨砺出锋的利剑，阳光一暴射，光华骇人，但也只是转瞬而逝，快得让人捉捏不到。

"说！"

沉沉一字，透着凌厉的帝王威仪。

西秦帝的手段冷酷而铁血，九无擎早已领教过，对他，他心头怀的不是怕，而是又恨又……敬——这份敬，敬的是他作为帝王那一份勤政爱民的操守。

"以父亲的角度来说，您若有心立晋王为太子，那么，当年您就不该以无擎为要挟，逼九贵妃生下七殿下。无擎会指着您的鼻子骂：您不配做她的丈夫，也不配做七殿下的父亲。"

九无擎安静地站起来，几句话，极为大逆不道，却是他铿铿本性。

话音落下后，四周寂寂无声。

良久，九无擎才又说了一句："无擎言尽于此。就此跪安！"

行了一礼，他缓缓往外而去，将背脊骨挺得笔直。

"无擎，下个月，朕给你赐婚，等明年桃花开时，朕想看到你晋升做父亲，这年纪不小了，总该留个后。这是圣旨！"

皇帝看着他离开，没有怪罪他的无礼，须臾，开了口，把话锋莫名地扯到了另一件事上去。

极为温和的声调，就像一个长者在语重心长地劝说，只是话说到最后，那语气已转变为一种不可抗拒的命令。

远去的墨色背影，顿了一下，有力地回答了一字："不！"

"好，你若不答应，从下个月起，朕会断掉无殇的药！"

花坛下的身形，猛地停住，面具下的眼睛掠过一阵阵惊涛骇浪似的愤怒：

"你……就非得这么逼我吗？我现在哪里也去不了，除了在等死，我一无所有，你真不必再用女人用孩子来困死我！现在的我跟死，没什么区别！我活不了十年的，难道你就不能给我几年清净的日子么？"

背对而站，低沉喑哑的声音微微发颤，即便竭尽克制，依旧有一些收不起来的情绪往外流溢了出去，这一次在称呼上，没有"您"，而是用了"你"。

姜还是老的辣，皇上还是极懂如何激怒他的。

"你的心，不在龙苍！朕要你彻彻底底地扎根在这里！五年时间，你不肯让任何女人怀上你的孩子！既然你看不上任何人，那就由朕给你选——这是朕不立晋王为太子你所必须付出的代价。"

声音越来越远，皇帝已转身从另一个方向往寝宫而去。

腿，又痛起来，他只好坐到柳树下的石椅上，急喘了几口后，抬头，透过两个大大的眼洞，看到的是蓝汪汪的明媚天空，垂下来的枝条上有初冒出来的嫩芽，一颗颗，就像赏心悦目的青玉石。

开春了，万物都在复苏，人间又将重复一年的色彩斑斓，只有他的世界，还是冰天雪地，闻不到春的气息。

"好！那你就把慕倾城赐给无擎吧！"

飘忽的声音在空气里回响，幽幽地传递过去，钻进了皇帝的耳朵里。

是屈服了？

不，这仅仅是对抗的开始。

四

御花园，拓跋弘刚刚自永乐宫出来。

他去了御书房，见不到父皇，管事的公公说，皇上下午时去了永寿宫陪七皇子，晚膳会在未央宫吃。

他记得的，每年的今天，不管外面有如何天大的事，父皇都会留在未央宫。

父皇的心里，只有那个女人，以及他们的孩子——二十五年前，他可以为了他们的孩子，不惜用两个嫡子一个庶子作抵押去替换作交易，老天垂怜，活该让那个孩子早夭。不想十二年后，又是这个女人，令父皇甘愿放弃唾手可得的城池。

拓跋弘之所以会成为了质子，全是拜那个女人所赐。

质子十二年，他受尽白眼，受尽委屈，那是何等的凄苦，待到好不容易苦尽甘来，归国后依旧不得半分父亲垂爱，那又是何等的悲哀。

他记得清楚啊，十二年前，他归国之日，正好看到父皇欢天喜地将本该属于皇后的未央宫，赐给了那个没有名分的女人。

同一年，七弟降世，父皇欣喜若狂，险些废了皇后所出的太子。

沿着小径，缓缓地来到未央宫外，那座象征女人最高身份的殿宇，就这么生生被人强占。本该住在这宫殿里的女人，却因为二十五年那场风波被乱马践踏，落了形如残废的下场，后因宫闱丑闻而被烧死。那原本该做太子的皇长子拓跋刚，死在了敌营的刀斧之下也就罢了，次子拓跋康受苦受难，回京之后，却因为要保命，自认是贵妃之子"拓跋弘"，原贵妃之子拓跋弘，反成了兄长代替"拓跋康"坐上了储君之位。

是的，他并不是真正的拓跋弘，他原名叫拓跋康，本该为一国之储君。

他曾问负责教养自己的平叔：为什么要如此移花接木地互换身份？

平叔对他说："想要荣华富贵，想要登上极位，就必须韬光养晦，而最重要的一条是先保住小命。"

这个局，是身故的皇后生前布下的，只为了能保他性命——

设这个局的时候，九夫人所生的皇子拓跋祈还活着，父皇一心想让那个孩子做太子，自不会让皇后的孩子有好日子过。如此安排，虽然失了名位，但是，却更容易得到重用。

皇后的布局，无疑是正确的。

父皇真的从没有给过太子好脸色看，故意责难，故意挑剔，令原本生性软懦天赋不高的太子，早早病死。

如今，外头的人都以为他与拓跋弦是太子的有力竞争者，事实上，拓跋弦微不足道，也非父皇最中意的子嗣——他最爱的还是永寿宫里的那位惊世伟才。

拓跋曦是父皇一手带大的，睡龙榻，坐龙椅，几乎和父皇形影不离。

他明白，父皇有意把皇位传给他这个最小的儿子，如果父皇能活到七弟成年的话，这个安定并渐露繁华之势的王朝，必会成为拓跋曦的囊中之物。

而这，却是他万万不允许看到的事！

阁台前，拓跋弘远远地望着未央宫，那原该是他母后居住的地方，如今却住着一个害惨他们母子三人的罪魁祸首，他心里如何不恨？

足足二十六年了，他从未得过半分母爱，自懂事起，他得到的是凌侮，也从未得到过父亲的赞许。

不管父皇是怎么想的，反正那张龙椅，他拓跋弘是要定了。

不久的将来，他要给自己的母后以最大的荣耀，他会向世人证明，他才是西秦皇朝盛世的缔造者。

不知道站了多久，思潮终于渐渐平静，拓跋弘看到十无殇推着九无擎从里面走了出来，七弟在后面送着。

他的七弟，是个漂亮的孩子，拥有着干净的气质，聪明绝世，如果，他不是那个女人的孩子，只是一个别的什么不受宠的夫人所出，也许他会真心疼惜，可惜这种天生的敌对，在他出生之时，就已经注定。

现在的他并不知道，有些所谓的"注定"是人为刻意营造而成，有些不该由他承受的仇恨，也是人为强加。

五

这夜，镇南王府的婚事，让拓跋弘很为难。

他之所以没有一口回绝，其中有一半原因是因为，他有点儿心动，大概是因为这个女人的脾性有点像小凌子。曾经眼睁睁看着比太阳还明媚的小凌子死在眼前，那时心有多痛，现下就有多心动。

可他理智地明白这种可笑而稚气的心动，远远不及江山社稷来得重要。

拓跋弘自认不是正人君子，他有他的野心，他的抱负，但同时他也一直是一个谨言慎行的人，从不轻易许诺，一旦许诺，必会履行承诺。男子汉大丈夫，这点担当，他还有。

之前，之所以会想悔婚，之所以会休妻，一切皆因这场婚事，非他所愿。

而今呢，似乎有点变味了！

"少主，在为难什么？"

平叔一瘸一拐地走进来，那张幼年时为他挨了鞭子而落下数道鞭痕的脸孔，是他活在这世上唯一的温暖。

平叔在私底下一直叫他"少主"，在他眼里，拓跋弘是皇后所出，乃是西秦国真真正正、当仁不让的储君。

拓跋弘连忙站起身将他扶过来,在晋王府,他敬他如长辈,他是母后留在他身边的唯一的亲人,是母亲的师兄——一个大智若愚的奇人,因为他,而大隐隐于市。

二人坐到了一处,拓跋弘把白天的事,一五一十说了一遍,平叔很认真地听着,半天后,给他下了一个决定:"答应吧!有件事,你也许还不知道!"

平叔平静的脸上有几丝怪怪的神色飘过:"刚刚从宫里传来的消息,皇上打算给九无擎赐婚!九无擎答应了——可他指名道姓要慕倾城。皇上暂时没有给明确的回音。但是,为了安抚镇南王,皇上已下圣旨,令镇南王回京就职,似乎打算重新重用。"

拓跋弘神色凝重起来,忽然想到大婚前夕,他曾跑去皇宫叩见父皇,向父皇再次禀明:这桩婚事,他不喜欢,可否退掉。父皇摇头,含蓄地告诉他:婚是太后所定,慕倾城的母亲有恩于他的母后,不可退婚,除非是慕倾城自己不愿嫁。

同去的六弟听到了这话,第二天就带人恐吓慕倾城,想逼她先退婚——这件事,他是知道的,可因为心下也没有其他法子,也就由着他胡闹了一番。

成亲那天,拓跋弘故意不去迎亲,自是想逼着镇南王府就此作罢——谁会想到他们会送嫁上门,还闹出这么多意想不到的事来。

此刻,他听得平叔这么说,心头莫名一凛,隐约觉得自己被父皇摆了一道。

"少主,皇上在这个节骨眼突然又笼络起昔年被他贬谪在外的部属,这底下藏着什么居心,我们得仔细掂量,并且要早作准备!之前我们都以为皇上是再不可能重用东方轲,如今看来,事情的发展完全不像我们想的那样。所以,这个慕倾城,王爷必须娶。收一个这样的女人在身边,就等于拽着镇南王的一条胳膊,到时镇南王想要帮衬谁,必得再三权衡。

"当务之急,我们要做的是拿到太子位或者皇位,等我们的根基稳了,将来如何处置她,那就等将来再说。作为一个帝王,非常时期用非常手段,那是策谋。自古成王败寇,等我们胜券在握时,便无所畏惧。"

所以,答应又何妨。

六

城东镇南王府,金凌刚从逐子处得到了一个消息:

皇帝赐婚九公子,九公子点名娶倾城。

九公子居然想要和晋王抢人?

他要抢,为什么五年之前不抢?偏偏现在抢?

五年前,他风云鼎盛,是帝驾前的红人,五年前,晋王也曾几度想要退婚,他有的是机会。

"逐子,根据你的看法,这个九无擎和东方轲是什么关系?我看他好像很尊敬东方轲,而且,这东方轲失势好像也是缘自五年前——五年前,这个时间点,好像是一个大转变呀,嗯,等等,五年前,公子府公子造反,一干公子死得差不多,凭什么七无欢他们没有事?"

有些事,她知道,比如公子府谋反,拓跋跃带着拓跋弘一起监斩曾经为自己出生入死的义子。有些事，她先前没有留心，没有深入研究过，自然就生了重重疑问。

逐子曾是龙苍大地上顶级的杀手，熟知江湖之上各种消息。当初她之所以会收他留在身边，一是这人缠着自己不放，非要报救命之恩，二是他有"利用"的价值。

我听说七无欢和十无殇当时和九无擎在一起，所以才免了一死。"

"可为什么和九无擎在一起，就能免死呢？如果没有特殊原因，皇帝大怒之下，公子府哪有可能还有人活命，而且还活得这么尊荣？"

"其实也不算尊荣——他们三位，说好听点，是皇上的亲信，说难听着，就是皇上的禁脔。治人杀人的时候，拿他们出来，不用的时候，他们只能关在鎍京城这个大笼子内，哪里都不能去，什么人都不可能见！"

金凌以葱白的食指轻轻摩挲着自己的鼻翼，这是她的一个习惯性动作，在碰到解不开的谜团时候，常常看到她这么沉思。

半晌，她抬头又问："九无擎和拓跋曦关系极好是不是？以前你当杀手的时候，在鎍京城内混吃骗喝了那么长一段时间，这个叫拓跋曦的小鬼，你见过没有？"

逐子嘴角直抽，居然将他的杀手生涯称为"混吃骗喝"，真的很打击人。他郁结一叹："没见过！皇帝老儿宝贝七殿下，极少放他出宫来，大概是怕有人加害于他吧！听说九贵妃乃是个异族人。三十几年前，皇上还是顺王的时候，曾去过万里之外的九华，在那边出过事差点回不来，有一个名叫'九儿'的姑娘救了他。多年以后，这位九儿姑娘被人贩卖到龙苍当奴隶，顺王爷在奴隶市场遇上了她，便将她买回了王府，一番盛宠怀上了身孕，一度曾宠到为了这个女人差点连江山都不要了。后来国内大乱，这女人早产后在战乱中消失不见，她生养的小公子莫名夭折，紧接着尸骨也神秘失踪。十二年前，已登基为帝的顺王居然又找到了这个九儿姑娘，这九儿姑娘顺理成章再次成了帝王身侧最最得宠的女子。紧跟着九贵妃生下了七殿下，也自然成了皇帝眼里的宝贝。如今这位七殿下已经有一十二岁，传说生得风流俶傥，更有满腹惊世之才，皇帝迟迟没正式给他封号，依我看，也许是想把储君之位留给他。"

金凌点着头听着，突然之间发现，因为倾城，她踩进了西秦国的权势之斗。

她并不想参与别国的争权夺势，可开弓没有回头箭，她的代嫁，已经引发了不可预知的结果，拓跋弘、九无擎、龙奕、墨景天，每个人物都大有来头，都大有目的，她一时的打抱不平，将会带给慕倾城的是怎么一个归宿？

她无从知道。

逐子走后，她不知道自己怎么睡了过去。一整夜，龙奕那张微带邪气的俊脸时不时在眼前晃悠，怀念这张脸孔，怀念着燕熙哥哥。

有一点，她很疑惑：如果七无欢是燕熙，这些年，他没有回去沧国，是因为什么？

虽说这五年，他是被人软禁的，但之前不是还有八年时间么？

倘若说小的时候，他没办法穿过万里黄沙，那后来，他长大了，成了天下闻名的七无欢，这个时候的他，怎么没有回来？

原本，她几乎可以确定七无欢就是燕熙哥哥，可现在知道龙奕是虎头之后，这个等式似乎又被重新画上了叉叉。

思来想去，乱梦扰扰。

这一夜睡得很不好，等醒来时，天已大亮，吃过早膳，云姑又跑来，支支吾吾地说：昨儿个那事，姑娘你太强人所难。

说了很多话，无非是想让她降低标准，好让她家小姐可以顺顺当当地当上晋王妃，以完成人家的那份心愿。

她没听进去，心里在想身上的余毒问题，昨夜，逐子来时另说过一句话：放眼整个西秦国，九须参只有公子府有。

于是，她想到了墨景天放下的那个锦盒，盒内只有一张小纸片，上面写了一行字：千年雪莲，灵海神龟脂，九须参。

千年雪莲可治倾城之毒，灵海神龟脂可去倾城之癣，九须参能解她的燃眉之急。

这一行字，意味着她的身份已暴露，对方已知道她是冒牌慕倾城，也许还知道她真正的身份是青城公子，故当时她的脸色不觉微变。

嗯，她得去见见这位云太子。

带着子漪才出倾阁，却见小径上，东方轲带着一身玄色蟒袍的拓跋弘沿着小路往这里走来，侍卫安青紧跟其后，手上抱着一架琴和一个锦盒。

"倾城，晋王来了。"

东方轲这张老脸上，寻不出半丝欢喜的模样，好像不太乐意看到晋王似的。

金凌点点头，目光没在欲言而止的东方轲身上多停留，转而落到那拓跋弘身上。

"晋王，傍晚还没到！"

"我来是想跟你说，我考虑好了！"

薄唇一动，低磁而有质感的声音在耳畔响起。

"我答应！！"

三个字，没有半分迟疑，似乎这是慎之又慎的答案。

一阵暖暖的风吹过来，适时地吹落了遮着脸孔的面纱，小巧的朱唇微微抿，一脸的癣斑自然而然也就落到了所有人眼里。

金凌淡淡一笑：

"晋王看清楚没有，慕倾城是个丑女，我知道那天云姑跟你说过，这脸孔还可以救回来，这只是一种可能。万一救不了，您这么一位风华绝代的殿下，当真肯放弃美人如花，和倾城这样一个丑八怪结为夫妻？而且一生一世还不得另纳姬妾？殿下一世英名，可不要随便错许承诺！"

"倾城，我知道，现在不管我说什么，你都不信，那么，就让时间来证明如何？你的脸，因毒而起，只要去毒，就可恢复如初。你入我晋王府后，弘自当遍访名医，为你医治。至于夫妻情分，日后日久天长，我们可以慢慢培养！"

拓跋弘避重就轻，回答得很狡猾。

金凌在心里暗自骂了一声：老狐狸！却没有马上点头。

"小姐，王爷既已答应，前仇旧怨，就一笔勾销吧！"

云姑在边上紧张地劝着。

"好，那就两个月后再论婚事！"

可这回答，令眼前那双飞扬的眉难以置信地再度蹙起：

"你说什么？两个月后再论婚事？"

"对，两个月！"

"你……你没打算马上嫁进晋王府？"

"马上？怎么可能！"

金凌抽抽嘴角，笑得嘲意十足。

男子深幽寂寂的黑眸便如两个深不见底的黑潭，正卷起两卷黑色旋涡，似将她吞没。

他在恼怒，却没有显露。

连东方轲也感觉到了那份隐藏于内的怒，惊奇倾城的性子如何会大变。

金凌露齿一笑：

"两个月为期，看你表现再定婚期。殿下若有诚意，首先请将府中姬妾遣散另嫁，而后请旨表志，今生不再娶。如果晋王不允，这婚事，我们就此打住。从今往后，你娶你的，我嫁我的。"

被人捏在手心上玩得团团转，但凡是个人，都会生怒，何况他还是心高气傲的晋王。

"慕小姐，你别欺人太甚！"

安青听不下去了，怒叱。

金凌却笑得灿烂："殿下，你的属下认为我在欺人，若你也认为我在欺人，你可以选择放弃！"

"一切如你所愿！"

一字一顿，他静静地忍下了所有的挑衅，明明已经被挑起了怒火，却还是强制压了下去。一寸寸平静。如此深的心机，慕倾城嫁他，真不是件好事。

"那就这么说定了！我想出去走走，就此别过。"

金凌遮起面纱。

"想去哪儿，我可陪你。还有以后，你不必在我跟前遮了容貌，不管你是丑是美，我既已决定以你为妻，便不会生嫌弃之心。"

拓跋弘温情款款地说。

可惜啊，这种话，放到她身上，是完全不起作用的。

"男人的花言巧语倒真是动听！"

金凌呵呵一笑："陪就不用你陪了。这几天正值祈福大会，殿下身负要职，总要以正事为重。"

拓跋弘皱了一下眉，情知想要征服这个女人的心，绝非一朝一夕可以办成的：

"好，那等祈福大会谢幕之后，本王再来陪你到附近走走，好好联络一下感情。"

"嗯，那就不送！"

拓跋弘转身离去，东方轲连忙相送，金凌相随于后，打算出门。

府门口，东方轲送走晋王，把她拉回了书房，满面复杂地问："倾城，你真打算两个月后再和晋王议婚事？"

　　"舅舅不中意这件婚事？因为九公子么？"

　　东方轲神色一惊，以一种异样的眼神看着这个自小温温柔柔的孩子，若不是他清楚妹妹生的是独生女，他真的有点怀疑眼前的人根本就不是自己的倾城。

　　"九公子难道真想娶倾城？我不觉得。各有各的鬼胎，这些个有来头的主，都不见得是倾城应该嫁的良人！嫁谁都免不得一场乱。"

　　东方轲又是一惊，半响后，才轻叹一声，道："若是按着舅舅的意思，倒是希望你可以嫁给无擎。只是你这孩子太死心眼了，认定了的事，固执到底。"

　　"在舅舅眼里，九无擎比拓跋弘出色是不是？"

　　"那是自然，无论外头如何传说，无擎总归是个好孩子，这些年，苦了他了。唉！"

　　清澈的眼珠子不易察觉地一闪，她轻轻"哦"了一声："是吗？难道外头的流言皆是谣传？舅舅，你和九公子很熟吗？"

　　"我和无擎熟啊，那孩子之所以变成这样，全是被逼的。"

　　有无数旧事在东方轲的脸孔上浮掠而过，似有难以言尽的遗憾令他痛楚。

　　"舅舅能和倾城说说吗？"

　　东方轲回过了神，神情复杂地摇头：

　　"那些事，你无须知道。只是你若真嫁给晋王，将来，倾巢之下，焉有完卵？唉！"

　　金凌心头一动，嗅到了一股暴雨将至的异样气息。

　　一种直觉在告诉她：西秦的王储之争，最终必是九无擎和晋王的力量抗衡。

　　但是她还是有点不能理解，没有实权的九无擎如今怎和手握重兵的晋王玩这场权力争霸？

第八章　祈福奇遇

一

　　离开王府时，金凌在想一个问题：东方轲说九无擎是个好孩子，他这是以一个长者的身份在心疼他，那这二人，到底是什么关系？

　　马车缓缓而行，赶车的是阿大，片刻后，耳边渐有声音，已上了华阳街。

　　鎬京极繁华，纵横交错的街市，商铺林立，小贩当街而卖，行人络绎不绝。西秦国已一统，多年来休养生息，呈现出一派安居乐业的形势，国力日渐强大。

然而，西秦国的皇子们已成年，帝王雄姿也在渐渐衰退，如果帝位更替可以安然度过，也许能迎来一个更为辉煌的盛世。

可实际情况，不容乐观。

拓跋弘仁名在外，凡事恪尽职守，是皇储之位最有利的逐鹿者；拓跋曦年纪虽小，背后却有帝王宠爱，有太保做后盾，再加上拓跋弘和九无擎有着外人所不知道的深仇大恨，但为了活命，这两路人马定有一番不是你死就是我亡的厮杀，镔京城的宁静势必会被打破。

马车一路畅通无阻来到长安街玉锦楼。

玉锦楼，占地颇广，乃是镔京城内第一楼，天地玄黄四处客房，极尽豪华高雅。

金凌挽着子漪，带着阿大，进了大门，宽大的厅室内三三两两置着一些精巧的桌椅，一些来往的客商正四下坐着，吃着茶，说着话。东北角，摆着一个高高的案台，台后坐着楼里的掌柜，看到有人来，先用那精明的眼珠子往人家身上一探，看到来客穿得体面，便堆起大团笑花，迎上来，不似一般酒楼里的伙计，只会鞠躬哈腰，玉锦楼的人，无论从小厮到管事，一个个言行举止，皆不卑不亢。

"姑娘这是要住店么？"

来的是前台郑掌事，她认得他，可他不认得她。这人据说是九华人，可说着一口纯正的西秦话。

"我找的是墨景天！"

一口报出名号，掌事的脸色霍然一变。

知道墨景天住在这里的，没几人，身为邻邦太子，原该住西秦国接待贵宾的行宫，荻国的凤烈公子就住在那边。这位墨景天不习惯宫中繁琐礼节，愣是住到了这里，包下了玄字号整座大楼，兴致来时就往镔京城里转悠，有时就干脆躲在楼里偷闲。

"姑娘是……"

"慕倾城！"

整片寂寂的大厅，哗然而躁。

"什么？什么？她便是那个入门即被休，如今又被诸位公子争着要娶的慕倾城？"

"听说云太子也是此番来求亲的，这女人来见云太子，难道她想嫁去南云国？"

"喂，你们听说了吗？昨儿个，这女人发出话来，谁要想娶她，这辈子就再不能另娶。"

"不是吧？不会吧？这女人，都被休了一回，怎敢……"

好事不出门，坏事传千里，经她之手，倾城之名，可算是家喻户晓了。

眼前的管事也露出了稀奇之色，忙拱手作揖道："原来是慕小姐，云太子倒是曾发下话来，说今天有贵客前来，上午时候，楼中小二一直候在门外等着您的大驾光临，可惜小姐迟迟不来，就刚刚一会工夫前云太子带着人出去了。"

"出去了？去哪了？"

"这就不是小的能知道了！要不这样，您到楼上的雅座候一候。"

"不必了！回头你跟他说，我来过就好！"

她不理会大厅那一双双探索的眼神，低声唤上碧柔要离去。

"咦，你怎来了？"

北门口，龙奕抱胸缓缓往外而来，一张俊脸乌云密布，听得这脆生生的声音，神色陡然一亮，那满脸怒色就像变戏法一般散得干干净净，身如疾风拦了她的去路。

"你是来找墨景天的？"

"嗯！"

"他不在！进宫了！既然他不在，不如一起出去走走可好？我带你去一个好玩好看的地方玩。"

都不曾给她拒绝的机会，一把抓住她的手，就往外而去。

玄影看到少主又和慕倾城腻在一起，脸上不由得露出了担忧之色，回头往北门看，大公主二公主的信使正捂着一张被打红的脸孔恶狠狠地瞪着慕倾城。

"龙少主，放手！男女授受不亲！"

她用力甩开了龙奕的手。

龙奕刚才在自己的客房内发了一通火，出来时心里极不痛快，正巧看到她，喜出望外之下哪能注意到这些事，听到这话，才意识到自己的举止有点不妥当：

"嗯，不好意思，不好意思！不是有意冒犯的，慕小姐见谅，你看，今儿天气晴好，听说城南福寺那边的桃花都开了，龙奕有心邀慕小姐一起去赏花，小姐可否赏脸？"

在大庭广众之下，不仅赔了不是，而且还极为给脸地作了邀请。

能来玉锦楼的全是有头有脸的大人，这些人哪个没听说过龙奕的名头，哪个不晓得龙奕的脾性——那怪脾气，不高兴的时候，天王老子也照打不误，今儿却对一个被休的丑女如此尊重，难道外头传言是真的，龙少主当真看上这个上不得台面的丑女了吗？

金凌本打算拒绝的，转而一想又觉得答应也好，生一些流言蜚语也无关紧要，她倒想看看拓跋弘若听到"慕倾城"和龙奕搅和在一起会有什么反应，是兴师问罪，还是忍气吞声？不知怎么地，她特别希望那家伙就此和倾城撇干净关系，总觉得那人心机太深，将来倾城跟了他必会吃亏。

"好！我喜欢桃林，去看看也不错！"

她答应了下来。

龙奕立刻笑眯着俊脸，高声吩咐道："玄影，备马！"

二

一路而去，龙奕骑在马上，金凌坐在车里，隔着一层车帘子，那家伙极热络地和她说话。这人见识也广，走过的地方也多，天南地北地和她扯着各种奇闻轶事，听着倒也有趣。还一个劲儿地鼓动她，跟他去寻幽探密，游山玩水。

这倒是投她喜好的，金凌也喜欢游玩，但她只想和自己心爱的人笑傲山河，若有一天，能把燕熙找到，回九华前，她的确打算和那人把龙苍大陆名胜之地玩个遍，如此也不枉来此一趟。

正走着，忽然熙熙攘攘的闹市上，一阵疾驰的马蹄声，似飓风般冲来，街道响起了路人的惊叫声，孩子的啼哭叫，以及货架摔地声，乒乒乓乓如雷鸣般响起，有一列飞骑团团围住了她的马车，马车被迫停下。

怎么回事？

她撩帘，看到一直跟着马车的龙奕，冷下了俊脸，显然，那些人是冲他来的。

那是一行女子，领头的那位很年轻，着紫衣，结高髻，一身劲衣，冷艳绝伦，这人以一种冷冷而不屑的神色瞅了她一眼，银鞭缠于皓腕上，跳下马来，冲着龙奕行了一礼：

"少主，水娘奉命前来，请少主即刻随水娘去迎接我龙域圣物入城，两位公主皆在城外相候。还有，公主听闻少主有意纳一个丑八怪做妾，特让水娘过来带去看看。按着龙域的规矩，但凡入不了两位公主眼的，皆不配为少主之妾。"

金凌眨了一下眼，这女子嘴里的"妾"指的是她吗？

"滚，爷的事，何时轮得着闲杂人等来指手画脚！"

龙奕寒脸冷喝。

被这么不留情面地一喝，那水娘脸色一白，不敢正眼视之：

"少主，这是公主的旨意。"

"那爷倒也请教了，在龙域，是公主地位高，还是少主地位高？嗯？"

"少主是龙域一族的继承人，自然是少主高。但是，少主若有纳妾，必经过公主……同意。"

寒森森的一眸，令水娘胆战心惊地闭了嘴，"同意"俩字，就像泄了气的皮球，慢慢地在她嘴里瘪了下去。

面纱下，金凌勾了勾嘴角，闷笑。

龙奕并不是真正的龙氏后人，他是域主捡来的野孩子，因为能召唤灵虎，而被立为龙域的少主。这样的血统，是卑贱的，为此，域主选了两个龙氏公主许配给了他，只为了能让龙氏的血统长长远远地流传下去。

说穿了，龙奕是没有权力自主婚姻的，他的那两个未婚妻可不是善茬。

然，金凌更不是善主，敢来折辱她？

她眼珠子一动，往青子漪耳边叮咛了一句。

青子漪点头下马。

福街上，来来往往的人流，因为这样一个变故，人们一个个停下步子，驻足观望。一袭嫩黄的石榴裙勾勒出纤秀的身姿，娇妍如花的脸上微微透着几分清傲之气，青子漪面对团团将马车围住的众人，淡淡地一瞟，看到骑在雪龙驹上的龙奕正冷冷地盯着跪在地上的女子，浅浅一笑，道：

"哟，龙少主，原来这是你家的奴才啊，怎么就这么没有教养没有规矩？莽莽撞撞地拦了别人的马车，还尽说一些人不人鬼不鬼的混账话？若是不明事理的人，还真以为我们家倾城妹妹与您有着什么不干不净的牵扯。上梁不正下梁歪，龙少主，您的人如此恶意中伤我家倾城的名声，这笔账该怎么算？"

懒懒的一句话，将小姐交代的话一字不差地复述了一遍。

水娘听得这名女子骂自己是奴才，连带还把她敬若天神的少主也损在里头，心下不由得恼怒，抬头喝道："你算什么东西？敢在这里折辱我圣域龙族。"

"我是什么人，你一个奴才自不配知道，但是有件事，我却要想好好与你说个明白！"

子漪抢断话，字正腔圆地落下话去：

"不管你是谁家的驭才，奉的是谁的命来办这趟差，拦我们的车便是你们不该！你可知这马车里坐的是谁？那可是晋王休妻之后又眼巴巴上门想重新再娶的慕倾城慕小姐。我家倾城妹妹眼界可高着，想娶我家倾城，家里就再不能纳小，得一心一意对我家倾城。才不像你们家公主那么没格调，甘愿同侍一夫。对此，我家倾城表示万分同情。另外，有件事，还烦你去传达传达：作为一个女人，连自己男人的心都抓不住，还敢在大街上显摆，哎呀呀，堂堂公主，尽做窝囊之举，她们还真会给自己丢脸啊！这么愚蠢，怪不得得不来龙少主的欢心。"

从没有人敢如此羞辱两位公主和践踏过少主。今日却被一个名不见经传的女子如此在大庭广众之下折损颜色，水娘如何肯罢休，手掌一翻朝外，想将这张笑眯眯的脸孔打烂，眼见得手掌就要落到子漪脸上，但见一道杏影一闪，被打翻的竟是她，而且出手的居然是少主。

"廖水娘，你折腾够了没？还不快给爷滚！如果你想这辈子就此瘫着做个活死人，爷现在就成全你！"

龙奕冰冷一喝，声音冰寒，全不似他平时那嬉皮笑脸的腔调，令人不寒而栗。

金凌再度挑开车帘，向外探看，见那个紫衣女人自地上爬坐起来，单膝跪于地上，脸孔因为这么一句话而骇白。

"少主，这女人不仅折辱了公主，更折辱了您呀！您不能纵容了她呀！"

"闭嘴，廖水娘，你到底有完没完？不要以为爷平时惯着你，你就当爷可以随便摆弄，胆敢吃里扒外，爷的掌下绝不容人。今儿个，你要是再敢多话，爷不介意开个杀戒，让你知道什么叫做规矩，什么是本分。"

水娘的脸孔顿时变成死灰色，转身离开之即，她忍着气儿狠狠地往马车这边射过一眼，眼神透出几分凶狠，而后跨上马迅速地离去。

这过程，金凌没说一句话，只静坐。正思量，帘子一动，一道杏黄的人影闪了进来，来的自然就是龙奕。

"龙奕，你都坐享齐人之福了，为何还来招惹我？"

金凌斜眼瞅。

"她们不是我想要的，琬儿，等你办完了你的事，可否帮我一个忙？"

青子漪也跨了进来。

"什么忙？"

金凌往旁边挪了一下，让青子漪坐下。

"帮我把那两个女人解决掉。"

马车走起来。

金凌挑眉：

"你指的是龙大公主和龙二公主？"

"嗯！"

提到那两个女人，他就浑身不舒服。

"怎么解决？你想坐稳少主之位，就必须娶她们；你若不娶她们，就坐不稳少主之位；你若失了少主之位，性命就难保。"这是一个明摆着的事。

"可我既不想娶她们，也不想要少主之位，还要保着性命，你说我该如何做？"

他笑眯眯地给她出难题。

"那就继续做你的少主，然后，将那些碍你眼的人，想摆布你的人统统给收拾了，在龙域，你就是老大。喂，你这是想让我帮你去夺权是不是？"

龙奕笑咧开了嘴，竖起了大拇指："说句老实话，之前，我只是觉得你够刁钻，所以想把你弄到手去对付那两个丫头，现在我发觉，你有能耐帮我尽快扳倒龙家，琬儿，这个忙，你可一定得帮我！"

哼，这人分明就想借机缠她，以达到近水楼台先得月的目的。

"也行！不过，你得马上下车去。我与你同乘一车，会砸了慕倾城的名声。"

龙奕听得她答应，顿时眉开眼笑，忙点头："行行行，但下去之前，我还得问一件事。"

"何事？"

"十二年前，你是怎么逃过那一劫的？"

今日他无论如何都要问个清楚，这事困扰他太久。

"奇怪，你是怎么知道十二年前我遭遇过大劫的？"

金凌也纳闷。

"我怎会不知道？那日，我跑掉之后不放心你，就一路尾随，你们去哪，我就去哪。你们被抓了去，我暗中潜进去那个山庄，差点被人发现，死在里头，后来好不容易死里逃生，赶到渡口时，就见你们上了船。"

金凌张了张嘴，有点惊讶："原来熙哥哥说好像有人在暗中跟着我们，是真的啊！"

龙奕一怔，没想到那个和他长得很像的少年那么厉害，他跟踪得那么小心，他还是发现了他。

"喂，你干吗跟踪？还有，我都要走了，你都不出来跟我道个别，这么小气，太不够义气了！"

其实当时，他本想过去和她道个再见的，很想知道她家住在哪里，以后若有机会就过去找她玩。

但是，他一想到这个小鬼赖在燕熙怀里，心里很不痛快，便违心地说了一句：

"你们走得那么匆忙，我赶得及才怪。后来，我在回去的路上听到有些人鬼鬼祟祟地在议论一些什么，抓来一问，才知道他们在船上动了手脚。我生了急，想雇船把你们追回来，风太大，没有人肯出去冒险，我就自己弄了一只小船追，可恨我不会划船，把你们追丢了。等天亮风小了，我派人寻了两天，才在下游找到了那半只船，以及一些被烧毁的尸骨，独独不见你。我不甘心，一连又找了几天，找到的是本该穿在你脚上的绣花鞋，烧了大半截。那时，我真以为你死了。"

他陈述的语气很平静，但是金凌可以感觉到一股浓烈的感情在里面勃发。

她有点纳闷，那些日子，他是那么的恼她，怎会在她离开后，于暗中默默追逐他们的脚步。而想到那日发生的事，她的心就忍不住疼得直抽搐：

"嗯，那日，船漏水，又莫名着火，我们全落到了江里，我和熙哥哥被急浪冲得很远，后来，我得救了，熙哥哥为救我，被浪花卷走了。我们折损了很多人，死的死，失踪的失踪，又后来，我回家了，事情就是这样的。这番我回来，全是因为想找我熙哥哥。他有可能还活着，所以……"

说到最后，她突然觉得自己说得有些多，立马闭了嘴。

"所以，你进公子府，是为了你哥哥？"

龙奕终于明白了她的目的所在。

金凌无奈叹道："以后跟你说话，真的得小心一点！"

龙奕嘿嘿笑着，正想继续追问，忽听得街上有行人在惊叫："呀，你们看，这是什么，好漂亮的雪雕！"

他一怔，忙拉开帘子，但见明蓝的长空上不知何时飞来了一只形体小巧的雪雕，浑身雪白，正在他们当头盘旋。

这是他养的小东西，他连忙闪了出去，那雪雕像是有灵性的一般，立即俯冲下来停在他肩上。

龙奕将这大胆的小东西一把扯下肩膀，自它脚上取下信笺。

看完手上刚刚得到的消息，龙奕几个箭步，飞身跃上一路相随的雪龙驹，冲撩窗而望的金凌喊道："琬儿，我不去福寺了，你自己去玩吧，办完事我再去找你，回见！"

扔下一句话，他勒转马头，叫上玄影往来的路上冲了出去。

三

福街，福楼，是一间寻常茶坊，往来皆布衣，形形色色的人在这里进出，有落魄书生，有江湖郎中，有算命相士；收费不很高，一吊钱，就能喝上一壶清茶，听上一下午大戏。

易过容的东罗走进福楼，叫了一壶茶，也不见得吃，就往后院而去。后面设有赌台，赌的筹码不会很大。

东罗绕过赌坊，闪进了茅厕边上一柴房，自秘道而入，沿着小道走上半盏茶的工夫，自一幢小楼的衣柜内走了出来，而后直入水边小筑。

这是一处安静的小阁楼，不远处有个碧水汪汪的小池，楼前种着花花草草，楼后栽着一排排松柏，笔直挺立，就像一支训练有素的军士，沿途三三两两站着护卫，看到东罗时，彼此打着招呼。

东罗径直上楼，听到房内有说话声，便在房门上叩了三下，静待召见，不一会儿，里面传出九公子的声音：

"进来！"

东罗进门，看到九公子坐在轮椅里，没有戴面具，只罩一张人皮面具。

此刻，他的脸型显得极为清俊，眉是剑眉，如刚刚磨砺出来的宝剑，锐气逼人，鼻是挺鼻，似峻拔秀绝的山峰，脸是俊脸，白皙如玉。

这张脸，是公子昨夜里制出来的。如此这般一装束，再着上一袭白衣，便尽显了公子自骨子里流露出的风流冷峻，一身秀绝的风骨，足可颠倒众生。

可他有点不明白：没事装扮成这样，是为了什么？

九无擎吃着茶："镇南王府这边有什么动静？"

"晋王去过那边，他答应了慕倾城的条件。但慕倾城却没有马上答应完婚。只说过两个月后再定婚期。看样子，她这是打算随时将晋王三振出局的。此刻，慕倾城正赶去福寺，我们的人在身后跟着！"

一顿后，他又追加了一句：

"爷真有意娶慕倾城？"

这件事，传开来后，他们都惊呆了。爷说过，这辈子，他不会娶妻，怎么突然之间就改了初衷，改得又是如此地突然？

九无擎并不想多作解释，挥手让他退下。

除了金凌，这辈子，他不会另娶！

可是，他知道，这辈子，他是不可能再娶她了。

他轻轻一叹，推开东窗，是一片清澈如水的天空，在遥远的东方，有一个神州，那里有他的故乡。多少个午夜梦回想着那边的一切，多少次在别的女人身上可悲地爬下来，让他觉得无颜以对心头的绝望。

他已经彻彻底底脏了，五年以前，他虽然杀人如麻，却还保持着最后的尊严，至少身子是干净的。

偶尔，他还能憧憬母亲为自己治好脸孔，而后回去故地，欢欢喜喜地娶那个小淘气，喜庆地洞房花烛，挑开喜帕，会看到小凌子含羞带笑地扑向自己。

现在，他已满身肮脏，再也没了那份奢望，她却又活生生地出现在了他的眼前。

他鼓不起勇气告诉她，第一，时机不对；第二，他自惭形秽，可是，他忍不住又想靠近，以另一种身份走近，哪怕只是说说话。

"那个女人并不是慕倾城，她是谁，能让主子如此魂不守舍？"

书柜突然咯咯移动，一劲衣的俊面男子自内而出。

"这不关你的事。我出去一趟，晚上我若不回，你便化装成我的样子回去公子府！"

九无擎站起身，走进未关合的书柜。

他要去福寺，见她。

四

热闹的地方，最能让人伤感。

小时候，她是特别喜欢热闹的，后来呢，母亲离世，姨娘和燕熙失踪，生命的残缺令她害怕过节。

所以，金凌没入寺烧香，而是带着子漪去了桃花林，阿大则去了一品居给她们买素斋去了。

桃林很幽静，桃开初绽枝上，桃叶只吐出一点绿芽。

一曲轻快的《少年游》在九转百回的小径上回荡，带着少年人特有的俏皮以及生机，在淡静中渲染着一种别样的热闹，让人可以清晰地勾画出这样一幅绝美的画卷：

阳春三月，少年结伴，或是策马而欢，而或携手折青，或是朗朗吟对，倾吐着少年人特有的远大志向。百花齐放的春日，会让人情不自禁地憧憬前程，无关勾心斗角，无关阴谋诡计，无关儿女情长，有的只是一种豪迈，一种蓬勃向上的朝气。

金凌入了桃花林，就被这琴音所吸引，一路寻音而至，但见一凉亭内，一白衣男子坐于琴台前，一侍童以箫声相和，主仆一弹一吹，怡然自乐。

亭前，另有一个高大粗犷的武者盘坐在桃树下，正拭剑，相隔不远处，一辆不起眼的马车停在小径上。

她想靠近，那武者忽抬眸瞄了一眼，露出戒备之态。

她冲他友好一笑，转眼待看清楚那白衣男子容颜时，不觉微微一呆。

好生俊逸的一张脸，飞眉入鬓，鼻挺若梁，唇若丹霞，面色白皙，衬着那一袭白衣，便若天上下凡之谪仙，垂眉拨弦的样子，优雅至极。

子漪看着也一呆，不由得凑上来低语了一句："人人都说盛会之时，天下英雄豪杰、名家公子皆会聚集于此，如今看来果不其然，一个龙少主已是非常之人物，眼前这位，一看也是俊杰人物，弹得如此好琴。"

金凌点头，人若琴声，心志必伟。

一曲终了，金凌不自觉地拍手称赞："好琴！闻君一曲，心旷神怡！"

抚琴男子抬头，目光静静地落到她脸上，清凉如秋风的目光，如远天之白云，那淡冷的神色竟与那生气勃然的琴曲截然不同。

金凌被那老僧入定般的宁静眼神看得一愣，原以为是一个英气焕发的热血儿郎，却原来是一个淡泊如水的隐士，明明眉目俊朗，便如初升之朝阳，偏偏有什么迷雾掩住了那万丈光芒，凉凉似水，似露，似霜，似经历过人生千世万世的沧桑。

"不好意思，打扰到你了！"

金凌笑笑，眼珠子里毫无掩饰地露出欣赏之色。

闻言，那人慢慢扬起了那好看的薄唇，勾出了一抹类似微笑的弧度，深而凉的黑瞳，似有朦胧的柔光闪过，他摇摇头，表示没有受到惊扰，却还是没有说话。

这似乎有点不太礼貌。

她正疑惑，那侍童忽地站起来解释了一句：

"这位小姐，我家公子身患哑疾，不能说话，还请小姐见谅！"

这么一个俊美的男子，居然是个哑巴。

金凌微一惊。

"难得小姐懂得琴音，相逢不如巧遇，不如到凉亭里坐坐吧，我家公子平常也难得抚琴，今日能遇得知音人，也算是一种缘分。"

这个侍童甚为热络，笑盈盈地邀请。

白衣男子缓缓站了起来，徐步走到亭前，做了一个"请"的手势，眼底露出了几分期待之色。

身有哑疾，无法与人正常交谈，心里一定很寂寞，刚刚一曲轻快的曲子，反衬的正是他那种难以言尽的情思吧！

瞧着他白衣飘飘的模样，她不知不觉就想到了燕熙一袭白衣满身俊爽潇洒的模样儿，情不自禁就点下了头，莲足不由自主跨步上去，却忘了提起裙摆，一脚踩下去，就往前趔趄了出去，眼见得要磕到台阶。

微风里，白衣男子第一时间抢上一步，轻轻就扶上了金凌的柳腰。

脸孔没有像预料之中那般磕到地上，而是闷闷顶到了某人的胸骨上。

而后，一股清凉的味道冲进鼻子里来，是一股药香和着几缕隐隐约约的薄荷的清香，酝酿成一抹奇异的男子气息。

金凌只感觉腰间一紧，有人将她抱起，面纱在这个时候，一不小心被扯落。

她正想说谢谢，却没想到他正低着头，这般一抬头，一件意想不到的事情发生了……

她微启的朱唇，轻轻地自他的下巴、薄唇、挺鼻上滑过，带着一抹少女芬芳，轻易就把自己保护了十几年的"初吻"献给了一个才初次见面的男子。

那速度极快，她隐约感觉到一阵清凉，一阵温润，一阵异样的薄荷气息钻进唇齿，一个暧昧生香的"吻"，早已悄然生成，在看到他眼底担忧的神色渐渐变成愕然之后，她才意识到自己干了一件见不得人的"糗"事！

俏丽的脸孔，唰的一下通红通红，金凌但觉脸孔滋滋滋地烫起来，急忙将人推开。

但由于推得太过猛，又踩到了身后的裙摆，她紧跟着"啊"了一声，就要往后倒，白衣男子稳稳一飘，再次将她捞起，轻轻一扯，她再度撞进了他的怀里。

鱼鳞似的脸孔上，就像被火烧了一般，她只听到自己的心怦怦在急跳，也听到男子胸膛内那微微有点乱的心跳。

"不好意思，我……我踩到裙子了，这裙子……我穿得有点不太习惯，我不是有意冒犯你……"

等这话冒出来以后，金凌恨不能咬掉自己的舌头，难得遇上一个让自己倍感亲切的人儿，她居然就出了这样大的丑。

白衣男子托着她站稳，又弯下腰，极好心地给她扯了扯半截犹被她踩在脚底下的碧色裙脚，而后，缓缓抬头，冲着她看，似想笑，终没有笑，只勾了勾唇角，满脸的线条柔软着，阳光落在他清冷的脸孔上，仿佛有疼惜的光一闪而过，竟令她觉得似曾相识。

儿时，母亲很宠她，知道她的性子野，平常从不给她准备花哨的衣裳。可一旦逢年过节，母亲就不会由着她任性妄为，逼她穿上那些与身份匹配的繁琐盛装去参加夜宴，学做一个名门闺秀，展现家族泱泱之风范，那是她作为父亲膝下唯一继承人所必须做好的功课。

那种裙子每一件都有长长的裙摆,迤逦拖在地上时,就像一朵盛开的花蕊,好看是好看,可穿在身上,她便走不惯步子,常常是走三步绊一步。

燕熙最懂她,每番盛宴,必会小心翼翼地守在她身边,若见她绊到,就伸手将她抓回来。他舍不得她摔得满身是瘀青,也不想她在人面上出糗,总是恰到好处地给她解围。

眼前这个男子,刚刚那随手一扶,像极了燕熙哥哥的举动。

金凌睇着,脸孔陌生,俊秀;眼神清亮、宁静;胸膛,宽阔,也瘦削;臂膀,带着强悍的力量。他自不可能是自己的燕熙。

这个人并没有因为她的丑陋而大惊失色,也没因为被"轻薄"而生怒生恶,他淡定地站着,安安静静,他身边站的一僮一从,也仅仅微有讶然——那是一种很浅的讶异之色,浅到皆不曾形于颜色。

"我……我真不是故意的!真是裙子的问题。"

金凌小声地重复,本想拂袖而去,可她并没那么做,这人身上生着一种神奇的吸引力,令她的目光情不自禁地在他身上打转。

白衣男子怔怔地看了一会儿,侧身摘了一截带着桃花的树枝,在脚边找了一处泥土松的地面,划了三个字:"我知道!"

紧接着,他又在下面写道:"没关系!裙子很好看,锦衣楼出品,皆繁复,姑娘若喜欢简单的款式,可去绣阁瞅瞅。"

是西秦文字,字为古体,苍劲有力,若非家世学识渊博,一般人必不会练习这种古朴中浸透历史底蕴的字体的,而桃枝细而长,指力所到,寻常之辈必不能力贯枝尖,可这男子随意写来就入木三分,足见武力修为极为了得。

金凌常年在江湖上行走,生性豪迈、不拘小节的人,见过不少,见他这么写,不觉扑哧一笑,点点头:"多谢!我记下了,回头就去绣阁看看,另外做几件既好看又简单的裙子穿。"

忽然,她记起遮丑的面纱,忍不住问道:"我长成这样,你不怕吗?若是正常人,早吓得跑没了人影!"

执桃枝的手指微一顿,他侧睨了一眼,在地上又划了一行字:"我,不是正常人。你我,彼此彼此!"

写罢,他冲她眨眼,清凉的眸子里似有柔软的光晕,如水纹般,一圈圈泛开来,微微弯起的唇角,显示了他心情极好。

这该是一个很少微笑的男子,或许说他根本就已经忘了要如何微笑,于是便只能有意识地微弯起唇角,以此来表示他心头的愉悦之情。

"这么说,我们可算是找到知音了,我不会鄙视你是个哑巴,你也不嫌我是个丑八怪!"

白衣男子点点头,唇角再度勾了一下,愉悦的唇弧弯了又弯。

边上的侍童早已看直了眼,不由得脱口惊叹道:

"小姐与我家公子倒还真是有缘,小丰我跟了公子好些年,从不曾看公子笑得这么高兴过!"

"笑?这算是笑吗?"

金凌一怔，反问。

"当然算！"

侍童认真地点头。

"不对，这只是想'笑'而已，真正的笑怎么可能会这么安静？"

"不对，这就是笑！"

侍童坚持。

金凌只好道：

"嗯，好吧，那就权当是笑。只是，人生在世，当哭就哭，当笑则笑，哭哭笑笑，那是性情使然。这位公子何以要笑得这么隐晦，如此还不如不笑。我知道我今天出糗了，这么多年来，我还是第一次在一个陌生人跟前出丑，如果你想笑，可以大大方方地笑，不必藏得这么深，不管怎样，我都得谢谢你拉我一把，就算笑，我也不见怪！"

谁知，白衣男子闻得这话，幽深的眼神忽而一黯，连隐约的笑弧都隐没了，眼底复杂地翻滚着什么，渐渐泛出了一抹凉透人心的冷冽。

"你怎么了？是我说错什么话了吗？别不开心呀！刚才你的《少年游》多好听，你这么年轻，就该多笑笑！呃，跟你说了这么多话，都忘了问你叫什么名字，我呢，我叫……"

她想了一下，琢磨着要告诉他哪个名字，思量罢，笑弯着灿烂的柳眉儿，自我介绍道：

"我叫慕倾城，小名：小凌子，很高兴能认得你！"

白衣男子一脸宁静淡然，倒是那个侍童听着甚为惊讶，失态地遂先叫了起来：

"呀，你就是慕倾城啊！这几天，鏸京城内关于你的奇谈那可是传得沸沸扬扬，想不到原来本人竟是如此的直快豪爽，怪不得我家公子常与我们说，待人接物，不可以貌相取，流言碎语，不可随意轻信。若不曾见过你，小丰我还真以为慕小姐是个处心积虑想嫁进王府的恶毒刁妇，这番见了面，才知大错特错！"

"恶毒刁妇？"

金凌错愕，经过晋王府那番大闹，镇南王府那番刁难，京城内谣言四起，有人对慕倾城刮目相看，也有人趁机泼脏水，人口相传，想必名声不会很动听。

"我像那种人吗？"

白衣男子摇摇头，冷冽的唇线再次柔软下来，执有桃枝的手指，再次在地上划下几字：谣言止于智者，不必放于心上。

胸襟果然豁达，金凌点点头，她自不会把别人的看法放于心上，可是倾城会，所以，在倾城醒来之前，得想法子让流言散尽。

"对了，你还不曾告诉我你的名字呢，快写给我看！"

白衣男子睇以一眸，低下头刚刚将枝尖贯入泥层，也正这个时候，身后不远处的桃林里，一阵鸟雀急飞乱叫，空气里传来轻而急的衣袂飘动声，一行动敏捷的高手闯了进来。

"妖女，长着这副德性，竟还敢出来招摇过市？前一刻在福街之上引诱我家少主，后一刻却跑到这桃林里与人偷偷私会，这世上，怎有像你这种淫荡无耻的丑女人？"

一声又冷又愤的厉叱，又响又沉地蹦了出来。

金凌心头一凛，转头看。

来犯之人，一共有八人，六个为妙龄少女，紫衣，皆花容月貌，两个为年长的嬷嬷，着玄黑锦衣，银发，面相冷厉，盛气凌人，模样极为傲慢。

六个紫衣少女手上都握着亮闪闪的长剑，眨眼间就将他们所处的凉亭团团围住，那架势，似乎想将他们一网打尽，两个嬷嬷则眯着苛利的眼珠子，没有围过来，而是站在桃树下，冷冷地看着。

紫衣女子当中，为首的不是别人，正是廖水娘，而那两个黑衣嬷嬷，看她们那副目中无人的模样，必是龙域中大有来头的人物。

"月仪，月华，上去把这个贱人拿下！"

水娘一脸嫌恶地下令。

"得令！"

两个紫衣女子，纷纷亮剑，足尖一点，冲了过来。

子漪被刚刚小姐"亲"到陌生男子那一幕惊到，此刻，听到有人敢如此辱骂主子，立刻寒着脸，反骂了回去：

"贱人你骂谁呢？什么引诱？什么私会？说话嘴巴不擦干净，小心得了那十世轮回都治不了的舌上万年疮！"

"大胆，臭丫头，敢胆辱我家水姑姑，你找死。"

两个紫衣女子气焰嚣张地一喝，前后互相呼应地包抄而来。

金凌不慌不乱，也不避："子漪，你不说学了鞭法无处施展吗？今儿便是个机会，过去陪她们练练！"

"好！"

子漪应声一弯纤细的腰肢，将长长的裙摆狠狠地扯掉了一大截，露出小巧绣着桃花的绣花鞋，而后，猛地自手腕一抽，银镯变银鞭，细细长长，那般一卷，首当其冲的紫衣女子，但觉手上一疼，来势力过千钧，她"哎呀"一声，剑已被卷走，鞭梢再斜斜一带，又把身后之人给拎翻，那女子痛叫一声翻落，发出一记惨叫。

"尔等远道而来是为你族人祈福的，没事跑到别人地面上撒什么野，使什么泼。"

青子漪的功夫，算不上极好，她的一手鞭法虽只学了逐子的三分火候，但这三分火候就能令来人胆怯，逐子曾是龙苍地面上人见人怕的杀手：鬼见愁，鞭法之妙，少有敌手。

水娘心头自是惊异的，她所带来的，皆是跟随在公主身侧的人，其功夫虽不是顶尖，可若放任她们行走于江湖之上，那绝对是佼佼者。她以为很容易拿下她们，谁能想到此人功夫如此绝好。

水娘不敢再轻敌，走到前来，手指一戳："这个女子全无妇德，前脚才被休弃，后脚勾引我家少主，我等只是奉令前来捉拿这个妖女罢了！"

"混账，也不看看你现在站的是哪一国的地盘？在别国的领地，你有什么权限拿人？若想摆威风，回你们自己地头上去。"

一改之前温温淡淡的神色，金凌厉喝了一声。

水娘跟着冷哼一声："我们龙族想捉拿的人，从未有失手的记录。"

"真是大言不惭，即便想要捉拿，也要看你们有没有那个本事！"

青子漪娇应一声，身子转着炫人眼的身姿，手一扬，银鞭如嗜血的蛇芯子，灵活地飞舞而去，转出万道炫眼的银光，鞭击的声音立即清脆响起，两个被夺了剑的女子"啊"了几声，避之不及，两张俏脸上纷纷烙下了红红的细鞭印。

两紫衣女子勃然而怒，捡起地上的长剑冲了上去，似想拼命。

子漪扬起纤纤细致的下巴，铿铿发亮的银鞭映照着当头璀璨的阳光，迎了上去，以一敌二，轻松压制。

边上，水娘脸孔在一寸寸地揪结起来，看到自己的人落入下风，惊怒之下冲着她恶狠狠地瞪过来，满目恼愠之色待落到她身边后，无端消散。

金凌这才记起身边还站着人。

她转头看，悠然清风之中，白衣男子，袍脚轻扬，站在她身边，面对异变，视若无睹，神情清凉，就如晨露，清新晶透；其身后之侍童，也不惊不乍，而那武者则饶有兴趣地看着这一场打斗。

她投以歉然一笑："不好意思，这些人全是我引来的，扰了公子雅兴。今日原想与公子合奏一曲，不想被人坏了气氛。龙域这趟浑水，不好沾，谁沾了谁倒霉，要不公子先行离开吧，日后有缘我们再会！"

白衣男子眼色温润，桃枝一动，又在脚边写下了一行字："相逢即是缘，总得尽兴而归。你们慢慢玩，等打发了她们，我们继续弹琴。"

哈，这位仁兄心态真是好，竟还惦着风花雪月。

"要是打发不了怎么办？"

她笑眯眯地问了一句。

白衣男子眨眨眼，没答，安静旁观。

此刻情形已变，原本在观战的三个紫衣女子加入了围战，子漪以一敌五，顿显出慌乱之迹。

金凌不再多想，脚尖一踮，一个漂亮凌空翻，身子就像翩翩而动的春燕，一脚横踹。

正在步步紧逼的紫衣女子们但觉眼前一阵金星乱跳，耳边一阵踢打声，五个人顺势而倒，就像一种盛开的紫株梅，摔得极度狼狈，但那姿态却是极为优美的。

"子漪，你让开，我来会会她们。"

清脆的嗓音响起，带着女子特有的娇媚，缓缓落地时，就像误入凡间的仙子，水袖起舞，傲然而立，一片轻纱掩去春华，却又留给人无限遐想，会让人忘记她本是一个丑陋之极的女子。

子漪见状收鞭损了一句："这么不经打，居然有脸跑出来丢你们龙域的脸，真是笑掉人的大牙。"

水娘的俏脸再次大变，她如何能料想到慕倾城竟会功夫，一脚横扫就败了她五个女卫。

冷冷观战的两个嬷嬷看到这光景，不屑一顾的眼珠子顿时浮现了又惊又诧的神色，二人对视一眼后，拔剑而起，冲着金凌飞身而来。

破空之声才传过来，金凌足尖一挑，随手自地上踢起两把长剑，抓在手，一招大鹏展翅，在两道剑锋逼到跟前时，斜着身子一挑，轻松架开，凌空高翻360度，自她们身后反击。那二人似心有灵犀，一人弯腰，一人反身相拦，铁剑一撞，铿锵作响。

金凌不觉轻一笑："不错，这才算是功夫，龙域四嬷还是有些斤两的！"

"臭丫头，别得了便宜就大话，小心风大闪了舌头！"

银发妇人极少下山，却在这刻被一个晚生后辈叫破，心头一动，怒喝罢，二人剑花一转，再度袭来！

金凌听说过，龙域中设有四长老四护法四神嬷四主婢，这四神嬷一般是守护龙域夫人的贴身武者，其功夫高深莫测，而现任域主，夫人早逝，只生有两个公主，公主既来了西秦，这些嬷嬷哪会不随行。

听说她们的功夫非常了得，然，她也不是弱手，两年前，她一时气盛，曾单挑龙山三煞，降了他们做了自己的侍从，今日，如何能怕了这所谓的神嬷？

"功夫好不好，咱们手下见真章。"

但，意外还是发生了。

是水娘暗中偷袭，她见慕倾城功夫如此了得，心里惊骇，想到若不把这个丑八怪拿回去，便无颜在公主身边混，脸孔一冷，手指翘成拈花式，剑花顿时幻成无数幻影，目标不是"慕倾城"，而是正是紧张观战的青子漪，想要速战速决。

青子漪观战观得出神，何曾顾上边上有人偷袭，倒是和神嬷缠在一起的金凌，瞥见了那个女子暗中的伎俩，正想出声提醒，两道剑锋黏着她的前胸而至，她退后一步欲叫，那凌厉的剑尖冲着子漪的左胸而去。

还好，扑空而来的两枚小石子打歪了水娘的剑势，回神的子漪一骇，弯腰向后腾跃，六个紫衣女子群起而攻之，子漪一时手忙脚乱，险象环生，鞭法杂乱。

"子漪，别自乱阵脚！"

子漪答应，凝神定气，却见水娘往小姐的后背空门穿进一剑，三剑夹攻之势已然形成，她心里大骇，惊叫："小心！"

不想这是水娘使的虚招，下一刻，她转过剑身，直刺而来。

金凌以一身凌波虚度钻出她们的包围，双足才着地，见得这险情，一惊，正欲抢救，哪来得及，子漪已被刺中，鲜红的血迅速染红了衣裳。

不过，同一时间，水娘被击中，飞得老远，重重撞向了树干，喷出满口鲜血后，当场昏死。

原来是白衣公子不知何时闪了进来，救下了子漪。

她终于松了一口气，这才记想，这个人一直守在边上，却在她临危的时候施以援手。这种作风，好像燕熙。他不会在她可以应付的情况下出手帮她。他说过："功夫学来是自卫的，自卫不了，证明你不够用心，因此而吃点苦头，是让你长记性。"

燕熙不会没有原则性地宠她，他会护她周全，也会放她去经历各种磨砺。

他说过：只会享福不会吃苦，那是蛀虫。懂得吃苦，才知道什么是福。

他还说：经验这东西，任何人都给不了，只能靠切身体会，慢慢积累。

那时年幼，有时她会怨他不懂怜香惜玉，长大后，她才明白，他做的一切全是为了她好。这种以自己特有的方式默默守护她的"好"，如今，竟重现在了别人身上。

她恍惚了，想到她已失去这种"好"已足足十二年，心头便有一阵阵撕心裂肺般的痛翻起来，便是这时，万缕金光落在两个嬷嬷的银发上，折射出来的光华是那么的耀眼强烈，令她想起了十二年前出事那夜可怕的白月光。

头眩晕起来，她好像看到从她们的眼瞳里射出了诡异的幽魅精光，心头一惊，急忙扶住额头，试图让自己清醒过来。

不料，越是运功抵制，思绪越乱，宛若回到了那夜落水时，一个个浪花在冲她袭来，她翻腾在高高起伏的波浪里，银白的月光静静地照在她半开半闭的眼里，一个鬼魅似的声音周而复始地在唱着：

"魂兮归兮，归兮随兮，随兮睡兮，放下屠刀兮，从此极乐兮，以我为主兮，以奴相从兮。"

难道这就是传说的龙域"迷魂咒"？

传说那咒极为玄奇，施咒之人可摄人魂魄，被摄之人心思宁静，极难中咒，心思稍有杂乱，则会被其所感，成为摄魂之人的傀儡而不自知。

"姑娘快闭眼凝神，这是迷魂咒。"

侍童惊叫的声音穿透而来，她却已入咒，长剑落地，双脚不听使唤地冲黑衣嬷嬷走去。

才跨了两步，后背上忽一麻，身子陡然软了下去，当场失去了意识。

五

金凌倒在了白衣公子怀里。

两个嬷嬷看到这个男子完全无惧她们的迷魂咒，不觉露出惊疑之色，心下明白，她们这是遇上了强敌。

"把人留下，龙域的事，最好少插手！"

白衣男子没理会，抱起金凌，便向马车而去。

两个黑衣嬷嬷大怒，立刻亮剑直追，铿亮的剑锋带着耀眼的阳光直抵他的背心，眼见剑尖就要划破白衣刺入他的身体。

忽然，那道身影轻轻一晃，倏地消失，另有一道亮白的刀光挟着排山倒海之力，截住了她们齐发而至的剑，一声"叮"地作响，两剑皆顶在那把长刀之上，强大的进攻力量令剑身变成了弓形。

"敢伤我家公子爷，他奶奶的，你们活得不耐烦了是不是？"

一直在观战的劲衣武者叫刀奴，看到白衣男子出手救下了那个差点被控制的女子，甚为惊讶。

他的主子，从来不爱管闲事，今日里这举止却是极为的反常，冷漠的眉目隐约流露着某种他看不懂的情绪。

刀剑相撞的冲击力，将两个黑衣嬷嬷反弹了出去，逼得她们后退数步。

刀奴咧了咧嘴，杀气毕露地一笑："什么四大神嬷，两个人合起来也顶不下我一刀。"

两个黑衣嬷嬷被这么一损，脸色极度难看，其中一个沉声道："这女人冒犯了我家公主，尔等强行将她带走，是打算与我们龙域为敌了是不是？"

"我呸，本大爷打的就是你们这些龙域的狗奴才！"

话音落下，一声口哨响起，便有七道人影快若疾风般乍现，一个个身着劲衣，目露精光，摆出了一个诡异阵形。

这令两个嬷嬷的脸孔陡然一变，失声叫出声：

"煞龙七星阵！"

接着，令青子漪不解的一幕发生了：两个嬷嬷在叫出那五个字后，带上昏迷不醒的水娘，竟不战而逃。

下一刻，她但觉背上一麻，也昏迷了过去，是刀奴将她点倒在了地上。

"爷，您这是打算带这个慕倾城去哪？不如交由刀奴来抱，您的腿……"

刀奴追了过去。

"没事！抱她我还抱得起！"

很久很久没有抱她了，为什么她还是和记忆里的重量一样，又轻又软又香，深吸一口气，便是满鼻梅香，这感觉，真好，他不由得又弯了弯唇线。

刀奴微微一怔，他可没有认为公子抱不起一个女人的意思，而是怕他强撑着站立损伤了脚筋。真是奇怪了，公子到底怎么了？为什么紧张兮兮，一副生怕别人抢了他手上的宝贝似的样子？

跨上车，他将她小心轻放，而后冰冷下令："那些人不能留，七宿，去把她们处理了。"

"是！"

七个劲衣男子应声追去。

第九章　静馆情生

一

龙奕狂奔出了西城，这些年，他一直在查一件事，今天又有新消息传来。

汀湖码头，自五湖四海赶来祈福的人流，不断地往这里涌动着，行人马车络绎不绝。

龙奕一跃下马，将马缰扔给玄影，往码头后的赌坊疾步走去。

一个秀才模样的男子坐在廊前眯眼晒太阳。

龙奕走去一把扣住了那人的肩。秀才倏地睁开眼，使足了劲儿，都没将人甩掉，不由得叫出声：

"哎哟，少主大人，您轻点，白某人最近穷没吃肉，骨头松得很，很容易捏断的。若就这么趴下了，还怎么给您去调查煞龙盟余党的事？"

"滚，百晓生，没银子了，才记得给爷来办事，平常时候你死哪去了？我他妈真想把你给废了。"

龙奕毫不客气，一使劲儿，就把人往地上撂下。

"哎哟，疼死我了！"

此人叫百晓生，顾名思义，就是通晓天下大事，以买卖消息为生，至于消息是如何来的，那就不是别人能知道的事了。

龙奕找他只为了探查煞龙盟三个当家人的下落。

据他所知，当年，火烧红船一事为煞龙盟所为，十年前，龙奕曾一夜之间铲除了藏匿于西秦国洼山的煞龙盟，七个当家人，逃了三个，这几年间，百晓生陆续替他找到了两个。那二人皆在他抵达前断气，且被剖心，死相惨烈。

"死不了。快说，有什么消息？"

百晓生揉了揉摔疼的骨头跃起，自衣兜里掏出一幅画，龙奕接过来看，上面画的是一个人。

"百变龙的真正模样就是这样子的？"

"嗯！"

画上是一个极为俊逸的男子，一身白衣，发绾青带，风姿飘然。

龙奕皱眉：

"不对啊，我记得，当年我和他交过手，那功力浑厚。如今又隔了十几年，眼下应是一个胡须一大把的老头子。"

"放心，错不了的。百变龙习的是返老回童之术，常年采阴补阳，所以能生成这模样不足为奇！本来嘛，江湖这塘水，深着，什么样的人都有。"

百晓生取下别在腰际的酒壶，咕咚咕咚喝了起来。

龙奕眯眼思量了一下，回过神时抢来他手上的酒囊闻了闻，不觉咕哝了一句："还说没钱，这种酒，就算你有钱都买不到。说啊，最近接了什么好买卖？"

"江湖规矩，不可说也！"

他一边抢酒，一边赔笑。

各行有各行的法则，龙奕也不多为难，立即转了话题："那人现下住何处？"

"城外百里，有秦庄，是他的一个重要巢穴。但他通常住在福街的静馆，另有化名叫晏之，身侧有煞龙七宿作随从，少主武功虽高，但还是一定要小心应对，以免吃亏。"

离开码头，龙奕直奔城外秦庄。

第九章 静馆情生

131

秦庄隐于一处梨林中，那林子是按着奇门遁甲之术来布置的，怪不得附近村民说此处很容易迷路。

这自然难不倒龙奕，他让玄影在外把风，独自潜入，大约过了半盏茶的时间，那座红墙绿瓦的秦庄便出现在他面前。

龙奕翻墙而入，发现里面侍从云立，戒备森严。

白天行动诸多不便，他决定晚上再来探看，正要退出，藏身的矮紫桐丛后有几个青衣男子走近，他急忙蹲下，看到他们进了一间议事厅，接着，有说话声传出：

"……一切按计划行事，樊二，你去福楼待着，有什么风吹草动，主子会让人传话过来；程九，你带人到玉锦楼住下，牢牢盯住里面那两个大人物；阿顺，行宫那边那几位，也要看仔细些；还有，晋王那头……"

声音若隐若现，龙奕听得甚为惊诧：秦庄里的人是什么来头，他们如此精心策划，这是想干什么大事？

没多久，那些人自厅内出来，往外庄而去。

待折回梨林外，把风的玄影刚想问点什么，龙奕翻上马背一夹马肚，早已射了出去。

回城时已近傍晚，玄影见天色不早，忍不住上前去问："爷，两位公主还在城外，您真不打算出去接她们进城？"

"不接，我和她俩又不熟，爱进不进，不进拉倒！"

龙奕扬鞭抽了一记马屁股，雪龙驹嘶叫一声，往前方冲了出去，路人纷纷让道。才走过一道街，熙熙攘攘的人流里，但见赤影赶着赤马正往这里疾飞过来，满脸凝重的样子，似乎发生了什么大事。

"主子，慕小姐出事了！"

走近，赤影急报了一句。

"我不是让你守着吗？怎会出事？"

龙奕勒马沉下了脸。

天色渐暗，渐冷，赤影跪地，满头大汗地回报道：

"福寺人太多，属下……属下跟着马车结果跟丢了人。之后，属下跟着那阿大进了桃林，发现那边有打斗过的痕迹。慕小姐的面纱落在地上，没了踪影。守园的小沙弥说，今日出入马车甚多，就是没瞧见属下提的那几个姑娘出来。之后，属下折回又寻了一番，在一处僻静的角落瞧见了一些化尸粉的粉末，地上尚有尸水未干，另外，还掉着几块没有化掉的黑色衣料，那是几个嬷嬷身上穿的衣裳，属下还在附近找到了两个嬷嬷惯用的宝剑，由此可以肯定，被化掉的必是公主身边陪侍而来的杜嬷嬷和荣嬷嬷她们几个。这些人曾暗中跟踪过慕小姐。至于慕小姐，属下不敢确定她是否安好。"

二

静馆，水边小筑，一直是九无擎最最喜欢过来小住的地方，这里环境清幽，又掩人耳目，可以容他像一个正常人一样安静地度日，或者筹谋。

今夜的小楼，分外暖，他沉溺在此，不能自拔，因为有她。

中午时分，他看到了她英姿飒飒的一面，她的功夫练得极好，剑法之精妙，步法之轻巧，功力之浑厚，出乎他的意料，曾经只会耍花枪的小丫头，如今已练成了一身非凡的本事。

带她回静馆，已超出了他原定的计划。

可他乐意！

暌别十二年，他们终于再度重逢，他心欣喜若狂。

十二年的苦楚，十二年的忍辱负重，十二年的苟且偷生，压得他快喘不过气。于是更多时候，他选择深藏，将七情六欲埋到无人可及的深处。将相思屏弃，只余满身的冷静，来应对越来越艰难的处境。

相思越重，心便越痛，只有做到冷漠，他才不会受到药性的折磨，渐渐地，他便不知道要如何去表达喜怒哀乐，每天的日子，就这样不悲不喜。

活着，总还有希望。

在与死亡作抗争的时候，他一次次地告诉自己：他要活着回去，不为了想得到更多，只为了那里有他的家，有他发誓要守护的人。

现在，这个人就在眼前，沉沉睡着，一直没有醒转。

他给她看过脉，内因余毒未清，外因迷魂咒侵扰，加上睡眠不好，故迟迟未醒。

她需要好好睡一觉。

而他就守在边上，痴痴地看她。

身子是根本，这丫头，明知毒素未清，却还在那里胡闹！

他莫名生怒，而后见她睡得甜美，就像小时候一样——那怒，那气，那火，无声无息，灭了。

小时候，那是多么遥远的过去。

记忆中的小脸，是何等的炫眼迷人，记忆中的笑容，是何等的璀璨夺目，记忆中的叫声，又是何等的娇甜动人。

他爱极了她儿时那脆脆的嗓音，比百灵鸟还要甘甜，也爱极了那张漂亮绝美的小脸，比含苞欲放的春花还要美上三分。

对的，他很想看她的脸，很想很想知道她的模样会与小时候有什么不同。

九无擎知道她脸上贴着一层薄薄的癣皮，只要撕下那层皮，他就可以看到他的小凌子倾国倾城的容颜。

几乎就这么做了，最终还是打消了这个念头，怕惊醒了她。

不曾吃中膳，整个下午，他就这么坐在床上，以一种惬意的身姿倚靠着，竟不觉时间飞逝，直到天色暗了，暖炉里的炭石冷下了，门房上传来了敲门声，他才发现自己竟痴痴坐了那么久。

"公子，您今儿回去吗？"

东罗敲门在门外问。

九无擎摸了摸发酸的腿，坐得太久，有点麻，捏了一小会儿，才去开门。

东罗侍在门口，眼神惊怪，只因为他的举动，已经破了他的惯例。

"不回！"

九无擎低低地回答，声音依旧冰冷，不，有点不太一样，冰冷中带着几丝柔软。

夜已拉开帷幕，习惯了房里的暖意，重新临立到冷风里，感觉不胜寒意。

有些人或事，若一辈子无缘得到，那就只能狠下心掐断那种念想。人生最悲痛的事是：得而复失。

白衣飘飘，寒风冽冽，他站在风里，无端打了一个寒战，回过头时，目光瞟了几眼烛光明灿、暖若春阳的房间，若对这份温暖生了依赖之心，他朝，他要如何习惯生命里没有她的冰冷？

"爷，她是……"

"别问！"

九无擎打断，扶着镂花雕叶的扶手，深深吸了一口冰冷的空气，他的心跟着冷静下来。

守着一个女人荒废了一个下午，这令手下们无所适从。他知道的。

现在不能儿女情长，有太多的事等着他去做，有太多的人的身家性命都压在他身上，他不能掉以轻心。东罗一直留在静馆，说明他有事要禀告。

必须处理正事了。

"皇宫内有什么消息传来？"

他恢复冷静，转头问。

东罗松了一口气，立即禀道："傍晚时分，暗哨来报，说荻国的凤烈公子上了国书，欲娶慕倾城为妻，结两国百年之好！"

"哦！"

九无擎轻轻应了一声："皇上是什么态度，镇南王又是什么反应？还有拓跋弘和墨景天。"

一个丑女，引来无数人的争相追捧，秦帝拓跋跃必心生好奇。这不是好事。

"镇南王说此事交由慕小姐自己决定。拓跋弘什么也没有说，至于墨景天，则再次表示了缔结姻亲之好的诚意。皇上听了后，决定把这事押后，等祈福大会后再作决定。"

九无擎听着，怔怔出神。

凤烈这个人曾在九华的胞凤做过幼帝，后来，他的帝位被金凌的娘亲，也就是他的"爹爹"夺了去。后来，小凌子生辰，"爹爹"好心将他接到身边来小聚，他却趁机害得"爹爹"早产，最后血崩而亡。后来，凤烈自牢中逃脱，竟跑去偷走刚出生才一天的金博，致令爹爹不能亲眼瞧见自己的亲儿一眼就撒手人寰。

想不到多年以后，他摇身一变，成为了荻国中重权在握的凤王。

"嗯！我知道了。你回吧！"

东罗行礼，离开后，天枢飞身上了楼，跪地不起。

煞龙七宿，皆年过四十，一个个武艺非凡，自恃甚高，平常时候，很少行如此大礼。

九无擎看向他："怎么，事情办砸了？"

"有人先我们一步，将龙域那几个婆娘灭了，而且还让人用了化尸粉——桃林里有几摊化尸水的痕迹。属下刚刚得到消息，八个人独廖水娘活着回了去，但目前那女人仍在昏迷中，暂时不清楚是谁干的！龙域那边的人已将这事报官。"

有人想趁机嫁祸，否则不可能会有漏网之鱼，可会是谁在背后操纵着这件事？

"龙奕有什么反应？"

沉思罢，他问。

"龙奕闻报，去行宫看过那个昏迷的水娘，离开后一直在桃林附近，带着他的灵虎似想找慕倾城！"

先前，九无擎已让人在那片桃林里撒了藏香粉，那灵虎再如何了得，也没办法立即找到他们的行踪——如此这般大费周章，只是不想让任何人来破坏了他与小凌子的小聚。

"之前他出城去干什么了？"

"他去了汀湖码头见百晓生，而后骑马出城，具体去了哪，暂时没查到！"

"百晓生？他不是七天前死在淮庄了吗？"

九无擎拧起眉。

"是，而且还是属下亲自替百晓生收的尸。问题是，百晓生身后的那个消息网仍在正常运作。"

也就是说有人在假冒百晓生做着某些不可告人的事。

九无擎一直在查十二年前的事，也一直知道有人关注着这件事，而且还不止一路人马，龙奕只是其中之一。

十二年前，大船失火漏水，是有人蓄意谋杀，那些人自不会是拓跋跃派的。

既然不是他，他们这一拨自九华远道而来的异族人，又不曾在龙苍地面上与人结仇，为什么会有人一而再地想将他们置于死地？

他追查了多年以后，才知道想害他们的人出自煞龙盟。

可是，这所谓的煞龙盟，后来，却被龙奕一夜剿平，七个当家，死了四个，侥幸不死的三人，也在这几年神秘死去了两个，如今，就连替龙奕查消息的百晓生也死了，那么，到底是谁在背地里试图隐藏真相？

龙奕又是为了什么，十年如一日地和煞龙盟过不去？

难道，这当中有什么是被他所忽略的？

"密切注意他们的行踪！下去吧！"

天枢恭身离开。

九无擎独自又站了一会儿，思不出所以然，转身回房，继续享受这样一份宁静的独处。

这是他好不容易才偷来的幸福，守着，看着，就是一种幸福。

他不打算翻出自己的身份跟她表明什么。

现在的他，太脏！

他的手上沾满了别人的鲜血，多少有罪的无罪的人，因他而死，他造了很多孽，不管是有心的，还是无心的。

所以，老天要夺他性命，折他阳寿，他认了。如今，他是废人，不配再拥有她。

他不会说，就这么在暗中看着就好。

可他总觉看不够。

哪怕，他已经看了她足足一个下午，依旧有点不敢相信，眼前的她，便是心里的那个娃娃。

那个令他魂牵梦萦的娃娃啊，就这么鲜活地出现在他跟前，带着几丝只属于她的调皮，再次成为他生命里的风景。

曾经，她是他的小尾巴，他到哪里，她就跟到哪里。

他读书，她说她要描红；他写字，她说她要磨墨；他练武，她说她要学轻功；他去骑马，她说她要游江湖；他说他要睡觉，她就笑眯眯地钻进他的怀里，说是给他当暖炉，明明是她贪他身上的暖，却非得反过来说。

从认识的第一天起，她就赖上了他！

初见，她三岁，他六岁，他们都被掳为了人质，那些想分疆裂土的枭雄，想借用他们，逼迫义父和爹爹妥协，是他带着她偷偷逃亡，用手中的暴雨梨花筒一路自敌人军帐里逃了出去。

后来，她是他的影子，在义父恼她绊住了爹爹后，她就缠上了他，与他同吃同睡在一个屋檐下。

她睡着的时候，脸蛋就像红苹果，让人恨不得咬上一口。

如此想着，钢铁似的心，便化作了绕指柔。

九无擎情不自禁握住了她的素手，小时候，她的小手胖乎乎，娇嫩得就像初绽的花苞，现在呢，十指纤纤，如葱如玉，骨节秀美，泛着粉色。

他轻轻一包，将她包在手心，脑海里不由得想起一句话：

执子之手，与子偕老。

他也曾想执她之手，一起生儿育女，白发到老，可是，这些憧憬，已经不可能！

叹了一声，他侧身躺到她身边，在玉枕上看着她的半边脸孔，将她的小手轻轻拉到唇边，小心地亲了一下。

金凌似乎感觉到了什么，含糊地咕哝了一句："熙哥哥，别闹！"

这一叫，顿时令他热泪盈眶。

她在叫他，她竟在叫他。

他在心底低低地答应着：

"是，我是熙哥哥，小凌子，十二年不见，你竟还记得我？

"可是，你怎么就这么胡闹，怎又跑到了龙苍来？万里黄沙啊！那么辛苦，你跑到这里来干吗？你是来找我的吗？

"可是为什么我得到的消息是你快要嫁人了——义父不是为你另择夫君了么？为什么还来这里？"

眼角湿润了，他小心翼翼地将她揽住，在她生癣的额头轻轻落下一个吻。

许多疑惑藏在心底，关于她在九华的事，五年前开始，他陆续知道一些，可是不多，此地离九华相隔太远，想要收集那边的信息，是何其的困难。

当有关她即将大婚的事传来，他曾将自己关在房里三天三夜，后来，想开了。十八岁的年纪，是该嫁人了，她可以嫁给任何出色的男子，独独不可能再嫁他。

喜欢她，那是儿时的一种情结，对她负责任，那是作为儿子对爹爹的承诺，所以，放开这种"喜欢"，也容易！

可现在，她却毫无预兆地再次出现在自己面前，用一张灿烂的笑脸，挑动着他心头最柔软的情弦，当他将她就这么抱进怀，他忽然发现，那份喜欢在悄然改变。

"唔……"

许是他抱得太紧了，她感觉到不舒服，小手推了几下，似要醒来！

九无擎一惊，没多想，指尖一动点了她的睡穴。

他嘘了一口气，就像干了一件坏事，心脏乱跳，他的血脉在偾张。她的唇贴着他的脖子，一缕缕暖暖的气息吹在他的耳际，吹醒了他属于男子的本能。

暖香轻袭，热血沸腾，这样的拥抱，对于男人来说，是一种折磨，但，他喜欢。

三

金凌做了一个极美的梦，梦到熙哥哥偷偷亲她，嗯，她也爱偷亲他，起初，亲的是脸，后来攻占了他的唇。

第一次偷亲他的唇，他脸红了，恼了，警告她："不许乱亲。"

她做着鬼脸说："哪有乱亲，小凌只亲熙哥哥。"

"那也不行！女孩子家不可以这样。"

"为什么不行？我娘亲不是可以亲我爹爹吗？"

"那不一样！他们是夫妻！"

"这样啊，那我以后嫁给熙哥哥是不是可以了？"

他瞪大眼，终于无语。

后来，他们果然订婚了，可悲的是，那天她失去了母亲。

母亲过世后，一度她曾思母成狂，吃不好睡不好，逼父亲去把母亲挖出来，那段艰难的日子，是燕熙日夜相伴在左右。睡觉的时候，她爱抱着他，如此才能安然入梦。

嗯，她爱死了那种相拥而眠的感觉。可惜后来熙哥哥没了，再也没有人能当她的暖炉了。

昨夜，那种感觉又回来了。

她感觉到有人在亲自己脸孔，也感觉到有人紧紧地抱着自己，淡淡的薄荷清气逼进鼻腔，让人心旷神怡。

等睁开眼，才发现，原来一切全是梦境。

唉，又是梦！

她吐出一口气，坐起，一时不知身在何处。不过可以看出这是一间男子的寝居：

屋内飘着一种清清凉凉的味道，陈设极简单，床前有屏风，几枝梅，几片雪，显得冷冷清清，墙壁上挂着一幅画，高川，飘雪，有渔夫戴着帽笠，临立风雪，画的空白处落着两个极为古体的西秦文字：独钓。那是白衣男人的笔迹，很大气，画的下面置着一张榻，榻上放着棋桌，桌上有棋盒。

她戴上了面纱，在屋内转了几圈，听到楼下有说话声，推窗一看，看到了那白衣男子临立在一片奇花异草间正修枝除草，明明是很粗鄙的活，由他做起来，却显得极为养眼。

原来，这里是他的府邸。

"哎，早上好！"

看到他，金凌的心情就特别的高兴，挥了挥手，远远叫了一声。

白衣公子转过了头，目光对上她时，弯了弯唇角，清凉的眸，闪过一层柔光，点了点头，身后的姹紫嫣红将他衬得极为飘逸优雅——这是一片花的世界，充满春的气息，而沉寂在花花草草里的他，遗世而独立，就像天际一朵悠然自得的白云，却又与花海融合在了一起，勾勒出了一幅清幽雅致的绝画。

"这是你的花圃么？"

金凌张望着，提裙，自窗台上飞了下去，拉长了声音叫起来："哇，美呆了！美呆了！"

才初春，这里已繁花似锦，空气中充满了花的芬芳，她喜欢极了，如花蝴蝶般穿梭在花丛中，那些娇嫩的花蕊，真是招人喜欢。

白衣公子，也就是九无擎，看向她时冰冷的唇线缓缓柔软，平时深不见底的眸子有明晃晃的光华转动着。

金凌转头时正好看到了，微微一愣，于是飞也似的奔了过去，荷叶似的裙摆撩起了一抹美丽的弧线，随风而舞。

"喂喂喂，你别动你别动，让我看看，你这是在笑吗？嘴角还是弯得不够大力，再弯大一点，喂，笑是发自内心的，你的肌肉都僵掉了吗？"

走近，她往他好看的唇角弹了一下，举止有些唐突。

小丰大了嘴巴：他家主子，那可是雷厉风行的性子，平时谁敢对他上下其手，如此没规没矩，想不到这世上居然有人敢拔他的虎须。

九无擎并不见怪，伸手抚了抚她弹过的地方，唇线当真就弯得更深了一些。

"你应该多笑笑的，为什么不笑？瞧，笑起来多好看。"

她认真地说。

九无擎点头，伸手拾掉了她肩上沾上的树叶，动作有点亲密，但他做得很自然。从没有男人与她走得这么近过，也不曾主动靠近过一个男人，刚刚她却弹了他的嘴，一种异样害羞的情绪浮到心头来，连忙和他拉开了一些距离，胡乱接上话：

"对了，这些花种得真好。你种的吗？很少有男子喜欢种花种草的！你真是一个奇怪的人。呃，不是不是，我的意思是说，你的喜好真是与众不同。呃，不对不对，我想说的是：你很风度翩翩，很特别，跟别的臭男人不太一样。呃，当然，你不是臭男人，你身上味道很好闻的。呃，我……我没有别的意思，我只是想说……想说……"

想说什么终究没有说出来，她只晓得自己是越说越离谱，越说越语无伦次，越说越脸红耳热！

天呐地呐，祖宗呐，平常，她都能把死的说成活的，这番遇上这个男子，怎么就接二连三地出丑？

她说不下去了，只能咬唇，尴尬地看着这个依旧一身风轻云淡的男子，他仅仅眨了眨眼，白瓷色的脸色被朝阳映上了一层淡霞色，白里透红，好看呢，并没有怪责她举止孟浪，也没有笑话她言辞放浪形骸。

"扑哧！"

小丰呆了呆，忍不住笑出声：这姑娘难为情的模样甚是有趣。

"不许笑！"

她懊恼地瞪了他一眼，那孩子急忙憋住笑。

看到这情形，九无擎又勾了勾唇角，抬手也在她额头上轻轻弹了一下，那举动满带怜爱。唉，这个小妮子，和小时候一样的可爱，当真叫他不喜欢也难。

金凌一怔，抚着额头，往后退了两步，心头惊讶：这举动有点熟悉呀！

他呢，挑起俊眉，对视她，一片温柔散落在那深不见底的黑眸里，织成一张神奇的天罗地网，将她网在其中不能自拔，那种似曾相识的感觉一浪高过一浪地在心头撞击着遥远的记忆，总想将他与记忆里的某些浮光掠影套起来。

她有些困惑，这个男人是不是自己的克星啊，怎么一遇上他，自己就形象大毁？

"咕咕咕……"

更毁形象的事不是时候地发生了，肚子非常不争气地响起来。

小丰终究年纪小，定力不够，一愣之下，忍无可忍，终于哈哈哈笑出声来，某人的脸一下通红通红。

"不准笑，有什么好笑的，我昨儿个到现在都没吃饭，小鬼，你要是敢笑，待会儿将你扔到柴房关个一天一夜，到时看你的肚子会不会叫？"

一张玉脸涨得通红，一世威名尽毁在今朝。她狼狈极了。

九无擎依旧没有笑，心情却是极愉快的，有她在身边，平淡的日子会平添很多滋味。

在他眼里，她越是出"洋相"，便越让他喜欢。

嗯，他喜欢给她收拾烂摊子！

下一刻，他走上前，很自然地牵起了她的手，轻轻一带，拉着她一起往小楼而去。

他的手，很清凉如秋水，即便在劳作，依旧是冰冷的，就像他的性情；她的手，却是极暖极软，两只手合在一起来，一暖一凉，各自的心，都不由得急跳了起来。

"呀！"

她本能地抗拒了一下，可他稍稍加大了力度，稳稳地牵着她，踏上青石铺成的小径。

金凌觉得自己被蛊惑了，起初的不适应被压倒之后，竟慢慢地喜欢上了那抹清凉的滋味，就这么很温驯地由着他牵着自己上了台阶，走进了小楼。

小楼内，已摆好早膳，小丰端来了清水，金凌洗漱罢，坐到桌前，抓了一个盛着水晶粥的瓷碗，大口大口地吃起来，空空如也的肚子，需要食物来祭奠，又因为被他一牵手，心里怪怪的，原本有很多话要说，末了，化怪味为力量，哗哗哗，就喝了一大碗，又快又急，就好像只

第九章　静馆情生

有这样，才能把刚才那些羞赧之情全部吞下了肚子埋掉。

对座忽传来移动椅子的声音，她抬头，正好看到他投来的目光，殷勤地夹来翡翠芙蓉糕置于盘推到了她跟前。

"很好吃，尝尝看！"

他用手指，蘸上水渍，在梨花木桌上写下一行字。

金凌瞟了一下，看到了他眼底的坦然，并没有将刚刚的牵手放在心上，就好像那样的牵手最是正常不过，这个人，真是怪。

她接过，咬了一口：

"嗯，真的很好吃！"

"喜欢就多吃一些！"

看她吃得津津有味，他微微一笑，写下一行字，也径自执起筷子，慢悠悠地吃起粥来。

屋里生着暖炉，很暖，淡淡的食物清香在鼻息间流淌，看到他吃相这么优雅，她也斯文起来。三年来，她在龙苍四处闯荡，极少有安定的日子，像这样安安静静地吃早点，让她想起了小的时候，和父母一起用餐的光景。

她喜欢这样透着温暖的早晨，很奇妙的感觉！

"对了，还未请教你叫什么名字……"

他微微一笑，指尖在茶盏里蘸了一下，凑到她面前，端端正正写下两个字："晏之。"

既简单，又阳光的名字。

"咦，很不错的名字呀……晏之……晏……之……"

金凌一遍一遍重复念着，第一遍没什么感觉，读第二遍时，她赫然惊跳了起来："燕子？燕熙哥哥？你……你是燕熙哥哥……"

小时候，她给燕熙取过一个绰号：燕子，每番与他吵闹，她便愤愤地骂他："臭燕子，死燕子，烂燕子……"

一个名字竟然能引起她如此强烈的联系，九无擎心陡然一惊。

可他不能承认。

于是他不露任何声色地在案上写下四字：

"你，怎么了！"

一顿，又写道："燕熙是谁？"

"对不起……我……我认错人了！"

她强作一笑，默默地坐下去，抓起盘里的糕点，胡乱地塞进嘴里，一时食不知味。

九无擎看到了她的黯然神伤，又写了一句：你没事吧？

咽下最后一口糕时，她已散开了脸上的轻愁：

"没什么，是你的名字让我想起了一个人……"

她咬了一咬唇，本不想多与外人提及的，可看到他对着自己露出关切的神色以后，竟有一吐为快的欲望：

"我的未婚夫也叫燕子，不过是春燕的燕，小时候，我顽皮，一和他吵架，就骂他是一只又臭又烂的燕子，其实，他不臭了，也不烂，他是最最出色的。

"我与他很久很久没有见面了，都不知道他如今怎么样了，看到你的名字，我就有一种奇怪的感觉。不，不对，是你整个人让我有一种奇怪的感觉，就好像让我瞧见了他一样，这种感觉奇怪死了。昨夜我还梦到熙哥哥他……"

碎碎唠叨之辞，戛然而止，她想说她梦到熙哥哥抱着她睡觉，转而又一想，这种话，怎么可以与一个外人说，脸孔不觉发烫，生生转开了话去：

"呃，算了，不说不说了，我怎和你说这些。对了，你的名字，真的很好听哦！"

金凌从自己的思绪中转出来，恢复了之前的活泼，一拍手掌赞了一声："晏有柔和明朗之意，很适合你哦！如果可以多笑笑，那就更加名副其实了。"

一顿饭，吃得甚为愉快，两个人有说有笑，呃，正确来说，是金凌在说，也是她一个人在笑，"晏之"偶尔写上几句来回答，总的来说，相处得很不错。

后来，她想到了子漪，问起了她，才知子漪在客院，她关心那丫头的伤势，说要去看看，九无擎马上在前引路，两个相携而行，越过一座古石板小桥，走进了一幢小楼，看到子漪正打里面出来，子漪看到她惊喜地扑了过来。

子漪的伤已经包扎好，没什么问题，为此，金凌又再三谢了几句，昨日若不是遇上这个晏之，她们主仆二人的下场，恐怕会很悲催。

那么，晏之是何来历身份，竟敢得罪龙域？

她搜遍记忆，怎么也找不到江湖上与晏氏有关的世家公子。这世上，大隐隐于世的人大有人在，有些人不喜名利，安于闹中取静，做自己的世外仙人，可她总觉得这个晏之是个有故事的人。

金凌留意过，在院子里侍着武人，一个个身材魁梧，目露精光，分明都是武功高手。如果不出意外的话，这个晏之，可能有着会让自己大跌眼镜的背景。

她，终究没有细问这些问题，她与他，仅萍水相逢，虽志趣相投，但总归不熟，他不问她的来历，她自也不该去过问他的事。

但，从他们给子漪处理伤口的手法来看，她可以断定，他们是刀口上舔血吃的一类人物。

另外，有件事，挺奇怪，晏之既知她是"慕倾城"，应该第一时间送她回镇南王府的，可他为什么没有那么做，却将她带回了自己的住处。自昨日到现在，时间过去这么久，也不见镇南王府领人，足见他并没有去报信。

于是她突然之间冒出一个想法：他待她这么好，会不会别有居心？

直觉告诉她：他不存坏心，一切仅仅只是出于朋友之间的惺惺相惜。

但是，真的是这样子的吗？

自小楼出来，她看到晏之在阳光下的石桌上自弈，她笑着上去坐到他对面，看了看他的棋路，惊讶地发现，他不仅琴弹得好，棋也绝妙。

棋，是好棋，黑白棋皆是上等的奇玉，棋盘则是用锦衣阁的绝品雪织锦所制，棋格是无影针天蚕丝所绣，平整无痕，如此一副棋，绝对可算是世间之极品。

而下棋人的路数，更是妙极，黑白子相互掣肘，就如两个棋逢敌手的高手，在你争我夺，厮杀惨烈。

"啧啧啧，这棋，下得太好了。来来来，我来和你杀一局。"

她的好胜之心上来了。

九无擎挑了挑俊眉，用搁在边上的狼毫写一句："慕小姐也会？"

他记得她并不太爱玩围棋。

"会，不过很少玩！"

"为何？"

"没有对手啊！"

俏皮地一吐丁香舌，眨着水灵灵的眸子，呵呵一笑，显得很俏皮。

边上的子漪则笑着补了一句："我家倾城，在棋道上，可谓是打遍天下无敌手了。"

九无擎有点惊讶，让人把棋拿到这里来，原也是想拉她玩一局，以重温旧梦。她若不会玩，他可以让着她，没料她的回答会是如此张狂，出乎他的意料，想到以前她悔棋的无赖样，心上既欣慰又失落。

他与她痛失了十二年时间，她已从别人手上学会了本该由他教她的本事，现在的她，一言一行，秉承着儿时的影子，以及十二年时间所赋予她的智慧和胆魄，带给他的是全新的感觉，以及全新的喜欢。

金凌在他的凝睇中红起脸来，只因为摸到棋子时发现白子透着阵阵清凉，就好像抓了晏之的手一般，于是，小脸呼呼就又生烫起来。

她觉得热，随手就拎起了边上的茶水往嘴里灌，待眼角余光掠到晏之微微有点错愕的眼神时，才想起这是晏之的茶。她原想吐出来，又觉得太没礼貌。这吞不是，吐不是，一口水卡在喉咙里，真是难受。

最可恶的是，晏之偏生就在这个时候，将薄薄的唇角弯到极致，勾出了一抹能让万千女子神魂颠倒的微笑，明显地漾开在那张清俊的脸孔上。

"咳咳咳！"

她就像看到了尘世间最稀奇的事般，一边急咳，一边伸出葱白的食指指着他的脸孔，惊呼：

"呀呀呀，你笑了，你笑了，这回真是笑了。"

那憨憨的模样，那惊艳的神色，是如此的生动而可爱。

九无擎感觉到了，十几年不曾再笑，今日，他终于又尝到了笑的滋味。

只是她不会知道，会笑，于他而言，不是好事，受无心丹控制了这么多年，他若动情而笑，心脉就会疼痛。

原以来自己是无情入了骨，等见到了她，他才明白，那是因为身边没有她。属于她的一切，依旧还和十二年前一样，可以牵动他的心神，可以令他从不笑继而忍不住想笑。

果然，多笑一分，就多痛一分，心脏处，莫名地紧缩了几下，他忍着，掩着嘴，试图压下那抹疼痛。

"笑可以，可不许嘲笑我。我刚刚吃了太多糕点，有点口渴。好了好了，下棋了，真是，不就喝了你一口茶么，至于笑成这样么？你家僮子不是说你千年难得笑一回的么？怎么这么不禁逗！"

她小声咕哝着，流露着小女子特有的娇媚——竟有一种撒娇的滋味。

九无擎投去温柔的一眸，心下直叹：不管是十二年前，还是十二年后，这个丫头，自始至终是他命里的劫数。若十二年前，他对她只是一份两小无猜的情意，是答应"义父"照看她一辈子的承诺，十二年后，这样的一个见面，却让他整个儿失了魂魄。

这一男一女，各怀心思，就这样下起棋来。这二人皆是棋道高手，一局棋，那是下得难解难分。至于小丰和子漪，看得那是如痴如醉。

时间不知不觉流逝，小丰看到自家公子执了一枚黑子久久不曾放下，不由得替他担心起来，以他看来，这子不论放哪里都会失去一片大好河山，刚刚这个姑娘一子峰回路转，竟把公子的棋逼入了举步维艰的地步。

久久，那枚亮闪闪的黑子落到了一个令小丰大吃一惊的位置。

"呵，这叫什么来着？置之死地而后生。死了这一小片，救活整盘棋，晏之兄，你还真能舍下……"

如此一来，自己之前布的局算是全白费了。

点点阳光落在他身上，白衣秀逸，脸孔清俊，淡淡目色，凉凉之唇，闲闲一落指，只写下一行字：

"所谓得失，有得必有失，有失必有得。"

细细辨着这句话的滋味，她若有所悟，又若有所失。

是的，若舍得放下，她就不会在这异地奔波，正因为不曾舍下，于是才有了今天的自己。而失去燕熙的十二年，她学会的却是独立以及坚强。反过来再推想一下，如若燕熙一直在身边陪她长大，她必是一个被宠得不知人世风雨几多苦的娇娇女，哪会经历了这么多风风雨雨。

所以才会有那么一句话：塞翁失马，焉知非福！

"尔等快把我家两位小姐交出来，否则，我们便用剑来说话。"

一阵尖锐的剑戟撞击声，自远处楼台重重外的大门口传来，似有人在急怒交加地厉叱。

话音落下，有人冷冷地喝了回去："笑话，也不看看这里是什么地方，想撒野趁早滚远一点。"

随风送来的声音隐隐约约，让人听不分明，接下来，是一番惊天动地的大闹，夹杂着辨不清楚的呼唤叱叫。

"好像是阿大他们找来了，而且还打起来了呢。"

子漪叫了起来。

金凌也已听到，将捏在手上的棋子丢回棋碗，遗憾道："不下了，我家义兄手下那三个家伙好像打进来了，若不出去，他们必会把你这个府院拆了！"

这里离前院颇远，如果来的是镇南王府的人，两帮人马必不可能大打出手，所以，能闹上门来的只可能是阿大他们。

小丰不由得嗤笑："拆了？怎么可能？"

金凌神色一动，而后一笑，由此可见，静馆的人都不是等闲之辈。

九无擎老早就听得前院有人闯进来，心下明白，已经不可能再留她了，属于他们的独处，是如此的匆匆。

"那就以后再下吧。今儿个，你且回去，要不然家里人会担忧。这几天，我一直在静馆，你若有空，随时可以来找我！"

他写下一句，约后会之期。

"好，那我先回了，日后有空再来你这里玩！"

碧色的衣袖如流水般一拂，金凌正想举步往外走，衣角被人轻轻拎住，定睛一看，是晏之甚急地拉住了她，示意她往案台看，纸上刚写了一行字：

"晏之不喜与人交涉，不送了！就此别过！"

小丰就站在边上，自然也看到了这行字，连忙替主子解释道："我家公子很少应酬人的，从不见生人，姑娘莫怪，小丰会带姑娘出去！"

金凌点头，不觉又冲他睇了一眼，这个人，行事作风，透着一股神秘的气息，究竟是何路数呀？

猜不透！

一行三人急急出了客院，九无擎在阳光下静静地站着，渐渐收起笑。石桌上，一张张与她对话时写下的纸，随风一吹，落了满地，一句又一句，那是他们重新开始的见证。

直到他们走远，没了人影，九无擎才弯腰捡起那些纸。

他是如此的依恋，这一夜的时间，好像是他向老天偷出来的一般，那么的仓促不真实。

她走了，他的世界顿时暗淡一片。

"主子，您该回去了！"

剑奴适时走了出来："回去吧，龙域的人死在福寺，皇上极有可能会召见您！"

九无擎点点头，却没有马上走，而是坐到了小凌子刚刚坐的石凳上。

石凳上似还余着她的体温，白玉棋上还留着她的体香，她却已不在。

而棋盘上，黑白两子所显现的棋势，凶险异常，就如他现在所处的境地一样，一个不小心就会粉身碎骨，可他还是要一意孤行在那条不归路上走到底，不像她，不爱下的时候，可以抛开一切，说走就能走。

是了，他要回公子府了，去继续做九无擎。

四

三煞和静馆的人打成一团，好在，她出去把人劝开了，令她想不到的竟是龙奕带他们找来的，不过，龙奕一直没有出面，直到她问及阿大时，那人才从静馆的内院飞了出来，笑眯眯地来到了她面前，一把拉上她进了门外的马车，紧接着，马车很快离开，阿大赶车，阿二、阿三骑着马跟在马车背后。

"怎么找到我的？"

金凌对这事很好奇。

龙奕闲闲地倚着，此刻，身上已没了昨夜的紧张和焦急，当时，他很害怕她已遭不测，于是他第一时间招来小怪，四下寻找，小怪带着他一直在桃林打转，告诉他：她最后停留的地方就是桃林。他又让它嗅尸水，小怪直摇头，死的不是她。

既然她没有死，那活蹦乱跳的两个人，怎会突然消失不见了呢？

龙奕闷在桃林里发疯似的找线索，才发现桃林里，有人故意撒了藏香粉，用以混淆视线。

本来，他是找不到这里来的，昨夜找了一夜，找得都泄气了，天蒙蒙亮时，他实在累了，便带着小怪来找东西吃。

一路自桃林那边往福街而来，没去别的地方，想去福楼坐会儿，先弄点吃的再说。

福楼和静馆中间，只隔了一间绣阁。骑着雪龙驹走过静馆时，龙奕有意地冲那静馆多瞅了几眼，原本趴在雪龙驹上的小怪忽然间眼神发亮，伸长脖子使劲儿地嗅了嗅后，竟飞奔下马，金光一闪，就进了静馆。

没过多久，小怪回来，衔了一块原本该配在琬儿腰际的佩饰，呜呜呜告诉他那个失踪的女人就在静馆。

据百晓生所描述，煞龙盟的大当家百变龙就落脚于此，琬儿怎会落到这人手上？

这令他惊疑。

龙奕没有马上杀进去，而是让人把这个消息带给了同样在找人的另一拨人马——龙山三煞。

而后，他与他们分兵两路探查静馆。

结果出乎他意料，令自己担心得半死的小丫头，活蹦乱跳地自静馆内跑出来，既没有受伤，也没有被囚，神采奕奕得很。

龙奕一下迷惑：这静馆，到底藏着怎样的玄机奥妙？

"先不提这事，我且问你，昨儿个，你在桃林发生什么事了？"

金凌见他脸色凝重，不觉皱眉，将昨夜遇上的事，说了一遍。

龙奕听完一怔，真相竟是这样的？是那两个老不死的为难她，而后是那个百变龙救了她？这什么和什么呀？

"后来呢，那些人呢？"

"被晏公子打跑了！喂，怎么了？眉头都皱成老公公了，发生什么事了？"

"嗯，这事，回头再跟你说，我现在有急事要去办。"

说完，他什么也没交代，就闪了出去。

有种不好的预感跳到金凌心头，她撩开帘子，看着龙奕匆匆消失在熙熙攘攘的人群中，就在这个时候，另有一道人影立即闪了进来，是一直不曾出现过的逐子，坐稳后第一句话是：

"主子，你怎会在静馆？"

金凌凝神睇了一眼，觉得他话中有话，转而问："怎么了？有什么问题么？"

这三年，逐子一直陪在金凌身边，事事以她马首是瞻。如果她遇上什么事，逐子必是第一个冲在前头的，可这一次有点怪，他怎么就将自己藏了起来，从头到尾没出现在静馆，这底下必是有原因的。

逐子神情严肃地问:"小姐可听说煞龙盟?"

"煞龙盟?自然听过!那个神秘帮会不是已经灭了吗?让龙奕给铲平的不是?哦,也不是,听龙奕说,煞龙盟的几个当家,还活着。等等,你该不会想告诉我那个静馆是煞龙盟的巢穴吧?"

静馆内清幽至极,犹如是隐士居住的地方,怎么可能会和传说中那个可怕的刺客组织有关联?

逐子再度摇摇头:"是不是巢穴逐子不清楚。但是有一件事,我很清楚,那就是多年以前,龙奕所谓的铲平煞龙盟其实只是灭了煞龙盟里其中一派罢了。"

"怎么,煞龙盟难道还有几派之分?"

金凌露出稀奇之色。

逐子点头:"对,煞龙盟分左右两派,创立于七八十年前,创建者叫拓跋炎,出身西秦皇室,此人表面庸碌,实乃俊杰之才。只是少年遇上政变,被新君贬去穷山恶水做了藩王。成年后,为了保护封地及妻儿,他秘建煞龙盟,左派由拓跋炎的煞军组成,战斗力强悍。右派从商,深入各国各行各业,一为银子,二为复位。不想中途遭人出卖,封地遭到围剿,拓跋炎战死,其夫人殉情,只遗下一少主由煞龙盟两派掌事带着突出了重围。后来他们逃到了地势诡异的洼山,占山而据,划地自治,朝廷多次征讨,除了损兵折将,无一利得,只能听凭它成为特殊的存在。"

"三十后,其少主病逝,煞龙盟起了内讧,一裂为二。留山的左派经过三十年的演化,成了一帮亡命之徒,跟我一样,专干要人脑袋的买卖。另一个名叫风褚的右派司主则带了一帮铁骑,进了神秘的死亡谷,暗地里则在各国组建消息网,欲寻找其少主遗落在外的女儿。

"五年前,一少年闯进死亡谷,已是风烛残年的风褚,将其奉为了第三代司主。静馆的馆主极有可能就是那个少年。"

这些事,逐子也是无意间听曾经的暗客门门主无心当中提及的,属于江湖秘闻,一般人打探不到这些消息。

金凌蹙起了秀眉:"你肯定吗?"

逐子微一笑,又转开了话题:"主子可还记得三年前你救下我时,曾问过我什么吗?"

这么一提,金凌想到的是一片黄沙,一具只剩一口气、几近绝望的"干尸",满身全是剑伤刀伤,血肉糊涂,伤口溃烂,爬满黑蚁。她一时心血来潮救了他,救醒后问的第一句话是:

"你到底得罪了谁?"

她重复了当年那句话,然后道:

"我记得三年前你说过,你是任务失败才遭到追杀的。逐子,那一次,你到底去暗杀谁了?这回,你可以明明白白跟我说一说了吧?"

"是一个名不见经传的少年!很年轻,二十来岁的光景!"

他说。

"叫什么?"

"我不知道他叫什么,我们做杀手的,一般只凭画像杀人,不问那人姓名来历。吸引我接下这个任务的是，买家以十万黄金悬赏他的人头。结果等暗杀时，我才发现那人武功极高，十招之内，夺我剑，百招之内，重创我。那时我情知敌不过，脚底抹油，跑了，然后就不断被人追杀。刚开始，我以为是门主想杀我灭口，后来才发现，另有两拨神秘的力量也在堵截我。"

"另外有两拨？"

"对，两拨！"

逐子伸出两根手指加以强调：

"一拨是买凶的人，想了结我，以绝后患，另一拨是被买之人，却是想查出到底是谁在买凶杀人。一拨完全是想将我置于死地，另一拨一心想活擒我。"

"你查了这么久，可查到什么有用的线索了么？"

"有，想活捉我的人正是煞龙盟左派的人，而静馆则是他们在鎞京的一个据点，这消息是百晓生于几个月前卖给我的。至于买主，来头也很大：晋王的亲信平叔。也就是说，幕后主使人必晋王无疑。"

金凌呆了一呆："可你怎么就肯定百晓生的消息就是事实？"

"几天前，我曾见过那少年，在码头乘坐一辆马车进了静馆。两天前，我曾夜探，和那里的人交过手。险些栽在里头。因为曾被他们看到过长相，所以，今天我没有现身。"

原来如此。

金凌搓了搓鼻翼，想了一下才道："那少年，有什么特征？"

"圆脸，冷目，剑法精妙，说话的时候，嗓音又沙又冷。"

"等等，你说，他能说话？"

金凌蓦地叫住他，听到这里时，她莫名松了一口气。

逐子一怔，点头："自然能说话！怎么了？"

"我和子漪遇上的那公子，是个哑巴，脸蛋不圆，稍嫌尖，很瘦削。里面的人称其为主子，名晏之。"

也许逐子曾经刺杀的人和晏之不是同一个人，但有件事，不用置疑，静馆和煞龙盟有着某种必然的联系，而煞龙盟右派制造了红船被烧事件，致令她失去了姨娘和未婚夫，改写了她的人生。这叫她心头莫名地起了疙瘩，不由得多疑起来：这番桃林邂逅，会不会是一种预谋。那人待她的好，会不会另有目的？

实在不想这么假设，可是，她不是一个不解世事的小女子，看多了刀光剑影，这种想法，几乎是本能的。

还有就是，三年前晋王府买凶杀人，图谋何在？

假定逐子行刺的那个神秘少年就是煞龙盟右派一系的新司主，这样一个神秘人物的存在，和晋王府会有着怎样的利益冲突？若没有冲突，晋王不可能没事拿金子出来砸人，人家又不是傻子！

"主子，昨儿个你在桃园遭遇了什么事？"

逐子的一问拉回了她的思索。

金凌想到了刚刚龙奕的反应，简单陈述了那个过程后反问："外头是不是出什么事了？"

第九章　静馆情生

147

逐子点头:"有件事,主子可能还不知道,昨日桃园发生命案,八个龙域人有七个被人化尸在了桃园,其中一个逃了回去,现在昏迷不醒。龙卉公主带人大闹镇南王府,认定她们的人死与慕倾城有关,偏巧,昨儿个小姐失踪,昨日到现在,整个镇南王府已乱成一团。"

金凌怔住,那几个女人死掉了?怎么会死掉?而且,用的还是化尸粉?谁会这么残忍?

一直在旁听的青子漪,身上突然一阵拔凉的,惊叫出来:

"对了,昨天我看到了传说中的煞龙七星阵,七个人摆出一个北斗阵形,龙域那两个老太婆瞧见后,绿了脸马上落荒而逃。小姐,会不会是晏之怕自己的身份外泄,才向龙域的人下了毒手。"

逐子脸孔陡然一沉,眼底多了几分肯定:"只有煞龙七宿才懂得摆这个阵法,而这七宿,据说历来皆是右派司主的近身护法。主子,救你之人,十有八九就是煞龙盟右派一系的司主!"

金凌彻底凌乱了。

天呐,如果说,晏之就是那神秘莫测的司主,如果真是他因为怕被人揭穿身份而杀人灭口,为什么又会有活口漏网?

子漪也看到了,他们怎么没有处理掉她?

会不会是另有黑手在背后意图嫁祸?

如果是,那么,对方是想嫁祸给"慕倾城",从而祸及镇南王府,还是想嫁祸给晏之?

这嫁祸之人,到底是与镇南王府有仇,还是和晏之有过节?

金凌咬着唇细思量,一再自我反省:晏之救她,到底是为了什么?

一个不见任何生人的男子,如雪花般,清凉冷静,几乎完美无瑕,如此可亲可敬,让人喜欢,他若大有来历,她不稀奇,他若真怀着狼子野心,她却会很难过,真的会很难过。

"阿大,调头,折回去,我要去见他!"

"是!"

来到静馆敲开大门,却被告之:公子有事已离开,她扑了一个空。

重新钻进马车后,她不再说话,思绪一片乱哄哄。

唯一可以肯定的事是:桃林这场"奇遇",并非是"奇遇",她也猜不出晏之怀的到底是什么居心。

唇角勾勾,似笑非笑。

他的表情,在眼前掠过。

从昨日到今日,一切如梦如幻,曾有过欣喜,有过奇妙的心动,异样的面红耳热,以及欢声笑语,蓦然回首,却发现,原来这只是一场刻意营造的镜花水月。待到梦醒,才觉得那些反常情绪,是何等的可笑。

她自问,自己这是怎么了?

怎突然变得如此的患得患失?

那个晏之是什么来历,与自己有什么关系?

她何必去关心,又何必去在意?

这世上，唯一值得她在意的就只有燕熙，其他人，其他事，与她何干？

第十章 明争暗斗

一

镇南王府被砸场子，府内花木尽毁，通向正厅的道路还有几摊血渍，护院脸上一块青一块紫，金凌回到镇南王府时，看到这样一副光景，问了才知原来是龙族的长公主曾带人来闹，一口认定桃林两个嬷嬷和侍婢的死和慕倾城有关，和护院起了冲突，一度闹得很凶。那长公主飞扬跋扈，最后，还是龙少主过来把人拎了回去。

总管看到她，马上跑去内院给夫人禀告去。东方轲不在，去了衙门。

金凌回了倾阁，云姑和碧柔，看到她们回来，两张乌云密布的脸孔，倏地亮堂起来，急问她们这是跑去哪了。子漪笑着三言两语把遭遇过的事说了说。金凌则一片心事重重，先把逐子派了出去，然后又把阿大叫进了房问话。

与龙山三煞的交情起源于两年前，这三个精武的男子，是龙域龙山人氏，性情亦正亦邪，功夫奇高，很少服人的，两年前，她上龙山寻人遇上，因为一株百年龙山参而大打出手。

那龙山参，有着极为罕见的续命之效，她偶然间遇上了，便将其占为己有，打算拿来治慕倾城的身子。不想，那三兄弟也看中了这山参。为争夺，是一场翻天覆地的大战。她一个单挑他们三个，逐子在旁压阵，最后她以半式险胜他们。

后来，她知道，他们要拿这龙山参，是为了医阿三身上的毒疮，也便不再夺人之美，并且还在逐子的多事之下，她又做了一件善事，凭自己的医术，花了一个月时间医好了阿三。此后，这三人学逐子样儿，赖上她不走了。

龙山三煞，都三十几岁，性子皆直爽，老大心思最缜密，老二功夫最好，脾气最烈，老三长得最和善，性情最温和。

平时，金凌从不与他们摆主子架子，一直将他们当做家人来看待，而他们这几个大男人，对这个小女子既敬畏，又将她视为妹子一般疼着护着，虽然她的功夫，好得压根儿无须他们护卫。

门关上后，她来回踱了几圈，而后站定到他面前："昨天到今日，公子府可有什么异样的动静？"

她怀疑这事，是公子府干的，龙域的人死在福寺，最倒霉的应该是拓跋弘。

"公子府还是和往常一样，没有人进出，九无擎和十无殇一直在府内不曾外出。不久之前刚得到消息，九无擎已接到皇命，入了宫，必是冲着这案子去的！"

"那晋王府呢！"

拓跋弘负责着祈福大会一切事宜，这件事，若办好了，太子之位，唾手可得；若是办砸，皇帝大怒，也许他这辈子休想再咸鱼翻身。

"昨日龙卉报案后，府尹李台大人就封了桃林，上报皇帝。后秦帝召晋王进宫，令其协助府尹查办，两人一起又去了桃林。今日他一直在查案子，但案犯作案手法相当了得，毫无线索可查，晋王现下估计已焦头烂额。"

昨日主子失踪，他们乱是乱，可有些事情，他们还是有条不紊地继续着。

他停了一下又道：

"如今主子回了王府，保不定过会儿，就会有人过来请您去府衙！"

这是必然的。

"这事是真的很奇怪，但我觉得，这事，不应该是静馆的人做的。那晏之如果真有那么可怕的心机，想杀人灭口，断不会落下任何线索让人抓住把柄。假定事情是如此发展的，最终会出现的状况应该是那些人凭空失踪，而不是化尸！"

阿大思量罢，也露出稀奇之色：

"我也觉得不是。那拓跋炎与西秦帝的先祖有夺位之恨，煞龙盟与西秦皇室有灭主之仇，作为新一任司主，蛰伏于京，必是想有所作为的，今番怎会轻易暴露了行踪？以我看来，是有人在背后操纵着整件事的发展。可是那人想要得到怎样一个结果呢？

"福寺出现命案，晋王是责无旁贷的，他若不把这件事查出来，轻者挨训，重者失势……

"但是现在，晋王却因祸得福，他奉命查办，福寺附近，这番调动过来的人马，全与他有私下秘密地往来，并且他还趁机向皇上要了好几员办案的要员入京协助。这些人，有些是晋王的人，有些是颇有才华，却长期被压居人下的，经此一事，都有机会见得圣颜，只要能稳稳破了此案，前途不可限量，等于间接在给晋王巩固地位。就目前而言，此事于晋王利大于弊。

"至于晋王府买凶杀人，如果他们有足够的证据证明静馆是煞龙盟的暗哨，晋王为什么不去禀告皇上查封，而是在私下如此作为？除非他们也不确定那里住的到底是谁，买凶杀人，只是一种试探。"

阿大层层分析，颇有见地，但有件事，金凌提出了异议：

"问题是，试探的结果，逐子遭了追杀。晋王府想杀人灭口，为什么？也许他们已经通过试探确定他们是煞龙盟的人，为了不打草惊蛇，他们便想处置掉逐子以求自保，而这几年，他们不曾揭发，也许是时机未到，他们的沉默，也许只想保存实力！

"又或者，他是故意睁一只眼闭一只眼呢？反正揭不揭穿，说到底，无关紧要，重点是他没必要给自己招惹麻烦！毕竟就表面上而言，煞龙盟已经被龙奕给剿平了。若不是逐子知道其中的内幕，我们这些局外人，怎么会知道煞龙盟另有派系，又如何能知道这支隐于市集之间的力量，远远比盘洼山上的那支强大？"

阿大听着点了点头，又摇了摇头：

"有件事，说不通啊！晋王是个有心胸抱负的人，如果他把煞龙盟揭发出来，只会巩固他在西秦国的地位，纵容他们在自己的眼皮底下存在，就好似给自己挖坟墓，那人怎么可能做那种愚蠢的事！"

金凌马上摆手：

"不不不，未见得是自掘坟墓。秦帝一直向着拓跋曦，常伴君王侧的拓跋弘心下必是明白的。那人如此狡猾，怎肯为他人作嫁衣？

"有道是月满则亏，水满则溢，他想建功立业，也不必急着立功，到时功高震主，皇帝心里会怎么想？

"再看这几年，晋王将很多功劳分给了其他皇子，尤其还刻意纵容常王一步步脱颖而出，平分了他的光芒，为什么？他想自保！

"据我所知，常王身边的第一谋士，曾与晋王于多年前倾心相谈过，后来，他没有去帮晋王，转而投奔在了常王门下，若说其中没有猫腻，怎么可能？常王的功劳有很多是拓跋弘不争之下得来的。

"这就是拓跋弘的生存之道。也就是说，昨日发生的种种，与拓跋弘脱不了干系！"

阿大不得不承认主子的思路很有道理，作为晋王，在没有踏上帝位之前，他没有必要让自己锋芒毕露，但是，其中另有隐情也是说不定的："主子，有件事逐子可能不知道！那就是三年前，公子府的人也曾在暗中查探他的行踪！"

公子府曾权倾朝野，这些年虽被禁足于鐄京城，但这并不代表他们会寸步难行，即便皇帝曾彻底清查公子府，但那些暗布于外的眼线又怎么可能会被肃查干净？

虽不知他和晋王有什么恩怨，但是这二人一旦互相为敌，那么必会对对方的一举一动有所监视，晋王府暗中追杀鬼见愁，公子府想知道其中原因，从而加入追查之列，再正常不过。

"也许，这其中藏着某些必然的联系是我们所不知道的。"

阿大是这么认为的。

金凌想了想，点头，正想说鐄京城只怕要掀起腥风血雨，话未出口，青子漪走了进来，交给她一件用雪锦包好的东西：

"这是静馆有人送来的，管家刚刚交给我，说是要交给小姐亲启的！"

金凌诧异，忙剥开一看，里面包着一本封面发黄的书，一封以密蜡封存的信，信封上落着极为眼熟的古体字，抖出信纸看，但见上面写着：

小凌子见信如晤，有缘相识，晏之甚喜，却又忧于汝得罪于龙域公主，日后必另生事端，晏之身无他物，今赠汝一本心经，朝夕练之，可避迷魂之咒。

落款人：晏之。

笔力苍劲，字句不多，句句露关切之意。

"咦！这是《大乘心经》。"

阿大凑过头顿露惊讶之色："这可是传说失传近几十年的上乘武学秘笈呀！这静馆的晏之，出手怎如此阔绰？"

一般人谁肯将这种绝世武学相赠于人？

金凌微微一愣，真是越来越弄不明白那个人怀的什么居心了。

《大乘心经》乃是一个名为九天的奇男子自佛门《大乘经》中悟出来的一套武学心法。

那九天据说是一个江湖浪子，凭着自己所创《大乘心经》和《天剑》，练成绝世神功，成为当世第一人。但后来，九天离奇死亡，其未亡人神秘失踪，这两种绝技武学就此失传。

这晏之怎会有《大乘心经》呢？而且竟还如此慷慨地赠予一个仅有一面之缘的陌生人？这也太匪夷所思了。

"小姐，这个晏公子，好像对你并没有恶意啊！"

金凌辨不出这是怎样一种味儿，也就只见过一面罢了，那张清俊的脸孔竟是如此深刻地印在了她的脑海里，淡淡的神情，在灵魂深处挥之不去——晏子这个名字，就像一只"毒蛊"钻进了骨子里。

如果没有这么多的波折，她觉得这个男子是值得一交的，可现在，当他的身份变得如此神秘，她本能地不愿再与这种人接触。

金凌本想让人把这本《大乘心经》退回去，想想这书是何等的稀罕，要是不小心弄丢了，她必是赔不起的。她不愿欠人情，决定暂时收着，等下回见到他时，定将这书完璧归还。

这时门再度被推开，是碧柔来禀："小姐，老王爷回来了。已到楼下。"

没一会儿，东方轲"噔噔噔"地走上楼来，一脸怪色地走进来："倾城，又发生了一件怪事，静馆的晏之公子竟在帝驾前奏请说要娶你为妻！"

迎上去的金凌，打了一个趔趄，差点跌倒，她从来是处变不惊的，这一次，她已惊得找不到北了。边上，碧柔、子漪以及阿大也俱瞪直了眼。

"刚刚我听到这个消息时，也是这种反应，但这是真的，你且听我说。"

东方轲拉起金凌往边上坐下，说道起来：

"你昨天在桃园不是被一个叫晏之的公子给救了么，原来此人是大有来头的，这人竟是九天先生的孙子！九天姓晏，全名叫晏九天！"

如此似乎可以解释晏之为什么会有《大乘心经》了，但是，她还是有点稀里糊涂，那人不是煞龙盟的右派司主么，怎么跑去秦帝跟前请婚了？

不等她追问，东方轲原原本本道出了刚刚在京畿府衙内发生的事——

事情是这样的，晏之听说龙卉公主咬着慕倾城不放，愍说是她害死了那几个龙域人，便亲自上了一趟府衙，让侍童将昨儿个桃园里发生的事，一五一十与晋王、九公子，以及诸个办案的大人说了一遍。

"倾城，你是有所不知，那晏之的祖父九天先生刚直不阿，曾有恩于德化帝，也就是当今皇上的父君。此番此子拿着先帝的御赐信物，另外请来了福寺的远一大师一起入府衙替你作证终于撇清了这嫌疑，终令龙卉公主无法发难。之后，他就向皇上请婚了！"

金凌却又是一呆，第一反应是：那晏之到底有什么本事，竟能拉上福寺的远一大师一起撒这个谎？

"那皇上怎么回答的？"

她好半晌才找回自己的声音。

"皇上没答，在听说你已经平安回了王府以后，只说想见你。现在皇上正在鏮京府内坐着，舅父过来就是想带你过去的！"

原来东方轲是来带她面圣的。

金凌并不想去，见皇帝要叩头跪拜。她的膝盖，除了跪天跪地，跪父母之外，还没有跪过别人，在龙苍地界上，可没有人配让她下跪的，没有必要，她实在不想去那种地方委屈了自己。

可形势所逼，她不得不去。

二

走进鏮京府衙，肃穆之气迎面扑来，径道两边皆站满了禁军，一个个雄赳赳气昂昂，听说西秦帝能征善战，随从一个个都是精锐中的精锐，如今看来，果然如此。

到了司务堂前，那高高的廊道前，清一色站的全是银甲侍卫，五步一哨，肃目而立，彰显着帝家的威仪之气。

门前，内侍正候着，见他们来，忙作了揖："老王爷，慕小姐，终于来了，皇上正等着呢，咱家这就去报禀。"

他一挥手中的拂尘，匆匆推门进去，接着，一个低沉凛凛的声音响起：

"嗯，传！"

二人相继而入。

司务堂内，该来的人全来了，一身明黄龙袍的皇帝坐在高座上，正拿着一卷卷宗看着，没有抬眼，顺公公则抱一大摞文书侍在边上。

左手下座，坐着身着黑色蟒袍的晋王拓跋弘，手执茶盏正吹着冒着热气的茶水。

右手下座，戴着银狼面具的九无擎，坐在精钢轮椅上，正翻看手上一本羊皮卷。

边上，一袭杏衣的龙奕正百无聊赖地玩着手上两个又亮又沉的铁球，唇角上扬，也不知道是在玩，还是在思量，偶尔才抬头瞅坐在对面的白衣男子。

那人，不是别人，正是静馆里的那个白衣少年：晏之，他倚靠在扶手椅上，目光清冷至极。

金凌进去时，正好与晏之冷淡的眼神撞了一个正着，她微一怔，而他只是默默地瞅了一眼，全不似上午那般温润。薄唇冷冷的，再不会漂亮地弯起，看她的目光也是陌生的，就好像，上午那个与她有"说"有"笑"的人根本就不是他。

龙奕感觉到金凌一进来就把注意力落到了那个晏之身上，不觉撇了撇，有点闷闷不快。

拓跋弘则放下了茶盏，射来了若有所思的目光。

九无擎抬了头，随意一瞟，继续看手上的羊皮卷。

"臣叩见皇上！"

东方轲行了一个大礼："禀皇上，臣已将倾城带来了！"

金凌身姿袅袅地走近，迤逦低垂的荷叶状裙摆轻轻地漾开，冲坐在高座的帝王行了一个跪礼："叩见皇上！"

皇帝抬头，淡淡瞄了一眼地上如明霞似的少女跪于面前："都免礼吧！"

二人谢过站起。

"慕倾城，抬头让朕看看！"

微带压迫的声音在房里响起来。

金凌缓缓抬起来头来，一双明亮如星辰的眸子直直地射向高位上的人，正与皇帝那充满探索的目光对了一个正着，带着研究之色，全不知避讳为何物。

"阿轲，你家慕丫头的胆子倒是越来越大了，以前生得怯怯弱弱的很是小家子气，现在嘛，都敢跟朕对眼神了。"

皇帝淡淡地道，这口气辨不出是赞赏还是训责。

东方轲有点心惊肉跳，也不知皇帝是什么意思，只能赔笑道："臣长年不在家，这丫头越大性子越野了，也越来越倔，还请皇上多多宽谅！"

龙奕听着，摸自己的鼻子，心下直叹：都说这镇南王如何如何睿智，如今看来，不过如此，自己的外甥女被人移花接木了，犹不自知，居然还以为慕倾城野了性子。

"无碍！有个性也是好事，嗯，慕丫头，把面纱摘下来，让朕看看你的脸坏成什么样了？"

金凌立即垂眸接话："倾城貌陋，怎敢惊吓皇上？"

"朕已听说，你的脸皆因当年为救晋王而起，晋王之所以能活命，成为如今国之栋梁，你居功至伟。"

"倾城惶恐！"

微微一欠身，吐出四字后，她扯落面纱，露出脸上层层叠生的毒癣，一片片细鱼鳞似的，有的脱落，有的则仍在脸孔上，乍一看，极狰狞。

金凌静立，任由皇帝端详，不现一丝慌乱："皇上召见倾城，不知有什么事？"

皇帝微微一怔：

"没什么。只是刚刚忽然间想到朕已经好多年不曾见过你了，想见见你。"

金凌心下冷笑，他想见她，无非是好奇慕倾城如今生了什么魔力，竟让这么多人中骄子眼巴巴地想娶她吧！

人怕出名猪怕肥，被皇帝惦着了，绝对不是好事。一颗没用的棋子，可以安安静静，活得比较自在，一旦这颗棋子有了利用价值，被人捏在手上大派用场的时候，那么很多事就会身不由己。

之前的倾城，就是一枚无用的棋子，现在的"倾城"则大有妙用。

"无擎，之前你去镇南王府曾带了不少药材去，并且好像说过倾城脸上的毒癣可以医好，这事，是不是真的？"

忽然，皇帝转头发问。

九无擎立刻自轮椅内站了起来，点头答道："是！"

皇帝露出了思量之色，一挥手，忽扬声道："来人，请张太医过来再给慕小姐先诊断诊断！"

什么？

当堂就诊？

金凌差点脸孔大变，龙奕也"倏"地敛了一笑，心下直叫：完了，完了，这丫头的戏码要被拆穿了。不过，没关系，若真被拆穿了，他帮她收场。

御医已经走了进来。

"来人，给慕倾城赐座！"

皇帝吩咐了一声，立即有内侍在龙奕身侧布了一个座位。

金凌迟疑着，脑子转得飞快，正想着如何谢座，耳边忽然响起一个奇怪的声音："照做！"

她心头莫名一惊，是谁以传音入密之法，在与她说话？

金凌目光一转，环视一圈，拓跋弘深思地瞅着她身边的九无擎，似乎想看透这个男子到底是什么居心；九无擎沉默不语，无视着别人的窥探，龙奕魅笑地勾着嘴角，一副看好戏的模样，晏之目色清冷，他是哑巴，自不可能是他在叮咛自己。

那么，会是谁呢？

看不出任何蛛丝马迹，被逼入绝境的金凌只能谢了一声，走过去坐在那空位上，将素手搁在茶几上，目光在侍立着的太医脸上来回巡视了一番："那就有劳了！"

这位太医四十来岁，文质彬彬，回以一笑，甚为谦恭，一双看透人情世故的老眼，露着为医者的慈善，望诊了一番，伸过手，轻轻搭上了金凌细细的手腕。

金凌明白，即便自己以内力搅乱脉象，也没办法让自己显现出中过金尾蛇毒的迹象，也就是说，今日这条命，全搁在这位太医身上了，他若诊完脉，吐出一句：慕倾城根本没中过蛇毒，那么，整个镇南王府彻底玩完。

可她抗拒不了这样的事态演变，如果那个与她说话的神秘人故意拆穿她的话，今天，她怕是很难活着走出这里的。

这一刻，她的心，不可避免地生了几分急，暗暗咬着唇，思量着接下来要如何应对。

也正在这时，张太医已经听完脉，抬眉又在她满是毒癣的脸上瞅了一会儿，时而舒眉，时而眯眼，那表情好像遇上了天大的麻烦事，而后禀道：

"回皇上话，慕倾城体内余毒未清时日已久，臣对毒，了解甚少，若要医毒，臣得回去仔细参详参详，或是可以医的，只是臣的医术有限，请多给臣一些时间研究！"

语气无限惶恐，竟没有拆穿她。

金凌心下惊怪不已。

龙奕也是，满心讶异地收起掌心上的铁球，目光淡淡落在这位官阶不小的太医令身上，看他穿的官服分明是皇帝身侧的心腹，怎么可能胳膊肘往外拐，这也太没道理了！

"哦，那大概需要多少时间？"

"这个……臣说不准，快则半年，慢则一年，或是几年。此毒入骨太久，宫体经血都受了毒害，若不清除，宫体生寒，此生难孕后嗣。而想要自骨髓中拔清余毒，非一日之功。臣从不曾见识过这等奇毒，医术有限，所以……请皇上恕罪！"

张太医往地上叩了下去。

皇帝不说话，转而看向九无擎，目光流转出锐利之色："无擎，五年前，你在外带兵，极少回京,从不曾到访过镇南王府,而这五年来,朕也没听说你去过镇南王府给慕倾城看过诊?怎知她的脸能治?"

问得轻描淡写,却又分明露着兴师问罪之意。

东方轲冷汗直冒,皇帝曾严令不许九无擎与他见面,私下若有往来,皇帝得报必生恼怒——五年前,无擎曾私下来看过他一回的,当时,倾城毒发,高烧不退,被禁足公子府的无擎曾深夜造访。难道这事,皇帝是知道的?

"那是八年前的事了!"

九无擎淡定地吐出一句话,目光不闪不避。

"八年前?"

"是,八年前。那时倾城为晋王吸毒,曾感染毒素,昏迷不醒,是无擎用草药急救了她,也是无擎令人送她回到营帐,将她交还给了雪姑姑。只是那蛇毒的厉害,加之倾城的脸曾受伤整过容,那日无药引入汤,无擎又不熟药理毒经,余毒没能尽除,有些侵入肌肤,形成了这毒癣,有些则留滞于血经内。为此,雪姑姑只能四处多方求药,可惜只是治表,难以去根,这一年又一年复发下来,致令脸孔一层层脱皮,容貌便走了样,身子也得了畏寒之症。也因为这个,倾城常年居于倾阁,鲜少出来见人。六年前,雪姑姑就是因为去云沂蒙山采药跌下山崖而死的。我在军中听闻姑姑身故,心中甚感内疚,所以,这些年让人在四方寻药,以慰姑姑在天之灵,如今,该寻的药材都配得差不多……故,无擎才说,倾城的脸可治。"

九无擎答得从容不迫,前因后果,条理分明,让人抓不住一点点把柄。

"之前为什么不报禀?"

皇帝眯了眼,逼视着,语气透着一股迫人之气,沉寂这么多年以后,他突然在这个时候冒出来要给慕倾城治脸,哪怕理由说得合情合理,熟知他脾性的拓跋跃自然不可能全然相信。

"一是因为药材尚未配齐,二则是无擎想看看没有花容月貌,晋王殿下会如何安排慕倾城。一直以来,无擎不希望雪姑姑的女儿嫁给晋王为妻,只因这婚事是太后所赐,无擎不好拆人。故一直迟迟不想过问这件事。如今,倾城被休,与晋王再无关系,无擎自然愿意尽上绵薄之力!"

帝王面前,他毫不掩饰自己对于拓跋弘的反感。

拓跋弘面色不觉一沉,原来九无擎老早就知道当年救他的是慕倾城。

龙奕有些诧异,脸上一径笑眯眯,目光炯炯地直盯着这个神秘莫测的九无擎。

金凌有些恍然,怪不得东方轲说九无擎救过慕倾城,原来如此。

至于皇帝,则将眼珠子眯得更紧了几分,似乎在判断他说的话有几分可信,须臾,才道:

"多久能医好?"

"无擎未曾给倾城诊过脉,并不知现在她的状况如何!"

"嗯,那你去给她看看脉吧!"

"是!"

九无擎应了一声,俊挺的身形一动,不疾不慢地走到金凌身边,面具底下,眸光清冷森森。

"我……"

金凌将玉手藏到了衣袖之下,不想让这个不怀好意的男子看脉。

"倾城但且放宽心,无擎必竭尽一切医好你!"

九无擎淡淡道。

但觉腕际一凉,白玉似的手指,极具力量地落到了她的脉上,凉得就像玄冰,丝丝渗入肌肤底下,她想甩开他的束缚,他稳稳地钳制着她的力道,令她不能动弹。面具底下的一双眸,寂寂如平静的大海。

金凌闭嘴,事到如今,只能静观其变。

龙奕抿紧唇线,慢悠悠地转着手上的铁球,没有出声,只是冷眼瞅着。

一会儿后,九无擎收回手。

金凌投以一睇,眼神,依旧波漾不惊,这个人太能将情绪收敛于内。与这样的人为敌,必得具备十二分的耐心,以及敌不动我亦不动的定力。拓跋弘能和此人暗斗了这么多年,可见那人也是一个可怕的人物,而作为帝王,却将九无擎掌控在手上,若没有雄才伟略,怎么可能将他禁足于镍京内?

她屏息而思,明白眼前在座的每一个男人,都不是省油的灯。

"如何?"

九无擎转过去,长身玉立,恭声而禀:

"多则两月,少则半月便可去尽余毒!"

皇帝淡淡瞟了一眼:"那朕就给你一月时间,缺什么药要到御药房取!朕要慕丫头一个月后做一个漂漂亮亮的新娘子!"

闻言,金凌微微皱了一下柳眉。

"是。"

九无擎答应着。

"慕丫头,皱什么眉?"

皇帝留意到了她这个小动作。

金凌答道:"倾城心头有感。"

"说来听听!"

"皇上这是打算将倾城配与谁?"

她问得极大胆。

皇帝目光一深,一笑:

"不管配与谁,慕丫头总归会嫁得一个乘龙快婿,这一次,朕绝不会委屈了你!一定补偿你一个盛大的婚礼。"

有一件事,只有皇帝拓跋跃自己心里清楚,慕倾城的这一场婚变,是他推波助澜的结果,他的目的只有一个,有意折损晋王在外的仁名。

这五年,拓跋跃太过倚重晋王,借着这五年时间,他在朝里渐渐聚集起了一股不小的力量,哪怕其母妃病逝,他有意将其母族一系的在朝官员全部外放,也不足以削弱晋王的地位。自然,这与他本身的能力是息息相关的。除却无擎,晋王的才华,在当今朝堂上那是首屈一指，而他最最疼爱的儿子如今太小，无法与他抗衡，这是他心底最大的结。

如果为江山社稷着想，立晋王为太子，那无疑是一个明智的选择，但是这个孩子心思极重，表面的恭谦只是为了掩饰其可怕的居心，他与无擎已势若水火。

五年前，无擎带着九儿出逃，是晋王将他们活擒带了回来。

可是带回的无擎却被人下了穿心欲蛊。

无擎说这蛊是晋王令人下的，而晋王则矢口否认。

拓跋跃曾让人查探此事真相，只查出一路押送无擎回来的禁军当中混着当年远征西滇时的乱臣贼子，最后收集的种种证据，皆表明下蛊一事，与晋王无关。

也正因如此，在剪了无擎羽翼后，皇帝才刻意栽培了他，并还让七儿与他亲近，主要是希望他将来成为七儿的后台。

不想太子病去后，朝中大臣议储君之位，众臣首推便是晋王。

晋王固然出色，终不是他最引以为傲的儿子。再加上无擎一再声称晋王有狼子野心，皇帝对于晋王多少也就生了戒心。

行到今日，他的身子日显败相，为曦儿扫除障碍，已是势在必行。

他有意让七子继承自己的江山，就不能允许别人碍了七子的帝王路。

所以，晋王与镇南王府的婚事，是断断不能成的。

而那日，无擎突然冒出来说要娶慕倾城，那是摆明了要和晋王一较高下了。这孩子一直不希望晋王继太子位。

只是，拓跋跃没有料到，紧接着会冒出凤烈公子和九天的传人，都要争相求娶，这就令皇帝不得不好奇，一个奇丑无比的女子，如何就赢来了这么多人的侧目。

古来皆语，太多貌美，便是祸水，如今呢，一个无盐女，竟也引来诸家公子的青睐，着实是一件奇事。

"皇上！"

金凌突然下跪，一叩而底，只为了慕倾城求得一个婚姻自主的机会。

"慕丫头这是何意？"

皇帝甚为不解地问："为何又行大礼？"

金凌抬头，盈盈目光如潋潋之秋水："皇上若真认为倾城当年救下晋王，是大功一件，还请皇上给倾城一个赏赐。"

皇帝微微倾下高大的身影，挑着那素来苛利的剑眉，举手投足，透着一股让人喘不过气来的压迫："你想要什么赏赐？朕本以为给你配一个乘龙快婿，便是天大的赏赐！"

金凌优美的唇线微微一翘："倾城觉得不是！"

语出极为大胆而放肆！

"倾城，在胡说什么，还不快些给皇上赔罪。"

急急走过来，东方轲急得额头滋滋地冒出汗来。

皇帝并没有怒，只道："慕倾城，你可知你说这话的后果？"

"会冒犯圣颜！"

"你倒是很诚实！"

"倾城不想欺瞒皇上！"

"好，那你倒说说，你认为这不是赏赐的道理！"

皇帝拂袖重新坐回自己的座位上，将手伸向了顺公公。

顺公公立即心领神会地递上一杯参茶，很讶异皇上今日怎有如此兴致，没有对触犯龙威的女子加以责罚，而是以一种纵容的态度，想听她的说法。

也许是因为这个女子的气度和九贵妃有些相似的缘故——九贵妃从来不会给皇上好脸色看。古人说得好，得不到的往往是最好的，皇上必是怀了这么一份触动在里头。九贵妃如今昏睡不醒，皇上日子过得太苦，在这种情况下，出现一个胆子和九贵妃一样大的小女子，心下必是有了几丝怀念了。

"皇上，天子赐婚固然是莫大的荣幸，可姻缘之事冷暖只有自知，配得好，那便是一辈子的福气，配得不好，一辈子也就这么毁了。九贵妃曾与倾城说过，女子最大的福气莫过于嫁一个如意郎君，夫妇一心，矢志不渝。倾城这辈子别无所求，只愿嫁一个好夫君。之前，倾城原本以为与晋王必是绝配的，不料得来的却是一份难堪的休弃。即便如今晋王知错而悔，可毕竟是伤了倾城的心。前日晋王来镇南王府，倾城便和他说过，倾城别无所愿，这辈子只想求一个真心待自己的夫君，一生一世，一夫一妻，彼此忠贞，若做不到，婚事休再提及。昨日晋王来答复，允了倾城所请，倾城便给予他两月时间，两个月，若他还有此心志后，倾城可考虑婚事。今，倾城听舅父提及，诸位公子皆有心于倾城这一丑陋之姿，皇上有意在诸位公子当中择一人以配之，倾城听闻，无限惊讶。诸公子皆是人中龙凤，无论是谁，皆是倾城望尘莫及的，若有幸得配，自是倾城之幸。但是，倾城自也有倾城的意愿，此身所嫁之夫终生只能娶倾城一人为妻，那是必须的。否则，倾城宁死不嫁。"

这番话，听得东方轲是冷汗涔涔，婚姻大事一向是听凭媒妁之言的，一旦涉及了国事，更是半点不由人，而这丫头竟敢在帝驾前如此放肆地和皇帝讨价还价。

皇帝利眉高高挑起：

"你的意思是你不要赐婚，你想自择夫君是不是？"

"皇上若垂怜，那必是倾城之幸。"

东方轲心下是苦笑迭迭。

可令他没想到的是，皇帝沉默一下后，竟扔出了一句让人大跌眼镜的话：

"好，那朕便如你所愿！到时，朕给你办个选夫会，你可依自己所喜，择选心仪的人作夫君，这日子就定在一个月后，待无擎医好你的脸，你可选了自己如意的夫婿风光大嫁，如此赏赐，可满意？"

金凌不觉眉开眼笑，跪地谢恩。

时间有点仓促，但还能将就，嗯，一个月就一个月吧，她尽量在一个月内把倾城救醒。

三

有件事，极是奇怪，太医不曾拆穿了她的秘密，九无擎也没有，这二人，难不成是一伙的?

那个太医是九无擎的人，还是煞龙盟的人？

是某股势力布在皇帝身边的一颗重要棋子，这是错不了的。

那么，到底是谁在力保她呢？

唯一了解底细的是九无擎，他早就知道她是冒名的，没有拆穿她，估计是看了镇南王的面子，他不愿给镇南王添这个麻烦！

但是，有一件事，她还是想不通，九无擎为什么要替她瞒天过海？

走出司务堂，背脊上莫名地生凉，才发现，就在刚刚那一会儿工夫里，身上不知不觉生了一层冷汗，底下罗衣湿了个透——她知道她是紧张的，差点就功亏一篑。

天色已近灰蒙蒙，夕阳早已下山，只余西方几抹淡淡的残光，点亮着最后一点暮色，风渐冷，让人觉得遍体生凉。

东方轲被留在了司务堂，龙奕因为桃园一案也羁绊在堂上，刚刚有捕快来报，似另有什么重大发现，他们一伙人有大事要办，她是一介弱质女流，便趁机而退——离开时，她看到龙奕眼巴巴地瞅着她，恨不能追出来。但他终究没有追出来，看来还是极重视桃园这桩命案的。

晏之因为身体不适，在纸上写了一句"要回府喝药"，向皇帝告了退。

出来时，金凌上前相邀："晏大哥，可有空，去一品居坐坐如何，倾城有事想请教。"

晏之扫了她一眼，点头。

半个时辰后，他们来到了一品居，面前是一桌美味佳肴。

金凌为他斟了酒，总感到现在的晏之有点不太对劲，虽然一样的安静，但眼神是冰凉的，没了早上那种温温的暖意，眉眼间满是疏离之气。

"听说你要娶我？"

她静静地问。

晏之微一愣，似乎没想到她会问得这么直接，半天才缓缓点头。

"你喜欢我？"

他又一愣，清凉的眸子，隐约露出几丝尴尬，在斟酌再三之后，再度点下了头。

"哦？那你喜欢我什么？我这样一个丑八怪，有什么地方是值得你喜欢的？"

一个问题接着一个问题，她问得脸不红气不喘。

他似乎是被问倒了。

"怎么？说不上来？"

她嘲意十足。

晏之俊逸的眉蹙了蹙，撩起袖管，在案上写下一句："没有原因，喜欢便是喜欢！"

可她感觉不到来自他身上的喜欢，有的只是刻意地保持距离，而这种距离感，来得很是突然。

金凌喜欢上午时和晏之相处在一起的感觉，很轻松，很舒服，是不是因为听了逐子的话以后，她看待他的眼神起了变化，还是另外的什么原因，令她再也感觉不到那种淡淡的温馨，以及淡淡的喜欢。

"晏之，你不够坦诚！"

她执着玉盏晃着手上的玉光杯："你是何等聪明的人，应知我说的是什么意思，对不对？

还有……"

她自怀里取出那本依旧以雪锦包裹的《大乘心经》，递到他面前："萍水之缘，礼物太过贵重，慕倾城受之有愧，现在，我便亲手还予你。晏之，不管你是什么来历，也不知道你接近我怀的是什么心思，只是提醒你一声，以后别再打我主意，我不想朋友做不成，最后还成为敌人。"

眼前的白衣男子，宁静如水，冷淡如霜的脸孔，莫名地掠过几丝异样的神情，似很惊讶这书怎会在她手上？

金凌一直在留意他的神情，看到这种面色时，心下陡然生凛，下一刻，素手一翻，将《大乘心经》重新抓了回来，同一时间，一双竹筷跳进她的葱指间，直冲着他的咽喉刺去。

晏之一惊，上半身向后一仰，逃过了竹筷攻势，随即斜身一退，稳稳向后倒退数步。

原以为这一避，便可避开，可他料错了。

他速度是快，可她比他更快，眨眼间，那竹筷就顶在了他的咽喉，一阵疼痛已逼了上来，身后是墙，他已避无所避，抬眸，只看到满是毒癣的脸孔陡然一沉，薄怒地叫了一声："碧柔，到外头把好门，不准任何人靠近！"

一时没有回过神的碧柔，呆在那里，不晓得小姐怎么突然对这位公子发难，愣了一会儿才答应，急匆匆出去守在门口。

"你不是晏之！"

她沉沉地喝破。

"说，你到底是谁？小丰，你家主子呢？神神秘秘地派出一个冒牌货来想糊弄谁？"

是的，他不是晏之。

虽然，他有着一张和晏之一模一样的脸孔，也很努力地模仿着他的谈吐，并且，她也几乎就被这种足以以假乱真的清凉和冷漠给蒙蔽了，但他不是就是不是。

有一点，她完全可以肯定，这个人绝对是晏之身边的人：他学晏之的神韵学得真的很像，然而有些东西是与生俱来的——晏之身上的清冷，必是多年的生活环境造成的，这种由内而外展现出来的气质，外人很难模仿到极致——那个男子在看到她时所表现出来的淡淡柔软，淡淡怜惜，作不了假，而现在的这个男子，在面对她时，流露出来的是刻意的防备，生怕被她察觉了什么似的，满身淡泊中少了一种让人想亲近的温柔。

在鏢京府第一眸看到他时，金凌感觉就有点不对劲儿，原以为是自己的心态不够单纯的缘故，现在才发现原来眼前的人根本就不是她所见过的那人。

"说，你到底是谁？"

"姑娘是怎么看出来的？"

白衣男子难掩一脸震惊之色。

金凌哼了一声，银筷狠狠地抵在男子的咽喉，只要稍稍一运力，他的小命便能就此报废："你装得再像，也不是他！他人呢！"

脸孔发白的小丰，连忙奔过来，双手直摆，也没料到这个慕倾城是如此地了得，一个回合，就把他拿下。

"姑娘莫动气，我家公子素来不见外客，但他挂心于你，生怕姑娘因为桃园一事担了祸事，故令剑奴入鐻京府替您把这祸事了了。"

"剑奴？"

金凌收回了竹筷。

"是！"

剑奴摸了摸发疼的咽喉，点头，若说之前，他对这个女子，怀的是不屑，此刻心里已肃然起了敬意，这辈子，除了公子，还没有人可以在一招内将他逼到绝境。

"你家公子呢？"

"回姑娘话，公子并不在城里，他嫌城里太热闹，已回了城外的庄园。公子喜欢静，姑娘若想见公子，剑奴回去会禀告公子，到时……"

话没有说完，就被恶狠狠地叫断："谁说我想见他？他有什么好见了？藏头露尾，神神秘秘，我慕倾城高攀不起！《大乘心经》你们带还给他。他的救命之恩权当是我欠下的，他日有机会必还上！告辞！"

金凌撂下一句话，就气咻咻地跑了出去。

剑奴皱眉，纳闷这个女子的火气是从什么地方蹿出来的——女人这种东西，他实在不懂。

当他将《大乘心经》交还到九无擎手上，把话带到时，他看到主子面具底下的眼眸，在明灯底下，越发地冷寂，沉沉便如翻不起浪的死井。

此刻的九无擎，与白日在静馆看到的晏之，完全是截然不同的两个人。

九无擎是无情的，晏之不是——晏之身上所散发出来的柔软之色，会让人觉得，主子也是一个有七情六欲的男人。

"爷……她……"

他想说这个女人很不知好歹，爷舍得将《大乘心经》相赠，那真真是将她在乎到了极点，可这姑娘，完全不领情，居然就这么退了回来，那可是多少人想要都得不到的东西，人家不稀罕，真是一个怪女人。

九无擎吁了一口气儿，挥挥手："回吧！不要便不要！"

"爷……您为什么要对她这么好！"

剑奴从来不曾见过公子如此厚待过一个女人，想到公子突然请旨娶她，为的肯定不是慕倾城。

"那个人甚至根本就不是慕倾城。"

难道公子喜欢那人？

剑奴微微有点忧心。

无欲则刚，柔可克刚。人皆道英雄难过美人关，主子并不是一个无情之人，他的无情只是一种表象，他的内心，没人看得到，只有他们这些心腹才能从他平常极少的言谈里感受到。

"其中的道理，你们不必知道！回去办自己的事。通知远一大师，一切小心。还有，福寺那边多派人手看着。"

倚在轮椅里，九无擎合上了眸，将秘笈放在膝盖上，银色面具底下，只有黑漆漆一片，两个眼洞，照不进半缕烛光，那是一个完全黑暗的世界，他将自己困锁在其中。

剑奴离开了，九无擎独自坐着，沉寂在这间冰冷的房间内。

桃园的命案发生以后，他便决定要把小凌子看住，不能再由着她乱跑，她根本就不知道现在的情况有多危险。有人在暗中锁定了她，也盯上了他。而他甚至不知对方是什么路数。

这是一场暗战。

从十二年前就开始了，在这场对峙中，总有一股神秘的力量在左右着事态的发展。百变龙是其中最最关键的一条线索，可这条线索已经断了多年。

直到三年前，具有龙苍第一杀手之称的鬼见愁找上了化作晏之的他，那一次刺杀似乎是一种试探，好像想证实他与九无擎有什么本质上的联系。

鬼见愁的确了得，行刺未遂后，他躲开了层层的追截，最后消失在茫茫沙漠，于是线索又断了。

九无擎一直找不到问题的关键所在，找不到当年到底是谁想害母亲——煞龙盟左派一系已经灭亡，为了寻找百变龙，为了寻求真相，他在五年前班师回京前，单枪匹马去过死亡谷，深入虎穴，寻找那传说中的煞龙盟老巢，结果，他有了意外的收获，成了右派司主。

那时，他在死亡谷里找不到任何线索，对于司主这样一重身份，他本不稀罕，他在意的是自己终于可以借另一股力量助自己脱困。

只是最后，终究还是失败了！

如此思量不知过了多久，十无殇推门走了进来："九哥，你让煞龙七宿去青馆带走的是谁？刚刚得报，他们已经把人弄出来了。"

"弄出来了就好！有没有东西捎过来？"

"哦，有。"

十无殇忙怀里取出一枚玉簪，递了上去——那玉簪，极普通，甚至可以说是上不得台面的。他不知道九哥让那些人去捉了谁回来。

四

同一时间，晋王府，拓跋弘坐书房内琢磨着九无擎那反常的举动。

他拓跋弘对女人没有兴趣，那是因为他把心思全摆在正事上，至于那个九无擎，对女人，几乎没有半分怜惜之意。

侍候过他的人说：九无擎从不打骂女人，但，也从不对任何女子动情。

他是一个没有心的魔鬼。

事实也是如此。

拓跋弘记得清楚，四年前，九无擎的第一个女人大着肚子出现在公子府求他庇护时，他的反应是第一时间让人煮了一锅藏红花，强行灌入她的肚里。

他就是这样无情的一个人，残忍到能亲手杀死自己的亲生骨血。

这样的无情，拓跋弘自认比不上。

他冷漠到不要任何子嗣——听说每番服侍他的女人，去前必然要洗药浴，回去时必以药汤洗宫，故后来，再没有人能怀上他的孩子。

这样一个人，为什么突然之间在意起慕倾城的死活，以及丑美？

拓跋弘感觉到了一股阴谋的味道。

"传令下去，密切注意慕倾城的行踪！"

与此同时，皇宫。

顺公公自御书房外走进，听得统领杨淼在低低地禀告着："虽然整个皇城，人流比往常多了将近十倍，但城外，有十万京畿军在整装待命，必捍卫大会完美落幕，皇上但请放心！"

"嗯！"

皇帝回神点头，手指抚摩了一下那枚金印，感觉着那份冷意，半晌，又淡淡吩咐了一句道："这几天，让人密切留心晋王府、公子府的动静！"

"是！"

杨淼抱拳领命，迟疑了一下，觉得有些话不得不一吐为快，终于还是说了："皇上，晋王举荐的人，有一些与他暗中有所往来，这事您知道吗？"

"这事，朕心里清楚。"

这是他最后一次重用晋王，接下来还会有事发生，他若有本事，将这一切通通化险为夷的话，必不可再留下他，否则七儿迟早会死在他手上。

"还有，常王，最近举动有些反常！"

"他成不了气候。"

会绝地反击的必会是看上去最最无力的那个人：九无擎。

他敢打赌，这次，无擎必会掀起惊天大浪，只是，他还不清楚他想有什么作为。

突然之间管起慕倾城的闲事，如果他没存其他心眼，那他就不是九无擎。

"留心镇南王府，有什么动静，即刻回来报禀！"

"是！"

"跪安吧！"

杨淼叩头离开。

殿堂内寂寂无声，夜已深。

"皇上，该歇了！都已经三更天了。"

顺公公看到皇上拿起奏折又想批示，忍不住提醒一句："保重龙体是最最重要的！"

"嗯。"

皇帝看着手上的奏折，想了想最终放了回去，的确有些累了，他吁了一口气，走到窗台前，推开一看，冷风嗖嗖地吹进来，冷得很。

殿外，一片冷清，华丽的宫殿，是他一个人的牢笼，无人分享，是何等的凄凉。做皇帝，其实也并不是一件让人如何高兴的事，有些东西，并不是权位越高，就越能得到。

"摆驾未央宫吧！"

顺公公张了张嘴，如今的皇上，要么独寝于乾坤殿，要么就去未央宫陪再不能开口说话的九贵妃，六宫已形如虚设。

五年了，皇上没有召寝过任何妃嫔，总是在独自品尝着藏在心头的那份痛楚。

"皇上，您这是何苦！"

"你不会懂的！"

一个帝王，爱得如此凄苦，顺公公的确不懂——他只能说，九贵妃够狠，为了救九无擎，敢把命赔上——同样是儿子，九贵妃把无擎当做是心尖上的肉，却把七殿下当做了无法洗干净的耻辱。

是的，九无擎是九贵妃和别的男人生养的"孽种"，却是她这些年屈膝于皇上身边的原因。

皇上深深爱着当年的九儿，可那个九儿却已不记得以前的一切。

她忘了自己曾在龙苍生活过，忘了曾给皇上生养过皇子。她只记得自己叫九月，只知道自己的儿子叫燕熙，心里念想的也是燕熙的父亲燕北。

皇上强留她，她除了恨，就是想逃，甚至一度想将肚里的龙胎流掉，若不是皇上拿燕熙，也就是九无擎胁迫她，她至死也不肯生下那个被她引为"孽种"的孩子。

这些年，皇上之所以这么善待九无擎，一是因为他当真是百年难得一见的奇才，其二，他是九夫人的命根子——九夫人曾说过：要是熙儿再有任何差池，她会带上拓跋曦一起给他陪葬。九贵妃只在意九公子的死活，却从不关心七皇子的一切。

七皇子得尽皇上的欢心，却从来没有在母亲身上得到过一抹笑脸。

为了得到九夫人的心，皇上一直重用九无擎，结果，九无擎谋下一局，带上九夫人，要回九华。五年前，九无擎冷眼看着一场背叛在眼皮底下发生，看着整个錠京城陷入一片血战，而他，则趁着乱局，几乎就成功地逃离了皇上的掌控。

后来，九无擎意外落网，重新回到帝都的九无擎却身中怪毒，太医说：没得救了，活不了半年。

程爽将军曾向皇上进谏：左右是治不了，不如一起斩了，将公子府彻彻底底拔除了，以绝后患，以振国威。

结果，九夫人跪地一求，皇上立即心软，并以此为挟，迫得九夫人受封贵妃之位，叩天地神灵，行大婚之礼，入主未央宫。

然而就在洞房夜，九贵妃给了皇上一份可怕的新婚贺礼：自残容貌。

五

金凌的眼皮在乱跳，晚上翻来覆去睡不着，好不容易终于有了一点睡意，门猛地被推开，一道极快的身影冲了过去，出自武者的本能，她霍地睁开眼，却看到床前的人不是别人，正是脸色沉凝的逐子。

"主子，出大事了，慕倾城被人从青馆带走了，一起被掳走的还有服侍倾城的小鱼儿，刚刚有人送来这封信，指名道姓要我们拿给假慕倾城过目！"

逐子掷下一句话，递来一封信。

金凌一惊，抓来一看，一颗心拔凉拔凉的，信上只有三个字：九无擎。

草体字，缭乱而飘逸，字形流畅，极具气势。

除此三字，再无其他只字半言，而信封内另外附加了一支玉簪，那是慕倾城头上的饰物。

秀致的眉，深深锁起，心头的无名怒火终于全冒了上来，狠狠一拍床榻，骂了一句：

"见鬼的，这九无擎到底想干什么？"

第二天天一亮，她就赶去了公子府，门房告知她公子上朝去了。

中午后，她又去，被告知九公子去了镔京府，于是，她又去了镔京府，结果，又迟一步，那人和晋王去了福寺。等她赶到福寺，他又刚离开。直到近傍晚时候，阿大来报，说九无擎回府了，但这一回，她没有马上过去，而是让府里的人递了一封拜帖过去。

有一种直觉在告诉她，九无擎今天忙得见不着人影，是故意的。

人家故意让她急，故意押着她。

投帖的人，很快回报："九公子说，现在他有时间，小姐若赏脸，他邀小姐到汀湖边上见面。"

一个时辰后，她依约来到汀湖。

几株梧桐树围成的一个空地上，一片灿灿的夕阳映着地面上隐约冒出来的春草，九无擎一身墨衣坐在轮椅上，面朝西方，安静地看着天边远处那一片晚霞，霞光折射在他的面具上，银光闪闪。

金凌走下马车时，九无擎转过了头，冷如水、深似潭的眸光落到了娉婷而来的佳人身上，湖蓝色裙子，衬着她娇美修长的身段，雪鲛轻纱掩着她的芳华，举止从容而优雅，一步一步，踩得稳稳当当。就像一只优雅的猎豹，虽有满腹猎杀的欲望，却能深深地藏起那不可告人的野心。

待她走近，他淡淡发话："退避十丈，不许任何人靠近！"

侍卫应声而去。

沿河，设有石凳，凳上铺着裘衣，九无擎面向湖面，滚着车轮到堤边。

"这里风景不错！过来坐一会儿！"

"我不是来看日落的！九无擎，咱们打开天窗说亮话。"

"你就这么没有耐性么？"

九无擎将目光落到东方那漂泊不定的云片上，淡淡的，冷冷的，似乎还带着嘲弄："堂堂青城公子，连这点处变不惊的能力都没有？"

金凌脸孔霍然大变，幸好是戴着面纱的，但是，震惊的眼神依旧将她的心情出卖了，她倒吸着一口冷气，眼前，是男子看不到的背影，五步之远，满湖的碧波荡漾，一层层的金鳞折射上来，她忽然觉得，有一张用金丝线织成的大网，铺天盖地地向她扑过来，想将她牢牢地困在其中。

她不懂啊，这个男人究竟生了怎样的本事，把她调查得如此的透彻，还是，这一切仅仅是他的猜测？

莲足一移，来到堤前，低头拾起一块小石子，随意地往湖面扔了出去，但听得"咚"的一下，湖水泛起一朵浅浅的金色水花，而后，波晕慢慢地平静下来，而她惊乱的情绪也在迅速沉寂。

"九公子，你认错人了！青城公子是男人！"

"假男人罢了！"

九无擎淡淡应着。

"证据呢？"

她极讨厌这家伙如此肯定的语气，就好像一切全在他的掌握之中。

"要不要我向皇上进言一句？请皇上下旨给镇南王府，着令慕倾城引青城公子进宫见驾，或者请皇上将那位子漪小姐请进宫去小住几日，不知到时，青城公子还能不能坐视不理？"

他含蓄地要挟着。

金凌顿时哑口无言，怒瞪起这个可怕的男人。

九无擎也转过了头，黑沉沉不见底的眼珠子，冰冷冷，实在让人看不出他到底怀了怎样的心思。

"九无擎，带走倾城，你到底想怎样？难道你真想娶慕倾城？九公子可是出了名的无情之人，慕倾城是一个丑八怪，你若是喜欢慕倾城，早些年就该将她弄进府去了？现在突然说想娶慕倾城，到底是为什么？"

依旧不承认，但也不想辩驳，她肯定这个人也未见得真想拆穿她的身份，他对秦帝，并非真心臣服，他有他的私心。

"这些事，轮不到你管！"

声音是冰冷的，九无擎必须是冷漠的，哪怕是面对她。

"九无擎，你该知道，我完全可以不必受你要挟的！慕倾城是镇南王府的人，凭着你和东方轲的交情，你断不会伤害她。我若是一走了之，你拿我根本就没辙！"

金凌忽然露齿一笑，雪白的皓齿，带着几分狡黠之色，跳进九无擎的眼里，灵动的波光是挑衅的。

"晚了！"

九无擎落下俩字。

"什么晚了？"

"你若想一走了之，今天就不必上公子府三次，你若不曾表现得这么急切，也许我会以为你忍得下心不管她的死活，可你到底还是急匆匆赶来赴约了！既然来了，你以为你还能走得了吗？"

语气是何等的可恶，一步步将她算死，果然是一只老谋深算的狐狸啊！

金凌为之气结，却被他堵得说不出话来，不由得咬牙悻悻道："九公子好谋算！就不知道九公子如此挖空心思，图的是什么？"

"别无所图，只要从此听命于我！以一月为期——这一个月，你到我身边安安分分做你的慕倾城，我会在这一个月内救醒慕倾城，到时她选她的夫，你可以做回你自己，爱上哪就上哪！九无擎不会拦你半步！"

金凌不由得以一种惊疑的眼神审视他：

"就这么简单吗？"

"就这么简单！明天，我会派人来接你入福寺治脸，你只需要在福寺住满一个月，到时，我会还你一个活蹦乱跳的慕倾城！"

金凌眯眼看他，实在看不透他：没有权势的公子府，其背后到底还有多大的力量，足令晋王拓跋弘无法小觑你，足让你如此有恃无恐？

"为什么是福寺？"

"这是皇上的旨意！"

金凌想了想，点下了头："那就一言为定！"

"那就明天见！"

九无擎没有再看她一眼，滚着自己的车轮往自己的马车而去。

六

福街，拓跋弘刚刚从福宫附近巡视回来，暗卫飞奔来报："爷，刚得到消息，九无擎和慕小姐汀湖边见了一面。"

拓跋弘目光一利："可听到什么？"

"没办法接近，九无擎的近卫守在附近！"

就在这时，鐛京府的总捕快吕志驾马疾驰而来，脸色沉沉叫道："晋王殿下，行宫有人来报，那个叫水娘的醒了。但是，等属下赶到时，却被告知水娘死掉了！"

闻言，拓跋弘大怒："这么重要的证人，怎么会说死就死！"

"属下不知道！当时房里有很多人在场，这水娘醒后，只说要喝水，是龙卉公主亲手喂的开水，吃了两口，突然口吐浓沫，当场断了气！张太医查探过，水里有剧毒，一时还没办法查出是谁干的。但是，属下在桃林捡到了这个，刚让龙域的人辨认过，都说这不是水娘的东西。"

吕志自怀里取出一个雪锦包呈上，拓跋弘揭开来看，是一只蝴蝶佩，佩已破损，附着一些泥巴，破损处嵌着一颗细铁珠。

他将这铁珠挖出一看，上面刻着一个奇怪的图腾，脸色再度一沉，忽然有一种悲从中来的滋味，整个人犹如被人泼了一盆冰水，从头冷到脚。

是他在下套。

原来一直是他想将他往死路上逼，怪不得水娘会死！

这番死死得极妙。

行宫查出被人下毒，若不是他在暗中授命，谁能有这本事神不知鬼不觉地将人杀死？

很好，真是很好，他的好父皇，为了他的七儿，开始冲他大开杀戒了，而他居然千方百计还想博他欢心？

他心下一直是明白的，父皇所作所为，全是因为那个九贵妃，九贵妃的儿子才有做天子的资格，而其他儿子，再有本事，也只能做陪衬。他尽心尽责这么多年，没有功劳也有苦劳，他居然想就此把他整垮。父皇，您太不公平了。

"吕志，你怕吗？"

拓跋弘怪怪一笑，眼底尽是无法压下的悲痛："跟着我，只怕到最后怎么死的都不知道。"

吕志摇头，深睇，鼓动道："未到最后关头，成败得失谁能知道。"他铿锵跪地，"属下自当为晋王赴汤蹈火，肝脑涂地！"

拓跋弘连忙将人扶起，意志坚定地点头："好，那就放手一搏！"

七

公子府，红楼。

"是么？居然死了？"

"不是九哥让人做的？"

"不是！"

九无擎摇头："张太医还没机会出手！"

"会是谁在暗中下的手脚！"

十无殇讶异了一声。

"晋王府有什么反应？"

九无擎问西阎。

"吕志兵分三路，一路上报宫里，一路往公子府来急报，他自己去见了晋王。我们布在晋王府的人来禀，今天下午吕志在桃林寻到了一块玉佩，那佩上嵌着一颗铁珠，铁珠上有某个皇家暗卫惯用的图腾。但属下以为，不可能是皇上的暗卫在背后干的！"

"嗯！自然不是！"

皇上若下了这番手段，就意味着他已经知道煞龙盟另一股力量的存在。但静馆完好无损地存在，只能说明有人故意在晋王和皇上之间制造矛盾。

"这招挑拨离间，用得极不错。拓跋弘和皇上本就貌合神离，这一下，他必定凉透了心。"

九无擎口气凉凉的："走，去看看！"

好奇怪，到底是谁制造了这一系列的事端？那个幕后之人，到底想干什么？

才跨出门，东罗一脸凝重地冲这里狂奔而来，身上的衣袍被风吹得鼓鼓的，可见跑得是何等的快。

九无擎的眼皮莫名就跳了几下，顿住了步子。

"爷，不好了！慕小姐失踪了。爷离开后，慕小姐乘着马车离开，没有回去镇南王府，而是去了福寺烧了晚香。属下派去的人也在附近不紧不慢地盯着，可街上涌动的人实在太多，只听得一阵骚动，有人在叫有刺客，整条街乱作一团。属下带人跑上去瞅时，就看到慕小姐的车夫在那里惊呼大叫，说是慕小姐和她的侍女被人劫走了。"

极为不安地吐出最后一句话后，东罗的心是七上八下的。

"哦！是吗？不必着急，上报上去，让镔京府查就是！"

一脸的波澜不惊反倒令东罗一愣。

因为九无擎明白一件事：这世上，真正能劫得动她的人，屈指可数。所以，这一次的失踪，唯一的可能是她自导自演的一出戏码：她不想受制于他，所以选择了消失。

唉，这丫头，从来就让人没法省心。

同一时间，这个消息传到了晋王府。

闻报，拓跋弘问来报之人："公子府有什么反应？"

"九公子正在赶去行宫的途中，看样子好像还没得到消息！"

事情一件接一件，很显然，有人想让他不得太平。

那么，除了父皇，除了九无擎，还有谁在暗中对他虎视眈眈？

他疑惑。

同一时间，皇帝拓跋跃得报说水娘毒发身亡，即刻下令搜查整个行宫。

皇令才出了宫门，后脚又有人跑进御书房，禀的正是九无擎曾私会慕倾城于汀湖，及慕倾城突然被掳一事。

到底是谁在兴风作浪？

皇帝眯眼，陷入沉思！

同一时间，东行宫，明亮的宫灯底下，紫袍潋滟，气度非凡的东荻公子凤烈喝令了一声："来人，让人密切关注公子府一举一动，若有异样，立即来报！"

同一时间，龙奕也得到消息，他嘴角直抽，眼珠子滴溜溜转了几圈，再没有兴趣理会行宫内的那个死人，转身，一个龙跃出了宫门。

同一时，玉锦楼上，墨景天也听闻了这件事，坐在棋案前，自言自语：西秦国要变天了。

第十一章　公子之痛

一

在金凌看来，不管外头闹得多不可开交，西秦国会不会变天，都与她无关，之所以让慕倾城失踪，其中的利害关系，她仔细衡量过，觉得该头疼的是拓跋弘，该烦心的是九无擎，该忧心的是皇帝老儿。

她觉得，倾城现在在九无擎手上，不存在安全问题，正是她脱下"慕倾城"这层身份的最佳时期。接下去，她可把所有心思放到寻找燕熙这件事上去了。

"被掳"之后，金凌交代逐子去把子漪接回来，叮嘱他们出门办事多加注意，而后，剥下那一层毒癣面皮换上粗衣布裙，与他们分道扬镳。她要回去公子府。

逐子对此表示很忧心，劝她不要再以身犯险，有事交代他们去办就可以，可她不肯放弃，不论如何都要把这件事查个水落石出。

苓馆位于城北，是一处私人别院，东方若歆被幽禁在这里，这里的奴婢，待她很和气，一个个笑眯眯的，好饭好菜地供着，就是不许她踏出这个园子。

东方若歆很想知道到底是谁把她从公子府掳出来的，还有，一起被抓出来的小金子，现在被关到了哪里？

这天晚上，她终于看到了那位幕后大人物：一个俊美得一塌糊涂的少年公子，也见到小金子，笑眯眯地和那个少年公子在房里有说有笑。

"这是怎么一回事？"

她把她拉到角落，低声怪问。

金凌回答：

"这件事，我不知道要从何向你说明。如果你信我，那就跟我一起重新入公子府。如果你不信我。从今天开始，你可以离开。我会替代你进去。"

东方若歆虽心怀无数疑惑，可最终还是选择相信她，愿意与她一起去面对那未知的命运。

第二天，近中午时分，金凌和东方若歆再次跨进了公子府大门，是龙奕亲自送她们回去的，薄管家接待了他们。原来么，薄管家把龙须参给龙奕，龙奕把人交还给薄管家，这事儿也就了了。

不想半路杀出一个绮姑姑，拿公子府的规矩做文章，非要给东方若歆验身，生怕东方若歆已不洁。

东方若歆当然不肯，龙奕更是勃然大怒，觉得自己的人格被严重污辱了。正闹得不可开交，在鐩京府办事的十无殇正好回来了，听了绮姑姑的报禀后，道了一句"这事容易"，就把东方若歆抓进了休息室，亲自验身，结果自是完璧。

这一验，致令东方若歆恨上了十无殇。

更令东方若歆想不到的是，没隔几天，那色鬼居然指名她去侍寝，就刚刚不久之前，绮姑姑奉命传来了这个消息。

这对于东方若歆来说，简直就是晴天霹雳，好半天回不了魂。

金凌自也听到了，在绮姑姑离开后，安抚道：

"若若，别怕！十无殇喜欢你，他是断不会伤害你的。到时你可以随机应变，你听我说……"

"你到底哪只眼睛看到他喜欢我了。那家伙……根本就是禽兽……"

东方若歆在屋里来回地踱步，哭丧着脸，一想到这个可恶的男人扒了她的衣服，验她身子，她就恨不能将这个人碎尸万段。

金凌拉住她低低笑，说：

"傻小姐，你现在还能保着清清白白的身子，那还多亏了十无殇……要是那日给你验身的是稳婆，只怕现在你已是不洁的淫娃荡妇……"

绮姑姑有可能是皇帝的人，这人坚持要给东方若歆验身，她若有心想使坏，验完身后，东方若欣即便是处女，也会在顷刻间成为残花败柳——现下，时局对西秦国不太有利，龙域的人在鐩京城内死了人，皇帝若不给说法，查明真相，必然会影响两国和睦，这个时候，若传出龙少主令人"奸污"公子府床姬，肆意折辱西秦国一事，两事虽不能抵消，但多少会有一些益处的。

这些道理，金凌懂，若歆不懂，她也没办法多作解释。

"我不太明白。总之，我只知道那个男人让人觉得讨厌！怎么办？怎么办？有没有办法不去？我不要做他的女人——"

东方若歆越想越觉得这是一件可怕的事，惨白的小脸露着可怜兮兮的神色，就像一只陷在猎网里的猎物，越是挣扎，越是缠得紧，最后只能绝望。

金凌心下一叹，她这个人，吃软不吃硬，最见不得别人求她，看着小丫头如此惨淡的神色，难免心生不忍：

"倒是有法子让你去不了，但是，你躲了这一次，未见得能躲得了下一次。既然如此，倒不如过去会会，你若不想他碰你，可以当面拒绝，你放一百二十个心，他肯定不会为难你！"

完全肯定式的语气，依旧打消不了东方若歆对于前途的恐惧，可她最后还是决定赌一赌，事实上，现在这种情况，逃避根本解决不了问题。那就只能勇敢面对。

二

到温柔阁内侍奉，必须先净身沐浴，这是公子府的规矩。

府中有个专门供女人们去入浴的地方，名为清水榭。

入夜前，绮姑姑把东方若歆带去了水榭。金凌和小玉没能近身侍候，那边另有奴婢服侍床姬沐浴。

半个时辰后，大红的锦衾裹着东方若歆，由两个人高马大的姑姑将其扛去温柔阁。

金凌和小玉跟了过去。

温柔阁，遍阁飘香。

拾阶而上来到阁楼后门，看到那三个字，金凌就想笑，说是温柔，却是人间地狱，多少女子断魂于此，没有温柔，只有丑陋……

"你们就在偏楼侍候，小姐服侍完公子后，会有人来叫你们带回你们的主子！"

绮姑姑吩咐了一句，便阖上了阁门。

阁外，挂着几只红红的风灯，将阁廊照了一个半明半暗，天很冷，无星无月的夜，阴沉沉，满眼漆黑，只有呼啸的北风，狂野地刮着，树枝摇摇晃晃，发出一阵阵阴悚悚的声音。

小玉四下张望，好一会儿后才扯扯金凌的衣裳，颤声道：

"会不会有鬼？听说这地方死过不少人！"

金凌瞟她："怕什么？冤有头，债有主，就算真有鬼，她们只会找元凶算账，你慌个鸟！"

"这……倒也是……"

小玉干笑，又咕哝了一声："真冷，要不我们去偏楼吧！"

这几天十无殇和九无擎忙着外头那桩离奇的案子，每日回来都很晚，今天好像还没回来。

"走！"

金凌在仔细研究着温柔阁，楼层很大，西楼亮着灯，里面有人影走动，那必是十无殇的西屋，至于东楼是暗的，好像听人说过，九无擎已经有三个月没有沾过女人。

进了偏楼后，小玉和金凌低低说了一会儿话。

之后，小玉开始打哈欠，金凌让她睡一睡，说也不知要等到什么时候，小玉不肯，但她撑着脑袋没一会儿上下眼皮就打起架，很快就被周公召了去。

金凌看在眼里，在暖炉边另添了一些煤以取暖，怕她冻着。因为无聊，她不时地在屋里踱步，有时会到窗口开窗观察西楼那边的动静。

不知不觉夜已很深，小玉整个儿趴在桌上彻底睡了，还打起小呼噜，金凌看着想笑，又找不到可以给她盖上的衣裳，想了想，打算出门回她们住的地方拿件斗篷。

走出阁门后，她又往西楼那边瞅了几眼过去，一怔，那边的窗台上出现了两道人影，十无殇已经上去了吗？

可为什么房里会有两道人影？

正自纳闷，忽然，西楼之上响起了惊天动地的尖叫声：

"九无擎？你是九无擎……你想干什么……放开我……小金子，救我救我……"

金凌听着，心头骇然一惊，连忙顿住身形，转回来，飞步狂奔，猛地拍开阁门，直往楼上冲进去，却和急匆匆赶下楼来的绮姑姑撞了一个正着。

绮姑姑看到有外人直闯进来，脸色一沉，怒斥："哪来的奴婢，敢乱闯温柔阁，活得不耐烦了不成？滚下去！"

眼见要被打到，金凌轻轻闪，躲了开去，绮姑姑打了一个空。

"不行，我家小姐在喊救命！我必须过去！"

她想绕过去。

"真是笑话，你只不过是一区区小奴，怎敢上去败了爷的兴致……"

绮姑姑带着人生生就把上楼的道给堵上了。

金凌冷冷一睇，正想着要如何打发她们，一身青色锦袍的十无殇适时从前门奔了进来，听得楼上那声音，眉微一变，急声喝问：

"怎么回事？九哥怎么在我房里？"

绮姑姑转头，马上行礼回道："回十爷的话，九爷蛊发突然，老婢没法，只能先拿东方姑娘顶上！"

"什么？谁准你这么做的？滚！"

十无殇听着，俊脸大变，一把恶狠狠把这绮姑姑给拽下来，怒喝一声，飞步往楼上奔了去。

金凌紧跟而上，耳边，东方若歆凄厉的声音在楼中回响，一阵阵挠着她的心。

西楼，东罗和南城自房内出来，正要将门带上，充耳不闻房内传出来的求救声。回头时，他们正好看到十无殇，都一怔。

"十爷……您想做什么？"

东罗拦住。

"让开，我去看九哥……"

"可是……"

没可是，十无殇手臂一甩，将他们推开，闯了进去。

温柔阁里的陈设，不见得如何奢华，但极尽优雅，可金凌踏进去的那一刻，看到的是满屋子的凌乱，案台瓷器，摔得满地皆是，一块块碎衣裳，东一块西一块，掉落在地上。

挥开重重低垂的青色帐幔，大床上，一个披头散发的男人背着他们，将东方若歆重重地压在底下。

身下的女人在激烈地挣扎，死命地呼救着：

"……小金子……救我……救我……九无擎闯进来了，不是十无殇……"

"九哥……"

没等金凌有所行动，十无殇已经脸孔大变地扑过去抱住了九无擎：

"别动她！九哥，你冷静一下……她是小十的恩人……别动她……求你别动她……九哥，你快清醒一下……九哥，她是东方若歆……"

九哥身上烫得就像火炉，他走火入魔了。

这样的发狂，九爷曾经也有过一回，那时，他无法控制自己，只能化身为可摧天毁地的野兽，以发泄体内如岩浆般涌动的热潮，如万虫钻心一般的疼痛将他困顿在无法救赎的黑暗里。

九无擎似乎听到了，身子一僵，松了劲道，十无殇趁机将他拽下来，一起滚到了地上。

"子鹏，杀了我……它们在咬我……我控制不住……杀了我吧……我难受……我受不了了……"

地上的男子，粗喘着，咆哮着。

"嘘，没事的！没事的！一定会没事的，九哥，平静下来……你忍忍，你可以的，一切都会过去的……"

十无殇抬头冲跟进来的东罗和南城叫吼："还不快去红妆阁找个人过来……"

"十爷，来不及了，九爷刚刚在红妆阁曾运功抵抗……可那两只虫已经睡了三个月，饿疯了，爷用药物镇定了其中一只，另一只却被药物刺激得越发兴奋……等不了了……九爷已经吐了很多血……有了……"

东罗注意屋内还有一个女子，南城也是，二人极有默契地伸出魔掌。

三

金凌没有察觉到自己已陷入危机，她被眼前的一幕惊呆了。

九无擎在吼，声音痛苦，如困兽，在越缩越紧的罗网里做着垂死的挣扎。

床上，东方若歆单衣散落，露着半个香肩，她大口吸着气，脸上全是惊吓到的神色，极度恐慌的眼睛里盈着两颗晶莹的眼泪。

世上的事，人算不如天算，她算定十无殇不会伤害东方若歆，却算不到这当中会有变数。

金凌扑了过去，抓起一条锦被，覆到东方若歆身上，想抱她离开。

才弯下腰，身后突然刮来两道劲风，金凌本能地一退，转身时看到东罗和南城一起冲她出手。

"你们干什么？"

这一刻，他们的眼神极度可怕，她立刻意识到他们这是想拿她替代，小脸不觉一变，不由大怒。

她自然不会坐以待毙，正想反击，一提内力，赫然发现内息沉沉无力，竟完全使不上劲儿。

怎么回事？

她心头一骇，这才嗅到房内飘着一股异样的香气，竟然是软筋香的气味。这种香，对没有功夫的人来说，没半点作用，武林高手一旦动用内力，便会中招。

九无擎会在房里焚这种香，估计是怕有人会在他办事时暗中偷袭。

眼见得掌风如电般急掣而至，金凌避不开，只能硬碰硬和东罗对了一掌，那强劲的力量自掌心传递过去，将她震得五脏俱麻，步履一个不稳，撞到了身后的桌角。

后腰顿时传来一阵剧痛，她还来不及揉，南城的一掌已到，她只觉眼前，影子一动，肩胛被扣住。她一惊，反过手去，想一个过肩翻，将身后的人撂倒，可失了内力，她根本没办法将这个人震开。

下一刻，她已被人拎起，被无情地甩了出去，而后砰的一下倒在地上。

金凌只觉咚的一下，撞进了一具满是药腥味的胸膛。

同一时间，一张可怕的脸孔映进眼来：坑坑洼洼，树皮似的疤痕布满整张脸孔，没有表皮，额头，脸颊，鼻子，都是凹凸不平的痕迹，只有那眉毛是漂亮的……而眼神，绝对是让人做噩梦。

戴着面具的九无擎，透过那双幽深的眼洞，看到的眸子是冰冷死寂的，而此刻的他，整张脸狰狞可怖，眸子是赤红赤红的，几乎找不到焦点，一阵阵灼热的粗喘气息喷到她的脸上，带着一阵阵浓浓的药味儿以及血腥味儿……

"放……放开我！"

她惊怒交加地推拒着，腰肢被他扣住。半敞开的墨色袍子露出略显瘦削的胸膛，他的脖颈上似乎挂着什么东西，硬硬的，硌疼着她。

下一瞬间，九无擎发出一记低吼，咬着牙还当真将她推了开去。

金凌连忙爬起来想逃，却被东罗再度揪住。

"出去，带上她们出去！让我再试试……也许我可以……她们都无辜……我不想……"

稍稍有所清醒的九无擎翻坐到边上，运息打坐，低哑着声音，终于说出了一句人话。

"喂，你们没听到吗？你家主子说他可以控制的……快放开我！"

还没怒叫完，九无擎忽然喷出了一大口血，下一刻，他的脸彻底变成酱紫色，五官痛苦地扭曲在一起，最终惨烈地"啊"了一声，像疯子一样砸烂了矮茶几。

事实证明，他克制不了！

"九哥，我求你了，别再这样折磨自己了……你的身子经不起折腾的……就算不为自己想想，也该为我们这些兄弟想想，你要是有个三长两短，我们这些人还怎么和拓跋弘对抗下去？

什么事都可以慢慢来……独独你的身子不行,这样下去,你会经脉断裂而死的……九哥……都到这个地步了,你怎么还这么死脑筋地跟自己过不去……"

十无殇从身后抓了他,如火球一般,这样的温度,真的能把人毁掉,他失声哭叫出来。

九哥是何等骄傲的一个人啊!

他说过,女人是用来疼的,姻缘是用来相守的,而不是当筹码的。

五年前的九无擎,从来不碰女人,五年前的政变,逼得他走上了一条不归路。

五年了,每番毒蛊发作,对于他而言,那是比死还可怕的折磨。

死,能一了百了,活着,却要被自己的罪恶行为伤得体无完肤。

几滴眼泪自九无擎眼里滴落下来……

"好,把她留下!你们出去!"

他惨然闭眼,终于还是妥协。

"是!"

下一刻,金凌被再度推进九无擎怀里。

十无殇最后看了一眼,抱上受惊过度的东方若歆,和东罗南城退了出去。

四

金凌的脸贴到了他的胸口,感受了那宛若架在火上烤一般的热度,而他们的对话一字不差地落进了她耳里,她顿时急乱起来:

"九无擎,你不能这么做……"

可这一次,九无擎并没有大发慈悲,大掌,极粗野地往她腰际一扒,空气中顿时传来衣衫的爆裂声,惊心动魄地传进了金凌的耳膜内……脖颈间贴身戴的玲珑玉佩被他一把裹在衣裳底下扯掉,扔到了边上。

即便房内生着暖炉,肌肤上所沾到的冷意,还是足以让人寒到心窝窝里……

金凌又惊又怒又急,想将这个抱她越来越紧的男人推开。

"九无擎,你看清楚了,我不是你的那些床姬,我只是一个低三下四的女奴……"

可九无擎置若未闻,灼热的气息喷到她脸上,树皮似的额头有大汗冒出来,滴落在她肩上,就像是开水溅在身上,烫得可怕。他没有因为她的话而就此打住,下一刻,他一把撕裂了她的贴身衣物。

"九无擎……你冷静一下……我有话跟你说……"

她原本想说:我懂一些医术,你放开我,说不定我能帮你克制住蛊虫作乱……

可忽然间,她的声音莫名就哑住了,她看到他脖子上挂着一根红绳,绳上吊着一块玉佩!

那么的眼熟!

她情不自禁地翘首,吃力地将它拽到了手上,定睛一看,她不由瞪直眼:是玲珑佩!

燕熙的玲珑佩怎么会在他身上?

正是这一刻,九无擎再度俯下了身……

"九无擎,这玉佩……你哪来的?"

话没能说完，他低头攫住了她的唇，那双烙铁似的手掌牢牢地钳制住她的柳腰，而后，一个挺身，毫不留情地刺穿了她的世界，一阵撕心裂肺的疼痛，席卷而上。

这一刻，她的惨叫声，被他吞没在嘴里，她的抗拒，全部被他收拢在铁一样的手臂里，她的眼泪，情不自禁地在眼角聚拢……

她拼命地推拒，可她抵抗不了，眼泪哗哗哗地在眼角淌下，有些淌到了她嘴里，咸咸的，是如此的苦涩。

她发誓，如果现在有一把利剑，她会毫不心软地刺进这个男人的胸膛，而不会问他是谁……

五

对于九无擎来说，女人，是药，是他蛊发时救命的稻草。

每一次蛊发，他的眼睛都会失明，武功会尽失。

每一次蛊发，他都有努力克制，不管是用药还是用意志，他一直想努力控制蛊虫。从一开始拿它们毫无办法，一次次妥协，到如今，他仅用药物就能克制住它们的骚动，虽然还没有研究出完全杀掉体内的虫子的丹药，但他做得已很好……

至少这一年里，他没有再去沾女人，只要适时地吃一些药再配上药引，他就有办法镇住它们，可这一次，两只蛊虫一同被催醒了，它们在他体内翻江倒海般地闹着。

他拿它们束手无策！

他不愿意自己屈服于它们的淫威之下，可为了活下去，他又不得不逼迫自己。

十年认贼作父，三年含垢忍辱，他变得铁石心肠；苟延残喘，但为了有朝一日能绝地反击……

死，并不可怕，可他还不能死！

他要活着，只有活着，才能报仇雪恨，才会有希望。

他的身上担着太多人的身家性命，若死了，母亲怎么办？阿曦怎么办？若死了，如何才能得到天盘？他又如何能甘心死在异族的地盘上。

为了活着，他化身为魔。

当一切结束，他彻底清醒了过来，记起她已好一会儿没有反抗，那双小野猫似的小手不再挥舞乱抓，已无力地垂下，呜呜的抗议声也没有了。

他连忙替她把脉，担心毒液留在她体内会毒伤她。

为了解蛊，他曾对自己用过剧毒，结果，蛊虫没杀掉，却种了自己一身的毒。

每当蛊发的时候，正是他浑身上下毒发最厉害的时候。

最初几年里，那些服侍他的女人一个个离奇死去，全是因为这个缘故，于是才有了赐药浴这样一个规矩。

不过，一号脉，他惊讶地发现，她体内虽有中毒的迹象，却不是主因，她是因为缺氧，才导致昏厥的。

"东罗，进来把她带下去净身吧！"

稍稍整理了一下，他低低地唤了一声。

这么做，一是不能让她怀上子嗣，二是为了她的小命着想，那些精血有毒，留在体内不是好事，轻者毒坏宫道，重者一命呜呼。

守在门外的东罗和南城听得公子的吩咐后，彼此对视一眼，情知公子没事了。

"是！"

两人疾步走进房，看到公子随意束着长发，墨袍半敞，冷眸紧闭，盘坐于雪白的地毯上，那个丫头昏迷在公子脚边，满头的秀发铺展在雪白的地毯上，身上盖着被子——爷竟给他盖了被子，这也是从未有过的事！

"拿颗雪莲丹给她吃，她没入过药浴……"

九无擎吩咐了一句。

"是！"

二人过去正要将她裹到锦被内带出去。

"等一下！"

"爷还有什么吩咐？"

"她……长什么模样？"

九无擎低低问了一句。

东罗南城再度一呆，二人对视了一眼：爷居然会在乎起她的长相？

"她长得不太好看。是那些女人当中最难看的一个！"

东罗描述了一句。

九无擎不说话，手迟疑了一下，终究还是没忍住，指腹轻轻抚上了她的脸孔。

她的脸上犹带着几分湿意，曾哭得厉害……不知怎的，一种罪恶感油然而生。

"爷，您……"

"把雪莲丹拿到这里来吧！暂时让她留在这里。等视力恢复了，我想看她一眼。"

这话令东罗和南城极为惊讶：爷竟生了怜惜之心。

"爷……"

"去吧！"

他不容他们再问什么。

其实，他也不知道自己为什么要这么做！

也许，他是疯了！

接下去的半个时辰内，九无擎破天荒地做了这么两件事：喂她吃雪莲丹，还令人取来了新衣亲手给她穿上。

然后，他才正式开始运气练功。

半个时辰后，九无擎浑身散出一层氤氲之气，树皮似的脸孔，渗出层层汗珠。她的处子血，经内力推化，已经完全融进了他的经脉内。几番循环往复后，浑身经脉就像被洗涤过一般，说不出有多舒服，连心脏处常年的隐痛也消减了几分。

又过了半个时辰，九无擎缓缓睁开眸，眼眸上那包裹眼球的隐形红色毒膜已经消散，冰冷如霜的眸子，射出冷如利箭的寒光，就像腊月里的白月光，清冷肃杀。

收息纳吐完，五脏六腑有种重获新生的感觉，这种滋味，从未有过，他不由得好奇那个女子是何方神圣，于是目光不由自主地落到她身上。

这是一张极陌生的脸孔，带着无限的委屈映进他的眼帘。

东罗说得没错，她的确算不上好看。

肌肤是黑黝黝的，生着无数细小的雀斑，长长的睫儿，细长而密集，灵秀的细眉紧紧蹙着，似乎在控诉他的暴行，娇嫩的小嘴又艳又亮，他想到自己曾疯狂地吻过它，它的柔软芬芳，一度令他失控沉迷，于是自然而然就令他记想起了她的美好。

"咳……"

他收回了视线，不愿再看。不是嫌恶她的相貌，而是为自己在回味那种滋味而觉得可耻。

"来人！"

东罗和南城推门进来应命。

"带她下去吧……让人熬上药侍候着……"

"是！"

九无擎缓缓站了起来，打算回红楼沐浴，身上出了好几层汗，沾满了她的味道，这令他觉得很别扭。

"爷，她是东方若歔的奴婢，以后，要如何称呼她？"

九无擎听着皱了一下剑眉，她已是他的女人，继续再做东方若歔的奴婢，有点说不过去。

"这件事，以后再说！"

他给不起任何女人名分。

就这时，南城忽"咦"了一声："爷，您的玉佩被她拽下来了……"

南城本想裹好"丑丫头"身上的锦被，稍稍挪动了一下被子，手露了出来，手掌里紧紧捏着的正是七公子自外头用重金买回的玉佩。

这玉佩，未见得价值连城，手工也不是绝顶的精致，但是主子却将它当作无价之宝，贴身收着。

九无擎一摸胸口，果然已经空空如也，才记得，刚刚她曾将它扯了去，他只好折回，想将玉佩拿回来。

令他惊怪的是，她居然把玉佩捏得紧紧的，就好像这是她最最珍贵的东西，生怕被人抢了去，即便已昏迷，也不忘将它狠狠抓住。

九无擎不由得再度冲她眯了一眼，隐隐约约的梅香，明明那么沁脾好闻，却令他觉得有点不自在了，手指上不由得加了几分力量，玉佩终于被挖了出来。

他松了一口气，将玉佩合在手心搓了又搓，用大拇指捻了又捻，似乎想将她的气息，她的体温，从玉佩上搓掉。

"待会儿，你们一起到红楼，让子鹏也过来，我们商量一下明天的计划……"

"是……"

南城应着，东城没有，他忘了答应，因为他在一堆碎衣底下，看到了另一件闪闪发光的东西：

"主子，这里还有一块玉佩，跟您手上那块很像，是不是一对的，但上面刻的是'珑'字！"

珑佩在小凌子身上，怎么可能出现在这里？

才跨出房门的左脚，猛地僵住，眼底迸出难以置信的光，心，莫名地颤抖起来，一幕幕被他忽略的画面突然重组再现于眼前：

在他撕裂她衣裳的时候，手上好像曾抓到过什么东西……

在玉佩被扯去时，她曾急切地想和他说话以求证什么……

而之前，就在转身之前，他才费了好番劲儿，将被她捏在手中的玲佩拿回来。

她为什么要那么紧紧地抓着玲佩，这不是特别精致的物件，除非……

一道可怕灵光如晴天霹雳般，狠狠地击到了他心窝窝上……

他用力想甩掉那个"除非"，同时，却有无数疑惑蹿进脑海，翻江倒海般地翻腾起来：

小凌子为什么会能夜入公子府而不被人觉察？

龙奕为什么要掳走东方若歆主仆二人？

凭空失踪的小精怪究竟跑去哪里藏了起来，居然能令他怎么也查不出她的行踪？

九无擎猛地一个激灵，手指僵硬地凑到鼻间嗅着。

不可能的！

事情绝对不是这样的……

如飓风一般地来了一个急转身，酸得厉害的双脚直在地板上打了一个趔趄，差点摔倒。

这举动，令东罗南城大吃一惊，他们从没有见过公子如此失态过。

"爷……"

东罗还没有把"小心"两字喊出口，九无擎已经冲到了跟前，满是疤痕的脸上尽是天塌了一般的惊乱，一把将玉佩夺去，习惯性地将两块玉佩合于掌心，顺时针一旋，再度摊开时，两块玉佩已合而为一。

东罗和南城张了张嘴，皆惊呆。

九无擎也瞪大了眼，无法相信这是真的。

十二年不见的"珑佩"会在这样一个不堪的时间里重现眼前。

下一刻，他深吸了一口气，两步跨过去，扑通一声，跪了下来。

玉佩"砰"地失手落于锦被上，他顾不上去捡，而是极小心地将她抱了起来，细细地看着，用手指摩挲着她的脸孔，黝黑的肤色，掩去了她凝脂玉肤，淡淡的梅香渗着几缕腥味，她的额头上有个地方被他的指甲不小心划破，却没有划伤她的肌肤，那是因为她的脸上贴着一层薄薄的膜……

这奇丑无比的脸孔，根本就不是她真正的容颜。

刚才，他并没仔细看。

"她……叫什么……名字？"

九无擎极度困难地吐出一句话，声音完全走调。

到了这个田地，他的心里还怀着一丝侥幸，希望一切仅仅是他在吓自己。

"她叫小金子，也有人叫她傻妞，公子……您……"

这个回答令九无擎的脸孔，眨眼间变得惨淡无色。

"小金子？"

他念着这三个字，宛若被人掐断气管一样的窒息感终于可怕地逼上来，喉口，灼而痛，干而涩，来自胃里的一阵阵痉挛，令他疼到了极点……

将皱紧眉头的她紧紧地抱在怀里，挑开被子的一角，他挽起她的衣袖，极不希望在手臂上看到那朵代表她身份的图腾！

可现实，就是这么的残酷。

他看到了，那只与生俱来的火凤凰弯着漂亮的身姿烙在她右手臂上。

几天前，他以晏之的这个身份，偷偷撩起她的衣袖欣赏过，并且，还偷偷吻了一下，觉得这是世界上最美的胎记。

才隔了三天，他又再度看到了它，却再也找不到凤凰图腾下那朵美丽的守宫砂。

守宫砂，没了！

是他亲手毁掉的。

手指，止不住地哆嗦起来……

心头，好像有人在用剑划着，一寸寸地往里面刺着，血要渗出来了，他想躲开这样一种濒临死亡一般的疼痛。

躲不开！

他无处可逃！

那种疼痛，无处不在！

他只能看着那把剑在心上深深地刺入，狠狠地拔出，再深深地刺入，再狠狠地拔出，周而复始，回环往复……

如果死了也就罢了，偏偏，他是活生生的，并且是生龙活虎地承受着这样一种比死还要可怕百倍的折磨。

"啊……啊……啊……"

九无擎的脸孔，完全是扭曲变形的，将她深深地抓在怀里紧抱，疼痛地喘着气，嘴里发出了这样一记记短而促的惨叫。

每一叫声，皆戛然而止，却在屋子里形成了一种悲难言述、惨难语诉的凄痛回音，止不住的眼泪自他的眼里簌簌而下，除了一声声重复着"啊"的惨叫，他似乎已经不懂要如何去泻泄心头那没顶的悲痛欲绝。

东罗和南城束手无策地看着这位大山压顶都不会变色的主子，像一个不小心打碎了自己最心爱玩具的孩子，号啕大哭，那种悔与痛，无法用言语来形容，他们只能被主子脸上所流露出来的悲伤之色深深地震撼着！

他们不懂，再苦再痛都不会掉一滴眼泪的主子，为什么抱着这个丑丫头，伤心成这副德性？

六

哭声惊动了在东阁照看东方若歆的十无殇，他飞步而来，看到九哥哭得如此痛彻心扉，惊住。

"怎么了？怎么了？"

东罗和南城只是茫然地摇头。

"你们怎么侍候的？居然连发生了什么事都不知道！"

他怒叱了一声，转向九无擎，试图想让九哥看到自己的存在："九哥……你怎么了？说话……到底发生什么事了？九哥……"

下一瞬间，心惊肉跳的一幕再度上演：

惨叫声突然而止，一大口鲜血自九无擎唇里喷出来，就像压抑不住的火山，强而有力地喷薄而出，锦被之上，顿时染上了一大朵艳色的血花，在烛光底下，泛出妖媚的亮光。

十无殇脸色骇然失色，扑过去，扶住九哥摇摇欲坠的身子：

"九哥，这女人怎么了？你又怎么了？九哥，回答我，跟我说话……别闷在心里，你的身子经不住这样子伤心的……九哥……"

说什么？

他能说什么？

除了疼，还是疼！

钻心刮骨似的疼，就像肆虐的海水，将他淹没。他连浮到水面喘息的机会都没有，只能在无尽的疼痛里承受着缺氧的窒息。

他吐血了，眼底的血花是如此的邪艳，对衬着她的脸色，是如此的惨烈。

定是他造孽太多，老天故意要罚他。

罚他亲手毁掉自己最最珍爱的女子，要他深刻地明白：什么才是真正的生不如死！

小凌子，小凌子，她是他的小凌子啊……

他是如此的想念她的笑靥如花，想念她的声如脆莺，曾经的两小无猜，是他最最美丽的过往，明明想要守护她的，结果，却被自己亲手毁掉了：用冷漠强夺了她的美丽，用铁石心肠造成了这样一个无法弥补的过错。

他痛，他悔，他恨，恨自己，也恨始作俑者。

"人无卑贱之分，女孩儿是用来疼而不是糟蹋的。"

这是"爹爹"的教诲，他至今记得，但为了活下去，他一次次地违背自己的良知，把那些无辜的女子当作了药引子，将自己的希望建立在别人的痛苦上，用自己手上高人一等的权力，理所当然地享用她们的牺牲，来成全自己的私心。

他做错了，他的麻木不仁最终害了他最心爱的人……

"我错了……不该苟延残喘留着这口气，一次次地害人，不光害人……还害己……"

"我错了……不该把玲佩放出去。如果没有这枚玉佩，你一定早认定我已经死了……就不会万里迢迢地再跑来这里……

"我错了，五年前，不该放下所有的坚持，逼自己堕落，逼自己自私自利，逼自己残暴无情……只为了活下去，我早该死掉的。

"我真的错了……错得太离谱太离谱……

所以，老天要罚他！

所以，他心心念念的人儿，说冒出来，就没有一点预警地闯了进来，做了别人的替罪羔羊……

手指抚上她的丝发，那柔软的触感，让人心醉。

刚才，他就在纳闷：

为什么一个奴才会有如此质感的丝发？

为什么她会给他那样一个熟悉而想珍惜的感觉，令他情不自禁想对她好？原来在潜意识里，他是将她当作了小凌子。

是的，他对她怀有那样一种藏于灵魂深处的渴盼，一种他认定这辈子再不可能得到的渴盼，所以，他才一再地想知道她的容貌，极度渴望她便是自己魂牵梦绕的女子。

明知这样的想法，是如此的荒诞，明知这样的假定，是如此的可耻，他还是怀了这样一种心思。

他没料到，一切竟会成真。

这种真，带来的不是喜悦，而是没顶的悲痛。

十无殇深深地被震撼了，听得九哥这一声声的追悔莫及，他惊错的目光落到了"丑丫头"身上，这个女人，是谁？

她到底是谁？

能令九哥如此的悲痛欲绝，恨不能就此以死谢罪？

第十二章　燕熙已死

一

金凌以为自己做了一个噩梦，梦里，那张可怖的鬼脸，极尽所能地堵住她的唇，吸吮她唇齿之间的芬芳，撕咬她的唇瓣，还抢夺她的空气，撑破她的身子，不顾她的死活。她被越来越强悍的力量征服，丢盔弃甲，最后只能被迫承受，连半声抗议的呻吟都发不出来，连眼泪都被他吃得干干净净。

梦醒，她感觉到了一脸的湿意，浑身上下就好像刚刚受了鞭刑，而身子深处，更有一阵阵的疼痛，极不客气地传递过来。

背僵硬了，才松弛下的精神劲儿，突然间绷紧，就像拉了满弓的弦，紧得几乎要绷断。

一种真实的感觉浮上心头！

她瞪大了眼，低头盯着覆在身上团花锦簇的锦被，小手慢慢地垂下，无助而不安地抚向小腹，本能地往下轻轻一按，敏感的身子立即给出了一个最直接的反应：

疼！

火辣辣的疼！

那竟不是梦。

她连忙伸手撩起衣袖，想证明自己还是好好的，可事实上，手臂上只有展翅欲飞的火凤凰，那朵由玲珑姨娘亲自点上的守宫砂已消失不见。

"啊！"

金凌发出了一记尖厉的惊叫。

二

九无擎原本正和东罗说话，听得叫，飞快地丢开轮椅，疾步如飞地奔了进去。

隔着屏风，他看到床上那个模糊的影子，在拼命地摸着自己身子，不可抑制的哭声自她嘴里溢出来。呜呜呜的哽咽声，是如此的悲伤。

他的心，在抽搐，在痉挛。

他想进，却又不敢进。

此时此刻，她最不想见到的就是他，最恨的也必是他。

再说，他能进去说什么？

无论他怎么辩解，总归是他做了禽兽之事！

更不可能告诉她：他是她的燕熙！

她会受不了，她会恨。

他可以忍受她恨九无擎，但无法承受她恨燕熙。这比杀了他还要痛苦百倍。

所以，绝不能说。

要是连最后这几丝活着的信念都被生生连根拔了，那他拖着这个残破的身子活在这个世上，还有什么意义？

九无擎怔怔地站在屏风前，无助地听着她在对面失声痛哭，他转过身，步履沉重地往外而去，想去积聚见她的勇气。

可是，要鼓足多大的勇气，才能面对她投来的仇视？

门口，东罗在主子身上看到了"畏怯"。

他的目光越过主子投向屋内，那个女子，到底怀了怎样强大的力量，才能左右得动主子如铁石般冷漠的心肠。

东罗想到了主子昨夜说过的一句话，可以肯定一件事：这个女子是主子的心爱之人。

三

金凌感觉到有人走近。

高大的身影投射在描着青山绿水的屏风上，模糊不清的狼形面具，那么醒目地落到视野里，无处申诉的委屈和悲恨，需要有一个管道宣泄，她勃然生恨，怒火中烧。

目光一瞟，泪蒙蒙中，她看到自己那日遗落在公子府的寒鲛剑被搁在床头边的桌子上，没多想，她抓过剑，忍着身上的疼痛，一脚狠狠踢去，但听得哐当一声，屏风倒地，短剑出鞘，寒风乍现，一记青云尾随而去，直往男子缓缓转过来的胸膛上刺下去。

"九无擎，我说过，你敢碰我一下，我便让你死无葬身之地。今日若不把你剁成肉泥，我就不是小金子……拿命来！"

厉声而叱，寒似冰刀，再不能听到她的温温软语了！

经此一事，只怕她会性情大变，那活泼俏皮的性子，会不会从此不复存在？

九无擎心肠纠结，面对近到跟前的锋利剑尖，他沉沉地看着这个发怒发狂、只穿着雪白单衣的丫头，一头如丝般顺滑的长发狂舞而动，姿态极为优美。

化悲愤为力量，这一剑，她刺得极为凶狠。

他僵着身子，不避不让，有意想让她扎上一剑，如此解恨了，发泄了，或许她会好受一些，他自己也会好受一些。

"爷……小心！"

东罗惊呼地大叫，拔剑相迎，就听得"当"的一声，长剑与短剑交锋，险象环生地挑开了那几乎要刺入九无擎胸膛的利剑。

这一幕，令东罗心有余悸。

如果，他再迟一步，只怕公子会血溅当场了。

爷真是疯了，竟然连命都不要了，他忍不住回头吼这个不动如山的男人，难以置信地叫道：

"爷，她想杀你，你怎么能不还手？任由他刺？"

九无擎看着金凌被浑厚的功力震开，踉跄地往后倒，他极想上去扶住，身子向前倾了一下，终究没有这么做。

若去扶，迎接他的必是致命一剑，在旁虎视眈眈的东罗自不可能放任他被刺，必会出手伤她。

九无擎将蠢蠢欲动的手掌捏成拳，淡淡地道：

"以她现在这身子怎么可能伤得了我？"

金凌觉得自己糟糕透了，脚，一个劲儿地在抖，身子内隐隐的坠疼是那么的明显，想到身子疼痛的原因，皆是这个男人造成的，满腹的怒火更是越烧越旺。

她恨得将贝牙咬得咯咯作响，不服气地再度扬剑冲上来。

东罗拦在公子跟前，长剑一横。

"退下！"

东罗只好退开。

几缕东升的阳光，自半开的东窗明媚地射进来，正好照在寒鲛剑上，一道道凛亮的寒光，应着朝霞四散，在整个简洁醒净的房间内刮起一道炫眼的亮弧。

寒锋凛凛，飒飒逼人，那带着仇恨的身形速度极快地闪到跟前，眼见得就冲着他的心脏处刺下，所落下的攻击点都是致命的。

九无擎眯了一下眼，轻轻往边上一斜，就躲开了她的攻击，而她似乎知道他准备往哪边躲似的，剑势突然逆向直转，半途剑花乱跳，就像长了眼睛一样，跟了过去，但九无擎并不想和她交锋，颀长的身子左右来往晃着，试图避开。

剑花所到，卷起阵阵寒气，直逼肤发。

避让十招之后，他终于忍无可忍，抢占先机，反攻过去，一招翻江倒海，以脚尖准确无误地踢中她的虎口，就听得寒鲛剑"当"的一下落地，而后一记反手小擒拿，自背后扣住了她的双手，令她整个人不能再动弹。

"放开我！"

金凌伸过脚想踢他，就像一只激怒的小野猫，竭尽全力，奋不顾身地想将自己救出困境。

可这个男人稳稳地扣着她不放，银色面具是冰冷的，他的眼神是寒冷的，还翻腾着几许她看不懂的情绪，手腕牢牢地被那双冰凉的手抓着。

"放开你可以，但不准再乱发脾气！不管你怎么恨我，如今你是我的女人，这是你怎么也抹杀不了的事实。以后，你要乖乖留在我身边！"

"呸，你想得美！"她寒声冷笑，"做你的春秋大梦。谁是你女人了？我不承认！"

"不管你承不承认，你都已经是了！想要找我报仇，养好你的身子再说！"

指锋一利，制住了她的穴位，没有迟疑地抱起她，对身后的东罗道："阿罗，去把早膳和药汤端上来！"

"是！"

东罗瞟了一眼，公子再度打破了惯例，在清醒的时候，他从不会碰女人的。

仅一眨眼的工夫，她被他重新安置到了床上，一条薄衾盖到了她身上。她只能瞪着，把牙咬得咯咯作响：

"九无擎，有种你现在把我给灭了，否则，等我恢复过来，一定让你不得好死！"

"好，你若有本事，大可放马过来，我倒想尝尝死在自己女人手上，是何等销魂的滋味！"

他把"销魂"两字咬得那么的暧昧生香，心里却苦得像吞了黄连。

"九无擎，你住口！"

她咬牙怒叫。

他坐到了床上，沉默地睇了一眼："就非要跟我闹一个鱼死网破吗？青城，我本无意冒犯你，是你自己撞进来的，如今，我们已有了夫妻之实，这层关系，无论你怎么撇都撇不开了。难道就不能寻个折中法子实现双赢么？"

这一句，赫然变了她的脸色。

"你……"

"想问我怎么看出来的是不是？本来我是猜不到你的身份的，但刚刚和你过了几招——你的剑法与那天晚上是一个套路，要是这样还猜不到，那我九无擎就不必再在西秦朝堂上混下去了！"

好狡猾的男人，怪不得十招之前，他只守不攻，原来，他是故意在试探她。

可也不对。

以他的说法是，他也只是刚刚认出了她，也就是说，昨天时候，他尚不知道她是"公子青"，如果他把她当做了寻常侍寝女子，现在这个时候，他就不该出现在这里！

传说九无擎冷酷无情，从不会对女人心存温柔，也从不刻意接近女人，从不在白天面见侍寝的女子，金凌并不以为这个男人不喜美色，而偏偏有"嗜丑"的习性！

一个人，若为另一个人打破惯例，其中必然有原因。

"九无擎，你到底是谁？还有，你身上怎么有玲珮？"

她目光灼灼地逼问着，脑海里浮现进公子府时看过的那些资料：

七无欢，二十出头，三十不到，具体年纪，难查证，籍贯不详，此人温温如玉，性格虽孤僻，心地却善良，才华横溢。

九无擎，二十四五岁，出生地不明，十三岁入公子府，运筹帷幄，具有鬼才之称，有不败战神之威名。

七无欢房里有燕熙才写得出来的字画，九无擎身上戴着燕熙的玉佩，这些情况表明什么？

"玲珑珮？你指的是这一对么？"

他不慌不乱地自怀里取出了那对玲珑珮，一手拎着一个。

"我听无昔说过，他小时候曾亲手雕制过一双玲珑珮，他戴着刻着'玲'字佩，另一块'珑'佩则被他送给了他的未婚妻：小凌子。你能叫得出这玉佩的名字，是不是代表你就是那个调皮捣蛋鬼？"

他真的很会撒谎。奇疑的语调，流露得恰到好处。

"你……你说什么？你身上戴着的玉佩是八无昔的？"

金凌惊直了眼。

"可不是，八哥生前最遗憾的一件事是有生之年没能把玉佩找回来。"

八无昔的大名，她不是没听说过，据说，那也是一个具有惊世伟才的奇男子，十二年前入的公子府，可惜五年前已经被秦帝斩首。

无昔无昔，世上再无燕熙，他的名字是不是蕴含着这么一个意思？

这么一想，金凌顿生一种身坠冰潭一般的寒意，牙齿不自觉地上下打起来，她连连摇头，不相信这是真的，心思转了几转后，忽又叫起来：

"不对，买这玉佩的分明就是七无欢，七无欢房里还有一幅字画……"

"字画是八哥写的，玉佩是我让无欢买的。八哥生前曾画过玉佩的模样，几个月前，七哥在外头瞧见了这块玉佩，回头画了给我看，我就让他出高价买下。这些年，我为了完成八哥的遗愿，曾买下过不少与这玉佩神似的佩饰，可无昔画的是两块玉佩组叠在一起的模样，和这样单块的玉佩不太一样，我让人寻来觅去，一直找不到。没想到真正的玲珑珮是如此的貌不惊人，贴身佩着却有驱毒之效。"

这句曲折地传递了这样一个消息：他是因为这玉佩可以驱毒才佩戴着的。

"不可能！不可能！不可能！"

她不相信地悲叫,直觉在告诉她,他还活着。

可是,他说的话,天衣无缝,让人揪不出半分错来。

金凌以为:一大早,他会出现在这里,必然也是因为这个玉佩,要不然,以他之性情,怎么可能会挂心一个丑女人?他的生活中最不缺的就是女人,而玉佩是独一无二的,他既然看到了,势必要来弄个明白。

所以,他的反常,全是因为事关八无昔的缘故,是这样的吗?

她没办法回答自己,总觉得有什么地方弄错了。

蓦地,眼前一片白茫茫。

是什么迷花了视线?

她想去揉,发现自己动弹不得,只能任由两道热泪泪的液体,自眼角顺着脸颊,往下淌。几声难以抑制的哽咽自喉咙里冒出来,那悲切的声音,是如此的喑哑生沙……

金凌不想哭,她不愿相信这是真的!

可是,除了哭,她已不知道如何来宣泄心头的痛苦。

昨夜承受的意外,几乎要颠覆她的世界,却又要在这样一个风雨飘摇的时候,再来面对这样的打击。三年来,跋山涉水的辛苦,十二年来,苦苦的思念,苦苦的等待,得到的是一个已死的结果,这让她情何以堪。

自母亲离世,自燕熙失踪,这些年,她是如此的寂寞,如此地渴望得到曾经拥有过的幸福,如此地想有那样一个结局:龙凤呈祥,普天同庆,她与他,共扶社稷,继承父亲的志向,再造一世男女平等的繁华,以慰母亲在天之灵,以敬父亲十五年寂寂独守,将母亲的遗志得以发扬光大。

可是,他却死了!

一个"死"字,意味着再不可能回到过去,所有渺茫的憧憬都成了泡沫。

"呜呜呜!"

她忍不住哭出来。

这么多年来的精神支柱,瞬息之间,轰然而塌,心头顿现一片茫然。

四

九无擎将拳头捏得紧紧的,就这样看着她在自己眼前哭。

唉,他再一次弄哭了她,却是为了了断他们之间的曾经。

哭吧!

你的人生才开始,哭完后,就把我忘了。将来,你的身侧,总会有那样一个人,携你之手陪你走完你辉煌的人生——那个人终不可能再是我。

昨夜,他守了她一夜。

他们已经是夫妻,原是该欣喜若狂的,可在这样一个阴差阳错的情况下成为夫妻,他除了悔恨,除了自责,除了亏欠,就只有满满的心痛。

他考虑过和她相认,一整夜,他在认与不认之间苦苦挣扎,两股力量在不断地斗争,结果残酷的现实，逼他不得不放下。

他不能害她，不能因为想拥有她，而将她拽入水深火热里，和他一起在这样一个不明朗的局势里担风险。

他只能选择将这一切扼杀。

燕熙死了，她便没有留在西秦国的目标，时候一到，她就回去。在沧国，会另有一个锦绣前程在等她！

于是，他在心里早早编好了这样一个故事，只是想让她彻底死心。

只有这样，她才有新的开始。

就这时，门外传来了敲门声，东罗在外头叫道："爷，早膳已备好！"

"进来！"

东罗走了进来，端着一碟热腾腾的早饭走了进来，端盘上还放着一碗黑糊糊的药汤。

"先喝点粥，然后喝药！如果你想去祭拜八哥的话。"

他双手一驱，解了她的穴，转过了身："八哥没有葬在公子陵，他喜欢宁静的地方，五年前下葬时，我偷偷将他的尸骨换了过来，另外择了一处风水宝地让他长眠，如果你还想见他一面，就乖乖听我的话。"

他把粥和药放到床边的几台上，转身，他不再理会失魂落魄的她，大步离去。

可没等他走远，房内就传出了瓷器摔地之声，以及东罗的惊叫之声："小金子姑娘，这是什么意思？这药可是熬了一宿才熬出来的。"

"你当我傻么？这碗药汤里掺着血蝎子，吃了，就会受制于你们。九无擎，你这小人，你给我滚回来，我与你无冤无仇，你为何要如此害我？你这是怕我身体恢复了来取你狗命，所以想先下手为强吗？"

砰，这次报销的肯定是粥碗。

九无擎对守在门口的南城道："再去盛一碗来。"

南城"噔噔"下去，没一会儿又端来了一碗，九无擎接过转门进去。

"以血蝎子入药，练武之人吃了以后短时间内的确很难恢复，但同时它有着珍贵的造血价值，更重要的是，它配了无果草一起煎服，可避孕。小凌子，你是懂药理的，这些应该清楚吧！这血蝎子虽是江湖一大奇毒，可是只要善于利用，就可变毒为宝。而想要得到这样一只血蝎子，实属不易，公子府只库存了两味。你若有心想为我生养子嗣，大可不吃，我无所谓。今日你不吃，以后，我就不会再让人备上，老天若是保佑，正巧让你怀上了，我必不会再让你流胎，不管到时会生出个什么怪物来，我都会让你稳稳当当怀足十月胎，让它呱呱坠地，到时你可别后悔！"

最后一段话，自然是故意刺激她的，还作出了一副要将药倒掉的势头。

她的脸色，果然大变，素手不由自主地捂到小腹，身子深处隐隐生疼。要是那里当真珠胎暗结，那她真会恨死，悔死。

几滴药已从那只白玉碗内流淌下去，金凌急叫地抢了过去，凑到嘴上咕咚咕咚好一通急喝。

喝完，她狠狠把药碗掷到了地上，才冲他瞪去一眼，但觉眼前黑影一动，穴道一麻，身子顿软，她什么都来不及想，就不省人事。

九无擎将人抱到自己的床上。

"血蝎丹虽然会让人提不起内力，但用了雪莲丹，就能化腐朽为神奇，只会增加你的内力。凌子，好好睡一觉，睡醒了，身子就会好受些的！"

雪莲丹是他的救命丹，一颗雪莲丹，可续他半年性命，两年前，他一共用七朵千年雪莲练成了十八颗雪莲丹，在毒蛊没有发作的时候，每三四个月服一颗，能助他克制蛊发，并可续延他的性命。已经用了十颗，原本还有八颗，昨夜给她服了一颗，今日又是两颗，手中便只剩下五颗了。

没关系，只要她好好的，他折几年寿，无所谓的。

出来时，看到东罗徘徊在门口，看到他时一脸的欲言又止。

"怎么了？"

"阿罗心头有感，不知当问不当问？"

"问吧！"

"那玉佩明明是爷的，听风楼内的字画也是爷写了送给七爷的。爷为什么把什么都推到已故八爷身上？"

东罗素来最是沉稳，最得他倚重，九无擎知道他已经憋了很久，终于到了不问不快的地步，这么多年来，他是唯一一个知道他心里一些秘密的人，所以，他才会选他去看着金凌。

"阿罗，以后，玉佩是无昔的，字画也是无昔写的，你知会南城他们，接下来这段日子，在她跟前说话，注意一些分寸。有关玉佩的种种，有关无昔的过往，她若问及，你们一律推托不答，别给我露了破绽。"

他用不容出任何差池的语气叮咛。

"是，可这为什么？"

九无擎低下了头，想了想，才道："以前我跟你提过的，小的时候，我身后总跟着一个小尾巴，就像影子一样缠着我，我告诉你，那是我最最疼爱的小妹妹。其实她不光是我妹妹，还是我的未婚妻，她叫金凌，就是小金子。我们失散十二年了，那天晚上，在听风楼上我看到她使出来的青云纵，才知道是她来找我来了！"

东罗呆了一下，想到了那一夜爷失态的神色，以及后来发生的种种，脸色露出了惊骇之色：

"爷是说她？她就是假冒慕倾城的姑娘，公子青？"

九无擎往窗前一站，点头："对，她就是失踪的'假倾城'。我真没想到，我在外头苦苦找着她，她却已经悄悄潜进了公子府，偏巧昨夜我蛊发突然，一系列的巧合造成了这样一个不能弥补的过错。"

"可这并不是爷的错。爷为何要让她以为您已经死了？爷喜欢她的不是？而她，既然是专程来找爷的，必也是喜欢你的，既然两情相悦，就该相认。至于昨夜，是意外，谁也没想到这么巧。她现在恼恨爷，那是她不知情，爷若把事儿明说了，她一定会谅解。"

"不行,阿罗,我是废人,活不了几年,浑身上下脏得找不到一处干净的地方,已经不是她心里的我了。她需要一个更好的男人来配他,我配不上她……"

东罗听着心头一震。

人人皆道九无擎是残忍无情的魔,谁能懂他心头的情深义重?

"所以,要记住了,以后,不要在她跟前露了半句风声。阿罗,今天是最最关键的一天。天盘一旦顺利到手,明日镖京城就会大乱,如果能一举把晋王给端了,倒也罢了,若不能连根拔掉,他必会将目光锁定到公子府。连皇帝也有可能生疑,到时,他们可能联手对付我们。不管明日局势如何发展,你的任务是好好地守着她。不要让她再出任何岔子。听明白了吗?"

九无擎不紧不慢地嘱托着,字字句句都流露着他对于这个女子的良苦用心。

"爷……"

"你只能听命,没有二话!"

东罗一咬牙,跪了下去:"是,阿罗领命,日后定以她为主,以命相护!"

第十三章　天盘之乱

一

再醒过来已经夕阳西斜,第一眼看到的不是那张可憎的鬼脸,而是东方若歆满脸担忧的神色。这丫头见她醒来猛地扑上来抱紧她,连声道歉,说都是因为她害她遭了恶魔糟蹋。

金凌从来是一个坚强的女子,既然现实不可改变,那她就只能勇敢面对,所以,她没有再落泪,而问起了东方无歆的境遇,故意转开了视线。

东方若歆一脸困惑地把自己的经历一五一十全说了:那十无殇果然没伤害她,哪怕她砸了他房里的宝贝,哪怕她咬破了他,他都没有生气,最后还禁不住她闹,还把她带来了这里。

纵有心头千千结,听了这番话,却是微有欣喜,十无殇真的有希望成为东方若歆的良人。可是,自己的良人在哪里?

她的燕熙真的没了?

她不知道,只知道心好空好空。

两个人在房里吃了晚饭,金凌开始运功打坐调息,内力还没恢复,但身上的疼痛感已去了一半。

东方若歆不知道她这是在干什么,借这个机会开始打量起这房间,很快,她的目光落到了一只五行盘上，上面置放着五颗明珠，代表了金木水火土，形成一个相生相克的五角图腾。

其实她是不懂五行阵的，只从小金子嘴里听过一些，这番看得上面摆布的方位不对，便将五颗珠子抠了下来，依着她以为正确的重新按了上去。

"别乱动。九无擎熟知阵法兵道，一个五行阵，那是最基本的阵形，像他那样一个人怎么可能会把它摆错？若真是摆错了，必是他故意为之，你若把位置放对了，只怕我们会遭殃。"

金凌看到她在瞎摆弄，叫住她，然后过来重新把五颗明珠挖了出来，盯着上面那五个小洞陷入沉思，她猜测这个五行盘内必大有文章，如果有人纠错，就意味着有人想探看楼中的秘密，怕是到时怎么死的都不知道。

正常的逻辑思维底下，谁都会想把五颗明珠重新置入阵里。但是，玩阵法的人，都爱用一些顺理成章的已知条件，来混淆大多数人的视线。

她想了想，试着重新组合，居然一击而中，就听得空气里传来"咯"的一声低响，转身时，她看到之前睡过的床上忽然显露出了一个四四方方可以容一个人走下去的暗洞。

"天，这里竟别有洞天！"

"走，我们去看看里面有什么玄机！"

金凌拉上惊讶不已的东方若歆走到床边往下探看，看到里面以夜明珠开路，一条深邃的秘道不知通向何处。

入口不大，沿着台阶往下走，着地，但见五条四尺宽、八尺高的甬道，四散而开，抬头望，台阶高高不见顶，往甬道远处望，长长幽幽看到不尽头。

壁道光滑，以精石砌成，有发光的明珠嵌于其上，间距两丈远。

东方若歆瞠然，转着惊讶的小脑袋探看："公子府果然很不安分！"

金凌点头，九无擎不是一个肯坐以待毙的人，看那洞壁所采用的石料材质，是近五年内才兴建起这一座地下迷宫的。

"小金子，我们走哪条路？一共有五条暗道哦！"

"走这边。"

她们沿着刻有"金"字的暗道而去，一会儿，又有五条岔路，这回金凌沿着刻有"水"字的暗道而入，曲曲绕绕，走到路的尽头，却发现没了出路。

金凌本以为进了死胡同，正想原路返回，却发现石壁上的明珠亮得有点不太一样，每颗珠子上都刻着字，依旧是"金木水火土"，只是那秩序是颠乱的，她眨了眨眼，上去检查了一下，珠子是可以抠出来的，可以动，是暗钮。

她把珠子重新置位，平滑的石壁上霍然出现一道小门，令她们惊讶的是，门的另一边站着一个似想落荒而逃的女子，惊喘地嘘了一口气："咦，怎么是你们？你们也想借这个密道逃出去吗？"

"你是红妆阁上的关红小姐！"

这女子身上穿的衣着，是床姬的装束。

凭着超强的记忆，金凌一眼就认出了这个女子，属十无殇名下，是上批硕果仅存的几个床姬之一，已侍过夜。前番见过一面，这女子低眉垂眼一副柔弱的样子，看上去很不起眼，此刻依旧怯怯懦懦我见犹怜的模样儿,只是眼神多了几丝凌厉之色。

这女子不简单。

能闯进这样一个隐秘的暗道,如果没有真才实学及胆识,谁敢在这种兜兜转转的迷宫里乱闯?

"你是说,这个密道通着外头?"

金凌没有拆穿她的鬼把戏,一派迷糊地反问。

关红眼珠子一转,露齿一笑,走近道:"是啊!我一直想逃出去,无意间发现了这地方。怎么?你们不知道吗?"

金凌觉得,这女子演戏的功夫真是一流,她扯了扯嘴皮子:"不知。我们是误闯进来的。"

"想离开这里吗?公子府那个鬼地方,真不是人待的地方。既然遇上了,不如我带你们一起逃,这里我进来过两回,比较熟。"

"那是最好的!"

她倒想看看这女子怎么带她们出去。

事实证明这女子果然很了得,对于阵形布局相当内行。

密布于公子府底下的暗道,以五行阵配以阴阳八卦而成,道道相连,以蜂窝形状四散而开,如果不懂门路早就在里面迷失了方向,可这女子,手上捧了一个定南针,按部就班地在前面引路,思路相当的明确。

如此来来回回走了约有半个时辰,她们三人来到了一个五边形的暗室,五条级级高起的台阶往上延伸,关红选了一条刻有"金"字的台阶引头往上而去,甬道越走越矮,空间越来越狭小,只能蹲着身子前行,待到尽头没了道路,但见关红在石壁上摸索了半天,头顶霍然开朗,一股透着浓郁胭脂味的空气涌了进来。

"到了!"

直起身,金凌发现她们身处在大衣橱里,里面放着一些衣裙,很艳丽。

推开橱门,外头静悄悄,层层罗幔低垂,妩媚生春,家什皆精致,房内流动着一股浓烈的女儿香。

她四下观望,敏锐地嗅到了一抹风尘味儿,心下一盘算,和公子府隔了两道街便有那样一处达官贵人常年流连其中的烟花地,所以,这里应该是香凤阁。

正思量,关红往外探寻而去,金凌连忙拉上若歆紧随而去。

这是一间空房,地上有一个大的不像话的坑,坑深半米,坑中以沙石及各种小模型,相当立体感地呈现了整个镒京城的布局。坑边只余一米宽的走道,以桃木铺成,上面印着不少脚印,可见就在刚刚不久前,曾有好些人在房内停驻过。

也就这个时候,门外传来了一阵脚步声。

金凌忙拉上若歆往刚刚来的房内躲进去,眼角的余光瞟到关红在记那个地形,两人的目光有短暂的接触,各怀心思对以一瞥,分别躲到了门旁的矮柜后。

隔着一扇门,有不少人走了进来,这些人在一起低低地交谈着,谈的内容和祈福大会有关,和天盘有关,议论的中心是如何把晋王的人马在今夜一网打尽,并且尽一切力量把晋王除掉。

"一切按计划行事,左营包抄于福庙以北,右营埋伏在福庙以南,东西两个方向,另布有奇兵。天盘到手后,整个福庙必会大乱,我们要做的事,就是将拓跋弘引到引爆区。这次,一定要把他整死。你们看明白了,这些插着红旗的地方,归属常王负责,每个红旗底下都埋着炸药,你们各自看清楚了,好好把兄弟们带好,小心到时炸飞了自己人。"

沉沉在吩咐的是十无殇。

"这是两块兵符,文昌执右符,安岳执左符,左右营到时自有人听命于你们,受你们指派。"

"等一下,十爷,容文昌问个问题。"

"说!"

"九爷打不打算自立为王?我等都知道九爷和七皇子关系甚笃,有意扶他上位,可我等以为,与其扶一个毛孩子坐龙椅,倒不如由九爷自己坐上去。"

金凌一怔,九无擎有意要称王?他手上的权势当真大到可以谋朝篡位吗?还是别有什么倚仗?

"这件事,我会劝九哥的。我也希望九哥可以坐上去。不过现在,我们的当务之急是把拓跋弘给做掉!"

"这是自然,拓跋弘一日留在世上,我们就一日不得安宁!"

几人又是一番细细碎碎的交谈,忽门被撞开,有人急急闯入。

"报!"

"何事?"

来人耳语禀告了一番,十无殇啪的一下把什么东西拍打在案台上冷笑一声:"倒真是有能耐,居然能跟踪到香凤阁来。传令下去,让人锁住西院,别让他给跑了。我正愁着没地方找他。"

"是!"

"我们去看看。待会儿再来细细研究地形。"

一行人开门离开,脚步声渐远,房内顿时沉静下来,闺房内只有彼此的呼吸声在细微地抽拉。

关红极谨慎地转头,小心翼翼走过去,自门缝往外瞧,见外头无人后,就闪了出去,再度去看了一眼地形沙盘,闭眼稍作记忆后,疾步退回寝房。

金凌一直在留心此人,忙拉上不知去拿了什么东西折回的东方若歆依旧紧跟在她身后。

"做什么一直跟着我?"

关红一脸戒备地问。

金凌眨眨眼说:

"你不是说要带我们出去吗?不跟着你,我和我家小姐跟着谁去?"

这话堵得她无言以对。

关红皱了一下柳眉，很想不理会她，又因为现在身处别人的心腹地，不好翻脸，一番思量后道："那就麻利点，往后面走！"

寝房的后窗有上下两道窗，三人很快翻墙而出。

房外，天空已成青灰色，整个儿黯淡下来，放眼望，是一片矮寒榛林，和她们的个子一般高，密密麻麻的，一时分辨不出方向。

关红取出定南针，步子不停地往前奔跑，金凌和东方若歆紧追不弃。

少顷，出得小林，是一条鹅卵石铺成的小道，附近有个小凉亭，过了凉亭是一道拱门，西边人声聒噪，好像闹得很凶。

也许是因为这个缘故，这边才没了人防守。

金凌觉得有点不太对劲。

四周太过安静！

这是一处隐秘的巢穴，不该没有任何人守卫：公子府出来的人，那是谋大事的狠角儿，怎么可能连这点心思都不长？

她心惊肉跳地停下步子，四下环视，留心到若歆手上抱着一个小锦盒。

"你拿了什么东西？"

"好像是兵符，刚刚他们把这东西落在桌案上忘了拿，我顺手拿了！你看。"

她揭开盒盖让金凌看，脸上难掩兴奋之色。

金凌一下变了脸色。

像兵符这么重要的东西，十无殇怎么可能会将其忘在房里？

第一个反应是：这是一个陷阱。

意识到这一层时，已经晚了，拱门外，有人在守株待兔。

二

此刻，天色，渐变成深灰色，晚风冽冽，冰冷，一阵掌声响起来，埋伏在附近的武者从四面八方涌现，将三个女子团团困住。

东方若歆看到这样一个场面，小脸上再也挂不起笑容。金凌淡静地看着，并没有感觉有太多的意外。脸色大变的是关红。

十无殇抱胸自树荫下从容地走了出来，脸，冷若寒霜，冷冷瞟了一眼东方若歆手上的锦匣，缓缓转到了关红身上：

"倒真是小瞧了你，平时一副柔柔弱弱的样子，居然能从五行宫里闯出来。关侯爷最得意的小孙女，果然是得了其几分真传。只是那拓跋弘到底许了你什么好处，竟然肯来以身伺虎，不择手段地想将我公子府颠覆。据我所知，平西侯爷可是不问世事多年了，怎么如今也掺和到这些乱七八糟的事里来了？他就这么不愿意过一个安稳的晚年么？嗯？"

最后一个"嗯"字，透着让人喘不过气来的胁迫之意，散发着浓烈的杀气。

关红舔了舔惨白的朱唇，露出几分怯怯的神色，语出结巴："十……十爷，这不关贱妾的事，是她们带贱妾出来的……贱妾想念家人实在想得紧，才受不了蛊惑跟了出来……更跟贱妾的家人无关。"

一下把自己的责任推得干干净净。

"来人,把她就地正法!"

十无殇不听解释,冷冷地吐出一句,便有四个武者,拔剑而出,冲她围了上去。

关红顿时脸若死灰,迅速急退,这会儿性命攸关,她自不会再掩饰自己擅武的一面,身子一飘,疾退到了东方若歆身侧。

事情变化得突然,当金凌觉察到她想做什么时候,若歆已发出一声惊呼,被关红拽了过去。

"别动,十无殇,你要是敢动一下,我就带着她一起死。我知道你在意她,要不然她现在应该是九无擎的女人。这么多年,她是第一个被你带回天阁的床姬。"

一把利刃指上了若歆的脖子。

"哼,区区一个女人罢了,你以为挟持了她,就能拿我如何了吗?敢盗我兵符者,一个个全部死有余辜!"

一柄长剑"刷"的出鞘,寒光闪动,竟直指东方若歆胸口而去。

金凌看着一骇,东方若歆一下面如死灰,手中的锦匣落地,里面的兵符翻落地面,立即一摔为二。真正的兵符乃是玄铁制成,怎么可能摔得碎,东方若歆拿的自然不是真的。

这十无殇怎如此狡诈?

关红原以为东方若歆会派上用场,不想十无殇根本不为所动,她心肝不觉直颤:

"好,十无殇,是你逼我的。"

短匕一动,就要见血,千钧一发之际,金凌自地上踢起一脚泥尘,冲关红的脸面上倾上去,另以一颗小石打其腕穴,致令其短匕落地,以迅雷不及掩耳之势将人拽回。

也正是同一时间,十无殇手上的长剑一斩,关红顿时脑袋搬家。

"啊!"

东方若歆不由得发出一记惨叫,整个人顿时瑟瑟发抖起来。

金凌连忙将她扶住,刚刚若不是自己出手把这丫头救下来,十无殇会果断地将若歆和关红以一箭双雕之法一并刺死。

关红是必须死,至于若歆,这刻,金凌已猜不到十无殇到底是真狠心想弄死她,还是料定自己会出手相救,才敢如此一剑刺来。

如果是前者,这行为与他昨夜拼命相救的举动自相矛盾;若说是后者,十无殇的心智似乎还没达到这样一种可以揣透别人心思的地步。

关红是十无殇的女人,可他出手之狠,全不顾念半点情分,杀人灭口,手段狠绝,而今呢,他打算如何来处置她与东方若歆?

"拖下去,埋了!"

一个冰冷如地狱里冒出来的声音,令金凌浑身一紧,循音而去,但见一群精武大汉忽然让出一条道,一个墨衣男子缓缓走了过来。

是九无擎,他的容貌极寻常不过,自是易过容的,但他的声音,是如此的让她痛恨入骨,自不可能忘记。

"主子，这两个怎么处置？"

"东方府送来的，不能留。主子，一起解决了吧！"

另有人建议着。

若歆的小手在发抖，目光落在花坛边上，关红的人头滚落在那里，眼珠子瞪得圆圆的：人之生死，只是一瞬间的事。这让她害怕。

"你自己说，我该如何处置你们两个？"

九无擎直视着她，声音极淡极淡，却透着浓浓的杀气。

她们听到了不该听到的事，他若想杀她们，合情合理。

"我是东方家的人，她不是。"东方若歆拦到了金凌身前，很勇敢地瞪着十无殇，"要杀要剐冲我来。"

那男人冷冷一哼，将长剑指向了她："就凭你打兵符的主意，便是死十七八回也不够！"

冷冷的剑光映着东方若歆的脸色一片惨白，她咬着牙闭了眼，任凭他处置，十无殇却没有把剑刺下来，眼神是复杂而恼怒的。

金凌轻轻地将东方若歆拉了过去，将其护在身边，目光停留在九无擎那张易过容的脸孔上：

"九无擎，你该知道，我若真想离开，你拦不住我！"

"好，你大可以试试！你若敢走，有人就会死。一个东方若歆若不够分量，再加上一个小鱼儿够不够？若小鱼儿不够分量，我可以令睡着的那位从此再不必醒过来，又或者，刚刚被擒拿下的鬼见愁，我也可以送他去见阎王。"

神情寂寂无波的他，薄唇一扬，吐出这样一句令金凌神情大变的话：

"你……"

"我本不想把你牵扯进来的，可今日，你知道了太多不该知道的事。"

"所以呢，你想怎样？杀人灭口么？"

"看在八哥的面上，我不杀你！"

九无擎缓缓地走近，高大的身形很有压迫力量地站到她跟前："但是，祈福大会谢幕之前，我不想出现任何状况。从现在开始，我要你寸步不离地跟在我身边。要不然，你在意的这些人，会一个个死得很惨。"

一股冷风吹起，背上不由自主生出了一层层的栗子，不知道是因为那血腥味儿，还是因为来自他身上既好闻又让人恶心的薄荷味儿。

"张嘴，把这个吃下去。我知道你懂医，但别试图给自己弄解药，我这么做，只是想保全大家的命。你若识趣，我会按时把解药给你，如若不然，后果自负。"

他逼她一口吞下的是颗毒药。

而后，九无擎给了她一个全新的身份：一个不起眼的随从，一起去了祈福大会，至于东方若歆和逐子则被关了起来。

第十三章 天盘之乱

三

福寺福殿前，有一眼圆形天池，直径八丈，池沿以汉白玉砌成，池中有一高约十丈的圣坛，每十二年一祭礼，这天盘皆会呈于其上受天下万民朝拜，而天坛下的池水中，则亭亭静置着四朵白玉雕成的寒莲，花形含苞欲放，初绽的花蕊内可容纳四国各自持有的宝珠。

秦国、荻国、南云国及龙域，四国臣子各据一方围于福池边上。

九无擎被安排和亲王坐在一起，是时，几位亲王都入座，正说话，一阵阵笑语轻快地传荡着。

看到十无殇推着九无擎过来，身着亲王银绣蟒袍的毓王、梁王都聚拢过来。

"无擎，身子怎样了？若撑不住，就和父皇说说，回家养着吧！"

梁王一派温温雅雅，满面和气。

毓王点头应着，一动精利的眸子直在九无擎身上打转："就是，每番你蛊发就像得了一场重病，不好好养上三四天断起不了床的。"

"有劳两位关心，无擎无碍！"

金凌起初有点纳闷，后来渐渐听出了味儿：原来就刚刚不久之前，九无擎本来在福寺，在获悉她失踪以后，才借着身子不爽暗中跑去了香凤阁。

至于常王，冷傲地坐在自己的座位上，全然没理会他们；至于怀王，那小子素来讨厌公子府的人，根本没来打招呼。

金凌垂手立于九无擎身边，除去几年前病死的太子，其余六个皇子，她已见过五个，梁王风雅，毓王有恃，晋王怀才，常王高傲，怀王轻狂，最后一个七皇子，她只闻其名，未识其人，就不知今日他会不会来祈福大会。

她实在很好奇，究竟是怎样一个拓跋曦，可令九无擎心甘愿地扶他上位？

梁王和毓王又跟十无殇扯了几句，各自归座。

十无殇坐在九无擎身侧，随手拿着案几上的水果吃，九无擎戴着面具，一动也不动，就如老僧入定一般安静。

"小凌子，给九哥按几下肩。九哥今天在外头跑了一天了，刚刚又差点犯病，定然累着。给他松松骨头！"

十无殇突然冒出这么一句。

金凌很想踹他一脚，丫的，这个恶毒的家伙，故意整她来了呢！

九无擎马上慢条斯理地接下话："的确有点乏，左肩上捏几下。"

金凌为之气结，恨不能将他一脚给踹到云霄外去，可想到逐子，想到慕倾城，想到东方若歆，她只能忍住，一双小手带着浓浓的火气爬上他的肩头，没好气地捏起来，心里早就将他十八辈祖宗全骂了一个遍。

九无擎闭了眼靠着，耳边是各种嘈杂的声音，肩头上是柔若无骨的小手在狠劲儿地又捏又掐，说真的，有点疼，可他觉得疼得有点窝心，面具下的唇角微微勾了起来。

公子府内一直有细作，他和无殇是知道的，这几年，弄死的床姬，好些是外头想安插进来的眼线。也曾有人闯进过五行地宫，大多以死告终。只有一个例外，那女子误入地宫后，凭着非同一般的才智，在守宫人抵达她所困的暗道前，成功逃脱了出去，并且一连数月再没有动静。

这几日，他和十无殇故意借忙查案，放松了府内的戒备，就为了把这个细作引出来。

关红一进地宫，就被守宫的阿唐盯上了，阿唐本想将她处死在地宫，不想金凌和东方若歆贸贸然也闯了进去。他见事情发生异变，急忙令人上来禀告，东罗听报往红楼上一看，知道坏事，就急忙过来急报。

幸好，一切都赶得及时。

关红死了，这两个小丫头也被截了回来，还有了意外收获：江湖第一杀手鬼见愁自投罗网，这事叫他叹为观止，找了三年找不到的人，原来是被这鬼机灵改造了。

金凌闷闷地"捏"着，使的劲儿可足了，可令她泄气的是：他没有哼一下，似乎还很享受，这结果把她气得直咬牙。

人群忽传来一阵骚乱，她抬了头，但见到由红地毯铺成的廊道上，一身杏黄锦袍的龙奕走了进来，两个美得不可方物的少女相携于后，皆着红衣，一个挽着流苏髻，额佩五彩明珠，显得极为的娇俏，一个挽着飞仙髻，凤钗斜摇，落落大方。两个少女，皆浅笑倩兮，立即吸引了无数男子的目光。

常王在低叹："龙奕真是艳福不浅，一个来历不明的孤儿平白无故得了少主之位也就罢了，那老龙主竟还把两个倾国倾城的公主全许了他做妻子，偏生他还不假以颜色。"

那语气，自是艳羡不已，恨不能由自己替而代之，享用了这人间极乐。

龙奕是孤儿，这事，人所皆知。但外面的人不知道的是：他是龙域前代具有神女之称的龙乐公主的血脉。

这事，是那天龙奕亲口告诉她的。

那天，龙奕曾阻止她入公子府，说：那里面水太深，一不留神就能淹死你。

金凌哪肯听，龙奕拿她没办法，趁她不注意，往她脚上咔嚓一下套上了一只似金非金的脚镯，对她说："要是他们敢欺负你，就把这镯子亮出来，看他们敢拿你怎样？"

金凌第一眼就觉得那玩意儿很眼熟，再细细一看，竟然和燕熙哥哥小时候戴在脚上的长命脚镯几乎一模一样，所不同的是，燕熙哥哥那只上盘附着金龙，而这只上浮雕着彩凤，便惊问起这东西的来历。

龙奕说，这是他自小就戴着的，许是生母留下的。他之所以会成为龙域的少主，一是因为他能召唤灵虎，二是因为他身上有这个玩意儿！

龙乐是龙域的第一公主，被誉为神女，听说公主出生的时候，天生祥瑞之兆，足佩龙凤双镯而来。那双镯生有灵性，长于公主之身，外人拿它不下来。

可惜，龙乐出生五天，龙域发生政变，政变平定后，龙乐公主及其母亲龙筝，当时龙域唯一的嫡系传人离奇失踪，最终导致主位易人。

二十九年以后，龙域的郯王无意之间在龙林里捡到了虎娃，看到他脚上佩着的凤镯，又在他身上找到了龙域一族特有的胎记，那些老东西就认定虎娃是龙乐公主的骨血，之后，虎娃莫名其妙就成了龙氏少主。

龙奕的身世便是这么的离奇，最令金凌惊怪的是，他这只镯和燕熙那只似乎是配对的，但，燕熙的龙镯分明是姨娘的东西，姨娘是大沧人，和龙族肯定没什么关系的，怎会有龙家的对镯？

最邪乎的是龙奕和燕熙哥哥长得还一模一样，这让她想不通。

看到龙奕，金凌情不自禁就想起燕熙，想起八无昔。八无昔的脸，也曾被火烧伤过，当年还是他把烧得面目全非的九无擎救出来的。当时，八无昔烧伤得不太严重，后来慢慢就整治好了，而九无擎的脸，却是在那场大火中彻底毁掉了。

所以，九无擎和八无昔，那是生死之交，会知道八无昔某些秘密并不稀奇。

但，九无擎的话，能全信吗？

对于这一点，她是置疑的。

金凌思量罢，目光不由得被紧跟进来的墨景天吸引了过去。

这个才十五六岁的少年，一袭白袍如雪，袍上绣四爪正龙，头戴金冠，笑容明媚，璨璨而来，就像一道流动的风景，无形之中散着一股炫人眼目的雍容之气。

他的目光在掠过九无擎这边时，微微一顿，笑容也变得若有所思，转瞬，移了开去。

墨景天才坐下，东荻国的使团也紧跟而至。

第一眼，看到是引头而行的凤王，金凌指间的劲儿不自觉地重了几分。

此人，身着一袭亲王蟒袍，一脸冷静淡笑，由十几个使臣簇拥着，徐步而来。

比起十几年前，现在的他无疑更为风光，那时，他一度是旃凤朝的幼帝，后被废，被幽禁，再后来，他害死了她娘亲，抓着甫出生的弟弟想逃出去，再后来，他抱着母亲没来得及看上一眼的弟弟翻落了山崖，被一帮身份极为神秘的人救了去，从此消失不见！

这个人是凤烈。

初来龙苍听得这个名姓时，她以为只是人名相同，后来专门去过东荻国，化作青城故意接近，想知道此凤烈是不是当年的故人，一探果然是。

那一番把酒论交，凤烈还当真把她当做了知己，曾与她说及旧年伤心事。如此这般，她才知道娘亲用性命换来的弟弟当真被他带来了龙苍，所幸，凤烈并没有亏待金博，甚至还细心照看了他一年多，拉着他的手，教他学会了走路。

也正是那一年的春天，金博被凤烈靠山丽贵妃的政敌掳了去，就此生不见人，死不见骨。

金凌原本是想寻他报仇的，几经查证，知他所言非虚，也知他曾多方寻找金博，始终不得下落这才作罢，可见他善良之心未泯。她心几经挣扎，终放弃复仇，转而将重心放在寻人上面。

至于他是怎么跑到龙苍来的，这事，他一直不肯吐出实情。

小时候，金凌倒是很喜欢让这个大哥哥抱的，但自从知道母亲因他而亡故以后，对于凤烈，她怀的只是恨，等来了龙苍，再度结识了这个人以后，知道他也在疼痛当年母亲的死，她便没了恨，也没了喜欢。

"皇上驾到！"

她的思绪被宦官拉长的声线打断，四周喧哗之声戛然而止，所有人纷纷起身，西秦国的臣子纷纷下跪相迎，连九无擎也不例外；各国使臣皆躬身相迎，行的是使节之礼，福池边，"万岁"之声山呼而起。

秦帝一身明黄的龙袍，自地毯那边而来，昂首接受着朝臣使节的大礼，待一步步坐上了正南方的龙椅之上后，方唤了一声"平身"。

臣子谢恩而起，各自落座。

秦帝坐在帝位上，问司仪官时辰可到，司仪官正在回答。

那些对话，金凌听得不甚仔细，她的注意力被帝座身边空着一个凤位所吸引：这样大的盛典，皇帝没有带任何嫔妃观礼。相传这位帝王专宠九贵妃，五年来不近女色的传闻似乎果有其事。

"启禀皇上，七殿下到！"

有内侍来报。

"传他上来！"

神龙见首不见尾的七皇子终于现身了，金凌不自觉地往外面张望起来。

须臾后，一个十来岁的少年自红毯而来，身着银白勾四爪龙纹的礼服，束腰，未绾发，随意以银带一束，脸如凝脂明玉，眸清亮如泉水，眉似初试之宝剑，唇色丹色含笑，面色生红。

睇了这第一眸，金凌就惊呆。

她看到了什么？

十二岁时的小燕熙？

"曦儿拜见父皇！路上贪玩，稍稍堵了一下，父皇莫怪！"

金凌张了张嘴，惊直了眼，目光愣愣地看着思念了十几年的人儿，在自己面前一晃站定，撩起袍子跪下，语气轻快。

不，这声音不是燕熙的声音。

燕熙的声音温润，就如同他阳光似的笑容一般，自九天之上懒懒洒落下来，便可深深暖到心底，浑身经脉都会不由自主地舒展开来。

拓跋曦的声音则显得清朗，就像草原上的哨子，在蓝天白云底下那般一吹，能毫无阻力地直透心扉，震撼魂魄。

这两种声音截然不同，但他们迸射出的昂扬向上的气息是一样的。

她目光直直地盯着拓跋曦看了又看，很快又觉得不像了！

燕熙是尖脸，眼珠子既温厚又狡黠，既和气又犀利：在长者面前，他谦恭有礼；在同龄人面前，他让人敬畏；在她面前，他时而很闹腾，时而又像通晓世事的小大人。

而拓跋曦，脸是圆脸，笑起来会露出两个小小的酒窝，流转的光华映射下，似有美酒在里面晃动，极蛊人心。

所以，他不是燕熙！

眉太过锋利，眸太过耀眼，额太过宽阔，腮太过丰满，笑容太过亮彩。

燕熙是一个懂得把握分寸的王侯骄子，拓跋曦则干净灵透，就像一颗自天上落下来的宝珠，不识凡尘的污浊。

对，他不是燕熙！

金凌回过了神，时隔十二年，岁月如刀，必已将他脸上的青涩年华敲落，怎么可能还是当年十一二岁时的模样？

如果，还活着的话，他应是风度翩然的俊公子，就像龙奕那样风华无双。

"起来吧！你啊，难得放你出来，就尽顾着玩。到边上坐着去吧！"

秦帝端坐摇头，没有半句责怪。

当今圣上苛厉，很少在人前流露出作为父亲的慈爱。

"是！"

拓跋曦含笑站起，随即，他转身时对在座众皇兄行了一礼，梁王、毓王、常王、晋王与他搭了几句话，他笑而对答，进退有据，独怀王阴阳怪气地损了一句：

"七皇弟这么娇贵，就不怕出来吹坏了身子？"

拓跋曦极少出席宴会，除了皇帝，除了公子府的公子，他不见外人，几乎过着与世隔绝的清闲日子，偶尔才会在家宴上露露脸。

"六皇兄这是哪里的话，身子养好了，自然就能看热闹，小七又不是泥捏的，一摔就破。"

似驳非驳，似损非损，把拓跋桓堵得是哑口无言。

拓跋曦又看向拓跋弘，露齿而笑："四皇兄，哪天有空，一起去赛马好不好？小七已经学会骑马了，再不会像以前那般不经吓，好端端就会从马上滚下来。您听呢，几年前那番事儿，让六皇兄一直惦着，至今还在笑话我，也不想想当年我只是一个什么也不懂的小娃娃而已，尽揪着我的糗事不放。"

拓跋弘瞟了一眼紧闭上嘴的六弟，心下明白七弟虽是在和他说话，却分明是在警告拓跋桓：别以为他不知道那番是谁吓惊了马，害他被马甩落差点丢了小命，他没有去告状，不代表他就什么都不知道。

九无擎果然是指导有方啊，拓跋曦现在说话就这么让人心惊胆战，等将来，他长大成人，又有父皇做他的靠山，西秦国内，谁还能与他争锋？

"好，有空一起去，你可以叫上你九哥和十哥，咱一起去玩玩。很久没动了，也很久没有和你九哥切磋了。无擎你以为呢？"

他淡淡地接了一句，把问题引到了九无擎身上，他们从没有正面交过锋。

"以后再说。我身子不好，这事定不了准数。"

九无擎冷淡地应着，把话题就此掐断。

拓跋弘面色一深。

拓跋曦自不在意，含笑走到九无擎跟前："九哥，十哥，我坐你们这边！"

"嗯，子鹏，让人搬张椅子过来！"

九无擎看着这张酷似自己儿时的脸孔，不用回头看，便料知小凌子必已露出了惊讶，如果事先知道今日拓跋曦会来，他一定不会把金凌带来，这种惊人的相似一定会引发她的好奇，也许她会就此穷追不舍地查下去。

四

戌时是为吉时，时候一到，司仪官来叩请皇帝行祈福大典，高高坐于帝座上的西秦帝点头，司仪官转身，高喊起来：

"吉时已到，祈福正式开始，请出天盘！"

远处的内侍将司仪官的话接了过去，重复了一遍，三遍罢止，铿铿的鼓声，如雷般响了三下，惊天动地，将所有喧嚣压入尘埃，夜色一下沉寂如水，无人再敢吱声来扰了这庄严的盛会。

鼓止，万籁俱寂，一内侍捧一托盘疾步来到帝王跟前，俯伏于地。

托盘上盛着一只盘凤绕龙的玉盘，发着灿烂夺目的奇光，那光华比高悬于头的千盏宫灯还要明亮，盘上琢镂着四个圆孔，丝丝缕缕的云气自孔槽内往外飘溢出来，神奇地萦绕着玉盘不散，就像是九天之上的仙气一般。

秦帝肃然走下玉阶，双手捧过天盘，神情恭敬。

"请皇帝陛下送天盘归天位！"

西秦帝走下台来，一步一步，徐徐而行。

至福池，秦帝跨上池垫石，来到天坛边，将天盘纳入通往天坛顶端的玉托上，而后按动机关，天盘徐徐上扬，万丈光芒就如不灭的太阳，无比清亮炫目地照亮了整个镔京城。

这绝非虚话，天坛高八丈，高高矗起，远在寺外的百姓都能看到这道金光在冉冉而起，原本冷冽的夜风，就像被烈火熏过一般，变得丝丝柔软，融融之间透着暖意。

秦帝归位，司仪官再度高喊："有请四珠坐莲蕊，洗浊尘，归盘入位！秦国由九公子奉珠坐莲，获国由凤王爷奉珠坐莲，龙域由龙少主奉珠坐莲，南云国由云太子奉珠坐莲！"

奉珠坐莲，虽说只是一道程序，但是能担当此任者，身份必然尊贵，那个人代表的是一个国家。

没有人猜到，此次大会，皇帝竟然选了一个与皇族没有半分关系的九无擎委以此任。

金凌微微有点惊讶，看到对座的拓跋弘面色沉了又沉，怀王拓跋桓则露出了不服之色，常王更是流露出了愠怒之色。

九无擎平静一如寻常，谢过恩典，而后，自西秦帝手上接过光华四射的宝珠。

这宝珠，名唤青龙，是用千年前自天上掉下的奇石打磨而成，获、云及龙域各有一珠，分别取名为玄武、朱雀及白虎，珠壁明透，珠内悬浮奇兽。

适时，九无擎、凤烈、墨景天和龙奕从各自的位置上走向福池，四道闪亮的奇光将他们笼罩其中。

场上寂寂无声，司仪官高声叫："珠归莲心，福佑子民！神兽护盘，祥瑞万代！"

一番洋洋洒洒的叩天祈福词落下后，四珠滚入莲心，没于池水之下，四人退出福池。

也正是这一刻，夜空之上，东西南北四位，有奇异星光，万里穿梭而来，于瞬间注入四朵莲心，而后，华光叠彩自莲心而出，折射于长空，天上星象霍然而变：东有青龙来回盘翔，西有白虎咆哮不止，南有朱雀欢舞长鸣，北有玄武威风凛凛。

眨眼后，四方星象幻作四道光束，于夜空中缠而绕之，绕而逐之，逐而缠之，就像是四个久别重逢的孩童，追逐嬉戏，而后散开，贯入坛顶天盘。

天盘陡然暴出四道强而刺目的异彩，直冲苍穹深处，平静的夜空就像被炸翻了一般，扭转出一道神奇的旋涡。一圈又一圈，形成一个深而不见底的黑洞。那黑洞越卷越急，越急便越深，将整个天坛笼罩其中，黑压压地逼下来，似能把万物吞噬进去。

时有大风卷地起，也不知是谁的绢帕没有捏稳，随风吹了去，卷进黑洞便消失不见。

也几乎在同一时间，黑洞缩小，有华光自其中迸射而出，天地霍然而亮，一如白昼，将整个大地照亮。

一忽儿，天色又暗，夜空忽现一龙一凤，互相逐鹿着一颗七彩明珠。那明珠有皓皓之华，冷而亮，渐渐将龙凤之争压下，而后有千万银光洒落。

金凌看得呆若木鸡，不为这层出不穷的异象，而是她在银光中看到了一倾国倾城的少女盘于莲座之上：紫衣滟滟，长发轻舞，美眸带笑，温柔地睇着这红尘凡世。

她细辨那容貌，分明就是故去十几年的母亲：秦紫珞。

那一刻，脑海一片空白，她不相信地揉了揉眼，睁眸时，银光渐渐收起来，代表青龙、白虎、朱雀、玄武的四道光束自天盘上射出，化神兽，凌空而动，在无数双眼睛的注视下，遁入水下的宝珠，福池内顿时激成数丈高的浪花，池水哗哗作响。

而天盘自十丈高的玉托上缓缓降落，通亮如烧，没入清可见底的池水正中央，天地陡然暗下，只有福池池面依旧有隐约可见的光华在一波波地流动，汹涌的池水，正在冷却如岩浆般炙热的天盘。

什么都没有了！

传说的吉瑞之光，转瞬而逝。

可她分明看到了母亲的笑脸。

"福光普照，天下升平，神兽镇国，安居乐业，四国举盟，互为睦邻……"

司仪官的唱彩之辞再度响了起来，最后以"祈福之会，功德圆满，请珠归兮，永兴盛世"作了结语。

跪于福池最前面的九无擎、凤烈、墨景天以及龙奕，纷纷站起，正欲过去将宝珠取回，谁能想到这个时候，意外发生了——高约十丈的天坛顷刻间轰然倒塌，四朵寒莲砰然而裂，声音震耳欲聋。

整个会场哗然而动。

西秦帝异常震怒地逼近，往福池内一睇，转头面对急急追上来的儿子们，冷利的目光在九无擎身上流连了好一会儿。

空气里散发着火药的浓味儿在告诉所有人：这不是一场意外，而是一场故意的破坏。

龙苍大地没有火药，五六年前一些沧商将其带了进来，曾一度造成地方大乱，以后就被各国列为禁物，除了军备允许数量外，不太可能流到民间。因为这东西配制非常之不易。在龙苍大地上，硝石和硫黄稀少，很难开采得到，今日祈福大会上出现这种东西，证明问题相当严重。

秦帝第一眼便看向九无擎，这是一种本能反应，很少人知道九无擎是东朝沧国的侯门之后,他本就是将门虎子。

"是火药!"

拓跋弘沉沉叫破,目光一沉:"谁敢在民间私自制造朝廷明令禁止的东西?"

"这世上,越被禁止的东西,越能引人遐想。"九无擎接了一句,"硫黄这东西来之不易,想要查出处,并不难!"

边上,左相姬棠连连点头:"西秦就三处能产硫黄,量少,皆有记录,流向何处都有明细跟踪。倒是天坛重地,竟会被人埋以火药,却是匪夷所思了。"

说话时,目光瞄了瞄拓跋弘,福寺的一切事宜全是晋王在负责,出现这样重大变故,他难辞其咎。

"依姬相的意思,今日这事全是晋王疏职?姬相别忘了,天坛莲座的整修可是常王殿下负责的。"

国师侯璈忽而发问。

这二人,一个是晋王党,一个和常王有几分交情,一来一往的辩答,火药味十足!

当下,晋王和常王一起跪于地上,还没待请罪,西边已闹开。

原来是凤烈等人欲下莲池捞宝珠,被一千御林军给拦了起来,龙卉公主一怒,欲强行翻入,两方人马起了争执,被凤烈劝住。

"皇上,这怎么一回事?天坛怎么塌了?莲座怎么炸了?还有,我们的圣珠怎么办,都堆在了一堆碎石底下了,还不让我们下去拿回来,这是什么道理?难不成秦国借机想私吞么?"

龙卉、龙蕊二位公主提着裙摆,直奔向秦帝而来,语气是咄咄逼人的。

其身后,玄墨蟒袍的凤烈,杏衣款款的龙奕,白衣飘然的墨景天,纷纷围了过来。凤王脸色异常沉凝,冲跪在地上的人晋王和常王投以深思之色;龙奕满不在乎,扯着唇角,懒笑中透着犀利之光;墨景天挑着眉,饶有兴趣地在汩汩翻滚的池水里探看,似想看出个中端倪。

这不是一件小事,塔毁莲碎,福断寺会,百姓必生惶恐,宝珠若再有失,则定会引发战端。

西秦帝目光一利,扫了一眼地上的两个儿子,一个沉着不慌,一个眼神深渺,又瞟了一眼满目狼藉的福池,沉声道:

"这事,朕自会查个清楚。但现在,谁都不得踏进福池半步。天盘和宝珠是否安好,放尽池水就可知晓。来人,放尽池水!"

半个时辰后,池水渐干,露出以白玉砌成的池底,众人只看到满池碎片,哪还见那闪闪发光的宝珠?

有人却在不曾掩埋到的池底看到了一行刻得工工整整的秦字:

"篡位夺权,人神共怨。坛毁莲碎,江山易位。"

谁都知道当今皇上之所以能坐了这张龙椅,全是其先祖篡位而来,拓跋跃并不是秦室皇族的嫡脉传人。

而后又有人在池底发现了异样:"莲座底下有暗门!"

四座玉莲花,只有代表玄武的那座没有炸成粉碎,固定在池底的柱子斜倾,柱身已断裂,露出的那一截柱身可以明显地看到柱子里面是空心的。

顺着莲柱，皇帝令人挖开，赫然看到莲座底下有一个暗道。

几个精武的侍卫顺暗道而下，发现盗窃之人行踪，一场空前的搜捕拉开序幕。

晋王、梁王受命搜查福庙以南的福林，毓王、常王受命搜查福庙以北，东路由东方轲和左相负责细查，九无擎和十无殇及国师侯璈三人在西街查看，道上行人，一律需要搜身方可放行归去，一时闹得是人心惶惶。

五

这就是九无擎预谋已久的阴谋，他在众目睽睽之下令象征吉瑞之兆的天坛土崩瓦解，令四朵寒莲碎成粉末，破坏了整个祈福盛会，并且还成功偷去了天盘和圣珠。问题是，他要这些东西做什么？

金凌不懂，很安静地跟着他，四处查看。

"若无内贼，宵小之辈如何能成事？九公子你说是不是？"

与他们同行的国师侯璈，不阴不阳地说了一句。此人个子不高，长脸，短须，利目，高鼻，一副儒生的模样，据说此乃九华沧人。

"照国师的意思是说您已知道谁是内贼了？"

九无擎淡淡地反问。

侯璈皮笑肉不笑地道："这番晋王和常王一起惹了嫌疑，获了罪，今日之事若不了，请问得利的是谁？"

九无擎不曾眨眼，接话道："无擎不管外事多年，不清楚如今谁在做那渔翁。"

"九公子从来是高明的！"

"国师错了，无擎现在是废人，得皇上垂怜，才得一碗饭吃！"

这二人语暗中交锋数句，话不投机，分道扬镳。

金凌冷冷看着，这么多年见过形形色色的人，独九无擎最难让人看透。

从繁华的街市转上树荫沉沉的小道，九无擎遇上了拓跋弘。

一东一西，这二人皆坐于马上，虽无月色，但侍卫们手中的火把足可照亮两人之间的剑拔弩张。

一个神情淡漠，一个面无表情；一个是权臣，一个是罪臣，他们之间怎么就成了死敌？

梁王驱马走了过来，笑着打圆场："无擎，你那边可有什么发现？"

"暂无！"

"我们逮到了一个，可惜服毒自尽了、一个逃跑了，估计就在附近，跑不了多远。"

话未说完，有快马来报："报，东林附近，有看到逃遁的刺客。"

"走！"

晋王令马头一转，往东林去。那马脖子上似有什么东西闪了一下，大概速度过快，猛地被横出来的枝条一刮，落了地。

东林？

金凌凭着过目不忘的记忆，脑海立即现出了香凤阁地形室那一片插满红旗的地域，其中就有一个叫"东林"的地方。

九无擎着实厉害，他编织的网，正一步步将猎物收罗其中。

夜风冷飕飕，而她身上的血却在沸腾。

在龙苍，弄火药是件难事，想要从万里之外的沧国引进火药，更难如登天，他却要在那么多的地方埋设炸药，欲将敌手置于死地。

于是问题来了：他哪来这么多火药、这么些资本以及这么多死士心腹来为他效命？

九无擎完全是一个谜！

"走，去看看！"

他吩咐了一句。

马蹄扬起，才行了两步，金凌眼尖地看到了地上有什么亮灿灿的东西在火把底下发光。她打住马蹄，用剑将那玩意挑到手上。

是一枚被磨得油光发亮的马哨子，哨柄上，一面刻着"小凌子"三字，另一面，刻着"小八"两字，字迹有点生硬，并不漂亮，但她知道这五个字，是自己一笔一画亲手刻上去的。

这个马哨子是她的，也是他的。

遥远的记忆，那几乎被遗忘的少年，忧郁、世故、沧桑的青涩脸孔，如潮汐渐退，慢慢浮现的石子，有棱有角地深刻起来。

"小八？"

她念出两字。

拓跋弘怎么有小八的马哨子？

金凌怔忡在原地。

"捡什么？"

九无擎回头冰冷地问。

金凌将马哨子藏到了怀里。

"没什么！"

她淡淡地答着。

眼前一只手，伸了过来。

"拿来！"

金凌沉默了一会儿，终还是将马哨子掏出来交到了他手上。

九无擎看到了上面的字：小凌子，小八，这字体，刻得很丑，可他认得。

所有的龙苍语言，曾经他与她一起学习，只是他比较认真，学得很快，她呢，仗着大家的宠爱，身子又不好，习得丢三落四，后来，他能熟练地看懂龙苍文，她只认得几个，写得更是蹩脚。

"拓跋弘马上掉下来的？"

九无擎眼皮跳了一下。

拓跋弘曾在蓬城做质子，而他和小凌子第一次失散也在蓬城，那次，她再次中了烈毒，索性她命不该绝，以毒攻毒之下，反而解掉了她体内某种奇毒。

他记得母亲将她救醒后，她蹭在他怀里问过这样第一句话："熙哥哥，有没有救小八？"

他曾问："谁是小八？"

她说："小凌子的救命恩人！"

难道拓跋弘就是那个小八？

六

东林，尖锐的爆炸声响了起来。伴砰砰之声，浓烟大起，火光冲天。远远就能看到那团火烧亮了整个东方，几乎能和刚刚盛会上的奇光媲美，只是祈福之光是祥和的，而这冲天的火光意味着有无数儿郎，将被炸成碎末，烧成焦炭……

"杨度，带领一队人马过去看看，对方有火药，一切小心！"

一直跟着九无擎的是杨度，是御林军里的副统领，此人是西秦帝的心腹。

"是！"

百名徒步而行的士卒紧随于后，迅速奔赴东林。

"无殇，你也带一列人过去，自侧面包抄过去，烟很浓，火药威力很大，切记别逞强。"

九无擎提醒。

金凌觉得这话应该反过来理解：这些全都是皇帝的人，全死了才好。他这是打算借机将这些人全部送进阎罗殿！

玩权术的人啊，似乎总能将人命视为草芥，生与死，好像仅仅只是一场游戏。

"我们也过去，前边有个高坡，我们去那里先探探底！"

身后还有一张陌生的脸孔，名叫陈昆，乃是御前一等侍卫，秦帝的心腹，自然是来监视他们的。

九无擎的城府也够深，丝毫无心虚之色：这一场老小狐狸暗斗的戏码，真真是尔虞我诈。

没一会儿，他们上了高坡上，看到苍茫的夜色中，密耸耸的梧桐林，火光正无情地吞噬着一切，爆炸声依旧在惊天动地地响着，惨叫声隐约传来。

多少父母含辛茹苦地养大的昂扬之躯，就这样在一场权位暗战中死去。

黑珑马上的九无擎冷眼看着，隔了十来步，陈昆带着十几个侍卫守着，伸长着脖子在看，东罗和南城侍立在他们的前方，面色凝重。

"报……爷，不好了，七殿下听说晋王在那边遇伏，以为爷也去了那边，撇下我们往那边跑了过去。"

来报的是西阁，脸色极度慌乱。

九无擎霍然回头，目色冷厉："谁让你把七殿下往这危险的地方带过来的！"

在离开福寺前，他把西阁和北城留在那里，目的是为了看护拓跋曦。

西阁面色蜡白地扑通跪倒于地，急吸了一口气后，才道："七殿下听得这边有爆炸，心下就急，就请示了皇上说要来看看，皇上同意了，我们根本就不能拦。"

金凌不由得心中一叹：

好一只老狐狸!

秦帝这是在拿拓跋曦作赌,想保拓跋弘的命。

拓跋弘的存在,或许会威胁到拓跋曦,但是,他的结局必须由他这个帝王来做主,任何人都别想代为决定。

从西秦帝同意拓跋曦来一探究竟这件事来说,他对于九无擎的怀疑是相当重的。

如果这种怀疑是有根据的,这件事完结之后,等待九无擎的便会是死路一条;如果这仅仅是揣测,今后他的日子一样难熬,除非他另设有奇兵为自己解困。

"立即过去拦住他!陈昆,你也去,他真是不要命,竟敢往这里闯。"

冰冷的声音,隐隐杂糅着难以名状的怒。

"是!"

七殿下与皇帝意味着什么,外头的人不清楚,陈昆自是最明白不过——那是未来的帝王,如果他能活到成年的话。

陈昆和西阁如风如电疾驰而去。

九无擎转身看向金凌:

"你留在这里,我去把小七带回来。"

"我也去!"

"不准!"

他转身要离开,语气没有商量的余地。

金凌倔犟地跟了过去,几步后,看四周除了东罗和南城,再并无外人,终于忍不住叫起来:"九无擎,已经死了这么多人,为了权力,你就这么践踏他们的性命?每个人都是父母生养的。"

九无擎顿住了身子,转过了头,黑暗里,看不到她是何表情。

"他们不死,就是我们死。要是你,当如何?"

他扔下一句,扬蹄离去。

金凌顿时语塞。

尘世繁华皆与权力纠缠,无权若草芥,有权操生死。我死不如你死,这是身在名利场的无奈。

金凌想追上去,东罗和南城赶着马围住了她。

"在这里等等吧,那边危险,你过去,爷会分心,会乱了爷的阵脚。"

"乱阵脚?"

金凌越是琢磨,越觉得好笑,遂出语讥嘲:"他有什么阵脚好乱,横竖我是他手上的一颗棋子罢了,若真不小心被炸飞,不是还替他省了事。闪开了去。"

已经懒得再骑马,使出轻功,就从高坡上闪了下去,一晃眼,就没了踪迹。

南城和东罗顿时一个头两个大。

第十三章 天盘之乱

七

金凌没有正面进入东林，斜插而进，便有一股浓烈的血腥味冲鼻子。到处是火，到处是残肢断臂，到处是血，松软的地面已经被人血浸透，踩在上面黏糊糊，目光所及，人已经不是人，就像肉铺里的肉。

死了好多人！

也许用积尸如山来形容有点夸张，但炸死的人不在少数，且看那些衣着，有些是御林军，有些则是虎营里颇有身份的人。拓跋弘现在就掌管着虎营，以维护祈福大会期间的治安，还有一些是黑衣人，死得也极惨烈，许是埋伏在这里的刺客！

一路不知往深处走了多久，一声呵斥响起：

"你胡闹够了没有！这个地方，是你随意乱闯的吗？"

挟来一道劲风，九无擎急怒交加地飞身过来，将这个想往里面去一探究竟的女人紧紧地抱住。

很奇怪，她听到了一丝紧张，一个薄荷味儿的胸膛磕疼了她的鼻梁，然后，整个身子本能地生了抗拒，真想将他推开。

另有一个戏谑的声音响了起来："啧啧啧，真是没想到啊，九公子原来好男女通吃啊！听说侍儿跑了进来，竟会如此紧张。"

除了龙奕，还能有谁有这样的调调，邪里邪气，带着浓浓的恶损。

九无擎不理会，将那张面具脸逼到她眼前，声线一贯的冰冷："马上给我离开这林子！"

"找到了没有？我说的是七殿下？"

她是牵挂这个长得酷似燕熙的拓跋曦才跑进来的。

"我在找，你管着你自己就好，别给我添乱！"

九无擎拉着她往外走。

梧桐树上全是火，天干地燥，太容易着火，浓浓的烟味儿熏得人难受，那是人血被蒸发的味儿，让人觉得作呕。

金凌想推开九无擎，可这厮的劲儿真不是一般的大。

"小凌子怎敢给你添乱，小凌子是你的侍从，你到哪小凌子就到哪，这是作为侍从的本分。这世上，哪有主子涉险，侍从躲在边上看热闹的？你，放开我，拉拉扯扯做什么？"

不喜欢他的碰触，那冰冷的手指，捏住她命脉的感觉，让她讨厌。

可这话令龙奕笑得揶揄的脸孔赫然大变，身形一闪，立即截去了道路：

"九无擎，放开她！"

这一刻，他已经确定眼前之人正是让他担忧了一整天的鬼丫头。

按龙奕的心思，自是不愿再送她入公子府的，但是这丫头，生性倔犟，不肯依靠别人，硬是要只身闯虎穴。

昨儿夜里，他的眼皮硬是一个劲儿直跳，偏生被皇帝请进宫去夜什么宴，出宫已近子夜，今儿个他原打算等大会一结束就去见她的，没想会在这个时候遇上，而且还易成了这模样？

当下，一记龙拳砸了过去。

九无擎老早就料定他会出手，带着金凌一闪。避是避开了，可这人就像是要来和人拼命一般，拳头落下来是如此的绵密。

他不由得空出一只手掌接了一招，金凌借机一下逃开。

龙奕见她脱困，撤回掌风逼近：

"琬儿，这是怎么一回事？你怎么成了他的侍卫？"

这声叫令九无擎皱了一下眉。

林间的火光映在龙奕满是关切的脸孔上，这是一张能让人生出无限遐想且生痛的脸——燕熙的脸啊！

看到他，她就会想象小时候那般窝进那人怀里痛痛快快哭一场的念头，可他不是燕熙啊。

她不敢和他说话，咬着牙瞪九无擎：

"不要再磨蹭，再不去救人，晚了就是尸骨。晋王要是有个三长两短，也许你正中下怀，可要是七殿下出个意外你还能这么镇定吗？还有，我是一定要进去的。你拦不住。"

他闭了嘴，这丫头为了一个神似自己的人要和他拼命，他却不能认她。

"好，不拦你，但不准随意乱闯！跟紧我！"

他只能妥协。

龙奕听着皱眉，不由得眯眼瞅了他们一眼，总觉得有一种奇怪的气息在他们之间流转，听上去，好像她知道了九无擎某些秘密似的。最古怪的是，这丫头居然不理他？

他什么时候又得罪她了？

正眼也不瞧他一眼，就跟着九无擎往林子深处闪了进去。

东林，位于福寺的东南方，连绵着几座山丘，海拔不高，遍植山木，地理环境很偏僻，天枢他们选在这里密集地安置了"地雷"，是得了九无擎特别吩咐的，主要是不想伤及无辜。

"地雷"和"手雷"这两个名词，是"爹爹"教他认得的。

"爹爹"说过，那是属于他们那个世界的军备武器，威力极大，若能制成，攻城拔寨，无往不利。可惜没等制造出它们，"爹爹"就香消玉殒了。但九无擎看过"爹爹"写过的有关于制"雷"手札。

来龙苍这么多年，上得战场，常常是真刀真枪地干，皆因龙苍没有火药。

六年前，沧商带了几包自制的火药来开山取石，火药一词开始兴起。

这五年里，他以商人晏之之名买下了鐻京城后一座人烟绝迹的郢山，重兵而守，就是为了研究"地雷"，五年时间，终有小成，但看这沿途的伏尸，便可知这杀伤力是何等的厉害了。

一行人走了一段路，满身是血的十无殇带了一行数人狂奔了出来，脸孔极度难看地直叫：

"九哥，七殿下扶着晋王进了桉树林后的乱石窟，那地方有埋伏，根本就没办法进，似乎有很多刺客埋伏在那里，都是暗箭，杨度带人强行进去，当场一箭穿胸，不知道还能不能活，另有好几个侍卫受了伤。"

乱石窟就是九无擎给拓跋弘精心准备的断魂窟之一。

金凌猛地回头看向静立于火光青烟当中的始作俑者，恨不能扯掉他的面具，想看看他现在是什么表情：埋火药，布杀机，一步一步，他们的计划实施得天衣无缝，偏偏少算了拓跋曦这一变数。

她不知道拓跋曦在九无擎心中到底有着怎样的分量，也不知道他会不会因此改变初衷，毕竟，利欲熏心之下，什么都可能发生，她只能狠狠地瞪着他，静观其变。

"在哪个方位，带我过去看看！"

乱石窟内倒是没有埋地雷，只是那边枪阵箭雨，机关重重，是一处死亡之地。煞龙七宿带着几箱手雷，在那里摆下天罗地网，但凡谁进去，都是一个死，现在除了他，没有人能令他们收手。

"是！"

夜色幽森，密沉沉的林子，几乎难辨路径。

抬头，枝叶繁茂，常年碧绿的枝枝叶叶将整个天空遮得密密实实，很难看到夜空，闯进这样一个充满杀机的林子，的确很容易迷失方向。

但拓跋弘是何等的人物，此人曾带着千军万马兴讨贼寇。这越有能耐的人，在越是危险的环境里就越能表现其非凡的本事，但是，他却受困在了林子里，被那拨伏兵逼进了死路，这能说明什么？

这说明伏兵都是训练有素的精卒，把拓跋弘重伤了，要不然他绝不可能会陷在这样一种连连挨打而无力回击的局面里。

走近乱石窟，便听得有一阵阵惨叫自前方黑黢黢、林风阵阵的乱石乱藤间传过来，那必是跟随拓跋弘或是拓跋曦进来的侍卫所发出的死亡之声。

"这乱石窟便若迷宫，我进去差点就出不来，九哥，怎么办？"

十无殇一早看着九哥走得有点力不从心，他的脚经不起走动，时间一长，会酸痛难耐，他连忙扶了一下。

九无擎站稳后，望着那黑沉沉透着死亡气息的前方，好一会儿沉默。

忽然，一道影子一闪而过。

龙奕第一个感觉到身边没了人，一怔之下，不由得发出一声惊叫："你给我回来。该死的，你不要命了是不是？"

另一道影子追了过去。

是小凌子闯进去了。

回过神的九无擎心下又惊又骇又怒，这丫头怎敢如此玩命？

他大急，飞身直追了过去，其身后，银甲的侍卫紧紧而从。

八

这是人为布置的迷魂阵，借着四周半明半暗的火光，可以看到乱石垒得极有玄机。乍一看似无路无径，细观之，道有无数道，径有无数径，盘根错节，一旦进去，便会迷失，加之，无月之夜，石窟上空迷雾妖娆，夜色为掩护，哪能辨得出身在何处。

恰巧金凌是懂这阵法的，左右一细辨，就依着阵法口诀入内，那隐于暗处的机关暗器，自是伤不了她的。

使着轻功,身子灵巧如兔,几个飞纵,就往前探去,全不理会身后的大呼小叫。

"臭丫头,你给我站住!"

龙奕气得真想将这个丫头拎起来狠狠打一顿,脚下生风,自乱石上踮了几下,跳到了她跟前,拦住这个不顾一切的女子。

"小心!"

金凌忽然惊呼了一声,耳尖地听到有什么声音破空而来,忙拉他扑倒于地,爆炸声砰地响起,火光乍起。

她趴在他身上失声而叫:"龙苍怎么会有手雷?"

"手雷?什么手雷?"

"一种能把你炸成粉身碎骨的武器。九华帝曾用这玩意儿一统江山。怪不得拓跋弘会如此被动,原来这些人竟从九华洲窃取了手雷和地雷的制作方法。"

金凌惊讶了一番,爬起来就要往乱石深处奔去。

龙奕急急地抓住她:

"你是不是疯了,知道这玩意可以把人炸成碎末,还敢往里面去?"

"我要去找拓跋曦!你别拉着我!"

提到那个孩子,她心头的急切又深了几分,使了巧劲甩开他,就往里面冲去。

乱石窟很大,高高乱砌而成的山石构成无数岔口,呼呼的夜风在乱石林中卷着,哭爹叫娘的惨叫声回荡着,金凌在高高低低的乱石林里又跑了一会儿,看到前方有中箭犹在地上做垂死挣扎的侍卫,是御前侍卫的行头。

"应该就在这附近了。"

龙奕说。

"嗯!"

金凌沉沉点头,神色凝重地自地上捡了一把剑,低叫一声:"走!"

两人又绕过三五个岔口,听到前方黑漆漆的夜幕中有说话声传来:"这阵法我们都不熟,再乱闯下去,我们都得死,不如以静制动……等天亮了,也许还能寻到路出去,又或者九爷会很快寻来。"

"这法子不行,四皇兄伤得厉害,又中了毒,若找不到路出去,四皇兄会死的。北翎,四皇兄待我不薄,我不能见死不救!"

是北翎和拓跋曦在争辩。

金凌听着大喜,正想冲过去,空中有异物在横射过来,她一骇,叫:"是手雷,快避!"

话音落下,一颗手雷"砰"地炸开,紧接着七八个手雷在乱石间如天女散花般落下,伴着震耳欲聋的声音,空气中有什么金属利器四散开来,"咻咻"之声不绝于耳,往四下里飞射出来。

避倒在钟乳石后,金凌终于意识到这手雷有点异样:改装过的,爆炸中有暗器一同爆射,就像以前燕熙哥哥喜欢用的"暴雨梨花针",机关一放,瞬间炸破,足令对手无处躲藏。

待爆炸声静止,一阵刀枪的击鸣声传了过来:

"七殿下,快跑!再不跑,就来不及了!"

"不行,我不能丢下四皇兄!"

是时,另一个无比疲惫虚弱的声音夹杂在乱糟糟的打斗声内隐约传来:

"七皇弟,你自己逃吧!别管我了,你这份情,皇兄我记下了,来世若有机会,必还你这份不弃之情!"

两路人马,已然短兵交接。

金凌心头一紧,辨着声音的方向,飞奔过去,看到了这样一幕:

三四十个武功绝顶的黑衣人,包围了拓跋曦和拓跋弘,御前侍卫一个个在倒下,拓跋曦一直扶着身子东倒西歪的拓跋弘,左右避敌。北翎满身挂彩,竭力劈开想去截杀拓跋弘的黑衣客。

这个局是九无擎布的,可这些伏兵,并不认北翎。伏兵在没有得到命令之前,自不可能心慈手软,而北翎为了保护拓跋曦,也必然会拼尽全力,即便知道对方是自己人,也不能道破。

两支长剑就在这个时候,打开了北翎的防护,闪着寒光,往拓跋弘刺去,拓跋弘避之不及,虽避开了要害,却将左肩置于险地。

拓跋曦已经发现皇兄中剑,忙以手上长剑隔开了另一支冷不丁刺来的长剑,以力相抗,高高压下去的锐利长剑,往拓跋曦脖子上压下来,劲道只要稍有溃败,这个孩子便是一个身首异处的下场。

"小心。"

金凌惊叫一声,甩出长剑凌空刺去,那黑衣客只得回防。

拓跋曦看到了金凌,小脸顿露欣喜之色,回头对拓跋弘道:"四皇兄,九哥带人来了。我们有救了……"

话音未落,有异样的信号响起,黑衣人诡异地撤开,金凌觉得有些不对劲,破空声响起,不由脸色骇变:"快闪开!"

无数手雷急投而至。

伴着惊叫,她踢起一把长剑,将几乎要往拓跋弘和拓跋曦身上落下的黑色异物狠狠地往外打了出去,而后一把拎住拓跋曦往石头后藏:

"快躲起来!"

"先救四皇兄,他行动不便!"

生死关头,这个孩子还顾着别人。这令金凌想到了当年在湖水里燕熙拼命救自己的情形。

就像中了蛊一般,她将他往石后一推:

"我去救。你那点力气,蜗牛似的,能扶得起谁?再敢乱跑,小心打烂你的屁股。"

在这世上,哪个侍卫敢这么与他说话的?

拓跋曦一愣。

金凌已飞了出去,一把抓起竭力往乳石后掩避的拓跋弘:

"想要活命,就给我使出一点力气,一起往那个山坳里跑!一、二、三,快跑!"

前脚才一离开,后脚就有手雷爆开。

黑衣人见拓跋弘要跑，四五个一起向他们的后背空门刺出长剑。金凌只觉身后杀气重重，背脊生凉，用尽全力将拓跋弘往前一送，自己则往地上一滚，避开了刺来的长剑。

　　"老三，身上可还有手雷？全喂给他们吃，送他们上路！"

　　"好！"

　　另一波手雷再度袭来。

　　山坳后是个陡坡，滚落下去后果不敢想象，面前则有手雷齐发，死路一条。

　　她如何甘心被炸成粉末，心下一横，拖上扶着石头缓缓站起来的拓跋弘，疾步往后避，无意间，摸到臂上，也不知何时，那里受了一剑，有淋淋鲜血正往下淌。

　　身侧，一双混沌的眼正在往她身上张望，是拓跋弘在看她，似乎在纳闷。

　　眨眼间，阵阵的冷风袭来，数十枚手雷准确无误地冲他们掷过来，她惊喘如牛，厉声叫了一声："拓跋弘，我们赌一把！跳下去！"

　　转身，急奔，往陡坡下一起纵身而下。

　　九无擎冲过来的时候，正好看到这一幕：小凌子拉着拓跋弘，就在他的眼皮底下跳了下去，紧跟着他们刚刚立足的山坳口，一片火光冲天，大片钟乳石噼里啪啦被炸落，远远就能感觉到一阵地动山摇。

　　"啊！"

　　终究还是来晚了一步！

　　眸，瞬间赤红，惨叫一声，惊动云霄。

　　他执剑，扫开那些在四处横飞乱窜的雷中镖，顾不上那哗哗不断滚落的碎石，几近疯狂地扑了过去，额头砸伤了，身上被镖击中了，都已不觉得疼，他只知道他要跟下去，一定要把小凌子救上来……

　　十无殇看到九哥这模样，不由得大骇，想要阻止发现追不上，回头一看，石林中又发生了新情况，他灵机一动，急忙改口：

　　"九哥，快救七殿下，有雷！"

　　几个手雷正往拓跋曦飞去，速度太快太快，他离得远，救不了，九哥离得近，只要他回头就可以化解危机。

　　他赌，九哥心里一定还能顾上七殿下。

　　这一喝，喝醒了悲痛交加的九无擎，生生止住要跳下去的步子，一个急转身，沉沉地看向杵在附近瞧见他时有点手足无措的几个黑衣人。认得他是司主的没有几个，眼前的这几人必是以天枢为首的煞龙七宿。

　　但见他双手一击，十成力道，将一块巨大的乳石打飞出去，那几枚快落到拓跋曦当头的手雷也被打向了另外一个方向，"砰"地发出一声巨响。

　　他飞扑过去，连环数掌击飞想刺伤拓跋曦的黑衣人，死伤是免不得的，可他顾不得了。那几个不认得拓跋曦，也不认得他。

　　"九哥！"

　　拓跋曦满身是血地站起，悲愤地指着那几个黑衣人："不能放过他们，他们把四皇兄害死了，他们把四皇兄害死了……"

九无擎无尽悲凉地睇着这个孩子：为了他四皇兄，他毁了他筹谋多年的计划，还害了小凌子。

明明是一盘稳操胜券的棋局，却下成这副惨状。

九无擎一阵气怒攻心，却又不能对他加以斥责：舍身相救，他是尽了弟弟的本分。可是他不会知道这个同父异母的兄长根本就不能容下他，善待仇敌，只会将自己推进绝境。

他咬着牙稳住摇摇欲坠的身子，什么也没有说，回过身，环视那一双双面对他露出复杂难辨之色的黑眸——煞龙七宿一个个不敢轻举妄动，表面看，他们在伺机而动，实则他们是在原地待命。

"所有人，立即给我消失！"

一记传声入密，九无擎沉痛下令，宣告这一场战斗以失败告终。

拓跋曦得救了，可是小凌子呢？

百米之地滚落下去，她还能活吗？

九无擎但觉喉口一阵阵腥味涌上，胸膛内翻起一阵刀割剑刺般的疼，他忍了又忍，没有忍住，终于喷出一大口血，而视线也渐渐模糊起来，一片猩红迷住了眼睛，是头被撞破了，一阵阵黑暗想吞没他，他支撑不住，终于倒下。

"九哥！"

拓跋曦惊呼着上去扶住。

昏迷之前，九无擎抓住拓跋曦单薄的身子，声音喑哑地发出最后一道命令：

"晋王落崖，传令，折回陵下，搜山救人！"

九

东林一片大乱。

有玄衣男子，站在离东林不远的高塔上，冷冷看着东方火光下的杀戮。这是他精心准备了二十几年的大戏。

"报！"

"情况如何？"

"晋王落崖，生死未卜，官兵正在搜山。"

"不必！"

待回禀的人走后，他扯着嘴皮又自言自语了一句：

"四方星宿都在原位，晋王死不了。要真死了，这场游戏还怎么玩下去？只有他们斗得越厉害，戏码才越精彩。"

抬头，夜空黯淡，他凝睇良久，低喃起来：

"师妹，好戏开始上场，你在天之灵看着吧，我会让拓跋跃悔不当初，生不如死，我要让他亲眼看到他曾经爱若至宝的儿子如何将他最最珍爱的女人挫骨扬灰，这是他们一起欠你的。"

龙苍，西秦建元十年，元月二十八，祈福大会遭毁，天坛崩，莲座碎，天盘圣物俱遭窃，群王围而剿,反中埋伏,常王殁,晋王落崖,七皇子身受重伤,九公子昏迷,连夜暴雨不止,翌日天生异象,三国问罪,百姓生惶,后世称这一事件为:天盘之乱。

第十四章 义结金兰

一

对于拓跋弘,她全无半分好感,这"逼"死倾城一事,已经令她对他产生了不可更改的成见,若换作以前,九无擎想杀他,她自乐得冷眼旁观,可昨日,在紧要关头,她选择带着这个男人一起落崖,不得不承认,马哨子的乍现,在其中起了至关重要的作用。

结果,她赌赢了,他们没有死。

已是清晨,雨过而天晴,微有明媚的阳光斜射进他们窝着的这个小山洞。

金凌正在照看拓跋弘,这家伙满脸通红、双眼紧闭地躺在一破席上,身上披着那条破毯子,毯子下没穿衣裳,湿了,被她全扒了,悬晾在边上,生起的火堆已经没了火星子,熄了,这不,毒才解,他又发起高烧来,可把她累坏了。

昨夜,他们自上面掉下来以后,受了内伤,一度两人都昏迷,之后,她先醒了过来,拖着他找到了这个洞穴,生了火,发现拓跋弘满脸乌青,呈毒发症状,若拖到天亮,性命恐难保。

那一刻,她身心俱疲,很想不管他。

可是,很不凑巧,她看到了他胸口上的胎记。

与其说是胎记,还不如是一块伤疤,倒三角形,紫红紫红的,十几年前,她见过,那时小八为救她,曾被打得遍体鳞伤,她给他擦药时看到过这个胎记。既然他是小八,她只好想法子救他了。

是的,金凌一直记得小八,个子高高,相貌清俊,有点面黄肌瘦,穿着补丁的袍子,世故而老成,一脸呆板,木木的。

当年姑丈是这样告诉她的:那只是他的伪装。

第一次瞧见他,在某个冬日的晌午,姑丈带着她四处找姨娘和燕熙。

在一个林子里,他们看到一个十二三岁模样的少年,在树荫下练功,一招一式使得又笨拙又难看,但是他练得极度认真。

她看在眼,捂着肚子笑得前俯后仰:"姑丈姑丈,他那是在练功夫还是玩杂耍啊?哈哈哈,太逗了!"

姑丈没好气地给了她一个爆栗子：

"笑什么笑？勤能补拙，只要勤练，自能成材，像你这样三天打鱼，两天晒网的，终于有一天会被人家比下去。"

姑丈是个爱才之人，笑着与他说：别和一个小丫头片子一般见识，又问他是不是刚刚才开始学武。

少年点点头，有点难为情，说是偷学的，依葫芦画弧，只学了一个形似，抓不住精髓，讨笑了。

姑丈觉得这少年言谈不俗，心志也高，在他家讨得一杯热水后，指点了他一番，没想这少年倒真是怀着一颗七窍玲珑之心，一经指点，学得有模有样。

姑丈还让她和他对打，以实战来提点他。

一番过招，这少年使的是蛮力，她用的是巧劲，明明赢了他，姑丈却说："不错不错，是个学武的奇葩，若自小就练，必然武冠龙苍，可惜入门迟了一些，不过，只要勤学苦练，还能追上去。小伙子，加油！"

姑丈是很少夸人的，他那大将军的眼光看人素来苛利，只有极个别的人才入得了他的眼，可见这少年的确是不凡的。

临别，她问他名字。

他说他姓驼，无名，排行老八，因战乱，家人失散了。

第二次见到这个驼八，在蓬城王的夜宴上。

她和姑丈走散，保护她的两个侍卫被杀，她漂亮得像天仙似的相貌遭人觊觎，被人当做礼物在夜宴上送给了荻国的炎王。

那炎王有变童之癖，一见到她，惊为天人，当场就轻薄于她，直捏她的小脸，口口声声说要收她做小夫人，那年，她才八岁罢了，听得这种可笑的事，她没忍住，一番破口大骂。

可她越不驯，那个变态的炎王越是有兴趣，竟让人将她送去了他的寝房。

这一夜，是这个驼八趁着夜宴未散，偷偷潜进炎王下榻的寝院，将她救了出去。

可没等出蓬城王府邸，他们就被发现，他拼命掩护她逃，说不必管他。

凭着早年习的不太入流的轻功，她逃脱了，而他被抓了回去，一顿鞭子打得他死去活来，当晚被人抬回了他的小茅屋，任由他自生自灭，也不给他治一下伤。

她找不到姑丈，实在无处可去，第二天又饥又渴，又挂念这个小八，就偷偷去了那座小茅屋，才发现他被鞭打得浑身没一块好肉，正在发高烧。

现在，她终于明白那回他放走了她后，为什么没有被立即处死：原来他是质子。驼八者，拓跋也。他是西秦新帝之子，凭着这层身份，若随意处死了，西秦帝跟前不好交代，所以，就狠狠赏了一顿打。

可那顿打差点就要了他的小命。

金凌轻轻一叹，紧了紧眉头，这是怎样的一种缘分，十二年不见，昔日的救命恩人，转眼成了令她最讨厌的人，而且还有可能是害死燕熙的凶手。

"等着，给你去找几棵药草。"

撑起虚软的身子，她往外而去。

洞外，阳光温润，天已放晴，阳光照在身上，给了冰冷的身子几丝暖意，身上还很湿腻，冷暖交加之下，冷不丁打起喷嚏，头越来越沉重，唉，为了救拓跋弘，她都没顾上自己好像感冒了。

她知道自己的状况其实也不太好，现在，她能做的是等人来救，希望来的是秦帝的人。

在还没有完全确定八无昔就是燕熙之前，她不希望拓跋弘死；若来的是九无擎的人，那么她昨夜那番辛苦算是白费了。但随即，她又一想，这两个人，肯定是不能并存的：拓跋弘若活着，这九无擎就完蛋，这就意味着拓跋曦也会跟着完蛋。

哎呀呀，为什么他们就非得斗一个你死我活呢？

又在山谷转一圈，终于在一处斜坡上看到了自己要的药草，藏在斜挑起来的山石下。

人太虚，使不出轻功跳上去，那就爬。

好不容易爬上去了，脚下的支点忽然一松，她"呀"了一声，往下滑了下去，心下准备着再跌一个眼冒金星，却发现不疼，腰际被一双手牢牢地箍住了，漂亮的杏黄色映进眼底，她绷紧的心弦顿时松了下来，身子越来越沉，她放任自己沉到他怀里，干涩的嘴里发出一记叹息，是欣喜的：

"虎头，你真是我的救星，每次都来得正是时候，真好，真的太好了！"

在这种脆弱的时刻，他是她搜遍记忆，唯一可以依靠的人！

下一刻，龙奕又急切又关切的脸孔映进她的视线，瞪着她一顿乱吼："都伤成这副鬼模样了，还爬这么高做什么？死丫头，你不要命了是不是？"

"别担心，我没事，只是，有点累。虎头，帮我救人，小八……不，是拓跋弘在山洞，烧得厉害。"

烧得厉害的岂止是拓跋弘，她自己烫得就像一个火炉，以至于没能再多说几句，就昏睡了过去。

二

等到拓跋弘退烧，那已经是三天以后的事。

醒来之后，他发现自己已身在晋王府，那个带着他一起跳崖的人，据说在给他找草药退烧时摔死了。

拓跋弘知道后，不顾一切地要去见那个人，结果看到是一具脸孔被摔得血肉模糊的男尸，这根本就不是那个救他的人，因为他知道，救他的其实是个女人。

那天，他是昏迷了没错，但是他听到了她在叫他小八。

这个名字，除了当年那个小丫头，谁还会这么称呼他？

那时候，身为质子，为了保命，他装了十几年二愣子，"不识大字"，"有勇无谋"，一身蛮力，所有认得他的人，从来不会叫他的全名，而是叫他木头人。

于是，他拼命想睁眼看，想知道到底是谁在叫他。

他很努力地撑开眼缝，看到了一头乌黑发亮的丝发，近在咫尺地在他肩头吸吮着什么。

不知过了多久，她抬了头，他看到了一张丹青难画的精致脸孔，秀致的月眉，微微拧着，露着几丝关切,明灿灿的黑眸,隐约泛着几丝闪闪的紫光,几近透明的白瓷脸孔,不见半分瑕疵,唇色惊艳,若出水之芙蓉,洗净铅华,去尽雕饰。

那有点眼熟的轮廓,像极了记忆中的小凌子。

后来,他再度失去了知觉。

安青说,他是被龙奕送回来的,所以,小凌子必是龙奕给藏了起来,可龙奕为什么这么做呢?这与他身边突然多了一个女奴,一定有莫大的关联。

可他现在没办法去调查这件事,天盘被盗,四珠遗落,这可是惊天大案,他得担起全责。

安青告诉他:"天盘大乱后,东林的伏兵,死的死,逃的逃,勉强抓到几个活口,都在第一时间服了毒,除了在东林挖到了几颗'地雷',其他完全没有线索。常王就是活生生被那玩意给炸死的,侯璈也已被收监。"

祈福大会期间,他担负着维护整个大会的治安的大任,这段时间里,京畿地方的兵卒任凭他调遣,另外,父皇派了常王下来协助他——当初父皇原本指派的是九无擎,很不凑巧,那番他的身子出了状况,卧床不醒,这才改派了常王,而东林这地方,最近也是由常王整治的地区。

现如今,祈福大会出现大乱,常王负责的地面出现大批刺客,同时又出现大量地雷,最终,死了常王,伤了他,案子的一切线索又被神秘掐断,这意味着什么?

自是有人在背后导演了这一场戏!

鹬蚌相争,必有渔夫得利,那么,这件案子,最终得利的是谁?

九无擎也因为去救他和拓跋曦,被炸飞的石头砸伤,昏了一天一夜,双腿由于走了太多路,又被石头砸到,膝盖骨有断裂的迹象,要是不好好养着,这辈子有可能再不能站起来。

拓跋弘原认定天盘之窃,与九无擎是脱不了干系的,但为什么结果会是这样?

安青还告诉他:天盘一案,现由梁王和刑部大人在调查,荻国、南云国和龙族,联合一气,给了一个期限,若西秦国不能在一个月内把这个案子破了,归还圣珠,他们将一起发兵攻打西秦国。

唉,要真是这样,西秦危矣。

三

二月初一,无星无月,夜色如墨,黑到心底,北风凄冷,冷到肠底。

金凌蜷坐在园子里,这里不是回春堂,而是静馆。

已是深夜,她睡不着,鬼使神差就跑来了这里。不是为了找晏之,只是想静静地坐一会儿。

为什么要来?

不知道!

在这样一个夜黑风高的晚上,她做了一件让自己也摸不着头脑的事。

这几天,她住在回春堂,什么地方也不去,什么事也不做,就跟三娘说说医道,谈谈这些年别后的事,要不就和龙奕叽叽喳喳地吵嘴。外头的事,她不问,他们不提,不曾离回春堂半步。如今,西秦的局势发展,她不全放心上。

关于拓跋弘，关于九无擎，关于七殿下，回春堂的人，没有一个人在她跟前提及，这自然是龙奕交代下去的。

她的任务是睡了吃，吃了睡，把一切烦恼统统抛之脑后，闲了就和龙奕下棋。

第一次下棋，金凌把这个骄傲的家伙杀得哇哇直叫，也惹得她呵呵直笑。其实他的棋下得不错，人口相传的天下第一公子，哪会浪得虚名，棋琴书画，无一不精，刀枪剑戟，无所不会。会输与她，无非是生了轻敌之心。

说真的，和龙奕相处是一件愉快的事，只是，心窝头总觉空落落的。一切表面的欢笑，抵消不得内心隐藏的疼痛。

今日午后，龙奕陪着她在园子里晒太阳，他眉飞色舞地说着一些趣闻，五湖四海的都有，玄影跑来，脸色紧张地对他做手势，他有点扫兴，却还是出去了，不知道为了什么事，匆匆离开。她也回了房去睡觉，继续当无忧无虑的小猪，由着别人养着，在暗处舔着自己的伤。

她知道自己在逃避一些事，心头的难受，并没有减轻半分，面对龙奕，思念成灾，念的那个人，茫茫人海不见，成了心头不能触及的疼痛，何况自己曾经历了那样一场混乱的劫数。

这番没有回公子府，原以为九无擎会急巴巴地寻来，毕竟她知道事情的一切始末，如果横下心，将他揭发了，他就彻底完蛋。他居然这么能沉得住气，摆明了是咬定她不会出卖他。

可他凭什么这么笃定？

他毁了她的清白，她有足够的理由将他置于死地的。

而此刻，会来静馆，也许是漫无目的的，想寻一份慰藉。

夜风寒冷，金凌不自觉地拢了拢系在身上的斗篷，坐到冰冷的石椅上，纤纤素指，碰着结冰似的桌案，冷得指尖疼，鼻息间，有淡淡的花香，萦绕不散，勾着人的魂魄。

噔噔噔，园子内响起了一阵急促的脚步声。

"什么人？敢夜闯静馆！"

一只只风灯亮了起来，将四周这片在夜色中静静开着的花苞，照得雪亮。

来了七八个高头大马的家院，一个个手执钢刀，将披着银白袭衣的神秘女子围了起来。

那女子懒懒地倚在石桌上，一头秀发挽着，随意插着一支玉簪，看不到脸，面纱轻掩，几缕垂落的青丝在冷落的夜风中乱舞。

"别紧张，我一不偷二不抢，就觉得这里的花很漂亮，借个地方眯一下，你们随意，别来扰，我有点小困，坐一会就走，碍不到你们的事。"

含糊而脆嫩的声音，杂糅着能令百炼钢化作绕指柔的慵懒，在寒冷而肃杀的空气中漾开，不经意间流泻的娇媚，当真能把人的骨头一股脑儿全部酥掉。

领头的剑奴嘴角直抽，心下觉得不可思议：这女子怎如此嚣张？

不过，她能在他们的眼皮底下，不惊动一兵一卒地跑进来，的确有嚣张的资本。

他甚为惊讶，要练就怎样的绝世轻功，才能进到这里来？

若不是小右他们来巡逻，他们根本就没发现园中来了不速之客。

这可是一个致命的疏漏。

"姑娘艺高胆大，倒是好本事。可这地儿不是你家园子，姑娘想要眯一会儿，就该回自己

第十四章 义结金兰

的闺阁。"

金凌自然是认得这声音，剑奴嘛，那个模仿晏之有模有样的随从。

晏之，晏之！

她在心里念了几句，这名字，给人几分欢喜，几分恼。

那日，将秘笈还回，便是想和这个身份不明的人划清界限，为什么心里还会念念不忘他？

唉，谁知道！

她有些郁闷，闭着眼，喃喃地道：

"小气，赶什么赶，真是的，让我坐一会儿，又不会少你一块肉。今儿我若走了，以后就不会再来，一定不会。"

四周突然静止，有点异样，呼呼刮的风里，传来了一个显得有点急促的喘息声，就好像刚刚从什么地方急跑来的一般。

"主子，您，您怎么……"

剑奴惊呼了半句，没呼完。

睁开惺忪的眸，有点刺眼的视线里出现了一张俊美的脸孔，温文尔雅，眸子清凉，白袍飘飘，隔桌站着，一只手捏着拳头，轻轻地捂着嘴唇，似要咳，最终并没有咳出来，风灯亮堂的光线，照得他的肤色异样的清亮。

看到这个人，金凌才明白，自己是为了什么而来的。

还是因为他！

"咦，原来你在？"

金凌瞟了一眼那已经亮起的小楼："进来时，静悄悄，以为你不在。不好意思扰人清梦了。嗯，你继续睡去，我回了。其实，我不该过来的。"

没有管住自己的脚，是她的错。

她站了起来，转身要走，在与他交身而过时，一只比她还冰凉的手，伸进斗篷，牢牢抓住了她。

那阵清凉令她心头一颤，正想将他甩掉，他已拉起她，往自己的小楼而去，隔了几步远，侍童小丰愣愣地站在那里，张了张嘴，想说什么，到底什么也没有说。

她竟由着他拉着自己去了。

剑奴沉下了脸，他知道来的是谁了。

是那个令公子魂牵梦萦的女人，三天前，就是这个女人，救了公子的死对头，将公子的满盘筹谋付之东流。

这么晚了，她来这里做什么？公子怎么会知道她来了静馆，还为此，急匆匆自公子府往这里赶？是谁通知了公子？

他目光四射，挑着一盏风灯，如豹子似的目光窥视，转过一圈，看到小池对面有个高高的人影在动，遥遥地，正看着这里。

他让家院撤下，提着灯，大步地往那边走去。

"七爷，是您通知公子的？"

"嗯。"

剑奴有些火大:"为什么?那女人坏了公子这么大的事,您怎还让公子来见他?这个女人,根本就是祸水!"

那人不语。

四

进门,关门,一阵暖暖的滋味通体遍生,屋里生着暖炉。

她想把手抽回来,他不放,轻轻一拉,将蒲柳似的身子拉入了怀,一双手臂牢牢地将这具带着满身寒气的身子纳入自己的羽翼。

行为,是失态的。

金凌一呆,脸孔刷地一下涨红,心头怦怦乱跳,就像有无数小鹿在顶撞,一阵异样的薄荷气息冲进了鼻子,那些不好的记忆便不由自主翻了上来。

"晏之兄,请自重!"

九无擎不理会,只想放任自己感受她完好的存在,以此安抚自己的心。

昨日清晨醒过来,才知道拓跋弘已被龙奕安然地送回了晋王府,才知和晋王一起掉下去的那个小侍卫死得惨烈。自然是个冒牌货,龙奕煞费周章地将她调了包。这几天,那人对外声称自己受了伤,赖在回春堂,懒得动一下,全是因为她。

金凌在回春堂,这事,他知道,但他不知她伤得怎样。龙奕的人将回春堂围着,闲杂人等,不可随便进去,里面的消息,都被封锁,东罗好不容易才打探到她在里面。

"要不要去把她弄回来?"

东罗曾这么征询。

他倚在床上,想了想摇头:"让她在外头住几天吧!"

"可是,爷,夫人对你有误会,她不知道事情的始末,要是……"

要是跑去皇帝跟前告密,那就完了。

"她不会告密!"

她一定很恨他,但是,他掌控了她身边太多人的性命,她自是不敢轻举妄动。

更何况拓跋曦和他是一条船上的人,他这条船翻了,直接会带沉拓跋曦。

以她的心智,以她的出身,自然明白其中的利害关系,所以,在没有弄清楚拓跋曦和燕熙的关系之前,她断断不会贸然行动。

除非有朝一日,她不再受制于他,到那时,她会毫不犹豫地反过头来置他于死地。

"那丫头,从来是一个有仇必报的人。她一定会找我报仇,可她知道自己的功夫不如我,在采取行动之前,会回来将我研究透,以达到一击即毙这样一个效果!"

东林那一战,被掳之人皆服毒而亡,基本上没露出破绽,可代价也是惨痛的,他的精锐折损近半。虽死了一个常王,晋王却还活着。只要那个人还活着,他们将来的日子会更加艰难。

君不见皇权自古血肉残,君不见一将功成万骨枯:龙座之下的死伤,那是见不得光的杀戮,成王败寇,谁是谁非,史上的黑与白,只有笑到最后的那个人能说了算。

这一场争斗，拓跋弘要权，更要他和拓跋曦的命，而他要的仅仅是活命。

醒来后，他的身子状况不算很糟糕，但虚弱，在知道她完好无损之后，他在红楼沉沉睡了一天。

晚上皇上亲自进了公子府来探看。与其说是来表示体恤的，还不如说是来探虚实的。

皇帝原就对他起了疑心，这番出了这么大的事，第一个怀疑的自然就是他，若不是他真的受了伤，加上陈昆曾亲眼看到他为了要救"晋王"，曾"拼命"扑到崖边乃至被石头砸伤，而后，他又将这些禀了皇上，皇帝恐怕真会在第一时间来兴师问罪。

离开时，皇帝只淡淡地说了一句："好好养伤！养好了，好替朕办事。这番天盘宝珠失窃，若找不回来，国将不国，日后何以为家？"

今一早，宫里又来圣旨，皇帝下了赐婚旨意，一娶便是两个，西秦第一学士宫谅的三女儿宫慈为正妻，第一猛将岑参的孙女岑乐为侧妻。至于他曾请旨的那位，不在其列。

圣旨上说待破了当前国案，捉拿了凶手，追回国宝就完婚，并一早就将两个姑娘送了过来，入住红楼，代替侍卫来照看九无擎。

赐婚，表面是隆恩浩荡，实则是监视。

古来帝王之命，不可违抗，抗意不遵就要人头落地，皇帝这是在逼他：若敢不从，便正法，若从之，则从此家无宁日。

就比如今日，这两个女子，在他的红楼进进出出，于床头嘘寒问暖，那可真真是烦人至极；待入了夜，她们才离开。

他不曾入睡，静静地坐在房里，直到无欢遣东罗来告诉他：她出了回春堂，去了静馆。

这仅仅只是按惯例在回禀，可他听了，立即易换妆容，令三卫守着红楼，就从暗道潜出，来了静馆。

幸好，赶得及时，幸好她还没有走。

他赶得是如此的气喘吁吁，如此地打乱原则，就为了用晏之的身份来见她一面。

其实，见了又如何？

只是徒添情伤罢了。

可他就是管不住自己，就想见到她那张如花的笑脸。

五

"不要碰我！"

她皱了皱眉，心乱，发疼，厉叱了一句。

怀中的推搡，惊醒了九无擎。

他急忙放开了她，隔着雪白的面纱，似能看到那薄薄的红晕映到了她那张凝玉般的脸孔上，璨璨的明眸亮闪闪的，带着惊与恼，他这才意识到自己很失态，才"第二次"见面，他怎能如此地抱她？

"不要脸，怎么可能随随便便抱女孩子。看你这样斯斯文文的，原来也是色坯。"

急退五步，金凌瞪圆着眸子，满身流露防备之色。

此时此刻，她不是一般地讨厌男人的亲近，转身，欲逃。

九无擎见状想拦，没拦，而是急急忙忙跑去在白纸上写下一行字，然后追了上去，在她开门要离去前，将人拦下，将纸递过去：

"我知道你是小凌子，一时高兴，才有所唐突，小凌子莫怪。愚兄给你赔不是。既然来了，别走。"

他殷殷地睇她，打躬作揖，连连赔礼道歉。

古朴的西秦文字，极漂亮地跳进眼来，字迹，显得有些潦草，失了一些淡定，露了几分急切，自然而然就显示了此刻他的心情。

这个男子很在意她！

第一次见面时，金凌已经感觉到了。

可是这种在意，来得极为奇怪！

他是怎样一个男子，她自是无从知道，身为奇人九天的后裔，注定他是一个出类拔萃的男子，煞龙七宿的存在，则进一步说明了他是一个莫测高深的人物。

这样一个人物，做事，不可能没因没由，直觉一直在告诉她，她与他的邂逅，并非偶然。

他是隐晦的存在。

可如此隐晦的角色，怎就生得如此的温文尔雅，便如清风明月般凉淡，却独独对她有着几分不应该有的在意。

她很好奇，这人存着怎样的心思，又怎么第一眸就知道她是小凌子？慕倾城失踪好几天了，他应该知道，可他并不意外她的出现，除了激动，便是欢天喜地，还失态地将她抱住。可见很多事，他是知道底细的。

六角琉璃灯里的烛光，晕黄明粲，他的脸孔，羊脂玉一般，折射着一层异样的流光溢彩，款款温柔，驱散了他身上的清凉之意，魅惑着她的心扉。

金凌沉默地打量，小心翼翼守护了二十一年的心情，因为他而起涟漪，说起来，那本就是一件让她觉得匪夷所思的事，明明对自己下了铁令，要将这个男子视为路人，不想，情难自禁，就又来到了这里。

许是因为这个陌生的男子，可带给她几分宁静，于是，她被迷惑了，而忽视了他背后的危险。

其实，她明白，她与他，只是江河偶遇的浮萍，风吹波逐，意外邂逅，都是过客，可她为何就生了那么一份难言的依恋？

半个时辰之前，她犹窝在暖暖的被窝里，打了一个瞌睡，霍然被噩梦惊醒。

梦里，燕熙一身血淋淋地死了，被斩首在街头，血水铺了一地。

梦里，她看到自己被那个可怕的恶魔压在身下凌侮，逃脱不得。

她惊醒，心悸生怕，不敢再睡下，出来找龙奕，想问他有关外面的形势。她不想再做鸵鸟，该面对的事，必须面对，该调查明白的事，必须去调查。

可他不在，这家伙一声不吭也不知去了哪里？

重新回房，她披了一件袭衣，便翻墙出了回春堂。

只是想出来走走，走着走着，就到了静馆！

此刻，面对这样一句解释，金凌不由得嘴角一抽，将那纸抢了过来，指着上面的字不满地叫道：

"喂，这是什么意思？知道我是小凌子，就可以又搂又抱了吗？天下哪有这种道理？男女授受不亲你懂不懂？"

九无擎不觉脸上一热，有点尴尬，除却小时候，长大后，他从没有对女人动过心思，也从没有抱过任何女人，想抱她，是儿时习惯的本能反应。从没有想过，原来"抱"，也需要理由。

他要回纸，急急回去又在这行字下添了一句：

"君子之交，坦坦荡荡，晏之视你为知己，见而心欢，情难自禁，皆出性情。想那日，你退回秘笈，晏之原以为小凌子不愿与我相交，心本怅然，今日夜深见你来寻，甚惊喜，行为孟浪乃无心之失，还请多多包涵！"

写满，重新给她看，瞅着这个脸有愠色的小丫头，心里竟有点七上八下。

唉，这丫头，果然是他的克星。这些年，他哪曾对一个女人低声下气过，独独遇到她，就大栽跟头，要看她脸色。

清凉的眸，落着几丝温柔，几丝努力克制的欣喜，以及几丝拿她没辙的无可奈何，这样的他，像极了某人。

她看得一痴，阴霾的心情，微微射进了几丝阳光。

"好一句君子之交，坦坦荡荡，晏之兄当真做到坦荡了吗？"

语气，既柔软，又力透千斤。

九无擎深深投去一眼，伸手一把拉住她往书桌前而去。

她不高兴地"喂"了几声，声音落下，人到案前，他已放手，将手中的纸搁到边上，另取了一张香纸，写了一句："相交不问出处，各怀各的隐衷……不管晏之是何身份来历，都无损你我交情！晏之待你，无恶意！"

她看完，又瞟了他一眼："所以，你一早知道我不是倾城？"

九无擎狼毫一点，落下一字："是！"

看到这个字，金凌的心，既有点不痛快，又觉得舒服了几分。

"所以，在福寺，你是故意接近我的？"

九无擎点头。

"为什么要接近我？"

"好奇到底是怎样一个奇女子，将晋王耍得团团转。"

写着，抬头深睇了一眸，转而后落笔："你之性情，极合晏之脾性，晏之真心想与你交朋友。除此，晏之别无他意。不管你信不信，这事必须澄清。如果小凌子觉得晏之别有企图，晏之不留客，你现在就可以走。"

最后一笔才勾完，眼前人影一动，门吱扭而开，冷风袭来时，她已决然而去。

他张了张嘴，无比的挫败，面对空当当的屋子，颓然坐下，眉心紧蹙，好一会呆坐，独自黯然神伤。

"喂，你还真不拦我？"

正沮丧，嗔怪的声音却响了起来。

九无擎一愣，抬头，看到一绝色佳人，步履款款地向他走了过来，映入眼底的是一张有点陌生有点熟悉，且无比清艳的脸孔。

柳眉浅浅如月，不画而黛；明眸清清如洗，滟滟而亮；瑶鼻婷婷而立，玲珑而秀；樱唇彤彤而弯，不点而朱；粉腮嫩嫩似玉，欺霜赛雪。

五官精致如画，完美无瑕地缀在鹅蛋形的脸孔上，便是倾城之色。所谓闭花羞月，所谓沉鱼落雁，都是俗语，都不能尽述她的绝美之姿。

历来美人都是含羞答答的，独她不一样，闪闪之眸光，转动着迷人的狡黠，勾起的笑，便如冉冉而升的旭日，万丈光芒，而与生俱来的尊贵，更平添了她十分不可仰视的美。

"好吧，不拦便不拦，前番见面，我也非我，也不算坦诚，既然你说，你待我别无恶意，小凌子便以自己的身份再与你认得。"

她站定在他面前，目光直视：

"我叫金凌，晏之，不管你是什么人物，你这个朋友，我交了。"

九无擎只觉胸膛里那个物件，怦通怦通地在急跳。

小凌子。

这是他的小凌子啊！

十二年不见，她已尽敛青涩，与生俱来的气质，兼容了其母的飒爽，其父的果断大气，在她身上，他隐约可看到"爹爹"的不凡英姿，以及义父的强者力量。

"喂，干吗？怎么看傻了？不认得了吗？"

金凌敲他额，踮脚在他耳边大叫："回魂了！"

九无擎不觉摸了摸耳朵，耳膜有点被震到，心上有种想笑的冲动！

呵，这淘气鬼，还和儿时一样！

他回神，紧绷的心弦因为她的笑容而松弛下来。

还好，她的心情并没有因为那件事而毁掉，还好，她还是她，美丽、善良而又开朗。

他伸手捏捏她小巧的鼻子，自然而然流露了他对于她的怜惜之情。

"呀，干吗捏我？"

金凌一怔，燕熙哥哥总爱这么欺负她的。

九无擎挑眉，执笔，在白纸上落下一行字：

"因为，从没有瞧见过这么标致的小丫头。心痒痒，手痒痒，很想捏，没能忍住。哎，鬼丫头，不许恼的，你说的，我们是朋友。是朋友，就要经得起捏。"

是朋友就要经得起捏，这话，狗屁得紧，也有趣得紧。

金凌先是一呆，而后"扑哧"一笑，轻掩了一下露出皓齿的小嘴：

"晏之兄倒是挺会拣好听的写，而且挺能给自己辩说的。"

九无擎瞟了一眼，知道她未恼，低下身又落下一句："愚兄只是实话实说，用标致这个词儿形容你，有点委屈你了，若送你'倾国倾城'字，你也当之无愧。"

嗯，她知道自己是个美人儿，也曾想过让自己所有的美丽只为那个人绽放，只是现实却是残酷的。

在寻寻觅觅这么久以后，命中注定的那个人，迟迟不见，一个半路里蹦出来的程咬金，即便不能说话，也吸引了她的目光。

"哟哟，晏之兄还真会甜言蜜语呢！说吧，家里娶了几位嫂夫人，这般能哄女孩子欢心？"

晏之的年纪，已过弱冠之龄，有家世的公子，一般在二十岁左右娶妻生子。金凌猜测他或者已有妻房！

"晏之尚未娶！"

落下这五个字后，他忽想到公子府里的女人，心弦陡然一紧，只要想到那些肮脏的旧事，他就觉得特别恶心，手抖了抖。

金凌敏感地感觉到了他的异样：

"想什么呢？不会是心里有人，却因为某些原因，娶她不得吧？"

一语刺中痛处，他却选择摇头，目光在她脸上细细地端详着，脑海想象着她若有朝一日着火红的凤冠霞帔，会是怎样一副美丽的容貌，可惜日后挑起那方喜帕的人，必不是他。心，再度痛了一下，他压下那股冒上来的伤感，移开眼，而后执狼毫蘸墨，写了一句话转移她的注意力：

"小凌子你这人，爱管闲事也便罢了，还生了这副人神共愤的漂亮相貌，实在招人眼。日后少显摆着这张脸出来祸害人。若爱玩，就着了男装，切不可穿成这样，遭人惦记。"

"嗯。知道的。我本就最爱着男装了。"

字字句句的关切之意，她看得明白。

因为明白，才会更乱。

君未娶，妾未嫁，她在这样一个夜深独处的时候，她问他可有妻妾，是不是有点别有意味？

这般一思，心生别扭，脸额发烫，一句话不由自主脱口而出：

"晏之兄，我与你一见如故，不如义结金兰如何？我爹爹和娘亲，就曾结拜做了兄弟。我跟你说，我娘亲也爱女扮男装，而且足足扮了二十四年，也足足瞒了我爹爹十二年，没想啊，最后还是栽在我爹爹身上，呢！"

她轻快地提及了父母那一段惊世奇缘，最后突然煞住了嘴，在对上他似笑非笑的清凉眸子时，猛地发现"义结金兰"这个事，经她后面这么一补充，有点变味。

"我没别的意思，喂，你，到底要不要结拜？"

九无擎眨了眨眼，心情极愉快地点点头，而后抓了一张纸过来，往上面又写了下去。

金凌不知他想说什么，凑上去看，但见他在上面写的是烛台檀香之类东西，没别的事。

搁笔后，他拍拍手。

小丰推门进来："爷有何吩咐？"

九无擎取了纸，走过去递给他，小丰看了一眼，脸上露出疑惑之色，却没有问什么，欠了欠身，出去操办。

待人消失不见，他回头，冲着她招了招手，又指指门外，示意她出去一起祭告天地。

金凌笑得如花一般，提了裙摆走了过去："现在就去行礼吗？"

九无擎嘴角轻扬，眼底泛着层层愉悦之色，点点头。

这时，楼外一阵嘈杂，是小丰唤了剑奴他们把祭台什么都搬了过来。

他想了想，走近一步，小心地将那面巾提起来掩住了那张可教天地黯然失色的脸蛋儿，又退后三步，试探性地向微微发怔的她伸出手。

金凌愣了愣，用手摸摸微微发烫的脸，转而又轻笑：既义结金兰，日后便是兄妹，也就不必太拘于礼法，况她从来随意的。便将纤纤玉手交了出去。

一双手握住，彼此的心都急跳了几下，他心神陡然一荡，而她则是莫名一臊。

在西秦，祭告天地为兄妹，那就不能成夫妻了，这是人人遵从的礼法规矩！

这规矩，金凌是清楚的，正因为清楚，才要结拜，她要把不该有的杂念扼杀在萌芽状态。

九无擎哪能不懂，可只要她高兴，他什么都听从。如果不能做夫婿陪她一辈子，那就以兄长的身份默默守着就好，能看着她笑得美，也是一种幸福。

到了香案前，二人跪地，焚香而叩，三拜之后，金凌侧头看向眼前男子，先宣了誓词：

"我，金氏琬瑛，今与晏之虽然异姓，既结兄妹，则同心协力，救困扶危，坦诚相待，互不相欺。从今往后，生不做亏心事，死不做伪君子。不求同年同月同日生，只愿同年同月同日死。皇天后土，实鉴其心。背义忘恩，天人共戮。"

誓毕三叩首。

九无擎投以深眸，她已直起身，笑得就像一只狡猾的小狐狸：

"晏兄，换你了。小丰，给你家公子取纸笔来。"

小丰应声取来。

九无擎将纸铺展在小丰的背上，信手将金凌刚刚说过的誓言，一字不漏地写了出来，由她代为读了一遍，而后将这誓纸焚于香炉之中，再三而叩。

礼成。

"大哥，请受小妹一拜！"

起身，金凌对九无擎恭恭敬敬地行了一礼。

九无擎连忙将她扶起，清凉的眸洋漾着款款柔软之色，放开时往她额头轻轻敲了一下。

"呀，又敲我，疼死我了，做兄长的怎么可以欺负妹妹？"

金凌撒娇地瞪。

他弯了弯剑眉，又捏了捏她的小小瑶鼻，隐约笑了一笑，随即拉了她的手往小楼而去。

金凌被他的轻快情绪感染了，一边跟着走，一边望天，夜色深浓，可她依旧没有睡的欲望，心情极度兴奋。

"大哥，我们下棋好不好？那天我们都没有把棋下完！"

九无擎点头。

铺开棋盘，落子为局，这才结成的两兄妹，你一子我一子，互不相让，斗得那可是难解难分。

九无擎非常享受这样的静处，时不时用眼神偷偷瞄看这张美得让他惊讶的脸蛋，收起顽劣之气，噙着漂亮的笑弧，时而托起纤致的下巴看他琢磨，时而趴在桌上瞪着那棋局思量，时而打几个哈欠。

她需要睡觉。

一局棋并没有下完，他借着如厕一去许久，回来时但看到这丫头已经倚在棋桌上沉沉睡了过去，精致如画的小脸，恬静而美丽，那睡姿，一如儿时。

九无擎就像入了魔一般，怔怔地看着她，不敢相信，自己还能和她相处得这么愉快。

他不由自主就勾了一下嘴角，凑上去，以指尖轻轻地抚上那如婴孩般娇嫩的脸孔，好滑腻的手感。心窝处忽就冒出了一阵热气，两腮滋滋烫了起来，这味儿，像小时候他趁她睡着偷偷亲是一样的：心跳加快，无比心虚，又无比喜欢。

对，这真是一种难以言述的喜欢，恨不能时间就此停止，将这一刻的美好保留到永远。

如此痴痴地凝睇不知过了多久，直到确定她已深睡过去。

九无擎想抱她去睡，手臂轻轻圈住她的腰，让她靠近自己的怀里。

就这时，她忽然惊喘地尖叫起来，呼吸急促起来：

"九无擎，拿开你的脏手，滚开！滚开！"

又惊急，又恐惧。

峻拔的身子猛地一僵，温温的浅笑顿时凝成了冰。

"啊！"

又是一声惨叫，她揪着他的衣裳，骇然地醒来，呼吸急促，玉脸痛苦地扭曲，原本明闪闪的眸子，尽是恐惧。

惊喘着，当知觉回到身体，当手底下捏到了一片异样的温烫，她本能地扬起手掌，想将那个可怕的魔鬼打翻，眸一抬，迷乱中看到了晏之那担忧而心疼的眼，一怔，立即刹住甩下去的力量，昏沉沉的脑袋瓜逐渐清楚起来，终于想起自己身在哪里。

"大哥，我……我做噩梦了。"

她惨兮兮地低叫，无助的素手以一种自卫的姿态抓了抓自己的臂膀，似乎想要检查自己是否完好，抚了几下，想到那个无法改变的事实，情不自禁便深吸了一口气，雾气止不住在心底聚集，声音是轻颤的：

"唉，这几天也不知怎么的，老是做同一个噩梦，吓到大哥了！嗯，都快天亮了，我回去了，扰了大哥一整个晚上，真是罪过。"

窗外，若隐若现，有鸡鸣声在远处响起来。

九无擎沉默地深睇，按住想推开他的女子，摇了摇头，随即，猛地将她环抱住，宽大的手指轻轻地拍抚她发抖的身子，心底却连死的念头都有了。

那挥之不去的噩梦，是他带给她的，唉，要怎样才能磨灭了那件事对她所造成的伤害。

怀里的女子有些轻微的抗拒，最后，力道慢慢地撤了下去。

千万个"对不起"只能深藏于心！

他抬头，看到她因为他的拥抱，脸孔变得通红，红苹果似的，代替了之前的骇色。

"大哥，别拍了，我不是小孩子！"

她干咳了几声说。

"那去睡觉。愚兄在边上陪你!"

展开她娇嫩的手掌,他用手指在她手心写了一句,痒痒的感觉,直透她心房。

还没来得及拒绝,他已一把将她抱起,步子稳稳地跨进内室,给她脱鞋,盖好被子,体贴而周到,却令她窘极。

"不用了,不用了,我不困。呃,我若睡这里,你睡哪?不如给我弄一间客房吧!"

"府里的客房常年没人居住,很冷,现下就在愚兄房里打个盹儿,天亮我让人给你置办个房间。既义结兄妹,静馆便是你的家。你若愿意,可以就此住下,以后,你就是静馆的大小姐!"

他在她手心写下一句。

金凌细细地辨着,轻一笑,却摇头:"不用!我另有事办,不能住大哥府上,何况我住着也不便。"

"嗯,这事,明儿再说!现在睡觉。大哥守着你!"

可她睡不着啊,漂亮的眼珠子骨碌碌直转,床上淡淡的药腥味儿浓烈地冲进鼻子里。

"闭眼,睡觉!乖!"

手心上再度被画上了几个字。须臾,有只大手盖住了她的眼,意思是让她闭眼。

心底,陡然一暖,太久太久没有被这样哄着睡了,她当真合上了眼,原以为肯定睡不着,不想,没一会儿就睡了过去。

九无擎坐到床沿上,痴痴地凝望,不知多久,他的目光不由自主就落到了床尾,刚刚给她脱鞋的时候,他又摸到了那只凤镯。

看这镯子的成色以及做工,与他小时候戴的那只分明是一对的。

可母亲从不曾告诉过他,家里还有另一只凤镯啊,这丫头,到底从哪淘来了这样一件玩意!

第十五章 案中奇案

一

这一觉,睡得极香,醒来已是午后,她开始郁闷:自己的行为怎越来越失常,居然这么轻易就和那个危险分子结拜了,而且还堂而皇之地睡到了他的床上。

但不得不说,他的笛声的确很能蛊惑人。

起身后,小丰告诉她公子办事去了,可能要到晚上才能回来,她听了,有点失落,没有多留,自偏门离开,小丰一路相送,剑奴一直冷冷地侍于附近,满身敌意令她觉得甚为奇怪。

福街行人匆匆,没了大会期间的热闹,路上时而有一列列官兵走过,气氛有些凝重。

这番,镱京城出了这么大的乱子,秦帝怕已经愁白了头发,就不知道九无擎打算如何收拾这一场烂摊子,还有拓跋弘,他会如何来反击?

金凌进了一座茶楼。

茶楼不大,很干净,客人不多,三三两两说着话,脸上皆露着忧色。

金凌挑了一处有窗户的位置坐下,要了一壶茶,也不喝,只是安静地听他们说话,才知道这几天官府抓了不少人,还有就是九无擎被赐婚了,听说是为了嘉许九公子奋不顾身地救七殿下和晋王。

"真是奇怪呀,九公子和晋王不是劲敌吗?"

"哎,你们说,皇上赐婚,会不会是因为在怀疑九公子啊?明着是赐婚,实则是让两位小姐去看着他?五年前公子府闹兵变,九公子虽然侥幸逃了一劫,但皇上总归是对他怀着戒心的不是?"

不知是谁大胆地假设了一句,颇有见地。

"你的意思是说,天盘失窃和九公子有关?怎么可能嘛!负责祈福大会的可是晋王和常王,再说九公子这些年足不出户的,又和朝中大臣没什么往来,他若有本事瞒天过海策划得了这么大一件事,那他不是可以只手遮天了吗?"

"对,不可能的!何况九公子自己也受伤了不是,这几天还在府里静养着!听说额头上被砸出了一个大洞。"

另有人忧心而问:"你们说,会不会打仗?若不能如期限归还圣珠,三国强而攻之,焉有我秦国安宁之日?"

一阵叹息,一阵摇头。

这时,外头又有人冲进来,惊呼而叫:"喂喂喂,你们听说了么?慕倾城找到了!晋王府的人昨儿个在城外一处村落里发现了她,据说被人下了剧毒,正昏迷不醒,一只脚已经踩进鬼门关了,现已被人送回了镇南王府,昨夜晋王曾带病去镇南王府探看,龙少主也去过,九公子今儿一早也赶了过去。"

茶水没有动半口,待那些议论纷纷的茶客回过神来,窗台前已没了那道美丽的影子。

二

自后门入回春堂,沿羊肠小道进花园,金凌不断地想着这么几件事:

九无擎被赐婚,这代表皇帝对他有怀疑,却没有证据。

可慕倾城怎会突然被晋王府的人找到呢?是九无擎故意让她借此机会回镇南王府,还是别有缘故?

另外,祈福大会上的这个案子,九无擎布置得几乎天衣无缝,如此大制作的布局,其背后到底有谁在支持他?

"哎哟!"

走路没看路况，她撞到了一座突然冒出来的肉墙上。

"一整晚时间，你跑到哪里去鬼混了？我还以为你在房里睡觉，结果，床是冷的。"

抬眸，有两道恼愠之光冲她射了过来，恶狠狠瞪着，凶巴巴得很。

"睡不着，随便走走，干吗这么凶？"

她眨了眨眼。

"随便走走就走到静馆去了？"

他不满地直叫。

金凌并不意外他会知道，眯眼一笑，扯下了脸上的面纱，慢吞吞地道："对啊，走着走着就进去了！你的那些属下跟你回报过不是，既然这样，还问什么？"

她用明亮的笑容压下了他的情绪。

这么多年来，他从不知动心为何物，可一见到她，一对上她那灿烂如花的笑靥，他就失了招架之力，他的记忆当中似乎就封锁着那样一个美丽烙印，曾令他刻骨铭心，如今看来，那个影子就是她。

三天前，当她扯着一抹绝美的笑倒进他怀里时，他知道自己这辈子真的栽了，这个可恶的小女子已完全收住了他的心。

之后，一记偷梁换柱，他一手安排了公子府侍卫之死，随后将她带来回春堂，封锁消息。

凤萧给她诊过脉，只说没事，仅有一些轻微的内伤。可她言词闪烁，似瞒了什么。

那夜，他守在床边，亲眼见证了她做噩梦时痛苦的挣扎，随即，他让人去查那夜九无擎蛊发，是谁侍的寝？

玄影查探回报："侍寝的是东方若歆身边的丑奴：小金子。"

他一听，怒火冲天，一把将一张桌案打成了碎片，原想去把那禽兽大卸八块的，前脚才踏出房，后脚她就醒了，轻轻静静地唤他：

"虎头，我渴，可不可以给我弄杯水？"

她扶着额头坐了起来，睁着一双慵懒的美眸倚在床上看他，长长的发丝垂在胸前，隐约泛着红潮的玉颊轻轻落着浅笑，没了做噩梦时那痛苦的神色，有的只是淡淡的宁静。

转身，他在她满怀期待中回了房，给她倒了一杯温水，送到榻前，看着她接过手，小口小口温雅地吃着，那种平静安谧的神色逐渐抚平了他冲天的怒火。

事情已过去三天了。

自醒来，琬儿绝口不提自己在公子府的遭遇，就像一个没事的人一般，与他吵吵闹闹，斗嘴骂俏。

这三天里，每天，他都亲手给她煎药端汤，逗她说话，和她讲一些江湖怪事轶闻。以前，他最爱做的事，就是跑到各种茶楼上，听各国各地的说书人说书，说书人的精彩口才常逗得听书人呵呵直乐，那是另一种生活乐趣。

所谓熟能生巧，巧能生精。听多了，他也能来一段，便是那一段段小口技，如此日子，当真有滋有味。

可她并没有把他放到心里去，她仅仅把他当做了朋友。

"琬儿,我有话跟你说,走,回房!"

他低低地说,拉着她往自己的房间而去,大步跨去,走得飞快,害得金凌都快跟不上,直在身后叫"慢点"。

三

进门后,金凌挣脱了龙奕的束缚,瞪了他几眼。

"神神秘秘的,干什么呢?"

"以后,没事别和静馆那边的人走得太近!"

龙奕只要一想到晏之那张俊逸淡淡的脸孔,就浑身不舒服。那日在鐐京府,琬儿曾一再地偷瞄这个家伙。他不喜欢她将关注的眼神投到这人身上。这丫头,看任何人,都是风轻云淡的,独独面对那晏之时,眼神是复杂的。昨夜,她又独自跑到了那边去,一整晚外加一上午时间全消磨在那边,实在有违她的作风。这令他担忧。

他该看着她的,但昨夜,他有事去了镇南王府,后来又出了城,去察看发现慕倾城的农庄:弄不明白那丫头怎么突然会神秘地现身于农庄。

在之前,他曾让人到回春堂探看琬儿在不在,手下回报说回春堂并没有发生异样的状况。如此就代表慕倾城的现身并不是琬儿的安排。

他在外头勘察到日上三竿才匆匆进了回春堂,三娘正坐堂看诊,对他说:琬儿还在睡。

他急急忙忙跑去一看,床上空空如也,冰冷的被子显示了这里一宿没有睡人。

他蒙了,忙跑出去找玄影,不见,便抓了一个玄影的手下问。

那人战战兢兢地说:"昨夜姑娘睡得不好,半夜起来,曾找少主,后离了回春堂。玄老大曾劝,劝不住,姑娘出去后,玄老大怕有事,跟着去了,到现在没回……"

龙奕恼怒地踢了一脚:"这么大的事,为什么不回禀。"

那人抱着被踢痛的脚,支支吾吾道:"玄老大没吩咐回禀!"

龙奕气炸了,真想将这木讷的属下给踹死,当下立即派人四下去寻,才知她去了静馆,睡到刚刚才出来,又去吃了茶,逛够了这才姗姗而来,可怜他却在这里为她干着急。

"奇了怪了,我为什么要听你的话!"

金凌稀奇地反问,完全无视他的怒火,挑衅的眼珠子上下瞅啊瞅,有流光溢彩自她眸子里射出来。

"总之,你必须听我的!"

"哎呀,这事,恐怕有点难。"

"难什么难?"

龙奕瞪着,这到底是怎样一个妖精?

十二年前,死命死命地霸着他,他爱理不理她,她时而装乖巧,时而装可怜,时而威逼加利诱,总之就是爱跟他瞎捣蛋,就像牛皮糖一样扯不掉,十二年后呢,换作是他死命死命地想黏着她,而她,对他这个救命恩人,从不拿正眼瞅一下,就爱"忽悠"他。

"那是个危险分子,你应该和他划清界限,不许再纠缠不清!"

"问题是已经纠缠不清了！"

她露齿一笑，明眸闪闪，还摆出一脸的无辜："我和晏之结拜做了兄妹。你是第一个知道的，快点恭喜我。"

"结拜？"

"对！"

她点头，很得意，倒水吃。

龙奕差点趄倒："你可知那人是什么人物？"

"我知道，人家是九天的后人——像我这样的大人物结交的自然是非凡之人！"

听，脸皮够厚，笑得够亮，都快闪花他的眼睛了。

龙奕皱了眉，今天必须要让她认清一个事实：

"什么九天的后人，那肯定不是真正的身份。据我所知，他是煞龙盟的百变龙。十二年前，就是他们制造了红船惨案。"

他以为她会大惊失色，结果，她把一口凉水全喷到他脸上。

"呀，不好意思，不好意思，你不该在我喝水的时候说这种滑天下之大稽的话嘛，那人怎么可能是煞龙盟左系司主百变龙？"

"他不是么？"

她这种肯定的语气，令他也自我怀疑起来。若是假的，百晓生这是生了什么胆，敢来糊弄他？

"不是！"

"你怎么知道？"

"不告诉你！这是秘密！"

关于晏之的身份绝对不可以曝光。

"喂喂，这话怎么这么见外？我们之间还需要秘密么？别忘了，你脚上还套着我的凤镯呢。那是我的文聘之礼。既然收下了，那就是我的夫人，我好像听你说过的：夫妻之间该坦诚以待的是不是，所以……啊！"

被敲头了，敲得还特别狠。

"喂喂喂，你这分明就是在坑我？还敢说那是文聘之礼？哪有这种聘法的？我什么时候答应你的求亲了？一提这个，我就来气，赶紧给我把这东西拿了去。"

她露出脚踝，将那凤镯从足衣中挑出来，老早就想把它摘下来，可这玩意很奇异，似有灵性一般吸附在她身上，任她怎么掰也掰不下来。

"干吗拿下来，套着不是很好看吗？之前，你可答应过的，帮我一统龙域，搞定龙卉和龙蕊那两丫头，所以，嫁给我是必须啊，而且你瞧，这凤镯多喜欢你，要是没缘分，它根本就不会乖乖锁着你。"

看到从小戴到大的镯子佩在她身上，他就特别高兴。

"喂喂喂，一码归一码好不好，我只答应帮你夺权，可没答应嫁你。我有未婚夫。这辈子，我只喜欢他一个！真想我嫁你，这是不可能的事！"

语气是坚定不移的,眼神是不容置疑的,这件事,是到了必须和他说清楚的时候了。

她知道他喜欢她,但是她的归宿从来不在龙苍,燕熙若已不在,她能做的是回去九华,遵从父亲心意,担起自己的责任。在她的人生当中,龙苍的一切,都会揭过去。

龙奕被她的认真所惊到,强自一笑:

"臭丫头,你又想骗我?"

"不骗你!我可以指天为誓,我真有未婚夫,那人,你也认得的,就是燕熙。我六岁时就和他订下了婚事。若不是因为中间出了岔子,我早已嫁他。这几年我奔波在外,就是在找他。"

这番表述,字字句句,如利剑穿心!

突然间,龙奕恍然大悟,原来那个燕熙根本就不是她的哥哥,原来她拼命地进公子府,是在寻夫。于是,一阵阵苦涩自心底漫了上来,将他的热情以及喜悦全部淹没。不知为何就难受得厉害。

他并不多情,应该说,他本性是淡漠的。自幼,他为白虎所养,人之初的那几年,他不懂人语,是骑在虎背上长大的野孩子,对于人族,他满怀戒心,从不肯轻易交心。进龙域后,龙主给他聘了三个奇人为师,才渐渐有了人性。

那些年日子过得很枯燥。

大师父说他心思太野,不好教化;二师父说他玩心太重,太不务正业;三师父笑说天真未泯,良性未失,做个逍遥自在的人是极好,做个高位上的人,这性子,真得改啊,要不然怎么死的都不知道。

他便拿三师父说过的一句话来回击:海纳百川,有容乃大,壁立千仞,无欲则刚。

龙域族中的权力之争,是他不爱的,他怀的还是纵横山林的洒脱,也不喜被规矩束缚。志不在权势,偏生做了龙域族中一人之下、万人之上的少主。

从一无所有,到至尊至贵,他从不拿手上的权当回事。在龙域待了那么多年,他看到的是权力之下的肮脏——周围有太多太多阳奉阴违,是与他性情最相投的三师父,教会了他如何读人心。

越是能看懂人心,越觉得待在龙域没意思,所以,他常常偷跑出来,四处东游西荡,也不知自己想要追寻什么。

十二年前,遇上琬儿,是他跑得最远的一次。

正因为遇到了琬儿,他才明白自己心头最渴望的是什么!

他想要的只是一份坦诚以待的相知相守。

琬儿给了他那样一份不掺杂质的喜欢,同时,也让他看到了另一种天伦之乐。那个冷艳少妇温温柔柔地将燕熙和琬儿左右怀抱亲吻他们面颊的情景,至今他记忆犹新,琬儿在少妇怀中打滚,在燕熙身上呵痒的画面,曾深深热过他的心眼。

活了那么多年,从不知道自己父母是谁,他没有家,对于琬儿的依恋,源于他对家的向往,以至于琬儿之死,令他纠结至今,那是因为曾经的这份向往支离破碎了。这些年,他在江湖之上寻寻又觅觅,可那份心动和欢喜不曾再度拥有。

直到遇上这个冒牌的慕倾城，尘封的心动被唤醒，他是如此渴望想将曾经几乎失去的幸福重新纳入怀中，正当满心憧憬，却叫这个没心肝的女子打烂了满脑子的幻想，才发现所有种种，都是一场笑话。

他默然了，忽觉得自己着实可悲可笑。

脸孔一沉，转身决然离开！

"虎……虎头，喂，你别这么小气嘛。"

金凌追了几步，有点结巴，心下明白这孩子生气了。真是的，有什么好气的，做不成夫妻，就不能做朋友了吗？

"龙奕！"

她急形于色地拦住去路，张开手臂，闷闷地叫道："不许生气！"

龙奕火大地一把拍开她的手，使的劲儿可大了，她疼得收回了手，他眼都不眨一下，就开门走了出去。

四

金凌没有再追出去，感情这东西实在不能勉强，但愿他可以看开。

站在廊前，她无力地扒了扒头发，又低头撸了撸脚上的凤镯，转身回了房，着墨袍，束玉带，盘秀发，结玉冠，贴剑眉，镶喉节，倾城绝代的佳人，刹那间便是绝世美男子。

然后，她满意地对镜瞅了一眼，出门，发现天色已晚，走出廊角，看到凤萧自外头而来，低低和身侧的家院说话。那家院据说是凤萧亡夫的远戚，去年秋试来了鐛京，后落榜，身无分文，便在鐛京城内给人做家院，好不容易凑够了钱，又叫人偷了去，走投无路下，才来回春堂求救。

凤萧认得这人，好心让他在堂中住。

金凌曾细细观察，此人，长得眉清目秀，甚为俊气，浑身露着一股子少见的气度，面颊子有点像程嚣。但她总觉得此人并不简单。对凤萧很恭敬，凡事都尽心竭力，但暗地里，总爱用一种深邃而复杂的目光偷窥凤萧，独立时，身形寂寂，看到凤萧时，眼神会柔软下来。

这家伙应该喜欢凤萧，但他从不表现出来。

屋中已留下告别信，金凌没和凤萧告别，绕开他们，往侧门离开，她要去镇南王府，以"青城"的身份看望慕倾城！

一路狂奔来到城东镇南王府，自不会走正门，依旧如以前那般，一纵入墙，以夜色作掩护，熟门熟路地进入倾阁。

倾阁内亮着烛光，门是半掩的，她推门进去，蹑手蹑脚地上了楼。

房内，只有云姑守在床头，一脸黯然地跪在地上，念念叨叨，似在祈求着什么。听到有脚步声，转过头，还没有看清楚来人是谁，就被点倒。

金凌将人扶到边上躺好，给她盖上薄毯，转身走到云纱低垂的床榻前，床头的留夜灯，闪着昏暗橘黄的光晕，枕在瓷枕上的人儿，安安静静地睡着，鱼鳞似的脸孔，呈现异样的黑色，显然又中了奇毒，一片死气沉沉。

心一紧，她连忙把她的脉，心又凉，差点咬牙切齿地骂出声来：

丫的，九无擎这是什么意思？

因为她不曾回去公子府，所以，他就刻意往倾城身上下了这么重的毒以示警告吗？

这人，真可怕，真恶毒！

正思量着，门外有异样的脚步声传来，很轻，是个功夫了得的夜行人，正想避开，暗自观察，那边有人已低叫起来："主子，是我，阿大！"

门开了，进来的果然是多日未见的阿大。

这方脸汉子瞧见金凌，顿生喜色，松了一口气，眉梢轻舒："可巧了，我正愁没处寻主子呢！今日守在附近一整天，就盼着主子可以出现，还正巧，我刚刚才想回去呢，就瞧见有人闪了进来，瞧这身形功夫，猜着必是主子，果然是！"

"急着见我作甚？"

阿大神色极凝重："逐子出事了！已失踪了好几天。还有，小鱼儿，死了。"

前面这件事，她知道，后面这事，着实惊到了她，那一刻，心头的恨意越发浓了。

九无擎，果然黑心，竟又害死了一个无辜女子！

五

公子府，九无擎坐在轮椅里，也在思量：会是谁杀了小鱼儿？

一盏明灯，一盅茶，花窗半启，冷风荡，身体已透凉，依旧解不开心头重重死结，冰冷的面具贴着他的脸庞，没有人可以看清他的眉头，也没有人能读得透他此刻的心情。

小鱼儿死了，慕倾城再现，这些不是他命人干的。

他们的暗巢，遭了神秘人光顾，便在他昏沉的那一天一夜，慕倾城和小鱼儿被人劫了去。能在煞龙盟手上把人带走，这意味着事情大了。

自然不可能是金凌干的，逐子在他手上，龙山三煞一直深藏，而她病着，一直养在回春堂，不可能是她！

背后这只神秘的黑手再度伸了出来。

那个人不光知道他的身份，还摸透了金凌的来历，更清楚着镖京城内的各种暗斗，却没有出来捅破，只是在暗处冷眼旁观，推波助澜。那个人，无疑是不想让他有好日子过！

此人，若是皇帝的人，那他即便有九条命也已死绝，为了他的江山社稷，皇帝不可能再容下他。

那么是拓跋弘的人吗？自是不可能的！

拓跋弘若知道他的底细，这番怎么可能踩进他布下的陷阱，差点就进了鬼门关！

所以，他猜想，那个人有可能是西秦皇室的仇敌，并且还跟他九无擎有着不共戴天之仇，他想看到西秦皇朝大乱，更想折磨他——就像那日他被神秘人暗算一样，唤醒蛊虫，只是折磨的开始。

如果这一切，当真是某人摆的一盘高深莫测的棋局，那这个人该是何等的可怕？

他想到了五年前鬼见愁精心布下的那场刺杀，至今，他都不曾查到谁是幕后之人！

可以肯定的是，他们是同一个人，只不过那一次，他只是在试探，而这一次，才是他真正第一次出手。

"来人，去义庄，我想再看看小鱼儿的尸身。"

九无擎沉沉地吩咐下去：据说，那是一个天真烂漫的女孩儿，是这样的吗？

如果她真的天真烂漫，慕倾城身上的毒谁下的？

那些天，近身侍候慕倾城的人，除了小鱼儿，再无别人，可她却中了奇毒！

东罗走进来，看到桌上一动未动的食物，皱起了眉："爷，你又颗粒未进，这样下去，身子怎得了？"

九无擎一怔，这才记起自己一直坐着，忘了去吃。

"我不饿，好吧，你们去把饭热一下，我吃！"

六

倾阁，一阵死一般的沉寂。

金凌将拳头捏成拳，多日未修整的指甲深深地嵌到了肉里，小鱼儿活蹦乱跳的小脸就在跟前闪啊闪，才十三四岁的孩子而已，一个小乞儿，是碧柔自外头捡来的，已在别馆住了两年，是一个惹人怜爱的开心果，他们不在别馆时，多亏了小鱼儿在照看慕倾城，却因此平白无故丢了性命。

九无擎，你怎狠得下心对一个孩子动手，又怎狠心对一个原就在鬼门关挣扎的人下了这么重的毒，你这是存心不想她活了吗？就为了对付我？

"小鱼儿怎么死的？"

"烂肠穿肚而死！是剧毒——原是活的，被鐐京府的人带回去后，开始毒发，没等天亮就死了。"

阿大想到那七窍流血的惨样，神色一黯。

"现在在哪呢？"

"在义庄！"

"走。去看看！"

一阵阵冷意自心底直冒上来，她心里很不是滋味，就昨夜啊，在她笑呵呵和晏之结拜的时候，小鱼儿在承受毒发的痛苦，要是那个时候，她去的不是静馆，而是公子府的话，事情会不会有所改变？

门打开，冷风袭面，止不住打了一个寒战，突然，她又止步。

"逐子之前在查什么？"

"他没说，不过，应该和煞龙盟有关！"

金凌感觉有种被雷电击的惊痛。

煞龙盟？

逐子在调查煞龙盟，却被九无擎抓了去？

如此前后一联想，她的脑袋瓜子轰的一下空白了。

九无擎能谋成这样大一个局，必然是有外应的。

难道煞龙盟就是他布在外头的那支看不到的势力？

七

京都义庄。

拓跋弘捂着嘴，轻轻咳了几声，病白的脸色，显示了他的身子状况很差。

"凤兄，怎样？"

尸房停了不少尸体，都是这番死在东林的军士，一块块尸布将他们覆盖，屋子里充斥着浓浓的尸腥味，刺鼻而恶心。

房外灯火通明，镔京府的衙役提着火把围着，房内，点着一盏盏白蜡烛，偶尔有风吹进来，烛火鬼魅似的摇曳，将在场的人影映到花白的墙上，影子奇怪地抽拉着。

房里站着几个京城内有名的仵作，镔京府尹李台大人负手站着，一身紫袍的凤烈戴着细麻织成的手套查看尸体，拓跋弘由安青扶着站在他对面，龙奕站在尸体的脚跟边，斜眼看着。

"我需要剖尸，才能真正确定。"

凤烈说，紫袍将他衬得分外沉着尊贵，浑身洋溢着让人不可小视的力量。他自是了得的，一个高高在上的凤王，能懂验尸，便说明他是一位吃得起苦、能办大事的人物。

"主子，青城公子来了，说要见您！"

门外有人疾步进来，是凤王的贴身侍卫。

凤烈一怔，露出欣喜之色，净手出迎。

青城公子和凤王是莫逆之交。

相传凤王脾性孤傲，也许他会因为某些利益而与人结交，但真正能影响得了他的人，似乎除了青城，不作其他二选。

龙奕没见过青城公子，只是曾听人这么说起来：青城要是早出道几年，天下第一公子的名号非他莫属。这话，生生挤对了他。

他倒是曾想会会这位神秘的角色，可那个人儿，跟他一样，尽爱东游西逛，又不喜欢显摆身份，今日在荻，明朝在秦，今夕在天之涯，明儿又在海之角，他总遇不上他。

那个人行事作风，完全没有规律可循，又不怎么与人结交，倒是什么事都爱去凑一脚，大多干的是大好事，大善事，事后也不会邀功，溜得比泥鳅还快，青城之侠名，皆来自民间，而非名门士族之间的互相推崇。

现下，龙奕对这位青城公子越发好奇了，心下虽早认定此人和琬儿必是同党，可他没想到的真相竟是这样的。

义庄外，火把照得通亮，墨袍飘飘，发带轻扬，伊人一身潇洒，静静站于梧桐树下。

"青城，你终于肯出来见我了？"

凤烈咬出这个在心里不知念想了多少遍的名字，扯开一抹深深的笑，一步跨过去。

金凌转了身，瞅着："凤大哥，我来是为倾城。这几天愚弟不在京城，听说倾城妹妹被人掳了，如今又被找了回来，却又发生了怪事，服侍她的小侍女还没有过堂，无缘无故就毒死了，我就想来看看到底是怎么一个状况。青城无才，倒是懂一些医道毒理，知道兄长在此办案，特来看看，不知道兄长可否带我进去瞅瞅？"

这里由官兵看管，若没人引见，断不可能见到里面的遗体，金凌见他只是想借他手上的权，光明正大地进义庄。

此刻，她侧睇睇着，曾经，她很喜欢这位大哥哥，可最后呢，他却害得她家破人亡。

也许他会说他是冤枉的，可无管怎样，很多事因他而起：母亲的死，他是间接凶手，弟弟的生死未卜，也是拜他所赐。

至今，她猜不透，这位来自九华旃凤的废帝，和龙苍到底有着怎样的联系？

为什么在荻国，会有那样一股力量，保他上位，成了名垂天下的凤王？

"自然可以，我正想剖尸，若有青城相助，那无疑事半功倍。请！"

龙奕本想出去探看探看，才走了两步，但听得门吱呀一下响起，一阵冷风吹进来，尸腥味一转，让人想吐。

捂鼻吐纳这番工夫，有两个人自外头一先一后走进来，走在前面的是凤王，低声在和后面的人说："小心，这里有下台阶。"

他目光一瞟，顿时目瞪口呆，怎么是琬儿？琬儿竟是青城公子？

金凌的目光正好和龙奕惊愕的眼神对上，原来他也在查这桩案子，怪不得昨夜出去了。

"这是龙少主。"

凤烈给她引见，看到龙奕这情景，唇角一勾。虽然他救了她，可她终究没有自托家底，可见她并没有把他放心上。

"龙少主，闻名不如见面，久仰久仰。"

金凌行了一礼，举止皆露男儿气，那女子的娇懒，已尽数被藏尽，这真真是一个很能伪装的鬼机灵。

龙奕郁闷地瞪着，气自己对她一无所知。

"客气客气，闻名不如见面，青城公子，果然了得！"

真是叫他咬牙切齿：中午才气了他一通，现在又来气他了，这么一件事，居然瞒着他，这丫头真是没良心。

金凌权当没听出他话里有话，语气甚是豪爽地答道：

"皆是江湖兄弟抬爱，青城浪子一个，有什么了不了得的，以后江湖之上，还请龙少主多多关照！"

拓跋弘听得说话声转过了头，惊异的精光自他眼里一闪而过：进来的少年，束黑发垂于肩，面容如画，五官之俊逸，偏向阴柔，举手投足，尽显男儿爽朗之气，浅笑在唇，风度翩然，眼前，分明是一位浊世美少年，可为何，他忆想到的却是那夜抱怨他怎会是小八，却又为他吸毒上药的小凌子？

"这是晋王！"

金凌移过眼神，抱拳行礼："青城认得晋王爷，一年前，我们曾在东荻法华寺切磋过剑法。"

音质是清朗的，不是那夜那种娇脆而甘美的声音，而是一年前于夜下以剑会友时那个青城公子的嗓音，那夜，月黑风高，他没看清他的长相，但这声音他记得，轮廓也熟。

"的确见过。只是除了一年前，我们是不是还曾在别的什么地方见过？"

越看，他越觉得这青城就是小凌子！

金凌微一惊，心下不确定三天前他到底有没有看到自己的容貌，脸上则依旧不露声色：

"没有。青城倒是常来镔京城，本想以鄙陋之身拜见晋王，可惜每每错过，最可怜的是我家妹妹竟落得这般境地。晋王爷，听说妹妹已经救回来，可曾查到遭了谁的暗算？"

她倒是很能转移话题，三两句就把重点移到了案子上，转身时指向尸台上的人问："这就是那个小鱼儿么？"

"嗯，之前仵作说，这小丫头是畏罪自杀，不过，依我看来，另有原因。"

凤烈答了一句。

金凌走近，努力克制着自己的情绪，尸台上，小鱼儿静静地躺着，脸色泛黑，并且在溃烂，若不细瞧，肯定看不出那是小鱼儿的脸，已经死了近一天一夜。

"最初，是谁验的尸？"

金凌不忍再看，移开了视线。

"是在下。"

有人应答，金凌抬头，看到一个中年男子，此人乃是镔京府的仵作。

"为什么认定她是畏罪自杀？"

"我们在牢里发现了一个小瓷瓶，里面是还有一些没有喝完的穿肠毒。"

回答她的是镔京府尹李台大人。

"瓶呢？可容青城过眼？"

李台看向拓跋弘，拓跋弘点头。李台一拍手吩咐了一声，有衙役自外而入，手上端着一个盘，盘上放着一个白色的瓷瓶。

金凌凑过去看了看，一股淡淡香味泛开，很清凛，有一些桂花糕的味道。

"这是七虫断肠膏。是煞龙盟的东西。"

龙奕突然走近，噙着一抹淡淡的嘲弄，目光自尸体移到金凌身上，口气懒懒地道：

"青城公子名满天下，见多识广，不知可见识过？七虫断肠膏是煞龙盟内部用来对付叛徒用的。这个小鬼就是吃了这东西才死的。但是，这并不是真正致命的东西……"

"龙少主怎么知道这是七虫断肠膏？"

怎么又和煞龙盟扯上了关系？

金凌心头一惊，反问。关于这东西，她只听闻，未曾真正见识过。

龙奕吊儿郎当地一笑，抱胸道：

"我为什么知道？哈，真是好笑，煞龙盟左系一派的人，那可是我带人给灭的，我进过他们的老巢，我当然知道了。在他们的药库里，我曾瞧见过这东西，也看过有关七虫断肠膏的档录，再闻闻这味儿，就可以判断这东西是什么了。"

"既然如此，龙少主之前为什么不说？"

门外，又有人走了进来，却是梁王拓跋臻和南云国太子墨景天来了。

这二人，一先一后相继而入，前者一身便服的梁王，后者是温温如玉的墨景天。

墨景天看到金凌时，扬眉一笑，那神色竟似认得的，而梁王看到这样一个翩翩少年时，眼前陡然一亮。

凤烈又加以引见，梁王惊叫一声："久仰久仰！"

金凌应了一声，梁王转而问龙奕："龙少主既是知道的，为何之前未曾吭声？"

"为什么要说？又不是我在查案。我只是在凑热闹罢了。你们查得清楚查不清楚，与我何关？对了，凤王，阁下想开膛破肚，是不是想找她肚子里有没有那七只虫子？但凡吃了这断肠膏的，都会穿肠烂肚。不过，肯定不会在一夜之间死绝。现在所谓的肠穿肚烂之说，只是仵作和医官根据最后把脉得出的结论，到底是怎么死的还有待进一步确定。"

话音未落，另一个冰冷的声音幽灵似的冒了出来：

"不能解尸！"

门再度推开，一张狼形面具出现在了众人的视线里，墨袍横飞，空气中传来了轮椅压过地面的尖锐声响。

是九无擎来了！

金凌将小脸一沉，目光一寒，心下生着一种想冲过去将此人碎尸万段的强烈冲动。

"九无擎，你来得正好，我正想找你算账……"

一声厉呵，众人但觉眼前人影一晃，龙奕那个雷厉的拳头已经往九无擎面具上打了下去，之前听说他昏迷，他没寻上去和一个半死人算账，现在既然这人活了过来，那他就得替婉儿出口气。

九无擎微微眯了一下眼，手上轮椅急转一个方向，就听得"咯咯"几声尖响，整个人便往南边两个尸台的走道间退去，嘴里则沉沉喝了一声："龙奕，你发什么疯？"

"我发什么疯？我打的就是你这个禽兽，既然阎罗王没有收了你去，今日既然遇上，我就把你打回鬼门关去！"

收回拳头，暴怒一喝，又飞身纵了过去，那力过千钧的一腿，挟着呼呼之声而去，直将九无擎的衣带掀了起来，若是被击中，胸肋必定会悉数尽折。

九无擎自不是省油的灯，眼色一沉，说时迟，那时快，便见那轮椅椅背忽然后倾成180度形成躺椅状，椅上之人便顺势向后一躺，那疾来的一脚，便在他身子上空飞过。

也是这时，九无擎双手一捻，一掌看似绵而无力，却沉沉地击中了龙奕的大腿，将他打了出去。

后发制人，一击而中。

龙奕一惊，只觉腿上呼呼生痛，已然中掌，凌空一翻，刷刷着地，转身再度扑了出去。

九无擎已翻身坐起，轮椅恢复原状，但见他腾空一跃，已和龙奕交上手。

二人没有再废话，几招后，嫌这地方小，打不开，极有默契地破窗而出，待出了停尸房，两人又缠上，斗得难解难分。

这样怒不可遏的龙奕，金凌不曾见过。

她所认识的这个人，不管是虎头，还是龙奕，都是嘻嘻哈哈，整日没个正经。即便是自己拒绝了他，他也只是沉了脸色，走掉罢了。与其说他恼怒，还不如说他是在伤心难过。哪像现在，凶相毕露，一副想将人吃了一样，却还是因为她！

想必他已知道她在公子府发生过什么了，他这是恨屋及乌。

可这三日里，他只顾着与她笑侃天下妙事，根本就不曾在她面前提一句。末了还说要娶她过去，明知她已"残花败柳"，他也不在意，莫名的，她心头一暖。身在异乡，她一直坚强独立，因为无处可依傍，现在，她突然间发现自己的运道还是很不错的，至少她遇到了一个一心对她好的朋友。人生得一知己，死而无憾！

"龙少主，你这是做什么？到底什么深仇大恨要和九爷打成这样？"

府尹李台大步追了出去，吩咐身外头的侍卫："还不快将他们劝下来！"

"慢着，这二人都是厉害之人，让他们上去，无疑是自讨死路。"

梁王也追了出去，急急地喝止。

"那怎么办？"

眼前人影，又一动，金凌回过神时忽然发现凤烈闪了出去，紧接着外头传来了梁王的提醒声："凤王，小心被他们的掌风所伤！"

院子里火把通明，紫衣滟滟，墨袍沉沉，杏影绰绰，三道身影互为缠绊。

表面看，这凤烈似想将两人劝开：一面搁着龙奕的攻势，一面又挡着九无擎的反守为攻，可实际上呢，这人有意无意在给龙奕制造杀机，一次次将九无擎下盘空出来让他往死里打下去。谁都知道九无擎不便于行，龙奕招招致命攻其下盘，九无擎所有反攻之势又被劫住，十招之后，他陷入被动。

东罗和南城脸色大变，爷的脚腿是经不起打的，尤其是膝盖骨。二人一先一后跳进去护主，想架开龙奕和凤王，令主子得以喘息。刚才他们就想冲上去帮忙的，主子以传音入密告诉他们不必，他们只能按兵不动，心想一个龙奕，爷还是能应付的，即便身子状况不太好，但现在再加一个居心叵测的凤王，明着劝架，暗中相助，一招一式都尽想折辱了爷，他们哪还能看得下去。

有东罗和南城相助，九无擎成功退出战圈，扶着梧桐树，身上已是大汗淋漓，脚腿疼得几乎想瘫倒。

"九无擎，你这孬种！有种就跟本少主大战三百回合。"

这场架算是劝开了，龙奕眼底的怒火并没有因此而熄灭，相反却是更加烈了。打得太不尽兴。

"龙奕，若要打，日后挑个时间，我一定奉陪到底，今日，没工夫与你胡闹。耽误了时辰，你担待不起！"

他的声音是冰冷的，淡淡地一瞟，看到站于走道上的墨袍少年，如鬼斧神雕般切出来的俊气五官，无一不进射着欲将人凌迟的杀气，束带飘飘，发梢轻舞，合身的衣袍包裹着她单薄的身子，在冷风中肃立。

原来小凌子也在，不，此刻，应该称她为"青城公子"。

"她可能没有死绝,也许还有救!"

对着她的眸,一句不可思议的话,在冷冷的夜色里诡异地响了起来。

"怎么可能,她的心脉明明已经没了,七窍流血,五脏六腑也在溃烂,要不然,不会形成这样一个鼓起的肚子。"

官医第一个跳出来为自己的诊断作辩护,一张老脸窘红窘红,觉得这事,荒谬至极,他从医几十年,从没听过这种怪论!

龙奕面色一凝,遂而冷笑,却什么也不说。

凤烈则目光一闪,拂掉了衣袖上沾着的泥尘后,沉着地接过话道:

"这话倒是让人大开眼界,一个死了一天一夜的人,九公子居然说这人还有救?莫不是九公子是大罗神仙?就算是神仙,也不能随意改写人之生死。天道轮回,都有诸神在管,生死大劫,那也有天命!"

梧桐树下,九无擎的嗓音若冰泉,静静滑过:

"我不是神仙,也没办法起死回生,里面的疑犯,是生是死,我也不敢确定,现在,我只是在猜测,在没有得出诊断之前,我不能说她百分之百是活的,毕竟她直挺挺暴露在空气里已经有一天一夜,天气又这么冷,也许真死了也不一定。如果侥幸,天未亡她,只要给她盖上几层被子,保住体温,也许会发现她心脏处尚存一丝暖气。

"我想,在场诸位,知道七虫断肠膏的,没几人,现在,我可以很明确地告诉你:何为七虫断肠膏。

"所谓七虫断肠膏,便是以七种罕见的毒虫制成的,其虫身,似虫蚁这般大小,食之,四肢俱麻,形如死人,而后五脏六腑皆会成为它们的食物,但心脏是它们最后才会吃食的部分。第一昼夜,是七虫繁衍之期,对于人的腑脏不可能造成严重的伤害,也不可能肚子鼓起来,第二日至第六日,开始长成成虫,第七日,虫生满腹,食尽内脏。龙少主和凤王殿下不懂医理,想要对其开膛破肚,无非是想弄明白里面到底长了什么,可若是真这么做了,就真断了她最后一丝生机,这和亲手杀掉她,没有什么区别!"

九无擎很少和人说话,即便以前在朝堂上,他也极少发表政论:不鸣则已,一鸣则惊人,他便是这样一种角色。

今日亦是。

这时,一道身影一闪而入。

是金凌!

不管别人信不信,至少她信了。因为她也懂医,这一点上,他们是相通的。

他松了一口气。幸好赶得及,只是这种做法,太危险了。或者说,无论他做怎样的选择,都会面对重重危险。

龙奕扫了一眼消失的人影,越发地纳闷,便怪声怪气地笑了出来:

"九无擎,七虫断肠膏出自上古,本已失传,后经煞龙盟药尊重新研制出来,用以惩戒叛徒所用,但当时的藩王拓跋炎为人甚为厚道,不在人身上下这种虫毒,是故,当世之人,几乎无人知道其药效究竟是怎样的,也没有实体死亡个案记录整个毒发过程可作参详,后,药尊殉主而亡，七虫断肠膏的配制方法再度成谜。因此，七虫断肠膏毒发的症状，只是依据人口相传下来的大致情况略作记录，就连煞龙盟的医档中也没有有关它的详细记载，请问，在这种情况下，你是怎么知道这些听起来貌似不假的内幕的？"

最后一问，切中要害，尽露猜忌之意，引来众人侧目。

九无擎揉着脚腿间那刺骨的疼，不疾不慢地接上话：

"古有《天医策》，为千年前一奇人所著，以佛家梵文记着世间诸多奇毒怪症的由来及症状。无擎身子不好，皇上曾四下搜寻天下奇药予无擎，后机缘巧合，自一老乞丐手上得了一本破破烂烂的羊皮卷，上有佛家梵文，记着上古医典精华，皇上曾命人参破，终因上面所留为古梵体，识得人堪称为凤毛麟角，最后不了了之，这本《天医策》也因此而被束之高阁。五年前，无擎死里逃生，便向皇上求了这本医书，静居于公子府，研究古梵文，望有所成。这五年来，无擎已渐通其意，有些段落虽还不甚参详明透，却也有所小成。有关七虫断肠膏的毒发症状，是无擎今日细细研究《天医策》所得。到底真假与否，那得视实际情况进一步确定！"

这回答，答得滴水不漏。

西秦皇帝的确得过一本羊皮书，也的确和医理有关，为了破解，曾四方寻访佛道高僧，也的确在五年前赐给了九无擎，更听说他静养于室，在钻研古籍。

龙奕闷闷地抿紧着薄唇，怎么看这个九无擎，怎么不顺眼，怎么想，怎么觉得他的说辞里有问题，却挤不出半个字去驳倒他。

"府尹大人，她真的没有死绝，快，快命人备上两床棉被过来，好生把她安置了，也许真的可以救回来！"

如狂风卷落地般，金凌自停尸房内冲了出来。

凤烈走了过去，近身看着脸上泛出不一样红潮的少年，那亮晶晶的模样，可令无数儿郎生出断袖的念头。

"青城，你确定吗？"

"我确定！她的脉息是全无，看似心脉已断，但是根据古书所载，人生有阴阳两脉，阳脉断，人形如死，阴脉绝，才是真正地往生。想要探明那人是否阴脉已绝，只要在天督两脉上扎九转针，便可分晓。刚刚我进去试过了，督脉上仍有微乎其微的阴息在动。是故，她应该还是活的。所谓的死，只是一种假象罢了！"

这番奇谈令旁听者再度惊奇了一番。

"李大人，还不遵照青城公子的话去做！"

拓跋弘一直在停尸房未出来，亲眼看到青城在疑犯的督脉上扎了一针，那银针当真有抖动。

"是！"

李台忙让人去办。

金凌一步一步走向十米开外的九无擎，事态的演变在告诉她：这一切全是这个男人的刻意安排，直觉却在提醒她：这当中只怕别有蹊跷。

"九无擎，你知道怎么治她是不是？"

坐上南城推来的轮椅，他轻轻揉捏着又酸又痛的膝盖骨，静静地接上话：

"我说了,能不能救回来,还需要看实际情况。现在,我没有看到她的状况,一切还不好说。何况,《天医策》上的某些梵文,我并不全懂。"

哼,这肯定全是借口!

这人分明是想要她求他!

金凌冷冷瞪他:

"古梵文是不是?青城也会一些,九公子若肯将《天医策》借青城一阅,也许青城能为你解惑!"

这话又令在场诸个骄子一惊。

那古梵文出现于两千年前,乃是从东方大陆流传而来,经过千年时间的演变,加上战乱、天祸,字体早已变形得让人识辨不出了,他居然也懂?传闻青城公子博晓天下各种语种,看来真是如此!

"好!"

他点头,手指不曾停下捏揉:"先进去进一步确诊了她的状况,你便随我去公子府,《天医策》在公子府任由你看,但不能带离公子府,要不然无擎无法对皇上有所交代。"

腹黑!

这人摆了这样一个局,就是要她往里跳呐!

龙奕一听,脸孔倏地一沉,差点爆出一句"不许去",转眼想到这妞现在是男人,他只好硬生生把这三字重新咽回肚子,转而眯眯一笑:"好极,那我也去瞅瞅,话说我也认得几个梵文。"

"龙少主一见到九无擎就喊杀喊打的,九无擎怎敢迎你入府自寻事端,恕公子府不敢招待阁下这尊大佛。"

九无擎一口拒绝。

"好极,我倒要看看,你们公子府怎么拦了我!我龙奕想进的地方,至今还没有人能拦住过!"

龙奕下巴一挑,这是和他杠上了,他才不放心再把琬儿放进那魔窟。

"行了,这事以后再说。九无擎,你不是说想要进一步确诊毒发的状况么?那还不进去看?在这里磨磨叽叽什么?"

金凌冷冷地扔下一句话,往里而去,这行为语气,着实放肆,一个草根平民罢了,可偏偏在场的人,谁都不觉得他的态度有什么问题,就好像这样一个人,天生就该有这样的气势。

停尸房内,墨景天正四处查看其他被炸的遗体,鎵京府的仵作穿着中衣和几个衙役守在小鱼儿的尸体边上,而小鱼儿身上,此刻已盖上一件棉袍,这是她刚刚从那仵作身上扒下来的。

经过一番细细的检查,可以确定一件事:小鱼儿当真还有救。

至于怎么救,金凌一时一筹莫展,想确切地知道关于七虫断肠膏的更多注解,就只能去公子府。

龙奕见她执意要入公子府,怒了,众目睽睽之下,拉起她就往外跑,到无人处,就冲着她一顿劈头大骂:

第十五章 案中奇案

"你是不是疯了？那人分明是冲你来的，你还想自投罗网？"

金凌甩开他的挟制，冷静地回道："我的事，不必你管！即便是自投罗网，也算是我自己的决策！"

第十六章　联手奇案

一

到底，她还是跟着九无擎回了公子府。

"九无擎，你的心，当真用石头做的，不光黑，而且硬。知不知道，刚刚你若迟来一步，小鱼儿就没命了！我跟东罗说过，我不会逃，不会揭发你，你为什么还要拿别人的性命来要挟我？"

侍卫守在楼下，金凌跟着九无擎进了红楼，一等门合上，她转身一把就揪起了他的衣襟，低声怒吼了一句，目迸厉色。

四目相对，一个沉沉而怒，欲将其生吞活剥，一个静如死水，不生半分涟漪。一个俊面如玉，泛着恨意，一个面具冷冷，看不到一丝情绪。透过两个大大的眼洞，那双深不可测的眸子，在底下静静地凝视，似乎她的憎恨和恼怒都不能影响到他半分。

"放手，我还没跟你算账，你倒敢对我发起脾气了！"

冰冷的声音，寂无波澜地自面具底下钻了出来。

"那日你是怎么答应我的？我要你一切行动听我指挥，你呢，你都干了一些什么？请问，谁准你冲进东林的？谁让你奋不顾身去救拓跋弘的？又是谁许你跳崖的？还有，又是谁叫你夜不归宿的？青城，你有你想保全的人，我也有我想办的事。我保你想保的人，你就不该坏了我的事。这世上，互相利用的事，太多了。互利互惠才能两赢，否则，就只能是两败俱伤。在你还没有能耐扳倒对手的时候，你能做的就是保存自己，顾全大局，轻易挑衅别人的底线，就必须付出代价。堂堂青城公子，英名在外，难道连这种道理也不懂吗？"

被冷风吹得冰冷清凉的大掌一把扣了金凌手腕，轻轻一拨，将她撂开。

金凌深吸一口气：

"所以，你就拿小鱼儿和慕倾城来报复我？九无擎，你真毒！"

九无擎静静地睇着，半天后，伴着一记苍凉的笑，他反问：

"画蛇添足的事，你觉得我会做吗？"

金凌一愣。

"出去！今日夜已深，本公子不想多烦这件案子，下楼去，东罗自会给你安排住处！"

他别过了脸，滚着车轮，往自己的卧室而去，似真打算就寝了。

金凌黑脸，疾步蹿过去，拦住，仰着下巴叱叫道："九无擎，你若累了，自可以去休息，但必须把《天医策》给我，除非你只是在拿《天医策》糊弄人。"

她会这么想，九无擎并不意外，在她心里早就认定这一切全是他的阴谋。

"《天医策》有，但今天我累了，不会给你！"

"你若不给，我就不出去！"

"不出去？怎么？你还想侍夜？成啊，公子青如此英俊潇洒，风度翩翩，若真想以身相许，九无擎却之不恭。"

九无擎突然站了起来，伸手快如疾电地扣住了她的腰，狠狠一带，欲将她送上床。

金凌赫然一惊，挣脱他的束缚，翻身稳住身子，嫌恶地避离那张床，惊怒得直叫："九无擎，你真是卑鄙无耻！"

疾步远离他三丈之远，一阵恐惧漫上心头。

九无擎神色一黯，一撩墨色的衣袍，袍角掠开一朵黑色的弧花，人已盘坐到了温度冰冷的软榻之上，一句更"无耻"的话再度冒出来："这床，你又不是没睡过，怕什么？何况是你自己不肯出去，这是我的寝房，你又是我的人，你若想留宿，我自会成全！"

"闭嘴！闭嘴！闭嘴！"

这人，真的太能激怒她。

金凌终于忍无可忍，再度冲过来，粉拳若奔雷，疾扫而来，九无擎轻轻一侧身，手臂一抬，搁住了她的攻势，另一手如掣电般反身一勾，将其勾上了床压住。

一头秀发铺展在他的床上，俊美的少年急怒不成言地挥拳反抗，拳头往那张冰冷的面具打了下去，九无擎大掌一抓，将她整个拳头捏得动弹不得。

"九无擎，你不得好死！"

屈起膝盖，就往男人的命根子上踹过去，又急又恨，带着无比的惊慌。

身上之人似早已知道她会来这一招，立即用自己的膝盖抵住了她的力量，却没有再行暴，蓦地松了手，将其扔下床。

她没有落地，翻身站起，惊怒交加地退了出去，再不愿与这人同处一室。

这一夜，金凌宿在东楼偏房，原以为会睡不安枕，结果竟一觉睡到了天亮，醒来才知道东罗在她房里除放了墨兰花以外，还在角落不起眼的地方摆了一盆菩提草，两种植物的香气交融，产生了一种可以宁神定气的效果。

吃早膳时，东罗将她带去了红楼书房，进门，但见九无擎端坐在书桌前，神情认真地看着那本羊皮卷，不觉冷笑了一个："九无擎，你这是演的哪一出？能下得了毒，难不成会没有解药？"

九无擎抬头，一只手掌压在羊皮卷上，静静地说："看来你还没有睡醒，青城，放下你的成见，换个角度想一想吧！我在你面前，有必要演戏吗？"

"怎么？难道你想告诉我，那些事不是你干的？"

听他那口气，好像是她冤屈他似的。

"你自己且仔细想想：一个小鱼儿需要我费尽心机地下药，然后，再劳师动众地出手救她吗？如果我真决定动她，就不会再让她有开口说话的机会，她死了，于我是好事，你本来就恨我，多加一条罪名又如何，我手上有的是筹码？"

一语惊醒梦中人。

金凌不是笨蛋，只是当局者迷。

对的，像九无擎这样一个人物，真的没有必要，兜着这么大一个圈子，和她玩这一场猫捉老鼠似的游戏，他的境况也不容乐观，先下毒后救人，这么做，大有画地为牢之嫌。

这个人一直知道她在哪里，若想她乖乖回来公子府，只要派个人到回春堂暗中递一句话，就够她投鼠忌器了。

那么，是什么原因，会发生昨日这些事？

是不是有些事，她被蒙在了鼓里？

她蹙起眉，陷入了冥思苦想。权位上的人，最善尔虞我诈，权场上的事，眼睛看到的未见得就是真相，耳朵听到的也不一定是真话，错综复杂的利益底下，很多事，不到最后，分不清敌我，也判不出是非对错。

她明白，现在不是以前，她已经在不知不觉中惹上了西秦皇室的权力之争，这种情况下，稍不留神就会被人利用。

事实证明，自己已经成了某个高手的棋子，慕倾城和小鱼儿亦是如此。这场可怕的棋局早已开始，而她丝毫没有察觉。

如此一想，背上不觉一阵冷汗。

"毒，不是我下的，人，也不是我放的，不管你信不信。"

房间内寂寂无声，金凌回神一怔：这人是在跟她解释么？

"可是，慕倾城一直在你手上！"

"出了点意外……祈福大会那天晚上，慕倾城叫几个神秘人带走了！"

金凌再度一怔。

那个想置九无擎于死地的人会是谁？

不光洞察着九无擎的心思，更知道有关她的一切的，并且还在物尽其用地层层下套，却没有立即将九无擎揭发出来，而是用一种游戏的手段在暗处掌握着事态的发展，慢慢地玩弄他。

会是拓跋弘？

自然不可能，拓跋弘差点就死掉！

会是秦帝吗？

那更不可能！

祈福大会被毁，国宝被盗，常王被炸死，这些事接二连三地发生，会严重动摇西秦国的根基，作为一个帝王，怎么可能自掘坟墓！

思来想去，她得出了一个结论：那人是西秦皇族的仇敌，他要的结果是：颠覆整个西秦帝国。

"若想救小鱼儿，就过来坐，她可等不起我们在这里磨磨蹭蹭。"

九无擎低着头，完全没拿正眼瞅她一下。

脑海里还是一片混乱的，有很多事，她还没有弄明白，但是，正如他所说，小鱼儿经不起等待。想要救她，就必须尽快。

没有多扭捏，她几步走去坐到了他身边，一眼看到书案上的羊皮卷上那密密麻麻的古体梵文！

九无擎见她和自己保持着一大段距离，心头有些黯然，他竟要用这样的方式，才能和她独处，而这样的独处机会，以后，他怕是再难得到。

"真懂梵文么？"

他将手上的卷宗移了过去。

以前她最讨厌学新语种了，何况还是这么一种晦涩的文字！

她不答，将那东西扯过来，自顾自地看起来。

古体梵文来自九华。

记得十四岁那年，她自祁连山归来，正值母亲忌日，父亲请了一位德高望重的无量大师念经超度亡灵。这位大师曾在咒符上涂鸦了很多古怪的文字。

这是她见所未见的，便问是什么字体。

无量大师说这是西梵文，佛门最古老的一种文字之一，被誉为"天体"，如此超度，可以令死灵安宁，早登极乐。

据当时无量大师的意思，好像母亲的魂魄一直不曾投入轮回，一直散于宇宙之间，并且还四分五裂着，金凌突然联想到祈福大会看到的那一幕，这两者之间会不会有什么联系？

正想着，"啪"一只大掌拍在了羊皮卷上，掩住了上面的字。

"喂，你什么意思？"

"你还没有回答我的话！青城，请你记住了，以后我问你什么，你就给我答什么，在我面前，使脸色，你还不够格！"

他寒着声音发狠。

"你！"

两颗"黑葡萄"圆滚圆滚地瞪起来。

"说！"

她磨了磨牙，吼：

"说什么说，要是不懂，你以为我吃饱了撑着没事跑来瞎凑热闹么？拿开你这只脏手！"

"跟谁学的？"

"关你什么事？"

她要喷火了。

"你又不乖了是不是？"

他沉声，再度作势要将羊皮卷拿回去。

她用手一挡，觉得自己真要被这人给逼疯了，急急忙忙将羊皮卷兜在怀里："说出来你又不认得。"

"认不认得是我的事，说不说才是你的事！"

"你！好吧好吧！你有种！我说，那人叫无量，世人称之为无量大师，但是，我猜你压根儿就没听过这个名字，所以，我以为，回不回答都一样！"

九无擎终于不再为难她。

其实这不算为难，他就是想和她说话，想知道她更多的事，哪怕看到的是一张生气的脸孔，听到的是一种恼怒的声音。

他也知道自己不该这么幼稚，可就是忍不住。

他仅仅是想趁现在，收集一些和她在一起生活过的记忆；如此，在她离开的时候，他才有勇气，走完没有阳光的余生。

说来，他是认得无量大师的。

在很小的时候，一次佛会之上，"爹爹"带他去烧香还愿，曾遇到一个蓝眼睛的禅师——法名：无量，据说乃是当世第一法师，那回"爹爹"给他求过平安签，解签之人就是无量大师。

大师执着那枚签，摸着他的头，对着他看了又看，瞅了瞅，又在"爹"娘身上来来回回地巡视，那刀子似的目光藏着太多他看不懂的意思，最后，笑着对"爹"娘说：

"老衲实话实说，你们的娃儿命属金，天生金贵，可惜犯了煞星，前三十年必有大劫大难，若能化劫为福，那日后必将流芳百世，成为百姓推崇的明君圣主。"

那时，"爹爹"笑，摇头："寒门顽童，怎与那明君圣主扯得上关系？"

无量大师说："一切命中自有定数！"又说："假凤虚凰，皆有帝家缘，历劫于尘，一个注定要英年早逝，一个注定要历尽坎坷，可惜了，可惜了！"

"爹爹"脸变了变，不信笑辞。

时事多变，光阴易转，如今二十几年过去，当年无量大师断论的事件当真——得到了验证："爹爹"早故，母亲成活死人，而自己，身困龙苍，举步维艰。

这些事表明，无量大师的确是一个了得的法师！

可这丫头怎会认得无量大师的呢？

回过神来，看到她在磨墨，而提笔写的字，就她这个人一样，俊气傲骨，她已将他圈出不认得的字，一对一地做了注解，本事不小。他勾了勾唇，凑上去细细对照着看，满意地点头："嗯，这样就顺了，不错不错，还有两段，快译。下午，我们就可以去给小鱼儿施针了。"

这话，叫金凌转过了头，看到近在咫尺的脸孔，她皱了一下眉，看样子，他倒是真心想救小鱼儿。但是救活小鱼儿，于他而言，几乎无益，他为何如此乐于助人？

这种居心很值得研究。

越走近这个人，她越发现这个人很奇怪，做出来的事，自相矛盾。

当下，为了研究梵文，金凌暂时将个人恩怨放到边上，一切为保全小鱼儿为重。

这一篇关于"七虫断肠膏"的注解很长，两个人研究了一上午，其中有二十三个字，二人皆不识，讨论无果后，打算去听风阁寻古书逐一对照查看。

这一个上午，是金凌和九无擎第一次和平相处，目的是为了救人，他们皆懂医，皆识梵文，这三个共通点，似乎一下子拉近了他们之间的距离，故在一个刻意隐忍、一个刻意善待的情况下，两个人并没有出现新的纷争。

二

等出了红楼，暖阳高照，今日，龙奕没有来闹，大概真是被她气到心了，凤烈和墨景天也没有出现。昨夜，这两位都曾自顾奋勇地要陪她来，都被九无擎挡掉了。后来，他们说今儿白天一定会来公子府讨教这本《天医策》，结果都没来。

她并不知道，并不是他们没有来，而是九无擎令人将他们挡在了客厅，管家正以"两位公子正在研究梵字，不宜打扰"为由拦截了下来。

红楼这座园子，没有什么花花草草，种的尽是一些树，都是四季常绿的，越是冷越是翠，被漆得朱红的红楼掩于一片翠绿之间，倒也别致，不过，更像是女子闺阁，并不像是一个大魔头的居所。而"红楼"这名字，是不是也有别的意思在里头？

跨出门时，就听得一阵欢声笑语自小径上传来，一对漂亮的女子笑语款款地向他们走来，正是九无擎那双未婚妻。

这是怎样一双女子？

皆是妙龄，走在前那位，丹凤眼，个子高挑，着一身雪白的高腰裙，身材曼妙，明艳动人，脸上挂着一抹笑，显得落落大方；走在后面那位，双眼皮，眼珠子明闪明闪的，五官清秀，青春亮丽，显得有些怯生生。

"给爷请安！"

一看到九无擎，她们立即敛笑，齐声请安。

九无擎视若不见，眼神冰冷，似乎极不喜欢看到她们出现。

"九无擎，你倒是艳福不浅，又有美人来投，糟蹋了那么多无辜女子，你也不怕遭报应！"

这人戴着那块冰冷的面具，看不到他的表情，但他的身子果然僵了一下。

金凌心头正痛快，前方九曲廊后一个欢快的声音送了过来："九哥，这就是那位青城公子么？呀，果真是一表人才！"

已近晌午时分，天空若洗，一片澄透，放眼看，万里无云，被阳光晒得暖暖的微风，熏得人儿醉。

转头时，她便看到梦中的白衣少年那般不真实地再度出现，俊眉飞扬，唇弯似月，疾飞而行，衣袂漂亮地卷起，四雕画阁廊道颜色朱赤，衬着他白衣如雪，肤色凝霜，便若天上落下的金童，就差发光。

金凌不待九无擎引见，呆呆地走了过去，就像被人摄了魂魄一般。

拓跋曦见状，一愣，停下了步子，挂着一抹好奇的笑容，不自觉地摸了摸自己的脸："我……我脸上有什么不妥吗？还是成大花脸了？"

金凌置若未闻，只不断地用眼神比对着他的个头。

"你叫拓跋曦？"

她眼一煞不煞地问，一双黑宝石的琉璃眼在阳光底下闪闪发光，也不见行礼。

"嗯，我是拓跋曦！"

他笑笑，把小脸眯得炫死。

九无擎看在眼，嘴角直抽：唉，没事这孩子笑得这样漂亮做什么？

"十二岁？"

拓跋曦愣了一愣，但还是点了点头。

"来，让我抱抱！"

都不曾经身体主人同意，某个"色"女，很无耻地将正处于错愕中的拓跋曦整个儿抱住。

某个粉雕玉琢的少年，脑袋顿时空白一片，一个软软的身子将他瘦削的肩膀圈了起来轻轻一收。

九无擎看呆，他身侧的那几个少女，也看傻了眼。

金凌的手臂，收紧收紧，再收紧，仿似抓住了失落已久的珍宝，可没一会儿，她就郁郁地将人推开，俊气的英眉拧了一拧，看了看，说："太小了！"

感觉太不一样！

一股酸酸的滋味冒上来！他不是！

九无擎喉节滚动了几下，心下已恍然顿悟，这丫头是在寻找当年的感觉。

当年，小小的她总是冷不丁跳出来把高高的他抱住，腻着不肯放；现在，她将这个酷似自己的拓跋曦抱住，便是想重温儿时那些记忆。可她好像忘了，现在的她已不是孩子，比拓跋曦高了这么多，对象不一样，身高不一样，怎么可能再找回那种滋味！

"青城，你吓到七殿下了！"

他低低提醒，心疼极了，此时此刻，他真想好好抱她一抱，可惜不行！

金凌一愣，这才发现自己做了脱格的事，脸上不觉飞起一朵红云，瞧，对面的小少年，也涨红了脸，正古怪地瞪着自己，哎呀呀，这别扭的神色真是像极了做了"亏心事"的燕熙，她忍不住看了又看，不觉"扑哧"笑了出来：

"不好意思，不好意思！瞧见七殿下，令青城想起了我家那个淘气的弟弟。青城走丢了一个弟弟，正想念得紧，看到殿下时，思录成狂，令殿下见笑了。嗯，你好，我叫青城，江湖浪子一个，不识深府规矩，也不爱讲究尊贵礼节，若有所得罪，还请殿下多多包涵。"

拓跋曦弯出一朵笑花，扫视了"青城公子"一眼后，转而看向九无擎道：

"九哥，这么豪爽的人，我倒不曾见过，真是叫人喜欢得紧。"

九无擎随意"嗯"了一声，眼角余光瞄到宫慈和岑乐在偷偷窥望金凌，宫慈目光锐利，岑乐满怀好奇。

"七殿下客气了！"

金凌微笑着答了一句，她是越看越惊奇，怎么会有这么相像的两个人？真是因为人有相似、物有相同这个道理么？

"青城公子英姿飒飒，今日一见，真是宫慈之幸！"

一个英气勃发的声音插进了话来。

是那个鹅蛋脸在说话，原来她叫宫慈，西秦第一学士宫谅的三女儿，曾在皇帝跟前做过几年侍墨女官，据说是一个才女，甚得皇上怜爱；那另一个必定就是岑参将军的掌上明珠：岑乐。

"是哦，是哦，岑乐常听父亲提及青城公子的侠名，只恨无缘一见，真是没料想，今儿竟有缘得以一见！"

另一个柔若无骨的声音满含敬仰。

金凌眼珠子骨碌碌一打转，双拳一抱，优雅欠身，尽显公子少侠之风流：

"两位九夫人见笑了！江湖浪人，怎及九公子之盛名。"

她故意叫她们"九夫人"！

"青城公子太过自谦了，江湖之上，公子神龙见尾不见首，那可真真是来无影去无踪呢！连各国的君王想见公子一面，都访不到人，如此了得，倒是何时与我家九爷成了挚交？爷，您真该将青城公子带去宫里，皇上见了一定欢心！"

只一句话，就令金凌觉得这女子不简单。

"宫小姐，只怕你弄错了，九哥长年居于公子府，怎么可能认得公子青，全是因为昨儿那个案子，公子青才来公子府的。"

拓跋曦笑着替自己九哥辩说，对于这个宫慈，他本就不喜欢，什么事都爱一手抓，也不知父皇是怎么想，就许她做了九哥的正夫人。

"哦，那就更该带去宫里见见皇上了，祈福大会出了这么大乱子，皇上心里正急，青城公子能帮上忙，皇上必然高兴，到时公子前程就无可限量了。对了，不知如今那案子如何了？昨日回府时，父亲曾与我说慕倾城找回来了，可是那疑犯却离奇死了。"

话未说完，被九无擎冷冷喝断："一个闺阁小姐，管什么案子。"

宫慈这才面色一紧，转而又一浅笑："是。爷训的是。皆是妾身的老毛病又犯了，现在总不比以前。"

帝驾前的侍墨女官，时有机会听皇帝和朝中大臣讨论国家大事，这宫慈甚得皇帝怜宠，因颇有才思，悟性好，皇帝有时会问她一些事。

拓跋曦可不爱理她，推着九无擎的轮椅到一边去低声问：

"九哥，父皇已经听说了昨儿义庄发生的事。怎么样？找到救那个嫌犯的法子了吗？他们都说，若是救活了这个嫌犯，兴许就可以寻出线索来。四皇兄的人在那农庄里还寻到了几个'雷'，我听得这话，急急就赶过来请示父皇了，真希望快些将那些贼人抓到！"

金凌听着嘴角一翘，觉得很讽刺。

九无擎猛地转过轮椅，语气怪怪地打断："曦儿，去书房，我有话跟你说！"

拓跋曦呆了一呆，不知何事恼了他。

轮椅越过金凌时，一句话扔了下来："青城，前院有客，替我去打发了。我喜欢安安静静地办事，别让他们来烦我。"

金凌一怔，宫慈追了上来，叫：

"爷，都已晌午，是不是该留他们吃饭？这个时候将几位贵客遣走，有点说不过去，我已让管家备下了午膳，要不……"

"宫慈，这是公子府，该怎么做，轮不到你指派！"

这语气不可谓不重。

宫慈难堪一笑，深深地睇着远去的背影，无奈地一叹。

金凌静默地看着，惊讶地发现，这宫慈对九无擎竟别有情谊在。

三

前厅的贵客，指的是墨景天和凤烈。

据说这二人一早就来了，被人拦在前院，据说已经下到第三局棋，前两局，他们打了一个平手。

金凌出去时，看到墨景天正绞尽脑汁地应对，眉一挑，替他落了一子："有什么好为难的，把棋子放在这里，舍小取大，只要步步为营，你仍然可以立于不败之地！"

"啪"一子落，满盘皆活。

墨景天看着这重新活过来的棋面，啧啧称奇："公子青果然是棋道高手！"

凤烈则含笑睨了一眼："观棋不语真君子，青城，你这样子太不厚道了！"

金凌淡寡道："我什么时候听您说过我是君子？"

面对这样的淡颜寡色，凤烈感觉很不自在，她在刻意与他保持距离呢！全没了以前那份热络，又或者说以前的亲近只是想探知他的底细，她心里必是明白他是谁的，可她为什么没有找他寻仇呢？

"怎么样？梵文译得如何？"

墨景天笑得最是和善，将手中的一把棋子扔回棋碗，明亮的眸子挂着浓浓的兴趣，打破了他们之间的僵局。

"嗯，还算顺利！"

她回答得模棱两可："你们走吧！最迟明早，青城便随九公子去鐻京府解疑犯身上的毒。"

"如此就有劳青城兄了！"

墨景天很好说话，站了起来，捶捶肩骨，笑灿灿地看向凤烈：

"不如，我们出去走走？留在这里，我们也帮不上什么忙，只会给他们添乱。如今宝珠天盘尽数失窃，我们急，想必身为帝驾座前的九公子更急，早一些把疑犯救醒，可以得到更多的线索。凤王以为呢？"

凤烈瞟着这张俊气而年轻的脸，一时猜不透这人怀着怎样的盘算，宝珠失窃至今，这位南云国的太子，初惊之后，情绪一直是波澜不惊的，态度好得出奇。

"好，等你办完这件事，我们再叙旧。还有，若有什么需要，随时来找我！"

金凌未应，权当做没有听到他后面的话："若没有其他事的话，我先去忙了！告辞！"

四

红楼，书房。

九无擎不说话，浑身上下透着一股骇人的气势，这令拓跋曦感到不安。

"九哥，您别生气！"

"你认为我不该生气？"

语气很平静，那是暴风雨前的宁静！

"九哥！"

拓跋曦脸上露出几分怯，九哥很少凶他的，越是宁静，越代表他气得厉害。

那天，他离开时，九哥刚醒，还没有劲儿训他，今日来，正好撞到枪杆子了，一顿训是免不得的，但他也有话要辩说。

"九哥，我知道我不该以身涉险，可那是我四皇兄，小时候，还抱过我，教过我功夫，虽然六皇兄视我为眼中钉肉中刺，可那与四皇兄无关不是。他从没有加害过我，这些年待我也不差，那番我被六皇兄算计从马上滚下来，还是四皇兄抱着我跑回了皇宫，要不然，那番只需迟上一些时间，兴许我就成了瘫子，等到他有难的时候，我总不能丢下他不管吧。九哥说过，堂堂男子汉要讲义气，滴水之恩，当涌泉相报。"

九无擎听他说得侠肝义胆，头头是道，不觉生了忧思，这孩子身在皇室，却如此地知恩图报，只怕将来反而会苦了自己。

他转过了头，看着这个同母异父的弟弟：他一定不知道当初晋王之所以会拼命地救他，是因为想借着他讨皇帝的欢心，若照着他自己的心思，巴不得他从此成为瘫子，如此，皇位也少了一个竞争对手。

又或者这一切本身就是他设下的阴谋，只是最后六皇子成了替罪羔羊，晋王呢，不光得了一天大的恩情，而且，还借此飞黄腾达。

他想告诉他拓跋弘不是好人，可没有真凭实据，这些年，拓跋弘在曦儿面前做足了功课，从来不会正面为难他。

"讲义气是好事，但是，那天的情形真的很危险你知不知道，若非有侍卫鼎力护你，你的小命早没了！你若死了，将来如何再来孝敬你的娘亲？九哥这些年来搜罗天下灵丹妙药，就是想救活你娘亲。九哥是活不长的，将来肯定护不了你们，以后，你和你娘亲的命运全掌握在你手上，你救了那种人，只会害死你自己，你知不知道！"

拓跋曦终噤声，而后，怀着疑惑的心情低低问：

"九哥，你和四皇兄到底结了什么仇？你们之间为什么总是势如水火？你跟我母妃又是什么关系？为什么每到母亲生辰，父皇会准你去见母亲一面？还有，五年前，当真是您想将母亲带离皇宫吗？"

空穴来风，未必无因，这些事，没有人会跟他提及，但随着年纪一岁岁长大，私底下的风言风语，又如何能尽瞒了他？他从没有问，并不代表他什么都没有听说。

九无擎沉默，半天，才低低地道："等你再长大一些吧，等那时我再跟你说！"

很多悲苦，很多绝望，很多恩怨，是他这个年纪所不能理解的，他太过阳光，一时必承载不了那些隐晦的黑暗，越是华丽，越是乱得可怕，宫闱从来不干净。

"九哥，我已经不是小孩子了！"

拓跋曦闷叫，不甘心被看扁。

"是么？"

九无擎淡淡地回问，口气是质疑的。

"九哥！"

拓跋曦走到九无擎跟前，撩起衣袍，跪下，他是帝家子，他是帝家臣，如此下跪，不合礼节，可是拓跋曦认为九哥受得起他这样的跪拜：

"您跟我说过，宝剑锋从磨砺出，梅花香自苦寒来，一个人要吃得起苦，才干得了大事，曦儿已经十二岁，该读的书都已尽读，该练的功夫，一样不曾落下，虽不能自夸才思过人，技可压群雄，但也算不负您多年的栽培。曦儿以为一切磨砺应始于足下，过于娇生惯养，便只能做一个纸上谈兵的庸人。先祖十二岁入朝成为当世第一奇童，九哥十五岁坐帐中营指挥千军万马，都是披荆斩棘一路杀出来的，如今，曦儿却叫九哥和父皇护得滴水不漏，不曾经半点风雨，这绝非好事。九哥，曦儿不想做一个什么都不知道的废物。"

这番话倒是有了一些大人的心思。

九无擎想起当年种种，十二岁的自己，可是吃尽了苦头，从云端坠入地狱，那是何等的痛苦难耐，真希望一切仅仅是一场噩梦罢了！

"九哥！"

九哥在走神，眼神苍凉而孤寂。

有时，他会想，九哥到底经历过什么，生成他这样一副凉淡的性情。

九无擎回神，手掌摸着他的头："好，那九哥问你，若是有一天，你必须在九哥和你四皇兄之间作一选择，你会怎么选？是和九哥生死与共，还是依旧维护你四皇兄到底？"

这一问，问得尖利。

手掌下的身子猛地一僵，拓跋曦的小脸骇白起来。

"回答九哥！"

九无擎逼迫。

"九哥……"

"你没办法选择是不是？"

拓跋曦抬头，眼神是难受的："是不是为了皇位，就必须如此决裂？生在帝王家，就非得闹到骨肉相残吗？"

史书他读过不少，为王权，兄弟反目成仇，历史上有许多这样的先例。

九无擎沉寂了一下，才道：

"曦儿，皇位其实不重要，重要的是，你若走不上那个位置，你，我，还有你母亲，通通都会死。现在，有皇上给你撑腰，你还能是至尊至贵的七殿下，一旦皇上百年，我们的境况会很艰难。所以在之前，储君之位，你必须坐上去。九哥会在有生之年，辅佐你，去抗衡你的其他皇兄。这是必须的。古来成是王，败则寇。九贵妃所出，皇帝最宠爱的儿子，这样一个身份注定你这辈子要么做人上主，要么成为了刀下魂！"

眼底青涩而显稚嫩的脸孔，露着几分乱，他很努力地消化着他说的话，并且逼着自己去接受这样一个现状。

"将来，我若做了皇帝，是不是可以不杀四皇兄？"

他满含期冀地问。

现在讨论这样的问题，实在没多大意义，可这是孩子的天性。九无擎不想告诉他做皇帝也不是一件容易的事，很多取舍都不能凭着自己的意愿随意决定，但他愿意成全他这样一份心愿。

"是！谁是皇帝，谁说了算！"

拓跋曦露出了一抹笑："只要不杀四皇兄，我便什么都听九哥的！哦，对了，有件事，曦儿忘了和九哥说，就是那天在东林，我原并不敢往林子里钻，是有个侍卫跟我说，你在里面受伤了，我才急巴巴闯了进去，后来就遇到了四皇兄。"

这句话，令九无擎心头一震。

原来，这一切，又是背后那只黑手在搞鬼！

"哦，那你可还认得那个侍卫？"

"已经炸死了啊！"

嗯，那个人，手段真高！

五

拓跋曦回宫去了，九无擎自红楼而来，听南城来报说：凤烈和墨景天也已一起离开。

他点点头表示知道，慢着悠悠地上楼。

走进书阁，就看到小凌子一张小脸阴沉沉的，茫然地翻着卷宗，很是浮躁，他看向东罗，示以问询？

东罗用眼神瞅了瞅挂在墙上那张字画。

九无擎默然，知道这丫头又在睹物思人了，心头一阵难受，在门口伫立良久才进去。金凌见到他进来，并没多理。

房里很安静，只有沙沙沙的翻书声，两个人几乎没有什么话，她跪坐在箱子的东边，他盘坐在箱子的西边，各有领地，互不侵犯。

那股凝重的氛围渐渐散开了。

九无擎喜欢这样的静处，无须抬头，便能感知她的存在，属于她的气息在身边里飘荡，这一刻，他真希望时间是静止的。

"我找到了，这里有一本编者自称是最古老的梵文译本手札，不过，年代太久了，上面的字迹都糊涂了，看不太分明！"

金凌惊呼一声，翻了几页，又微微露了几丝丧气。

"给我看看！"

他走到她身边，优雅地盘坐下，接过那本破破烂烂的佛经，上面的字的确已经很难辨认，他从头慢慢翻到尾，有些地方字迹模糊，有几张几乎成了白纸。

"依着这纸张来看，是两三百年前的纸，嗯，当年佛门中人最常用的墨是油光墨，这种墨年代一久，就会褪色。"

"这么说，我们瞎忙了一场？"

她皱了一下秀眉。

"不会是瞎忙，我有法子，你先去让东罗备一碗清油外加一条巾帕。"

"有什么用？"

"待会儿告诉你！"

金凌瞅他一眼，不再多问，起身往楼下而去，不一会儿，取了清油和巾帕走了上来。

九无擎接过，先将用得着的那两张纸撕下，铺在桌案上，而后在巾帕上滴了一些清油，揉搓了一番，再展开，巾帕便沾了一层亮光光的油，再将其覆到了纸上，很轻很轻地拍压着，仔仔细细，绝不遗漏任何一个角落。

如此消磨了好一番工夫后，扯掉那层巾帕，那模糊不清的字，赫然显现了出来。

"咦，竟如此神奇！"

金凌惊讶至极。

九无擎淡淡道："嗯，这种油光墨的原料甚为奇妙，墨中含着一种罕见的油脂，用这种墨写出来的字很鲜亮，但是经不起保存，油脂一旦挥发尽，墨迹就会渐渐黯下，这是当时之人没能料想到的，后来就渐渐不用了。很多年以后，有人发现，若再用适量的油脂物去点印，那些淡化的墨迹会再度亮起来，可这个度却是很难掌握的，若沾得太多，会把字化掉，若沾得少，又会在挤压过程中磨了墨迹。"

他很耐性地解释着，虽然声音依旧是冰冰冷冷的，却多了几分平易之色，似乎将她作为可以交流的朋友来对待。

金凌不接话，一声不吭地接过那张纸，心里却不得不承认，九无擎的确博学多才——既有文才，又有将才，抛开个人私怨，他也算得上是一个奇男子。

"我去将其抄录下来！"

她平静地转身，去拿笔墨。

一篇《七虫断肠膏》的梵文译稿终于整理了出来，两个人坐在书案前，金凌已经将这卷译文前前后后看了几遍，九无擎倚在那里思量，半天才道："去鐐京府！"

金凌转头瞅：

"你想到法子了？"

"嗯！"

九无擎轮子一转，往楼梯口而去。

金凌追了过去，一边问。

"九无擎,你到底招惹谁了?"

没有回答。

因为答不了。

他也很想知道谁在那里编织着那样一张网。

六

入夜时进了鎵京府,昨夜到场的人几乎都在大厅内:府尹李台大人、晋王拓跋弘、梁王拓跋臻、云太子墨景天、荻国凤王,皆围在一张八仙桌前,似在研究着什么。

"什么东西?"

她走上去看。

"是在农庄上寻到的雷,有'地雷'和'手雷'之分。昨日,本王曾入天牢,让侯璬看,是侯璬说的,不过他说这东西好像和九华的有些不一样。"

梁王拓跋臻解释了一句,回头看到他们联袂而来时,微露喜色:"无擎,青城,你们可来了,怎样?有法子了吗?"

"有点难,但我们会尽力!"

金凌在众人身上瞟了一圈,没看到那张懒懒而笑的脸孔——难得龙奕缺席了。

"我们去收押室!"

桌上的地雷和手雷的形状的确和九华的不一样,那么一个小小的东西里,不光置放着配比精确的上等火药,而且,还暗设机关,一旦爆破,便会有无数梅花镖四散开来,东林里很多人就是死于这样的毒镖之下。

九无擎走近,随意瞅了几眼,便肯定那些雷不是他命人打制的。

七

收押室外,众人一一在外等着,房内,点着几盏灯烛,火炉熏得房里暖若阳春。

金凌和九无擎围在榻边,一医官在边上侍着。

这医官活了大半辈子,还没有见过死人还能救活的。对于这具"尸首",他已横验竖验了几十遍,就是没看出她还有什么活的迹象。

九无擎并不急着治人,一边摆弄着自己的医箱,一边漫不经心地问金凌:

"你的医术是跟谁学的?"

"我家祖师姥姥!"

"自我感觉,医术如何?"

"马马虎虎,阎罗王应该见我很头疼!"

语气很自负。

"你呢?你医术跟谁学的?"

"无师自通!"

四个字比她还要狂。

"自我感觉，医术如何？"

"勉勉强强，牛头马面估计不太喜欢我！"

医官听着嘴角直抽，东罗差点笑出来，这一双别扭的人儿，还真是一对活宝！

"一般中了七虫断肠膏的人，不可能第一天就呈现这种假死的症状，会出现这种情况是什么原因导致的，你知道吗？"九无擎继续问。

金凌想了想，道："她的体质异于常，这是其一，她在服用七虫断肠膏之前，曾吃过别的毒物，这是其二！两毒齐发，便出现了这样一种类似死亡的症状！想要解七虫断肠膏，就得先把她体内的另一种毒给逼出来。"

"可是，这疑犯现在全无脉息。血止不动，如何进行逼毒？"

医官忍不住插了一句话。

"备药汤浴身！"

"用熏蒸之法药疗！"

金凌和九无擎不约而同吐出了自己的医疗之法，异曲而同工，话音落下，二人彼此对眸了一眼，英雄所见略同。

金凌迅速转过了头。

"谁来施针？九转针，七步归魂，扎错一步，就没得治！"

他淡淡地问。

"你来。我手上没有上手的银针。"

金凌斜眼睨视，这人使用的银针，寒湖冰银，那是绝代上品。

"好，东罗，让人备热汤！"

九无擎吩咐。

金凌马上追加一句叮嘱："汤水需至毒。"

东罗立刻领命而去。

金凌坐上床头，给小鱼儿宽衣。衣裳尽落时，她蒙了，呆呆地抬头看向九无擎。

"怎么了？"

九无擎正试银针，感觉到这两道异样的目光，抬起头问。

"她……她不是小鱼儿！"

金凌飞快地用手把着"小鱼儿"的脉搏，一会儿声音微颤地挤出一句话："死亡时期不对，而且，是死于瘟疫！"

床上放着的是一具真正的女尸。

门外，凤烈脑子里一阵空白，晋王拓跋弘心头骇然一凛，梁王拓跋臻错愕地张了张嘴，原本在观望星空的墨景天愣住，府尹李台大人脸色也大变。

这些人纷纷涌到门口，一室烛光自门内泻出，他们看到那具女尸正靠在青城怀里，脸色惨白的她，惊骇地将女尸丢下，往后避退，不住地搓着手心，脸上三分恐惧，七分急。

凤烈和拓跋弘欲夺门而入。

"别进来！"一声冷冷的呵斥如惊雷般响起，"你们不要命了吗？若真是瘟疫，你们这样进来就是自寻死路！"

才跨进门坎的脚，顿住，两个男人，彼此观望了一眼。

瘟疫的厉害，他们谁都知道，十几年前，战乱加水灾，龙苍地面上，一度瘟疫肆虐，谁沾上谁就躲不开阎罗索命：一个人，白天还好好的，晚上睡着睡着就死了，一个繁华之城的覆灭，不消三天时间。

那时，龙苍百姓，一个个谈疫色变，其中受灾最为严重的地方，就是南云国。后来，是墨景天的父亲墨逸想出法子，制止了疫病横行，也因此，他成为了南云国百姓心目中的大英雄，受到广大百姓的爱戴，如此才奠定了他在南云国的地位。

"东罗，南城，把门关上，严禁任何人出入！"

九无擎沉声喝令。

"是！"

东罗和南城立即拨起脚，急急忙忙要将两扇房门关上。

凤烈用手一挡，不让，看了一眼房里的金凌，似想冲进去。

东罗立即劝道："凤王爷，瘟疫非同小可，请别拿自己金贵的性命开玩笑！"

门上的劲儿稍一松，凤烈立刻被一股力量逼了出去，门阖上。

房内，九无擎站起，看了一眼身侧惊乱的金凌，想亲自查看。

"喂，别碰！会被传染的！"

出于医者的本能，她惊叫加以提醒。

"必须确诊是什么疫病！你刚才没有仔细察看清楚。"

他没有停下脚步，弯腰，低头，细细检查，发现女尸身上还戴着一张人皮面具，随手撕下。

金凌凑上去看，顿觉脚底发凉。

这张脸孔上满是流脓，已开始糜烂，那是无数水泡溃烂而引起的病兆，已完全认不出当初是怎样一张脸，但可以确定，这只是一个未成年的孩子。

"是天疫。尸体被调包了！"

冰冷而力量强劲的声音穿透门板，再度震惊了房外数人。天疫是瘟疫疫种当中最可怕的一种，而尸体被调包，更让人觉得不可思议。

这是性命攸关的大事。房内四个镔京府的衙役，在听得"天疫"两个字后，都已骇得面无人色。

天疫在当年盛行于南云国，发病又狠又快，死亡成千上万。

金凌读过一些地方志，知道何为天疫，那是天花的变异病种，其死亡率远远大于天花几十倍，曾令南云国数个繁华之城成为人间地狱。

她不断地搓着自己的手，似乎已感受到死亡在一步步向自己逼近。若真是天疫，得过天花的能免疫，而健康的人会在一日间死亡。也就是说他们这些被关锁在收押房内的人，都会死。

"梁王殿下！"

九无擎瞟了一瞟床上的尸体，沉声叫。

梁王在门外应了一声："无擎，怎样了？"

"立刻传令将整个鎵京府封禁，现在我报出药名，烦你派人照单抓药。药方有三张，第一张熬一大盆，马上送到这里，青城公子碰过死尸，必须马上净手。另一张熬一锅，凡在今天接近过收押室的人员，每人服一碗，每隔两个时辰服一次。包括你们。至于我和里面的众人，烦您按第三张药方熬制，尽快送到这里，刻不容缓。"

"好！本王立即着人去办！"

"还有，尽快把这事禀告皇上，并请皇上传令，令满城百姓在第一时间照第二个方子熬汤喝，对外就宣称，鎵京府内发现天花，必须全城戒严，以防万一。"

天花的危害，虽也是骇人，但发病有一个过程，不会立时立刻致命，而且只要发现及时，就能治愈，不像天疫这般难对付。

"好，本王马上就去报禀！"

"等等，梁王爷，房里这具尸骨必须马上火化，骨灰更需深埋，要不然，等她这样一寸寸烂下去，情形会更糟！"

这一句，是金凌添上的，也是九无擎最后想补上的。

"本王知道！"

紧跟着，九无擎逐一报出药名，房外之人，一一记下，马上命人着办。

医官在这个时候，颤巍巍地走了过来，不知道是不是因为吓到了，整个人都在摇摇晃晃的。

"怎么可能是天疫？中午，我还曾查看过的，到了这时，怎就叫人调包了呢？"

这正是匪夷所思的地方。

金凌镇定了下来，退坐到边上，一双精利的眸子开始飞快地打转。

九无擎沉默。

就这时，医官的身子左右晃荡了几下，"砰通"一声倒地。

几个衙役一凛，惊呼着想上前将人扶起，金凌也跑了过去，一看清那突然涨红的脸色，面孔再度一变，惊叫喝住：

"别碰，他染上天疫了！"

有人影一晃，九无擎闪了过去，毫无惧意地低身一探，而后点头："是天疫。马上服药，或许还有得救，若是迟了，小命肯定不保！"

外面的人，听得这消息无一不心惊肉跳起来。

九无擎思量了一下，坐回自己的轮椅，用极其冷静的声音继续问门外之人：

"梁王殿下，昨夜是谁负责送疑犯回的鎵京府？"

门外，梁王皱了一下剑眉："是本王带人连夜将其送回的。"

"中间可曾发生过什么？"

梁王站于走道上，细细回想，而后摇头："待你们走后，本王便着人备了单衣，让义庄上的老嬷嬷给疑犯着装，后来裹着两条被子，抬着上了马车，天微亮回到鎵京府，这中间……"

他又沉吟了一下，摇头，"没发生任何异样的事。"

府尹李台大人满脸疑云，附和道："对啊，这一路，下官相随在侧，并无异状。"

"这么说，人是在鐱京府内被人换掉的。梁王殿下，烦您立即查今天一整天，有谁进出过收押房。"

"好！"

金凌静静地听着，梁王和李台大人，都是这件案子的主办人，谁有那个本事，能在他们鼻子底下李代桃僵，还是他们当中，有人监守自盗了？

思绪纷扰，一时没注意九无擎另外又说了什么。她静静地站在边上，不知过了多久，只知道大脑里慢慢开始漾起一阵阵奇怪的眩晕，额头莫名地发烫，脚软了，身子沉了，她打了一个趔趄，急忙倚到墙上，扶额甩了甩头，悚然发现自己在慢慢往地上滑下去，她心头赫然一惊，难道自己也染上了？

在几乎要倒地的那一瞬间，有人扶住了她，那张狼面具在眼前晃啊晃，她觉得眼前一阵昏花睁不开眼，心里突然记起昨天晚上回公子府去时，九无擎曾问过一个奇怪的问题。

当时他曾问："这个小鱼儿是你什么人？"

她反问："这很重要吗？"

他点头："重要！"

她想想，才道："侍婢捡回来的一个小乞儿！"

"哦，如此倒是真的很会捡！"

现在想来，这话似有玄机。可她猜不透，下一刻，倒在他怀里失了意识。

八

这天晚上，秦帝亲临鐱京府，同来的还有七殿下拓跋曦和淮侯慕不群。

鐱京府大门外黑压压跪了一片，梁王率众人在府内跪迎，万岁声山呼而起，御林军将附近整片街市封锁起来，宫中两个德高望重的御医全副武装地进入收押室，仔细地查看尸身，一致确定女尸死于突发性天疫。

二人出得收押室，便即刻令人将面罩套衣尽数脱掉烧毁，来到鐱京府大门跪而叩禀帝王，建议立即将尸身火化，以防事态恶化，至于鐱京府的一干人，不能随意离开，拓跋弘、拓跋臻、凤烈、墨景天以及派遣进来的两位御医，都需要在鐱京府内观察三天，收押室众人则需隔离，若药物不能及时压住病情，必须第一时间将这干人一并处死火化。

夜色里，皇帝沉寂寂地坐在龙辇上，思虑了半天，才传令慕不群着人备一副棺木先将那具女尸自鐱京府内运出，拖到城外无人处火化，鐱京府内的所有人，皆不得擅离，包括各国使臣，否则一律猎杀。

"这件事，好生奇怪！"

拓跋弘看到府门内的衙役抬着空棺往收押房，不一会儿，朱色的楠木大棺被送出门口，四个衙役在棺身上洒了几坛陈醋，将其往府门外抬了出去。

他坐在花坛上，看着这些事在自己的眼皮底下发生，只觉得这一切发生得太过突然，这所谓的天疫，怎么凭空说起便起，而且还发生在鐱京府内。

梁王曾彻查从早晨到晚上，有无他人接近过收押室。

有过报禀说："陈仵作曾在上午进去过一回，现在府中待命，身体状况并无异样；高医官上午进过一趟，中午又进过一趟，如今病沉于收押室；下午傍晚时分，高牙婆曾抬四床刚晒过的棉被进去过；不过，刚发现她昏于后院柴房，现已救醒，自称有人曾将其打晕，她并没有送棉被进去。"

也就是说，有人利用送棉被进去时，用放棉被的大木箱将房中人偷梁换柱了！

"的确很奇怪！"

身侧的平叔也眯起了眼，脸上的鞭疤也跟着拧紧起来，暗藏无数疑惑。

"所谓的天疫肯定是人为造出来的？要不然怎么会这么巧呢？也许那人是想借此掩饰一些什么罪行？"

平叔斟酌再三，极为慎重地提出一个大胆的假设！

这话令拓跋弘心头一惊。

对啊，当初是谁说：以棉被覆身，保其体温，可保存一丝阴息，如此或可转阳？

这是青城公子说的。

而今有人借送棉被入室，将疑犯盗走，这说明什么？

可问题是这青城公子本身也被传染了啊！

唯一不受瘟疫影响的反是九无擎！

难道这一切又是他的杰作？

他和平叔面面相觑。

半个时辰后，拓跋弘去如厕，路上，听得刚刚抬棺的那两个衙役嘀嘀咕咕不知在说些什么，他立刻现身喝问："你们在说什么？"

这二人回头见是晋王，急忙哈着腰行礼，其中一个禀道："我们就纳闷，死的不是一个小姑娘吗？怎么抬着会那么沉？还有，慕侯爷怎么让人备了那么一口上等的楠木棺？"

拓跋弘听着又是一怔，挥手让他们离开，边走边琢磨，而后，心头忽然顿悟，惊叫："好一招暗度陈仓！"便直往外奔出去，又想到大门紧闭，此刻无证无据，门外之人说什么都不可能放他出去的，便折回往偏门而出，疾快地抢了一匹马，在一片惊哗之中，策马如飞，狂奔而去。

同一时间，凤烈也在琢磨着整件事情的蹊跷之处，来来回回地细想了每个发生的细节，直到棺木被人抬出，大门沉沉封上，他不顾侍卫劝阻，再度来到收押房外。

透过纸窗，看到九无擎正细心地照看青城，两个衙役倒地，另两个则耷拉着脑袋，一副萎靡不振的病样，东罗和南城在不停地洒陈醋。

他的眼神莫名地紧缩了一下，心里大叫一声："难道是……"

没有多想，飞快地纵墙而出，夺马而去。

同一时间，墨景天在悠闲地自弈，心下早就明白一件事：那根本就不是天疫。

等凤烈和拓跋弘赶到城外时，那具楠木棺早已烧得通亮。

拓跋弘明白了一件事，这一切的一切，全是九无擎在背后策划的。

他得出了一个结论：

"九无擎打算夺权了！"

平叔点头："这人着实厉害！居然能请得动侯爷帮他演了这场戏！皇上危矣！"

收押房内，九无擎摘了面具，薄唇一勾，漾开一种若隐若现的笑弧。

第十七章　剥离真相

一

望湖阁，环境甚为清幽。

金凌醒来的时候，距她病倒已经过去了五天，才知道自己被安排到了望湖阁。

据说，这里曾是九无擎十三岁被烧伤后皇帝特许他养病的地方，五年前，他一度也住在这里，这是一处风景怡人的宅院。由重兵看管。

至于镔京的瘟疫危机已经解除，无一人死亡，原本滞留于府衙的一众人，经过三天的观察，皆安然无恙，放归。第四日，九无擎上本请旨将她和医官带去望湖阁治疗，并自请幽禁，直到他们康复为止，皇帝准奏。

醒来的起初两天，金凌感觉人很不舒服，常卧榻，每番睁开眼，就看到他在屋子里，要么在静静地品茶，要么在独坐思量，闭着眼，就像入定的老僧。

金凌问过他一些事，他不答，只道："先养病！"

于是，她没有再问他一句。

二月八日，园中春光正好，几日不出房，屋外是一派少见的春意，柳头嫩芽青翠，池中彩鱼嬉戏，到处一片生气勃勃，此刻，金凌回想当夜种种，恍若一场梦。

小径通幽处。

曲曲绕绕，边走边思，回过头来时，金凌竟已不知身在何处，但听得空气中有打斗时的叫嚣声回荡，循声而去，绕过两道墙，霍然开朗，放眼望去，一片萋萋草地之上，两道人影正在缠斗，一个着玄色长袍，一个青衣劲装，正是九无擎和东罗在过招。

金凌没有避而绕之，而是走近细细观摩起九无擎那沉稳中挟着凌厉之色的招式。这人一步步将东罗逼迫，致令他疲于应付，渐露败相，终于在数招后落败。

她看着甚为惊心，九无擎的功夫果然是高深莫测。可既然这个人如此了得，为何第一次在听风阁遇上时，他轻易就被她所擒？

"公子青的身子恢复得差不多了吧！要不，跟我家爷练练？"

东罗看到她时一笑，欲将她拉下水。

金凌斜眼睨着，九无擎没有戴狼面具，一张老实巴交的脸孔，配着那身段，倒也人模人样。

"要不要切磋切磋？"

他也问。

草地的尽头，摆着一个武器架，上面摆满了刀枪剑戟斧钺钩叉，她大步迈上去，素手一拨那一件件堪称极品的武器，试了几样，最后执了一把银枪，回头睨着："想切磋什么？"

东罗看着嘴角一抖：那气势，忒嚣张的。

九无擎睇着，好一会儿才摇摇头："不用兵器，你一身细皮嫩肉，要是伤到了，我会心疼！"

东罗无语望天，好吧，他家主子更高杆，一句话就能把她气红了脸。

对，金凌的脸孔滋滋地在发烫。这几天，都是九无擎衣带不解地照看她，每番迷糊醒来，都会瞧见他在给自己擦汗，只怕身上的衣裳也是他给换的，干干爽爽不带一丝汗水。

"九无擎，你要不要脸？"

金凌咬牙恨叫。

九无擎一想，才发现自己的话有点暧昧，于是慢吞吞地接着自损一句："我本来就没脸！"

金凌一呆，古怪地瞪起眼。

东罗错愕了一下，不觉喷笑。

"东罗，你到那边守着去！"

九无擎听得笑，吩咐了一句。他不想和别人分享了她的"羞与臊"。

东罗只好恭身离开。

"你瞪什么？怕吓坏你才套人皮面具的，真没脸！"

九无擎一本正经地说，终于被她瞪得有点不自然了，才忍不住开的口。嗯，正确来说，看着那张红艳艳的唇太久，会让人遐思不断。前几天，他有喂过她药，嘴对嘴，药味很苦，但是，那只小嘴很好吃，呃，平静的心乱了几拍。

"算了，不练了，去凉亭喝口茶吧！"

他突然改变了主意，往凉亭走去。

金凌倒是想跟他打上一打的，但她还有更重要的事想问他，于是丢下长枪，跟了过去。

凉亭内有着一张茶几，几旁有小炉，炉上水正好烧开。

九无擎擦了一把汗，走过去，姿态悠然地泡了一壶茶，并给她沏了一杯推了过来。

金凌执盏闻了一闻，好茶，喝了一口，放下后道："九无擎，什么时候带我去见小鱼儿？"

背向站在阁前的东罗和南城闻得此话，互相交换了眼神，眼底有惊异之色迸射出来。

九无擎不惊不乍地呷了一口茶，神态自若，眼底则隐约射出了一抹欣赏之色：

"青城老弟何出此言？"

他叫她"青城老弟"，这调调，听着怎么就那么别扭？

金凌的小心肝抖了抖，左右环顾，见无外人，皮笑肉不笑地咧了一下嘴，揭穿了他的搪塞之词：

"九无擎，你这套把戏，能糊弄别人，可糊弄不了我。镔京府那出戏码，分明就是你事先布局好的。"

"哦？"

九无擎漫不经心地吹了吹茶叶，冷静道：

"青城老弟凭什么认定这是无擎事先策划好的？"

很多事，她也是在这两天里想明白的，坐定而思，再纵观全局，虽有很多地方是她所弄不明白的，可是，大致的轮廓，她已经摸索出来。

"精心密谋，却又能置身事外，这就是九公子的高明之处！"

所以，和这样的人为敌，是一件可怕的事。

"愿闻青城老弟之高见！"

微风轻拂中，他淡淡接话。

"慕倾城和小鱼儿被人掳去，那的确是个意外，因为你没有那般做的理由，正如你所说，那是画蛇添足，聪明如你，自不可干这种蠢事把自己埋了，对于这一点，我表示深信无疑！"

金凌开始抽丝剥茧。

"还好，这几天没有白睡，总算有点清醒的认识了！"

这话，既赞又损。

金凌倒也不生气，继续往下说：

"至于那个掳人的黑手，想必是九公子一个隐藏于暗处的劲敌。那个人不光想置你于死地，还想叫我因此更加憎恨你。

"那个人在小鱼儿身上下毒，而没有直接弄死，是想让我或是让你亲手验尸、剖尸，成为那个真正杀害小鱼儿的凶手，等到小鱼儿因剖腹而死时再来揭露这一真相。到时，如果是你动的刀子，我必怒你，因为是你掳走小鱼儿，从而导致发生了这样一桩无法弥补的憾事；若是我动的刀子，我必恨我自己，学了一身医术却误诊，枉为医者。他最终的目的就是想叫我们两个人都不得安宁。"

人生最悲惨的事，就是无心之下，犯下不可饶恕的罪过——亲手解剖自己在乎的人，便是一种残忍。

那天他若赶不及时，金凌必不会深思其他，会协助凤烈行动，等到木已成舟，她必追悔莫及。

这便是那人阴险的地方。

"另外，这个人和西秦皇族有血海深仇，那是肯定的，否则，他不会放任你在暗中为祸。也许，他要的结果就是让你和西秦王室自相残杀，如此，他才能坐收渔夫之利。"

九无擎听了点头：

"分析得头头是道。那你倒说说看我又为何往鐁京府做那偷龙转凤之事?那地方,是官衙重地,来来往往都是朝廷上的人,晋王、梁王他们一个个都守在那里,我呢,从早到晚,一直和你在一起研究《天医策》,从不曾离开过半步,更没有那个权力深入到鐁京府。一个区区小乞儿,我何以要煞费苦心地将她救出来?"

"这也正是我之前被迷惑的地方。你这么心狠手辣,照理说,你就应该将她弄死才对,如此一了百了,可是你没有这么做,居然还真的用尽心思想救活她!这是为什么?我一度百思不得其解。"

说到这里,她停下话来,用一种研究的目光审视他:

"九无擎到底是怎样一个人?江湖传言纷纷,到底哪句真哪句假,我不清楚。

"但我以为,作为一个统帅,你能带领军卒,百战百捷,若没有一点机谋如何能在军中立威;作为一个权臣,你在官场沉浮,被削了权却还能操纵他人为你卖命,若无一点城府盘算,如何能活到今时今日?

"既然,你是这么一个有机谋有城府的人,做事怎么可能拖拖拉拉,又怎么会为自己留下祸根?

"除非,冒险救下她会给你带来很丰厚的利得!

"只有利益的驱使,才会令你拼尽一切来险中求胜!你说是不是?"

说什么没有把他看透,字字句句却将他分析得如此透彻!

九无擎默默又呷了一口茶,清爽甘洌,齿颊留香,心里则轻轻叹了一声,而后不动声色地反问:

"你认为一个一文不值的小丫头片子能给我带来多大的利得?"

"这就要问你了?我很想知道那夜你给小鱼儿看脉,到底发现了什么天大的秘密,致令你会跟我说:'哦,如此倒是真的很会捡。'

"这句话,着实是让我疑惑了很长时间。前天我醒来之后,依旧在琢磨这件事。直到问了东罗几个问题以后,我才对这件事情的前因后果有了一种大致的认定。"

金凌看到九无擎的嘴角轻轻扬了扬,但眸依旧低垂,长长的睫儿掩着他所有的情绪,但她以为,自己揣测的方向应该是对的!

亭前侍立的东罗有些无法淡定了!

事情怎么扯到他了?

"你问了东罗什么问题?"

九无擎继续见招拆招。

"我问东罗,那具女尸怎么样了,有没有烧掉。他说烧了,我又问,是谁押去烧的,他说是淮侯。我再问怎么送出去的,他说淮侯让人送进了一副棺材来。末了,我最后一问,淮侯亲自押送的?人家堂堂淮侯怎么做这种事?就不怕染了瘟疫。他笑着不答了。

"如果他回答说是淮侯没亲自押,交给某某人去办了,或许我会没了其他想法。可他偏偏不答,不答是怕言多有失,于是,我便有了某种想法。九无擎,我想现在淮侯应该已经是你的人了吧!"

闻言，东罗额头上冷汗直冒，几个问题竟令她生成了这样一种认知。

南城则惊愕地比了一个大拇指，用眼神表示："这女人，牛逼！"

金凌的目光直勾勾地落在九无擎这张冰山似的脸孔上，见他不答，便开始如数家珍地背起曾经看过的资料来：

"淮侯，姓慕，名不群，原是江湖人，无意当中和当今皇上认得，成了八拜之交，后助皇帝打天下，是皇帝身边左膀右臂，早年娶了滇西第一侠女为妻，爱妻如命，生有一女。此生不好名利，重情重义，生性不羁，帝业一成，便携着美妻爱女归隐，皇上为了嘉奖，封其为淮侯，准其在淮地居住。

"淮地远离京城，淮关却是一道护卫京都的天然屏障，淮侯手下更掌握着一支强大的兵马，三个主要将领是皇帝曾经的老部下，这些人都忠心耿耿于皇帝，是皇帝身侧的亲信，也许还是皇帝刻意给拓跋曦留着的靠山。"

东罗和南城大气都不敢喘一下，惊讶这个女人对于西秦形势竟有如此深刻的认识。

九无擎在心头再度叹：这丫头，真不简单。但嘴上并不赞，再一次反问：

"你不是说淮侯是皇上的心腹么，既是如此，怎么可能倒戈来帮我？"

"自然说得通。这个淮侯，对人不对事，他这一生只效忠拓跋跃，忠心不二，若要把这样一个忠臣良将拖到你的阵营里来帮你跑腿办事，必是费一些周折的，我想拓跋曦应该在中间起了很大的作用。"

说到这里，她一顿，似乎另外想到了什么，转而道："我记得那天你叫上拓跋曦去书房待了很久，后来拓跋曦中饭都顾不上吃就走了，想必是听了你的盼咐去办事了。而那张人皮面具也是那个时候你做好了让拓跋曦带出去的吧。"

"最最关键所在就是，小鱼儿的身世肯定和淮侯有什么牵扯！"

"虽然我来龙苍时间不是很久，对于龙苍各国的权力争斗不是很清楚，巧的是我正好知道一件事：淮侯的掌上明珠四五岁时候失踪了，后来说是找回来了，其实那是淮侯为了安抚自己的发妻另外寻了一个小丫头带回去冒名顶替了，真正的慕小姐一直流落在外。

"江湖有这样一种传言说：那位慕夫人身子弱，头胎落地便不能再生养，故，她视这女儿如命，又云，那慕夫人身子有病，便是生下来的小姐也遗传了她的病。至阴至寒，浑身冰凉如水。

"淮侯之所以会帮你，必是你让拓跋曦去跟他说了这么一件事：镔京府内那个小丫头，极有可能是他女儿。

"我记得那日你给小鱼儿把脉时，曾露出一抹奇异的神色，当时不明白是什么意思。现在回忆起来，我想那必是你曾给慕夫人看过脉，如今号到同样体质特征的脉叫你惊讶了，又或是你在小鱼儿身上另外发现了什么东西，而后，托拓跋曦加以陈述，结果导致淮侯倒戈到了你的阵营里。"

九无擎静静地听完，摇头："你的话，还是有些自相矛盾……"

"如何自相矛盾？"

金凌仔细回想了自己说过的话，并不觉不妥。

"刚才，你不是说，慕不群重情重义，对人不对事，一生只效忠拓跋跃吗？他怎么可能因为一个尚不曾确定的事实而做了我的帮凶？"

这一问，一针见血。

"是人皆有私心！淮侯也有他的弱点。就像当初皇上，曾为了一个女人，而放弃一个收复失地的机会是一样的道理。当人的私欲驾驭理智时，什么事都会发生！"

这话也有几分道理，尤其是她拿了当今皇帝来举例，说服力增强了不止一点点。

"其实，这个理由并不能真正站得住脚。现在，就权当这个假设是成立的，我又是怎么把一具身染'天疫'的女尸偷偷送进去的呢？不错，我得过天花不怕天疫，别的人就没这么幸运。谁敢做这种事？而且还是在錂京府内办案？那一天，出入收押室的人，全是府衙里的差役，光是高官医就曾多次进去检查小鱼儿的状况，而且还有四个衙役在里面看守。"

九无擎再度反驳。

金凌不以为然：

"这还不简单。四个衙役，其中两个肯定是你的人，而高官医最初几次检查到的那具身体必然还是小鱼儿。偷梁换柱这伎俩不宜实施得太早，太早容易穿帮。在傍晚时分去实施这个计划刚刚好。这个时候，衙役交班，官府中的其他人都已回家吃饭。

"除此之外，我还清楚地记得，发现疫情时，你曾语气很重地对梁王说：必须立即去报禀皇上！"

"为什么一定要连夜报禀？"

"因为只有去报禀，皇帝才会亲临錂京府，如果他不亲临，那么拓跋曦也会带上淮侯出现。而淮侯是皇帝身边极为倚重的心腹，在这样的紧要关头，皇上把大事交代到他手上去办理，那是顺理成章的。

"所以淮侯就在第一时间到附近的棺材铺买了一口棺材。

"当然了，那棺材也必定不是普通的棺材，定是夹层的，那棺材铺也必然不是一般的棺材铺，定是你九无擎隐藏于外的某股隐形势力。

"这棺材，一被送进錂京府，出来时必然是钉死的，既是瘟疫而死，那自然没有人敢开棺再验真身。即便开棺也是不怕的，睡在上一层的便是那具瘟尸，夹层中躺着的才是小鱼儿。你说是不是？

"而后，送棺材出去火化的过程中，肯定是淮侯亲自押送的，因为这是皇上交代的差事，他不能辜负皇上的信任，实际呢，他就仗着皇帝的信任，在荒郊野外将夹层中的人给偷出来，交与了一早就在附近候着的自己人。

"最后得到的结果是：你们这帮人里应外合，终于光明正大地将瘟尸火化，于是呢，所有的线索就此戛然而断。你，九无擎，再度自编自演了一场暗度陈仓的戏码，并且完美落幕。过程很惊险，结局很如愿，我得喝一声'恭喜'！"

说到这里时，她扬起素手，鼓了三下掌，表示对这场布局的惊叹。

九无擎低下头，吃茶，不露一丝神采。

金凌忽想到自己还有两点关键没有说，未作停顿，再度开口道：

"至于所谓的瘟疫，其实根本不是瘟疫，你只是借着瘟疫之名，将所有对此事可能表示怀疑的厉害角色全部排除到了收押房外，一并把我和那两个御医一起糊弄了。

"那具女尸是被人下了毒，一种类似瘟疫的奇毒，初始症状几乎和瘟疫如出一辙。我会被传染，是因为碰了那人的身子，而那位医官会昏厥，大概是因为在收押室待的时间太久，受死尸所散发出来毒气长时间的侵染，才会出现这样那样的情况。另外，你为了表现逼真，四个衙役，以及东罗和南城都有可能发生这样的情况，所以你才会在第一时间让梁王熬药汤，便是要防止东罗和南城也跟着倒下。

"至于小鱼儿的现状，现在应该被你牢牢捏在手掌上吧！作为威胁淮侯的利器，你怎么可能放而不用，而淮侯也只能听凭你利用，因为懂得《天医策》上那些针法的人，鏿京城内没有几人。

"还有，那天龙奕没有出现在鏿京府，也一定是你在暗中将人引开的，或者说他现在也落到了你手上。要不然，他必会破坏你的计划！"

这段话落下后，"啪啪啪"一阵掌声响了起来，九无擎放下茶盏后，倚在轮椅里极为难得地鼓起了掌。

他很少为人喝彩的！

但这一次，他不得不喝。

真是，他是被这个丫头的思维逻辑折服了！

明明什么都不知道，明明什么也没有参与，却通过一些细枝末节将他的计划看得如此明透，并且将其连成了一个整体，几乎把整件事全面地剖析出来，就好像她才是那个布局人一般。

"丫头，好聪明！"

这是发自内心的赞叹，这一声"丫头"也带足了欣赏之味。

"从没有人能将我的布局看得如此透彻，就连东罗和南城他们，也只是知道我部分的计划罢了。"

当然，其中有些事，她猜错了，比如说他从来不曾想拿小鱼儿去要挟淮侯，因为淮侯跟他一直就是一条战线上的人，所不同的是，他比较倾向于维护皇帝。可暗中，他不折不扣就是拓跋曦的后台，多年以前皇帝便已指婚，早将慕家小姐许了曦儿为妻，他朝继位，慕家千金便是母仪天下的皇后——发现小鱼儿身上的胎痕，证实她极有可能是淮侯千金，这只是一个意外。而这个意外，达成了他与淮侯的某个默契。

"九无擎，你想谋朝篡位，君临天下，后宫三千？这才是你真正的野心么？"

金凌问，道破他的布局，她看到了他的能力，朝堂之上，盘根错节的利益网底下，他到底操纵着怎样一股力量？

一身武功，高深莫测；一张鬼脸，掩尽锋芒；满怀心机，谁能相抗？

这样的人，生来就是玩权的主。

他默默地睇了一眼，既不承认，也不否认。

她也不想知道太多，也便没有追问，摆摆手道：

"你不答便不答，这事也与我无关！我只想知道小鱼儿现在到底怎么样了。"

"她很好，已经醒过来，正在静养恢复中，等时机到了，我会让她认祖归宗！"

他简单地说了一下情况。

金凌一怔，侧眸看："怎么？小鱼儿当真是淮侯的明珠？"

"是！"

这倒令金凌生了一喜，经此一劫，倒是成全了她骨肉团聚，可一转眼，她的神色又凝重起来：

"九无擎，你是因为她是淮侯之女，才会这么想方设法地救她的是不是？如果她什么也不是呢？"

"若有需要，我一定会找个合适的机会让她从此开不了口！"

这句话是何等的无情。

金凌冷不丁就打了一个寒战，对他露出了嫌恶之色。

"那具瘟尸是怎么来的？"

九无擎不语。

"说啊！"

茶见底，九无擎又往自己的玉盏里斟了一杯，轻声道：

"没什么好说的，我造的孽，将来自会报应到我身上，与旁人无关，与你，更无关！"

金凌的心钝钝地又疼起来，为救小鱼儿，害了一个无辜的少女就此枉死，这一切的罪孽全是因为这个人贪图那张龙椅。

"九无擎，你真的好可怕！现在我知道了你全部的事，你说接下来，你打算怎么处理我？是不是想将我灭口，以绝后患！"

金凌激愤地站起。

九无擎却摇头：

"你还有利用价值。青城公子如此了得，我怎么可能轻易将你办了？我们做个交易如何？"

闻言，金凌皱了一下眉："什么交易？"

"大事未成之前，你要留在我身边，一切皆听命于我，直到我稳定大局，到时，我会放你走，连带放了鬼见愁，任由你们离去。"

天下当真有这么容易的事？

果然，下一刻，他语锋一转道："但，这是有前提的，这段日子，你得做我的姬妾。回头回府后，你就搬到我房里来为我暖床……"

话未完，金凌狂怒而起：

"九无擎，你欺人太甚，你欺了我一次还不够，难不成还想霸占我？这世上怎么会有你这种卑鄙无耻之人？"

一记小擒拿，直直地往他胸前击去，他一怔，情知她误会，却也不多作解释，轮子往后一推，滋溜溜自斜坡滑了下去。

金凌见势收掌，青云一纵，紧随而去，收全身之悲愤，往他命门上狠狠击打而下，椅上之人便如破竹的长剑，卷起一地风尘，没有和她正面交锋，闪避而开。

两击未中，犹如被猴耍，她气结于心，飞身自武器架上拔出长剑，一鹤冲天，急卷而至。

他一退再退，在刀光剑影当中躲闪，翩若惊鸿，宛若游龙，穿过层层绽开的剑网，一来一回，已是十来招。

"如此心浮气躁，想要取别人头上的首级，是不是太过儿戏了？"

这个可恶的男人犹在那里冷言冷语地讥讽。

"用剑，要一心一意，心随意动，剑随心走，心领神会，你现在满心仇恨，早和剑气离神。青城公子，临阵对敌，讲究的是一个'静'字，心静而后谋，心乱只会意气用事。

"还有，你的轻功虽好，可惜不能与剑法结合，逃跑时倒是一绝，对敌时就失了灵巧，你若想巧胜对手，就该好好多研究武功，而不是终日在江湖上鬼混！"

字字句句，切中要害。

他说得全对，是她心头藏了太多的无法宣泄的恨，反而失尽了以前的那种从容和淡定，从而显露了自己的薄弱之处。

她的功夫，胜在一个"巧"字，而今，心头怀恨生乱，便在别人手上狠吃招，渐落下风。

当下，她逼迫自己沉下心思，心剑如一，将姑父所教的"天女散花剑"发挥到淋漓尽致，终令九无擎再不可小觑，而后一套"青城十三剑"将这个只守不攻的狂妄之徒逼得不得不拔剑相迎。

总的来说，九无擎的功夫，只能用杂而有序来形容，出招全无章法，又招招皆有门路，各门各派的功夫都有，杂而糅之，自成一派。静时如处子，动时如飞鸿，疾时如骤雨，缓时变太极。

金凌从来没有遇过一个对手，像他如此善变，叫她把捏不住他下一招会自哪个方位出招，而自己的攻势，常常会被他柔绵的力道所化解，防守又严备，几乎找不到攻入空门的契机。

可他也有薄弱的地方，那便是他的脚！

他的脚不能长时间活动，时候一长，步法必会出现凌乱。

高手对招，哪怕只是一丝凌乱就可以招来杀机。

如今交战一长，他的身法略有迟疑，她心下发狠，招招攻其下盘，刺其膝盖，挑其脚踝，那一剑快胜一剑，一招狠胜一招，一层层泥尘翻了起来。

九无擎时而倒退，时而拦截，努力将其架开。

东罗和南城，从没瞧见过一个女子能在主子手上走了近百招，依旧不露败迹，反而越战越勇，不由叹为观止。

当然，他们也明白，爷并没有拿出真正的实力，如此下去，只怕会吃亏呢！

正担忧，险情发生了。

柳树拂掠，剑光肆虐，有条条青柳垂落，剑风乍起，衣袖鼓起，她对他的憎怒，已用强大的力量表达了出来。

九无擎不敢使出十分力量去对抗，只能用理智来应对她愤怒的进攻，毕竟刀剑无眼，不想一不小心就踩到了一块尖利嶙峋的小青石，脚下一扭，膝盖生疼如刺，他想举步落平地，已有剑风破空而来，目标便是他的膝盖骨，他微微一惊，以剑相拦，她剑锋一偏，直刺左脚筋。

这一剑下去，一旦被挑中，他的脚定然难以保全。

自卫是一种本能，剑劲一强，力贯剑身，自卫成功，却发现她在中途又变换了招式，一式开门见山，从下仰冲，直逼心胸。

这一剑，她想置他于死地！

心思一凛，手中之剑，潜意识地回防，展开剑势时，九无擎赫然发现一剑拦截的结果是：必伤其面，那张冷而沉凝的俊美脸孔便会被剑锋而伤，而导致毁容。

毫不迟疑，生生撤剑。

而后，身子斜斜一侧，那一剑毫无意外地刺中左肩，锋利的剑尖破肉而进，伴着一阵奇痛，剑穿肩胛。

他忍着，没叫出疼来。

东罗和南城大骇地叫出声来："爷！"

微风过，发带斩破，长发垂落，柔软的秀发在空中乱舞。

金凌看着那把刺破他肩胛骨的长剑，有点愣神，拔剑血如注，他急忙捂住伤口，表情依旧静淡，连疼痛的一丝眼神都没有，除了有血渗出，似乎她刚刚刺到的只是一个人偶罢了。

东罗瞅着爷的指缝内有血在汩汩地涌出来，急怒难耐，便冲金凌吼了起来：

"爷一直在让你，难道你没发现么？还真死命刺！你到底有没有心肝？"

这正是她纳闷的。

"为什么要撤剑？"

她是真的想杀他，可为什么一剑下去，剑饮了他的血，却没有那种痛快的滋味，只有无数疑云在心头翻滚：他若不撤，倒霉的会是她，为什么在紧要关头，他没有自卫？

我怎么可能伤你！

话到嘴里，改口道：

"我家里有一个丑八怪就够了，你若破了相，我得不偿失。这么漂亮的女人，摆在家里多好看……"

东罗听得郁闷死。

南城听得眉直皱。

金凌听得直磨牙：这人一开口就能把人气死，所有的疑问散了个精光，冷冷地扔下剑："九无擎，你死有余辜！这一剑捅不死你，总有一天，我会手刃你！"

转身，决然离去。

东罗气得张口欲叫，九无擎捏住了他的手，摇头，但待伊人走远，他才低低涩然地说道：

"没事！"

"爷，您何苦啊？"

南城替他忿忿不平。

"你为了救小鱼儿，如此煞费苦心！"

"可她说得也不错，若不是小鱼儿有利用价值，我怎么可能冒这个风险！"

匆匆布下这个局，以结果看来，似他们赢了，实则没占便宜。

打草惊蛇，最为不智，自暴实力，吃亏的是自己。

他轻轻一叹：可是这个小鱼儿，她不能死。

九无擎才回房包扎好，就听得外头有人跑进来。

"报！青城公子在外头和柳副尉打起来了！"

他眉一皱，顾不得包扎，随便换了一件衣裳跑出来。

到门口，但见那丫头已将一大票侍卫全打趴在了地上，另有一帮士兵正将她团团困住，打斗声惊天动地。

众人见九无擎出来，纷纷让道。

挥汗如雨的金凌看得众人都停了下来，直起柳腰，急喘了几下，回眸，看到九无擎坐在轮椅上正慢慢向自己滑过来，身上已经换了一件衣裳，干干净净地出现在她面前。

四周顿时鸦雀无声，只有那柳副尉在呼呼地喘气，直叫："九爷，这青城公子在发什么疯呢？拼命地打。"

九无擎瞟了一眼："青城公子最不爱受束缚，许是这几天在阁里待腻了，故而想出去散散心。"

"可皇上……"

"我知道，没你事了，下去上药吧！"

轮子滚动了几下，不疾不慢地滑到她面前。她不想见到他这张脸，在他们说话的时候，已冷冷背了过去。

柳副尉没有走，站在边上直瞅。

"这几天皇上病着，你也需要静养一段日子，就在这里再住几天吧。等皇上召见完了，你爱往哪里去就往哪里去。这些士卒也是奉命行事，青城公子又何必为难了他们？即便今日你由着性子走了，他日总还要回来的。走，回后院吧。我还有话与你说！"

金凌是想离开这里，但也知自己这么硬闯没什么意义，眉一拧，嘴一撇，袖一拂，往里走了回去，速度不紧不慢。

九无擎挥挥手，让所有人都退下，东罗过来推着他往里面而去。

金凌回到房间，才要将房门关，一只大手挡住了门，她冷冷一睇，一掌打了下去，将其推了出去。他闷哼了一声，捂着肩头，痛得皱起了眉。

"怎么？畜生也知道痛么？"

她冷冷地讥讽了一句，猛地甩上了门。

九无擎默默看着紧闭的门，心痛如绞，他的确干了很多畜生不如的事，只能说，人在权位，万事不由己。

二

晚膳是东罗送进来的，九无擎没有来，第二天也是。

金凌没有过问，既然暂时走不出去，就只能安心待在这里。

傍晚，东罗又来了。

这次，他不光给金凌送来了好饭好菜，而且拎了一坛酒来，他把菜摆放好，没有离开，拍拍酒坛子，问道：

"要不要喝酒？听说青城公子曾在试酒大会上，论及天下名酒，还将某个以次充好的酒道传人损得下不来台，东罗今儿个备了一坛，您倒瞧瞧，这是什么酒？"

金凌在看书，是房里本就备着的一些小说志，正看得入迷，却叫他吵了，心头有些不满，又加上她对这人怀恨在心，不由得冷冷叱了一句："出去，别在我面前碍眼！"

东罗权当没听到她的逐客令，径自拔了酒塞，往两只大碗里咕咚咚咚倒下，顿时有一股浓烈的酒香散开来，而后执碗遥敬道：

"这三年，江湖皆传青城公子铁血丹心，是难得一见的奇侠儿，东罗仰慕已久，如今能真正领略阁下的风采，东罗心中甚喜，这一碗敬你，我先干为尽！"

仰脖，便若龙饮，一大碗酒一下子就下了肚去，而后，袖衣一擦嘴角，那举止，带着江湖人的直爽豪迈，随性"砰"一下将碗掷于桌上，又倒了一大碗举起，高大的身影如一座大山，目光炯炯，一会儿，竟撩袍单膝跪了下去，朗声道：

"这一碗是赔罪的，那日，我与南城有所冒犯，一切皆因情非得已，还请公子青多多包涵！"

再举起，一大碗酒顺着那滚动的喉结绵绵入肚。

待碗见底，东罗抬头手一扬，将桌上的酒坛拎起，又倒了一碗，平平端着：

"最后一碗，是自罚的。"

一饮而尽后又朗声说道："江湖传言都道您光明磊落，是正人君子，我们这种'欺凌弱小'的爪牙必入不了阁下的眼。既然青城公子是一个深明大义之人，可否容我东罗痛痛快快地发几句牢骚？"

不可否定，这个时候的东罗倒是有几分铮铮之气。

金凌淡淡睇着，一碗示敬，二碗赔罪，三碗自罚，他表面是来负荆请罪的，实则另有目的，必是为了他那个主子吧！

她把书往边上一掷，冷一笑："不好意思，我生平嫉恶如仇，最不屑和小人同处一室。你若有牢骚，到你主子跟前发去。狼与狈才勾搭成奸，黑与白永远是两清明的！"

"但有些话，东罗非说不可。"

他沉沉地叫出一句："爷病了！"

哦，原来如此，怪不得耳根清净了。

"关我何事？"

她淡淡地撒开眼。

"怎么不关你的事？要不是你刺伤了爷，爷怎么可能会病倒？"

东罗叫，带着浓浓的埋怨。

她立即冷笑，漂亮的小嘴勾起一弯弧，秀致的下巴傲地挑起：

"谢谢你的提醒，下一次，我会把握好时机，一剑刺穿他的心脏，那他就不用病了，直接进棺材埋掉得了！"

"你！"

冷酷绝情的话语，有时比任何招式和兵器，更能把人伤得体无完肤，他只是一个局外人，听得这些话，已觉得受不了，更何况爷。她曾骂爷是"畜生"。

阳刚气的脸孔现出一阵阵心痛之色，他忍不住替爷叫屈起来：

"我家爷不是恶人，他不是！很多事，于他而言，有着很多的无可奈何。您知不知道？"

"怎么？你这是想来替他说好话的？真是好笑，请问你有什么资格来做这个好人？东罗，身为滇西四侠之首，徒担了侠名，却只会做一些仗势凌人的小人行径，早已折尽了那名号中那个'侠'字了！人无仁情，心无侠义，我没有二话，只替你们觉得丢人现眼！"

讥嘲的字眼，便如一排排的利箭，毫不留情地射过来，连带将他也颠覆在其中。

他面色一僵，砰的一下将碗丢到了地上，咬牙站起，怒极而叫：

"你他妈能不能别那么夹枪带棒？"

"是，你是受委屈了，你能狠着心儿对他痛下杀手，他呢，他受了足足十多年的委屈！他又该怎么办？

"我告诉你，他只能藏着掖着，只能装作是一个没事的人一样苟且活着，只能在暗地里让自己强大起来。

"可最后呢，花了那么多年的心血策划的一切，全被你打乱！

"我倒要问问你，他心里的苦跟谁去诉，嗯？

"你说，他该找谁算这笔账？

"如果你不是……他……他八哥生前最在意的那个人，你以为，我们会管了你的死活？"

他很想把最后这句话中的"八哥生前"四字去掉，可是，他不能说，心头有多憋屈只有自己知道，他恼火地把那坛酒也一并给砸到了地上。本想平心静气地来跟她说话的，可是三两句就叫她引爆了自己的脾气。此刻，他已压不下自己的脾气，再度怒叫：

"我告诉你，我们每个人生来都是棋子，有些大用，有些小用，我们生存的环境就是这样的，要么就做别人手中的棋子，要不就让别人做自己的棋子。

"做别人手中的棋子，只能在物尽其用之后保全自己，拿别人做棋子，更得物尽其用地发挥那个'子'本身的价值，这不是我们愿不愿意的事，而是形势逼人，光有仁情和侠义有个屁用。想你也是江湖上响当当的人物，这点道理，你若是不懂，就不该出来混！"

这番话表明，东罗不是俗物。

金凌沉默。有一点，他说对了，每个人生来都是棋子，在权场上，这是法则，想要独善其身，根本不可能，想要保存一颗"真"心更不可能，她也来自那样一种环境，迟早也会被"染黑"。

可是，懂是一回事，想要她咽下这委屈，难。

"闭嘴，我是我，他是他，别给我混为一谈。他受了什么委屈，我不想知道，他是谁的棋子我也没兴趣了解，我只知道，人不犯我，我不犯人，人若欺我，哼，君子报仇，十年不晚！总有你们好受的时候。滚出去！"

脸一寒，案一拍，逼出一身凛然不可犯的气度，那目光中的寒光，终将他的火气压了下去。

东罗突然懂了：他说的道理，她都明白，只是她生性刚烈，绝不轻易原谅欺负过她的人。

"现在我不会出去。"

东罗深吸一口满是芙蓉醉的空气，决定先道一个歉：

"对不起，我的脾气不太好。说话直来直去，请您不要放心上。但今日，我既然来了这里，就必须讲个故事给你听。一个关于九无擎的故事。公子青，你是身怀一身爽快的江湖人，做人能不能不要光凭一己印象便给人定罪？有些事，真的绝非你想象的那样。那日，实是事出意外……"

"闭嘴，别跟我提那天的事！"

她寒声斥断。

"我要说！"

他高声丢下一句。

金凌恶狠狠地瞪着，挖人伤疤，此人，真是狠毒。

"若不说，我家爷可就冤死了，他真不是恶人！"

"哦，是么？他若不是恶人，那公子府这几年死的这些个姑娘都是世人编造出来的？一个视人命如草芥，一个将女人当药引来使用的男人，他能好到哪里去？"

面对如此冷而不屑一顾的眼神，东罗的心再度哆嗦了一下。一个男人，如果深深在意一个女人，而这个女人却已彻底将他看轻，他要练就怎样强大的心脏才能承受这样一种憎恶？

东罗捏着拳头，急急地替他辩说：

"那些女人是皇上给的，都不是爷想要的。其中有些是皇上的眼线，有些则是其他权势安插在公子府的细作。她们当中多数是居心不良，并且死有余辜！"

"那总有一些是无辜的吧！这些年，你们公子府进了多少女子，又死了多少？疯了多少？"

金凌冷声喝断。

东罗面色一僵，继而又道：

"这些账，不能全算在我家爷身上。他只是想活下去……"

"好一句想要活下去！他想好好活着，难道别人就不想了吗？是人，都想好好活着！东罗，你这是在强词夺辩！"

东罗不得不承认这个女人，真的很能辩驳，他快辩不过她了，牙一咬，转而退一步，反问过去：

"那您倒说说看，若是你站在他这个位置，你会怎么样？如果你是那个权位上的人，有人谋划你的权，要你的命，你要怎样？是奋而反击，还是坐以待毙？"

这个道理，她懂。

所以，她没有再反击。

房里突然静得可怕。

"爷，真不是坏人。"

东罗再一次强调，眼神无比真挚：

"他是一个有原则的人，五年之前，他根本就不近女色。整个镔京城的皇孙贵侯，谁没一两个妻妾，他身边呢，除了我们四个，几乎不用女婢。若不是拓跋弘，爷何至于被整得这么惨？"

拓跋弘和九无擎之间到底生着怎样一种仇？

这是金凌所疑惑的，她思量着，终于顺着他的语气问了下去：

"拓跋弘拿九无擎怎么了？"

"他学他老子样，给爷下蛊！"

东罗啐了一口，痛恨地道。

"什么蛊？"

"狗皇帝下的是无心蛊，爷曾跟我说，他自十三岁开始，记忆就是残缺的，只零零碎碎记得一部分，那全是因为无心蛊在作祟，他只要回想以前的事，就会心痛如绞。直到六年前，他自己给自己下毒催眠了体内的无心蛊，才想起以前的一切。至于拓跋弘，更无耻，给爷种了穿心欲蛊，每番蛊发，欲死不能。"

无心蛊和穿心欲蛊？

金凌吃了一惊。

这两种蛊，她听过，那都是世间罕见的毒蛊。

所谓无心蛊，中蛊之人，会忘掉一切，无心而无欲，他的记忆会是残缺的那也是正常的，除此之外，还不能动情动欲，情念动欲念生，便会心如刀割。而穿心欲蛊更可怕，那蛊虫性属纯阳，每月会躁动一次，没办法能压住它的狂躁。

这两种蛊是相斥的，若既中无心蛊，又中穿心欲蛊，那就惨了。

这些记载，她曾在一些医道经中见过。

金凌没有再打断东罗，听着他念念叨叨地讲述起来：

"先前，爷的身子还好一些的，虽比不得我们健壮，但身上总归还能长些肉，如今呢，那身子是每况愈下，他常说，这样活着，比死还难受，可他却又不得不活着，哪怕受尽良心的谴责，他仍然咬牙撑着，因为，他还有未完成的心愿，他也不想去伤害别人。

"起初，他都会将自己关在房里不想见人。公子，他跟你一样，生着冰清傲骨之心，他无法面对这样一个肮脏的自己。但，渐渐地，他麻木了，也习惯了，因为他没得选择，他只能忍着。这两年里，爷已经摸准了两只蛊虫的脾性，渐渐地在用药物控制蛊发的次数。最近这一年，爷的心穿欲蛊一直很安分，已被治得服服帖帖。那天无心蛊和穿心欲蛊一起发作，是被人为唤醒。爷并不想的，他试过想控制，可没用。"

他沉沉地吐出最后两字，黯然道：

"那一日，他的状况很糟糕，恰巧你就在他最狼狈时撞了进来，如果你只是寻常的床姬，爷不会这么痛苦，可偏偏你不是……"

金凌耐着性子听完，怒气渐渐平息，依旧是恨的，只是这恨意当中忽而生了一分怜悯。

每个人背后都有着为外人所不知道的故事，个中心酸疼痛，也只有自己清楚，权位上的人，又有哪个是干净的，一个个都在明争暗斗，利益面前，谁还会顾得了别人的死活，即便像父亲这样的人，曾经也有过一段不光鲜的过去。那些不堪入目的曾经，一度叫母亲望而却步，生生想逃离。

"出去吧！我累了！也听够了！"

他说了这么多，无非是想让她别怨九无擎，可是，怎么可能？

东罗不肯走，挑起珠帘，直视进来：

"爷很在意你，难道你真的没感觉出来吗？

"红妆阁从没有女人进去过；东林，你掉下山崖，主子差点跟着跳下去；为了救一个小鱼儿，他兵行险着，匆忙设局；你昏迷了五天，他衣带不解地守护，还一而再地将他的续命莲丹给你吃。还有今日，若不是怕伤你，你以为你能刺中他吗？他根本就舍不得动你一下！便是那番说给你下毒，那也是蒙你的，他那是想用以毒攻毒的法子解你体内余毒，一切全是为了你好！你……你就不能待他好一点么，他活不了多久了！"

他这是想告诉她：九无擎喜欢她？

无稽之谈。

他又怎能要求她放下仇恨，以德报怨？

"既然知道自己活不长，就应该多积阴德。东林里炸死那么多人，足够折尽他的阳寿！"

这种话，真够无情无义。

"青城，你怎么可以这么诅咒他，他是你……他已经是你男人！"

东罗厉喝了一声，真想告诉她真相，然后，看她怎么去心疼那个男人，可是，他却不敢说。

他在爷跟前发过毒誓，要永远守着这个秘密，所以他语锋一转，换了一句话，结果得到的是一记耳光，金凌身形一飘，狠狠一捆，揪住了他的前襟：

"东罗，你要是再敢说这句话。我下手绝不留情！"

目光冰寒。

东罗忍着脸上毒辣辣的疼，呆了一下，却笑："要不要打个赌？你要是跟我家爷久了，一定会喜欢他，并且心甘情愿做他的女人！"

金凌的反应是，一掌狠狠将他打飞了出去，门砰地阖上。

可恨的是这人被轰走没一会儿，又跑来了，这一次，是和南城一起过来的，一进来就给她跪下。原来是九无擎高烧不止，他们又不愿惊动御林军去外头请御医，所以才跑来求她去救人。

金凌听着冷笑："你们就不怕我把人给弄死了么？"

"爷若出个三长两短，我等就拿你和鬼见愁一起给爷陪葬！"

东罗威胁起来，也绝不心慈手软。

最后，她心不甘情不愿地来了东厢房。

三

东厢房内，烛光明亮，床上，九无擎面色苍白地沉睡在床上，那张人皮面具因为出汗，贴合处已翘开，双目紧闭，又密又长的睫毛翕合在一起，剑眉紧蹙，似藏着无数心事及疲惫，鼻心皱出三条线，唇色惨白，双手露在被子外，紧紧地抓着被子，那架势，似乎在和什么打架一般，全身的神经都是绷紧的。

她很不情愿地坐到床上，才触到他的脉搏，便有灼热的体温传递过来，似火炉一般，焦得厉害。

如此一探，金凌立即露出了错愕的神色，猛地回头瞪起这个陷入昏沉的恶魔：这么破一个身子，居然还能活着，真是奇迹。

他的身子里不光养着两只可怕的毒蛊，五脏六腑更因为长年吃食各种药膳毒食而损坏了七七八八，周身血脉因血中含毒已在慢慢地萎缩，若不是有什么神奇的药物在吊着他的性命，如今早该是一具骷髅。

最后鉴定的结果是：短命鬼一枚，没得救了。

东罗和南城守在边上，对视一眼，担心得不得了。

"怎么样？"

东罗一脸忧心忡忡地问。

"我开个方子，你按方把药煎来！"

放下他的手，她走去外室写了一个药方递上，南城接过急匆匆跑出去！

东罗松了一口气，看到金凌坐在那里静静地想着什么，心里微有欣慰：她的确是一个心善的好女子。

先前，他曾留意过她，东方若歆身边的这个小女奴，虽然丑，但很爱笑，笑起来真真的，没心没肺的，又极灿烂，就像阳光一样。在龙奕面前时，她也会笑，依旧明媚如朝霞，在"晏之"面前更是璨璨明艳的，只独独在爷面前是冰冷无情的。

爷自是喜欢她的，这么一个冰雪聪明的小丫头，太阳似的性子，谁见了谁喜欢。像他们这些识尽人性阴暗的人，平常日总是神经绷得紧紧的，若能遇得这样一个女子倾心相待，欢颜相对，便是此生莫大的福气。

之前，他对她认知不够深，以为她配不上爷，如今见她三两下就能道破爷的全盘计划，便知她和爷，是天生的绝配。无论是才学、胆识还是智谋，都登对。最重要的是，她能令爷开心，这是其他任何人都办不到的事。

可是，她厌恶爷，每每给他脸色，说话句句带刺儿，这样的冰冷何时才能消融？

他有些愁。

金凌在琢磨几个问题：

一、皇帝为什么要在九无擎身上种无心蛊？

二、拓跋弘和他又生着怎样的深仇大恨，要在他身上种下穿心欲蛊？

据她所知，这两种蛊，江湖已绝迹，有关它的可怕之处皆来自医书所载。

再有，想要养成它们并不容易，这两种毒蛊必须以天下至毒来喂养，而且火候要掌握得刚刚好，非一朝一夕可以养成。无心蛊养成需要三五年，穿心欲蛊养成需十一二年。而今，它们竟同时出现在九无擎身上，这似乎不是一种巧合。

东罗不是说么：蛊，是被人为催醒的。

那么，这个人，会是谁？

拓跋弘连她下的毒都没办法解，如果他有那个本事炼蛊，或是他的手下有那种本事，应该不至于这么被动才是。

东罗口口声声认定蛊是拓跋弘下的，这当中会不会也有什么没及时解开的误会？

四

没一会儿，药是熬好了，问题是九无擎昏迷不醒，怎么吃？

"把他的银针拿出来，我来把他扎醒！"

一会儿，银针取了过来。

衣服是东罗给扒下来的，等金凌看到那具满是伤痕的胸膛时，她不由得一呆。

从没见到一个男子的身子会带这么多的伤：烧伤、剑伤、刀伤、箭伤，一条条纵横交错，如今肩胛上又添了一道新伤。虽包扎着，却还是在渗血，那是她的杰作。这一剑，她下手可不轻，也没料到他会由着她刺！

这人，真在意她吗？

怎么可能？

她再度蹙了蹙眉。

顺着她的视线，东罗明白了她呆愣的原因，轻轻解释道："那些都是战场上留下的。爷的每个战功都是用实力拿回来的！他是一个真正的军事天才，更是一个体恤士卒的好统帅，在军营，他能和士兵同甘共苦齐进退。"

"我不想知道！"

金凌冷淡地打断，利索地下针。

几针扎进肉，轻轻地在穴道上捻转提插。

须臾，九无擎眉微蹙，嘴里闷闷有了反应，皱了几下鼻心后，慢慢睁开眼，神情茫茫然没有焦聚，全无平时的冰冷深沉。

"好了！喂药！"

金凌收针回盒，扶着袍脚跨下床："吃了药，应该可以退烧。"

正准备离开。

"别走！"

一把滚烫的大手抓住了她的素手，紧紧地抓着，生怕她逃走。

"别走！"

声音如沙砾滚过一般又干又涩又哑，一再重复："求求你别走！"

东罗听着鼻子发酸，只有面对皇帝时，爷才会隐忍着自己的脾气，低声下气地收敛自己。他从不曾用如此伤痛的语气哀求过人。

他对着南城使了一个眼色，在爷身后放了一个软枕靠着，将药碗塞到了金凌身上，两人急匆匆退了下去，门关上。

"喂，你们……"

"人有三急，我们……内急……如厕去……"

门外的人扬声答了一句。

没好报，他们居然敢一溜烟地跑掉，把这个可恶的男人塞给她照看。

她一脸黑线，又急又怒，手还被他死死地抓在手里呢！

"放手！"

她回头瞪了一眼这半死不活的家伙。

"不放，死也不放！"

他哑着声音牢牢地握紧她的手，放了，她会跑。梦就会醒。这些年，他几次死里逃生，每一次从死亡线上挣扎回来时，最想见到的就是她漂亮的小脸，结果每一次都是失望。现在，他一定是在做梦。要不然她怎么会出现在床边？

"再不放手，小心把你的手废掉！"

金凌非常恼怒，她讨厌他的碰触。

"即便把我这个人废了，我也心甘。"

这话，恍若梦呓，也很煽情。

她的心一抖，感觉怪怪的！

"对不起！"

随即他又低语了一句。

心再度一抖，他在向她道歉？

"对不起！"

他闷闷地含糊不清地低诉："不要生我气好不好？留在我身边好不好？我不是有意要来伤你的。"

声音很轻很轻，她听不分明，更因为手心里的温度几乎要将她烧起来，太烫了，几乎要将她的脸都要烫红。

她转过了头，那个无耻的家伙一脸可怜兮兮的模样盯着她。身上没有半分犀利阴狠，显得是那么的虚弱而无助。

"放手！喝药！"

她没好气地吼着，将药递了过去，为什么她要来面对这样一只病猫？

似乎多了几分真实的感觉，他困惑地眨了眨眼，用另一只手无力地敲敲脑袋，想要弄明白现在是什么状况，这表情有点可爱。

"这……不是梦？"

他狐疑地反问。

金凌顿时黑脸。

九无擎垂头看着那只被自己抓在手上的白玉小手，软软的，腻腻的。

"青城！"

他低低地叫，有点欢喜，眼神迸射出一道亮光，觉得有点不可思议！

那碗药凑到了嘴边，漂亮的脸孔一寸寸凑近，贝齿一咬："你给我喝药……"

嗯，真不是梦。

她真守在他床边呢!

他忙乖乖喝药!

"是你开的药?好苦!"

他蹙了一下眉,就像一个孩子似的。

"没蜜饯!"

金凌白眼,牙一咬,叫:"还有,现在放开我的手,我不想再说第四遍。"

他不肯,死死拽着她的手,那么一拉。

"呀!"

人投入了他怀里,碗滚到了他里床。

她身上真是凉,抱着好舒服,他的心跟着怦跳起来。

金凌吸了一口冷气,鼻子撞到了他的胸膛上,一抬头,看到是敞开的衣襟底下那一条条疤。

伤得这么厉害,当初要有多痛?

不对,她想哪了?

"九无擎,你不要在这里给我耍病来疯!"

天呐,他不是病了么,怎么还有这么大的劲儿?

一抬头,他薄薄的唇自她额头擦过,那么烫,被扫过的地方,嗞嗞地烧起来!

"嘘,别吵!我就抱一小会儿,真的就一小会儿!"

就像抱了一块冰块,让人无比贪恋,他痴痴地凝着眼前这张脸,能不能仗着生病,要一下赖?以前,她就爱这样。

金凌已经开始磨牙!

"你!唔……"

想骂人,开不了口,一只火热的唇堵住了她的唇齿,她尝到了一丝苦涩的药味……脑子一片空白。

滚烫的男子气息强势地灌进了她的嘴里,似有一股电流在身子内流窜而过,在经脉里一层层爆炸,炸得她没法呼吸,没法思想。

极热烈地浅浅深尝,一点点地侵占进来:先吮着,细细地咬,然后抚弄她无助的贝齿,软而有力地挑开了她的防线,然后,步步深入,去追逐她惊乱逃窜的丁香舌,将空气一寸寸挤压殆尽。

男"男"缠绵,欲拒还迎,这场面很唯美,但这唯美仅维持了一瞬间!

"啪!"

她找到了机会,狠狠赏了一个耳光,不知道是不是打得太重,他眉心一皱,再度陷入了昏沉。

金凌站起,急喘着,捂住被吻得发疼的唇,气得恨不能再踹上两脚。

丫的,生着病,还要来祸害她?

她忿忿地四下巡视,看到桌上有把剪刀,想都没想,上去抓到手再度冲床边,举着这剪子就想刺下去。可半途,她怒极地又将剪子扔到了地上。

乘人之危,她金凌不屑为之!

"九无擎,我……我跟你没完!总有一天,我要你好看,现在我不杀你,我……我留着你以后慢慢玩！"

她低吼一句，冲着床踢了几脚，怒气冲天地往外而去。

房内，九无擎缓缓睁眸，撑起半个身子，伸手捂着自己的唇，这一刻，他清醒地知道自己不是在做梦。

哦，居然没忍住，居然，吻了她。

这下完了，两罪齐发，她越发恨了。

可这滋味，真好！

他在心里七上八下地嘀嘘，心肝不住地跳着，隐约有点难受，脸在发热，他伸手摸着遭了巴掌的脸，烫烫的疼。

"爷，你干什么事又把她恼上了？"

东罗直闯进来。

九无擎神色有点尴尬，像做错事的孩子："我就亲了她，然后，装晕。嗯，还好装晕了，她才没拿我怎么样，要不然就惨了。"

闻言，东罗露出错愕的神色。

九无擎干咳，很想严肃起来，郑重警告："不许笑！"

"扑哧！"

东罗没忍住！

碰到这个女人，爷总算像个正常男人了，居然还知道装无赖！

五

药很管用，第二天烧退了，第三天除了伤口疼，再没有不适的感觉。但金凌没有再理他一下。

这天，近中午，宫里来了圣旨，宣他们进宫见驾。一辆马车载着他们一路往皇宫而去。

赶车的是东罗，九无擎看书，金凌假寐，气氛有点微妙。

九无擎几次和她说话，都被她的冷淡堵了回来。

皇宫永远是金碧辉煌的，那是人生最华丽的牢笼，多少人想成为这座牢笼的主宰，拓跋弘为此而野心勃勃，九无擎更在积极钻营。

令金凌想不明白的是，九无擎命已不久，他要那张龙椅做什么？

他的所作所为，难道只是在为他人做嫁衣这么简单吗？

似乎是如此，又似乎别有目的。

不知道是他道行太深，还是她太过嫩滑，又或是另有隐晦事件未浮出水面，以至于她完全猜不透他的意图。

"青城，帮我一个忙！"

临进皇宫大门前，在马车上，沉默了一路的九无擎，终于开口说话。

金凌眯着眼，未置可否，懒得抬一下头，不想和这个无耻的混蛋说半句话。

可接下来，他说的话，终还是将她惊到，令她再无法淡定。

等他说完话，她呆了半天都找不回自己的声音，心惊肉跳地盯着这个把一切都盘算在手心上的男人，惊叹他心头的计谋，也终于明白这几天他为什么心甘情愿留在望湖阁不问世事了。原来另一场棋局早已悄然开始，并且还将她谋算了进去。

"你凭什么会认为我会照你的计划行事？"

金凌压下起伏波动的心情，冷淡地反问。

谁都不乐意被人视为棋子来使唤，可她没料到在他决定救小鱼儿那一刻开始，他已将她安排在其中，并且还成了一路极关键的棋。

不得不承认，这是一个可怕的男人，桩桩件件事情做下来都是有图谋的。

她甚至在想，那天夜里，他高烧不退，是不是也是计划中的一部分？

借东罗之口来讲述有关他的辛酸史，或许就是一条苦肉计，便是想令她怀之以同情，渐渐泯了恩仇。

"这一次，如果我输了，横竖烂命一条，其结果是得意了拓跋弘，倒霉了拓跋曦。我知道这种权力之争，谁输谁赢对你来说，并没有利害得失，但是，拓跋弘曾亲手砍了八无昔的脑袋，那是事实，你若真的是为了燕熙而来，最好三思而后行，别做出令自己将来后悔的事。"

提到八无昔，金凌的脸色再也无法平静，他真的很能吃准她的弱点。现在她是不能确定八无昔就是燕熙，但也不能排除这样一种可能，毕竟到目前为止，九无擎是唯一知道燕熙存在的人，再加上拓跋曦又长得那么像，总让她觉得这底下似乎隐藏着另一个惊天大秘密。

在没有将这个秘密挖出来之前，九无擎的确不能出事。他若出事，还未成年的拓跋曦便失去了一个强大的靠山，那样一个被人抱一下就脸红的孩子，干净如深山里流出来的清泉，若没了保护，他怎能在充满斗争的皇室中生存下去！

她更不知道，一旦拓跋弘得势，又将用怎样的手段来铲除他眼里的劲敌！

她本能地想保护这个孩子，再三思量，终还是答应了下来。

第十八章　储位之争

一

皇宫永远是庄严的，放眼望，尽银甲，一列列士兵，密匝匝如蚁，将象征皇权的宫殿牢牢守卫，那一道道洞开的朱色大门，通向的是一个神秘的权力中心。

跟着九无擎一踏进御书房，浓郁的龙涎香就扑面而来，几个内侍和宫婢守在殿内，顺公公近身侍候着。

高高在上的秦帝拓跋跃倚坐在龙椅上，正用拇指搓着眉心，面色极度难看。

金凌曾听东罗说，那天皇帝去了鐛京府回来后就开始卧榻，曾在议事大殿昏过一回。

依着中医望闻问切之法，第一眼，她就感觉皇帝的气色，比之前她看到的那回差了很多，看来真是病得挺厉害。

"无擎叩见皇上！"

九无擎俯地而叩。

"草民青城叩见皇上！"

金凌恭恭敬敬行了一个男子叩帝大礼。

皇帝顿住了拧眉的动作，缓缓抬头，伴着一记重重的拍案声，一声冷厉的呵斥紧跟着砸了过来：

"来人，将九无擎押起来，推出午门斩首！"

梨花木拼成的地板光可鉴人，映着雕梁画栋的房顶，也映下了金凌震惊的眼色，门外，已有两个御前侍卫奉命进来，粗厚的军靴踏在地板上，发出"铿铿铿"的巨响，震动着地面，也震动着她的心房。

她抬头看，龙座上的人，着明黄龙袍，已卸了冕旒，只戴了一个龙形金冠，抱胸而坐，威风八面，苍白的脸色并没有减少他严厉的神采，直直逼视下来，让人几乎喘不过气。

九无擎呢，慢慢直起腰，银白的面具泛着清冷的光，目光寂寂，如死水般波澜不惊，就好像一切全在他的料想当中，完全没有一丝一毫的意外。

何以皇位之争，层出不穷，从不间断？

登上至尊之位，拥有至高无上的权力，得尽人间财富、享有天下美人、占得广袤土地，如此大的诱惑，但凡有野心的男人，谁能抵挡？

古来，帝王之令，无可违逆，君要臣死，臣不得不死。

难道九无擎今日便要死在这个至高无上的王权之下？

这时，一个极其冷静的声音自那面具底下钻了出来：

"皇上，无擎说过，五年前，您就不该救无擎。但既然都已经活过来了，依无擎的脾气，这日子即便再难过，也得好好地过下去。您今日想摘了无擎的脑袋，总要给无擎一个说法；就算您不给无擎一个说法，也得给天下人一个交代；即便您不想给天下人一个交代，也要给七殿下一个说法。一个莫须有的罪名，无擎不服。若那是小事，天下人不服，那就只能是大事了。"

不惊不乍也不乱，一句句话，沉着而平静，似乎他面对的不是生死一线，满口讨论的只是一件与己无关的小事。

西秦帝的大智大谋，世人皆知，九无擎的心机城府，金凌也见过一二。

这二人，一旦对立，到底谁更胜一筹？她猜不出。

"无擎，远智已经招了！"

西秦帝面无表情地扔下一句话。

金凌记得远智是福寺的大法师，依皇帝的意思：他已经知道谁在祈福大会背后搞破坏了？

九无擎跪得端正，面无表情，眼瞳无波，平平而直视，反问：

"不知远智大师招了什么，令皇上如此盛怒，致令皇上要问斩无擎？"

西秦帝已将那双危险的利色眸子眯起，殿上，两个银甲侍卫腰配长剑，早已逼近。

"事到临头，你还想狡辩！无擎，你把朕当猴耍了这么久？还想脱身事外？朕五年前救下你，还真是养虎为患！左右卫拿下，立即拖出去斩！"

两个近身侍卫彼此看了一眼，一左一右，将九无擎反手擒拿，双手后负，以一种屈辱的姿态将人押扣了起来。

面具"啪"一声掉到地上，几丝黑发自玉冠中脱落下来，垂于额头，没戴人皮的脸孔，赫然跳进了金凌眼底，坑坑洼洼，尽是狰狞的伤疤。

他没有反抗，只目不斜视地对着皇帝低笑。

对极，他是在笑！

金凌从没有听他笑过，这个人的声音永远是冰冷的，便是笑起来，也是冰冷的。不仅冰冷，而且透着无尽的沧桑，就像他已经在这世上兜转了千百世一般，绵绵之间，尽是悲凉，令她情不自禁就生了几分心酸。

"你们不必急着送我上路，我还有话要和皇上说，等说完就走，决不妨碍我投胎时辰的。放手！"

九无擎向左右瞟了一眼押着他的侍卫，他淡淡地嘲了一句，语气依旧不轻不重。

那两个侍卫一看到他那张如厉鬼似的脸孔，面色俱凛，不约而同看向皇帝。

西秦帝已站了起来，挑着线条严厉的下巴，似在等着下话。

两个侍卫松下手劲，却并没有放。

九无擎只好抬头睨向凛然不可犯的皇帝。

而皇帝在看到他这张奇丑无比的脸孔时，似乎触动了什么，杀气腾腾的眉，忽然一皱。

九无擎勾了勾唇线：

"皇上，无擎终日不离公子府，都已经不问朝事，如何还有那本事将您戏耍？无擎一直就被您捏在手心里，稍动一下，就会粉身碎骨，如此境况，怎么您还这么不放心无擎？既然如此，当初您为何还要千方百计留下无擎这条贱命？"

金凌垂头，并非惧怕，只是不想看到他这副被人糟践的模样。在人前，九无擎冷酷而骄傲，在皇帝面前，他卑微而可怜，生与死皆操纵在别人手上，身首异处，那也是眨眼间的事。

看到他如此落魄，她心里的恨，不知不觉消了几分。每个人都有情非得已的时候，有些人生不如死地熬着，必是有他要活下去的理由。

"对于有用的棋子，朕必然重用。可惜你根本就不知悔改。"

一道劲风刮过，皇帝几步稳稳踏来，步履沉沉地站到九无擎跟前，一只苍劲的大手，狠狠地捏起他的下巴，他俯下身子，四目凝对：

"无擎，朕说过，你是世间少有的奇才，若能好好为社稷着想，必成一番伟业，为何你要如此地执迷不悟，非要来弄权，嗯？"

利箭似的眸光，仿似能将人盯穿烧透。

"皇上，凡事要讲证据！"九无擎静静地对视，毫不退缩，"若无证据，您难平天下悠悠众人之口，人证物证俱在，才能断案，您说远智大师已招供，那请远智来对质。无擎自认问心无愧，如何能白白得了这个污名。五年前拓跋弘强加了无擎一个叛国之罪，五年后，换作您来冤枉无擎么？即便冤枉，您也得拿出证据来将这个罪名坐实。若是真从公子府搜出了天盘宝珠，那么，这事即便不是无擎做的，无擎也认了。皇上，您别忘了，天坛的重整修建一直是常王殿下和远一大师安排的，东林也是常王殿下管治的地方，您应该查的是常王，怎么就把无擎这块禁脔给拿起来问罪？"

提到常王时，皇帝的脸色微微变了一下，常王已死，白发人送黑发人，这滋味并不好受，毕竟常王是他儿子。

"皇上，草民也觉得，常王那边的确要查一下。"

金凌不识时务地插了一句话进去，终将皇帝那沉不见底的目光招到了自己身上，那神情，就好像直到刚刚才发现她的存在似的。

"你们以为朕是傻子么？常王怎么可能有那样一份心机？即便有，也是遭人利用了，要不然也不至于会被炸得人不成人，鬼不成鬼！"

皇帝识人还是精准的，一眼就知道常王难成大器。

她也在纳闷，九无擎会不会在暗中利用了常王，东林里的那场爆炸，也许他最终的目的就是把常王和晋王一并炸死，如此才能一劳永逸。只死了一个常王，于九无擎而言，那是一个失败的计划。

"可这并不代表常王没有嫌疑了吧！皇上，远智大师呢？请他上来对质！草民以为，依着九无擎这破破烂烂的身子，好好养着，能活着三五年就已经是件稀罕事，他都来日无多了，至于要弄权吗？再说，指使人盗天盘偷宝珠，对他来说有什么用？又不能保他性命？"

最后一句，也是她最最疑惑的地方。

不知道这句话是不是说到点上了，西秦帝闻言，松下手，任由两个侍卫将九无擎这样扣在手上，不再扬声让他们把人立马拖下去行刑，只冷冷深睇着她。

"你敢替他辩驳？"

语气不善。

"他意图颠覆西秦国，你就不怕同罪？"

这句更凶狠。

金凌轻轻一笑，俊美的脸蛋便如一池秋水在阳光下晃了几晃：

"我与他素昧平生，仅据理力争了几句，就要同罪，皇上，如此以后，天下谋士谁还敢在您跟前说真话？人道是明君，便应广开言路，从谏如流，而不是以势压人，以权噤口。"

虽是跪着，语出则铿锵有力，昂首而无畏。

"哼，好一个公子青。胆子倒是很大！"

这句话阴嗖嗖的。

金凌有点摸不透他是什么意思，正左右寻思，殿门外忽急急扬起一阵脚步声，未得回禀，就冲了进来："父皇，父皇，孩儿有件事要问你！"

拓跋曦一身常袍直闯入殿，看到两个侍卫反手擒拿着九无擎，清水似的笑容，忽戛然而止，一时不相信眼前看到的，如玉的脸孔上渐露惊疑之色：

"怎么了？父皇，干吗将九哥抓起来？"

皇帝瞟了拓跋曦一眼，转身一步步走回自己的龙案前坐下，取了案上的参茶呷了一声，淡淡道：

"曦儿，你九哥若和祈福大会偷盗国宝一事有关，你会如何处理？"

"不可能！"

拓跋曦想都没想，大声否定，而后，飞步冲过去，双手一扫，将两个御前侍卫扫开。

九无擎得了自由，双手因反负得太久，有点不舒服，甩了几下，丑陋的脸低垂着，有意避着金凌的目光。

拓跋曦利索地从地上将面具捡起来，等这些事都做妥了，他才扶着九无擎看向座上的皇帝："九哥怎么可能会做这种事？"

"可远智大师说了，幕后之人就是你九哥！如此祸国祸民的人留着何用？父皇打算斩了他！以绝后患！"

这话，又狠又厉又凶。

拓跋曦呆了好一会儿，眸露狐疑之色："远智大师不是已经服毒自尽了吗？父皇何时听远智大师说过这些话的？曦儿怎不知？"

"初四那天，朕曾见过远智，是远智亲口告诉朕的，只是没料到朕才离开没过久，远智就叫人灭了口，无擎，你好高的手段！"

皇帝目光如明晃晃的冷剑，露着不能掩饰的杀气。

"不可能！那个时候，九哥正在望湖阁替公子青治病！"

皇帝声音犹是响亮地盖过了他的辩说：

"他有的是本事和能耐！"

而后，目光缓缓地自九无擎脸上移到拓跋曦身上：

"曦儿，他瞒着你的事，多着呢！你若这么信他，早晚怎么被他吃了你都不知道！这样的人，怎么可以留在这世上？左右卫，立即把人拖出去！"

"慢着！"

拓跋曦急切地拦在了九无擎跟前，小小的手臂一张，就像一只维护小鸡的母鸡：

"父皇，远智大师已死，除非您能拿出足够的证据证明远智当真这么说过，否则，您绝不能取了九哥的命。这样子太武断了！"

"曦儿，留了他，那是自掘坟墓！"

"不可能，九哥绝不会这种人！"

父子俩，大眼瞪小眼，脸对脸，一个沉沉而怒，一个涨红着小脸，满是倔犟之色，谁也不服谁——这世上，也只有拓跋曦敢如此和皇帝说话，他啊，便是一个被惯得无法无天的孩子！

金凌静静地听着，心下对这拓跋曦又平添了几分好感，这孩子。真啊！要是哪天她看清了他九哥的本来面目，也不知他会伤心成什么样。

正当事情陷入僵局时，沉默了很久的九无擎忽开了口，淡淡道：

"皇上，您不必再为难曦儿。远智与无擎并无多大交情，皇上若想杀我，不必借了远智之口。无擎可在这里起誓，若和祈福大会的事有半分关联，无擎便遭五雷轰顶而死，死后下十八层地狱，并且永世不得翻身。

"皇上，这辈子，无擎能多过一天就是一天，再无其他想法，皇上若怕无擎弄权，大可斩掉无擎，就此了却心患，皇上若还有一丝不忍，就容我留着这口气，有生之年，无擎必然会一心跟随七殿下，若有二心，神人共诛。"

这毒誓，发得倒真是狠。

拓跋曦听得如此毒誓，脸色变了一下，顿时露出了心疼之色，当即跪下：

"父皇，您听到了没有，九哥说了他与祈福大会的事无关，您就饶了他吧！说不定那远智大师临死故意拉个垫背的呢？单单就凭这片面之词，您就要他的命，实在太没天理了。您若斩了九哥，我……我就不做睿王了，我去当和尚。"

哈，这孩子，真是绝。

后半句话令金凌差点笑出声。

"胡闹！"

皇帝气得脸一沉。

拓跋曦气鼓鼓地瞪圆了眼，却是一副很较真的模样："总之，您就是不能斩了九哥，曦儿保证，一定把这案子给破了！曦儿会向您证明，这事肯定和九哥无关。"

皇帝瞟了一眼，脸色这才稍稍缓和了一下，点头道："好，那朕就再留他几天，你若真能查出这案子，朕便饶了他。如若不然，边地生烽火，朕不管远智大师的话是不是属实，只能拿他开刀以儆效尤！"

拓跋曦张了张嘴，想辩，被皇帝狠狠瞪了一眼，终将要辩的话咽了下去。而后，他很不情愿地看向九无擎，为自己不能立即给他洗脱罪名而报以歉然之色。

"九哥，您放心，我一定会把真相查出来的！"

九无擎回以一眸，轻轻道：

"嗯，九哥信你有那本事！"

被人信任是一件很幸福的事，拓跋曦顿时笑开，点头。

金凌小心肝狠狠地抽了一下，心下叹：九无擎，你真是太能装了，实在让人佩服得五体投地。

"公子青，听说你曾在荻国帮助凤王破过几宗离奇怪案是不是？"

皇帝突然把注意力落到金凌身上。

一直静默的金凌回过神，连忙道："只是机缘巧合，凑了一脚。"

"好个机缘巧合，既然这番你正好卷进了这宗案子里，朕想请你协助睿王一起破案，不知你乐不乐意？"

金凌爽快地答应了下来。

当然，这是有原因的。

其实，她知道，皇帝并不是真的想斩九无擎。

从一开始，他就在给九无擎下套：事实上，根本没有所谓远智的招供。

皇帝之所以这么做，原因有两个，第一，他对九无擎是心存怀疑的，蓦地来了这一记敲山震虎，是在吓唬人，如果九无擎稍稍把持不住一点，就会露出狐狸尾巴。

第二个原因，他是想给睿王施恩的机会：皇帝要杀，睿王要救，其最终结果，妥协的必是皇帝，因为他要的是九无擎欠下睿王恩情，如此做法，是想令九无擎更加死心塌地地跟着睿王。

至于为什么会把"青城"也扯进去？

皇帝必是认为九无擎曾救过"青城"，这"青城"又和凤王交好，将这样一个人物拉到睿王身边，一是为了办案，二则是想给睿王培植势力。

最后，九无擎被送进北宫圈禁了起来，皇帝撂下话来：什么时候破案，什么时候放人，若破不了案，九无擎只能死路一条。

金凌离宫，时已近中午，东罗和南城一直在外面等她，九无擎被关一事，他们已知道。

"打算怎么做？"

东罗神情凝重地问她。

金凌眨巴眨巴眼，道："照剧本唱下去呗……"

出来之后，金凌才知道，就在她养伤的那几天，外头发生了两件大事。

第一件事，皇帝封七皇子拓跋曦为睿王，这在西秦史上从来没有过的事；第二件事，皇帝下了圣旨：各亲王，谁破天盘案，谁就继太子之位。西秦国的储位之争，就此拉开帷幕。

二

离开皇宫后，金凌去了一品居，东罗和南城奉九无擎之命，相随金凌身侧，暂时听命这位新主子，助睿王破案。

他们前脚入雅座，后脚，晋王不请自来，还丢下了一句令这两个侍卫坐立不安的话：

"小凌子，既然肯救我，为什么装作不认得我？"

东罗没想这位女主子竟和拓跋弘是旧识，心下不由得一紧，数天前，她为了救拓跋弘差点被炸死，摔死，这一次，他们的公子将所有的赌注都压在了她身上，就不知她能不能对拓跋弘下得狠心去。想到如今公子府的生死存亡，都在她的一念之间，他的太阳穴就突突狂跳，手心里捏了一大把汗。

金凌正在啃骨头，闻言，抬头，正好看到一枚穿着红线的口哨，自他手心弹跳了下来，铮亮铮亮的，在视线里左右摇晃。

"我知道是你！若是寻常人捡了这哨子，保定早扔了，只有你懂它的意义。还把它套在了我脖子上。"

嗯，当时，她应该将这玩意扔掉的，瞧啊，多惹事！

曾经，他是她的朋友，虽是萍水相逢，却做到了生死相托，虽然彼此不知道对方的底细，但是，两个人都以孩子的真性情对待着对方，以至于会在记忆当中留下那么深刻的画面。而今再见，那种感觉重新被翻了出来，只是早已走了味儿。

他已不是当年生活窘迫的他，她也不是那个病入膏肓的她，现在，各有各的立场，各有各的前程，在这样一种微妙的形势里，认，只会被情分牵掣，再有，这个人杀了八无昔，所以，她不会认！

金凌打定主意，眯眯一笑，伸出一只油光光的小手，轻快地弹了一下那只口哨：

"晋王，您在跟我说话吗？真是奇了怪了，我何时救过你的？还有，这玩意是小孩子玩的吧？晋王如今都已经二十好几了，若不是一年年地推迟婚期，只怕老早就和我家倾城妹妹几个娃娃都生养好了，居然还玩这个。晋王这是返老还童了？"

她笑得没心没肺。

这句话令东罗松了一口气，然后，恰到好处地插了一句："晋王爷可能是认错人了！"

拓跋弘面色一沉，盯着她细细端详，那股调皮劲儿，依稀还有着当年的影子，可她却不肯承认。为什么？

转头时，他又睨了一眼东罗，这是九无擎身侧最最倚重的心腹，很显然，她已经和九无擎勾搭成奸，如果她真的是当年的小凌子，想来也已经不是当年的她了，鎵京府发生的种种就是他们合谋之下的结果。

可是，也不对，如果他们是一伙的，在东林，她为何救他？又为何给他吸毒？

拓跋弘将口哨收了起来，转身离去。迟早，他会逼她承认。

金凌默默看了一眼，心头怅然，有点伤感，帝家之争，最是无情，而她已经被卷进了这一场皇权之争，再也回不去。认了又如何，如果立场是对的，曾经的交情只会被残酷的现实撕碎殆尽。

待酒足饭饱，金凌带着东罗、南城踏出一品居，大门口，又有不速之客来扰，不是别人，正是东荻国的凤王，拦住了她的去路，目光深深地盯着她：

"青城，我有话跟你说，关于金博的事，我想我也必须和你说明白。"

这话令金凌浑身一震，心下总算明白，他这么纠缠自己，原来已经知道她是"金凌"，怪不得他看她的眼神是如此的复杂。

她吐出一口气，钻进马车前扔下一句话：

"好，去采月台！"

北城，采月台，地势颇高，有一月阁，四周有层层小流瀑，四季常开的花木繁生，空气芬芳，景致迷人。

"你什么时候知道我身份的？"

倚着廊柱，她淡淡地望着天空。他与她分开那么多年，所谓女大十八变，按理说，应该没有人会认出她。

"在你离开之后！我在你住过的归客楼一号房内发现了一本手札，许是你走得匆忙，无心当中落下的。"

凤烈坐到她身侧，从侧面看着这一张俊美无瑕的脸孔，眼底难掩几丝痴狂。

他不是一个多情的人，却因为儿时的那份温暖，留恋至今。他喜欢这个孩子，自小就喜欢。因为她太会笑，笑起来，比春花还灿烂，眯眯然的样子，是他阴暗生命里的一抹神奇的光亮，腻在怀里那软软的滋味，让他生平第一次感觉到了生命的美。在她母亲秦紫珞，化作凤璎成为游凤国的摄政王之后，他最喜欢窝在她母亲的房里逗弄她，母皇还在世的时候，曾戏语：若是喜欢，长大了，纳作妃子吧！

可没等长大，他们之间就生了裂痕。

"是龙苍第一卷吧？"

她恍然。

自小金凌就养成了写日记的习惯，这习惯来自于母亲。

这些年，她也写了无数日记，习惯性地以一个个文字来记录在失去燕熙以后生活中的点点滴滴。来了龙苍以后，这种习惯并没改掉，随身总是带着一个上锁的玉匣，匣中放的便是她的手札。

只是半年前，离开狄国时，其中一本弄丢了，她找了很多地方没有找到，原来是被他捡了去。

"嗯，是你离九华来到龙苍以后记载的一些零零碎碎。"

字里行间都透露着她对燕熙的思念。

她为燕熙而来。

他知道。

金凌忽然轻轻一笑，满面淡漠化作一抹潋滟的笑，那笑中带着恨和讥讽，转头道："知道了又如何？你可知，那一夜你喝得烂醉，我手中的寒鲛剑差一点就刺进了你的这里。"

她拍拍胸膛处，挑衅的模样，是何等的耀眼，完全不掩饰她心中的怨恨。

"我知道！"

他轻轻道，没有惊到。

"那一夜，我并没有醉！"

只是在装醉。

金凌一怔，继而笑得更深，一抚素手，对空而叹，倒也不意外："我就说嘛，堂堂凤王对人的警惕怎么这么差，原来你一直在试探我，所幸我没有把杀念动到底，想来也是我命不该绝。"

要是那一刻真下了手，照这种情况，吃亏的是自己。

"为什么没有动手？"

这是他知道公子青是金凌以后，最最疑惑的地方。

"因为金博！"

她答了四字，随即深深吐了一口气，心是疼痛的："你说过，你曾养他两年，后来，他被人盗走，这些年，你一直在找他……我想我在龙苍人地生疏，而你却已是这里的堂堂凤烈，与其我杀了你，而后被人追杀再不能在龙苍混下去，倒不如留着你这条命也许更有用。"

"仅仅是这样吗？"

"要不然，你以为我能放过你吗？"

金凌冷冷一笑："你也该明白，我接近你最终的目的，只是为了想报仇，母仇不共戴天！"

凤烈的脸孔微微一黯。

"以后，别再找我。"

没有二话，站起来，往外而去。墨衣飘然，姿态是何等的洒脱，又是何等的决绝。

月阁生冷，影重重。

他想走近，她绝情，曾经的恩怨生生地横在他们中间，哪怕那些事不是他的错，可是，她母亲的死，他终难辞其咎，她唯一的弟弟，也被他弄丢。

他想叫住她，却发现自己只能默默地看着她走出自己的视线，在她翻身上马时，又急急地奔出去，想到自己还有话没有说。

"凌儿，西秦皇宫的事，你别插手！也别和九无擎走得太近，那个人，不怀好心，迟早把你给害了。"

她没有理会，调过马头扬鞭而去。

三

金凌去了玉锦楼，离宫的时候，无意间听拓跋曦说龙奕受伤了，而且伤得很厉害，已经在玉锦楼养了好几天。她听着很诧异，龙奕功夫很好少有敌手，谁能轻易伤他？

天字一号楼，暖香阵阵，皆是紫芜草的气息，挑开水晶帘而去，一道七转珠屏挡了视线，绕过珠屏，往里头一瞧，迤逦低垂的轻纱下，空无一人，正想退出来，背后有一双手臂揽过来抱住了她的柳腰，几乎是一种本能的条件反射，她的胳臂肘狠狠就往他腹部击了下去，那人闷哼一声，就往地上趔坐了下去。

"啊呀，你这死丫头，到底有没有心肝呀，出手这么重，呀，痛死我了！"

一个惨兮兮的叫声响了起来。

金凌连忙回头看，却是龙奕，穿着一身雪白的寝衣倒在地上，她连忙去扶："谁让你偷袭我？活该！"摸到的却是一把鲜红的血，她不由得脸色大变："你怎么伤得这么厉害？"

龙奕的脸色，极度苍白，忍着痛皱着眉心，埋怨起来：

"啧，知道我伤得厉害，还下手这么狠，好不容易才结上的伤疤，全叫你给打裂了……呀呀呀！你干什么你干什么？不行不行不行啊！你这叫非礼，你知道不？怎么可以随随便便脱男子的衣裳，你要是脱了，我这辈子就赖定了你，本少主可是黄花大闺男呢。"

金凌扯他的衣服想检查伤口，这小子却在嘻嘻哈哈地开玩笑，真是死性不改！

"滚。我是大夫，医者父母心，要是看个身体，就要赖上我，这辈子，我得造多少房子来收养你们这些病号。"

雪白的寝衣到底还是被解开了，光滑如玉的胸膛第一次袒露在女子面前，一抹奇异的红潮在龙奕脸上诡异地飘起，莫名其妙地烫了起来。

"天呐，你怎么把自己伤成这样？"

腹部，有一道三寸长的刀伤，伤口极深，原本生痂，此刻又有血汩汩地往外冒。

"金创药在哪里？"

"没事，死不了……呃，好吧，药在抽屉里！"

金凌去把药找来了，扶他往边上坐好，先止血，再上药包扎，然后，替他把寝衣整理好，就像一个体贴的小妻子。龙奕很享受这个过程。有人关心，有人爱护，有一种淡淡的温馨，令他着迷。

"到底发生什么事了？谁伤你的？"

"在我回答你这个问题之前，你得先交代一件事。"

他闲闲倚着，眼底露出疑惑："你什么时候和九无擎混成一伙的？"

看样子，这家伙以为鐄京府发生的事，是她和九无擎合谋办的。

"我跟他仇深似海的，怎么可能是一伙的？"

"可问题是你现在在帮拓跋曦查案。"

"这自然是有原因的，至于什么原因，你别问！"

这话令龙奕有些受伤，从这句话，可以看出，她自始至终将他当做了外人，根本不肯敞开心扉对他掏心挖肺，唉，想要走进她心里，还真是一件大难事。

"龙奕，换你回答。谁能把你伤成这样？"

龙奕捂着疼痛伤口，坐回床头，俊气的脸上是自嘲的笑：

"我自找的！"

"怎么说？"

"那天，你被九无擎带回公子府，我曾夜闯公子府，被拦了下来。后来遇上了传说中的七宿阵，他们使诈，将我拿下，关了我几天，再后来，我逃了出来，和他们打了一架，差点死在他们刀下。昏了几天，事情就这样。"

龙奕简略地说了一下过程，其中的凶险一字未提，末了，神色凝重地看着金凌，严重提醒道：

"琬儿，我想最近发生的种种变故，和煞龙盟有关。至于煞龙盟，必和九无擎有着千丝万缕的联系，你确定你真想搅到他们的权斗漩涡当中去吗？"

四

这天子夜，夜风冷寂。一身夜行衣，金凌飞身进了静馆。

一路疾奔，快如风，这世上几乎没有人能追上她，在暗处监视她的人，只能瞪目结舌地看着她在他们的视线里走丢。这些人，包括皇帝的人，凤烈的人，拓跋弘的人，哼，想必更有九无擎的人。

静馆，湖边小筑，灯火通明，半夜三更的，晏之怎么还没有睡？

才逼近小筑，刀奴便闪了出来，浓浓的夜色铺洒在他身上，看不到任何表情。

"既然来了，就请上去吧！我家主子已恭候多时！"

金凌扯下了面巾，心里虽有所准备，但还是微微惊到了。

她冲刀奴点点头，小筑楼下的门已开，有人走出来，是小丰，看清她时，露出喜色："是姑娘来了！"

金凌微微一笑，朝楼上看了一眼："你家主子还没睡？"

"嗯！主子猜想您今夜可能会来找，一直在房内看书！"

小丰轻笑引路。

金凌疾步上楼。

手未触到门板，门已开，一室明亮的灯光泻了出来，而后，那人淡淡凉凉的脸孔映进了眼。

"大哥！"

她笑扬着唇，似乎只有在他跟前，她才是最最安心的，心也是最最宁静的，被他那凉如月光的眼神那么一扫，心头再多的乱也能抚平，总有一种回到家的感觉，很温暖，很贴心。

可是，这个人，真的可靠吗？

九无擎扯了扯嘴角，将人牵了过来，房里极暖和，而她的手是凉凉的，她倒也不挣脱，似乎这样的牵手最自然不过。本来现在的他该待在北宫，但为了这个案子，他用了替身，再度化身成了晏之。因为他知道她会来找他。

他给她斟了一杯热茶，她笑着接过手："外头真是冷！"

九无擎点头。

金凌小口地喝茶，待身子暖和了一些，才道："大哥知道我为何而来？"

九无擎哪能不知，取过纸笔，写下一行字：

"龙奕不是七宿打伤的！有人冒充七宿在栽赃嫁祸！"

他答得是如此的磊落。

抬眸，神情如远天之浮云，似见底之泉水，是淡泊的，又是清澈的，昂首挺脊间，没有一丝躲闪。

如此促膝而坐，可以看清他一丝一毫的情绪变化。

本有一股浮躁，一股隐恼，在经脉里闹腾，她已努力压抑了一整天，进得房来看到他淡然的脸孔，便宁定了三分，听得这话，又宁定了三分，一些情绪就这么消散了。

金凌想：这人若不是会读心，便是心思深得惊人。光凭她问得直，他答得更直这件事来说，便可看得出他很能驾驭人心。

相交不问出处，各怀各的隐衷。这句话是他曾说过的，今日，他用这一份"直"来告诉她，只要她问，他会一股脑儿直言相告。

若真是真心相交就好了。

她是打心眼里喜欢静馆，喜欢这位新结交的兄长，不希望自己的真心换来的是一片狼子之心。

"栽赃？是什么人干的？"

而且，还要令龙奕以为是敝龙盟的人想置他于死地？

九无擎淡淡摇头，执笔写道：

"对方来头不小。一直想探我的底。三年前，曾有人买江湖第一杀手鬼见愁欲杀我。"

第十八章 储位之争

写到这里时，他抬头瞄了一眼脸色顿变凝重的她，凉淡的眼光流转了一圈，重新落下一行字："小凌子应该早猜到我是谁了是不是？"

他恰到好处地捅破了这层纸，心中所有的疑惑和猜忌，在这一刻得到了证实。

"大哥真是煞龙盟的右派司主？"

她轻轻地问，虽然早就猜到了，心头依旧一震。

九无擎没有一丝犹豫，点头，执笔在纸上又落下一行字："本不该告诉你的，煞龙盟在西秦是一个禁忌，可若不说，你心里必有猜忌。"

这人还真的是很了解她，知道她在猜想什么，所以，不打算再瞒她。

金凌沉默了一下，以一种崭新的目光审视。

这个人，她识得真是不深，越往里面挖，越会觉得他深不可测，就像九无擎一样，表面的温文尔雅真的只是一种伪装罢了。就不知道这样的他，一旦生了杀戮之心，会是怎样一副修罗模样？

她执着茶盏，眯了一下眼，盯着面前这一张淡淡如清风明月似的脸孔，白衣胜雪，是如此的出尘脱俗，似一块不染尘埃的美玉，那么招人喜欢，可他的心思，却是可怕的，他与她结识，必也是另怀用心的，自己却傻傻地钻了进来，突然间，她笑不出来了，也轻松不起来了，心里头只有钝钝的痛，难受！

"别用这种眼神看我！"

九无擎蹙眉写了一句。

"那我该怎么看你？"

她问，语带轻嘲：

"既结兄妹，则同心协力，救困扶危，坦诚相待，互不相欺。这誓约我记得，我待大哥以真诚，大哥待我可也真诚？小妹想问一句，大哥可值得我信任？"

九无擎静静地听着，没有说话。

她淡淡续道："是，我们浮萍聚会，是不该问出处。我也不该怀疑大哥什么的，可镔京城内风云突变，各种利益盘根错节，如今，我被卷进权力之争而无能自拔，只是真没料到这一切原来都是大哥在暗处推波助澜造成的结果。大哥为何蹙眉，难道小妹说错了？大哥敢说自己和九无擎不是一伙的吗？你敢吗？"

最后几句，她的咬音分外的重，以此来表示自己已清楚地知道他们之间有着怎样一层关系。

牢牢地将手上的茶盏捏在手心，如此才有一阵阵暖意传递过来，她紧紧地抓着这一份暖，心里很难过，脑海里想起龙奕说过的话：

"九无擎想谋权篡位，煞龙盟便是他扫除一切的利器！

"九无擎是出了名的阴谋家，十六七岁的时候，就令分疆裂土的诸侯心惊胆战，如今表面上他是一无所有，实际呢，他一直在底下养精蓄锐，一朝突起，西秦国一定会改朝换代。

"琬儿，你应该懂的，与虎谋皮，一朝不慎，必为虎食，你何苦要去蹚这趟浑水？至于那个晏之，更不是好货。"

九无擎有没有害她的心思，她真是看不出来，但是晏之没有，他待她，好得很，那种疼惜是打骨子里发出来的，无法骗人，可他终究还是在暗处动了手脚。

她憎恶九无擎，而喜欢和晏之相处，然而，突然发现让她觉得安全的那个人会是九无擎的同伙，她要如何面对这样一种可笑的现状？

他没有立即回答，显得异常淡静的眸子定定地看着她，她不住地摩挲着茶盏，寂寂的眼底有一圈受伤的神色在晕开。

"我明白了！"

他不答便是答。

她突然黯然一笑，咬咬下唇，笑意渐渐冷下，如凝霜冻结在嘴角上。

"你并不明白！"

重新取了一张白纸，他笔画微潦地写下五个字。

她想了又想，方点头：

"好，权当我什么都不明白，却不知大哥愿不愿为小妹解惑？你肯吗？你跟九无擎是什么关系？你是他的部属，还是他是你的部属？拓跋炎和当今皇帝的先祖有夺位之仇，你和九无擎如此巧布机谋，就是想把皇位夺回来以雪当年之耻是不是？若是事成了，到时，又打算怎样对付拓跋曦这个傀儡？如今已经死了一个常王，你们是不是打算把西秦皇室里的人一个个铲除掉？"

她一连疾发数问，句句问的皆是惊天隐秘！

九无擎脸色有点难堪，神情变得复杂难辨，迟迟没有提笔解释什么，只是无奈地看着一身防备的她，这些事，他真不想让她知道。

"说话啊！义结兄妹时，不是说好了坦诚相待、互不相欺的吗？"

她逼问了一句，脸上的神色，淡了，心头的痛，又深了几分。

九无擎的眉蹙得更深，他闭眸，良久才睁眼，一咬牙，落笔成书：

"很多事，不该告诉你的：我们无意皇位，只一心一意拥护七殿下上位。也许你不信，但是这是真的。因为，七殿下不仅是拓跋跃的儿子，更是炎王之后。煞龙盟左派一支已不复存在，右派一支多年潜伏只为寻找少主遗脉，多年前终于如愿找回，九贵妃便是少主存于这世上的唯一血脉。所以，拓跋曦坐龙椅，当之无愧！如此解释，义妹可满意？"

这个答案，大大出乎她的意料。

可以说，这是非常非常隐晦的内幕。

她读完，一呆，郁色的脸蛋上泛开了层层惊异之色。

他随即将那张写满字迹的纸收了回来，以内力将其压得粉碎。这种事自不能传扬开去。

"当真？"她仰首轻问。

他点头，继而写道："拓跋弘断不能得势，一得势，九贵妃和七殿下必遭毒手。五年前，拓跋弘就曾想加害九贵妃，若不是镇南王力护，早丢了性命。"

这些皆是外人所不知的机密，本不该说与一个什么都不是的外人知道的，若不是他信任着她，这些事，怎么可能如此轻易地和盘托出？

换作是她，也不敢将这些事外泄。

他待她，够诚挚！

那张纸再度在他的手心中化为碎末，似乎揉碎的并不仅仅是纸，更是在揉碎她心头慢慢垒高的戒心。

可是，还有一件事，是她一直耿耿痛心于怀的。

"小妹还想问大哥一件事！"

九无擎点头。

"八无昔——他是什么来历？"

金凌听到有个娇脆的声音在微颤。

这样的紧张，她从未有过。

"请你坦诚地告诉我，别在这件事上对我有任何隐瞒，我想知道八无昔的真实身份。他果是九华人？"

九无擎的目光又闪了一下，并没有动笔告知，而是静静不动。

原本最耐得住性子的她，这个时候，恁是生了急，一分一秒也不想等，急催了一句：

"大哥！请告诉我！"

九无擎瞟以一眼，扶袖执笔，疾书：

"每个太保都有来历，都有故事，除了皇帝，除了他们自己，外人无从知道。九无擎和八无昔是生死之交。八无昔也确是九华人，这是事实。五年前，他意图离开，却卷进公子之乱，后为拓跋弘斩首，这也是事实。"

一个字一个字，神采俊逸地映入眼底，是如此的刺目痛心，她看着，只觉这些字在左右晃动，便若做梦般不真实。

他抬头，见她神情有异，搁笔，担忧地瞅着。

"想来，他说的是真的……也是，若不是真的，他怎么会知道玉佩的事？又怎么独独对我手下留情了？"

她虚虚一笑，笑得很飘忽，以此掩饰心头的不堪及一阵阵冷飕飕的疼痛，紧接着深吸一口气，觉得事情既然都问到这个田地了，那干脆就问到底：

"小妹最后还有一问，大哥如实告知好吗？"

九无擎想了想，依旧点头。

"大哥知道我在公子府发生过什么事，是不是？"

前面问得语气很轻，后面三字则沉沉带着压迫之力。

金凌看到，眼前的这双清凉的黑眸，因为这句话忽而一深，遂然沉默。

不知怎地，她的心竟又抽疼了一下，笑容也变得苍白无力，就如冬日半掩没在乌云背后的太阳，黯淡淡的。谁都受不了自己在意的人和自己恨着的人是同伙，一股憋屈又烧心似的蹿了上来。

鼻子里尽是酸酸的滋味，有些事，她能宽宏大量，能客观而理智地去面对，有些事，她又是小气的，不喜欢被自己在意的人愚弄。

"大哥，等这事完了，我想，我们以后各奔东西，不必再见！"

九无擎脸面一僵，清凉的眼眸顿露悸痛之色，见她起身要走，跟着站起，长臂一捞，拉住她，以眼神示意她先别急着走。

她投以一眼，平息着自己的激动情绪。

他松手，执笔写道：

"真的非得因为他和我疏离吗？凌儿，愚兄保证他活不长的，愚兄也不是偏袒他，只想恳请你，暂且留他一条性命可好？时候到了，不用你收拾，他也会遭报应的，真的，他会遭报应的！"

他把"报应"两字，写得格外的有力，抬眸而睇，清逸的脸孔落着点点悲痛之色。

那种痛，若非发自内心，绝难演绎出来。

她看着，也是一痛。

"凌儿，你便这样狠心么？一旦犯了错，便不认我这个义兄了么？愚兄性情淡淡，极少遇得合意之人。这世上，千金易得，知己难求，愚兄别无所求，只愿与你相交，你心中真要与我恩断义绝吗？"

"大哥！"

她哑着声音叫了一声，分不清嘴里是什么滋味，声音有点惨兮兮。她从不曾在外人面前显示自己的脆弱，更不愿意如此断了交情。

若换作是别人，她早冷着脸对他大打出手。

只要前后那么一联系，就会觉得自己是个跳梁小丑，整日里被他们愚弄在手掌心上。

想这二人，一个欺凌她，一个来安抚她，一个千方百计算计她，一个诚心诚意来结交她，一邪一正，一阴一阳，将她玩得团团转，不恼，那是神仙。

"大哥真值得我相信吗？凌儿也很少倾心与人结交。"

她撇了撇嘴，低下头，重新端起杯茶，胡乱地喝了一口，茶已凉下，她心，也难受。

耳边，低低一叹，手臂轻轻一勾，他将她揽进怀，一手紧紧地圈着她，一手轻轻地拍着她的肩，她微微有所抗拒，却最终沉沦在那浓浓的药香里。

她在他怀里寻到一种名叫"安谧"的滋味。

既安全而又宁静！

他是除却"熙哥哥"之外，唯一可以给她这份感觉的人。

可是，他又是九无擎的同伙。

须臾，他放开了她。

"别生愚兄的气，可好？拉个勾勾，以后，我们还是好兄妹，只要愚兄活着一天，定会好好照看你一天。愚兄绝不负你所信。"

他写了一行字，拿给她看，小心谨慎地瞄着她，还伸出了一根修长的小手指。

这举动，有点稚气，小的时候，她倒是常用这一招去向熙哥哥讨饶，如今，在一个成年男子身上看到这样一个举止，令她的心，顿时一软。是，她知道男人的话，多半不可信，尤其是一个居心叵测的男人。

晏之身藏强大的力量，这样一个人，比九无擎还要可怕，温柔一刀，最是断肠，亲人射来的箭，更令人防不胜防。

可是，她真的感觉不到他的恶意，那样诚挚的眼神，孩子式的求饶方式，一步步攻陷上来，令她丢盔弃甲。

她不觉抖了抖嘴角，犹豫的眸子里，跳进了一团亮色，这亮色渐渐拉大，便有一声轻笑溢了出来，而后，笑声渐大，不愉快的情绪便这样随着笑声，烟消云散了。

"大哥，你还真当我是小孩子啊，玩这个！"

她终含了笑，往他左肩上狠狠击了一下。

晏之微一皱剑眉，以手掌抚上她击打过的地方，而后，眨眨眼，薄薄的唇片上就缓缓弯起了一道弧，那是一抹若隐若现的笑容。

"好吧！那就一言为定，从此再不相欺！"

她点头，别人待她以真心，她必也还其真意。她便赌这一回，也信他一回。

因为这话，晏之俊逸的脸孔上，顿时涣开一道亮丽的喜悦之色，紧接着，他又给了她一个大大的拥抱。啧，这人，还真抱她上瘾了。

她在心里小声地咕哝着，但并不再抗拒这样的拥抱。

九无擎也懂得适可而止，很快就放开她，伸手轻轻敲了敲她细致的额头，那是他宠溺她的表现。那张淡然的脸上没有深深的笑脸，可眉儿弯弯，唇儿弯弯，证实他此刻极为开心，令她也不觉抿嘴而笑，忽然觉得懂得宽恕，会得到更多。

这一夜，金凌并没有在静馆多留。

临走前，她和晏之讨论了一下有关谁会是那个借刀杀人的黑手，她以为，这黑手，和在桃林里杀死龙域诸个嬷嬷的那人，必是同一个人。另外，她小小发了一顿牢骚，诅咒九无擎拿住了鬼见愁来威胁。当初，她不明白鬼见愁怎会被九无擎给拿住，如今，原因算是清楚了。

晏之跟她说："无擎不会为难鬼见愁，并且还想借助鬼见愁把幕后之人给揪出来！百晓生已死，有人却在冒充百晓生故意试探我的底，并且试图想让龙奕和我们的人势成水火，这个人，很可怕。"

金凌则告诉晏之，她已经和龙奕说了百晓生已死这件事，那家伙也已经命人着手去查看到底是谁在暗处使这鬼伎俩。

待到月影西至，她趁着夜色离去，他独立风中相送，心底，既欣慰，又疼痛。

他总归是没有向她坦诚，要是有朝一日，她知道他其实就是欺她辱她的九无擎，那她会是何等的愤怒？

那样一个设想，他真不敢想象，现在，他只能走一步算一步。

五

这天夜里。皇宫。未央宫。

床帷低垂，紫金鹤炉内，檀香袅袅。

御林军统领周沛跪正在叩禀各方人马的动向。

"九公子睡了！睡前自己配着药，亲手熬了一盅汤，又和七殿下下了一盘棋。"

"七殿下呢？回永寿宫了？"

"是！"

"燕青城今天一天都干了什么事？"

"公子青离宫后和晋王在一品居吃了一顿饭，看样子，晋王似认得这个公子青的！饭后，凤王来访，携公子青去了月阁叙旧，不欢而散！下午，去了玉锦楼。宿于天字二号房。天黑后，有人夜出玉锦楼，身形极快，无人能追。"

皇帝眯了一下眼："可查清是谁出去了？"

"未知！"

周统领汗颜低头："那人的轻功实在厉害！"

"当时，青城在何处？"

"他与龙少主及云太子聚于房内吃酒。公子府两个侍卫一直守在那里！龙少主的玄影和青影也寸步未离！"

皇帝哼了一声。

"晋王在干什么？"

"下午曾到过鐆京府和诸大人讨论案情，晚上回府后独睡未出。"

"凤烈呢？"

"自月阁归来，凤王将自己关在行宫。闭门不出。没有动静！"

皇帝点点头，挥挥手，示意他退下，等人走远，又唤住："派人好生护着睿王一些，这孩子，终究是嫩了一些，认定的事，一根筋走到底，真像他娘。"

周统领应了一声。

皇帝静坐凤榻之上，低头，细细把玩着女子柔软的发，威慑冷峻的脸庞上，挂满落寞之色，嘴里，低低地在喃语：

"九儿，你什么时候才能醒来，我好累，真想再和你出去走走，哪怕只是敷衍我也行。九儿，你有所不知啊，现在，那些孩子人都大了，一个个都不让我省心，一个个都盯着这张皇位。

九儿，无擎这孩子越来越难缠。他的翅膀硬了，心思太难测了，你说，我是该折了他的翅膀，让他乖乖地守在曦儿身边，还是赠他三尺白绫，直接送他去极乐？

九儿，我这么想，你一定又会恨我的是不是？其实我觉得，他这样活着累，我也跟着受累，日防夜防，家贼最是难防，倒不如，唉……

是，我知道，他做的一切不是为了他自己，他在为你和曦儿谋，也是在为他和你在谋，他想当权把你带回去。

不行的！什么事，我都能答应你，独独这件事不行！

九儿，最近发生了这么多事，表面看杂乱无章，实际上呢，我知道是谁干的，只是没有证据罢了。也是不忍心对他下杀手，无擎真是一个聪明的孩子，若是我的儿子，这座江山，我一定给他，可偏偏他是孽种。瞧瞧啊，他没有出面，就能把事儿整得这么大，要是他真大打出手了，还了得么？

家和万事兴，家败天下倾，果然如此。现在，咱们来看看你的儿子怎么来收场！"

六

这天夜里。晋王府。

拓跋弘一直独坐书房,桌案上,放着几宗调查资料,抚着那枚铮亮的哨子。

资料显示,慕倾城被掳、祈福圣物被盗、东林连环爆炸、慕倾城神秘乍现,皆与九无擎无关。所有事发现场,都没有公子府任何足迹。至于镔京府事件,九无擎虽牵扯在内,但如今棺木已焚,尸体已毁,即便有怀疑,也没证据来证明什么。

在拓跋弘看来,这一切和九无擎脱不了干系。

"王爷!"

正思量,平叔走了进来,手上端着一个瓷盅:"还没睡?来,吃碗夜宵吧!"

"嗯,平叔,您先去睡吧,我还不想睡,正想事,很多事,想不通。"

拓跋弘嘘了一口,仰头靠在桌子上,瞪着当头那雕梁上。

平叔温和一笑,将瓷盅放下,上去拍拍他的肩:"想不通就别想了,吃点东西回房歇着去吧!不要为了案子伤了身子!"

有器皿撞击的声音响起,平叔盛了一碗雪莲羹递过来,拓跋弘接过,虽不饿,还是三两口吃完了。

"早些睡!好好保养自己的身子,你都没给你皇后娘娘生养小孙孙呢!"顿了一下,他想到了什么,又接着说道,"王爷,等这件事了结,先成个家吧!把慕倾城娶了,有利无害,再添几个小世子小小姐,我这把老骨头,便是死了,也无憾了!"

拓跋弘心头一暖,回头看,见平叔一脸憧憬,神色有些憨憨,连脸上的疤也变得漂亮了。这些年,平叔帮他管理着王府,而容伯则替他训练着死士,他们是他身边唯一的亲人。

"若不能坐上太子之位,登临帝座,娶妻生子,只会害了他们。"

所以,这帝位,他势在必得!

这句话打破了平叔的幻想。

"会的!除了你,谁也没那资格坐上那皇位。皇后在天之灵一定会保佑你!到时,必要将那狐狸精碎尸万段,以祭你母妃之灵!"

平叔沉沉道。

母亲是怎么个模样,拓跋弘只见过画像。如今他早过了需要母亲疼爱的年纪,可自幼吃过的苦,他是刻骨记得的,只要闭上眼,曾经的屈辱便若刚刚发生,时时蹿进梦里提醒他,不可淡忘。

"有件事,不知你还记不记得?"

平叔突然问了一个问题,引起了拓跋弘的注意。

"何事?"

"五年前,公子府祸乱前,也就是九无擎班师回朝时,他曾失踪过几天!当时军医说他病了,其实根据阿容的回报,他不是病了,而是趁机偷溜了几天!"

"嗯,这事,我知道!"

"五年前,我们查不出他到底去了哪里,如今查出来了!"

"哦？他去哪了？"

"他曾在死亡谷附近走失了三天！"

"死亡谷？那是什么地方？"

"据传闻，煞龙盟左右派分裂之后，其中一支人马走进了那里，从此销声匿迹。"

拓跋弘心头一动，目光霍然一利，骇然，惊跳而起：

"不好，九无擎和煞龙盟是一伙的！"

这一夜，行宫。

凤烈发出了十三只信鸽，十三道命令一字不差：查九贵妃和九无擎的来龙去脉。鸽未出皇城，全部被射杀。

这一夜，玉锦楼，天字一号房。

墨景天和龙奕及"公子青"三人对酌到午夜，时有朗朗笑声传出。

这一夜，睿王拓跋曦其实并不在永寿宫，而是去了御书房。那边有一个暗道，直通宫外。

七

第二天，金凌在錄京府看到白衣飘飘的晏之，昨夜，他曾提过，他已经答应秦帝协助睿王破案，她进去时，就看到他正用文字和拓跋曦说话，听得有人来，转头淡淡冲她眨了一下眼，阳光照在他身上，他的笑脸显得那么的柔软而迷人。

一大早看到晏之，以及拓跋曦，金凌的心情就特别的愉悦，虽然觉得有些滑稽，作案凶手竟成查案之人，但政治，就是这样虚虚实实一盘棋。她被卷在其中，那就只能用心布局，走好自己的路，只为最后的胜利。

一连七天时间，他们紧锣密鼓地查着案子。

渐渐地，金凌才发现案件的真实状况原比她想象的复杂，从而进一步证明：九无擎是一只不折不扣的千年狐狸，每一步计划的实行，他都将自己及公子府撇到了是非之外。

明明所有事件，都是他策划的，但是，所有事情，他都没有沾边——这就是他的高明所在。

根据这几天的查探，金凌发现公子府的人当真没有插手其中，九无擎的存在只是起了一个引导的作用，真正在实施这个计划的是煞龙盟那个庞大的体系。

经过几代人的渗透，煞龙盟右派一系栽培出来的人，已经在不知不觉中渗透进整个錄京城的各行各业，后又借着九无擎曾经在官府中的人脉关系，已逐渐侵入各大王府权贵的内部。

所以，金凌可以用人头打赌，这桩案子，一旦拎出一个头，会有不少朝臣被波及。

果然，在远智大师的死讯传出以后，一个临终"黑名单"令很多牵涉其中的朝臣坐定不安。

等皇帝亲审过一堂，有些事情已经渐渐浮出水面，而一些被卷在风暴里的人，开始自乱阵脚。

二月十二日，錄京府内。

入夜时分，街上鲜少有人走动，王府街上一片冷寂，只有更夫和夜巡的城卫偶尔走过。

夜色越来越浓，也越来越冷肃，只有风呼呼地吹着。

从远到近，一阵沉而急的马蹄声打破夜的宁静，街道上，一前一后两骑飞驰而过。

当空，月色淡淡，又有重重黑云压顶，将那片澄澈的月光掩去了七七八八，寒风狂啸，疏影如魅，但观天象，风雨欲来。

来到毓王府门前，拓跋弘下得青骢马，拍拍其头，瞄了一眼马颈上那枚哨子，朱红的大门口，林总管已行色匆匆地上前来牵马缰。

"老三在哪？"

"回四爷，三爷在书房，正急着……"

至于急什么，未说明。

拓跋弘穿着一身寻常藏青色锦袍，披着一件袭氅，抬头看了一眼那怪异得不像话的夜空，点点头，一径入得内院，无须通报。

身后，安青紧紧相随。

近书房，便听得房内有女子狂笑声传出来，更有男人疯了似的咆哮声，书房四周，侍着不少毓王的心腹，一副如临大敌的模样。

一种不好的预感蹿进拓跋弘心头，他急忙加快步子，拾阶而上，推门进去，安青候立于门口，未跟。

进门，女子刺耳的笑声越发地响亮，拓跋弘看到拓跋轩的脸杀气腾腾，右脚狠狠踩在一个满身是血的女子身上。

那女子身上衣裳尽是污浊，原本极漂亮的小脸尽数破了相，正嗞嗞地冒着血，花了。

拓跋弘认得的，她是三皇兄身边最最得宠的一个小姬名叫晴秋，当初得来颇费周折，是个寡妇，三皇兄可不理会这份晦气，平常时候，真真是把她当宝贝一般疼着的，今日，这是怎么了？竟疯子似的拿一个女人出气？更叫人觉得毛骨悚然的是这女子在狂笑：

"拓跋轩，你会不得好死的。杀吧，杀吧！杀了我，阴曹地府里，有我便有你，我早就不想活了，死了才干净。"

受了刺激的拓跋轩，轮起手上的凳子就要往她脸上砸下去，拓跋弘抢上一步，皱眉厉喝："你疯了是不是，夫妻俩做什么闹得这么僵？"

虽说只是一个位份不高的姬妾，可他知道，三哥是将她当做妻子来看的。

拓跋轩抬起来的那张脸，是扭曲的，他手指发颤，点着地上之人，怒极而叫：

"弘弟，我悔不该不听你的话，怎就惹上了她这个祸害，对极了，这女人就是个祸害，枉费我待她这么好，她竟反咬我一口。"

拓跋弘听着心头一紧。

晴秋倒在血泊里仰天大笑，就好像听到了一个天大的笑话一般，扶桌而起，身子是摇摇晃晃的，咬牙吼着：

"拓跋轩，你根本就不是人，时至今日，你还说你待我那叫好？"

拓跋轩一下赤红了眼，拍着自己的胸脯直叫：

"难道我还待你好不够吗？穿的是绫罗绸缎，吃的是山珍海味，住的是雕梁华屋，平日里，我是夜夜宿于你处，把你当做珍宝似的捧在手心里，整个王府，除了王妃，以你为大，你还要怎样？"

"可你害我夫君，你害我夫君……你害死他了！"

晴秋厉声叱断，沾满血水的玉脸迸射着浓浓的恨意：

"你的手上沾满了我夫君的血，表面上，你大仁大义，实际上呢，你夺人妻，践人命，你根本就是一个卑鄙小人，还有你，晋王爷，你是他的帮凶，人人都道你是仁义之主，我看你也不过如此，处处护短，处处包庇，你们根本就是蛇鼠一窝。"

说到最后，她话锋一转，手指狠狠地指着拓跋弘，露出憎恨之色。

拓跋弘拧紧眉，没有辩驳。

拓跋轩则脸色霍然一变，上去一把抓住晴秋的衣襟，吼："谁告诉你是我害死他的？谁？"

"若要人不知，除非己莫为，拓跋轩，你害了我夫君，我就让你以及你的孩子通通为他陪葬。"

"闭嘴，我没害他，是软脚蟹自己一头撞死的！好啊，好极，你便是为了那个该死的男人来害我？骆晴秋，你知不知道你这样做害死多少人？又要连累多少人？"

晴秋决绝而笑，脸上又是血又是泪：

"你罪有应得的，命人偷天盘盗宝珠，炸死了那么多人，你死有余辜。"

"住口！"

拓跋轩听她吼出这么一桩不可告人的事，脸立即大变，扑上去，死死按住了女人的嘴和鼻子。

骆晴秋呜呜地直叫，眼珠子白了几下，终于晕死了过去。

房内回响着拓跋轩如牛般的粗喘声，额头大汗在嗞嗞冒出来，他脱力地倒地，无措地抹了一把脸，却发现手上全是血。

那句话，令拓跋弘不觉一惊，疾步上去将人拎起来："怎么回事？难不成你和这件事，也生着一些我不知道的瓜葛？说话！"

他却扑通一下跪倒在地：

"四皇弟，我中了别人的计了。"

中计？

拓跋弘眯起眼，联想到这几天发生的事，眼神顿时变得骇然。

"你他妈给我站起来把话说清楚？这件事，怎么越弄越邪乎？之前什么也查不出来，现在越查越离谱！"

他沉声一喝，眼皮突突地在乱跳，心也跟着怦怦地乱跳。

拓跋轩困难地咽了一口口水，呼吸是粗浊的：

"天盘和宝珠，是我让人盗的，我本想借刀杀人，乱中取胜，既干了拓跋弦，又帮你制造了一个立功的机会，不想，螳螂捕蝉，黄雀在后，竟踩进了别人的陷阱里。"

"你说什么？"

拓跋弘倒吸了一口冷气，目光暴射，但见得眼前之人，有几束发自玉冠中滑了下来，脸上也沾了不少血渍——他来来回回抹着自己的脸，双手直颤着，直把好端端一张脸抹得一片血淋。

拓跋轩喘一口气，定了定神，这才一步步把自己干过的事和盘托出：

"拓跋弦在福池暗修地室的事，我是知道的，我本想告诉你，说这是一次除掉拓跋弦的最好时机。那时，拓跋弦身边正好有我安插的人，工匠之中又有鲁经的族兄在里头。他说，可以暗中在地室内多设一道机关，乱了祈福大会，趁玉盘沉底时，炸了天坛，盗了天盘，借机除掉常王，嫁祸九无擎，将这二人连根拔掉。

"初听这个构想时，我觉得此计太过凶险，后来思来想去，觉得还是值得一试的。

"这计划，我原是打算跟你说的，一起合计着办，鲁经劝我别说，他说，多一人知道就多一分风险。

"我想想也是，就没说。

"可我万没料大会那天，东西是盗了出来，计划却完全走了样儿。

"四皇弟，我跟你说，东林那边埋雷的事也是我预先布置的，目的只是想趁乱将拓跋弦引去那里，再把拓跋曦也骗过去，一并炸了，不想却把你也困了进去。

"还有，石林阵那边竟藏着杀机，对此，我当真是一无所知的。

"那天，我利用拓跋弦所挖的地道行偷盗之事，东林那边，却是有人在利用我，玩了一票借刀杀人——不光要杀常王，更想置你和七弟于死地。

"现在，我完全可以肯定鲁经是细作。

"你昏迷那几天，我曾四处找鲁经！可怎么也找不到！

"那几件宝物均被人占为己有，而鲁经则彻底消失。

"四皇弟，我栽了，真是栽了！"

一口气将这事一五一十说了，没有歇了一下，那语气又急、又恨、又怒、又悔不当初。

"砰！"

拓跋弘气极地将人踹了出去，又上去将人揪起来："妈的，这么大的事，你怎么就不跟我商量一下擅自动手？还有，那么多的地雷手雷，你哪来的？哪弄来的？"

拓跋轩闷哼了一声，摔痛了，头也被他抓晕了，等回过神，换了一口气，才答道：

"是鲁经和几个沧商买的。那沧商说这玩意儿，是他从东边偷偷弄出来的，就十几个，花了我一万金。我让人将这些东西全埋在东林，拓跋弦走过的那片地儿，是我的埋雷区，范围极小的。可那日，整个东林都在爆炸。

想到那天东林轰隆隆四下里炸开的场景，他心有余悸，当下，不由自主地惊喘了一下，然后，咽了一口唾沫，严正说明：

"四皇弟，那些不是我埋的，真不是。埋雷的地方，我原想跟你说的，鲁经坚持不让我提，说：晋王仁义，这么做，会死不少人，太冒风险，晋王若不同意，这事就做不下去，那么先前的事，都白忙活了。

"我想，也是，以为这风险由我一个人担着就好，我欠四皇弟太多恩情，在太子之位上，一定要力挺你到底。

"我没料到会是这样一个结果。没吃到羊肉，还沾了一嘴膻腥，不光为人作嫁衣，还把自己赔了进去。"

终于，拓跋轩说完了，拓跋弘也听了个明白，两个人，大眼对小眼，呼哧呼哧地吸着气，心情都颤抖着。

的确，好高明的计谋，一箭数雕，太巧妙了。

"她又是怎么回事？"

指着地上昏沉的姬妾，拓跋弘沉声问。

若不是发生了天大的事，三皇兄断不可能对骆晴秋下如此重的毒手，这女人，现在正怀着他的孩子，拓跋轩不像九无擎那般无情无义，连自己的亲骨肉都下得了手。

拓跋轩的目光也落到了地上，那张脸再也不是明艳讨喜的脸，他心头一痛，咬牙恨叫：

"她该死！她想弄死我，把我划定的雷区图给泄了出去。那张纸是我亲手所画，有我的笔迹，当时忘了毁掉，竟叫她得了去。就在之前不久，她让小菊把地图送了出去，如今，极有可能已落到拓跋曦手上。四皇弟，你是不知道，若不是我回来时正好看到小菊从偏门鬼鬼祟祟地想溜进来，兴许明儿个，毓王府被抄了家，我还不知道自己是怎么死的。所幸发现及时，我做了设防，已派了人出去，兵分几路，一路去查探拓跋曦现在何处，另几路分别埋伏在拓跋曦回宫的必经之路，只要瞧见他经过，就立取他性命。这么布完局后，我就马上让人把你请了过来。四皇弟，这件事，你说要怎么办才好……我已经没主意了，真是乱了。只要那图到了父皇面前，我是必死了，只怕到时还会连累了四皇弟。所以，我急死了，真是急死了，四皇弟！"

他是越说越急，越说越慌，紧紧地揪住拓跋弘的衣裳，又懊恨地甩开，扒着头发直揪。

怎么办？

他怎么知道要怎么办？

这事，来得是如此的突然……

拓跋弘闭了闭眼，思绪早已纷乱如麻。

"到今时今日，你才把这些捅出来，你笨啊！为什么不早点告诉我？"

真想狠狠打他一顿，这小子，平时聪明得紧，这番怎么犯了这么一件可怕的事？

"起来，把事情原原本本给我说个明白！"

拓跋弘吼了一句。

不错，这几天，案子有了突飞猛进的进展，可是查探出来的事实，却大大出乎拓跋弘的意料之外，一切和他的预想完全不合拍。

祈福大乱之后，官府就将福寺的一干人等全部收押，过堂审问，从住持到小沙弥，一个个单独审讯，没有任何破绽。

当时的情况是，福池的重整是常王负责督办的，可常王已死，死无对证，根本找不到有用的线索往下查。

父皇也曾授令镱京府搜过常王府邸，无所发现。

而后，官府开始查修池工匠，结果那些人失踪的失踪，病死的病死。

如此查了几天，无果。父皇生了急。

七天前，他在朝堂上当众封拓跋曦为睿王，让他从此随侍朝堂听政，并宣布一道圣旨：

"家国兴亡，匹夫有责，而太子之位悬空日久，须及早定下，以安民心，今朕之五子个个皆非嫡出,但都有伟才奇谋,今国逢大劫,谁若破了此劫,谁便是秦之储君。"

拓跋弘觉得,父皇这道指令,明着看,很公平公正,暗着看,却是在为七皇弟铺路。

当然,到底最后会如何,还得各看自己的本事,于他而言,也算是一个机会。

五天前,案情有了转折。

那日,刑部过堂,福寺一个管桃园的小和尚,经不住那顿烙刑,终于哭叫着招供,说:

"这事是常王干的。福池底下的地室及逃生地道,都是常王在修整福池时,偷偷挖造的。知道的人不多,远智大师和四个玄字辈师兄亲自监督此事,这事是小僧夜间出恭无意间发现的。"

当夜,那四个经过几番过堂不曾吐露半字的玄字辈和尚咬破牙中毒,自尽。

当夜,帝大怒,再度搜查常王府,衙役不经意间发现一处密室,进而搜,找到福寺地室构架图数张,从雏形到定型一应具备,藏于暗格之中,上有常王批谕,经鉴证,确为常王亲手笔迹。

当夜,帝亲审常王府诸多食客,严刑拷打,终有人爆出常王曾私下秘密会见江湖第一谋士徐淼,来来回回足有五次之多。徐淼不肯出山,却和常王相谈甚欢,回来后,常王曾多日推病于府,足不出户。

当夜,帝令人至兴县捉拿徐淼,回报,徐淼逃逸不知所终,只在其房中暗室找到数封与常王交往的信函,证实地室的确为常王叫人督造。

可从来往的书信所表露的意思来看,常王秘密造地室,并不是想要盗宝,而是因为天坛曾一度要倒塌,于是,他根据三角定位原理,在地底下暗造这三间小室,铸以铁柱以固其位。所以,福池底下,总共有一间大地室,三间小暗室,一条通道直通桃园。

天坛构架不稳这个隐患,由来不是一天两天,虽每番祈福前期,都会修葺,依旧敌不过长年累月的风雨侵蚀。

常王受命督办此事后,曾让人勘测,后发现,天坛底座裂痕极为厉害,几个带福字的龙形底架更因为施工不当而出现严重破损。

常王原想禀明皇帝这事,有个叫张量的谋士阻止他说:

"重修天坛的确需要一两年工夫,如今,祈福会期在即,耽误了时候,皇上必然大怒。王爷难得有机会在帝前得了这般大用,若把事情办砸,便是给晋王得了便宜。倒不如另寻他法。听说那江湖第一谋士徐淼极懂建造之理,可去问之一二。量以为,即便要重修天坛,也要暗中进行。福池已有上千年历史,若在王爷手上出了岔子,便会失了福分,天下万民生忧不说,皇上更会不悦……如今太子之位还没有定下,您万不能坏了自己的前程。"

这常王邀功心切,听了张量之计,会面江湖第一谋士,那人就这般那般地教了他一番。

回京后,他就雇了一些能工巧匠,派心腹之人看着,入夜开工,四个半月时候,挖了一条暗道,在福池底下,暗建地室,地面上,拉固三角线以定位。有断裂地方,则在表面略作修铸,如此这般将一切粉饰得太太平平。

这些秘事,是后来常王府一个名为关顺的食客,在张量"离奇"死亡后,实在经不起官府里的人四处搜捕,折回镖京府举报所得,如此一来,事情才终于昭明天下。

其实,拓跋弘觉得这番说辞,大有不通之处,拓跋弦若单单是为了巩固天坛根基,大不必如此作为,也许,他是有别的意图在里头的。至于,他真正的目的到底是什么,人已死,无从查知。

但有一点是可以肯定的,他被利用了。

他万万没有想到,不仅拓跋弦被人利用了,就连拓跋轩也在这件事上遭了暗算。

听完了拓跋轩的叙述,拓跋弘再一次暗叹那背后之人手段之高,如此迂回地借刀杀人,真是见所未见。

首先,想要说动拓跋弦走这步险棋,便是一个大工程,而说服远智大师一起合谋,便是一件难如登天的事。

想这远智大师,乃是福寺的住持,有名有望,实在没有理由去做这种暗修地室的事。除非他有什么把柄落在常王手上,又或者说远智大师本就是常王的人。

当然,也有另一种可能,那就是:远智本身就是一个细作。

其次,这件事还要让拓跋轩安插在拓跋弦身边的暗人知道,知道仅仅只是一个开始,最重要的是必须有人鼓动拓跋轩动这份心思,而且还要令拓跋轩瞒了他拓跋弘:若没有十足的口才和本事,想让向来谨慎的拓跋轩上这个当是万万不能的,所以,失踪的鲁经必也是一个细作。

再次,东林爆炸一事,三皇兄的目的是想把拓跋弦炸死,再嫁祸给九无擎。这个计划,他必是谋算好的,所以才能如愿地炸死了拓跋弦,可是嫁祸一计却失了策,真正被嫁祸的反成了他自己。

对极,那背后的人,不光想要炸拓跋弦,更想置他拓跋弘于死地,要是事成,朝中派人查办,最终的结果就是:拓跋轩会被指证为罪魁祸首。

而事实上,这事儿,他的确做了。证据一落实,就逃不掉这个罪名。

如此一来,帝驾前六个亲王直接就被废了三个,剩余三个,拓跋臻无心帝位,拓跋桓没那份能耐,拓跋曦年纪尚幼。在这种情况下,储君之位也许可以再保留上几年,又或许,父皇可以直接将拓跋曦推上储君之位。当然,在之前,也许父皇可以给拓跋曦上位找一个光明正大的理由。毕竟拓跋曦最年幼,无论是按长幼之序,还是按才德功勋,他都没那个资格越过他的哥哥们而一跃坐上储君之位。

比如说,最终会是拓跋曦破了这个案子,找回宝物,如此,稳坐太子之位,便是当之无愧,便是顺理成章。

纵观这一盘棋,一个个棋子布下来,只要一子出了差错,就会全盘颠覆。

谁有那本事能在皇城里布下这么一局,而令旁人无从察觉?

书房内,拓跋弘捏着眉心,震惊事件的真相竟是如此的复杂。

"先前,我以为,这一切全是九无擎所为,如今看来,并非如此!"

有些事,拓跋弘还想不通,但这个坚信已经在心中慢慢动摇,并且生出了另一种令他发冷心寒的设想。

"若不是他,谁能有这种谋划?"

拓跋轩也是这么想的。

"想要在父皇的眼皮底下设这样一个局,光造一个地室几个月不被发现就是一件不可思议的事,除非他故意视而不见!"

拓跋弘越想越觉得有这个可能，目光顿时迸出沉痛之色：

"三皇兄，你别忘了，比起九无擎，还有一个人更懂谋划！"

如此一点破，拓跋轩一惊，背上不觉冷汗涔涔，连呼吸都一下紧窒：

"你是说……父……父皇！"

兄弟二人彼此对视了一眼，皆看到了对方眼底的震惊与不信。

"为了拓跋曦，父皇什么事都能做得出来。就好像二十几年前，他为了九夫人生的那个儿子，力排众议，用两个嫡子去交换是一样的道理。"

满嘴的苦涩，难以尽诉。因为他便是其中一个幸存于世的嫡子。

空气凝重而压抑，拓跋弘紧紧地捏着自己的拳头，新仇加旧恨：父皇，你怎忍心，为了成全一个儿子，而要让其他人一起陪葬！

"可是，不对啊，若这是父皇设的局，他所做种种无非是为七皇弟，但那夜，七皇弟曾冒险进林救你，差点也死在了石林阵。"

拓跋轩的这问，考虑到了他刚刚没想到的问题，于是，那已定型的真相又被打乱……

拓跋弘以为，从九无擎刻意隐瞒公子青是女子，以及用棺木来暗度陈仓这件事来说，那个事显示出在是非之外的人，分明也是一只黑手！

难道这一切是皇帝和九无擎联合演的一场戏？

拓跋弘百思难解其中奥妙。

"谁？"

二人正苦苦思量，窗外，忽有人急喝一声，是安青在喝，紧接着外头一阵脚步声凌乱而起。

房里的这二人不由得脸色大变，有人潜藏附近，而他们无所察觉。想到他们刚刚说到的，尽是掉脑袋的大事，二人不敢有丝毫马虎，一先一后，疾飞而出。

黑漆漆的园子里，月光阴淡淡的，冷风急卷，叮当作响的刀剑声传来，有一个清朗的声音急切响起：

"快走，我挡着，你去搬救兵！"

这声音既陌生又耳熟。

拓跋弘的心紧了一下：竟是公子青暗访毓王府！

等等，她又是在喝令谁去搬救兵？

飞步出了廊道，就见十几个侍卫围着一道修长的身影，不是别人，正是青城。

说时迟，那时快，另一个瘦小的黑影在她话音落下后，就在一片刀光剑影中腾空飞檐而去。

众个侍卫想追而拦之，青城公子纵飞反截，一招幻百式，打得众个功夫一等一好的侍卫遍地开花。

拓跋弘心头惊了一下。

"不好，逃出去的好像是拓跋曦，我去截他回来！"

才追了几步，正要出拱门，一道剑影横劈而来，劲风至，拓跋轩本能侧身相避，明晃晃的长剑在淡淡的月色里荡开着让人心颤的冷光，抬头看是青城公子丢开了那一众侍卫，断了他的去路，墨色的衣摆随风鼓起，几乎和沉沉的夜色融为一体！

这人，怎如此张狂，在别人的地盘上还敢如此不知收敛？

"截回来也没有用，拓跋轩，这一次没人能救得了你！"

一来一往便是数招，侍卫们见这刺客和主子对上，有一些上来帮忙，有一些已急追而出去。

夜色很浓，月光太淡，东方有沉沉的黑云压过来，今夜必有大雨。

拓跋弘在原地立了一会儿，心思急转，情知事情已经闹大，这件事最终的结局便如自己所料一般，得益的必会是拓跋曦。无管是谁设的局，反正，最最无辜的他，已经被卷了进来。

再说那青城，身上的功夫着实了得，几下狠招，就把拓跋轩逼得连连后退，直退到了拓跋弘身侧，而后，他收招，清亮的目光比天上的月光还要明澈，呼吸微促，直直地看向拓跋弘，低而有力地说道：

"拓跋弘，若想自保，就把这人捆起来送去宫里请罪，否则，你便只能白白跟着垮台，弃车保帅那才是明智之举。"

拓跋弘心头沉沉一痛，明白事情已经无可挽回。

建元十年二月十二日深夜，祈福大乱发生以后，历经二十余天时间，这桩离奇的大案，因毓王的宠姬骆晴秋告密，案情终于"真相"大白于天下。

不错，毓王府的五王爷：拓跋轩，正是所有事件的主谋。

而最终破掉此案的则是睿王：拓跋曦。

这位年轻的小王爷带着人在毓王的暗房内找回了天盘和四颗宝珠，经骆晴秋交代：天盘和四颗宝珠皆是拓跋轩叫人偷盗而得，并有一张地雷分布图为证。

第二日，刑部大审，毓王宠姬骆晴秋当众指控拓跋轩种种罪行，拓跋轩在堂上一番狂笑，又一阵痛哭，却没讨半分饶，但说所做种种皆为了要弄死拓跋曦，以报当年母妃自焚之恨。

最后，毓王的罪名确凿无误，被判秋后斩首，毓王府上下一余百人，除却毓王妃，其他尽数腰斩于市，小姬骆晴秋破案有功，免死罪。

建元十年二月十四日，三颗宝珠于朝堂之上，完璧归回三国使臣，皇帝在百官面前宣布册立拓跋曦为太子，择吉日行册封之礼。

当时，布衣之身晏之和青城也曾入得金銮殿，这二人破案有功，帝本想赐以官职，二人跪而婉拒，帝不强求。

祈福之乱，就此终画上句号。

八

这一天，北宫，九无擎戴着面具，坐在摇椅上，慢慢地摇着。

一切结束！

唯一遗憾的是，拓跋弘终还是逃脱了罪罚。

当时的情况是这样的：拓跋曦搬来救兵，找到证据指证拓跋轩策划了天盘失窃之案，拓跋轩为保性命，突然发难故意挟持拓跋曦，又故意让拓跋弘救下。弃车保帅，这一记做得漂亮，在众目睽睽之下，拓跋弘用自己的行动洗清了他的嫌疑。

他知道，这是金凌的杰作。

这孩子，到底对他心存仁义。

唉，可留下拓跋弘，终会是祸害！

"九哥九哥，你在哪里？"门外传来曦儿的叫声。

九无擎抚了抚脸上面具，从容地往外而去，出了书房，就见那孩子一脸欢颜笑色地冲他飞奔而来，手上执着一张明黄的圣旨。

他站在台阶上，柔软地睇着这个自小几乎由他一手拉扯大的弟弟。小时候那个攀着他学步的小东西，如今已长大，瞧啊，多神气的一个孩子。

"九哥，我奉父皇之命来送你出宫！"

拓跋曦没有向他炫耀自己已当上太子，他的开心，皆是因为他保全了他。

"辛苦你了！"

九无擎摸摸他的额头，光洁细致的肌肤上渗着汗珠，又一指他手上的物件："皇上让你来宣什么旨？"

拓跋曦低头看了一眼，敛去了三分笑，有点闷闷不乐："是父皇给你的成婚诏书，你自己看！"

九无擎接过来，但见上面写道：

"奉天承运，皇帝诏曰：自古而来，阴阳调合，男婚女嫁，是为天道伦常，朕之义子无擎，才华绝世，武功无双，今已过弱冠之龄，宜早日成家开枝散叶，为我大秦育得国之栋梁。天鉴司已择得佳期，七日后，完婚成礼，婚礼一切用度皆由礼部拨款筹办。大学士宫谅之女宫慈，温柔端秀，正为元妻，大将军岑参之孙女岑乐，俏丽秀致，纳为侧妻，婚后，公子府一切内务悉由宫慈打点，公子无擎可在府中静心养病。朕盼佳儿佳妇早得麒麟。钦此！"

读罢，他淡淡合起，静静地看向跟随而来的内侍：

"臣，遵旨！"

九

同一时间，皇帝倚坐在御书房，久久沉思，这一次他如愿以偿地将最爱的儿子推上了宝座，可代价是惨痛的。

这一场天盘之乱，九无擎一直在暗中操纵，而他则在暗中推动，为了龙椅，为了太子之位，死了一个，又要斩杀一个，那全是他的儿子，虽不怎么讨喜，但总归是自小看着长大的。如今白发送黑发，骨肉相残，个中滋味，难以尽诉。而无擎却安然无恙地立身于是非之外，这小子真是了得啊！

他很明白，这场斗争远远没有结束，最近发生的这些事，很多事，都在他的监控中，但东林阵内那一连串爆炸除外，石林阵那场谋杀却是横空杀出来的，所以，从现在开始，他要牢牢地控制住无擎，再不能让他兴风作浪。

上册完。